U0928760

魅丽文化
心晴坊

小雨天与心上人

（全2册）上

十里菱歌 ______ 著

江苏凤凰文艺出版社
JIANGSU PHOENIX LITERATURE AND ART PUBLISHING LTD

图书在版编目（CIP）数据

小雨天与心上人：全2册 / 十里菱歌著. -- 南京：
江苏凤凰文艺出版社, 2020.2
ISBN 978-7-5594-4325-0

Ⅰ. ①小… Ⅱ. ①十… Ⅲ. ①长篇小说 - 中国 - 当代
Ⅳ. ①I247.5

中国版本图书馆CIP数据核字(2019)第283676号

小雨天与心上人：全2册

十里菱歌 著

出 版 人　张在健

责任编辑　张　倩　王　青

特约编辑　唐　婷

装帧设计　46设计　白砚川

封面绘制　ENO

题字授权　文武猪蹄儿

出版发行　江苏凤凰文艺出版社

南京市中央路165号，邮编：210009

网　　址　http://www.jswenyi.com

印　　刷　湖南凌宇制品有限公司

开　　本　880mm×1230mm 1/32

印　　张　18

字　　数　630千字

版　　次　2020年2月第1版，2020年2月第1次印刷

书　　号　ISBN 978-7-5594-4325-0

定　　价　65.00元（全2册）

来日方长，她和他可以重新慢慢认识。

目 录 Contents

第一章

十二月二十六日，农历冬月二十，这一天，各大报纸的娱乐新闻头条都被江家二少占据。媒体经过多日坚持不懈的跟踪埋伏，终于在十二月二十五日圣诞节的这天晚上，成功拍摄到名流公子江旗亭和女友共进晚餐的画面。照片中的女子身材姣好，样貌美丽，仔细一看，却不是和江少闹了好长一段时间绯闻的宋野火宋小姐。

十二月二十九日，农历冬月廿三，冬夜，天有小雪，永安寺的白梅花开得正好，宋野火宋小姐我手里撑着一把素色油纸伞，从寺庙侧门出，在青石板街上慢慢地走。这种古老的小巷，车开不进来，赵司机只能在外边等我。幽长的深巷里只有我一人，夜雪扑扑簌簌地下，青石板砖铺了薄薄的一层雪，映着昏黄的路灯，雪上踏着几串凌乱的脚印。

来电铃声突然响起，我掏出手机，屏幕上闪闪发光的“宇宙魔法光之七彩使者小环环女王大人”一串大字，这么中二的名称，是云叙环趁我不注意，自个儿拿我手机偷偷备注的，之后不定时检查，每当我改回来，都被她锲而不舍地改回去。

我嫌弃地盯着看了一会儿，嫌弃地按下接听，还没来得及发出一声冷漠的“喂”，云叙环就十万火急地问我在哪里，当我回答出“永安寺”

三个字的时候，电话那头她的声音顿时拔高了八度，近乎尖叫：“火妹我听说你由于失恋受的打击过大导致心灰意冷准备出家为尼，我警告你可千万不要乱来啊！”

她语气中的焦急让我有点儿感动，我正准备说“朋友，想不到你这么关心我”，被她的大喊大叫打断：“我说你不考虑你光头好不好看你也要考虑考虑我啊，你要是削发为尼了，我在 AIKO 美发充的卡要谁陪我去花完？还有谁能陪我去那里调戏三号洗头小哥？对了我从推送里看到，他们那最近来了一位新的俄罗斯籍发型师，那一身肌肉，啧啧……”

我深吸一口气，骂了一句“朋友，去你的”，果断按下了挂断键。

不出所料，过了两秒钟，铃声再次响起。云叙环这性子，不把话说完是绝对不允许别人先挂机的。这回她的语调倒是冷静下来：“言归正传了啊，那狐狸精的身份我帮你查清楚了，姓李，听说原本是江家大哥的女朋友，不知怎么的被江旗亭中途截了胡。”

云叙环想了一下：“不过也是，江家大少我见过一回，是个老实人，哪里比得上江旗亭幽默风趣。”

我不怎么在意地“哦”了一声。

云叙环语塞半秒：“火妹你人前假装不在意，人后独自咬着枕头暗暗哭泣是不是？我说依你的脾气，有什么事不能打一架解决呢？不就一个男人，有什么好想不开，有什么好出家的呢？”

我问：“谁告诉你老娘要出家？”

“你老娘告诉我的。”云叙环有理有据，“我今晚去你家找你，你亲娘告诉我你往永安寺去了，一边说还一边摇头叹气。”

我家老妈也是一位戏感十足的人物。我清了清嗓子，明确告诉云叙环：“我没有要出家。我家老爷子最近突然禅心大起，搬到永安寺住了。这两日天冷，怕他身体吃不消，家里的长辈派我来把他劝回去。”

结果爷爷表示自己身体好得很，硬是拉着我跳了一曲动感蹦迪，见我跟不上他的炫酷舞步，才一脸“孺子不可教也”地把我赶走。

云叙环半信半疑："真的？你真的不是打算削发为尼？"

我无语："削你个葫芦娃！你想想永安寺是什么地方？那里面住的都是和尚！我要出家我能找一座和尚庙？好歹去城西玉带山的那间尼姑庵，你说是吧？"

云叙环的心思不知飘到哪里去，"唔"了一声，说："光头小和尚比较萌。"安静了两秒，她的话题绕回来，"来吧，亲爱的小野火，我知道你此刻心中一定受尽了万般煎熬，oh my friend，投向我的怀抱大声哭泣吧！"

我说："此刻我的心境无比安详。"

"怎么会呢？"云叙环不相信我，"想想那可是江旗亭，被他抛弃了就该捶胸口仰天号啕大哭一顿，那才是对他颜值最起码的尊重。"

"那像个什么样？哭哭啼啼娘们似的。"我高冷地哼了一声，"再说，颜值比他高的人我又不是没见过。"

"颜值比他高的人？那得算是珍稀物种了吧？"云叙环语气狐疑，"咱们江二少那副俊俏模样，能和他一较高下的凡人不多啊。"

我啧啧两声，摇头："少女哟，你的见识还是太过短浅。"

云叙环怒了："那你说说看，谁啊？比江旗亭好看的人在哪儿？"

我出门时没带伞，这把油纸伞是永安寺的一位小和尚看外头下雪了，主动借给我的。伞骨竹制，举久了就觉得有点儿沉。我停下脚步，把伞和手机换着手拿，举起手机贴近耳朵，轻声回答："我四师兄。"

电话那头沉默了一会儿，我能想象出云叙环不想说话，一脸不齿的模样。半晌，她说："宋野火你没救了，居然会对一个消失了十几年的人念念不忘，更没救的是，你连他姓甚名谁，真实身份是啥都不知道……"

云叙环还在叽里呱啦地对我进行炮轰，我却没能专心听完她接下来讲了什么。老城区中小巷交错蜿蜒，在经过其中一个十字交叉路口时，我余光一瞥，惊异地扫见我右手边的岔路口边上站着一个人。

那人靠墙而站，利用光影藏得极好，如果不是我视力还算上佳，恐怕根本发现不了墙面的阴影里居然藏了这么一道身影。

我心中顿时有了警惕，沉声问："谁？！"

那人估计已在这里潜伏了很久，几乎是我发出第一个音节的同时他就有了动作——他猛地伸手捉住我的胳膊，用力把我拽进他所藏匿的巷子里去！

这下真是始料未及，他袭击的是我撑伞的手，这油纸伞本来就忒重，这样一来我没法再握稳，伞啪嗒一声掉在青石板街上，浑圆地滚了半个圈。

永安寺所在的地段虽算不上闹市城中心，但毕竟也在市区内，走出附近这一片被政府特地保护起来的老城区，穿过青石砖铺的小巷，外面就是车水马龙的商业步行街。我怎么也料不到，在这样一块片区，竟然也会有人敢对过路妇女下手。

老巷昏暗，我看不清对方的脸，大脑第一反应认定这人是色狼，我不害怕反而隐隐兴奋。遇上别的妹子他可能会得逞，遇上我宋野火……唔，只需给我五分钟，我就能让他后悔自己没先去买一套铠甲来穿上。

我稳住重心，趁拿手机的手没有受他控制，赶紧按下挂断键，把手机装进兜里。空出这只手，我冷笑一声，五指一握成拳，立刻就要出手反击。

也许是没想到我有武学底子，那人微微一怔，很快就反应过来，身形往左一晃，我这一拳就落了空。我有些震惊，习武多年，在众多同门师兄妹当中，我出拳的速度哪怕排不上第一也排得上第二，今夜怎么会……怎么会如此轻易就被人躲开！

除非对方也懂武，甚至比我更胜一筹。

我又惊又恼，可这也不是惊恼的时候。我太过自信，以为能够一招制敌，因此没有留后手，也忽略了我的一条胳膊还在对方手上的事实。我用劲过大，前冲的惯性一时止不住，对方倒是很会钻空子，握住我的胳膊没有松开，转而使劲巧妙地一带，我所剩无几的平衡刹那间全被破坏掉，几步踉跄，等我脚步止歇，我神奇地发现……我的心肝脾肺肾啊！我竟背对着摔进了敌人的怀里！

他一手圈住我的腰不让我动弹，一手捂住我的口鼻，该是怕我呼救。对我而言，这是一个无比屈辱的姿势。

怒到极点，我反而冷静下来。这般不妙的时刻，我居然还能闻到对方指节上沾着的淡淡梅花香，猜测他不久前可能站在永安寺的红墙外偷折梅花，我私自推定这是一只风雅有情怀的色狼。

对付这样一只风雅有情怀且懂功夫的色狼，我决定要祭出我的“哭爹喊娘无敌金刚肘”来感化他。我看电影里那些狂跩酷霸的武林高手，在发大招前势必要先露出不屑一笑，以表达对敌手的轻蔑，我于是也缓缓地勾起嘴角。

气势有了，我手肘刚要发力往后顶去，一道低沉的嗓音蓦然在我耳畔响起：“别动，我没恶意。”

我嘴角勾到一半，僵住。

不为别的，只为这道嗓音出人意料地好听，好听到好定力如我，也有一刹那的恍神。我在心里默默感慨，这到底是什么人啊，难得生了一副好嗓，随随便便在某家电台当播音员都能骗一堆“声控”妹子对他死心塌地，何苦出来作奸犯科呢？

肘击停在半路，已被他察觉，这招是用不成了，好在我的看家本领可不止这一招。我敛了敛心神，以极快的速度走了套“行云流水步”，从他怀里旋出来，下一秒，情势逆转。

这回变成了我占上风。

他背贴着墙，我欺压上去面对着他，右手小臂横起，威胁地按在他的锁骨处，往上几厘米就是人体最脆弱的咽喉；右膝屈起抬高，只需稍稍用力向前一顶，就是那招江湖上最为常见的、令无数少男猛男闻风丧胆的“断子绝孙脚”。

我终于能够如愿勾起嘴角："你当我三岁小孩儿？一个夜路偷袭我的人和我说他没恶意，鬼才……"

"信"字没机会滚出唇瓣构成完整的一句话，我倏地睁大眼睛。

小雪的夜晚，青石砖铺就的小巷，朱红色有些剥落的寺庙院墙，几枝从红墙上头探出的白梅花。我曾无数次幻想过和他相遇，如果能相遇，那会是在大千世界的哪一隅，却从没想过是这样的情景：小雪，深巷，红庙墙，白梅花。

也没想过会是这样的方式：他被我霸道地压在墙上。

这个人，就在两分钟前，我还和云叙环提起过他。

梦寐不忘的这张脸就这么突如其来地出现在我眼前，我刹那间呆住，有些不能适应。我上一次好好看他是在十三年前，那一年我才十岁，我猜他比我大五至六岁，那一年他是如松柏一般风采卓然的少年。

没有道别的离别，突然得就像没有预警的再遇。这十三年间，我常想他一定也长大了，长大后的他会是什么模样，照那五官的长势，料想不会太差，我于是有空时会拿起画笔，一笔一画尝试勾勒出我想象中他的眉眼。

今日一见，我才发现我的想象力有多贫瘠，他比我的每一张画都要好看太多太多。

我用过很多种画法去画他，今夜之前，我对那些画都很满意，今夜之后，我会知道水墨只能得其意不能得其形，工笔只能得其形不能得其意。但是也无所谓，我终于不用再对着那些画空想，我终于可以见到一个活生生的他。

雪纷纷下，万籁俱静的夜，萧瑟寒冷的冬，我心间却似乎有藤蔓疯长，扶摇直上，开出锦簇繁花。

四师兄，别来无恙。

我开心得直想笑，思及他未必就能认得我，我这样笑会显得很奇怪，连忙矜持地抿了抿唇，把笑容憋回去。我这副表情看在他眼里大概十分扭曲，短暂的沉默过后，他开口："抱歉，我真的没有恶意。"

"我知道我知道。"我严肃地点头，"我相信你的。"

他打量着我的神色，半晌，说："可否请你先听我解释？如果之后你还认为我是坏人，你可以选择报警。"

我摇头："不用啊，我说了我相信你，无条件地相信。"

如此近的距离，我发现他简直俊得人神共愤，纵然此刻他眉头微微皱起，神情看起来不太和悦。他看着我，我看着他，四目相对，好一会儿，我听见他沉声要求："那么，请你先松开我？"

他示意地低眸。

我才意识到自己还在逞凶斗狠地把他牢牢压制住，急忙火烫着了一般跳开，不好意思地笑笑："对不起，我把你当色狼了。"

拉开距离我才看清，他穿了一件深灰色的长款羊绒大衣，身姿挺拔，气质出众。不得不说我真是会挑位置，压他的地方刚好位于一枝遒劲的白梅下，此时他站在那里，背后是剥落斑驳的红墙，头顶是风雪也压不住盛放的梅花，他的肩头沾了一点碎雪，整个人清俊得就像一尊冰雕出来的雕像。

他一手整理袖口，闻言，抬睫看了我一眼。

"唔，色狼。"

"这位先生，我似乎从你短短几个字中听出了对我美貌的质疑？"我呵拳头。

"不，只是没料到我有一天也会被人当成色狼。"他说，"有些意外。"

我耸耸肩："不能怪我，这乌漆麻黑的，你招呼都不打一声就把人家良家妇女往巷子里拽，任谁都会认为你是色狼。"

他不看我，右手把左手的衣袖慢慢拉起，问："有没有手帕？"

"你当这是古代啊？"我随口应道，"哪还有人随身带着手帕的。"

他好像也就只是随口一问，继续早前的话题："那后来你又怎么确定了我不是色狼？"

他果然是认不得我这个小师妹了，我有点儿失落，想起自己小时候那副又丑又熊又老爱抠鼻的样子……好吧，他认不得我，我貌似还有那么一点小庆幸。

我从来不强求这些，记得也好，不记得也罢，我们今天再遇了，我们来日方长。这么一想，我豁然开朗。

我觑着他，否认地摇了摇食指："这位先生你错了，我不是确定了你并非色狼才放弃抵抗的。"我摸着下巴，邪邪坏笑，"我是瞧清楚了你的脸，你看啊，你长得这么俊，就算你真是色狼，我也不吃亏啊，这么优质的色狼，可遇不可……"

我一怔，话没说完，视线落在他的手臂上，大惊。

"你受伤了？！"

他把左手的袖子卷到了手肘，我才赫然看见，他的小臂被划出了一道血口子，不是很深，还在流着血。因为伤在小臂内侧，我才和他扯东扯西了这么久都没留意到。

我霎时就忘记了自己原本打算说什么，一个箭步上前，握住他的手掌，让他把手抬高几厘米，好方便我察看。"伤口平整，应该是刀或者匕首割伤，伤在这种地方……你抬手去挡刀子了？"我试着还原了一下他受伤的场景，顿时觉得匪夷所思，"你得罪了什么人？有人在追杀你？"

他把手抽回去，不语。

想起刚才他扯我进巷子时的十万火急，我猜得该是八九不离十了。

我不由得一阵恍惚，拍《古惑仔》吗这是？这可是二十一世纪的文明法治社会，我竟然在永安寺的后巷里，遇到了一个被人追击的人，而这个人，好巧不巧竟是我的童年男神四师兄。

我忍不住惴惴不安地问："你做什么的？"无论是以前还是现在，他的事情我都所知甚少，如云叙环所言，我甚至连他的真实姓名都不知道。把此情此景在心中琢磨了一遍，我脑洞越开越大，声音颤抖，结结巴巴，“你……你该不会是混黑道的吧？黑帮斗殴？”

他抬眸朝我睨了一眼，反问：“如果我说我是，你会怎样？”

我一下子就绝望了：“不能啊，我妈就我这么一个宝贝女儿，她不会答应让我嫁给黑恶势力的，就算你长得再英俊她也不会答应的。”

我问：“你怎么了？你怎么不说话？你的伤口是不是很痛？你的脸色怎么这么难看？”

过了片刻，他徐缓回答：“本人知法守法良好公民一个。”

我一下子又重新燃起了希望，松了口气，说：“那还好，我妈是个知识分子，喜欢斯文人，知法守法的最合她心意了。”

他话语稍顿，没来由地问我：“你……贵姓？”

“免贵姓宋。”

“宋小姐，我觉得你想得好像有点多。”

我想得好像的确是有点儿多，但这也是没有办法的事儿，他不懂我面对他时是一种什么样的心情。瞧他这清冷的气质，不用多想，走的肯定不是热情奔放路线，看来我必须得调整作战步骤，免得太过猴急，打草惊蛇。

决定了，今天的首要任务，是要先问到他的联系方式和姓名。

“手帕是没有的。”我抬手去解脖子上围着的丝巾，“这个暂时可以顶用。”

我把丝巾递出去，他垂下眼睫，一言不发地盯着我手中的丝巾，迟迟没有伸手来接。

敢情这是有洁癖？

宋小姐我没有别的优点，一是拳头硬，二是脸皮厚，凭借这两项天赋，我很少能体会到什么叫作尴尬，而就在这一刻，我好像还真有那么一点儿尴尬。

幸好我有破解之法。

他不接是吧，我嗔怪地瞪了他一记，故意曲解他的意思："娇气，居然还要人家帮你包扎。"

我将丝巾在空中抖开，折回来弄成带状，打算用原先裹在里面的，没有和我直接接触过的那层去给他包扎。他还是不太乐意，但这也由不得他，我两手分别握住丝巾的两头，不由分说地朝他受伤的小臂围上去。

指尖不可避免碰触到他的皮肤，发现他整截下臂都冰冰凉凉。好好的一条结实好看的手臂被划出了一道触目惊心的血口子，我越看越气愤，双眼发红，骂道："凶手究竟是什么人啊，简直太丧心病狂，最好不要让我逮到，不然我揍得他连爹妈儿崽都认不出来！"

"不是他，是他们。"他淡淡回答，"估计还在附近找我。"

我包扎的动作顿住，抬眼看他："还有没有王法了？这么猖狂？"我惊愕的同时，恍然大悟，"所以你才躲在巷子里是吗？"

他不轻不重地颔首："如果我没猜错，这片老城区通往外面的每一个出口，他们都布置了人。"

"还会守树……那个成语怎么说的来着？守着来自杀的兔子什么的。"

"守株待兔。"

"对对，守株待兔，他们还会守株待兔。"我皱起眉头，这下可不太好办。我不知不觉加快了给他包扎的速度，"什么仇什么怨啊这是？看你也不像会挑事的人，怎么会得罪了这么狠的仇家？"

心下某个念头闪过，我抬起脸，狐疑地盯着他："帅哥，你该不会是染指了黑道大佬的女人吧？"

他呛咳一声："我说过，我是良好市民。"

"也对。"我想了想，"就算真有什么仇怨，也应该是黑道大佬的女人染指了你，黑道大佬吃醋了，派人追杀你才对。"

我说着玩的，没想到他会回应："这不合逻辑，既然是黑道头目，身边的女人应该不止一个，犯不着追杀我。”

他这副认真推敲的样子让我觉得新鲜，我不可思议地盯着他瞅了好一阵子，完了以后，竖起食指摇了摇，啧声道：“少年啊，你还是太年轻，不懂这是面子问题，不能忍。”

“那好。”他说，“既然好面子，为什么要大费周章地追杀我？本来事情不说也没人知道，这样一闹，岂不是所有人都知道了？”

他绕来绕去的，让我有些晕，我捂住脑门，拨开混乱，终于明白了这就是一个语言陷阱。

“不对，你挖坑给我跳。你一开始的论据就是错的，你说黑道大佬的身边不止一个女人，人家怎么就不能只有一个女人了？说不定人家就是只有一个女人，是真爱，而这个真爱居然半路跟你跑了，黑道大佬恨透你，所以要举着菜刀剁剁你，合情合理。”话说完我也包扎完了，给他打了个漂亮的蝴蝶结。

他好像没在听我讲话，低眸注视着手臂上我用丝巾帮他包扎出来的结，没头没尾地总结出一句：“思考果然是克服恐惧的最好方式。”

我抿了抿嘴，没说话。

好吧，还是被他注意到了。从听到他讲杀手还在附近时起，我给他包扎的双手就控制不住有些颤抖，我努力压制，颤抖得也不是很明显，在这光线不好的巷子里，我以为他不会发现的。原来他愿意陪我扯那么多有的没的，只是为了分散我的注意力。

我牵强地弯了弯嘴角，说：“你以为我是在害怕杀手？不是的，我都二十三岁了，什么大波大浪……啊呸。”我咳了两声，假装没发生过口误，续上，“什么大风大浪没见过，我只是……”

我的音量越消越小，最后几个字含糊不清地夭折在了嘴里。

有些话，现在还不是最好的时机去表达。

估计他会以为我只是在强撑着死要面子，温声安抚道：“你才二十三岁，还很年轻，遇上这种事情，害怕也很正常。”然而，他语气没什么起伏，但是因为声线偏低偏冷，竟有种让人安心的力量，“宋小姐，抱歉把你卷了进来，脱险后我会对你进行补偿。”

我的眼睛一下子就亮了：“这就对了嘛，最起码要请我吃一顿饭……不，三顿才行。”打蛇随棍上，我趁机索要他的联系方式，“话说回来，你怎么称呼？可不可以把你手机……”

我的语句被他截断，他问：“可不可以把你的手机给我？”

我怔了怔，天，这个这个……幸福来得太快就像龙卷风！他问我要手机号码，是代表他对我也有那么点意思？这才是正常展开嘛，索要联系方式这种事哪有女方主动的道理？

我点头如捣蒜，热切地回答：“可以，当然可以，1380xx23xx8，你最好提早一天打给我，这样我就有时间先去一趟美容院，还可以买衣服，化妆，美甲，弄发型……但是你也千万不要因为没有提早一天说就不约我了，想约还是随时可以约的，见面要紧。”

“宋小姐。”

“嗯？”

“我是说手机，不是说手机号。”

“我的手机在打斗中掉了。”

“好吧。”

宋野火啊宋野火，你总是能不知羞耻地想太多。

我半死不活地把手机从兜里掏出来，按指纹解了锁递给他，强撑起一个难看的笑容，想着要怎样才能自然不做作地转移话题，想了半天，得出一句：“讲真，我挺佩服你的，杀手说不准什么时候就会找到这儿来，你还这么镇定，不错不错，这强大的心理素质简直可以上战场了。”

这话题转得实在有点儿硬，我不自在地拨了拨自个儿前额的刘海。

他单手在手机屏幕上按下数字，其间分神看了我一眼，不知道是不是我眼花了，我隐约看到他眼底闪过一抹戏谑的淡淡笑意：“过誉了，不瞒你说，我原本还有些担心，直到遇到了宋小姐你。宋小姐身手不凡，又扬言要把歹徒打得连爹妈儿崽都认不出来，实在让我放心不少。”

他若有若无的浅笑让我神魂颠倒，他半真半假的夸奖让我飘飘欲仙，世上怎么会有如此犯规的做法？这太不公平。

我抬起双手捂住眼睛，有些不知怎么办才好地撇了撇嘴，说：“你别对我笑，你也别夸奖我，我的自我管控能力不算太好，你这样我会忍不住想替你卖命的。”

透过手掌的指缝，我看见他嘴角微微上扬，这一次，笑意倒是清晰许多。

我嗖地把手放下：“让你别笑你还笑，男人，你这是在玩火。”

他不再搭理我，拇指动了动按下呼叫键，把手机举到耳边，安静地等待对方接听。

我问：“你在报警吗？敌方有几个人你清楚吗？”

他答：“已知八个。”

他刚才的那句赞美即使不真，也成功让我的虚荣心冲上了天，我想了想，说：“八个不算多，姐打得过，要不你别报警了，警察叔叔也挺辛苦的，姐露一手英雄救美给你瞧瞧。”

他说：“都带了刀，砍刀。”

他询问地看着我。

我说：“看我干吗？报警啊！傻孩子，还愣着呢！我们要相信警察叔叔才是维护社会和平与正义的坚定力量，报警吧，快！”

打完110，他还拨了另外一通电话，听他讲话的语气，对方应该是他的助手之类。也许是有什么不能给我听见的内容，他全程都在讲德语。我在德国待过的时间不算长，德语只能听懂一些皮毛，再加上他一句话里掺杂了好几个专业名词，我更是没法听明白。他一边讲电话我一边光明正大地偷听，连猜带蒙的，得知大意是他身上带了什么值钱东西，某个犯罪团伙想要，于是发生了今夜的事。

我非常好奇他所说的那件值钱东西是什么东西，不过，既然他有意避开我讲德语，想必我就算冒犯地问，他也不会如实回答，我忍了忍，也就没问出口。

接下来的时间才是最刺激的，你永远也猜不到下一秒出现在你面前的是敌人还是帮手。我把小和尚借给我的油纸伞从地上捡起来，拍干净上面的雪，卷好，握在手里。我的棍法其实学得不精，只是如果对方有刀，我手里有一把雨伞去挡挡总好过赤手空拳。

我两手抓着油纸伞的一头，像握棒球棍一样把它握紧，猫着腰埋伏在巷子的拐角后，想着如果歹徒比警察先到达，我就出其不意攻其不备，啥都不说，先红红火火一棍子敲下去，让他们领略领略什么叫作“当头棒喝”。

阵势摆好了，我回眸看向四师兄，不知是因为天气寒冷还是因为他手臂上刀伤的缘故，他的脸色看起来有些苍白，更显得一双眼眸漆黑深邃。

注意到我正在忧心忡忡地瞅着他，他轻声说了句“专心点”，走到我身旁站定，又说：“别怕，如果真的打起来，你躲到我身后就好。”

我的眼珠子不由自主地跟着他转，仰望着他轮廓优美的侧脸，痴迷了一阵，才记得要回答他：“帅哥你这是在开玩笑，姐会怕？姐纵横江湖十余年，与人交手无数次，无论是群架还是单挑，都从没试过躲在别人身后的。”

“你经常打架？”他微微拢起眉心，“宋小姐，你从事什么工作？”

这话问得，天，他该不会误以为我是哪里来的地痞流氓小太妹了吧？

我赶紧摇头澄清：“帅哥你千万别误会，虽然我打架、喝酒、烫头、搓麻将，但我发誓我的确是一个好女孩……”

突然就听到了脚步声，我的话语戛然而止。

有人来了！

我的心一下子就提到了嗓子眼。和他交换了一记目光，我双手握紧伞棍，举高，屏息凝神，专注地听着脚步声逐渐由远及近。二十米，十米，五米……我有些诧异，来人居然不止一个，从纷杂的脚步声判断，这支队伍少说也有五人。

我用口型问四师兄："警察？"

他慎重地摇了摇头，否认。

我也不认为是警察，受过专业训练的人，走路会带有一种不同于常人的特性，虽然很难去描述出来是哪里不同，但只要专心去辨别，就会察觉那是不一样的，最起码，如果此刻是五个警察在行动，脚步声绝对不会这么不擅于隐藏。

不是警察，那就是歹徒了。人数为五，甚至更多，带刀，唔，有点儿难办。

武学里有一句话叫作"天下武功，唯快不破"，古语里有一句话叫作"先下手为强，后下手遭殃"，这两句话对现在的我来说很有参考意义。我目不转睛地盯紧路口，在第一道人影跨进我视野的刹那，沉气发力，雨伞立刻就要闪电霹雳地敲下去！

我自以为速度快，然而比我速度更快的，是四师兄的阻拦动作——

在我的伞头马上就要敲上对方脑袋的那一个瞬间，戒备在侧的四师兄忽然眼疾手快地伸手，于半空中牢牢握住了我的伞棍，阻止了它继续下落。

我错愕地眨了眨眼，听见四师兄似乎松了口气。

"没事了。"他低低地说，"是我的秘书。"

我双臂略有些僵硬地把举高的雨伞慢慢放下。

我也知道没事了，来的是一个漂亮女人。

这位女秘书的气场十分沉着冷静，哪怕我几秒钟前差点给了她一棍子，她的眼中也只是短暂地闪过一抹惊讶，很快就仿佛没事发生一般，视线从我身上扫过，向四师兄报告："吴局亲自带队，已经把歹徒全部抓获，目前正在巷子里搜还有没有藏身的。Vincent，这里不安全，我们尽快离开。"

我不是很能专心地去听女秘书讲了什么，我意外地瞅着她身后的一名青年。

除开女秘书之外，此时出现在巷口的还有另外五个人，其中四人长得牛高马大，身上的衣服款式基本相同，都是非常硬气的黑衫黑裤，这副装扮，除了专业保镖不作他想。还剩一个，是位文质彬彬的男青年，肩上挎着一只简便药箱，穿着一件白色羽绒服上衣，他怕冷地用帽子罩住脑袋，一张斯文俊秀的脸藏在帽子滚边的蓬松绒毛后，看见我，表情明显也有些诧异。

我揉揉鼻子，干笑着说了一句"嗨，郑续"，算是打了招呼。

郑续是我们家的家庭医生，每当我和人交手有什么磕伤、碰伤，都是他为我料理的伤口。我于是不公道地认为，郑续今天能在医学界有如此之高的成就，我这个常年练手对象功不可没。

听堂哥说，郑续这几年发展得相当不错，是脑科领域一颗冉冉升起的新星，工作繁忙，不常接家庭医生的活儿了，除了一些豪门客户，要不就是得罪不起的，要不就是结交有助益的，才能召唤他郑续大人出诊。

所以，此刻在这黑灯瞎火的老巷子里看见他拎着药箱出现，我感觉不可思议。

郑续应该也不太能够理解我为什么在这儿，不过他是来办正事的，望着我欲言又止了足足五秒钟，索性不理我了。他快步走到四师兄面前，一眼就看到了四师兄手臂上的伤口，略惊，惊的却不是伤势："Vincent，你这花里胡哨的小丝巾哪儿来的？"

我抢答："我的。"

郑续不搭腔，对四师兄说：“这蝴蝶结绑得挺不错，振翅欲飞的。”

我一挺胸膛，骄傲承认：“我绑的。”

我可没听漏郑续语气中满满的调侃，然而我这么大度的一个人，难道我会和他计较吗？不会。

我使出一招黯然销魂掌拍了他的肩膀一记，在他骤然响起的嘶气声中，我悠悠然向他交代四师兄的伤情：“伤口大概四厘米长，是刀伤，血好像没能完全止住。”

他幽怨地瞪我：“你讲就讲，拍我这么大力做什么？姑娘家，温柔点。”

我耀武扬威地冲他龇牙一笑，他只得认栽，转头看向四师兄：“伤口要缝合，赶紧回去。”

四师兄点了点头，他身旁的女秘书见状，撑开了带来的一把黑色雨伞，毕恭毕敬地遮住他往外走，一边走一边禀告：“车在外面，你先回去休息，警方那边如果有什么需要配合，我会处理。”明明是在一板一眼地讲着正事，她的语气听起来异常柔和。

四名保镖训练有素地跟上，铜墙铁壁一般护在四师兄和女秘书左右。

我下意识地也跟上去。

不料郑续在我身后拉住了我的帽子。我今天穿的是一件连帽大衣，他这样扯住，我不能再前进，心急地回头催促他：“放手放手放手，干吗呢这是？多大的人了，还这么调皮。”

他松了手，指了一个和四师兄完全相反的方向，说：“我才要问你干吗呢这是，走错路了？我来的时候远远望见，你家赵司机把车停在了那边的停车场。”他将手插回裤兜，抬起另一只手，看了看腕表上的时间，“我还没问你，这都几点了，你在这里晃荡什么？”

我没什么好心情地解释：“我来永安寺……”

郑续大大一惊：“永安寺？”他抬头看了一圈周围环境，发现的确是永安寺的红墙青瓦，顿时更加震惊了，抚着胸口，担心地看着我，“我说火妹，你该不会真如外界传言的那样，要用出家来威胁江旗亭吧？你就爱他爱得那么深沉？”

郑续不止一次向我吹嘘，说他以前在医大求学期间，曾参加过“校园十大歌手”比赛并风光地夺了冠，我从来都是不信的，以为他在吹牛皮。我现在信了。苍天啊大地啊，这中气十足的大嗓门，他不夺冠，还有谁能与他争锋？

他高亢的声音在深夜寂静的老城区里回荡……回荡……

我绝望地看见，前面的四师兄顿住了脚步。

我顿时一头撞墙的心都有了，郑续啊郑续，不带你这么坑队友的！“你就爱他爱得那么深沉”这种话能讲吗？就算能讲，也不能在四师兄面前讲啊！这下男神得把我误会成什么样了？

我决计要发挥演技，看能不能扳回一城。我两眼目光呆滞，呆呆地望着天空，作老年痴呆状：“江旗亭？江旗亭是谁？我不认识！”

可惜郑续是一个耿直的孩子，他白我一眼，说：“你这是得了阿尔茨海默病不成？江旗亭啊，江旗亭就是那个你大学时期的初恋情人，我听阿狩讲，你读书时可是迷江旗亭迷得死去活来。”

郑续口中的“阿狩”指的是我堂哥宋狩之。堂哥那个清高孤傲的霸道总裁，每每见到郑续就会一秒钟变痴汉，半点儿也不见矜持，恨不得把保险柜密码都告诉人家。

望着四师兄挺拔冷漠的背影，我无语凝噎：“郑医生我们绝交吧，我当没你这个堂嫂嫂。”

郑续脸颊微红，把头顶的羽绒服帽子拉低一点，盖住额前的发，眼神闪烁，都不好意思看我了：“胡说什么八道，阿狩是我的朋友……”

总算把郑续镇住，我欢快地迈动脚步，以为少了郑续的阻挠，我终于能够走到四师兄身旁去说话，没想到，这次换成了被保镖拦下。

两个保镖一左一右，各伸出一只手挡住了我的去路。如果换作普通人拦我还好说，两名一看就很专业的保镖这样拦住我，我骨子里的好胜基因禁不住又犯了。我挑了挑眉，轻松地笑："两位大哥，你们以为能拦得下我？"

保镖的表情十分冷酷，下巴昂得老高，连看我一眼都不曾。

好吧，恐吓失败……

两位保镖的确拦不下我，但我又不能真的动手，最好的办法就是他们被我唬住，自动自觉让开，可这些保镖心理素质也忒好了点，不吃我这一套。

我自讨没趣，只得悻悻地摸了摸鼻子，委屈地对四师兄的背影喊道："你就这样对待你的救命恩人？你就这样一声不吭直接走掉？"

我不明白是哪里出了差错，我的小雷达告诉我，一开始四师兄准备离场的时候，他是默许我跟上去的，不晓得在哪个环节发生了转折，现在他背对着我站在那儿，我们中间隔了好几个人，他浑身上下散发出的气息冷冰冰的，淡漠而疏远。

我于是又想狂踹郑续了，都怪他！我和四师兄独处时气氛明明那么融洽，我示爱示得那么义无反顾，就算四师兄当我在胡言乱语，最起码我也能给他留下一个迷妹的印象啊，结果，无端端跳出一只口无遮拦的郑续，瞎嚷嚷什么我迷恋江旗亭，这要四师兄怎么想我？

我越想越气闷，回眸，恶狠狠地用眼风飞了郑续一把刀子，不是小李飞刀，是八十二斤的青龙偃月刀。

郑续一脸小白兔的无辜状。

倒是前面的女秘书听见我这番话，偏过头，朝保镖们使了一记眼色，两位保镖立刻向左右两边退开，给我让出了一条通向四师兄的路。

女秘书把伞交给其中一名保镖，让他稳稳当当地帮四师兄遮好风雪，接着她从伞下走出，面对我，不卑不亢地说："这位女士，如你所见，Vincent 的伤口需要抓紧时间进行缝合。我们很感谢你在危急关头帮助了 Vincent，如果方便，你可以把你的联系方式留给我，我们改日会好好答谢你。”

女秘书的语气拿捏得十分专业，说的虽然是公关味十足的客套话，但并没有让人听了不舒服。

她说答谢，我又不傻，看四师兄的穿着气质，看今夜来接他的这些人的排场，明眼人一看就知道他不会是普通家庭出身。他们这类人说的“答谢”，往往是以钱财了事。

报以钱财固然爽快利落，然而，这不是我想要的结果。

我的野心要大得多。

我从保镖中间穿过，脚步不停，直接越过四师兄身侧，走到他身前才停下，回首微笑地望着他：“走吧，你要赶紧缝针，我们边走边说。”

他不动，长睫微垂，视线落在我脸上，安静地等我开口。

对上他沉静的目光，我突然就不知道要说什么才好了。

我有许多问题想问他，只是，他不愿意和我边走边说，如此一来时间就会很仓促，我问完了他还要回去处理伤口，我因此一秒钟也不敢耽搁。我抿了抿唇，轻声问：“你叫 Vincent 是不是？”

我还想问他中文姓名叫什么，想问他手机号码是多少，想问他在哪儿工作……我想了解的有关他的事项多到数不清，尽数杂乱地堵在喉头，转眼瞥见他的手臂，包覆伤口的丝巾逐渐洇开一丝淡淡的血红色，我心中一急，只能选择最最重要的那个问题去问。

我深吸一口气：“你结婚了没？”

此言一出，满场皆惊。我佩服我自己，宋野火，你真是一个不世出的猛士。

四师兄不愧是我的男神，全场就属他最淡定，他平静地回答：“宋小姐，我不认为你的问题有任何意义。”

我勇气十足地说：“有没有意义，你以后就知道了。”很好，宋野火猛士，就是这个攻势。

“你只需要回答我，你结了还是没结？”

他不说话，旁边的女秘书反应过来，上前一步，想要救场：“宋小姐，Vincent 的伤真的不好再耽误，要不我留联系方式给你，你有什么要求可以给我打电话，好吗？”

我说：“我怕你满足不了我的要求。”

“这……”女秘书面色不改，“只要宋小姐的要求合情合理，我方一定尽力。”

“问题就出在这了，什么样的要求才算是合情合理？我让四师……我让 Vincent 陪我吃饭，陪我看电影，你看这要求算不算合情合理？”我痞痞地笑，问女秘书。

女秘书的脸色变得不那么好看：“宋小姐，请不要为难人。”

“所以说嘛，你觉得为难……”

我正要继续阐述我的立场，四师兄突然开口插进一句：“可以。”

我傻愣傻愣地转头看他：“你可以什么？”

“可以陪你吃饭，也可以陪你看电影。”他的声调没有起伏，甚至可以说是冷漠的，却听得我心间一暖，粉红小花一朵接一朵地开。

他说：“今晚这种情况，换作其他任何路过的陌生人都未必有胆量帮我，你让我请你吃饭、看电影当作答谢，合情合理。”

女秘书劝阻地喊了一声“Vincent……”，却没有说下去。

我喜出望外：“那就这样说定了啊，你伤好后记得约我。”我将手中的油纸伞倚到墙角边，迫不及待地翻起了包包，好不容易从一堆杂物中找到名片盒，结果发现盒子已经空了，只得看向四师兄，讪讪地笑，“你有纸笔吗？我把我的手机号码写给你。”

他的手机掉了，旧号不一定能办得回来，我留他的号码不成，只能把我的号码留给他。

他说：“不用，你告诉过我了，我记得住。”

我补充自我介绍："我叫宋野火，野火烧不尽的野火。"怕他只是为了现在好打发我，我严肃地强调，"你一定要打给我知道吗？不为别的都好，就当为了还我这条小丝巾，它很贵的，你记得亲手带来还我。"

"亲手"两个字，我说得特别特别重。

他低头看着由于包扎伤口已经变得皱巴巴的丝巾，顿了顿，说："这条丝巾恐怕无法恢复原样，如果你不介意，不如告诉我它的售价，我将它买下。"

我高傲地说："不好意思，你买不起。"

郑续一听，瞬间哭笑不得，朝我喊道："火妹别傻，Vincent 可是……"

女秘书打断郑续，对我说："宋小姐，你开个价。"

我啧声摇头："说了你们买不起就是买不起，这么执着做什么？这可是世界名牌 M&M 的限量款。"

"宋小姐是在吓唬人？"女秘书胸有成竹，"全球排名前三十的奢侈品牌中，并没有 M&M 这个牌子。"

我微笑："你懂不懂货？ M&M，全称 mother&mother，妈妈牌，这小丝巾是我老妈子林满素女士亲手裁给我的，饱含了爱心与温暖，全世界绝无仅有。"

就见女秘书和郑续面面相觑。

四师兄一语不发，直接抬步就走。

我兴高采烈地朝他的背影挥手："不是开玩笑，记得要来还啊。"

四师兄一走，女秘书就亦步亦趋地跟了上去，与四师兄保持着小半步的距离，偏着头，眉毛皱起，似乎正在急切地和四师兄讨论着什么。郑续肃然起敬地盯着我看了老半天，总算想起了缝针需要他，急忙挎稳了药箱，轻拍我的肩膀两下当作告别，转身就想跟在保镖身后一起离开。

我尾随郑续走了两步，追上他，这次，换成我拉住了他的衣服。

他不明所以地回眸看我，我单刀直入，毫不拐弯抹角地开口："一分钟就好，问你个事儿，你是 Vincent 的家庭医生，你一定知道他结没结婚。”

郑续转身，把我的手啪的一声拍开，他难得逮住我有求于他的机会，觑我的神态一秒钟就变得十足十趾高气扬：“你想想，我会说吗？家庭医生一条很重要的职业操守就是保守客户隐私，难不成你天真地认为，你问我我就会告诉你？”

我活动了一下腕关节，把手指扳得咔咔作响。

“讲真，我认为你会告诉我。”

郑续惧怕地缩了缩脖子，眼神倔强地抗议：“宋野火，我警告你，你要是敢揍我，我就告诉你堂哥。”

我温柔且宠溺地微笑：“小傻瓜，你这么萌，我怎么舍得揍你？只是你不告诉我，我就去告诉我堂哥，说某月某日某时，我看到你和别人在外面约会会。”

“我没有！”郑续怒目朝我瞪来，我似乎有点能理解为什么堂哥那么喜欢逗他了，这俊俏小伙子，生起气来眼睛瞪得圆溜溜的，特别有神采，“你污蔑我！”

我安抚地顺了几下他的背部：“好了好了，不气不气，告诉我不就得了？ Vincent 到底娶没娶老婆？”

郑续还是气呼呼的：“娶个鬼。”他幽怨地射我一眼，哼道，“看在我和你长久良好医患关系的分上，不要说我没提醒你，依我看，你还是别打 Vincent 的主意为好，我悄悄告诉你啊……”他鬼鬼祟祟地压低声音，附在我耳边说，“本神医一度怀疑他是个性冷淡。”

我受惊不浅：“神医你不要吓我，此话怎讲？”

郑续把药箱换到左手，右手的手肘懒洋洋地搭上我的肩膀，与我一同望着在小雪中渐渐走远的那行人影，没头没尾地问：“火妹，你觉得 Vincent 那女秘书长得美不美？”

我说：“美，小仙女似的。”

他说："在 Vincent 身边，比那尹秘书美的女人还有一大卡车，而且每一个对 Vincent 都痴心绝对，你猜 Vincent 接受她们了没？"

我说："你都这么问了，那肯定是没。"

"那就对了。"郑续打了个响指，"有那么多漂亮妹子围着他转，他却至今单身，你说他不是性冷淡是什么？"

"就这样？"

"就这样。"

我拍着胸口，真是差点被他吓出心脏病："小续续我说你一个读理科的，咱能不能讲点逻辑？多人追又没女朋友就是性冷淡的话，那这世上性冷淡的人多了去了。照你这说法，我堂哥估计也得是个性冷淡。"我咄咄逼人地看着他，"你说说看，我堂哥是不是性冷淡？"

这答案估计没人比他更清楚。

他不应声，脸瞬间红得像熟透的番茄。

他沉默地抬头看了一会儿天空，说："你分析得很有道理。"他转头看我，"所以，你真瞧上 Vincent 了？"

我反问："不行？"

"行，你武艺高强，你说什么都行。"他笑了笑，小跑着朝快要消失在巷口的人影追赶过去，半路转过身倒退着走，向我挥手，"Bye，我开工去了。"人没走远就开始嘟囔，"还以为多大事呢，这种程度的小伤口简直浪费本神医的手艺……"

我大声叮嘱："少啰唆了神医！伤口给我缝得漂亮点，别留疤！"

等我兜兜转转走出迷宫一样的老城，刚好碰见警察收队，歹徒全被上了手铐，在警察的押解下灰头土脸地一个接一个往警车上钻。马路边里里外外围了几层看热闹的观众，记者也来了，正在对一名警官进行采访。

人山人海中我找不到我的车停在哪，掏出手机，问赵司机要定位的微信刚发送出去，“宇宙魔法光之七彩使者小环环女王大人”的电话就打了进来。

云女王故作高冷地清了清嗓子：“宋野火你今晚挂了我的电话，两次，我们的友谊岌岌可危了，但是经过我的深刻反省，我发现我是一个宽宏大量的人，所以我还是决定原谅你。”

我说：“你打来得正好，我跟你讲，我刚刚遇到了我的真命天子。”

电话那头传来哐啷一声重响，应该是云叙环不注意踢到了什么摆设物，她骂了一句“谁把这破玩意儿搁这儿的！”，才嘶着气回答我，“真命天子？我有没有听错？你去了一趟永安寺，你和我说你遇到了真命天子？”她沉默半秒，说，“不能吧我的火妹？虽然我也承认小和尚的确很可爱很萌，但是你也不能这样。还能不能给人家出家人一点点尊重，还能不能给人家出家人一点点净土了？”

我说：“我又想挂你电话了怎么办？”

她说：“别，为了我们的友谊万古长青，你千万别。冲动是魔鬼，有话好好说。”

我说：“那好吧。”一顿好找，总算在停车场的一个角落里找到了赵司机。

赵司机帮我把车门打开，我侧身坐进去，把姿势调整舒服了，问云叙环：“你还记不记得我和你提起过的四师兄？”

“废话，你今晚才和我讲起他，你当我是金鱼，只有七秒记忆？”她不服气地说，“记得。”

我嘴角愉快地弯起：“我刚在永安寺外面遇到了他。”

“不会吧，他出家了？！”

云叙环惊慌失措：“那你怎么办，你不是难过死了？”她想了想，沉重地说，“你在哪？我去找你。”

我说：“我在马路中央。”

“别做傻事，别做傻事啊火妹！”云叙环嗓音有些颤抖，“人世间除了爱情还有很多很美好的东西，你千万不要自寻短见！”

我说：“赵司机载着我在马路中央，回家路上。”

“哦。”

“他也没出家，我们只是刚好在那附近遇见。”

“火妹，我突然也想挂你电话了。”云叙环一秒变冷漠。

我赶紧哄人：“别啊，为了我们的友谊永垂不朽，你千万别。”

“讨厌。”云叙环娇嗔了一句，很快就调整好了心态，“永安寺是不？我以前就听说那里挺灵验的，有空我也去求一求，看何年何日才能遇到我的真爱，话说去寺庙要准备什么……”我不得不佩服她，跑题跑到十万八千里外还能自个儿找着路回来，“这些回头再说好了，来来来，我找好小板凳坐稳了，你快给我讲讲是怎么一回事。”

轿车在大马路上飞驰，我望着窗外的夜景，简单地把今晚的事情向云叙环叙述了一遍。

云叙环和我青梅青梅，从小看我和别人打架看到大，早已麻木，关于我如何如何帅气地把四师兄反制在墙上，又如何如何勇猛地守住巷口这些精彩桥段，她听了就过了，半点儿也不感兴趣，她比较感兴趣的是：“也就是说，你和人摩擦摩擦了大半个晚上，结果你连人家的底细都没摸清？”

说起这个我就是一肚子辛酸泪：“朋友，你比我八卦，你认识的豪门中，有哪家子弟叫 Vincent 的吗？”

云叙环思索片刻：“好像是有一个，不过那人活得太过传奇，我也没见过真人……”

我着急地问：“帅吗？”

云叙环答：“听说很一般。”

我笃定地说：“那就不是了。”

虽说每个人的审美各有差异，但四师兄那张脸，认为他长相“一般”的人估计眼瞎。

云叙环恨铁不成钢地对我说：“火妹啊，你要知道，帅哥这种物种都是很虚无缥缈的，这次你好运见着了，下次再见说不定人家就和别的姑娘牵着小手了，你怎么就不会好好把握呢？要是人家不主动联系你，你要到哪里哭去？”

我一点儿也不慌，说：“我这不是把握住郑续了嘛，郑续认识他，我可以找郑续。”

“那还稍微靠谱那么一点点。”云叙环叹了口气，“哎，我搞不懂，你到底是怎么摊上这么一位神龙见首不见尾的神秘人物的啊……”

我回想了一阵。

“唔……这事还要从你说起。”

第二章

这事的确还要从云叙环说起。

云家和我宋家是世交，说起来，我和云叙环在还裹着尿片的年纪就混在一块儿了。我小时候由于身子骨虚，被家里送去学武术，想着好歹能强身健体。

那几年我的头发常常剪得很短，因为练武的缘故，几乎从没穿过裙子，都是以裤装示人，活脱脱一个风流倜傥小帅哥的模样，因此，云叙环在很长一段日子里都误以为我是男孩。再加上我习武习得颇有成效，身体倍儿棒，拳头嘎嘣硬，无数次帮她揍跑了欺负她的邻家熊孩子，她便不可自拔地深深迷恋上了我，不止一次羞涩地在长辈面前扬言，说长大后要给“火把哥哥”当老婆。

她第一次说这话时我也才七八岁，哪里懂得“老婆”是个什么鬼，只能从大人们的片言只语中推断出，老婆这种生物，是要和自己过一辈子的。云叙环总是穿着粉嫩粉嫩的小洋裙，打扮得漂漂亮亮的，还会弹钢琴，最最感动我的是，她会把菠萝包面上最好吃的那一层脆皮留给我吃。我认为她很不错，够义气，于是，我摸摸她的脸蛋告诉她：“可以，你可以当我的老婆。”

童言无忌，那些年幼无知的时光里，我总爱一手揽着云叙环的肩膀，嘴里叼着一根做成香烟样子的棒棒糖，一副黑道大佬搂着小美人的架势，到处游荡。那些年那片街区，只有我一个陈浩南。

好景不长，有一年暑假，云叙环家突然住进了一位大胖小子，据说是她的远房表亲，父母都到外地出差去了，孩子没人带，要把大胖小子寄养在云叙环家一个月，管饭就行。大胖小子是个天生的演技派，在云爸云妈面前表现得十分温驯，私底下对云叙环却总是各种欺负，抢玩具不说，有一次居然趁云叙环趴在沙发上瞌睡，一剪刀把云叙环长长的麻花辫剪了，剪了不说，大人问起，他居然还污蔑是“宋火把”剪的。

我听说这件事的时候正好在练功，差点没气得走火入魔。

云爸云妈自然把一切都看在眼里，但碍于是亲戚家的孩子，不能打不能骂，唯有把事情如实告诉亲戚，让亲戚早点回来把熊孩子领回去。云爸云妈家风正派，没对大胖小子怎么样，而“浩南哥”我却吞不下这口恶气，一是为云叙环被剪了的发，二是为那句污蔑。

我让云叙环帮我把大胖小子约到后山。

当云叙环领着大胖小子到场，我已经提前等在了那儿，并利用道具凹好了一个无比拉风的造型，想着最起码要从气场上先镇住他——我头戴一顶斗笠，面对山崖，背对他们站着，一手负在腰后，一手拄住一把剑。

斗笠和剑都是老妈剧组的作废道具，斗笠是那种带黑纱的，往头上一罩就很有神秘高人的风范，剑是橡胶制品，别说伤人，估计连剁豆腐都有难度，但是无妨，这阻止不了我心中的万丈豪情。侠客，这就是我向往已久的侠客。

如果没有云叙环在那边大惊失色地喊“火把哥哥，你的剑弯了！弯了！”，相信一切将会更完美。

我假装没听到云叙环的呼叫。一阵比一阵萧瑟的冷风中，我眼神肃杀地转身，双手拄剑，眼睛半眯，紧盯大胖小子：“我叫宋野火，不叫宋火把，胖崽，你给我记好了，即将打败你的人是宋野火。”

我觉得我真是帅破天际。

……

结果，我被大胖小子狠狠地揍了一顿。

这很符合武侠剧套路，一般侠客刚出道的那会儿都是比较波折的。委实不能怪我学艺不精，彼时我才小学，而大胖小子已经是个初中生，无论横看竖看，体型都比我大了两倍不止，我打不过也很正常，主要是看我不畏强权，敢于挑战的勇气。

后山风凉，大风把漫山遍野的京羽茅吹成枯白色的波浪，我呈大字躺在地上，旁边是散落的斗笠和假剑。大胖小子吹着口哨耀武扬威地走了，临走前还不忘示威地捏了一把云叙环的小脸蛋。云叙环扶起被打趴在地的我，一声“火把哥哥”跟着一声哽咽，最终放声哭成了泪人儿，而我咬紧牙关，哪怕肉体再痛，哪怕心中再不甘，也不肯让一滴眼泪掉下。哪有侠客输了会哭哭啼啼的道理？

我靠着云叙环，重重喘了一口气，说：“别哭，现在的我还不够厉害，所以没办法。等我变得很厉害很厉害了，我不会再让你被人欺负的……”

儿时的云叙环迷恋我不是没有原因。

多年以后我偶尔想起这幕，都会觉得，唔，我真是帅裂苍穹。

那是一个无比炎热的夏天，被大胖小子打败后，为了不让手脚的瘀青被家里人发现，我每天都穿着武馆的练功服，长衫长裤的，脖子以下都遮得很隐秘。

我沾沾自喜地以为这样就能瞒天过海，千算万算，算漏了一个变数，那就是武馆的叶慎叶师父。

叶师父以为我每天都穿着练功服是因为热爱武术，习武心切，颇觉欣慰，每当见着我都笑眯眯地念“这小妮子是个可造之材”，欣慰着欣慰着，在一天下午，他竟龙心大悦地特地点名让四师兄和我切磋。

武馆内这么多师兄，我最不熟悉的就是四师兄，甚至连他姓甚名谁都不知道。这位四师兄可谓是个传奇人物，来武馆的时间极少，平均一个暑假下来也就那么三四天，而就那么三四天，他在武馆内也总是独来独往，很少主动与别人交谈，一副生人勿近的冷酷模样。偏偏这样一个人，不是最勤奋，年龄不是最长，入馆时间也不是最久，却是身手最好。

师兄弟姐妹们都认为我是走了狗屎运，才能得到四师兄的指点，而我则认为自己是踩了狗屎，才会倒霉到一身伤还要和大魔头对打。

不出所料，三两下我就输了。

实力差距摆在那，我并没有太多的不服气。我活蹦乱跳时都不是四师兄的对手，更不要说我周身都疼的时候了。

下了课，我独自一人坐在屋外连廊的木地板上，双手环抱住膝头，目之所及处是武馆的庭院一角。叶师父早些年头亲手在庭院里植下了几棵雪松，现今都已长得亭亭如盖，一条小溪涧引了山上的活水，从雪松的树荫下蜿蜒流淌而过，带动竹流水器敲打出悦耳的声响，盛夏里听着就感觉十分解暑。

迎面拂来的阵阵凉风吹得我很舒适，又让我对身上伤痛的感知更为敏锐，痛感似乎一瞬间就被放大了。我长长地呼出一口气，双目望着流水深处雪松掩映着的一座拱形石桥，耳朵听着檐角下的玻璃风铃被风吹响，我忽然就觉得自己似乎有那么点儿凄凉。

正好是在我抹眼泪的时候四师兄出现了。

他从走廊尽头的拐角后走出来，一身雪白练功服，衣上干净得没有任何脏污。十几岁的少年身上透露着一股与年龄不相符的沉稳气息，看人时目光亦是清冷的。我原以为像他这样的人，一辈子都会活在云端，永远不会和我们凡人亲近，然而让我意料不到的是，此时他正朝我走来，手中稳稳托着一只白色搪瓷托盘，托盘上搁着一条白毛巾，一盆冒着热气的水，一瓶专治跌打损伤的药膏。

泪眼迷蒙中，我看见他走到我身边坐下，把托盘放到了一旁。

他半仰起脸，望着天空，良久良久才开口问我："哭成这样，很疼？"

我不说话。

他又问："疼的话怎么不说？"

我还是不说话。

我呆呆地盯着他额前被轻风吹动的碎发，他的侧脸近在眼前，我对美丑的概念不是很有体会，所以不是很明白为什么年纪比我稍长的师姐们每当见到他，都会满脸火烧似的红云。

见我没出声，他转头，目光落在我脸上，盯着我眼神复杂地打量了好一会儿，不再试图和我搭话，而是果断伸手捉住我的手腕，把我的袖子撸高。少了衣袖的遮盖，我手臂上的点点瘀青暴露在了空气中。

他微微一怔，说："比我想象的更严重。"他凝视着我的眼睛，问，"怎么弄的？"

我缩回手，骄傲地回答："这是我勇猛战斗的勋章。"

一开口，我发现我的鼻音重得不像话，可怜兮兮的，害得我说话一点气势也不剩。我赶紧吸了吸鼻子，然而刚才哭得太凶，吸鼻子作用不大，唯一的方法是把鼻涕擤出来，于是我顺手牵起他的一片洁白衣袖，往自己的鼻子捂过来……

他并不反抗，静静地等着我把鼻涕擤完，而后他捏着这片被污染过的衣袖，不容拒绝地抚向我的脸，面无表情地说："来，把眼泪也擦擦。"

这……

我左闪右闪，惊恐地躲着他这片衣袖，越躲越靠后，最终躺在了木地板上。我捂着脸翻滚，大喊道："我这是在帮你！师父说的，在武馆内练功服不能太干净，否则就有偷懒不练功的嫌疑，要罚扎马步！"

我动作太大，乱滚时好巧不巧硌到了痛处，忍不住"嘶"了一声。

他总算放过我了，淡淡道："什么歪理。"

我逃过一劫，坐起身，看见他从托盘中取起白毛巾，放进旁边的热水盆里过了水，拧干。不用他指示，我自动自发把两边袖子挽高，把两边裤腿也挽高，双眼发亮地等着。

热毛巾敷上伤痕的那一刻，我舒服得简直要热泪盈眶。

鼻端嗅到清淡的药草香味，我往热水盆里瞥去，望见水中飘着几片墨绿色的叶子，才知原来这不是普通的热水。

我感动地望着他：“你怎么知道的？”

他帮我敷一会儿这块瘀青，接着又帮我敷一会儿那块瘀青，其间还要不时将毛巾去过一过热水，以保持热度，忙碌中分神回答我：“和你交手的时候，你看我的眼神特别冤屈，每当我碰到你一些特定部位，你的表情又特别扭曲。”他瞟了我一眼，“我明明没用多少力。”

我不服地说：“我疼啊哥，你换成我试试看？说不定你早就哭爹喊娘了！”

他不理会我的挑衅，径自说道：“我也记得师父说过，馆内子弟，恃懂武而在外寻衅者，重罚。”他帮我把所有瘀青都用热水敷了一遍，放好毛巾，从托盘的另一角拿起那瓶药油，拧开瓶盖，帮我擦药，“在武馆内可不会受这么重的伤，你说说看，你这些伤是怎么来的？”

擦药油不比敷毛巾，要用上力道，他的手揉上我的瘀青的那一瞬，我痛得龇牙咧嘴，险些飙泪，断断续续地喘着气回答：“我没有……没有主动去寻衅，是那小……小王八蛋……啊，好痛！你你你轻点！”我眼里含着两泡泪，瞪他一眼，愤愤不平地往下说，“是他欺负……欺负我媳妇儿……在先！”

他帮我擦药的手势一顿：“欺负你的谁？”

他不揉我的痛处，我的话一下子顺溜许多：“欺负我的媳妇儿。”

他听清楚了，微微皱眉：“胡说八道，你才几岁，哪来什么媳妇儿？”

他帮我擦药的动作一继续，我的说话声马上就又变得断断续续的，我忍着疼说：“真的，不、不骗你……我的媳妇儿超级可爱，眼睛圆溜溜，嘴巴红嘟嘟，还有点小微胖……”

我打量着他古怪的脸色，心中灵机一动，忽然就觉得自己知道了什么。

我“嘿嘿”坏笑两声，说：“师兄，你是嫉妒我有……有媳妇儿而你没有吧？”我越想越认为是这么一回事，“你比我要老，我记得妈妈说过，社会上把没有媳妇儿的人叫作大龄剩男，唔，师兄，你是个大龄剩男。”

他手一抖，力道一时没控制好，我痛得“嗷”了一声。

我一边飙泪一边更加笃定，四师兄他一定是在嫉妒我，没错。

他问我：“你今年几岁？”

我答：“九岁半，还有几个月就满十岁了。”

他说：“根据我国婚姻法，法定结婚年龄男不得早于二十二周岁，女不得早于二十周岁。”

我问：“婚姻法是什么？和拳法腿法棍法一样意思吗？”

他沉默了足足一分钟，才无奈地回答：“算了，咱们不聊这个。你和我说说，你为你的好朋友出头，结果怎么样？有没有打赢？”

我难以启齿：“对方比我大很多，和你差不多高，但是比你胖……”

“嗯，也就是输了。”

我不好意思地挠头讪笑，不作声。

“我看过你练习，你的身法很漂亮，也很灵活，就是有些轻浮，过于追求好看的招式，力量也不够。作为男生，这种打法不太正常，有点偏向女孩子了。”他漫不经心地分析道，“你和别人打或许能以技巧取胜，但是一遇到力量上能压制你的，你必败无疑。”

我一愣一愣地听着他讲话，他……是不是误会了什么？

作为男生？偏向女孩子？

我抬手，木讷地摸着自己清爽的短发，心想，隆里个咚的，又有一个搞混了我性别的。天可怜见，我本来就是女孩子啊！

“师兄，我……”我正要辩解，被他一个用力的揉搓打断，我霎时不记得自己原本打算讲什么，呜呜叫道，“好痛！”他并没有因为我喊痛就放轻手劲，我吸气又吐气，“你那么粗鲁，怪不得你没有媳妇儿！”

我口不择言地恶意攻击。

“知道痛就好。”他淡淡瞟了我一眼，终于停手，看来是把我料理妥当了，捡起瓶盖将药油拧紧，递给我，云淡风轻地说，“回到家记得按时擦药，否则小小年纪落下了病根，以后有得你痛的。”

我抹了一把眼角不小心冒出来的两滴泪，不接药油，摇头，倔强地说：“不擦药，回到家绝对不擦药。”

“闹什么性子？”他啼笑皆非，“说你打法像女孩子，性格也像个小姑娘似的。”

随便他怎么说，我不痛不痒，我原本就是弱不禁风小姑娘一枚，他这激将法对我没用。

我手掌竖起往外一挡，把药油推回去，坚决不肯接：“回到家里擦药，爸爸妈妈会闻到味道的。”

他拗不过我，只得将药油重新搁回托盘，收拾着托盘里的东西，淡声说：“怕父母担心，就不要……”

“我才不是怕他们担心。”我托着腮帮子，苦着脸叹气，“我是怕他们知道了我去外面和人打架，他们会把我打得更重啊。”

想起家里那条藏在电视机后的祖传的粗壮的藤条，我陷入了无穷无尽的忧伤。

接下来一连好几天，四师兄每天都会按时找我擦药。

身为武馆中人，由于练武而磕伤碰伤很正常，师兄弟姐妹们平时也会互相帮忙擦药，只是，以前无论相互之间怎么搭配，谁也不敢把主意打到四师兄头上。我伟哉，我壮哉，我幸甚至哉，居然开了一个史无前例的先河。自从四师兄的小手揉上我的瘀青的那一天起，师姐师妹们投向我的小眼神总是充满了难以言喻的羡慕嫉妒恨。

我的虚荣心得到了空前满足，感觉自己好像一下子就把原本在天上飞着的大神给拉下了神坛，每看他一眼都觉得如在梦中。终于，在他第四次帮我擦药的那天，我一个不留神，把心中积累已久的困惑给问出了口：“四师兄，你为啥对我这么好？”

他的回答十分简练：“因为你怪可怜的。”稍顿，又说，“也怪好玩的。”

他这个答案让我苦思冥想了整整一日。

“可怜”一说我可以理解，至于“好玩”一说……

我把四师兄这句话解读为寂寞。

想来也是，他很寂寞。武馆里的学员们虽然都很崇拜他，也都很想与他亲近，但碍于他散发出来的生人莫近气息，很少有人有勇气主动迈出那一步。在同门手足的心目中，他就是山巅白雪，最配那一句“可远观而不可亵玩焉”。我无意中碰见过几次他和叶师父下围棋，亦是一副少年老成，自矜自持的模样。大家都忘了他其实也才十几岁。这么一个人，哪能不寂寞？

他说我“怪好玩的”，好玩好玩，他大概是想我和他玩吧？

想通了这点，我不得不惊叹自己的体贴入微、善解人意。

于是乎，以擦药为契机，我就这样顺其自然地赖着四师兄和我一块儿玩了。

武馆内大多数人都无比鄙视我这种做法，包括叶师父在内，都以为是我单方面膜拜四师兄，所以像甩不掉的牛皮糖似的黏着他，自愿成为一个小跟班。叶师父鄙视我鄙视得不行，不止一次对着我摇头叹气：“小十九啊小十九，为师以为依你的性子，会永远不甘落于人后，怎么一个老四就能让你心服口服当跟屁虫了？”

我心想师父啊师父，你不懂咱年轻人的心。

我语重心长地回答：“师父你想错了，我不是在当四师兄的跟屁虫，我是……”我绞尽脑汁，想要想出一个能够表达平等的词语，想了整整三秒钟，终于想到，猛地一拊手掌，“我是在当四师兄的红粉知己。”

叶师父：“哦，就是跟屁虫。”

我说："行吧，就算是跟屁虫，那我也是一条能够给四师兄输送源源不绝关爱的跟屁虫，哼。"

我把全部心思都放到了四师兄身上。

在我对云叙环不闻不问的第二周，云叙环敏锐地嗅到了不对劲，当天夜里，她连续给我家里打来了三通电话。

第一通，她问："火把哥哥，你是不是不爱我了？"

我铿锵有力地回道："爱！"

第二通，她问："火把哥哥，你是不是好多天没来找我玩了？"

我结巴了一下，说："最近在学新的腿法，晚上回到家都累得动不了了……"

第三通，她问："火把哥哥，你老实告诉我，你是不是在外头有人了？"

我竟心虚得手心直冒冷汗。

再也无法瞒着云叙环继续"金屋藏兄"下去，我决定把四师兄也介绍给云叙环认识。

经过这段时日的相处，我充满信心地认为，我对四师兄的性情有了浅薄的了解，至少我可以百分之一千地肯定，如果我贸贸然跑去四师兄面前，和他说我想带他去和我的"媳妇儿"结交结交，他是绝对不会答应去的。

我必须得另外想一个法子。

刚好有一天授课结束后天下起了大雨，我蹲在更衣室里换鞋子时，听着窗外的雨声，忽然灵机一动。确定周围没有人听见，我偷偷摸摸地躲到角落里给赵司机打了一通电话，主旨很简单，让他不用来接我了。然后我火速穿好鞋子，跑到武馆大门外的屋檐下，一边故作忧愁地避雨，一边等四师兄出来。

这是件非常考验演技的活儿，我要让我的背影看起来无助，且忧伤。

大约过了五分钟，身后有脚步声接近。

看见我，那脚步声顿住，随后四师兄的询问传来："没带伞？"

我回眸看向他，讪讪地笑："忘记了。"我揉着鼻子，苦恼地说，"司机伯伯也临时有事，不知道还能不能来接我。"

我眼风左瞟瞟右瞟瞟，说谎时刻总是特别心虚，只求四师兄没发现。

四师兄没看我，他望着外面淅淅沥沥的大雨，略加思索："走吧，我让司机先送你回去。"

四师兄果然不会弃我于不顾，一切尽在我掌控之中，我的心头禁不住涌上一阵小窃喜。

我已经私下谋划好了，我打算让四师兄把我送到云叙环家附近的一个路口，再让云叙环以接我的名义，提前等在那儿，这样，我不就可以顺理成章地把云叙环介绍给四师兄认识了吗？我家和云叙环家离得不远，走路就可到达，奸计得逞……啊不，大功告成以后，我可以让云叙环借把伞给我打着回去。

我坐在四师兄家的轿车里，想得美滋滋。

只可惜，我想得再多都是没用的，谁叫我摊上了一个健忘的猪队友？当车子行驶到我和云叙环约好的路口时，别说云叙环了，蚊子都不见一只。

我两手扒拉着车窗下沿，陷入了无边无际的惆怅。

四师兄从杂志中抬头，看了一眼窗外，再看向我："不是说有人会在这里接你？"

我不愿承认地硬着头皮说："呃，她应该是忘了。"我郁闷道，"不瞒你，我那小伙伴，她可能有点儿笨。"

四师兄的目光回到杂志页面："你家离这儿有多远？我直接送你到家门口？"

事到如今也只能这么办了，我提不起劲地回答："不远，前面向左拐个弯，再往前开两分钟就到了，谢谢师兄。”

黑色轿车继续往前行驶，然而还没到我家，只开了一小段路就在路中间停了下来。司机打伞下车，花了几分钟时间查看清楚前面的路况，打开车门，为难地说：“前面一段路水浸得厉害，车子恐怕过不去，人倒是可以贴着边走。”他犹豫地看了看我，问四师兄，“少爷，要不你在车上等一等，我步行把你小师弟送到家再回来？”

这边都是独栋的老房子，建成有好些年头了，排水系统向来不大通畅，这一片的住户早已心照不宣，每当下雨天大家都会绕路走，极少有人会兜进这条路。我真是昏了头，一心盘算着要怎么牵线，竟忘了提醒司机这一点。

我霎时就被愧疚感淹没，不好意思地对司机说：“叔叔，不用麻烦了，我家离这里很近，可以借我一把伞吗？我自己回去就好。”

司机拿不定主意地看着四师兄：“少爷，你看……”

四师兄随手把杂志合起，我眼尖地瞥见封面，才搞清楚这是一本讲述科技发明的期刊，难怪我刚才偷瞄了几眼却连一句话都看不懂。

“程叔，麻烦你停好车等我。”四师兄随手把杂志放到一旁，从座椅底下拿起一把雨伞，对司机说，“我送送他就来。”

四师兄撑的是一把透明雨伞，伞足够大，可以把并排行走的两人很好地罩在下面。我们靠着路边，小心翼翼地走过被水淹了的那段路后，雨势渐渐小了，仿佛一下子从大雨倾盆的瓢泼过渡成江南烟雨的迷蒙。雨天，附近居民都不往这边走，路上除了我和四师兄，没有其他人，偶尔可见燕子鸣叫着从斜风细雨的空中掠过，街道旁一户人家的庭院门前植满了绣球花，花色迷人，静谧且温柔地开着，在迷蒙的雨雾中宛如一团团晕染开的浅紫色颜料。

我盯着圆滚滚的雨珠从通透的伞面滑落，玩心大起地伸手去接，感受完那冰冰凉凉的触感，而后甩掉。这样忘我地玩了一小段路，回过神时，发现云叙环家就在十米开外的左手边。

由这条路回我家首先会经过云叙环家。我心中暗暗一喜，想着如果时机恰好，经过云家的宅子时说不定能见到云叙环。

我欢欣地转头，正要开口和四师兄说，我最好的玩伴就住在前面……

然而语句溜出来之前，我的大脑却抢先顿悟了一件事，一件与当前情境毫不沾边的事。我好像突然间明白了，为什么武馆内的师姐们每次见到四师兄，都会一脸止不住兴奋的娇羞嫣红。

我怔怔地望着近在咫尺的侧脸。

四师兄他……原来长得真的很好看。这一瞬从我的角度望过去，他眼睫半垂，侧面轮廓是一种近乎让人惊心的清俊。

我唇瓣微张，无言。

心底却不受控制地掀起了惊涛骇浪。那一年，那一刻，九岁半的我破天荒地明白了一个道理——不能吧，世间竟存在比我宋野火更帅的男人！

察觉到我的异样，四师兄略微偏过头，目光询问地对上我的：“嗯？”

我摇摇头：“没什么了！”

话一出口我就陷入了漫无边际的惭愧，在这短短一刻，我心中居然有一道恶魔般的声音在阻止我介绍四师兄和云叙环相识。潜意识里我在害怕什么呢？怕四师兄长得这般好，云叙环那个小花痴见着了他以后会为色所迷，抛弃我？还是……

四师兄曾经告诉过我，他之所以对我特别优待是因为我“好玩”，在我看来，云叙环比我“好玩”岂止百倍，还长得可爱。要是四师兄见了云叙环，他会不会觉得云叙环更“好玩”，从而不再理我？

我不知不觉间停下脚步，为自己的想法感到震惊。如此狭隘，如此不坦荡，还能不能有半分侠客的样子了？

四师兄正要和我说话，凌空突然飞来一颗坚硬的小石子，正正弹上我的脑门，我痛得闷哼一声，捂着被打疼的地方，一时间犯起怔忪。

四师兄话锋一转，我听见他发问："怎么回事？"

我明白他指的是石子，但我也搞不清楚我怎么好端端的就被石子砸了，我吞了吞口水，恍惚地说："哥，我可能遭天谴了，这是上天对我的惩罚，因为我刚才居然有一个很自私的想法。妈妈说好的东西要和朋友分享，可是我一点儿也不想和环环分享你，怎么办……"

"你在胡说什么？"他一手撑伞，一手环住我的肩膀，把我转了半个圈，"你看那边。"

我呆滞地定睛望去。

原来在我胡思乱想的时间里，我和四师兄已经路过了云叙环家，此时四师兄让我往回看去的方向，恰好就是云叙环家屋后一带，那里叠放了一堆准备用来建造花圃的砖块，我一眼就望见，有一个胖墩墩的身影正鬼鬼祟祟地藏在砖墙后方，不时地探出半颗圆润的脑瓜偷窥，也看见了那人手里抓着的弹弓。

大胖小子！

我脑海轰隆一响，眼角一抽，瞬间就怒发冲冠。我红着双眼，一边撸高袖管一边气冲冲地朝大胖小子冲过去："你人胖胆子肥，敢拿弹弓打你爷爷！上次是我没吃饱饭没力气，这次你没那么好运了！"

大胖小子见自己被发现，索性也不躲不藏了，大大方方从砖墙后站出来，双手叉腰，肚子一腆，嚣张地呛声回我："上次老子不是说了，要你多管闲事！以后见你一次，揍你一次！"

"好哇你！"

我气疯了，气疯了的我不会记得自己曾在他手上战败过，还吃了不少苦头。打架全靠一股劲，我立刻就要冲上去给他点颜色瞧瞧，不料才冲了两步就被四师兄从身后拉住。四师兄握住我的手腕，低头看着我手臂上仍未完全消退的青青点点，眼底似乎流转过一抹异样的光亮，轻声问：“把你打成这个样子的人，就是他？”

我正在气头上，就算输人也不能不输阵，大声叫嚣：“那是上次，这次不会了！”

我扭动手臂，想要挣开四师兄，迅速奔赴战场。

四师兄却不放手。他若有所思地盯着我打量了一阵，然后，把我草草挽上去的袖子给重新拉下来，拍拍我的肩膀，轻描淡写地说：“我来。”

他把伞收起，慢条斯理地卷好递给我，我才意识到雨停了。

看着他镇定自如的样子，我仿佛被感染，逐渐冷静，又觉得匪夷所思：“你去？你去帮我揍他？”

他点头。

我愣了愣，心间刹那就被不可名状的感动胀满。我一直想要一个哥哥，在我受欺负时能够帅气地为我出头，可惜这个夙愿这辈子是无望达成了。堂哥倒是有一个，怎奈住得太远，远水救不了近火，这么多年，我始终是自己单打独斗。

可是今天不一样了，我有四师兄，四师兄说他帮我。

我顿时就感动得泪眼花花，拉住四师兄的衣角：“为什么？”

对比我的激动，他冷静得几乎可以说是冷血，但我知道他绝非冷血，一个真正冷血的人，怎么可能会主动提出要替我出头？

他的答案也是冷酷的：“因为你打不过。”嘴上说着这么不留情面的话，投向我的眼神却添了一丝暖意，“我可不想再帮你擦药。”

我又羞又恼，挠着后脑勺，困窘地给自己找台阶下：“不怪我，他很强的。”

大胖小子的确很强，我说出这句话，同时也不得不承认这个铁一般的事实。我看了看大胖小子，又看了看四师兄，前者的宽度几乎是后者的两倍，我忍不住有些忧心忡忡：“他真的很强，蛮力很大。”

四师兄“嗯”了一声：“所以才是我去。”

我咬了咬唇，不作声。

也许是我的眼神透露出了某种信息，四师兄问：“你认为我赢不了？”

“我怎么会！”我急忙否认，“我当然知道师兄你很厉害，只是……”只是两人体积相差太大，视觉上造成的冲击，我看着心里悬啊，我小心翼翼地提醒，“不要轻敌，他的凶残超乎你的想象。”

“好。”四师兄转身朝大胖小子走去，“那你看着。”

两分钟后，四师兄一边整理着袖口一边朝我走回来：“怎么样？”

我瞠目结舌，早已石化。

厉害了我的哥！这叫打架吗？这叫碾压吧！如果说这是一场武术比试，那只能说这场比试毫无看点，观众连门票都白买了，情势完全一边倒，大胖小子用他那柔软油腻的身躯生动形象地诠释了什么叫作“毫无招架之力”，我看着四师兄淡定地朝他走近，我看着他举起双拳，摆出一个颇有架势的造型，然后……就没有然后了。

什么叫作秒杀，这就是。

四师兄，江湖人称老四，足以让叶师父在同行面前吹嘘一辈子的得意门生，众师兄弟姐妹口中的“镇馆之宝”，今日有幸见他实战一回，方知世人诚不我欺。

方知上回我于馆中和他交手，他真真“没用多少力”。

他问我“怎么样”，我……我实在忍不住了！我开心地大叫一声，一头野牛似的朝他冲过去，纵身一跃，趁他始料未及，闪电霹雳般地跳到了他身上，手脚并用地缠抱住他，在他耳边欢欣雀跃地叫道：“师兄，你是我的男神！你真是太太太太凶残了！我喜欢！”

对我的满腔热情无动于衷，他命令道：“下来。”

我整个人挂在他身上，这种姿势，如果他不托住我的小屁屁我本来就坚持不久，我乐呵呵地应了一声“得令”，迅速跳下站回原位，双手背在身后，两眼发光地盯着他笑。

他这才愿意和我讲话："凶残？"

我赶紧解释："是赞美的意思！"

"过奖。"我说是赞美，他便也坦坦荡荡地受了，唇角抿出一丝极淡的笑意，"小师弟不争气，被人欺负了，当师哥的如果没点血性，那怎么行？"

我好像忽然间就明白了云叙环看我时是什么样的一种心情。

一如我此刻看四师兄的心情。

难怪会依赖，难怪会迷恋。

原来在自己受尽委屈时，有一个人愿意为你出头是一件令人这么小鹿乱撞的事。

第二天大清早云叙环就给我打来了电话，把我从睡梦中吵醒，十万火急地通知我，说她家现在正在上演年度好戏，精彩得不得了，她已经帮我霸好最佳观赏位置了，让我赶紧去围观。

我睡得迷迷糊糊的，应了声"好"，随便套了件 T 恤和短裤就梦游般地朝云家飘去。

云叙环家我是常客，不用敲门就可长驱直入。当我踏进云家大厅，瞧清眼前情况的那一刻，我猛然虎躯一震，再顽强的瞌睡虫也在这个瞬间全被吓得死了个精光。

我大梦初醒地揉揉眼。

呃……该怎么描绘我的震惊？我的天呐，大胖小子居然在哭！

大胖小子一把鼻涕一把泪，正哭得投入，哭得忘我，哭得口齿不清，边抹泪边说："我知道错了，我不是故意的，我只是想和小环妹妹玩……小环妹妹不理我，总是黏着宋火把。宋火把有什么好，长得那么瘦，排骨精都比他胖，还是个小白脸，男生怎么可以长成那样，我就是看他不顺眼……"

这这这，听起来，胖崽似乎是在供述他的罪状？

我表示我受到了惊吓。

客厅里，云爸云妈坐着，此外，有一对四十岁左右，我从未见过的陌生男女也坐着，唯独大胖小子是站姿。他站在那名妆容精致的陌生女人面前，低着头哭。陌生女人应该是他的母亲，动作很是安抚地帮他擦泪，脸上的神情却有点儿不知如何是好，频频朝坐她身旁的男人看去。男人应该是大胖小子的父亲，眉头紧锁，神情非常严肃。

云爸云妈的神情比他更严肃。

如此低压的气氛，我弱弱地喊了声："云叔叔，青姨。"

听见我的叫唤，云妈的脸色似乎柔和了一点儿，有些疲倦地朝我露出笑容，招招手："火妹，到这边来。"

我本能就十分听话地向云妈走去，走了几步，觉得不对劲，云妈的目光怎么老往我手脚打量？我心中咯噔一响，这才后知后觉地想起，我出门时穿的是短袖！

身上未完全消退的点点瘀青再也无法遮盖，我不安地抚着手臂，脚步变得犹豫。

云妈温柔地对我说："别怕，青姨都知道了，过来让青姨瞧瞧。"

我默不作声地走到云妈面前，她牵起我的手，视线一垂，落在我的胳膊上，一瞧清楚我此刻情状，脾气顿时就有点控制不住。她把我往沙发上一安放，云叙环也在那儿，下一秒，她的眼风怒气腾腾地朝大胖小子扫去。

"你哭，你哭完了没？"

大胖小子被喝得浑身一抖，硬生生地把啜泣给吞了回去。

云叙环受惊地一把抱住我："怕怕，妈咪要变成大母猫了。"

我也怕怕，我印象中的青姨无比贤良淑德，说话也总是细声细气的，除了在云叙环偶尔的诉苦里，我何曾听说过她对谁发脾气？

把大胖小子镇住后，云妈的视线转向那对陌生男女，缓缓说："自家儿女自家管教，原本念着亲戚情分，我也不想多说。小环的头发被剪了就被剪了，顶多是小女孩哭一场的事儿，可如今薛阳把别人家的小孩伤成这样，你要我怎么向人家父母交代？”

陌生女人明摆着不想把事情闹大，和气道：“小孩子闹着玩呢，能伤成什么样……”

云妈冷笑：“小孩子闹着玩？一个十四五岁的小伙子对一个不满十岁的小姑娘下重手，这是闹着玩？这是仗大欺小，这是欺凌！”云妈指了指我，“你过来看看就知道能伤成什么样了，如果不是这孩子今天穿了短袖，我还不知道！”

陌生女子面色尴尬，不好意思再出声反驳，倒是大胖小子的父亲开口了：“这事再讨论下去也没意义，的确是小阳做错了，我回去会好好管教他。”他拿出皮夹，意味深长地朝我看来一眼，接着对云妈说，“这里有一些钱，麻烦你帮我拿去给小孩的父母，就当是我们赔的医药费。”

给钱，这也是息事宁人的一种方式，从他不耐烦的语气就可以听得出来。

云妈不吃这一套，冷笑一声，说：“二姑丈，你先别急着掏钱包，你想要赔，也要问对方愿不愿意拿啊是不？”云妈看向我，问，“火妹，你愿意接受这位叔叔的赔偿吗？”

我唯恐避之不及地用力摇头。

正所谓江湖事，江湖了，大胖小子虽说是让我吃了好大一顿苦头，但是四师兄已经帮我华丽复仇了，在我心中，此事就此翻篇，我拿大胖小子家的钱做什么，本侠客是如此庸俗的人吗？不是。

云妈早就料到了我不会要，赞赏地一笑，说：“二姑丈，你看，连小孩都不认为此事可以用钱来解决。”

陌生男人的脸色不太好看：“那你想怎么解决？”

云妈的笑容收起，无可救药地看着大胖小子的父母：“还能怎么解决？做错事就该认，等下我和你们一起，到宋家登门致歉！”

大胖小子的父母明摆着拉不下这个脸，对视一眼，陌生女人挤出一个尴尬的微笑，讨好地说：“用得着这么庄重么？说到底也只是小孩子胡闹，我和大辉倒是无所谓，只是你们两夫妇在社会上也是有头有脸的，这样放低身段地去道歉，传出去，不知情的还以为你们犯了什么大不了的错呢。”

云妈用一种既复杂又微妙的眼神盯着大胖小子的妈妈：“看来你们是不知道，薛阳打伤的是宋家的千金。”

大胖小子的妈妈不以为意：“哪个宋家啊，这么大口气。”

“也不是哪个宋家。”云妈闲闲地坐在沙发上，转动着手腕的玉镯子，随意地开口，“不过是瑞安集团的那个宋家罢了。”云妈皮笑肉不笑，转头看大胖小子的爸爸，“二姑丈，我记得你好像不久前给我打过电话，想让我出动友情牌，看能不能帮你约到几分钟和宋董的洽谈时间？”云妈的下巴往我的方向示意，“好巧不巧，那边那位就是宋董的千金。”

大胖小子父母的脸色唰地白了。

我的脸色也唰地白了。

云叙环天真烂漫地抱着我的手臂，靠在我的耳边小声问：“火把哥哥，千金是什么意思呀，一千斤的意思吗？”

我哪还有心思管千金是一千斤还是一万斤的意思啊！我只看到天空中仿佛缓缓飘下两个硕大加粗的黑体字：完了。

我在外头打架的事情要被捅到我爹妈面前了。

云叙环见我不说话，不明就里地瞅着我，问：“火把哥哥，你是不是开心坏了？”她托着小脸蛋，认真思考，“我觉得好奇怪哎，昨天下午那坏蛋哥哥从外面跑回来，嘴唇好白哦，好像被怪兽吓到了的样子，然后他昨晚就哭着给他爸爸妈妈打电话了，让他们今天来接他回家，好像一点点也不想在我们家多待……今早他爸爸妈妈一来，他就把自己做的坏事全部讲出来了……”

云叙环娇滴滴地对我笑：“对了，昨天下午我不是故意不去接你的哦，都怪《美人鱼智斗螃蟹大将》太好看了。”

我万念俱灰地说：“不重要了，都不重要了。”

我双目含泪，恳求地握住云叙环的小手，情真意切地凝视着她：“环环，答应我，等一会儿到我家，如果你宋伯伯宋伯母要揍我，你一定要帮我求情，好吗？”

云爸云妈以为我单方面被大胖小子欺负，我老爸老妈却深谙自家闺女“特别能战斗，特别能挑事”的性子，简单一句“要不是你把人家约到后山，人家能揍你？”就简明扼要地点明了我的罪状，并大义灭亲地罚扣了我一个月的零花钱。

我以为这样就算完，没想到，不知怎么搞的，事情居然传到武馆里去了。国有国法，家有家规，叶师父有叶师父的个性，当叶师父听说了我在外头和人打架，第一反应是：“那你打赢了没？”

我垂头丧气地：“没……”

当叶师父听说了这次打架发展到后面四师兄也有份，第一反应是跑去找四师兄：“那老四，你打赢了没？”

四师兄气度雍容：“回师父，赢了。”

结果，我被叶师父罚洗厕所十五天，四师兄被罚扫庭院一日。

同样是去外头和人打架，这处罚力度相差如此之大，我感觉自己的心好累，真的。

如果说我一开始对四师兄还抱有什么萌动的小心思，这些天，当我想到我在苦哈哈地刷着厕所，而他则在茶室里愉快地和妹子喝着茶的时候，什么狗屁小心思，也全都被我一股脑儿冲到了马桶里去。

妹子，是的，武馆最近新收了一个小师妹，年龄和我差不多，头发却比我长多了，扎着两束高高的马尾巴，穿着打扮看起来就特别粉红小公主。我认识的女孩子中当属云叙环最会撒娇，然而哪怕云叙环，撒起娇来也未必是这位小师妹的对手。小师妹厉害到什么程度呢，厉害到被公认为最不懂得怜香惜玉，比试时曾揍哭无数师姐，江湖人称“武林第一糙汉”的三师兄，在见到小师妹时，说话语气都温柔得让人起鸡皮疙瘩。

武馆内的师兄弟们对待小师妹就如同众星拱月，怎奈小师妹弱水三千，只取一瓢，她谁也不理，就只爱黏着四师兄。

我不得不佩服，小师妹的眼光真好。

说我不吃味是骗人的，然而就算我吃味又能如何？一个在厕所里努力发光发热的我，唉……没有任何争宠的办法。

一天下午，我在倒垃圾时偶遇三师兄，一时没忍住，问了出口：“三师兄，我请教你一个问题，你为什么喜欢小师妹？”

三师兄一张黝黑的脸庞顿时浮上可疑的暗红，手足无措地回答：“因为她长得可爱呀，性格也可爱，小洋裙兔耳朵蝴蝶结什么的最有爱了！”

我摸着自己短得有些刺手的头发，思考了一会儿，问：“三师兄，你说我也留个长头发怎么样？”

三师兄一张黝黑的脸庞顿时紫了，难以启齿地瞪我：“小十九你发生了什么事？小十九你为什么想不开？好好一个大老爷们，留什么长头发？”

对上他嫌弃的小眼神，我一下就气不过了，执拗道：“我怎么就不能留长头发了？”

“也不是不能，只是，留了的话你就变人妖了啊。”三师兄恶寒地打了个哆嗦，苦口婆心地劝我，“你看你本来就长得唇红齿白，娘娘腔腔的了，你要是还把头发留长，哎，那你岂不是变成东方不败了？到时候不脱裤子，谁知道你有小弟弟？”

我横眉冷对：“就算我脱了裤子，我也没有小弟弟。”

三师兄大惊失色：“别啊小十九，挥刀自宫要不得，要不得啊……”

都是习武之人，有什么言语表达不清楚的，打一架就好了。我满腔愤懑无处诉说，硬是将三师兄拉下场子，让他陪我切磋了一轮。

自然打不过“武林第一糙汉”，好在三师兄陪我玩闹的成分居多，一招一式点到即止，我虽惨败，毫发无伤。明明没伤着我哪里，三师兄却超乎寻常地热心，围着我来来回回转了几圈，硬是要关怀道：“我看老四那座冰山最近和你走得挺近的啊，你在这里等着，我去找他来给你擦药。”

我挥挥手，不以为意：“又没受伤，擦什么药！”

人人都说三师兄粗糙，而我则认为三师兄简直细腻得不像话。瞧瞧现在，他竟然能读懂我的少女心事，就凭这份妇女主任一样的洞察力，哪里是糙汉，分明就是贴心暖男。

我有点儿不太好意思，垂着眼皮，忸怩地说：“三师兄，谢谢你啊，但是你犯不着因为我想见四师兄，就以这种烂借口帮我把四师兄叫来的。”

三师兄眨了眨眼，一愣一愣的，半晌，大掌猛地一挥拍向我的背部，在我陡然响起的呛咳声中，他不客气地朝地板“呸”了一声：“想多了你，谁管你想不想见老四！主要是我把老四支开了，我就能独占小师妹了。”

三师兄摩拳擦掌，“嘿嘿嘿”笑着，声音里透着无人能及的猥琐。

要不是揍不过，我一定揍他。

两分钟后，四师兄出现在道场门外，夕阳的余晖懒洋洋地照进，为室内的木地板镀上一层耀眼的金黄，他一手扶着门框，背光而站，脸藏在阴影里，我看不清他，却看清了他背后连廊外庭院里，竹林叶子一片一片金箔似的闪着光。

我喊道：“师兄。”

他点头回应，脱了鞋，光脚走进道场。随着他走动，脸上的光影开始变化，他俊致的五官逐渐在光线中显现，表情很柔和，问：“伤着了哪里？”

我豪爽地摇头：“没伤着。”我坐在木地板上，无辜地摊开手，不假思索就把三师兄给出卖了，“是三哥说他想和小师妹独处，特地把你骗来我这儿的。”

他应了一声“好”，声音里听不出介意或不快。

我以为当他发觉自己上当受骗，他会立刻转身回去，只要他折返。三师兄算什么？他毫无悬念就能从三师兄手中把小师妹重新夺回。我已经做好了心理准备，告诉自己哪怕他立刻掉头就走，心中也不能有所失落，然而出乎我意料的是，他竟若无其事一般，步履闲散地走到我身旁盘腿坐下，带来的跌打药膏是用不上了，被他随手立到一旁。

他不说话，就陪我静静地坐着，一起欣赏门外的庭景。

我耐不住这份安静，一分钟过后，我坐立难安地开口：“四师兄，你别说我没提醒你啊，三师兄那只禽兽对小师妹虎视眈眈已久，你再不回去护花，小师妹就要被人拐走啦。”

三师兄和我什么交情，四师兄和我又什么交情，如果要站队，我站四师兄无疑。

我都这么大爱无私地放四师兄去追花了，四师兄居然半点儿也不着急，淡淡说：“没事。”

没事？没事难道是指，他对自己的魅力有绝对的信心，认为三师兄抢不走小师妹？

这也太缺乏危机意识了！

我不赞同地看着他，忍不住说教：“哥，你这样不行的，小师妹那么受欢迎，你不看紧一点怎么行呢？”我扳着手指一件一件地数，“你看啊，小师妹长得可爱，穿漂亮裙子，还会唱歌，会跳舞……”我说，“武馆内很多师兄都喜欢她。”

他扭头看我：“你也喜欢她？”

我愣了一下：“我喜欢她干吗？”

虽说吧我的外形长得是比较委婉，很多不明真相的路人都以为我是男孩子，可事实上，我也是长了一颗活蹦乱跳的少女心的。我一个小丫头片子，和一群如狼似虎的大老爷们去争另外一个小丫头片子，这像话吗？

我本就无意隐藏我姑娘家的身份，怎奈无意插柳柳成荫，当所有人都先入为主地默认我是个少年郎，我便也就懒得开口去一一解释了，反正他们误会就误会，对我的生活也造不成什么大影响。只是，不知从什么时候起，我忽然就不想四师兄再继续误会下去。

这是一种什么样的感觉？

我竟想让他知道，我其实是个女孩。

我竟想让他知道，我如果稍加打扮，说不定也能像小师妹一样，迷倒一片。

先前或许是我没勇气，可这一刻，黄昏的阳光把室内的一切变得那么柔和，四师兄的双眼那么宁静，我握了握拳，深呼吸一记，勇气仿佛顷刻间就源源不绝地涌了上来。

我抿了抿嘴："四师兄，我和你坦白一件事，我其实是个……"

他几乎和我同时开口："正巧，我也不喜欢她。"

我的话没说完，倒把他的话先听了进去，一怔，顿时就被他带跑了思路，原先想陈述的事情立刻就被抛到九霄云外。我双目圆睁，不敢置信地瞪他："你骗人！你说你不喜欢小师妹，可我之前明明亲眼看到你和她一块儿在茶室喝茶！"

"是吗？"他的回答轻轻淡淡，"那你看到我当时很乐意？"

我偏着脑袋回想了片刻，唔，乐不乐意不清楚，我遇见的那次，他全程面无表情。

我出声要求："哥，你笑一个给我看看。"

他说："没事笑什么笑？"

我拊掌："这不就对了？你本来就不爱笑，有句话是怎么说的来着，喜怒不情色？你本来就是那种喜怒不情色的人，谁晓得你脸上毫无表情，是不是内心偷偷高兴着呢。"

“我猜，你是想说喜怒不形于色。”

“对对，喜怒不形于色。”我毫无惭意，“我就说嘛，这句话说出来怎么感觉怪不正经的。”

他无语了足足三秒，才说：“十九，我没你想的那么复杂，老实说，我还挺感激老三帮我解围。”他默了默，续道，“我更喜欢和你一起待着。”

我不太敢相信：“真的？”转念一想，觉得不对，“那你最近怎么都不来找我玩了？”

“因为你在洗厕所。”

好吧，怪我咯？

我悄悄挪动屁股，坐得离他更近一点，惴惴不安地再次求证：“你说，你真的真的不喜欢和小师妹一起玩？”我是不是可以不用再担心，他和小师妹在一起就不管我了？

在我紧张等待的目光中，他缓缓吐出答案：“不喜欢，女孩子太黏人了，应付她们，很累。”他补充道，“尤其是比我小的。”

这……比他小的女孩子，我算不算一个？

他这么说，我到底该开心还是该难过？他说不喜欢小师妹，代表他不会因为小师妹而冷落我，我该开心；他说他不喜欢和女孩子相处……可他的亲密小战友我，就是一个如假包换的女孩子啊！这下，我要怎么告诉他我的真实性别？我们还能不能好好玩耍了？

更为要命的是，他会不会生气，气我的隐瞒？

我陷入了有生以来的最大纠结。

他没察觉我心中的暗涛汹涌，望着室外沿着白墙种下的一排青竹，过了一会儿，他想起来，问我：“对了，你刚才说有事要和我坦白？”

我一阵激灵，摇头摇得飞快：“没什么了！”

在他怀疑的审视下，我默默地，不动声色地，放任悲伤逆流成河。

这一个暑假，我的演技可谓是突飞猛进。

以前是四师兄自发把我的性别认错了，我并没有要刻意假装自己是个男生，因此能做到泰然处之，潇潇洒洒，而如今，得知他是由于把我的性别错认才和我这么要好，我反而战战兢兢，如履薄冰起来了，生怕有朝一日自己的女儿身被揭穿，换得他的不待见。

可怜我一个小姑娘家家的，上个女厕所都要左顾右盼，活像做贼，偏偏有一次还真不走运地被三师兄撞见。刚出女厕所就碰到从隔壁出来的三师兄，我当场就蒙了，反倒是三师兄一愣过后，立刻切换成一脸"我懂我懂"的悲壮神情，跑过来一把搂住我的肩膀，几欲含泪地说："小十九啊，你是三哥我的偶像，做到了哥一直想做却没敢做的事。不过啊，你听哥一句劝，这样是不对的，以后别这样了啊，乖，控制一下自己……"他把头偏向一旁，以为我听不见地小声嘀咕，"唉，都说现在的小孩子早熟早熟，瞧瞧这都早熟成什么样了？年纪轻轻就懂得跑去女厕偷窥，唉，世风日下啊，人心不古啊……"

我说过，要不是打不过，我早打他了。

从此花木兰成了我心目中的变装楷模，我常常深思，为什么她能在一群男人堆里把自己的女儿身隐藏得那么好，所谓高手，当如是也。

好在几天过后，四师兄恢复了他以往"只能闻其名，未能见其人"的神秘本色，很少到武馆里来了。师姐师妹们的惋惜哀叹声中，有人屈指一算，发现这已经是四师兄在武馆待过的时间最长的一个假期，以前他在武馆停留的天数极少超过一周，而这次，他居然待了二十来天。

我总算不用再提心吊胆地担心他会发现我是女孩子，松一口气的同时，不知怎的，心中竟涌起一丝类似于长亭送别的愁绪。下次见到他，最快也得是一个学期后了吧。

日子一天一天过，时序轮转，山上的枫叶被秋霜染红，冬雪覆上田野边的茅草屋，当我再来到武馆时，已是寒假。

叶师父讲究筋骨从小练起，招收的徒弟虽年龄不一，但大多都是学生，因此，武馆只在寒假和暑假开课授业。平时武馆开放归开放，却只供馆内子弟闲时来练习，不至于让身手生疏。

按照我前些年的习惯，我哪怕周一到周五在学校上课，周末也是要来武馆练练手的，否则骨子里的好动因子根本无处安放。独独这个学期例外，我一个周末也没有到武馆里来过。

不是我变婉约了，而是我的精力早已被某个万恶的大魔头给一丝不剩地榨取干净。

大魔头何许人也？我的亲娘林满素女士是也。

林满素女士何许人也？国内一位炙手可热的金牌编剧是也。

那一年，我家多才多艺的母上大人写了一出古装戏，正在红红火火地拍摄中，本来这没我什么事，坏就坏在有一天，剧组原本签好的一名小演员在上学途中出了车祸，手臂骨折，无法再如约拍戏。说起这位小演员，虽是个配角的角色，剧组在拍摄前期可花了不少工夫去挑选。出于人设考虑，这名演员必须是十周岁上下的女孩儿，且要机灵漂亮，有一定的武术功底。

前两点都容易满足，至于最后一点……听说小演员出事的消息传回剧组后，最先崩溃的是导演，他抓狂地对老妈咆哮："这下可怎么办啊！好不容易才找到这么一位合适的……又要乖巧漂亮又要武功盖世，这样的小女孩要到哪里去找？肯定找不到的了，不用想都知道。谁家父母会这么变态，有个漂亮可爱的女儿不好好养成小公主，怎么可能送去学劳什子武术！素姐你说是吧？"

他口中的素姐，也即是我老妈慢条斯理地喝了一口茶："我说不是，我决不承认我和我丈夫是变态。"

导演："啊？"

老妈双手捧着茶杯，微笑："好巧，这样的女孩儿我家里刚好就有一只。不瞒你，剧本中瑞雪小姑娘的角色，我是以我女儿为原型创作的。"

导演："等等，你什么时候生了个女儿？你生的不是儿子？"

老妈："咳咳。"

我当时并不在现场，这段对话是我后来进入剧组后，剧组里一名和蔼可亲的化妆师姐姐私底下偷偷转述给我听的。此番交谈造成的后果是，老妈为了向众人证实她生的千真万确是个女儿，把我拎剧组里去了。导演一看到我就仿佛看到了救命稻草，对老妈下最后通牒："改剧本和留下你女儿，你选一样。"

为了成全她的作品，老妈果断选择了出卖我的劳力。

于是乎，整整一个学期，我除了要顾好功课之外，一有空就要跟着老妈在各个拍摄基地之间辗转来回拍戏，哪里还有去武馆练武的空闲。

我的戏份拍完的那天，正好是寒假第三天，同时也是武馆新一轮授课开始的日子。我一分钟也不愿再迟延，清晨六点在影视城结束最后一幕戏的拍摄后，我立刻央求老妈驾车把我送到武馆。

清晨七点，小雪初停，武馆暂无人来，唯有雪松在清冷的晨风中苍翠挺立。

我的古装扮相还来不及更改，思及武馆的更衣室里有可以更换的练功服，我把拍戏穿的厚重红狐裘脱下，交给老妈带回去还给剧组。这是一场唐宫戏，我出演的是一名锦衣玉食的刁蛮小公主，此刻脱了狐裘，里面穿的是烟白搭藕粉的唐式齐胸襦裙，这副模样，任谁一看都会知道我是个如假包换的小女孩。

我惦记着自己的性别不能暴露，计算着大概还有多久，第一批前来报到的师兄弟姐妹才会到达武馆。签到时间定在上午八点半，我是最早来的，一个半小时很充裕了，足够让我变装完毕。我思考着换衣服的首尾细节，却完完全全忘了，经过一整个学期的有意蓄发，我的头发已长及双肩。

刚下完雪的缘故，天还没有完全亮起，天际一抹隐约的碧色，我穿过月洞门，一个人在洁白鹅卵石铺成的小道上蹦蹦跳跳地走，鼻端充盈着雪松的清香气息，明明早上五点多就起床奔赴影视城拍戏了，我此时居然一点儿也不觉得累。如果运气足够好，说不定在今天开馆第一天，我就能见到四师兄。

我心情大好，哼着歌跳上庭院里的石拱桥，天微微亮，无风，我余光却扫见右侧后方的雪松轻微颤动。

覆盖松针的积雪扑簌掉落，我有所感应地回头。

几年后我上初中，那时校园里很流行一首叫作《一眼万年》的歌，里头有一句歌词是“深情一眼挚爱万年”，当时听第一遍，只觉得这歌词写得离奇，放学归家途中我便文青气十足地和云叙环讨论：“人生不过百年，哪来挚爱万年？”没想到，被云叙环鄙视地喷了一顿：“有没有文化？人家这是修辞，修辞懂吗？主要通过夸张的手法，表达缠缠绵绵爱恨不休的境界，和刘天王的《爱你一万年》一个道理，懂不？”

讲真，我不懂，不过云叙环的语文成绩比我好，每一次考试都比我高分，我姑且信她。

云叙环的情怀一上来就止不住了，感慨道：“其实我是明白这种感觉的，上次在校门外遇到校草大帅哥，我就很希望这一眼可以持续万年。”她瞟我一眼，见我无动于衷，只好烂泥扶不上墙地叹气，“算了，说了你也不会懂，你这种毫无浪漫细胞的莽夫啊……”

如果云叙环问我是否曾有哪一个瞬间我希望可以“一眼万年”，那么这个瞬间，我想我还是有的，就在我的真实性别被四师兄识破的那日清晨。

多年以后，我仍清晰记得那幕。我在石桥上蓦然回身，那人在石桥下，雪松林中。

他从雪松枝干后方缓慢地走出来，肩膀无意间触碰到雪松枝丫，抖落堆积其上的薄薄白雪。平地忽然就起了风，把我的发丝，襦裙飘带，裙摆一齐往他的方向吹去。我将长发撩回耳后，万分吃惊地望着他。

之所以祈祷这一刻可以一眼万年，是因为寄望于时光停止，我的隐瞒永不被他发现。

他长睫半垂，我看不见他眸中神色，于是越发感到心慌。良久良久的沉默过后，我听见他说："原来你是女孩子啊。"

他从来不是轻易显露情绪的人，说话口吻也总是冷冷淡淡的，我极少听过他话里有什么语气助词，因此，他这次话尾的这一个"啊"字，我一时半会儿琢磨不透是什么意味。

总归不会是什么好的意味，他明明白白地说过他不喜欢和女孩子往来，而我……

我深吸一口气，慌慌张张地从石桥上奔下，一溜烟冲到他面前，紧张得手都不知道该往哪儿放，只管焦急地解释："四师兄，不是的，事情不是你以为的那样，我没有要骗你的意思，我只是怕……不，你可以继续把我当成男孩子没关系，虽然我看起来像个女孩子，但我内心里其实是个男孩……"

我语无伦次，压根儿就搞不懂自己在乱七八糟地说些什么，风吹乱我的发丝，也吹得我心烦意乱，我一把抓住发尾，懊恼地说："我今天回去就把头发剪掉。"

我抬头望着他，眼眶直发热。

他目光沉静地落在我脸上，仿佛今天才第一次认识我般，安静地将我仔细打量。他不说话，这种悬而不决的等待简直好比凌迟，我甚至不敢自由呼吸，憋气憋得胸腔涨疼，不知不觉间，视线开始模糊。

奇怪，明明没有要哭的想法，泪雾却自个儿漫了上来。

习武之人理应刚强不屈，怎可随随便便掉泪？这太矫情了。我原本还指望四师兄能够假装一切都没发生过，继续把我当真汉子，纯爷们，眼泪一掉，功亏一篑。

终于听到他开口，声音里似乎含了一丝叹息：“你这样，要我怎么把你当男孩子？”

我不敢应答，怕一张嘴，首先泄出的是哽咽，只能表情僵硬地死抿唇瓣。不知气沉丹田，运功发力是否能将眼泪忍回去？

我正在努力尝试着，憋得双颊泛红，听见他又说道：“我就是怕这个，所以不喜欢和女孩子来往。”他的语调很轻，轻得仿佛不是对我说话，而是在对自己说，“但是十九，你好像是个例外。”

他说：“你别哭了。”

我呆愣呆愣地看着他，透过迷蒙的视线，看见他脸上好似闪过一抹不自在。

他忽然抬起手朝我探来，我以为他是要替我擦泪，然而他的手在距离我眼睛尚有一厘米的地方就停下了，手掌挡在我的眼前，为的是遮住我的目光，可我还是眼尖地瞄见，他的耳后根似乎微微泛起了红。

他说：“头发不用剪。”沉默许久，低低续道，“你这样，很好。”

接下来的几天，我无一日不在担惊受怕中度过，生怕四师兄忽然想通了，气不过了，就跑来和我绝交。万幸，经过为期两日的细致观察，我发现好像是我自己一个人在以小人之心度君子之腹。对于我其实是个美少女这件事，四师兄适应良好，毫无排斥反应。

我的小心肝总算可以安定下来。遵兄命，头发也无须再剪，被师娘帮我扎成了一个不妨碍练功的丸子头。

这样一来，许多不明真相的吃瓜群众纷纷表示他们受到了惊吓。

首先是三师兄。

三师兄看到女装扮相的我就好比看到了外星生物，他眼角含泪，口唇发白，手指抖啊抖地捏向我头顶的发丸子，确定这的确是我实实在在的头发，而不是帽子或者某种造型的发饰之后，他痛心疾首了，他捶胸口了：“昔有司马光受宫刑，今有小师弟变伪娘，呜呼哀哉！可叹哉，可恨哉！小十九啊小十九，男子汉大丈夫，顶天立地，还可以调戏妹子，有什么不好呢？为什么你偏偏想不开，要跑去变性？”

我说：“变你个大头白菜，小爷本就是青春靓丽美少女一枚，另外，受宫刑的那个叫司马迁。”我为语文课本里的司马光感到冤屈，“司马光又做错了什么呢？人家不过是砸了个缸，到你嘴里连男人都不是了。”

然后是云叙环。

比起三师兄那个会吟诗的话唠，云叙环见到我的反应就直接多了，她二话不说地朝我扑来，小粉拳咚咚咚地打在我身上，小母老虎似的一边乱捶，一边大骂：“我打死你这个玩弄我感情的负心汉，亏我一直一直对你那么好，有鸡腿都先让你咬一口，你……你怎么能这样对我？”她眼眶发红地揪住我的衣领，嘴唇一抖，“哇”的一声就哭了出来，“呜呜呜火把哥哥，说好的青梅竹马呢，呜呜呜你把我的老公还给我……”

我是真的觉得自己对不起云叙环，她一哭，我更加方寸大乱，手足无措地拍着她的背，哄道：“是我不好，环环，我记下了，是我欠你一个老公，你以后看上谁了，我帮你把他敲晕，扛到你家好不好？”

她边抹泪边点头：“好。”都哭成这样了，脑筋还转得飞快，“那我想要狩之哥哥，他长得比你高比你帅，还会打篮球，学习成绩也比你好。”

这下轮到我想哭了。

等等啊喂，我怎么感觉被抛弃的那个更像是我多一点？

让身边的人都接受我是女儿身的这个设定，可不花费了我好大一番工夫，心力交瘁的我不得不感慨，如果人人都能像四师兄那么淡定，世界将会变成美好的明天。

也不是没担忧过四师兄会因此疏远我，然而事实上，我们越走越近。唯一能够与我形成抗衡的人是小师妹，她依旧十分热衷黏着四师兄。这个问题很容易解决，在某天我特地当着她的面，威胁性地表演了一次空手劈砖之后，她嘤嘤嘤哭着跑远了，从此就再也不敢接近四师兄半步，再不久，她就退了学。

从此，四师兄看我的眼神添了几分欣赏，而且不晓得为什么，他似乎更喜欢把我带在身边了。

很久以后我才想通透，这家伙，十有八九是打算利用我去挡桃花！

发觉真相的我气得牙痒痒，第一反应就是要和他决斗，打一场方可解气，可惜到这时，我已经找不到他。

他不见了。

甚至没有一场好好的道别。

那一年寒假结束后，我满心期待，以为到了暑假就又能见到他。艰苦奋斗一学期，终于盼到了暑假。武馆开课的那天，我比以往每一年来得都要早，却从日出等到日落，也等不到他缓缓而来的身影。

叶师父说，他的家人已经打过电话来说明，他即将出国念书，不会再来武馆了。

我克服内心的慌乱，稳着情绪问叶师父要他的联系方式，要他的家庭住址。如果他还没走，如果来得及，我或许还能见上他一面。

在我的央求下，叶师父万般无奈地回答："十九，我明白你舍不得你四师兄，如果为师知道，为师也会告诉你，只是我已经确认过了，他登记在我这儿的个人信息是假的。"

"怎么会是假的？"

我不能理解为什么好好一个正常人，报个武馆学武术还要捏造虚假信息，不过既然四师兄这么做，那就一定有他自身不方便透露的原因。

理智上这样想着，情感上却控制不住失落。我困惑地问："那，连他的名字也是假的吗？可是……四师兄为什么要说谎？"

武馆内以拜师的先后顺序排辈，同门师兄弟姐妹之间也多以数字相称，我"四师兄""四师兄"地叫惯了，一开始并没有萌生出要知晓他真实姓名的想法，是碰巧有一天，我被叶师父抓到他办公室里帮忙打扫卫生，无意间看到他办公桌上的一本弟子花名册，手痒地翻了翻，遇到上面一个很复杂的字我不懂得怎么念，请教了叶师父，才得知原来那是四师兄的名字。

“名字，唔，应该也是假的，至于为什么要说谎……”叶师父啼笑皆非地看着我，“小十九，你应该不知道，你父母登记在我这儿的你的名字也是假的吧？如果不是你天生少一根筋，自己说漏了嘴，我还真不知道你叫小野火。”叶师父看我的眼神带了浅浅唏嘘，“像你们这种富贵人家，小孩子总是特别金贵，对外用一个低调的虚假身份，也是父母对你们的一种保护，为师早就见怪不怪了。”

叶师父慈祥地摸摸我的脑袋，说：“十九乖，师兄们比你入门早，总有一天要比你先离开，走了一个四师兄，你还有其他师兄，你去找别的师兄玩好不好？”

不好。别人哪可代替他？

四师兄不告而别后，我委实消沉了好长一段时间。

我一直分辨不出这是一种什么样的感觉。亲戚们都说我不止扮相像男孩子，连性格都和男孩子一模一样，他们这样评价，大概是因为我天生潇洒，拿得起，放得下，忘性又大。所以，我想不明白，为什么我会对一个人念念不忘至此。直到时光一年一年流转，我步入青春期，在同班女同学的带领下看了几本校园纯爱小说，我才猛地一下恍然大悟，我那份心情，不就是最初最懵懂的迷恋吗？

困扰我多年的问题终于找到了答案，我兴高采烈地把这个想法和云叙环提了。云叙环刚好在课室里玩手机，听完我的分析，她白眼一翻：“迷恋个鬼，你那时才几岁？你那是妥妥的早恋。”

我无语地看着云叙环手机里一张她和某个帅气学长的贴脸嘟嘴合影……“Excuse me？你有资格说我？”

那的确是一个早恋盛行的年代，学校操场上不时有春心萌动的少男少女手牵着手在转圈，教导主任抓也抓不完。我几乎每天去教室上课，一坐下，都会发现抽屉里被塞满了情书……咳咳，大多数是来自女生的情书。

没办法，都怪我太帅了，上天让我承受了我这个年龄不该有的睿智和帅气。

我剪着个韩式花样美男头，又自恃懂武，平生最爱路见不平拔刀相助，哪里有欺压，哪里就有大侠我，学校里作威作福的不良少年集团都被我打怕了，纷纷跪倒，抱我大腿喊“老大”，一个比一个服帖。源自对我的迷之膜拜，一群群非主流洗剪吹少年不约而同地剪短了他们的彩虹冲天发，剪成健康向上乌黑小平头，并立志向他们的头头我看齐，发奋读书，努力学习，为成为新生代贵族而奋斗。

我这等显赫战功直接刺激到了两个人，一个是村口的田园烫染派宗师——王师傅，王师傅怒称我砸了他的饭碗，他和我势不两立；一个是我们学校的终极大 boss 刘校长，刘校长每次见着我，都笑得见眉不见眼的，高度赞扬我带好了校园风气，大手一挥，特地钦点我为金牌风纪委员。

穿着一套万年不变的经典蓝白运动服式的校服，我还能帅成这样，我真是不容易。学校里少女们看我的眼神简直可以飞出粉红小爱心来。

如果不是老爸老妈出手干涉，我相信我还能帅出新高度，帅出新自我。

一天，老妈闲来无事，帮我收拾房间，从我的数学课本里抖出了几封情书，乍看之下，她以为是男生写的，心中还有那么一些许小自豪，直至她津津有味地读完，发现落款不外乎是“张小娇”“李招娣”等女性向名字后，她的脸彻底青了。

那一夜，老爸老妈房里的灯火彻夜未熄。

第二天一大早，由老爸先打头阵。老爸脸色凝重地开口，对我说：

“火妹啊，爸爸妈妈不反对你多交朋友，你能用自己的力量去帮助有需要的人，爸爸妈妈很高兴，只是……”他像是不知道要怎么说下去，途中换了一种说法，“你应该也接触过太极，有阴有阳，阴阳调和，方成世界。爸爸这么说，你懂了吗？”

我好笑地点头。

我懂我懂，我当然懂，不就是怕我帅得难以自持，雌雄难辨，真和女生搞一块儿去了嘛，可我怎么会？

老妈伸出食指，戳了一记我的额头，没好气地训道：“你别笑嘻嘻的，严肃点。你爸说得委婉，我怕你个傻蛋听不懂，我就直说了。”她清清嗓子，“你呀，以后把头发留长，别再像个假小子一样。真是的，我如果再年轻个二十年，说不定连我都会被你迷住……唉，不怪你，怪我把你生得太好了。”老妈惆怅地顺便捧了自己一把，完了以后，径自替我决定，“不能再继续祸害人家小姑娘了，这周末你陪我出去逛街，我给你买几条漂亮裙子。耍什么帅啊？你以后给我安分当个女儿家。”

……

为了让我修身养性，培养出秀外慧中的淑女气质，爸妈不仅勒令我穿裙子，留长发，还特地让我拜入周念慈先生门下学画，他们俩紧张得只差没让我去拈起针线学绣花了。

我以为我一直舞惯枪弄惯剑的，拿起画笔来肯定是个渣渣，没想到，经过周念慈先生的精心点拨，我画得居然也有模有样。老爸老妈大喜，我也大喜。我一直很遗憾没有四师兄的照片，如今我会画了，我可以凭借记忆依稀画出一个他。后来，喝了爸妈夫妻搭档一起灌的强力迷魂汤后，我成功放弃了我要当武林盟主一统天下的梦想，在填报高考志愿那天，我选了一门和美术相关的景观设计专业。

至于遇见江旗亭，那是我大三那年的事情了。

第三章

一觉睡醒，我感觉自己好像做了一个很长的梦，躺在床上对着天花板尝试着回想了一会儿，却发现连个影儿都想不起来了。

伸手去床头柜上捞过手机，按亮屏幕，并没有如我期冀的那样，显示出某个陌生号码的未接来电。离我在永安寺外重遇四师兄已经过去了将近半个月，如果说我头几天还能做到兴致勃勃地等待他的电话，经过这么多日的消磨，我的耐心也变得越来越少，开始严肃地考虑要不要主动出击。

可是，去找郑续嘛，郑续那个傲娇的也未必就答应把他的联系方式给我……

我一边认真地思考，一边从床上爬起，洗漱干净，穿戴整齐，下楼吃早餐。

我起得比较晚，老爸老妈不等我，已经愉快地开吃了。我走进餐厅，听见老妈正有一句没一句地在和老爸闲话家常。我拉开椅子坐下，老妈说着话，很自然地就往我面前的杯子里倒牛奶，倒到一半，她若有所悟地看了我一眼，话题一变，说："对了，我看到火妹才想起，还有这么一件事。”

老妈把牛奶盒立好，组织了一下语言，说：“我们组最近在编写一部新剧，未来科技题材的，唔，有点类似《钢铁侠》和《环太平洋》那种类型，需要一位专业技术方面的顾问。小丹上周跑了一趟君山科技，她有一位师兄在里面上班，搞科研，我心想如果她师兄愿意，能不能偶尔来一来我们剧组，给我们提供一些科学技术层面的指导。”

我点头“嗯”了一声，从小蒸笼里夹起包子啃了一口，是我喜欢的豆沙馅。

君山科技是君山集团的一个子公司，总部大楼刚好位于我们市，是多少人才挤破头也想进去的地方，用云叙环这个中二少女的话来讲，那是“神之地界”，每次经过都要战战兢兢垂眉低眼，以防自己的双目被科技工作者们散发出的智慧之光闪瞎。

我佩服地说：“小丹姐还有一位这么厉害的师兄啊？怎么从没听她提起过？”

“可不是？”老妈给自己倒了一杯水润了润喉，神情也是非常感慨，“本来我们还担心，我们工作室一窝读文科的，跑去写理科题材，理论知识不过关，写出来的剧本肯定会出问题。好在小丹深藏不露，成功拉来了脑力外援。能进入君山搞科研，不用想，她那师兄肯定也是个变态型学霸，我们可以放心地迷信他。”

迷信……

我亲娘不愧是文化分子，这神一样的遣词造句能力，女儿我不得不肃然起敬。

“原本这事学霸师兄一口答应下来了，一方面是我们开的报酬不算低，另一方面，你想想看，到时候新剧开播，片头曲那里我们打上‘特约顾问：某某某’几个大字，多长脸啊。对学霸师兄来说，可谓名利双收。”

拉到外援是值得喜悦的事，然而，老妈的神情看起来有些凝重，她双手捧住玻璃水杯搁在桌面上，继续往下说：“本以为这事能定了，结果好事多磨，不知是哪个多嘴的，把事情捅到了他们公司高层那里去，说学霸师兄不忠本职，捞外快。”

“事情闹成这样，我们以为也就黄了，幸好啊，还是你额娘林满素女士我名气响。”老妈眉尾一扬，眼中瞬间就有了灵气，一点低落的影子都寻不着了。她坐我对面，左手撑着下巴，右手食指尖慵懒地抚着杯沿，笑吟吟地望着我，“听说高层问了一句：编剧是林满素女士？”

我默默无言地嚼着豆沙包，心底没来由地冒出一股不祥的预感。果不其然，下一句，听见老妈模仿那位高层的语气：“林女士是不是有一个女儿？”

我艰难地咽下包子：“啊？”

“高层说，希望能和林女士的女儿见个面。”

“如果宋小姐答应见面，君山提供顾问的事，一切好谈。”

我呆呆地捧着我还剩一半的豆沙包，在风中凌乱：“这绕了一大圈怎么最后扯上我了，关我什么事啊！”

老妈复述完对方的话，耸耸肩，狐疑地端详起我来：“我也奇怪，你除了和一个江二少闹过一段，几乎从没在圈子中交际过，怎么会有人想要认识你？”

“唉。”我忧郁地甩了甩长发，“藏不住了，我这盛世美貌，躲过了媒体的摄像头，却躲不过猎艳者的觊觎目光。”

正在喝茶的老爸不捧场地呛了一下：“咳。”

老妈双手交叠支着下巴，一双漂亮的眼睛静静地打量着我，选择化身为“我就静静地看着你不说话”的那个表情包。

偌大的餐厅瞬时陷入一股迷之尴尬。

沉默，沉默是今晚的康桥。

我咬牙，愤懑不平地重重啃了包子一口。是在下输了，我认输还不行吗？

哪有父母这样打击自己的亲生女儿的！

老妈这才优雅地扬起嘴角，云淡风轻地开口，把没说完的话接上：“我找人打听过了，提出和你见面的这位高层，居然是君山的太子，关峄。我如今倒是听说，关家老太太身体状况不太理想，关家急着要给这位关少爷娶媳妇。”

“也就是让我去相亲就对了。”

我满腔郁闷无处宣泄，只能欲哭无泪地抱怨：“为什么偏偏是我？我又不认识他，难不成他曾在哪里见过我，从此对我死心塌地一见难忘……”

“孩子你想多了。”老妈受不了地白我一眼，“是这样，听说在你之前，关峄已经和四位姑娘相过亲，每位都是知书达理的世家大小姐，这种广撒网的做法，哪能是专门冲着你来？大概是听谁提起过你，觉得条件合适，想要见面了解一下吧。”

“选妃吗这是？”我愕然，“这眼光得有多挑，才能看了四个都没看上？”

“这个嘛……”老妈露出意味深长的笑容，“傻孩子，你以为是他没看上人家？你错了，是人家没看上他。听说这位关少，唔，其貌不扬……”

我语塞一秒。

“好吧，真相竟是如此残酷。”

其实像关家这样的豪门，儿女长成什么样子不太重要，太子不愁妻，格格不愁嫁，就冲着关家在业界的财势，不知多少千金小姐做梦都想嫁给他。能用一次相亲就让人家姑娘打消联姻念头，看来关峄的“其貌不扬”，已经到了足以遮盖他其他加分点的地步，不是一般的“其貌不扬”。

“别以貌取人。”一旁读报的老爸忽然放下报纸，不赞同地抬起头来，“君山的家底是地产和能源，旗下的科技公司是近几年才成立的，一开始业内猜测，这只是关崇给儿子练手玩的，谁也没料到，短短不过数年，君山科技会一跃成为行业龙头，由此可见关峄的实力绝对不简单。”

老爸的话中充满了后生可畏的感慨："据称，关峄醉心科研，目前只放了一小部分精力在集团运营上面，这就已经让很多同行头疼了，年轻一辈里，我还没见过谁像他这么有手段。"

老妈冷哼："谁关心他有没有手段，我们广大妇女只关心他长得帅不帅。"

我点头："加一。"

老爸只得无奈住嘴，低头继续看报。

老妈把椅子往老爸挪近了一点，跃跃欲试地打听："哎，老宋，我记得白鹭湾是我们家和君山合作开发的项目？难道你就没见过关峄？"

老爸脸上透露出一丝"不是很想和你们这些无知妇孺详谈"的坚执，然而在老妈一双美目施加的压力下，最终败下阵来，抖了抖报纸，说："你是不知道，关峄主攻产品研发，是君山科技的黄金大脑，多少机密都在他身上，他行事十分低调，从不公开露面。我谈生意是和关崇谈的，怎么会见到他？"

"我还以为有什么呢。"老妈意兴阑珊地把椅子挪回原位，"在这个连狗都会自拍了的年代，一般不以真容示人的，无他，多是因为丑。"

"您说得对。"我小心翼翼地附和道，"那么，我不用去和他见面了吧？"

老妈猛地一拍桌子，横眉竖目道："太过分了，这什么人啊，长得不帅就算了，还让我为了区区一个技术指导出卖我女儿去和他相亲，这像话吗？我难道是这种母亲吗？"

我给她一个坚定的眼神："您不是。"

老妈说："这就对了！所以我回复那边，我让他们转告关峄，想要约我女儿见面，最起码得给我们提供一位技术人才外加免费帮我们研制一套全新机甲，否则免谈。"

我悲愤地把额头磕到桌面上："妈……"

老妈乐滋滋地说："关峄答应了，想不到啊想不到，我家火妹居然这么值钱。”

“为什么我的眼里常含泪水，因为我被我妈卖得深沉。”

我凄楚地凝视着她。

老妈无动于衷：“有什么关系，你就当有人请你去白吃白喝一顿不就好了？”

“这饭能安心吃吗？”我怒了，“这可是相亲啊，我到时拒绝起来得多麻烦？”

“哎哟我的傻孩子，你还先想着拒绝人家啦？”老妈的回答无情得让我害怕，她拍了拍我的脑瓜，“先别想太多，说不定人家还看不上你呢。”

我打电话和我的挚友云叙环诉苦。

云叙环坚定地和我老妈站到了同一战线：“伯母说得没错啊，你紧张个什么劲儿，人家又不一定会看上你。”

我严肃地剖析给她听：“可是他没有不看上我的理由啊，论英俊，论涵养，论潇洒的气质，我综合了让人一见钟情的所有因素。”

云叙环嘟的一声掐了电话。

我不轻易屈服地再次打给她，补充道：“我要为四师兄守身如玉。”

云叙环又“嘟”的一声挂了。

过了足足五分钟，她才给我打回来：“你再恶心老子，老子就不打救你了。”

我于是服软，温柔地认罪道：“小的不敢了，求好汉为小女子指点迷津。”

“看在你诚心诚意求我的分上，听好了啊。”云叙环装模作样地清了清嗓子，“以我多年遍览言情小说的经验，像关峄这种家世，你这方去拒绝他的确比较麻烦，再说，万一不走运，遇上一个会来事的，你越拒绝他，在他心中你就越特别，搞成什么‘女人，你成功引起了我的注意’就不好了。林伯母给我们提供了一个很好的思路，你要让他看不上你，让他主动拒绝你。”

我想了一秒，觉得好像有点儿道理，说：“行吧，那我到时妆都不化了，素颜去。”

“此路不通。”云叙环立刻就否掉了我的提案，“先别说你那张脸，不化妆都祸水似的，就说有些男的，你不打扮他还以为你朴素、清纯，就好这一款呢。”

她前半句无疑是对我千年难得一见的赞美，听得我心花怒放，还没偷偷乐呵个够，她后半句就让我陷入了深思，我叹气道：“那能怎么办？不从外表着手，难不成从内涵？我要不要在他面前轮流表演一番胸口碎大石，脑门磕板砖，附加一套空手接白刃，让他觉得我是个粗鲁女人？”

“天，我都不知道你还会这么多技能！”云叙环惊呼。

“说真，我不会。”我坦诚。

“那你讲个大白菜。”云叙环冷漠地轻嗤，“比起那些不着边际的，你还是从外表着手吧，这个最简单也最直观。依我看，比起不化妆，你不如化浓妆，关峄这种家庭最注重女子品行了，你到时就穿得离经叛道一点，让他觉得娶了你会有辱家风。”

我说：“难度好高，娶了我明明会蓬荜生辉。”

云叙环：“你到底还准不准备为你的四师兄守身如玉？”

我说：“好吧，为了四师兄，我怎样都行。”

想到实际操作起来可能会遇到的问题，我说：“那你还要陪我去买衣服，你知道的，你林伯母一心想把我培养成大家闺秀，我的穿着都经过她严格把关，一套比一套良家妇女，离经叛道不起来啊。”

云叙环“唔”了一声，安静片刻，忽然想起什么似的，阴恻恻地笑了。

“不用去买，你来我家一趟吧。我上个月生日，我那放荡不羁的叛逆期表妹给我送了一套衣服，我一次也没穿过，这次刚好可以无条件赞助给你使用。”她“嘿嘿”阴笑两声，补充，“那衣服……绝对，包君满意哟。”

和关峄见面的地点约在“八月梧桐”。

八月梧桐是一座占地广阔的园子，坐落在本市的清湖边上，据说是一位外地商人开发出来的，致力于把它打造成高级休闲娱乐中心，里面既规划了高尔夫、射箭、赛马等运动项目，也布置了戏园子和茶室这种风雅消遣，口碑自开业以来就相当不错。

我今天是来吃相亲饭的。过了门岗，我一路驾车前行，每个路口都安置了标示牌，清楚指向不同的目的地，根据标示牌上的地名，我大致数了数，这里单是餐厅至少就有三家。

关峄定的那家有一个文雅名字，叫岑溪公馆。

越往深处开环境越清幽，我在第三个路口往左打方向盘，沿着水泥路向前再开一小段，树木掩映中，隐约见水波粼粼，一座外观别致的水上西餐厅跳入眼帘。

找到车位停好车，打开车门之前，我先暗暗深呼吸一记。

豁出去……就豁出去了吧！

我从车上下来，稳住气场，一边嚼着口香糖，一边吊儿郎当地转动手中的钥匙圈，踩着一双十余厘米的高跟鞋，目不斜视地、表情跩跩地朝餐厅正门走去。不出所料，斩获无数惊恐目光。

很好，这就是我想要的效果。

我这个造型是云叙环大师今早花了整整两个小时精心打造的，上身是酷黑机车皮夹克，下身是豹纹破洞紧身裤，高跟鞋镶满了亮瞎眼的尖锐铆钉。本来脖子上还配有一只同样满是铆钉的皮质颈圈，要不是我怕我一个不小心，低头把自己戳死，没同意戴上那个颈圈，否则我有充分理由相信，此刻的我将会更加辣眼睛。

云叙环说这套衣服是她表妹送给她的生日礼物。她表妹是一位校园灵魂歌手，摇滚派，重金属流，她说她表妹这样一位追逐梦想、为爱发声的音乐家还特地抽空去给她准备生日礼物，她十分感动。

然后她就把这套衣服转送给了我。

一路红红火火地走进西餐厅，服务员小哥居然不太敢正面迎视我，立在我身前，唯唯诺诺地低着头问：“您好，请问有没有提前订位？”

我摘下镶满廉价水钻的太阳眼镜，甩了甩头发，用我的烈焰红唇朝他弯起一个轻佻的微笑：“我约了人，他应该在了。”

“怎么称呼您？”

“我姓宋。”

“好的，宋小姐，请跟我来。”

应该被交代过了，在众人有意压低也压不住的纷纷议论声中，服务员小哥把我引向了餐厅里侧，一位正在等待的年轻男人。

那是一个靠窗的位置。台桌中央用淡紫玻璃矮瓶养了几枝香槟玫瑰，衬以栀子叶。

唔，我看到了关峄。他倒没有传言说的那么糟糕，五官还算端正。

就是身材矮小了点……

还有头顶光秃了点……

我听人讲他是一位科技工作者，是君山集团科技研发的主力，看来这份工作并不轻松，会能让一名三十岁不到的杰出青年早早就秃了头。我曾在一期财经访谈节目中见过关峄的父亲关崇，一位文质彬彬的儒雅男士，头发也十分茂密。今日一见，关峄竟和他父亲半点儿也不相似。

服务员小哥周到地帮我拉开座椅，待我坐好，他结巴地说了一句“请稍等，我去给您拿餐牌”就逃命似的跑了，一边跑还一边难受地揉眼睛，剩下我和关峄四目相对，各自将对方仔细端详。

“宋小姐？”

“您好。”

“您好您好，宋小姐，幸会。”关峄半站起来，朝我伸出右手，礼貌性地握了一握，坐下，笑容可掬地打量着我，眼里透露出一抹激赏，“宋小姐真人和照片不太像，我一时没认出来。”

“照片？”

什么照片？

老妈拿我的照片给别人看了？

也许是我的表情太过吃惊，关峄怕我误解，急忙进一步解释道："我的意思是，宋小姐比照片中更要年轻漂亮，真令人惊喜。"

我压下惊讶，嘴角扯了扯，让自己露出自然得体的微笑："哪里，照片嘛，都是修过的，不要太相信……"

我自如地回着话，心里却总觉得有一个地方不太对劲，感觉自己似乎忽略掉了什么重要的信息，起初还意识不到，直至我某次不经意转头，对上隔壁桌一对小情侣探究的眼神。那学生打扮的女生频繁朝我看来，神情十分古怪。

我瞬间有如醍醐灌顶。

我知道是哪里不对劲了。

是了，我记起来了，我今天是来"投雷"的，我的主要目的，是要将关峄"雷"倒。

可是……

关峄刚才说了什么，惊……惊喜？他确定是惊喜，而不是惊恐？

我嗖地抬头，诧异地撞上关峄的目光。

他正如沐春风地笑望着我，眼中遍寻也寻不着一丝丝厌恶的情绪。

他看我的眼神实在不妙，这种眼神我再熟悉不过了，就在几年前，我还很帅很英俊的时候，校园里的万千痴情少女就是用这种眼神看我的。

我鸡皮疙瘩都快起来了，这展开和预想中不太一样。大、大哥，我把自己搞成这副鬼迷日眼的模样，为的可不是让你惊、喜、啊！

我按下心中想咆哮的冲动，笑容有点儿难看，对他说："您真是会说笑，像您这样的精英人士，什么样的女孩儿没见过，区区一个我，怎么会让您惊喜？您是在哄我开心呢。"

"宋小姐说的这是哪里话。"他目光热切，像急于剖白自己，"我平时工作忙，哪有时间认识女孩儿，不然也不用拜托别人介绍我和你认识了。”他委婉地说，“说真的，我第一次看到你照片时，还觉得这姑娘太朴素了，年轻人就该好好打扮，张狂而热烈，这才是对生活该有的态度。”

我略微尴尬地赔着笑。

我不清楚老妈是把我哪一张照片给别人看了，只不过无论哪一张，色调肯定都比我今天干净清爽。

我不接话，关峄似乎有些忐忑：“宋小姐，我说话可能比较直接，希望你别介意。”我和气地微笑，应了一句“不介意”，他继续往下说：“不瞒你，我以前也出来相过好几次亲了，既然双方都是冲着找理想伴侣而来，那我认为，有话直说为好，没必要浪费对方时间。”

我没相过亲，但他这理念我是赞成的，于是答道：“对的。”

他眼睛一亮：“那我就有话直说了。”他的脸颊慢慢地浮上一层红晕，“见到你真人，宋小姐，我确定了，你就是我要找的理想型。你呢，不知你对另一半有什么要求？”

“我对另一半没什么要求，唯一的要求，就是他是我四师兄。”

……我可以这样回答关峄么？

唔，应该不可以。所以我也就没出声，只装作羞涩状。

所幸服务员小哥刚好在这个节骨眼拿着餐牌走了过来，问我们是否需要现在点餐，破解了我不知如何回答的困境。

关峄显然经常来这家吃饭，对餐牌的每一道菜都有很着深的了解，挑了几款介绍给我听。根据他的推荐，我点了一份牛排，接下来等上菜的时间里，他的话题就被我成功转移到日本和牛和安格斯牛的肉感差异上面去了……

时运和我开了个玩笑，关峄似乎还就真的瞧上了我。

这让我有些惆怅。根据江湖传闻，关峄行事低调，我便私自推定他是那种斯文内敛的书生款，因此敢孤注一掷，让云叙环把我打扮成这副乱七八糟的鬼样子。按常理，关峄一定不会喜欢我今天这种类型，猜不到啊猜不到，堂堂关家少爷，居然是这种审美。

一顿饭食得不知其味，关峄埋了单，向我提议到外面走走。

我本想拒绝，思及老妈拍戏需要君山提供的技术人才和道具，拒绝的话到了嘴边，硬生生被我扳成了一句温婉的“好”。

没错了，贴心小棉袄，指的就是我这种女儿。

既来之，则安之。我打起精神，一边应付地回答着关峄找来的各种话题，一边和他并行走出西餐厅。正要走下台阶，迎面走来一名行色匆匆的女人，若不是她走着走着，脚步忽然停下，我起初并没有留意到她。

她定定地停在台阶下方，抬头看着我和关峄，我以为是我们并排走，挡住了她的去路，急忙自个儿往旁边让了两步，不好意思地对她礼貌一笑。她脸上的表情有些困惑，开始走动起来，比起刚才的着急，此刻她的步速明显放慢了，一步一步地走上台阶，走到与我和关峄等高的地方，不再往上走，看了看我，最终把目光定在关峄脸上。

“徐总？”女人不确定地喊道。

正忙着和我夸夸其谈的“关峄”听见，暂停与我的交谈，转身，投向女人的目光中也充满了不确定：“你是？”

女人从手提包里掏出一张名片，递给我身旁的“关峄”，自我介绍道：“你好，我是宋君婷，红线婚姻介绍所约我在这里和你见面的，不好意思，路上堵车，我迟到了。”她视线从我脸上扫过，刚才看见我时她还只是疑惑，现在陡然就带上了刺，“如果我知道婚介所不止帮徐总约了我一个，我就不来了。”语气满是抱怨的酸味。

我愣愣地看着眼前的这位宋君婷宋小姐，以及我身旁的这位……

徐……徐什么？什么总？

我心尖儿蓦地一颤。

天，总、总该不会……总不可能……

是我弄错了？！

我仿佛被滚滚天雷劈中，面色煞白地僵在原地。

不详其名的徐总接过宋君婷的名片，盯着名片上的名字看了好久一阵，接着，视线慢慢地移到宋君婷脸上，半晌，再慢慢地移到我脸上，两眼发直，万分诧异地问我："你不是宋君婷？"

我喉咙里挤出两个字："不是。"

他更加诧异了："那么，你也是婚介所介绍来和我相亲的？"他问完，不等我回答，自个儿就先困惑地挠起后脑勺，自言自语地否认，"也讲不通，婚介所并没有事先通知我。"

我艰难地说："不是，我不是来找你的。"

他紧紧捏着手中宋君婷给的名片，我眼尖地瞥见，名片的一角都被他捏皱了。他的脸色隐隐有些发黑："那你怎么在我面前坐下，还陪我吃了一顿饭？"

这个这个……

我嘴角一跳一跳地抽搐："大哥，都是误会啊，误会，谁叫我也是来相亲的并且我也刚好姓宋……"

不对啊，他不是我的相亲对象关峄，那我的相亲对象关峄在哪？

我发怔的时间里，碰巧有新来的客人从我身边经过迈进餐厅，服务员热情地招呼："欢迎光临 Véronique，请问几位？"

这位服务员的法语发音相当标准，标准到他说出来的店名，让我控制不住地全身一震。

顾不得徐总和宋君婷两人会用多么奇怪的眼光看我，我迫不及待地从台阶上飞奔而下，到了平地，改成往后倒退着走，边走边抬头看餐厅的招牌……我看清楚了，是一串潦草的法文艺术字体。

我顿时整个人都不好了："这里不是岑溪公馆？！"

徐总的声音又压抑又愤怒地传来，充满了让人骗了财又骗了心的委屈："这里是薇洛妮克！岑溪公馆在下一个路口左拐！"

这就很尴尬了。

我跑错片场，居然也能遇见一位正在等候“宋小姐”前来相亲的男人，这等小概率的巧事都能被我撞上，我隐隐有一种天要亡我的预感。

搞出了这么大一场乌龙，主要责任还在我，我实在是不好意思。我硬着头皮重新跑上台阶，郑重地向两人道了歉，和宋君婷解释清楚事情的来龙去脉。

我掏出钱包，准备还给徐总刚才那顿的饭钱，既然他要等的人不是我，我没理由还让他请客。白吃白喝人家一顿，还闹出这样的误会，正常人都会怪我，徐总看我的眼神万分不是滋味，不说话，也没有收下我递出去的纸钞。

我继续待在这里只会让气氛更尴尬，再者，正主儿关峄说不定还在岑溪公馆等我，想到这，我叫来服务员，徐总不肯收我的饭钱，我又不好硬硬塞给他，只好交代服务员，等下这两名客人的一切消费都记在我名下。

来的还是那位服务员小哥，他依旧不太敢正面直视我，只是在我掏出“八月梧桐”的 VIP 金卡递给他时，他飞快地抬头看了我一眼，眼中写满不敢置信。

说来惭愧，去年“八月梧桐”重新设计“桃花坞”时还是聘请了我来主笔，VIP 卡就是那时他们的高经理友情赠送给我的，没想到我隔了一年再次来到这儿，竟连去岑溪公馆的路都不认得了。

也许是我的赔罪态度良好，在我转身走下台阶时，宋君婷终于说话了，她双手抱胸，不那么情愿地在我背后提醒道：“妹子，你说你约的人在岑溪公馆，你可千万别又跑错，据我所知，岑溪公馆在一年前就停业了。”

“有这种事？”我愣了一下，戴上太阳眼镜，回眸对她感激地笑了笑，“谢谢你啊，但对方通知我的地点确实就是岑溪公馆，我还是去看看好了。”

我挥一挥衣袖，不带走一片云彩地走下台阶，想要过到马路对面去取车，刚踏上人行道，突然被一道骤然响起的喇叭声惊着。

我循声望去，道路尽头，两排梧桐树夹道挺立，一辆轿车缓缓驶来。

来车其实开得很慢，按照它的车速，我完全够时间在它来到之前过到马路对面去，不过既然人家都鸣喇叭了，说不定有急事，要加速，谦让一下也没有什么。我双手插进衣兜，退回路边，百无聊赖地等。

那是一辆银灰色跑车，车型流线十分惊艳，由内而外昭显出它的价格不菲，我定睛看向车身标志，是我认识的跃马图案。

唔，这样的豪车，开成这样的龟速可谓是暴殄天物。

它开得实在太慢了，慢到我只要一扭头望去，就可以透过玻璃明净的前窗，看清驾驶座上的人长了一张什么样的脸。

深眸，薄唇。

一张好看的，不笑的时候显得有些冷峻的脸。

我心口怦然一跳。

苍天啊大地啊齐天大圣孙悟空啊，玩我呢，日日思君不见君的电话，偏偏在我出门相亲的今天，过个马路都能让我偶遇四师兄。

我瞧清楚了，来车驾驶座上的人，不是四师兄又是谁？

我第一反应是欢喜，右手立马就要从衣兜里抽出，想要对四师兄猛烈地挥。手都已经举起来了，不料余光蓦地被手腕处的金属光泽闪到，几条粗大夸张的朋克风手链缠住我的胳膊，提醒了我自己此刻是个什么造型。

我这副乱七八糟的样子，被四师兄看见是不是不大好？

我重新由头到脚审视了自己一番……呃，岂止是不大好，这简直就是高能核弹，可以毫不留情地摧毁任何品味正常的男人对我的一切美好印象。我这颗“天雷”，是拿去轰关峄的，不是拿来轰四师兄的。

我迅速把举高的手放下，揣进兜里。

已经敲定主意不叫他，但万一他已经看见了我……不，就算他已经看见了我，我这副人不人鬼不鬼的犀利装扮，他能认出我才怪。

那辆惹眼的跑车转瞬就到了眼前，既然心里想着四师兄认不出我，我只需静静站在原地，假装自己是个等待过马路的路人就好，可是随着跑车一米一米驶近，我终究还是对自己的演技不够自信，在跑车离我大概还有三四米时，我尽量动作自然地转身，再次往台阶上走回去，先行避避风头。

不知是被这辆豪车还是被车里的人吸引住了目光，服务员小哥、徐总和宋君婷也都还站在台阶中央，视线跟着跑车移动，没有进餐厅。

我才抬腿踩上第一级台阶，见我折返，服务员小哥立刻就小跑着朝我奔了下来，两手捏着我的 VIP 卡，低眉顺眼地问："宋小姐，请问有什么可以帮助到您？"这般恭敬的姿态和早前大不相同。

我心不在焉地随口回答："没什么，刚刚那位朋友不是说岑溪公馆停业了嘛，我在想还要不要去……"

我分神留意着马路上的动静，眼风不断往身后扫去。

服务员小哥闻言点了点头，十分有礼地告知："是这样的，那位客人误会了，岑溪公馆并没有停业，只是去年七月份经过了一轮装修，之后就只对贵宾客户开放。我们'八月梧桐'对外发放的贵宾卡数量不多，不是每天都有客人光临岑溪公馆，所以才造成了停业的假象。"

服务员小哥耐心解释的说话声中，我听见身后有车停下，随即，是车门打开又合上的声音。

有人从车上下来了。

我全身刹那间僵住。

服务员小哥见状，对我说了一句"抱歉"，越过我，快步迎上前。我听见小哥又对来人说了一句"抱歉"，接着才为难地说道："先生您好，这里不能泊车……"

"很快，一分钟。"

低沉而清冷的嗓音响起，近得仿佛是贴在我耳后说话，寒得我背脊的汗毛都要一根根竖起。

“宋野火。”顿了顿，他说，“你在这里干什么？”

这眼力神了，神了啊，竟能一眼看穿我的浓妆艳抹！

伪装被识破，无路可逃，也无处可躲，我只得悻怏怏地转身，摘下太阳眼镜，佯装出一副万分惊讶的样子。

“哎，这不是 Vincent 嘛，好巧好巧，你也来这里吃饭？”

我站在第一级台阶上，加上高跟鞋的高度，刚好能和他的视线平齐。唔，他的身高目测至少得有一米八八，我仰望他比小时候更吃力了。

他眉心微皱，似乎有些不悦，没回答我的问题，又问了一遍：“你在这里做什么？”

我发怔地望着他，不太能理解他的意思。

朋友偶遇时问这句话，一般出于交际需要，而不是真的有兴趣弄懂对方在这里做什么。四师兄不是啰唆的人，看情况也不像在和我寒暄，短短时间内，他同一句话问了两遍，代表他确实把这当成了一个需要解答的问题看待。

可是，是不是有哪里不太对？他只是路过，为什么会想要知道我在这里干什么？

而且，听他的语气，貌似还有一丝丝质问的意味……

我欲言又止了老半天，终究还是无法当着他的面说出“我来相亲”这种大实话，眼神闪烁地望了好一会儿天空，才强装镇定地转向他，支支吾吾地打起擦边球：“我来这里见一位朋友。”

我以为这么说就能蒙混过关，谁知他好像一定要和我杠上：“嗯，那么，朋友呢？”他的语调平平淡淡，听不出明显喜怒。

“朋……朋友……”

我和他面对面站着，等高且平视，这是一种很对等的状态，他也没对我做什么，然而，偏偏就是有那么一类人，天生自带魄力，只要他站在你面前，哪怕是一样的高度，你也会感觉自己莫名其妙就是要矮上一截。

更别说我本来就挺心虚。

唉，怎么偏偏就让他撞见我出来相亲了呢？还是这样的卖相。

我头疼地想着，“朋友”了大半天，也“朋友”不出个所以然，一不小心就露了怯，讪讪地对他干笑。

和我们相隔了大约五六级台阶的宋君婷宋小姐看着四师兄，忽然就很热心地扬起微笑，帮我回答：“小姑娘是跑错餐厅了，这心得有多大，才能连相亲对象都弄错，还阴差阳错地陪这位徐先生吃了一顿相亲饭。”她转头看向身侧的徐总，“徐先生，你说你是不是挺冤枉？”徐总的脸色一阵青一阵红，敢怒不敢言地望着我，没回应她。她耸肩笑了笑，继续说，“要不是我来了，恐怕这位小姐还不知道是自己搞错了呢。”

所以说，做人不能行差踏错，否则它就有可能成为你一辈子也洗刷不掉的人生污点。

四师兄朝他们扫去一眼，稍顿，问我：“你来这里相亲？”

我急忙紧张地否认：“不、不是的，我就只是来见一下……”

我的头越垂越低……越垂越低……

盯着脚尖上的闪亮铆钉，陷入了前所未有的自我嫌弃。

耳边隐约传来一声似有若无的叹息，我茫然地抬起头，四师兄已经不再与我对峙，他后撤几步，拉开车门。

“宋宋，上车。”

我愣了两愣，口唇微张地傻傻望着他。

一愣是因为他叫我“宋宋”，二愣是因为他叫我上车。

叫我“宋宋”的人很多，自从我成功转型变回女装打扮后，但凡和我走得比较近的友人，都会不约而同唤我一声“宋宋”。我曾经想不明白个中缘由，为表亲昵我可以理解，但为什么是“宋宋”二字而不是其他？抱着这个疑问和云叙环一提，遭到云叙环无情的反问：“叠字显得比较软妹啊，符合你现在改造过来的形象，难不成你更乐意被人叫作‘火火’或者‘野野’？”

一经对比，我才晓悟“宋宋”二字是多么的可爱可亲。

被人叫成“宋宋”其实是我进入大学以后的事情，那时我完完全全像个女孩子了，在那之前，对我的称呼可谓是五花八门，应有尽有，大多是“火哥”“火爷”“老大”“大姐头”之类，满是刀光剑影的江湖气息，仿佛我是个什么黑帮少主，其实我只是个风纪委员。这般被人叫着一路走来，说变就变成软妹系的“宋宋”，我起初非常不习惯，好在经过大学这么多年，我听着听着也就顺耳了。

怎么也想不到，早已习惯的称呼，此时经四师兄的沉嗓喊出来，竟会让我如第一次听见的那般，石子入平湖，激起千层浪。他的嗓音那么低，那么醇，他叫我宋宋，比任何人叫得都要好听，都更要让人心神荡漾。

我抚着心口，神思飘飘然，而后才记起他还说了一句“上车”。

瞬间就悲从中来。

他都那么温和地喊我宋宋了，他都那么难得地邀请我上车了，可惜我……

我低着头，双手插衣兜，足尖有一下没一下地踢着石阶上的一颗小碎石，半晌，不情不愿地拒绝：“不能上车，我约了人，我还要去一趟岑溪公馆。”话说出口，语气里的沮丧把我自己吓了一跳。

他眉心拢出轻微的褶痕，耐心地等待着我，落在我脸上的目光与其说是不悦，不如说是不解。

“还去岑溪公馆做什么？”他单手扶着车门，“我人都在这儿了。”

他在这儿，和我不用去岑溪公馆有什么关系？

我头也不抬，闷闷地说：“我要去见一位叫关峄的人，我答应了……”

心中猛地一阵激灵，我话音瞬间消掉，愣了半秒，抬起眼皮惊异地看着他。

他刚才说了什么？他在这儿，所以我不用再去岑溪公馆。他……

他……脑壳后知后觉地劈进一个念头，我眼睛越睁越大。

不、会、吧？！

在我假睫毛都要瞪掉的震惊中，他缓缓开口，声线清冷：“宋宋，我是关峄。”

云叙环表妹送给她的这双鞋子质量不错，在我知晓真相，一时受惊，站不稳地往后踩了一步，忘了脚下是台阶时，高跟鞋的细跟重重地磕上台阶棱角，居然也没断，反倒是我足部一崴，失去平衡，整个人向后仰去……

开玩笑，以我矫健的身手，难道我会这么轻易就摔倒吗？不会。

四师兄……也即是关峄却不明白这个道理，不给我自救的机会，他眼疾手快地捞住了我的胳膊，车门正好开着，他随手一带，就把我塞进了副驾驶座里去。

等我的大脑稍微恢复一点自由思考能力，车子已经驶离薇洛妮克水上餐厅一段距离。银灰色豪华跑车在林间水泥路平稳地驰骋，总算开出了它该有的速度，车窗外郁郁苍苍的云杉树化作青翠的剪影飞快地掠过。

“安全带。”关峄目视前方，专注地开车。

我机械地应了一声“好”，一个指令一个动作，捡起带子木讷地替自己系上，借低头去插锁扣的间隙，视线火速地从他身上溜过。

仍是觉得不可思议。

我的四师兄……是大名鼎鼎的……关峄？

这种感觉，该怎么形容？

仿佛在我的世界中，一直都很虚无缥缈地存在着的四师兄突然就有了真实社会身份，还是这么出色的一个社会身份。关峄，君山的负责人，科研领域的奇才。最初那股震惊的劲头过去后，仔细想想，说意外也不算得很意外，他这样的人，合该是最优秀的。峄，听起来像一座高山，关峄这个名字很配他，搞科技发明这份职业也很配他。

明明不关我什么事，这一刻，我竟油然生出一丝丝虚荣的心情。

前面是一个 Y 字型分岔路口，车速均稳降下，专心开车的他分神看了我一眼，问："在想什么？"

低沉的男嗓在有限的车内空间响起，说的是再寻常不过的话，却伴随产生了一种近乎亲密的氛围，我的脸颊莫名燥热。摇下车窗，打开一条透气小缝，冬日的凉风飒飒地从车窗缝隙灌入，挟带着园子里好闻的冷杉气息，吹拂上我的脸，我感觉热意似乎消了一些。

我低眸玩着自个儿手腕上的金属手链，若无其事地开口："在想一切都讲得通了啊。原来你是关峄，难怪那晚有杀手追你。那时我听你讲电话，你说他们想要你身上某样东西，如果我没猜错，应该是什么值钱的新发明之类吧？"

"你听得懂德语？"他转动方向盘，控制车子滑入左转道，不答反问。

我点头，据实回答："我在德国待过半年，听得懂一些些简单的。"想起那晚他有意讲德语是为了回避我，我表示理解地说，"如果是什么不能对外透露的商业机密，你不用告诉我，没关系的。"

他停顿半秒，也不避讳："是一个移动硬盘，里面有部分科研数据。"

"原来是这样……"

我不记得曾经在哪里听谁讲过，说君山科技目前的科研重心放在人工智能这一板块，旗下每个项目的含金量都极高，所产生的经济效益也相当可观。金钱利益的驱动下，总有那么一些人想不劳而获，靠剽窃别人的科研成果来功成名就。

我不在关峄所处的圈子里，但由于我堂哥宋狩之研究的是信息工程，和关峄的领域也算有部分重叠，加之君山的光环太夺目，他们公司的事情我多多少少是听说过一点的。堂哥某次闲聊时和我提起过，原话是这么说的："像君山这种领先同行许多年的企业，有人为了追赶，安插人手在君山潜伏个三五七年，就只为了获取第一手情报，不算什么新鲜事……你别以为轻巧，这过程刺激得，怎么说，比你老妈写的剧本还精彩。”

我一个搞设计的，对商场的事情一向不怎么感兴趣，之所以把堂兄这段话记得很牢，纯粹是因为当时老妈也在现场，堂哥的话给她提供了一个绝妙灵感，她后来写了一部商业谍战剧《当爱情浮出水面》，贴合的就是堂哥讲的这个路数。因为参演的男演员们都选得特别养眼，我前前后后把那部剧看了不下五遍，无意中也就把堂哥这段话记得很牢固了。

我以为再怎么夸张，君山这块肥肉再怎么诱人，穷尽极致也只会像堂哥说的那样，敌手公司派几个间谍来侦查侦查，偷一偷情报就算完事了，无论如何也想不到，还有更上一层楼的恶劣做法——直接派人来抢。

回想起永安寺那晚的惊险，我追问关峄：“查清那些歹徒都是些什么人了没？”

“只是一群社会上的流氓，拿钱办事而已，至于背后雇主，警方还在查。”他往外扫了一眼后视镜，口气淡然。

少年时最爱锄强扶弱的我长到今天，对“社会流氓”这类字眼依旧异常敏感，我的好奇心被勾起，下意识就坐直了身，瞅着他：“那你呢，你有没有什么头绪？你自己研发出来的东西，有什么人特别想要，你心中有没有数？”

“想要的人不少，不过拿了我的数据，有能力把它做出成品的公司来去就那么几家。”他的语气云淡风轻得仿佛这件事和他没关系，留意着前方路况，他分心看了看我，问，“你很好奇？”

“嗯？”我微愣。

我才恍然意识到自己此刻是个什么坐姿。不知不觉间，我坐直了腰板，两手握住绕过胸前的安全带，上半个身子都扭向他，整个人呈现出来的，就是一副很八卦、很有探知欲的姿态。

我心中一阵激灵，赶紧澄清：“你别误会，我不是要八卦你们公司的事情……”这话说出口，连我自己都觉得没有说服力，都跃跃欲试地问了人家那么多了，还说不是八卦，谁信？我的音量心虚地小了下去，负隅顽抗地说，“真不是要打听什么……”忽然想到一个堪称完美的说辞，我的音量马上又提了起来，“哎哟，我这不是出于一片侠肝义胆嘛，怕你被什么卑鄙无耻的人坑了，多关问你几句。”

是的，就是这样没错。

我自己亲爹的公司我都不去管了，哪有心思管别人公司，如果不是看他那晚的情况好像还真有那么一点儿危险，让我还真有那么一点儿担心，我才不会啰里啰唆地问他这么多。

给自己找了一个坚实的台阶下了，我心安理得地重新躺回座椅里，头扭向窗外，怡然吹了一阵子凉风，把车窗关上，再把头转回来。

前方路段车流逐渐增多，他无暇管我，左手握住方向盘，右手往下，拿起一瓶未开封的矿泉水，目不斜视地递到我身前，简短地说：“水。”

我接过，说了一句“谢谢”，动作流畅地拧开，喝了一口。

他的右手停在半空，似乎在等待，良久，他说：“我是让你帮我开。”

呃……

好艰难才消下去的热意再度重新翻涌而上，我脸颊一辣。

万幸，我已经学会了如何给自己找台阶下。

我哼了一声，故作嚣张地说：“喝你一口水算什么，别忘了，你还欠我三顿饭呢。”不说都差点忘了这回事，我将矿泉水拧好握在手中，侧眸看他，“关先生，你说话不算话呀，你明明答应了要陪我吃饭看电影的，结果，饭呢，电影呢？”

他右手搭回方向盘：“我今天不是约了你？”

说起这个我就是满心满肺的冤屈，重重地把矿泉水放下，怄得快要吐血：“我又不是神，谁猜得到关峄就是你啊！你又没告诉过我你的中文名，我只知道你叫 Vincent，害我还痴汉一样到处打听有没有谁认识叫 Vincent 的……”我幽怨的小情绪一上来就压抑不住，连声炮轰他，

"还有啊，我不是给你留了手机号码？你怎么会通过我老妈联系我？"

"你是说，1380××23××8 这个号码？"他问。

我跟着他念了一遍："没错。"

他说："是空号。"

我说："怎么可能？！"

我怎么可能把自己的号码记错？

他也不和我争辩，掏出手机，按下刚刚念过的这一串数字，接着再按了免提，很快，提示是空号的女声响起。

我……我无话可说了。

我窝在皮质座椅里，望着车窗外电影快进一般闪过的斑斓景色，沉默地思考好久，讪讪解释："我大学毕业后换过一次号码，我对数字的敏感度不太好，可能记混了。"

他不予评论地"嗯"了一声，说："那天碰巧林女士的工作室有人来到我们公司，我于是请她帮忙传个话。"

前面路口是一个漫长的红灯，跑车缓缓停下，他左手悠闲地搭着方向盘，右手拄着档杆，偏头看我，眼底浮现一丝极淡的戏谑。

"宋小姐，如果我没记错，我让人帮忙传达的是我们一起吃个饭，怎么我刚才好像听说，你来这里相亲？"

不知为何，在他改口叫我"宋宋"之后，当"宋小姐"三个字再度从他口中冒出，我竟隐隐约约嗅到一丝丝调侃的意味，等我听他把这句话讲完，我确定了，隐隐约约个大头菜，这明明白白就是一句调侃。

我摆出一脸冷若冰霜："哦，这个，大概是因为关先生你前科太多了吧。我听人讲，在我之前，你已经相过四次亲，你看啊，基于对你战绩的尊重，你约我见面，我肯定会把自己默认成第五个的嘛，你说有没道理？"

他挑眉反问："相过四次亲？"

我点头，这话题一提起，又是一桩耐人寻味的事儿。我发自内心感到困惑："奇了怪了，关先生这等风姿，对方怎么会没看上？"

他沉吟："所以在传言里，我不但相过四次亲，还四次都没被对方看上。"

他的口吻非常奇怪，我一头雾水地望着他："你怎么说得……好像你并不知情的样子？"

他似乎有些头疼："是有那么几次，家母帮我安排了饭局，那段时间我刚好在研究打印仿真面具，为了测试逼真程度，我戴着面具就去了，对方很快离场，我也没放在心上。"他顿了顿，像是现在才想通，"原来是相亲。"

我就说嘛，他长了这样一张脸，他去相亲，如果只有一个人没看上，那我还可以理解为女方在其他方面有特殊要求，但是连续四个人都没看上，那也太超乎常理，还是不是我所熟悉的看脸的世界了？

所有疑问，在此刻全部有了答案。

果然，还是看脸。

"那些面具，是不是都很丑？"我哑然失笑，问。

他回想道："从逼真程度的层面来说，我认为它美得就像一件艺术品。"

很好，我懂了。

就是丑得很逼真的意思呗。

我慢吞吞地说："这个，其实也不算什么坏事。"

对我而言，这甚至是一件天大的好事。

他眸光朝我扫来，嘴角勾起似有若无的弧度："所以你今天才是这种风格。"

他话题跳得有点快，但我明白他意指的是我这身衣服。高智商人才就是这点可怕，你只说毫厘，他就能毫不费力地还原出千里。

我嘴硬地说："当然了，这是我反抗精神的体现，姐这么放荡不羁的一个人，怎么可能让我出来相亲我就乖乖出来相亲……关家公子太高大上，我们拒绝不起，所以只有等他来拒绝我了。”

前方灯色转绿，他踩下油门，车子平缓地驶出路口。两车道变成四车道，车流量越来越多，景色的变换让我察觉到我们已经离开了“八月梧桐”园区，正在往市区的方向行驶。

我问：“我们要去哪？”

“先找地方吃点东西。”他的语气略有些无可奈何，“宋小姐是吃饱了，枉高大上的关家公子在岑溪公馆等了她足足两个小时，一口热汤都没下肚。”

呃……

我看了看钟点，下午三点十分，他竟然还没有吃午餐。

心中瞬间就被愧疚感胀满，没有其他表达的办法，我只能说：“你喜不喜欢吃东北菜？我知道惊鸿巷那边有一家很好吃的东北菜馆，那里的白菜饺子很不错，我带你去吃。”

他挑眉：“你请？”

我大大方方答道：“我请又怎么样啊？当作给你赔罪。不过前提是，你先载我去一趟西子堤，我的工作室在那附近。”实在不想再顶着这身行头和他去吃饭，我要求道，“我要换身衣服。”

他莞尔：“不是说反抗精神，放荡不羁？”

我娇嗔：“讨厌，人家这不是一看到是你，立刻就不想反抗了嘛。”

他一脚踩向油门，车像离弦的箭一样疾射出去。

第四章

如果客户催得急，我偶尔会留在工作室加加班，再者，像我们这种搞景观设计的，很多时候都要亲力亲为地去施工现场跟进项目，每当这种情形外出，回来时沾一身泥是家常便饭。基于以上两点考虑，我在工作室也备了几套换洗衣物，即便不是什么能让人一见就惊为天人的款式，也总比我身上这套花里胡哨的要好。

不知道孙苁帮我送去干洗的那件白色毛衣取回来了没，我不动声色地在脑里把留在工作室的几套衣服都比较了一遍，发现还是这件毛衣最好，主要因为白色显斯文，我今天能不能在关峄面前一洗辣眼睛风的耻辱就全靠它了。

然而，我现在想这么多又有什么用呢……

都去不成西子堤了。

此时此刻，我坐在关峄的车里，望着窗外高耸入云的君山总部大楼，心底百味陈杂。

今早出门前没翻皇历，不然也许能看见一句“今日诸事不宜”。我不就是想和关峄安安静静地吃餐饭，竟也能吃出一波三折的崎岖。

四十分钟前，正载着我开往西子堤的关峄接到了一通紧急电话，公司出了状况，他需要临时赶回公司一趟。

这种心情就好比眼睁睁看着到手的鸭子即将飞走，我心里那个叹息痛恨。为了给他留下懂事识大体的印象，在他挂断电话后，我压下万般愁肠，佯装乖巧地说："如果你有急事需要赶回公司处理，你在前面靠边把我放下就好，我自己打车回家，我们下次再约饭。"

他没应答，我以为他总会在前边一点儿就把我放下的。

谁知，他就这样一路载着我开回了君山总部。

车子在总部大楼前泊好，他低头松安全带，吩咐道："到会客室等我，我尽快。"简短一句话算是解释了把我带到这儿的原因。

我望着车窗外树荫底下的黄色小花，听了他的话，转过头来，迟疑地"呃"了一声，许久没有下一步动作。见我在副驾驶坐得稳如泰山，丝毫没有随他一起下车的趋势，他抬眼，投向我的目光添了一分无言询问。

我犹豫半晌，挤出干巴巴的笑容，说："如果你不介意，我留在车上等你好了，毕竟你看我今天的卖相也不是那么小清新……"

扭捏不是我的作风，只不过我眼下这副拿不出手的样子真心不想被更多人看见，尤其是他公司的人。

他不置可否地思索："我可能需要一点时间。"

我听明白了，言下之意是他也许不会很快返回，我独自在泊好的车内很难待久。

如何打发等人的无聊时光的确是个问题，我沉默地拿起矿泉水喝了两口，借喝水的半分钟，更好的解决方案在脑中形成，我欣然说："那我下车等你，这边风景挺好的，我去江边走走。"

"江风大，会冷。"他说。

我今天穿得不多，但就算是平时大冬天里，我也不会穿得很多，用中医的话讲，我属于天生热性体质的人，怕热而不畏寒，于我而言，寒风谈不上顶大的阻碍因素。

我扬扬得意地告诉他："没关系，我不怕冷。"

他停顿片刻，我以为他在考虑还要不要继续劝我，不料这短暂的安静过后，他面色严肃，看着我，转折极大地开口："宋小姐，我们是一家专注科研的企业，对一些新奇事物，员工的接受速度普遍较快。"

说完他就推开车门下了车。

说这句话时，他的表情要说多正经就有多正经，我险些没看漏他深藏在眸底的那抹浅淡促狭笑意。

慢着，新奇事物……

指的是我？

不带这样拐弯抹角揶揄人的！

我将矿泉水拧好，随手丢到一旁，迅速解了安全带，恼羞成怒地从车上跳下。他正从车盖前方绕到我这边来，嘴上说着取笑人的话，依然风度极佳地准备从外侧帮我拉开车门，我已经自个儿跑下车，和刚好走到车门外的他打了个照面。

我这人有个不太好的毛病，别人说我怎么怎么，把我说得羞窘了，我不会像别的小姑娘那样羞羞答答地躲起来，不好意思见人，反而会抱着破罐子破摔的心态，当头迎上，硬着头皮，无论如何都要给自己挽回面子。

不着急把车门关好，我当着他的面，一手叉腰，一手把颈侧的长发往后拂去，硬生生拗出了一个尤其风情万种的造型。我今天擦的是Dior 999的口红，非常鲜艳的一款色号，今早出门前我照过镜子了，勾唇一笑，分外邪魅。

我于是朝他邪魅地勾起嘴角，捎带一记调戏的眼波向他送去："你说新奇，关先生，你的意思是我这身不好看？恕我直言，你懂不懂fashion？懂不懂流行？知不知道这身花了我多少工夫？"

他左手轻松地插进裤袋，这时眼底的谑笑也尽数收起来了，神色一如平常地冷静，颔首道：“或许是知道的，你让我提前一天约你，这样你就有时间先去美容院，还可以买衣服、化妆、美甲、弄发型……”

他一字不差地将那晚我说过的话完完整整地复述出来，这惊人的记忆力简直让我叹为观止。复述完毕，他抬起右手搭在打开的车门上沿，高大的身躯前倾，一张无可挑剔的俊脸就这样毫无预警地送到了我的眼前。

我被小小惊吓到，视线一抬，恰好撞上他深邃的黑眸，胸腔中心脏猛地一震。这距离过分接近，我快要不能呼吸。而他却一派好整以暇，目光落在我的脸上，仿佛纯粹只是为了好好欣赏我的妆容，验证我那晚撂下的豪言壮语是真是假。

仔细端详了我的五官好一会儿，浅淡笑意逐渐浮上他的眉眼，他说：“看得出来，为了此次约会，你的确很用心。”明显的话中有话。

我严肃地绷着脸。

这……怎么回事？明明是我蓄谋勾引他在先，怎么最后反而变成我被人勾引了回来？

尽管他应该没有勾引我的打算……

但他这一套自然而然的动作做下来也未免太有腔调了！与他相比，一手叉腰一手抚发的我就好比一只装腔作势的招摇孔雀。

意识到问题，我机械地把双手放下，木然站在他营造的一方小天地里。

静默的四目对望，很难不让我的思绪跑偏。

回想起我读大二那年，有一天晚上熬夜，刷微博刷出了一条点赞上万的段子，是这样写的：每个女生心里都渴望着被她喜欢的人摁在墙上强吻。

我当时一读就认为这话说得太过绝对，忍不住较真地和同样在熬夜奋战的舍友苏闰子同学讨论。我说：“并不是每个女生都这样吧，渴望被摁在墙上强吻的那些，应该是一些具有朦胧少女心的女孩儿，像我，坚持狂野路线一百年不动摇，如果有谁把我按在墙上强吻，我应该会条件反射挥出一拳，打歪他的嘴。”

苏闰子说：“那是因为你不喜欢这个人，如果你喜欢，你呵护都来不及，怎么舍得打。”

我想了想：“你说得在理，如果我喜欢，我可能会把他摁在床上强吻。”

我放话放得豪迈，只不过，多半成分是在说笑，过过嘴瘾而已。无论是别人摁我还是我摁别人，这类情节在我身上估计都很难实现。像我这样一位打遍后山无敌手、拔剑四顾心茫然的女壮士，我想，根本就不会有哪个男的拥有把我摁住的胆量，那种被心仪的男生困在墙角的悸动，于我而言，约莫永远只能臆想。

当年我怎么就忘了还有一个四师兄？

似乎也没忘，论胆量，论实力，四师兄必定是有的，只不过，四师兄这种可望不可即的神人一般的存在……唉，强吻个葫芦小金刚，我还是洗洗睡吧。

这世间太多事，终究无法预料。大学时代的我又如何能够预见得到，今时今日，和段子内容差不多的一幕当真在我和关峄身上上演？

一条男性的手臂，一面敞开的车门，方寸之间，一席半围合的天地，不需要更多的遐思元素就能让人如此悸动。我的心跳快得不像话。

我抬眸目不转睛地望着他，以目前的站位，我只要稍稍踮起脚尖就能亲吻到他的唇角。

我怔怔地，小声地说：“你说‘用心’，关峄，你一定猜不到我用的什么心……”

心也痒得不像话，稍稍踮起脚尖就可以……就可以了。

他浑然不知此刻我心中所想，我的思绪早就不在他的那句打趣上逗留，这一刻我的“用心”，是不安好心，是垂涎他的美色。他全然无察，自顾自地把那句打趣水到渠成地接了下去。

“知道你的用心是为了使相亲失败。”他顿了半秒，说，“宋宋，你叫我关峄，我有些不习惯。”

你叫我宋宋我一开始也很不习惯，你以前都叫我十九。

他轻轻一推，车门啪嗒合上，他收回手，站直。

原来他只是为了关车门。

我瞬间如梦初醒。

唉，真是白荡漾了……

我撇了撇唇，绷直的身躯逐渐软化，往后一靠，背靠上合好的车门，笑笑地觑着他：“不习惯被人直呼其名？关先生，关少，关总，关博士……”他的名衔真多，“我跟你讲啊，咱做人不能太有偶像包袱。”

他嘴角微微向上扬起，是一抹不太明显的笑容，言归正传地说：“你不想进去就不进去，别乱跑，那边有咖啡厅，去坐着等我。”

他所指的是街道转角的一间休闲咖啡厅，玻璃橱窗前摆了几盆芦藜花，一朵朵洁白无瑕的娇小花盏在飒风中颤颤巍巍地抖动，很是趣致。冬天里日光和煦，晒不伤人，店家在户外的每一张咖啡桌旁都撑了一把洋红色的太阳伞，大约出于挡风考量。

我去咖啡厅能点的东西有限，咖啡因对我产生的影响太过强大，我每次喝完咖啡都注定彻夜失眠。读出我脸上的犹豫，他可能以为我坚持想去江畔乱晃，为了彻底阻断我这个想法，他补充道：“我忙完了就去咖啡厅找你。”

我本来就只是为了打发时间，不是非得去哪里不可，他既然开了口，我无所谓地点头应允：“好。”

临走之前，他不放心地再次叮嘱：“认准，是街角那间咖啡厅，别又跑错场了。”

我的五官变成一个微妙的“窘”字：“够了啊，今天那次是意外，我平时才不会跑错路！”

“但愿。”

他笑了笑，转身走向总部大楼。

君山总部大楼是一栋气势恢弘的建筑，选的地段极好，做的设计也极好，楼前广场建了一个巨大的圆形音乐喷泉，法国梧桐的叶子在深冬里全数落尽，只剩遒劲的树枝以苍蓝天空为幕布无限延伸。下午四点零五分，上班族卖力奋斗的时刻，君山大楼前没什么人，阳光照耀在银蓝色的玻璃外墙上，折射出令人目眩的光芒。

我望着他步履从容的背影，他正好走到几枝交错的梧桐枝丫下，清冷的日光穿过树梢，柔和地笼罩在他的肩头，这一切近在咫尺，又显得那么虚幻。

不知道是不是我的错觉，我总觉得他和以前有些不一样了。

不仅是外貌和气质的变化。以前的他，是否也曾试过这般温和又风趣地逗我？似乎有，又似乎没有，我记不太清。我的记忆中，他总是板着一张年少老成的酷哥脸，不爱说多余的话，不爱做多余的事。并不是指他对我冷淡，放眼整间武馆上下，他待我已经要比待其他人不冷淡得多，然而，那更多是出于一种师兄对同门师妹的关照，此外别无其他，不像重逢后的今日……

也有可能是我自己想多了，也许他丝毫未变，是我自身的心境发生了变改。十三年的思忆在我心中筑成一座高城，他从岁月深处拾级而上，从一个遥远模糊的影子，缓缓过渡成一个眉目清朗的男人，他一出现，城墙便轰然倒塌，他再走近一步，轻而易举就占地成了王。他在我心底的分量如此之重，所以他简单一句话，简单一个手势都能让我浮想联翩。是我变了，我看他的眼光不再单纯是小师妹对无所不能的师兄的景仰，而是一个女人对异性的……

熟悉的燥热感再度卷土重来，我薄薄的脸皮禁不起这热度炙烤，手背往耳郭一抚，触摸到的温度烫得惊人。

二十三年，什么时候这般不淡定过？

宋野火啊宋野火，你简直太不像样。

他走向一楼大堂的感应自动玻璃门，几名西装革履，一看就是公司高层的人站在门前等候，他一进入视野，高层们立刻毕恭毕敬地迎上前，其中就有上次我见过的那名漂亮女秘书。

这时我与他的距离拉得还不够远，尹秘书是个心细的人，在别人都在忙着和关峄说话的时候，她双目顺着他走过的路径，遥遥射来，望见了站在树木底下的我。我懒洋洋地背靠着关峄的跑车，双手插兜，双腿交叠，自认为是一个无比帅气的姿势。

冰山美人就是冰山美人，尹秘书见到这样的我，连眼皮都不挑一下，视线淡淡地从我身上扫过，宛如没看见我，径自把手中的平板电脑递给关峄。

被人无视了，我耸耸肩，不痛不痒。我早就过了专业耍帅的年龄段，摆姿势也不是摆给谁看，只是靠着车子舒服，可以让我更心无旁骛地去欣赏他们家关总挺拔的身影。

欣赏足够了，我直起腰，懒懒散散地迈动脚步，目的地是和关峄约定的那家咖啡厅。

按我现在站立的朝向，君山总部大楼位于我的正前方，而咖啡厅位于我的左上角，路上有花圃、喷泉的阻挡，我不能直线朝咖啡厅前进，最短距离的走法，是先向君山大楼走上一段路，再左拐走向咖啡厅。

脑中计划好路线，我抬步朝君山总部走去。

这样一来就相当于我跟在关峄身后走，我们一前一后，不知情的说不定还会以为我在跟踪他。间距隔得不算十分远，我耳朵又尖，走了两步，听见尹秘书正在向关峄汇报事情。

“人暂时被我们留在会议室里，目标估计是ZX系列无人机的资料，暂时还没明确是否和上次你的遇袭案有关联……”

早先关峄载我去往西子堤时，车上的那通电话就是尹秘书打来的，称君山总部发生了失窃案件，行窃的人好像还是内部员工来着，刚好被抓了个现行。

自动感应玻璃门向左右两侧滑开，关峄领着浩浩荡荡一行人跨进总部一楼大堂，他单手持稳尹秘书呈上的平板电脑，一边走向电梯，一边用另一只手在屏幕上快速键入，目测是在检查文件，过了片刻，我听见他说：“系统没有被入侵。”

嗓音是冷色调的音色，语气没有丝毫波澜起伏，切换进入工作状态的他，身上再也寻不着任何刚才和我对峙时的随意，整个人散发出来的凛冽气息，出乎意料地让我找回了一丝昔日的熟悉感。

亦步亦趋地跟在他的右手侧旁，尹秘书应了一声“是”，进一步说明道：“他当然入侵不了我们的系统，所以从一开始，他就是奔着纸质文件去的，被发现时，他手里已经拿到了 RX 系列的设计稿，只是这一型号我们去年就发售了，现在来偷没意义，因此我们怀疑，他应该是受人指使来偷资料，败在不够专业，错拿了 RX 系列……”

关峄脸色不变：“即便是 RX 系列，图稿也存在保密室，人脸识别系统没警报？”

这时一位始终埋着头走在尹秘书身后的，长相颇为憨厚老实的男人跟上了关峄的步伐，满头大汗地说：“关总，是我的疏忽，这人招进来也有一段时间了，经常需要送文件上来给我签，我观察过他，行为举止都表现得很安分，人也能干，前几天刚向保卫部申请让他通过了系统识别，没想到今天就……”

在还没发生这么多事情之前，今天的最初，关峄也许是真的诚心赴我之约的，这点从刻意修饰过的衣着就可以看得出来。一身剪裁合身的深灰色西装，身材高大挺拔，明明是那么禁欲内敛的气质，走在人群中却还是那么出挑耀眼。他低着头，修长的手指落在平板屏幕，有目的地划动，我凝足目力，甚至可以看见他手腕处的宝石袖扣闪着细碎的光。

连我自己都没有察觉，不知什么时候，我竟悄声尾随他走到了一楼大堂的感应玻璃门外，停在一个感应不到的距离，远远望着他。如果不是我再靠近一点这门就会一直开啊关地惹人心烦，我怕我会控制不住整张脸贴到玻璃门上，好方便我更清晰地垂涎他。

他领着一行人走到电梯门前停下，不时回头和身后的人交代着什么，这时我与他的距离已经拉开，说话声不再飘入我的耳中。尹秘书抬手按下电梯按钮，一切都进行得紧凑而自然，宛若一场正在无声播放的默剧，忽地，他暂停与别人的交谈，抬头朝我看来。

目光隔空相撞，他静如深潭，我灼如饿狼。

顺着他的眼风，其余几位高层也一齐把目光投向我。

这些人物个个都是商场上身经百战的老油条，看人的眼神一个比一个精准老到，他们看冷肃的关峄或许看不出什么风花雪月的痕迹，但他们看我，连多加琢磨都不用，我从来都不擅长掩饰自己的情绪，此时的我，明明白白就是一名倾慕关峄的小迷妹。

他们一定也瞧出来了，所以表情才会那么意味深长，好些个的眼里都写满了八卦趣味。

我……我不慌不忙地拨了拨刘海，又把长发别回耳后，假装自己是在对着玻璃门照镜子。

高层们的脸色瞬间有些扭曲。

关峄操作平板的手势一滞，随后，目光从我脸上撤回，从口型我大概判断出他对身旁的人说了两个字："继续。"

不再痴迷地盯着关峄瞧，我转开视线，本来打算直接去咖啡厅的，转身的刹那，意外发现在我对着关峄全神贯注发花痴的时间里，有一位高高瘦瘦的年轻小哥站到了我身后。

年轻小哥头戴橙黄色鸭舌帽，身穿同样橙黄色的宽版外套，标准的外卖员打扮。这工作服的颜色本身就非常打眼，然而比色彩更吸引人眼球的，是衣服背面印刷上去的四个白色大字“龙门膘局”，字体取笔走龙蛇的毛笔书法字，“镖”字变“膘”，简单一字之差，顿时妙趣横生，让人不难推测出这是一家饭馆，更不难推测出老板是一位妙人。

我垂眸往小哥的双手瞟去，他提着一只用白色塑料袋打包好的饭盒，我没猜错，他的确是来送外卖的。

他比我更专注地翘首望向一楼大堂内部，看样子是在等候客人出来取餐。

留意到我开始打量他，外卖小哥的视线从大堂内收回，回视我的眼神很是怪异，看了我几秒，他甚至提防地后退了两步……换作平时，他这做法一定会让我感到小小窘迫，好在我今天已经被人用这种如同看天外生物般的眼神围观了一天，心累到麻木，不差他一人，他刺伤不了我的，真的。

见是自己熟悉的饭馆，我抬起手腕看了看表，不着急去咖啡厅，反正去了也没什么可做的，我无聊地主动和外卖小哥搭话：“都四点多了，这个时间来送外卖？午餐还是晚餐？”

外卖小哥又提防地后退了一步，才答道：“下午茶。”

“下午茶？”这个答案让我感到惊奇，“龙门膘局什么时候开始卖下午茶了？”

据我所知，龙门膘局长久以来主打中国菜，老板为人大方豪爽，每次去吃，菜的分量都给得无比巨型，这样一家餐馆，让人很难把它和精致惬意的下午茶联想到一块儿。

外卖小哥不怎么走心地回答：“上星期刚开始尝试卖，还没正式推广。”

他应着我的话，眼神闪烁不定，频频往大堂里头望去，见我正在饶有深意地盯着他瞧，他也许是不想和我这个看起来就不太正常的人多说，最后望了大堂一眼，抬手压了压头顶的鸭舌帽，拎好餐盒就想转身离开。

唔，这外卖小哥，有点意思。

我默不吭声地把手腕上戴着的朋克风手链摘下，把手表也摘下，连同着塞进上衣兜里，接着活动了几下腕关节。

做完以上准备活动，我嬉皮笑脸地冲外卖小哥的背影喊道：“哎，这位帅哥，你不是说你来送外卖？外卖还在你手上呢，你上哪儿去？”

短短瞬间，他的身形似乎变得僵硬。

他怕被人瞧清相貌似的，垂着头，把鸭舌帽边缘再度往下拉低，大半张脸都藏在帽檐的阴影下，头也不回地答道：“刚才店里来了短信，客人取消了订餐。”

说完，他继续匆忙往前走。

我庆幸地微笑：“真巧，我刚好有一位朋友没吃午餐，要不你把这下午茶转卖给我怎么样？”我不发出任何声音地脱下脚上穿着的高跟鞋，左手的食指和中指各钩住一只，脚步轻缓地朝他靠近，笑笑说，“你看你大冬天的，出来送一趟外卖也不容易啊是不，龙门膘局离这里又远……”

我走到了他的身后，右手搭上他的肩膀：“你和我说说看，龙门膘局的下午茶都是些什么菜？如果还不错，那我全盘接收……”

不给我把话讲完的机会，忽地，他的肩膀大幅度一抖，用力甩开我搭在上面的手掌，下一刻，他毫无预兆地撒腿狂奔起来！

这人果然有问题。

龙门膘局哪里会卖什么下午茶。我的助理孙芃孙小姐是龙门膘局的忠实吃客，在她的强力号召下，我们工作室偶尔下班后会去龙门膘局补充补充营养。老板姓龙，我们都打趣地喊他一声龙镖头，龙镖头是一位豪爽的西北汉子，厨艺了得，酒量更是了得，兼且酷爱武术，店里连菜名都取成了别具一格的武术流，糖醋猪手叫“化骨绵掌”，清蒸鲫鱼叫“神龙摆尾”，凉拌三丝叫“田园三剑客”，红烧马铃薯叫“胸口碎大薯”……一箩筐脑洞清奇的菜名，好吃又好玩。

一次，为了从龙镖头那里讨来一张终身八折卡，我的好助理孙芃孙小姐果断以罢工相要挟，硬是赖着我给龙镖头表演了一手咏春。从那以后，龙镖头成功转变为我的五星级小迷弟，每次一见面，都用他那扩音器似的糙汉大嗓门嚷着要拜我为师。

这么一个人，我能不相熟？上次去龙门膘局吃饭，龙镖头还苦着一张胡子脸和我商量，说他正在考虑要不要关了午市，专开夜市，以腾出更多的时间来练他的无敌铁砂掌。这么一个人，能有经营下午茶的闲情逸致？

一听就知道外卖小哥在撒谎。

我今天要改名为福尔摩斯·睿智·野火·Song。遇上了我，他真倒霉。

短短走神的间隙，送外卖的已经逃出去了好几米远，这如同身后有疯狗在追，铆足了劲奔逃的背影，恰恰佐证了他的做贼心虚。

我暗暗有些小兴奋，云叙环送我的这双杀马特风高跟鞋终于要发挥出它最炫最闪亮的功能——我深呼吸，蓄足了力，使出一招三百六十度回旋风车大摆臂，下一秒，两只鞋子接连从我手中飞出，瞄准的是外卖哥的背部。

啪啪两声闷响，一只不偏不倚地砸中了他的后腰，一只位置稍微偏下，砸中了他的大腿。他被鞋子砸得往前踉跄了两步，却很顽强地没有因此扑倒，没过几秒就调整好了步伐，接着向前逃。只不过这样一来，他的速度明显就被拖慢了。

此时不追更待何时，我骨子里的热血全部被点燃，纵然光着脚也不能妨碍。我冷笑一声，瞬间发力朝他冲了过去。

大学四年，每一年的校运会我都参加了女子八百米赛跑，每一次我都以绝对优势夺得冠军，如果今天我不是穿了这要命的紧身裤，相信我此时可以跑得更野性。

不怎么费力就追上了外卖哥。

我侧身，用手臂外侧去撞他。快速奔跑中的人平衡极度容易被破坏，几乎是我一撞，他就扑倒在了地上，他手中提着的外卖餐盒飞甩上半空，顺溜溜划出一道圆润的弧线，砸在前方的山麦冬草丛里，发出啪嗒一声响。我顺势从他的腰侧斜切入，单膝往前一跪，压上他的肩胛部位，双手牢牢反剪住他的两手。

“啊！”

他爆发出一道吃痛的惨叫。

我缓缓勾起嘴角，阴冷地盯着已然被我完全控制妥当的他。

“说吧，你在人家总部大楼前鬼鬼祟祟的做什么？我看你不像个送外卖的，你也的确不是个送外卖的。”也不知道是从哪里搞来的店员制服，扮得还挺像。我停顿两秒，充分发挥身为福尔摩斯·睿智·野火·Song的专业素养，断言，“其实就算你不认，你来这里做什么我也心中有数。今天下午君山失窃，那内鬼已经被逮住了，据本小姐行走江湖多年的经验，犯这种险案，一般都会有同伙照应。”

我用力按住他，冷声质问：“你是那个外应？来接头的？”

在我的压制下，他头转向一边，脸颊和地面亲密接触。明知我是不会放他走的，他仍不屈不挠地挣扎，这不轻易言弃的抗争精神真是可嘉。

挣脱不开反倒把自己蹭得满鼻子灰，他气急败坏地破口大骂：“关你什么事！你又不是这公司的人！老子劝你识相的就赶紧放老子走！不要多管闲事，不然老子让你吃不完兜着走！”

听听，还威胁起我来了。

我叹气：“这位兄弟，你威胁我没事，但是你这话说得我不爱听。”我苦恼地皱起眉毛，摇头晃脑地“啧啧”两声，“你怎么可以说不关我的事呢，看来你的功课没做足啊。”

这边闹出这么大动静，好比一场免费公演，逐渐吸引了一些路过的行人围观。

怕被别人听见，我就着制住他的姿势，稍微俯低腰，低头，靠在他的耳边笑眯眯地说："我怎么就多管闲事了？不怕和你说，我将来极有可能是这栋大楼的少奶奶，我这是在提前替我家男人捍卫财产。"

"老子听你在放屁！"他用力扭动身体，神情一下子就激动了百倍，喘着气大吼，听起来竟像是在替关峄鸣不平，"关峄会娶你这只鸡？！"

唔，他骂的这个"鸡"字，搁在眼下的语境不外乎两种意思，一种是嘲讽我今日穿得色彩斑斓，像一只争奇斗艳的鸡，从文学的角度分析，这叫比喻，属于把人比喻为动物。至于另一种意思可能就没这么友好了，成年人一听都能明白，是对某种不光彩的女性职业的蔑称，用这个字眼来骂人，实在难听得很。

无论他是两种意思中的哪一种，终归不会是在夸奖我。

我眼角一抽，瞬间就气歪了鼻子嘴巴。

如果说我刚才抓贼还习惯性地带了一点耍酷的心态，侧重于把动作招式做好看了，而不是侧重于让他尝到苦头，那么这一刻，在这小贼说了一句如此不识时务的话后，我的怒气值可谓是噌噌噌急剧飙升，哪里还管姿势美不美观，只想狠狠揍他个电闪雷鸣星光灿烂。

我反方向扭押住他的手，稍微施加力气，韧带被拉扯的痛立刻就让他止不住地"啊啊"大叫。这贼也是个有操守的，都疼得上气不接下气了，依旧不敢初衷地大声骂我："婊子就是不要脸！还少奶奶……我呸！想男人想疯了吧！"

"想你奶奶个腿儿！"

我打架的技术一流，能用拳头解决的事情从来不用嘴巴，再加上老妈对我言辞的严格管教，骂架我其实不太擅长，但既然这小贼都这般恬不知耻地骂我了，我当然也要不输人地骂回去。这是斗志问题，不能未战先降。

也许是料不到我一介女流之辈会当真和他在光天化日之下对骂，这小子一愣，这一愣的短短片刻，我已经组织好了骂词。

我吸气，果断开起连珠炮："想你妹夫，想你大姨丈，想你三姑又六婆，想你七大姑又八大爷……”

我居然觉得自己骂得还不错。可以的，我简直是骂街界无师自通的奇才。

冒牌外卖哥的反应就是对我实力的最佳肯定，将我的话听进去，他气得浑身筛糠似的直发抖，面色涨红，一连好几声“你……你……”也“你”不出一句可以形成有效反击的回骂。

我居高临下地睥睨着他，目光冷漠，如同看一只砧板上待宰的鸡般冷漠。

可是仍不解气，这个人，伙同他的小伙伴来偷关峄的图纸不止，偷完了还要诅咒我和关峄尚未萌芽的姻缘，我能轻易绕过他？不能。我是这么好说话的人吗？不是。

我中场休息两秒钟，深吸一口气，正要接着把他的祖宗十八代都轮流问候一回，刚准备开骂，蓦地被一道女声惊叫打断。

惊叫从我背后的方向传来，不是很近，却极具穿透力，宛如细细一线飞针，射入我的耳膜，让我情不自禁抖了个哆嗦。

我疑惑地循着声源回首看，目光直线越过君山总部一楼正开着的感应玻璃门，往大堂内部望去……找到了，发出尖叫的是一名身穿窄裙套装的女职员，她手中的文件夹散落在地，双手掩唇，神色惊恐地遥遥望着我，以及被我按压在地上的冒牌外卖哥。

只扫了女职员一眼，我的视线很快就从她身上滑了开去，另一角落里仿佛有一块天然磁石，轻而易举吸引了我的全部注意。

当我看清那道人影，我怔了一怔。

他怎么还在这里？

他怎么还没进电梯？

尚未到下班钟点，大堂内走动的人员不多，冬日午后略显清冷的阳光从巨大的落地玻璃洒进，将一尘不染的米白色铺地瓷砖镀得亮可鉴人。关峄站在电梯门前，深沉眸光隔着大老远定定地落在我脸上，面色阴晴难辨。

他周围那班西装革履的高层人士也随他一齐朝我看了过来，不知是因为那声女子尖叫他们才留意到我这边的状况，还是他们从一开始就站在那儿旁观了。整副心思都放在抓贼上面的我，也不知他们看了多久，看了多少。

我脑中似乎有犯浑的雾，对上关峄沉静的双眼，又似乎有一缕光亮逐渐把雾驱散。

他望着我，皱了皱眉。

我顿时就清醒了。

天……天啊，我在干啥？

我在——

凶神恶煞地制住小偷，一脸狂躁地骂人。

神思恍惚间，我似乎听见苦苦经营的良好形象瞬间灰飞烟灭的声音……

还能不能给他留一个温婉恭谦宜室宜家的印象了？

我苦着脸，心底陡然生出一股悲壮。这一切都是为了抓贼，今日的牺牲是为了捍卫君山的财产，等同于捍卫关峄，这么一想才觉得有所安慰。在他的专注凝视下，我多多少少还是有些不自在，继续揍贼也不是，松开手也不是，只能维持原状，逞凶斗狠地把冒牌外卖哥牢牢压紧，好在这姿势还是有那么一点帅的。

要不是他突然抬步朝我走来，我一慌就乱了动作，我将会帅得更持久。

我望着穿过感应自动玻璃门，逐渐由远及近的他，心中意念一有松动，擒拿的手劲下意识就放轻了。这假外卖哥也是个机灵货色，一见有机可乘，不知怎么地翻身一扭，立即就灵巧地挣脱了我的控制。我正在分神地看向关峄，不得不承认此刻的确是有点儿措手不及。

等我反应回来，外卖哥已经泥鳅似的从我身下滑了出去，他回眸朝我仇恨地瞪了一眼，同时双手往我胸前重重地搡来，我本跪压着他，现在被他反过来一推，霎时整个人刹不住地往后坐去。

我下意识用双手去撑地，掌心擦过地面，磨出火辣痛感。

小偷逮住机会，撒腿就跑。

紧接着，几道黑色人影从我身侧狂风一样掠过，边追贼边大声喝止："站住！别跑！"

是保安，谢天谢地，总算有人喊来了保安。

我迅速站起，立刻也要一起去追。

不料胳膊猛地被人从后方攫住，我的身形被扯得晃了晃，惊讶地回首一看，对上关峄幽黑冷静的双眸。

他恰好赶到，牢牢握住我的小臂，皱眉制止："别追了。"

我一腔的义愤填膺，咬牙用力地说道："他和那个偷你设计图的是同伙。"

我简短地解释了一句。先前想好的要在关峄面前展现出来的温顺贤良，经外卖哥那胜似挑衅的一推，什么狗屁温顺贤良，全都被我抛诸脑后。专业闯荡街头十余年，从没有哪个坏人能从我手中逃脱，此时我不追上去揍他一顿都对不起我曾经被人叫的那一声"火爷"。

我气冲冲地拨开关峄的手，头脑发热道："你在这里等着，我去亲手把那小兔崽子揍得连他兔爹兔妈都认不出来！"

说完，我谁都拦不住地就要跟在保安后面追去，才踏出一步，脚踝猛地袭上一阵钝痛，我不得不紧急停下。

关峄也许以为我还不死心地想去追，长腿一迈，跟上我的步伐，大掌再次不容拒绝地往我的胳膊捉来，这次换成了握住我的手腕。

他扯住我："我说别追了！"此番加重了语气。

我摇摇晃晃地转过身，与他相向而站，仰高下巴，有些意外地对上他的双眼。我堂堂一六八的海拔，身高在女生里算不得矮了，然而此时脱了高跟鞋，赤着脚站在他面前，身量一经对比，我竟然可以称之为娇小。

气势一下子就输了，我软着嗓，说："好，听你的，不追了不追了。"

心有余而力不足，就算我再想去追，我也追不动了，还不如顺着他的话，给自己一个台阶下。

保安们的喝止声随着追贼一路跑远，我捏一把汗地看着冒牌外卖哥慌不择路地冲出大马路，惹起一片乱按的喇叭。刚才在我的擒拿下堪称柔弱无力的外卖小哥，一逃脱我的掌控，完美化身为跨栏高手，于来往车流中身手矫捷地翻越马路中央的白色隔离栅栏，跌跌撞撞地往对面街道逃去。

几位保安大哥明显不具备外卖哥这股不要命乱穿马路的狠劲，眼见外卖哥就要顺风顺水地逃到了对面，他们只能站在马路这边气得跳脚直骂娘。等到人行道的绿灯亮起已是几秒之后，虽是几秒的短短耽搁，这时再重新起步去追，外卖哥的身影已经快要消失在熙熙攘攘的人潮之中。

我欲追却无法去追，只能眼睁睁地遥望，见到外卖哥横跨马路我紧张，见到他快要逃脱我更紧张："要是被他跑了怎么办……"

我无意识地挪动了一下脚步，这一瞬间，手腕被箍握的压力陡增，我恍神地收回视线，才记起我还有一只手落在了关峄手里。

注意力刹那间就全被吸引了回来。

他把我捉这么紧，是怕我还想逞强地去追贼？

我狐疑地望着他。

他脸色淡然："跑了就跑了，多的是找到他的办法，犯不着你以身涉险。"

我想都不想地回答："不险啊。持刀抢劫的我都去追过，追这样一个瘦瘦弱弱的情报小偷算什么险？"

捉贼现场转移，这儿除了关峄的美色，也没有其他东西可供观赏，原先站在一旁围观我捉贼英姿的一众人等逐渐散了，只剩两三名大学生模样的女生藏在不远的花坛后，满脸兴奋地盯着关峄，一边光明正大地偷瞄，一边激动地窃窃私语。

不知是不是早已习惯那样的目光，他似乎全然不察，只定定地看着我，沉默了一阵，反问：“持刀抢劫？不险？”

我点头：“是不险啊，我好歹也是练过的。”

假如他能认出我，我或许就可以告诉他，在他离开的这些年，我的身手进步很大。父母虽然要求我皮相上要做一位岁月静好的闺秀，但他们从来不阻止我去武馆练习，在我十六岁那年第一次遭遇街头小混混摸脸调戏，结果我把小混混揍得哭爹喊娘之后，他们就意识到了女孩子懂武可以自保，这是一件很好的事情。那些年我跑武馆跑得那么勤，如今在众多的同门师兄妹中，除了一个强大到变态的三师兄石钢，其余人都不再是我的对手。

他认不出我，这一切，我要如何向他说明？

我只得轻松地笑了笑，说：“持刀也没怎么样，我有能力保护好自己，不会受伤的。”

他说：“不会受伤。”

他从我的话中拣出了四个字重复，口吻却比我的平淡了百倍，显得有些含义不明。真是神奇了，他明明是无风也无浪的淡静语气，而我不知怎么地，居然从中接收到了一丝丝质疑的意味。

我讷讷地说：“是啊。”

他说：“很好。”

与他冷淡的语气相配合，他面上的表情也可以说是淡漠的，然而，我眼尖地瞅见，他深幽眸底有一抹隐忍情绪在暗流涌动。这样的他让我产生了一种异样的错觉，仿佛眼前的我让他感到非常头疼，而他却拿我没有丝毫办法似的。

他松开我的手腕，眼睫垂下，说：“把手掌摊开。”是命令的语气。

呃，这个这个，难以从命。

我顺溜地后撤一步，就不听就不听地把双手背到腰后，站无站相地扭着身子，笑嘻嘻地迎上他审慎的双眸，想要蒙混过关。

“哎，关总，关教授，关先生，你别这么严肃嘛，我听我一位当航天工程师的朋友讲，像你们这类搞科研的人，会时不时被邀请去大学里讲课？我说，你这么酷，学生们能喜欢你吗？”

这个问题不用他回答，答案早已摆在那儿，从流川枫到花泽类，从杀生丸到入江直树，冷漠型美男永远不会有过时的那一天，如果还加上才华的点缀，集高冷与天才于一身，那就更加不得了，女学生们何止会喜欢，简直会疯狂。

但是为了达到我的目的，我必须向他传达我的抗拒：“你这个样子，让我想起了小学时学过的一篇鲁迅先生的文章，叫《从百草园到三昧真火》，里面有一位教书先生，他的学生不认真读书，他就会拿戒尺打他们的手心。”我直勾勾地瞅着他，说，“自从学了这篇文章，我从小就留下了心理阴影，谁让我摊开手掌，我就会觉得谁要打我。”

他说：“那篇课文叫作《从百草园到三味书屋》，就课文内容本身而言，老先生并没有用戒尺打人。”

我说：“哦。”

我又说：“有一句名言是怎么说的来着，有一千个读者就有一千个哈姆太郎？对，有一千个读者就有一千个哈姆太郎，你认为没打，我认为打了。”

他纠正：“一千个读者就有一千个哈姆雷特。”

我说：“哦。”

想了一会儿，我问：“哈姆雷特是谁？”

他说：“哈姆雷特是《哈姆雷特》这部作品的主人公。”

好像的确是有这么一回事。我从小到大都不太擅长记外国译名，尤其以音译过来的外国人名为甚，总是记着记着就会搞混到一块儿，以前看希腊神话，奥林匹斯山上那一堆神的名号差点没把我的脑筋缠成一个中国结。

我不太愿意承认地说："我的语文不太好。"

他直言不讳："看得出来。"

我努力想要给自己挽回一点自尊，偏着脑袋瞅他，说："我的体育比较好，美术也还行。"

他颔首："我知道。"

我绷起脸，佯装不满地说："喂，你怎么好像什么都知道的样子啊，还能不能让人好好把天聊下去了？"

他面色不改："我不知道哈姆太郎是谁。"

我瞅着他："是真不知道还是假不知道？"

他似乎有些头疼："真不知道。"

我说："好吧。"这就来到我熟悉的领域了，我得意地学着他早前的口吻，沉下声，正色道，"哈姆太郎是《哈姆太郎》这部作品的主人公。"

他"嗯"了一声，对这个话题明显没有太大兴趣，再度要求我："把手掌摊开。"抬眸盯着我的眼睛，"宋小姐，我发现你很喜欢让我说话说第二遍。"

拒绝不掉了，我不服气地说："让你说第二遍的，不都是我不愿意做的事情嘛。"

可是有什么办法？

我扯鲁迅扯哈姆太郎扯学习成绩都不能成功把他的思路带跑，气势不如人，文化不如人，逻辑不如人，我又不能直接转身走掉，而他那么执着要看我的手掌……我幽幽叹了一口长气，不情不愿地，妥协地，双手抬到身前，五指缓缓在他面前舒展开。

掌心几道擦破皮的痕迹。

这是早前外卖哥推我，我用手掌去撑地时弄的，几条浅淡如头发丝一般的细细血线而已，不是什么大不了的伤，我也没那么娇气，不答应摊开给他看，纯粹是因为……唉，他究竟懂不懂得，习武之人，随随便便把自己的伤口暴露给别人看，很丢人的。

他眸光扫过我掌心上的划痕，视线上移，盯着我的眼睛：“刚才是谁说有能力保护好自己，不会受伤？”

我无须经大脑思考就反驳道：“这算个什么伤啊，这么细微，划在豆腐上客人都不敢嫌丑不买的。”

他对我这套理论不置可否，静了半秒，说：“跟我上去擦药。”

阳光普照下，冬天的室外地面依然十分冰冷，纵然我是那种五行多火，不怎么怕冷的体质，此时光着脚踩在地面上久了，难免多多少少也感觉到有些凉。我左脚屈起，脚掌踩着右脚脚背，整个人宛如金鸡独立，站得颤颤巍巍的，听进他的要求，我挂起一个心平气和的微笑，对他摇头：“不好意思，走不了。”

他以为我讲的是鞋子的事，但其实不是。他弯腰，帮我把在一旁东倒西歪的两只高跟鞋分别捡回来，在我脚尖前摆正，沉声命令：“把鞋穿好，跟我上去做个简单消毒。”

盯着地上造型怪异的一双高跟鞋，我一动不动，小声支吾着拒绝：“手不碍事的。”

他眉心皱起：“要我说第三遍？”

我急忙摆手：“不是不是，是手真的不碍事。”手掌一摆动，我单脚就站不稳了，没有办法，左脚只能踩上地面，一阵锥心的疼痛立马自脚踝袭上心尖，我倒吸一口凉气，抖着嗓子说，“碍事的是脚啊！”

痛感让我的脚掌根本不敢触地，我悬空左脚，单着右脚一跳一跳的，他眼疾手快地立刻伸出手扶住我，抬眸扫来。

“怎么回事？”

我紧紧攀住他的手臂，疼得冷汗涔涔下。

“那个……我的脚好像崴了。”

下午四点四十五分，离下班时间还有十五分钟。

君山总部顶楼的总裁休息室。

从巨大的落地窗朝外望去，风景这边独好，大江把陆地勾成了一弯新月，江面上的游轮微小得仿佛是儿童折出来的白色纸船。一条江隔开了现代高耸入云的摩天大厦与上世纪留存至今的万国建筑群，日光给对岸描了金边，巴洛克式塔亭，古典主义钟楼，还有那些我记不清是叫作爱奥尼式还是多立克式的古老柱廊，等入了夜，华灯初上，这儿并不难让人想象出当年十里洋场车如流水马如龙的繁华。这一地段，早在民国以前就已是寸土寸金。

我打横坐在舒适的牛皮沙发上，弓着腰，双手环抱住屈起的右脚膝头，下巴支在上面，扭伤的左脚自然伸直，脚踝落在了关峄手里。掌心的擦伤刚刚已经处理过了，此时他坐在沙发的那一端，一手托着我的脚，一手拿着一只冰袋，正低着头，在帮我已然开始显肿的脚踝进行冰敷。

他不说话，我便也不出声。他背后是落地窗，落地窗外是西方油画般的景色，我只感觉眼睛有点顾不过来，不晓得是该高深地欣赏风景，还是该肤浅地欣赏男色。

终究是男色略胜一筹，等我意识到这个事实，我实际上已经盯着他看了很久。他把西装外套脱下了，露出里面的立领黑衬衫，袖口半卷，手臂线条结实有力，他的手也非常好看，指节修长分明，握着冰袋帮我敷脚的动作做得十分赏心悦目。

今天一天过得太过波澜壮阔，我忽然就有点想笑，今早出门前我肯定怎么也想不到，当白日度尽，日落西山，我会坐在君山总部里让我梦寐以求的四师兄敷脚。

“笑什么？”

他抬眸扫了我一眼。

嘴角的笑容来不及撤回就被他撞见，我急于掩饰地咳了两声，说：“没什么，就觉得今天过得太玄幻，活像我妈写的戏似的，太不按常理出牌。我起初只是为了拐你请我吃饭，怎么最后剧情就发展到我光荣负伤了呢。”

我这句话纯属随口感慨，并没有深究其因的意思，他听进去后，竟认真地思索半秒，接着得出结论：“因为你不按常理出牌。”

唔，这样一说好像也有那么一点儿道理，我秒懂他的语意，不外乎暗指如果换作其他性格安分的女孩儿，应该就不会受这个伤呗，可是……我偏着头，欲言又止地望着他，心想也没见你就按常理出牌了啊，说好的其貌不扬的关峄，怎么招呼不打一声就变成了我日思夜想的四师兄？

可惜这话只敢偷偷摸摸放在心里想，不敢说出口和他对呛。这何其不公平，他不认得我是谁，因此所有的喜怒哀乐，所有的百转千回，都成了我一个人的事，我的情绪稍有放大，看在对我仍不熟悉的他眼里，说不定都会让他认为我是一个怪异的女人。这不是我想要的结果，于是在他面前我只能把情绪稀释再稀释，假装他真的就只是我从未相逢过的陌生人。

是这样打算着，坏就坏在践行起来无比困难。我两眼直勾勾地盯着他瞅，不甘不忿的情绪袭来得太过突然又太过汹涌，就只是这般闷不作声地看着他，目光滑过他的眉眼，滑过他的薄唇，滑过他宽阔的肩，滑过他修长有力的手……心中猛地就不受控制地生出了一股要和他相认的冲动。唉，如此出色的一个男人把我忘了，我多吃亏啊，明明曾经有过交集，明明曾经那么要好。然而，相认的话到了嘴边，又被我硬生生地噎了下去。勇气只是一瞬间的事情。近乡情怯近乡情怯，我如今算是彻底体味了一回这四个字的含义，像我这样的人，居然也会有不敢说出口的话。

像我这样的人，居然也会怕他已经完完全全把我忘了，从而连确认一句都不敢。

察觉到我的纠结，他手势一顿，抬眸问我：“我弄痛你了？”

沉浸在自个儿的思绪里，我不明所以地摇头：“没有啊。”

他淡淡指出：“你的脸色很不好看。”稍加停顿，补充道，“看上去很想打我。”

我有那么明显？

在他充满不信任的眼光中，我只得干笑着打哈哈：“哪有……”若无其事地晃了晃脚丫子，我发挥随口乱扯的功力，“你这么值钱，我哪敢打你啊，打坏了赔不起的，我只是感觉像做梦一样，你看，是关峄在为我冰敷耶，此待遇几人能有，有幸得关大神一摸，我这脚崴得值啦……”

他制止地按住了我的小腿肚。

“别乱动。”我以为他是怕我弄疼自己，不料下一刻，他隔着冰袋向我的脚踝施力，“这样呢，还像不像做梦？”

陡然传来的痛感让我虎躯大大一震，我夸张地嘶了一声长气，咽下飙泪的冲动，急忙挥手：“不像了不像了！”含泪摆起严肃脸，“我发誓！我前所未有地清醒！”

他竟然点头：“这就好。”

“这就好”是几个意思？我眼泛泪光，抖着嗓埋怨他：“大哥，你是不是心情不佳？有什么意见冲我来，我的脚是无辜的，你别拿它撒气呐……”

“为了让你长点记性。”他看着我的眼睛，不赞同地说，“都多大的人了，做事还是这么毛毛躁躁，遇见盗贼同伙怎么不去叫保安？为什么要独自去追？崴了脚不算大事，但如果还有其他潜在的危险呢？”他的眸光充满了浓浓不悦，训责道，“相貌是长乖巧了，这性子还是和以前一样野。”

他的声线本就偏低偏冷，此时加上训人的语气，听起来莫名严厉。低低的嗓音流进我的耳中，这是重逢以来他首次不间断地对我说这么多话，我听着却只觉得满脑子发蒙。

幸好蒙得不算久，回过神，我立刻不服气地替自己辩白：“你的批评我不接受，你说得就像我是由于抓贼才崴到了脚，但并不是，我这只脚啊，是在八月梧桐的时候就崴到的了。都怪你吓我，突然和我说你是什么关峄……”要不是那时我惊得往后踩了一步，也不至于把脚崴了，当然穿不惯太高的高跟鞋也是原因之一，“追贼只是使它恶化了而已。”

完美地把锅甩回去给他，我顿觉通体舒畅，舒畅中又隐约感到似乎有哪里不太对劲。

我是不是光顾着反驳，自动屏蔽掉了某个更加重要的信息？

望着一语不发，正在低头帮我继续冰敷的他，我暗暗在心里把他的那段说教仔细回想了一遍，不想不知道，一想……

我愣住了。

我浑身僵直，不敢置信地望着他：“等等啊……”一说话，才发现不过眨眼光景，我的喉咙已经紧缩得厉害，连发出声音都无比艰难。我用力咽了一口唾沫，悬着心问：“你刚才是不是说了……以前？你说了‘以前’两个字对不对？”

我有没有听错？

他刚才好像是说：这性子和以前一样。

以前，以前。这个词语所蕴含的意义真是让人紧张得连心肝都要发起颤来。如果他不记得我，如果他不清楚我的从前，他又怎会用“以前”这个词！

在我越发剧烈的心脏跳动声中，他抬起眼睫，手里捏着冰袋，幽深的目光直直看进我的眼底。

“以前。宋宋，我不确定你还记不记得我，我们以前曾经在一起相处过，时间不算长，在叶慎师父的武馆里。”他说，“我也这样帮你处理过瘀伤。”

他……他怎么可以把一切说得如此轻描淡写？

我睁大双眼，直到眼睛酸胀，眼眶直发热。

我许久挤不出一个简单的音节，他认真研究着我的神色，半晌，径自下结论：“看样子你是不记得，那时你还很小。”他低头，帮我继续处理崴伤，嘴角轻勾，是一抹略显落寞的淡笑，“说真的，你忘了我，我有些不好受，毕竟你那时候很喜欢黏我。”

我忘了你？

我会忘了你？

开什么玩笑！你怎么可以这样冤枉我！

我近乎机械地扭动了一下左脚，想把脚缩回来，他制止地说了一声“别乱动”，大掌稳稳扣住我的脚跟。可现在什么都入不了我的耳，什么也都无法阻止我。我也讲不通我离他近一点儿就能做什么，但我此刻，这一刻，就是想离他更近一点儿。

我使上力气，执意让脚跟脱离他的掌控，他一松手，我立刻手脚并用地在沙发上朝他爬过去，没两下就到了他的面前，半跪而起。整套流程做下来显得无比身残志坚，他垂眸凝视着我的脸，居然还能保持从容镇定。

这一瞬间，我忽然就知道我离他更近一点儿能够做什么了。

有那么多的话想说，有那么多的心情想表达，但这些都可以推迟到以后，不急，此刻我唯一急的是……我抿了抿唇瓣，面色严肃地问他：“你是不是不喜欢主动的女孩子？”

他稍顿，回答：“看是谁。”

我心急地追问：“是我呢？”我从来不认为自己是胆小之辈，然而，说出接下来的这句话，几乎要耗尽我储存了二十三年的勇气，我定定地看着他的双眼，喊道，“四师兄。”我说道，“看在我和你曾经那么要好的分上，如果我说我想给你一个久别重逢的热情拥抱，你会不会推开我？”

他眼中掠过一抹讶色，随即，眸光转深。

“原来你记得。”

他说完这五个字就不再有别的话语，没说可以也没说不可以。深沉黝黑的双眸映出了我近在咫尺的脸，他的眼睛那么黑那么亮，我把这一切都解读为默许。

我于是就着半跪的姿势，直起身，双手圈抱上他的脖颈，仍不觉得满足，于是额头枕上他的肩。

我骗了他，我说这是一个久别重逢的拥抱，听起来似乎我没有别的不良企图，但其实我不是。

干净好闻的男性气息一丝一缕胀满肺叶，我靠住他，小声低喃：“一下下就好了，你千万别推开我，这种时候如果你推开我，会对我弱小的心灵造成核爆级的伤害，我可能以后都没有勇气抬起头做人……”

他轻叹：“还是这么爱胡说八道。”

我搂紧他：“是啦是啦。”

安静地让我抱了大约一分钟，他无奈地开口：“你至少让我把冰袋放好。”

我接话接得飞快，连动脑都免了：“让你放好之后，你还会给我接着抱吗？”

他默了默：“你觉得？”

我想了一下：“我觉得不会，你长得就一脸绝对不会和别人拥抱的冷漠。”

他失笑：“你现在不就抱住了？”

我说：“那是因为我身手敏捷，趁你不备，先夺得先机。”

我脸部朝下，额头枕住他的肩，脑袋稍微一扭动，耳郭就会摩擦到他颈侧的肌肤，这是一种异常亲昵的接触，换作平日，我肯定求之不得，只是放在现下，我隐约感知到我的耳后根在不要命地发烫。真是奇哉怪哉，明明一点儿也没有害羞的打算，耳朵却不配合地出卖了我。这个身体的小变化决不能被他察觉，不然万一他误会我脸红了，羞涩了，那我以后还用在他面前混？

想到这里，我越发谨慎，头部挨着他的肩，耳朵却要小心翼翼地闪避着和他的碰触，实行起来十分艰辛，整个人处于一种极度不协调的状态，纵然我武功再高，定力再好，坚持没多久脖子也开始僵硬了。

我只能靠不停说话来分散注意力：“让你放好冰袋你一定就不会再给我抱了，我才没这么傻呢，到嘴的肥鸭子哪有松口的道理，鸡不可失鸭不再来，我就算语文学得再差，这个道理我还是懂的……”

我真睿智，我得意地笑了两声。

也仅是有机会笑了两声，因为下一刻，他竟像要用实际行动来反驳我的话一般，突然毫无预警地抬起不拿冰袋的那只手，大掌罩上我的后脑勺，稍一使力，把我的脑袋完完全全按向他的肩窝。

我错愕地吸进一口凉气，听见他好整以暇地问：“这样讲话，脖子不酸？”

脖、脖子……啥？

我呆住了。

我的全部感官，所有知觉，都停留在了与他肌肤相触的那片地方，额头，眉角，耳郭……依旧是耳郭最为令人担忧。他一定也发现了我滚烫的温度。

他……他怎么会……

我神思不受控制地开始飘忽，如果不是我出现了幻觉，刚才那一下，呃……似乎是他……主动？

怎么可能？

重逢以来，这么长这么久，我一次也不曾怀疑过自己认错人，他的五官、他的气质都太过出众，纵然十余年不见，能把他认错的几率也微乎其微，然而，就在眼下这一秒，我不得不重新计算把人认错的可能性，否则也太破天荒。我记忆深处那位视女色如菜色的四师兄，居然会主动把我按得挨向他？

这个这个，我赚大发了！

我飘飘然昏昏然，花了好一阵子才定下心神，一定下心神又觉得不可思议。脑后传来长发被人用手掌轻轻摩挲的触感，提醒了我这不是幻觉。

他的声音变得莫名柔和，单手抚着我背后的发丝，侧首附在我耳朵上方低低地说："没想过有一天你也会留这么长的头发……"语气中含了一丝轻笑，貌似对我的转变感到意外。

"哦，头发啊，我妈要求的。"我怔忪地回应，"不过我也没想过有一天你会像现在这样主动抱我啊，你以前都不近女色的，活像一座冰山。"

"不近女色？"他问，"你怎么会有这种想法？"

我想都不想："因为你总是拒绝我的讨抱抱啊，每次我热情如火地向你扑去，都被你无情地推开。"

他沉思半晌，开口："你确定你那叫女色？"

我无言以对。

他低笑，胸腔里传来轻微震动，心情似乎很好："你小时候总爱四处玩闹，把自己搞得很脏，对一个十几岁的小伙子来说，幻想中的'女色'决不是那样。"

"那是哪样？"我问。

他不正面回答我的问题，而是沉默了一小会，手掌顺着我的发丝，从我的头顶缓慢地滑向我的腰际："你的头发留得很长了，个头也长高了一些。"如果他不是关峄，我会以为他的动作是在吃我豆腐，不然，哪有人把一个简单的摸头做得如此撩人的，"十九，你不再是个小姑娘了。"

"是啊。"我双臂松松地搂抱住他的脖颈，稍微偏过头，正脸便对上了他的下颌。我瞅着在我眼中侧脸轮廓因为靠得太近而变得模糊的他，直言，"我有没有长成你幻想中的'女色'模样？"

他说："你不久前才裸着脚在地上跑，抓贼。"

"是啊。"我大大方方承认，"不只小时候，我现在也总爱把自己搞得很脏。"

我侧首枕在他的肩膀，双唇快要触碰到他的耳垂。

“那我到底有没有长成让你满意的模样？”

他的手掌从我的腰际上移，扣住我一只手臂，想要把我拉开：“坐好说话，你这样我没办法专心。”

我使出蟹钳一般的力气使劲抱住他，把他抱了个心满意足：“你让我坐好我就坐好，我岂不是很没面子？”

他叹气：“你的语文真的很不好，连重点句都不会抓。”

我说：“谁说我不会抓重点句？我不仅会抓重点句，我还会抓主题思想，而我也抓准了。你想通过要求我放开你，来转移掉我问你理想型的问题。”

他又低叹了一声，随即陷入沉默，像是在思考要怎样才能和我讲清楚。

“你想说什么你就说啊，我承受得住。”我扬起潇洒且友好的微笑，懒懒地说，“我不再是小姑娘了，我近几年的卖相好像还行……咳咳，今天不算，我平时不是这个画风的。你喜欢什么类型的女孩儿？如果难度不大，我看自己能不能努力一把。”

毕竟我都能从狂跩酷霸的校园扛把子“火哥”成功伪装成一枚穿裙子的小女人了，只要他的品味不是太怪异，我都可以尝试尝试，看能不能转变为他喜欢的款式。

他拉我的胳膊拉不动我，只好停下，低沉的嗓音添了几分无奈的淡笑，说：“如果我不是知道你从小就爱乱讲一通，我会以为你这些话是在告白。”

我有些退缩，花了足足三秒才武装起毅然决然的语气。

“大哥，我就是在告白啊！”

他的身躯轻微一震。

他再度想拉开我：“十九，你先松手。”

我摇头，把他圈抱得更紧，不是没有紧张，但听到这一声睽违已久的“十九”，熟悉感在心底鼓胀，我竟额外多了几分破罐子破摔的豪气。

“你以为我还会乖乖听你的话吗？我已经不是当年的我了。”此刻心境，就像被欺压多年的农奴终于翻身做了主人，一路凯旋高歌，只为夺取政权，我嚣张至极地说，“小时候那是因为我打不过你，所以你不准我抱，我就不敢轻举妄动，现在我都这么厉害了，我要还乖乖地你说什么我做什么，我是不是傻？”

我人生二十三载光阴中英勇的时刻多了去了，但眼前这一刻，我觉得自己尤其英勇。我居然抱了关峄，我居然还向他告白了，我今天的胆量简直要上天。

我想过的，如果我生在古代，我一定可以当个出色的女恶霸，独占一座山头，一言不合就扛着大刀强抢美男回去当压寨丈夫的那种。不过按照我在老妈的剧本中浸染多年得来的经验，一般这种情况，事情都不会进展得太顺利，往往会半路杀出一个不识时务的程咬金，救美男于水火之中，专门破坏我的好事。

事实证明，“艺术来源于生活”这句话不是没有道理，就在我抱关峄抱得匪气十足的时候，门板上突然响起有规律的轻敲，尹秘书公事公办的冷声调传了进来。

“关总，你要的东西。”

关峄轻拍我的背部：“十九。”示意我放开他。

我长长地吐出一口气，扼腕地咬牙：“关总，你培养的下属都是些什么人啊，怎么这么会挑时间，净破坏别人好事！”

“好事？”他语调微扬，似笑非笑，“宋小姐，如果我没记错，一开始你只说要给我一个久别重逢的拥抱。”

我严肃地说：“你记错了。”

他轻叹：“这爱耍赖的性子也没变。”

“谁说我耍赖了？”我不能更严肃地说，“我是说要给你一个久别重逢的热情拥抱。热情，热情懂吗？一切都是因为我太热情了。”

惦记着门外尹秘书还在等，我装腔作势地“唉”了一声，依依不舍地松开他，一边缓慢地退回原位，一边遗憾地瞅着他，说：“敢情你还嫌我抱你抱太久了呢，关先生啊关先生，不是我吹，多少美貌的少男少女求我宋大小姐摸他们一下我都不摸的……”

他瞟我一眼，头疼地沉吟：“这一害羞就爱胡乱吹牛的性子也还是没变。”

他注视着我，唇角带了一抹玩味的笑容，说这句话时音量不大，听上去像在自言自语地思考，可我还是一字不差地全听见了。

我挺起胸膛，正所谓人争一口气：“可、可笑！谁说我害……害羞了！本小姐人称‘狂野小二郎’，行走江湖十余载，调戏美男千千万，从来就不知道‘害羞’二字怎么写！”

“好了。”

离开了我的拥抱，他终于得以从沙发站起身，将手中的冰袋扔进一侧的纸篓里，他抬手整理被我弄乱的衬衫领子，回首觑我。

“等下再继续，我先去开门拿件东西。”

我一听，两眼发光：“等下再继续？是继续给我抱的意思？”

他迟疑地沉默了一会儿：“十九，有件事我还没想好怎么和你说。”

我坐在沙发上捂着肿起的脚踝，忍不住惊异：“居然也有能难倒你的事情？”

“当然有。”他的神色貌似真的非常苦恼，剑眉微皱，半天，才开口要求，“如果你等会儿还打算继续抱我，你……能不能先把衣服脱了？”

“啊？”

我的脸颊一下子就火烧似的辣了起来，扭扭捏捏地偷瞄他两眼，为难地支吾：“关总，咱们这样不行吧？虽然我是挺喜欢你的，我们也有一定的感情基础，但，这进展也未免太快了吧？我说过的，虽然我喝酒，打架，但我真的不是一个随便的女孩……”我双手交叉，怕怕地捂住自己的领口，抬眼望他，“我也不是放不开，只是我今天才刚和你相认回来呢，我们就不用先去看看电影，吃吃烛光晚餐，培养一下感情什么的？”

“十九。”他唤住我，端详着我的一脸纠结的神情，半晌，薄唇勾起，“你想到哪里去了？”

他居高临下地凝望着沙发上的我，眼底逐渐渗出一丝忍俊不禁的笑：“你可能没有留意到，你的外衣上面很多铆钉。”

我再度：“啊？”

他笑了笑，不再多说，转身往门口走去。

等等，他说了什么？

铆……钉？

我今天穿的是云叙环友情赞助的机车皮衣，上面当然少不了装饰用的金属铆钉。只是，他提来干吗？

我低头，迷茫地望着镶嵌在皮衣上的、尖端朝外的金字塔形的尖锐钉子，再联想起他要求我脱衣服再抱他的那句话，再再联想起稍早时候，我对他的拥抱，那一个漫长的、我用尽全力的、毫无保留的拥抱……

我瞬间不迷茫了。

难怪他一直让我松开他。这个这个……

我崩溃地抬头，朝他的背影默默含泪地大喊：“关总，关总你别走，关总你听我解释，我不是故意要扎你的啊……真的，都怪我被美色冲昏了头脑，一时忘了自己穿的是这种鬼东西……”

一分钟后他手里拎着一只纸质购物袋回来，我已经想好了要如何化解这场可怕的尴尬。

他一走进我的视野，我立刻先发制人地匆匆发问：“话说回来，你什么时候认出我的？”

转移话题这一经久不衰的妙招，虽可耻却有用。

他脚步略略一停，朝我看来，眼中有笑：“你真是……”摇头，抬步继续走到我面前，从纸袋里拿出一对毛茸茸的东西，搁到沙发前的地上，“37 码，试试。”

我眼珠子往地面瞟去，看清楚了，是一双室内穿的家居毛拖鞋，粉白色，竖着两只兔耳朵，干净的程度一看就是新买的，但是吊牌已被剪去了。尹秘书竟心细到这种程度。

我盯着这双粉萌粉萌的毛拖鞋看了大半天，迟迟做不到他所说的“试试”，只觉心情有点儿说不出的复杂。

“等下你该不会要我穿这么一双玩意儿走出去吧？”

他把鞋子搁下后就走到吧台那边洗手了，流泻的水声中，他听见我的质疑，头也不回。

“不然？你还能穿高跟？”

“呃……”我噎住，“关博士，我怎么觉得你说话总是这么有理有据呢？让人连反驳都不能的。”

他关掉水龙头，从一旁拿起一块毛巾擦手，转身看我，微一颔首：“过奖。”

他这泰然的态度……我无话可说了。

我安慰自己：“穿就穿吧，其实也没差，我今天都这副样子了，再混搭多一种元素也没什么的。”我露出虚伪的笑，“兔兔就兔兔吧，兔兔真萌，兔兔真可爱。”

我认命地将安然无恙的右脚套进去试鞋，这边脚显得有些宽松，应该是考虑到了我发肿的左脚，买大了码，果不其然，等我把左脚也伸进去，码数就很合适了，不会压迫痛处。

他擦干手，倒了两杯白开水回来，把其中一杯递给我，盯着我脚上的毛拖鞋看了两秒钟，置评道：“挺好的，很适合你这样的小女生。”语气听上去隐约像是很满意。

我难看地微笑：“我谢谢你哦，你知道我这样的小女生在家里穿的是什么样的吗？”

他问：“什么样的？”

我收起笑容，目光坚毅：“姐在家穿的可是老虎爪子！威风霸气、张狂野性的老虎爪子！”

他一顿，略感新奇地挑眉：“还有这种款式？”

我点头：“有啊有啊，可好看了，比这双兔耳朵不知拉风多少倍。”我如数家珍，兴奋地说，“我一共定制了三双，想着我爸一双，我妈一双，谁知他们两个无论我怎么劝都不肯穿，真是，太不团结了！我把我妈那双女式的送给了云叙环，现在还剩一双男式的，下次你来我家，我拿给你穿好了。”

“好。”

他单手插在裤袋里，一只手握着水杯慢慢地喝，眸中渗出一丝愉悦的笑。我不是很明白他为什么突然间好像变得心情很好，也许单纯只是出于对我品味的赞赏。

“的确是你会喜欢的事物类型。”他说。

在他这般含笑的凝视下，我反而扭捏起来了：“哎，说得好像你很了解我一样，我们都多久没见了……”我避开他的目光，低下头，盯着脚上的两只兔耳朵，“对了，你还没告诉我，你是什么时候认出我的？”

“在永安寺外遇见你的那一晚。”他沉声回答。

我一愣，猛地仰头望向他，他的答案真是让我始料未及。按他的说法，岂不是一见面他就认出我了？

读出我眼中的诧异，他端着水杯，微微勾唇，神色有些高深莫测。

我不敢置信地望着他，陷入哑然，过了足足一分钟才从喉咙里挤出一句话：“你……你好过分！都认出我了，还不和我相认！亏我……”亏我还真的以为你完完全全把我忘了，一个人暗暗地心塞了那么久。想到这，我气得涨红了脸，“不和我相认就算了，山不来就我，我可以去就山，我都主动约你吃饭了，你居然过了一个多月才迟迟出现……”

面对我炮火一般的愤懑攻击，他淡笑中添了一分苦涩，眼睫微垂，敛去眸中落寞。

“你看上去，并不像记得我。”

他喝了一口水，缓慢地续道：“我想，以你以前黏我的程度，如果你记得我，你的反应不至于那么……客气。我的小十九一定会欢欣雀跃地认我。”他的眸光落在我脸上，带着探究，仿佛想借我的表情解析出某种信息，“你没有那样做，原因不外乎两个，一是你根本忘了，二是你不想。我随后从郑续口中得知，你现在有了自己喜欢的人，我出不出现，对你而言，也许没有差别。”

他每说一句，我的怨气就跟着散去一层，等他说完，我已成功转变心态，认为自己才是过分的那个。

我咬了咬唇，迫不及待地替自己辩解：“冤枉啊大哥。”喊着冤枉，我却不知要从何解释起。郑续那晚真是一言不合就把我黑得够够的，“喜欢的人”这件事，扯上了江旗亭，解释起来简直比长寿面还长，我只能苦着脸说，“不认你，你就不能想想，我也许只是因为长大了，害羞了，矜持了，内敛了，所以才不好意思主动说出口？”

他眉尾微扬：“害羞？矜持？内敛？”

我重重点头：“是啊是啊，没错了，我就是长成了这样的女子。”

他略一停顿，勾唇：“那我真该怀疑是不是我认错了人。”

我娇嗔：“讨厌！”

“免得你把我想得无情无义，我要告诉你啊。”我清了清嗓子，说，“当年你不告而别后，我找你找了好久，叶师父都被我烦到怕了，远远看见我，立刻就飞回屋子里关门关窗，还把三师兄拎来守门。”

三师兄尽职尽责，把叶师父叮嘱他的七字箴言“防火防盗防师妹”落实得忒好，黑不溜秋的肤色搭配上高大健硕的身材，远远看着就是一尊凛然不可侵犯的门神，看上去非常恐怖，实际上也非常恐怖。然而勇猛如我，没在怕的。在硬闯了几次叶师父的屋子，和三师兄硬碰硬地交了几次手之后，我的武术可谓是突飞猛进。

如果三师兄下手能稍微轻那么一点儿，我身上挂的彩能稍微少那么一点儿，那就更完美了。

最懂我的果然还是四师兄，把玻璃水杯搁到茶几上，他走到我身旁坐下。

“想必你在石钢手下没少吃苦头。”

我拼命点头：“可不是嘛，三师兄那个丧心病狂的耿直 boy。”

他笑了一下，对我坦诚：“我当时参与了一个涉密项目的研究，身份需要保密，项目完成后我就出国念书了。”

涉密项目什么的……

我讶然：“你那时才几岁？十五？”

“十六。”他纠正。

我顿时就恍然大悟了，也释怀了，感慨地说：“难怪你不辞而别，‘涉密项目’几个字听起来就很神秘、很刺激的样子，所以你才没说。你是怕我知道你的去向，会给我自己引来不必要的麻烦吧？”

我家母上的剧本就都是这么写的，当敌对势力找不到目标本人，往往会对他身边亲近的人出手。他不向我交代他的行踪，应该也是出于保护我的考量？

我不禁一阵唏嘘，释怀的同时，又按捺不住有点小感动。四师兄他真是一个有情有义之人，我感激地、双眼泛着泪光地脉脉凝望着他。

对上我感情充沛的目光，他陷入沉默，似乎有些难言。

无妨的，我姑且体谅他不擅于表达自身情感。

他伸手去沙发一侧拿起他的西装外套，从上衣口袋取出一条质地轻薄的女式丝巾，还给我，说：“你上次用来帮我包扎伤口的丝巾，我尽量复原了。”

我接过丝巾，看也不看一眼，只看着他，大方地说：“没事，就算复原不了也没关系。”

他记忆力惊人：“不是说这是林女士亲手为你制作的礼物，很珍贵？”

我说："哦，我骗你的。林女士她哪有这等闲情逸致？我自己在外头买的，我那样说，是想你亲手拿来还我。"

他不接话，抬手头疼地揉了揉额角。

我往他身边坐了坐，兴致勃勃地追问："哎，你还没回答我，你是不是担心会给我带来危险，当年才不告而别的啊？"我私自认定一定是这样，心里禁不住就甜滋滋的，"师兄啊师兄，没想到你也是个隐性暖男，明明你当年对我都爱理不理的，看不出你还是挺在乎我的嘛。"

他把手放下，朝我瞟来一眼："要听真话？"

我提起一口气，双手捂住胸口："你慢点儿说，真情告白来得太过突然我怕我不能接受……"

他打断我："不辞而别，是因为怕你哭着闹着要跟我走，你啊，黏人。"

什么叫作泼得一手好冷水？这就是。

我默默地把眼泪憋回去，更加用力地捂住胸口，声情并茂地说："没关系的，就算你抛弃了我，我对你的感情也不会变……有句话是怎么说的来着？师兄虐我千百遍，我待师兄如初恋。"

从小跟老妈跑片场跑得多了，我一秒钟就入戏的高超技能，不知让多少刚出道的新人小生羡慕红了眼。

可惜，该配合我演出的他演视而不见。他从茶几端起水杯喝水，沉默地，一语不发地。

我盯着他的侧脸瞧，只捕捉到他微微上扬的嘴角。

我陷入了有史以来的最大冷场……

一秒，两秒，估计他是不会对我这段感人肺腑的告白做任何回应了。少了男主角的对手戏，我的演技就算再高超也没有办法再往下演，只得坐端正，轻咳几声，重新捡回原先的话题。

"十六岁就搞研究，你真优秀。"我一方面是自豪一方面是烦恼，两难地说，"我对你的居心我想你也知道了，你这么优秀，我怎么配得上你？"

说出这句话之前，我已在心底暗暗地叮嘱自己好多遍，要含蓄，不要轻佻。怪就怪我语文学得实在太差，模仿不来文风委婉的遣词造句，如此简单粗暴的问句说出口，怎么听都像是在调戏人。

他大概会以为我还在演吧……

挫败感袭上心头，我以为他不会搭理我，不料经过一阵短暂的沉默，他忽然开口，徐缓地说："你十五岁拜入周念慈先生门下学国画和工笔，起步较晚，众人皆不看好，但你极具天赋，十八岁那年为了纪念成年，于柏芽馆举办了一场名为《渺・濛》的画展，获得业内极高评价。你十九岁进入美院读景观设计，此后获奖无数，尚未毕业就创立了'青泥何盘盘'工作室，国内西山祠、花鸟池林等景观都由你主笔打造。"

他低低地笑了，放下玻璃杯，视线朝我扫来。

"此外，十九，你还很会打架。"

他细数我的过往生平，他数得这般详细，不得不说，我惊诧大于意外，花了足足一分钟才晓得怎么回应。

我小声嘀咕："最后那点明明就可以忽略不说的……"前面一大段听起来仿佛我就是一名旷世才女，怎么最后一句就出其不意地揭露我的真面目了呢？

他笑了笑，侧眸看我："据我所知，周念慈先生从不收徒。"

我耸耸肩："的确不收，只因为他年轻时曾经承过我爷爷一次恩情，为了报恩，我爷爷开了口，他才破例收了我当徒弟，我是第一个也是唯一一个。为了保全他老先生的清静，我们都不对外公开。"

藏着掖着，终究架不住他老人家名声太大，也不记得是从什么时候开始的了，我师承周念慈老先生这件事，在今天的美术圈已然不是什么秘密。

听完我的话，他沉思："你的画作我看过一部分，周老先生沉稳，你大胆，如果不说，很难察觉他是你的老师。"

"你不是第一个对我说这话的。"我坦然笑笑，"高山仰止，景行行止。”

他“唔”了一声：“想不到你还会用这句成语。”

我稳住抽搐的嘴角：“我妈教我的，她说只要有人在我面前夸周老，我这么说就得了。”我讪讪地干笑，想起一件事，我狐疑地瞅着他，“对了，你怎么好像对我的过去很了解啊，你查我？”

“家母手笔。”他无奈道，“得知我约你吃饭后，她做的功课。”

“你妈妈查我了？”我莫名一股紧张，下意识靠得离他更近一些，心急难耐地仰着头追问，“那她对我印象怎么样？”

他好笑地看着我：“你的名声在我们家一直相当不错。”

这算什么回答？

我分析给他听：“据我所掌握的消息，余女士正急着给你找媳妇，按你以往相亲过的四名对象来看，我猜，余女士喜欢的应该是那种知书识礼的名门闺秀，那么问题来了。”我目不转睛地盯着他，面色严肃，“关先生，你那么聪明，我想请教请教你，有没有什么办法，可以让令堂喜欢上粗鲁豪迈不知书不识礼还很爱打拳的女孩子？”

我坐在他的身侧不停地说话，整个身子不知不觉间往他那边靠去，只差两三厘米就要挨上他的手臂。他偏头看我，是一个略微垂首的姿态，我能清楚看见他的眸底有涌动的亮光。

他薄唇勾起：“我向那名女孩子建议，可以先攻陷我。”

他声音低缓地说。

我的心腔如同被什么猛地一撞，忽然就擂起了雨点般的鼓声。

我说：“那走吧，那名女孩子现在就要请你吃饭。”

他说：“劳烦帮我转告那名女孩子，下次如何？她脚上有伤，不方便。”

我幽怨地撇了撇嘴，不满地说：“你看，你根本一点儿都不好攻陷。”或许去攻陷他妈妈还更容易一些，我好说歹说也是宋家的女儿，也不是和他们家对不上话。

他注视着我满是忧愁的脸，片刻，若有所思地微微笑了。

“如果我不好攻陷，那么我就不会这么……”

“嗯？什么？”

我在盘算着自个儿的小心思，听得不清楚。

他摇头表示没什么了，拿好西装外套搭在右边手臂上，从沙发站起，回身问我：“还走得动吗？”他停顿半秒，朝我伸出左手，“扶着我。天快黑了，我送你回家。”

男色当前，我又不是尼姑，哪有拒绝的道理？他让我扶着他，非常好，我们武林中人嘴边挂得最多的一句话是什么？是“恭敬不如从命”。我就不客气了。

我所做的，远远超过“扶”一字的含义，我双臂紧紧攀住他的胳膊，相当于挂在他的身上行走，经过玻璃窗时，我恍惚看到了一只陶醉忘我的树袋熊。

人生二十三载，脚伤无数次，从没哪次像今次这般，痛并幸福着，痛并快乐着。

宋野火啊宋野火，你不妙了。

与他紧密相贴造成的一个后果是，我直到上了车都久久回不了神。迷迷糊糊的，我隐约记得他俯身过来，帮石化的我系好了安全带，眼睫掀起看向我时，深幽的眸底似乎掠过了一丝浅淡笑意。他这样真好看，他这个角度真好看，我的神智顿时更加昏昏糊糊了。

途中他接了一通电话，公司打来的，好像是说伪装成外卖哥的那个小偷已经抓到了，据公安初步审讯，那两个人应该只是普通的盗贼，串通潜进君山总部，为的是偷设计图纸去卖高价。年关将近，安保工作真是让人一秒钟都不敢掉以轻心。

没一会儿就到了我家。

目送他掉头离开，我拍了拍脸颊，把脑海中的糨糊拍走，一踉一跄地穿过庭院，往透着暖黄灯光的主屋大门走去。

我的腿脚虽然还在隐隐作痛，但这丝毫不妨碍我愉快的心情，我一路轻声哼着歌，手里提着用纸袋装好的我换下的高跟鞋，飘飘然踩着一双兔耳朵，如同踩着七彩祥云一般摸进家门。

厅里的电视正播放着某出宫斗剧，而电视机正对着的沙发中央，除了我家老妈，还坐了另外一个人。

是个女人，身材娇小玲珑，穿一身日系校园风的水手服，麻栗色长发分成两股，矮矮地编成两条麻花辫，分别垂在两肩。这发色质感太真，我乍看之下以为是真发，转念一想，又觉得应该是假发。她没理由为了出一次作品而将头发染伤。

与这一身青春靓丽美少女的打扮不符，此刻，该女子的行为可以说是无比豪迈——她手里捧着一碗分量十足的热腾腾拉面，坐在我家沙发上大大咧咧地盘着两条玉腿，正在狼吞虎咽地吃……

能让我欣赏到心肝颤的女人，除了云叙环还有谁？

听见我开门的声响，她和老妈齐齐转过头，朝我看来。看见是我，她端着碗，发出了意义不明的“嗯啊”两个音节，一口咬断面条，口齿不清地和我打招呼：“你回来啦？”

云叙环五官标致，长相非常甜美，声音也非常甜美，凭借这两项天生的优势，从大学时代起她就在网络上积累了大量人气，到今天已经是大神级的知名女博主，江湖人称“宅男收割机”。

我把提着的纸袋随手放在玄关，一边艰难地走进大厅一边问她：“你怎么来了？”

我记得她最近接了几个游戏代言，忙到飞起。

她急匆匆把面条吞了，义正词严地说：“我是来听八卦的。哎哟我跟你讲，当我记起你今天要去相亲，我体内的八卦之魂就不断躁动，封印也封印不住，一心只想关心你的情缘。今天我刚站街回来，连衣服都没有回家换，立刻就跑来这儿等你了，饭也没吃……嗯嗯，你家陈伯手艺不错，这面条拉得很有嚼劲。”

她抓着筷子竖起拇指，手动点了一个赞。

她说的站街，是指去站漫展。她当知名女博主当得太成功，我差点都忘了，她主业是当 coser，副业才是当网红。

云叙环话里太多二次元词汇，我体贴地问：“妈，你听得懂环环在说什么不？”

我妈受不了地飞了我一眼：“你真当你老妈年纪大了，跟不上时代潮流？”

我赶紧讨好地赔笑：“哪敢啊。”我肃然起敬道，“老妈，您真是老当益壮。”

“你这成语水平真的是……唉，你在外面千万别说你是我林满素的女儿。”我妈无力地叹气，眼看着我锲而不舍地蠕动了老半天也没离她们近多少，她突然就意识到了不对劲，问我，“我刚才没听见有车子入库，你没开车回来？你的车呢？”

我说：“哦，车啊，停在八月梧桐了，等下把钥匙给赵司机去开回来。”

她扫视了一回我全身上下，总算打量清楚了我此时是何等凌乱的状态，皱了皱眉，盯着我的手，问：“你的前肢怎么回事？”

我答：“擦伤。”

她看向我的脚：“后肢呢？”

我答：“暂时性瘸了。”

她的视线移向我的足部：“这明显不是你风格的小拖鞋哪里来的？”

我说：“男人送的。”

“男人……”她沉思两秒，“约会如何？”

我有问必答：“革命尚未成功，同志仍需努力。”

刺溜刺溜吸着面条的云叙环闻言，愣了一愣，脑袋从比她脸还大的汤碗中抬起来，举起手说：“那什么，我打断一下你们母女对话啊。”她望着我，双眸吃惊地瞪圆，“火妹，你刚才是说革命尚未成功？不会吧，你都把自己搞成鬼见愁了，还不能成功拒绝对方？Oh my 哥哥，这关峄可怕啊，什么审美，果然高智商人才都比较变态……”

她呜哩哇啦地把关峄胡乱批判了一通，低头继续吃面。

我声音幽幽的：“环妹，我不准你这样说他。”

“呃？”

云叙环嗖地抬头，眼神惊吓，嘴边挂着一根来不及吃下去的面条。

我说：“我感觉我好像爱上他了。”

我妈猛地一抖。

云叙环也猛地一抖，拉面险些没被她打翻，瓷质汤勺在碗里激烈晃荡，碰撞出了一记清脆的叮。

我妈腰背坐直，面色凝肃，过了好久一会儿，她的表情才慢慢软化，她看着我，抿出一个慈祥的微笑：“火妹，妈妈可能真的是年纪大了，你刚才说什么？妈妈没听清，你再说一次。”口吻温柔得像在哄小孩。

我说：“我爱他，我爱关峄。妈，你准备一下，我要嫁给他。”

老妈的眼睛瞬间直了。她一向精明聪慧，我是从来没见过她这么呆萌的神态。

“不是，我说……”云叙环坐不稳了，她用力将面条咽下，把碗筷放到一旁，抽起一张纸巾潦草地擦了擦嘴角，瞠目结舌地瞪着我，“所以，你现在不是准备拒绝他，而是准备攻略他？”

我步履维艰地摸到一张圆凳上坐下，对云叙环满意地点头：“少女，可以的，你的理解能力满分。”

“可是……这也太突然了吧，你的桃花是打了激素不成？怎么开得这么快！”云叙环神情激动。

“一见钟情，行不行？”我反问。

云叙环撇撇嘴，毫不掩饰她的嫌弃：“然而我听闻关峄并不是会让人一见钟情的体质啊，不是说他长得对视力不友好？”她一叹，“想想也是，他可是相过四次亲的人，要真是个大帅哥，别人早一见钟情去了，哪里排得到你……”

“嗯，关于这个问题……”我背靠雕花木柜，舒服地瘫着，“你先让我歇一歇，我等下再解释给你听。”

“不用解释了。”出声的是我家亲娘，她终于平复好了心情，除了脸颊还隐隐有些受惊后的苍白，她已然恢复过来，接受了这个事实，“妈妈也年轻过，妈妈理解你想要逃避的心理。”

她目光柔柔，心疼地看着我：“火妹，为了忘掉江旗亭，你就随便找这么一件替代品？”

我一时愣住了。

云叙环“啊”了一声，有如茅塞顿开，一拍大腿道：“我就说嘛，火妹好歹是跟我混大的，美男子也见得不少了，没理由眼瞎成这样。原来是为了忘掉江旗亭，啧啧，万恶的江旗亭，有毒的江旗亭……”

我妈跟上：“我可怜的火妹，我无辜的火妹。”

我挣扎着站起来，拖着一条短期内瘸掉的腿，慢慢地、艰辛地、一步一个脚印地往楼上我的房间走去。不能再和她们待在一室了，她们功力太深厚，我分分钟得内伤。

云叙环问：“你去哪？”

我妈回答得比我快：“她去逃避呢，我的女儿我最了解了。环环，你看她现在的表情，是不是充满了愤懑、埋怨、委屈、爱而不得、哀而不伤……那些都是她忘不了江旗亭的证据，唉，可以理解，到底是那么俊俏的一个小伙子……”

我妈靠在云叙环耳边，自以为讲得很小声，而我还是一字不漏地全听见了。

我好笑又好气，站在楼梯口，靠着木质扶手，耐心地等待她们讲完，然后，在她们齐齐射来的同情目光中，我十分淡定地清了清嗓子。

“老妈，安心写剧本吧，以你宝刀未老的脑洞，天下是你的了。”

第五章

我的脚伤经过几天安静休养就完全好了，其间郑续上门看过几次，对我的痊愈速度表示了由衷地惊叹。

可以正常走动的第二天，我去工作室整理了一批手头正在进行的设计方案，和助理们开了个短会，把能够交付客户的交付了，本以为可以清闲下来等过年，谁料叶眉一通电话打来，我立刻就被她叫去“搬砖”。

自幼坚信威武不能屈如我，能自由使唤我干活的女人不多，林满素女士算一个，云叙环算一个，叶眉也算其中一个。前两者能够使唤我的原因自不必多说，至于叶眉，则是因为——我很欣赏她。

叶眉是叶师父的小女儿，我的大师姐。

叶眉上头还有一位亲哥，名叫叶焕。

据说，叶师父的心愿本来是培养长子叶焕继承他的衣钵，怎料叶焕从小性格就像师娘，温文内向，只爱看书，从不多动，天生不是习武的料子。反倒是小女儿叶眉，仍在娘胎里边就显露出了好动的本性，挥拳踢腿，每晚都踢得师娘不能好睡。以前在武馆就常常听师娘感慨说，别人家的闺女都是贴心小棉袄，而她家的则是放心铁布衫。听闻叶眉八岁那年，有一天跟师娘去菜市场买菜，一位卖猪肉的大叔见师娘文文弱弱，便有意缺斤短两，想坑师娘。叶眉横眉竖目一个生气，二话不说，当场凌空跳起飞起一脚，果断把人家的猪肉摊给踹飞了。

那时叶眉尚未正式开始学武，只从师父日常的练习中觑得一二。不得不说是个奇才。

此事造成两个后果。

一是……叶师父客客气气地去给人家卖猪肉的赔了不少钱。

二是，叶师父打算把自家闺女培养成粉萌小公主的愿望正式宣告破灭，为了让活泼过头的叶眉养成自律的习惯，他只得叹息一声，把叶眉收作弟子，按武人规矩约束起来。要保护别人不是不可以，但不能恃武而骄。叶眉作为叶师父的第一名弟子，也是我们的大师姐，后来，为了让叶眉习武时不至于感到孤单，叶师父才辞去工作，开办起了武馆。不得不说父爱之伟大。

我进入武馆的那年，叶眉已经是一名恣意飞扬的武林强中手。她性格磊落，作风正派，再加上武学功底扎实，出手招式凌厉，在和四师兄熟络起来之前，她一直是我捧心膜拜的对象，尤其是某次碰巧看到她抡着大棒槌，把胆敢在她面前使坏的师兄们杀得满屋子乱窜的时候，我对她的钦敬简直有如长江黄河，滔滔不绝，澎湃到让人窒息。

亏我坚定不移地当她的实力忠实粉，她对我却总是避而远之，原因是我那时看起来像个小男生，她也以为我是个小男生，我每次见着她，脸颊都会冒出两坨崇拜而兴奋的红晕，和她讲话也害羞得结结巴巴的，比我大了好几岁，已步入青春期的纯情少女她以为……呃，以为我暗恋她。

我们真正成为朋友，是在我把头发扎起来之后。

她悲愤地跑来找我打了一架。

她招招带杀，我至今仍记得她彼时愤怒至极的咆哮："你到底怎么回事！你一个乳臭未干的小丫头片子，见到姐脸红个什么鬼啊！害姐还以为终于有人……害姐还为难了一下下，要不要为你放弃老四！气死人了，你玩弄我是不是！”

我一边着急地应着“不是不是”，一边窝囊地抱头鼠窜，去找四师兄救命。

不打不相识，我后来就逐渐和叶眉混得很好了。

如果不是看重这份情谊，我是绝对不会在年前一个月，还亲自出来为她干体力活的——我抱着一块沉甸甸的石砖，站在叶眉家施工到一半的院子中央，唏嘘地想。

此地乃登记在叶眉名下的新房，一座带私家花园的清雅别墅，主体部分的房屋在一个多月前就全部完工了，剩下由我设计的园子仍在不紧不慢地施工中，等园子也建好，这里即将成为叶眉的婚房。

自从得知了这则消息，我心中偶尔会涌上一股奇妙的感受。一晃眼十多年过去，我膜拜已久的大师姐，居然就要嫁人了。

我感想万千地把砖头垒上苗圃，站远了观看，认为角度差不多了，拍干净手，正好听见叶眉在屋子里喊我进去喝茶。

叶眉是个急性子，通常茶叶都还没放进壶里就扯着嗓子喊人了，我深知她的作风，应了一声“来了”，不慌不忙地走到流泉边仔细洗了手，顺便捧起水洗了把脸，等我神清气爽地走进屋内时，不出所料，她的步骤刚好进行到往茶壶里倒水。

她眉眼长得英气，行动也十分利落，沏茶这么个儒雅的动作被她做起来，半点儿也不显温吞，反而多了一分雷厉风行的潇洒。她把一杯茶递给我，自己端了一杯，低头吹了吹，接着就干酒一般把茶水一口闷了，完了后，她忧愁地看着我，说：“日子定下来了，定在二月一号，四季花园酒店。”

我还没来得及喝上一口热茶，端着茶杯，先是一惊：“时间提前了？”心中暗自算了一下，“二月一号还没过年吧，不是说准备过完年再结？”

我如果没记错，叶眉前阵子初步定下的酒宴日子在五月份，理由是到了五月，天气也渐渐暖和了，她的婚纱可以选得轻薄一些，露肩露胸露手臂，把二十几年来没舍得露的一次露个痛快。

我问："今天都十几号了，照现在的气温来看，到时肯定也暖不了多少，你订的婚纱没问题？"

"有问题，但是没办法。"

她惆怅地又灌了一杯茶，我崇拜地看着她，心中不由得肃然起敬，大师姐好样的，我头一回见人喝茶如同灌烈酒。

她不爽地叹气："有了意外，我有什么办法？"

我茫然："意外？"

她低头看着自己平坦的腹部，又是一叹："等到五月份，别说性感婚纱，就算是普通的大号婚纱，我都怕我塞不进去。"

这……

我发出一声惊天动地的大喊："啊？！"

"你有了？！"

她壮烈地点头："我有了。"

我放下茶杯，颤抖地扶住桌沿，控制不了结结巴巴："眉、眉姐你先别说话，眉姐你先让我静一静，眉姐你先让我消化消化。"

她无语地飞我一眼："师妹你这心理素质不行啊，你怎么比孩子他爹还震惊？"

我困难地说："这不都是因为我想不到你竟然会……竟然会婚前……"叶师父的家教严格得几乎可以媲美古代封建社会，哪怕大热天，我也从没见过叶眉穿膝盖以上的短裤，想到这，我问："我师父他老人家还好吗？"

叶眉说："前天还是大前天来着，我顶着碗在列祖列宗的牌位前跪了一晚，你说你师父他老人家还好不好？"

我瞬间安心："他还有心情罚你我就放心了。"

叶眉又干了一碗酒，不对，是茶，心有不甘地摇头长叹："都怪我忍不住，唉，忍不住啊忍不住，这么早就当了妈，一代枭雄就此陨落。”

我缓过劲来，向她的椅子挪近，单手搭上她的肩膀，朝她重重一记颔首，要说多情深意重就有多情深意重：“枭雄啊，你就安心结婚生娃去吧，江湖还有师妹我，我会继承你不屈的意志的！”

她迅速晃肩，将我的手抖落，送我一记鄙夷的眼神：“拉倒吧你，别的师妹说这话我还会信，你？我还不认识你？”她笑，“你和我摆明就是一路货色，换你遇上自己喜欢的男人，恐怕你比我更快忍不住。”

“我才不会。”

我眼风往旁边瞟去。

叶眉接连扫了我几眼，忽然有所察觉地盯着我：“慢着，我和你说着玩呢，你现在是在脸红个什么劲？”情势转变成她一手搭住我的肩膀，邪笑着调侃，“看来，有人有事瞒着我这个师姐？”

我缩回原位，拉开与她的距离，眼神闪烁：“哎呀，婚期提前的话，花园来不及建好啊，还有花苗，就算来得及种下也来不及长好……你怎么不早点告诉我？现在年关将近，工人不好找，我不和你聊了，我要赶紧叫大旭帮你约工队和订花苗才行……”

明知我在打诨，她也没有逮着我继续追问，无所谓地笑笑：“能做多少就做多少，这也是没办法的事儿，不强求。”她从抽屉里边摸出一张大红请帖，递给我，“你人能到场，师姐就很开心了。”她难得煽情一回地说。

我将请帖宝贝地捂在胸前，放软声调：“眉姐……”

她问：“是不是很感动，是不是很想嗷嗷哭？”

我说，“看在我这么感动的分上，能不能给我多一张请帖？没填名字的。”

“你要多一张做什么？”她很奇怪。

“我想要带一个人去。”我据实回答。

她还是很奇怪：“带伴直接带去就行了，干吗还要浪费我一张请帖？”

“是这样，那个人非常难搞。”我纠结地解释，“我直接让他陪我去的话，我怕他不答应啊，他长着一张不爱凑热闹的脸，反正那个人你也认识，你多给我一张请帖，我就和他说是你邀请他去的，他就不好推辞了嘛。”我计划得很圆满。

“我也认识？”叶眉惊讶，“谁？叫什么名字？”

“到时你就知道了。”我神秘地卖关子。

叶眉兴致勃勃地挨近我，眼里闪着精光：“男的女的？帅不帅？”

我语气铿锵地应道：“男的，帅上天！”

然后弱弱地指出：“不过眉姐你已经是拖家带口的人了……”

“唉。”叶眉忧愁地说。

成功从叶眉手中多讨来一张请帖，我在“送呈”二字后面填上关峄的名字，回家洗了个澡，换了身衣服，再化了个淡妆，立马迫不及待地一脚油门往君山总部飞去。

到达时刚好下午两点一刻，找好车位停好车，基于前次经验，我清楚知道关峄的办公室在哪，连问人都不用，我轻车熟路地走向电梯。

这电梯我上次搭过，是专用电梯，直达总裁办公室所在楼层，我按下按键，想着很快就可以见到关峄，兴高采烈地站在电梯前等了半天，不见电梯来，才惊觉原来进电梯要刷卡。

捷径走不通，我只得乖乖回到大厅前台，找工作人员帮忙。

听说我要找关峄，前台小姐十分有礼客气，她十分有礼客气地告诉我：“很抱歉，关总外出了。请问您是否有预约？”

典型的挡客说辞。

我说：“我姓宋，是你们关总的朋友，我找他有急事。”

前台妹子保持着让人如沐春风的笑容，柔柔地说：“宋小姐，关总真的不在办公室，如果您方便，可以留一张名片，我看这边是否能帮您预约下回时间。”礼貌归礼貌，妹子对不明来访者的拒绝可是半点儿都不含糊。

我苦恼着要怎么向她说明，这时，柜台后方的另一名前台妹子回答完别人的咨询，暂时有空，便好奇地多打量了我几眼，她打量着打量着，蓦地，眼睛吃惊地睁大，紧接着，她快步朝我走来，原先接待我的那名前台妹子给她让出了位置。

她站在我的正前方，与我隔着一排柜台，笑容甜美地说:“小姐您好，关总今天在笠山工业园跟进项目，您知道那边的地址吗？”

刚刚才拒绝完我的那名前台妹子诧异地扭头，似乎无法理解同事为什么这么轻易就把上头的行踪给透露了，张嘴正想阻止，被对方一个眼神按掉了话头。

我不理她们的内部矛盾，只问：“笠山？”

“是的，我们的研究中心和部分产品的生产线在笠山。”好说话的妹子快速拿出纸和笔，写下一连串文字，交给我，热络地说，“这是笠山工业园的地址，反面是我的电话，如果您找不到，欢迎随时联系我。我是雯雯。”

我朝她一笑：“谢谢你。”

“您别客气。”

我转身往外走，还没走远，听见那名妹子等不及地质问雯雯：“你怎么……”

雯雯压低了声音:“你没认出来？她是上次关总带进房的女生……”

“怎么会……不像啊……”

“你呀，可长点心好吧，别什么时候得罪了未来少奶奶都不知道……”

唔，我决定了，雯雯，我要让你升职加薪！

我放着音乐，心情愉快地驾车前往笠山。雯雯给我的地址写得很详细了，然而当我设置好导航，按照规划路线行驶完毕，视野中并没有出现她所描述的工业园，有可能是她记岔了方向，也有可能是导航出现了偏差。

难得山上景色清幽，我转动方向盘，沿着半山水泥路漫无目的地转，道路两旁净是高大的乔木，天气虽冷，总有一些树木如卫士一般顽强地常青着。车子驶过一面镜子似的湖泊，我按下车窗，眺目往窗外看去，湖边野生的水杉疏密有致地亭亭挺立，透过树影，我望见湖的对岸，巍然伫立着一座流线优美的馆式建筑。

该建筑主色调为希腊白，玻璃选用的湖碧色，如此具有现代感的设计，安静地盘踞在山间湖畔，不让人觉得突兀，反而和周边的湖光山林巧妙地融合为一道风景线。我环湖兜了一圈，当君山集团几个大字跳入眼帘，总算确定了没找错地方。

我停放好车子，洒脱地走进去。

也许因为这边是君山旗下的科研中心，主攻研究，对外公务较少，加上地处偏僻，很少有公司以外的人员找到这儿来，笠山的工作氛围相较总部要轻松许多。我走到大堂一侧，站在功能区分布图前，搜寻CEO办公室所在，这时，一名身穿白色宽大防护服，头戴耳机的男青年从我身侧经过，看打扮应该是这里的员工。他一边走路一边摇头晃脑地哼歌，与我擦肩之后继续往前走，走着走着，人都已经远离了我好几米，忽然像是察觉到了什么似的，猛地刹住脚步，摘下耳机回头朝我看了过来。

视线盯着我的脸差不多有一分钟，他展颜一笑，热情地和我打招呼：“Hi！”

我点头：“你好。”

同时也看清楚了，男青年长了一张稚气未脱的脸，年龄看上去很轻，估摸刚从大学毕业没几个月。我的回应似乎让他非常开心，眼睛一下子就笑弯了，他一瞬不瞬地盯着我，莫名其妙地对我笑，我被他笑得莫名其妙。

他兴趣满满地观察着我的神色，不晓得是不是由于他穿着工作服的关系，在他充满研究意味的目光下，我感觉自己成了一块任人宰割的机器零件。

他看了我半天，才将耳机塞进衣兜，抬步朝我走回来，笑眯眯地开口："这位漂亮姐姐，我好像在哪里见过你。"

我花了一秒钟，稍微琢磨琢磨了这句开场白，缓缓地觉悟了，哦，原来是久违的搭讪。

我说："我不认识你。"

他丝毫未被打击到，笑容咧得更灿烂，手掌轻拍自个儿的胸口，跃跃欲试地自报家门："我叫戚樾，你忘记我了吗？"

我再说一遍："不好意思，我真的不认识你。"

"唉。"他整个人仿佛遭受重创，叹气就算了，接下来，我居然看见他委屈巴巴地扁了扁嘴，指责我的语气幽怨得像个惨遭爱人抛弃的小媳妇，"姐姐，你真无情，我们明明见过的。"

我眼角微抽："你说你叫……七月还是八月？这位小帅哥，我想你是认错人了。"

"不可能。"他固执地摇头，语气斩钉截铁，"像你这种貌美如花的仙女姐姐，我怎么可能会认错？"

我双手懒懒抱胸，啼笑皆非地瞅着他，心想少年哟，你终究还是太年轻，这搭讪技巧拿去调戏菜市场里头的卖菜大妈，大妈心情一荡漾，说不定还会多送你两根葱。拿来勾搭我？我好歹是交过江旗亭那样的前男友的人，什么柔情攻势，什么好听情话我没领教过？

区区一两句漂亮话，稍嫌青嫩，未够火候。姐姐我内心毫无波动，甚至还有一点想笑。

不想和他再在这里纠缠，我直截了当地说："虽然我很欣赏你的眼光以及你的诚实，但是，你不要对我有幻想，我真真没见过你。"

"我不敢对你有幻想，但是，我真真见过你。"

他翻脸比翻书还快，脸上受伤的表情说卸下就卸下了，嘴巴一咧，瞬间又变回了笑容明媚的阳光美男，他笑得太耀眼，我不由得怀疑他眼底的那一抹狡黠是不是我眼花产生的错觉。

他笑着指出："上周在总部大楼外，你，化着浓妆，穿着黑色皮衣，豹纹紧身裤，那个火辣与妖娆……"

我惊恐地打断他："好的好的我们见过！求求你不要再说了！"

他收住话尾，眼中的贼笑藏都藏不住。

我一点都不愿回想起那天我的装扮，这种比山西煤矿还要黑的黑历史，就让它静静地烟消云散不是很好吗？我无语地盯着戚樾瞧，事到如今我可以百分之两百确定，这白白净净的小男生，绝对没有他表面看起来的那么纯良无害，说不定打从那句招呼开始，他自始至终都在逗我玩呢。

只不过……我低头，认真打量起自己今天的衣着，一件红色套头毛衣，简单的黑色裤子，就算戚樾存心逗我玩，今天的我，和那天在总部的我简直都不是同一个物种了。

抬头对上嬉皮笑脸的他，我忍了忍，没忍住，略有些崩溃地问："你究竟是怎么认出我的啊！"

他说："我认得你的耳朵。"

我说："啥？"

他说："身为人像智能识别系统研发工程部的组员，这点眼力不算什么。"

我说："哦。"

他说："姐姐，你茫然的眼神告诉了我，你没听懂。"

我说："呸！"

他再度忍俊不禁地笑开："姐姐，虽然你好像不是很聪明，但你真的很有趣。"

我唇角勾起，斜眼冷冷觑他，皮笑肉不笑："孩子，既然你上次在总部见过我，那你应该知道，姐姐很会揍人，姐姐揍人很疼，并且姐姐提醒你，姐姐最不喜欢听人污蔑姐姐的聪明才智。”

他飞速地垂下眼睑：“姐，我知错了。”

我说：“嗯哼。”

他跑到我的身边，像只摇尾巴的小狗，满脸都是讨好的笑容：“姐，你来找我们老大的吧？我是老大的助理，老大在实验室，我带你去找他！”

戚樾口中的老大，指的自然是关峄无疑。

实验室位于二楼，不高，懒得等电梯了，戚樾直接带我走楼梯。

他爬楼梯气都不带喘，脚步轻盈地跑在我前方带路，每跳上两三级台阶就转身回头和我说一两句话，嘴巴一秒钟也没有停下来过。

“姐姐，看在和你一见如故的分上，我和你说啊，我跟在老大身边当了这么久助理，可从来没见过他对哪个女孩子这么上心。

“别的不讲，就说上次，我之前根本没有办法想象，咱们老大会在众目睽睽之下那么不高贵地去给一个女人捡鞋……”

不得不承认，戚樾哄人很有他的一套，张口闭口一声声甜蜜的“姐姐”，专挑我爱听的话讲，我耳朵软，的确是有点儿禁不住他的糖衣炮弹。

按下和他称兄道弟的冲动，我警惕地盯着他。

“你对我到底有什么企图？”

“姐姐你这么英明睿智，我对你哪敢有什么企图嘛，只是……”聊着天，转眼就到了二楼，戚樾跳上最后一级台阶，侧首回眸，对我笑得十分腻歪，“老大年后准备去卡海罗参加一场国际论坛，姐，老大喜欢你，你能不能在他面前帮我讲几句好话，让他捎我一块儿去？”

原来是为了这个。

果然验证了那一句老话，无事献殷勤，非奸即盗。

我摆出一脸冷若冰霜，公私分明地说：“我和你们老大是交情匪浅，但出国参加论坛这种大事，带什么人同去，我相信关总会有他的考虑，我不好干涉。”

戚樾想了想，说：“姐，我听说卡海罗盛产美女，是出了名的艳遇圣地，那里的姑娘热情开放，尤其喜欢东方面孔的男人。啧啧，以我们家老大的姿色，危险了，保守估计都得迷倒一座城……”他扫了我一眼，面色严肃，“如果我跟老大一起去，我一定会保护好他，决不让一切雌性动物靠近他，骚扰他，染指他。”

我清咳两声，表情没有一丝松动，依旧板得十足十公私分明：“不过嘛，在和你聊了一会儿天之后，我发现你是一位有理想有抱负的青年，以你的才华，关总不带你去参加论坛将会是整个公司的损失，甚至是整个科研界的损失，有机会我要劝劝他，让他把你加进随行名单里才行。”

“谢谢姐。”他笑得眼睛弯弯。

“不客气。”

五分钟前我在一楼看过了这栋建筑的功能区分布，实验室位于二楼的西北角。我跟在戚樾身后，前往实验室的路上经过一条过道，过道两侧是一间间用玻璃隔开的产品测试区，透过全然透明的玻璃墙，可以看到每个玻璃隔间中央都摆放着不同的器械，计算机控制下，每个零件都在有条不紊地自行运转。

目之所见，科技感强烈，大部分都是我从没在市面上见过的东西，只觉得新奇，一时看得入迷了，连走在前面带路的戚樾什么时候停下了脚步都没察觉，差点一头撞上他。

我止住脚步，问：“到了？”

“嗯，到了，老大应该还没出来，还要等一会儿……”戚樾目视前方，回答得心不在焉。

他在看什么？

我往前移了两步，和他并排……哦，原来是在看妹子啊。

前面过道一侧，一名女孩站在玻璃隔墙前，微弯着腰，一只手抬起贴着玻璃，凑近去细看里头的产品模型。女孩身穿一件民国风的毛呢系扣连衣裙，柔和的淡蓝色彩。

留意到有人走近，女孩收回手，站直，朝我们微微点了点头，唇边抿出一抹浅浅的，既矜持又羞涩的笑。

我感觉到，身边戚樾的呼吸明显停顿了一下。

不怪戚樾着迷，我一介女的，对上那样的笑容心跳都漏了两拍。

对方是个相当清秀漂亮的女孩儿，剪着及肩荷叶头，眉眼长得淡山淡水的，气质十分出众。我一直猜不透我妈十年如一日地规诫我，究竟想把我培养成什么类型，今天见到这名女子，我忽然间就想通了，林女士她费尽心思，大概就是想把我调教成这个模样的大家闺秀。

我问戚樾："她是谁？"

戚樾直勾勾地盯着人家瞧，越瞧眼神越梦幻："嗯……客户？"

我惊叹："这年头连客户都这么漂亮了吗？"

戚樾说："没你漂亮。"

我说："你把鼻血擦擦再来和你姐姐说话。"

戚樾配合地擦了擦并不存在的鼻血。

我说："她看起来也像在等你们家老大。"

"姐，莫慌。"戚樾的眼睛一秒钟也没有离开过漂亮女孩儿，"我说过的，我会杜绝一切雌性生物靠近我们老大，君子一言，驷马难追，我现在就去把她带离现场……唔，带到我的办公室好了。"

戚樾掩不住兴奋地朝漂亮女孩儿走去。

戚樾今日桃花运不佳，他走到半路，实验室的金属门适时向左右两侧滑开。

目测刚做完实验，一行人聊着天，热热闹闹地从门内走出来，岁数大多很年轻，其中两位和戚樾风格差不多的青年男子正在争论着什么智能什么家居，你不让我我不让你，争得面红耳赤。

关峄不是走在最前头，我仍第一眼就望见了他。有一种人，天生带有引人注目的特质。他今天穿了一件浅褐色毛衣，清冷气息不减，姿态却难得随意，长睫微敛，认真在听身旁一名戴眼镜的男人说话，不时回答一两句，附带一些简单的手势。两名争执的青年男子没争出结果，喊了一声“老大”，转回去挤到关峄身边，激动地说了一通，想让关峄评理，关峄好整以暇地回了一句什么话，两名男子互瞪对方一记，顿时争得更起劲了。

场面一度非常火热，我都怀疑再争下去，这两名男青年都要抄起板凳互拍了，直至他们无意间瞟见了漂亮女孩儿。

两人争吵骤停。

紧接着眼珠子不约而同地滴溜溜一转，看见了僵在路中间，额头遍布黑线的戚樾。

最后看见了我。

鸦雀无声。

关峄从和别人的交谈中抬起头，目光越过几道在我眼中已然虚化的人影，精准地撞上我的，一凝。

两名男青年停止了高分贝的争辩，空气刹那间安静无比，一同从实验室出来的其余几人尾随他们俩的视线，也发现了我和漂亮女孩儿两张生面孔。

漂亮女孩儿双手提着贝壳包垂在身前，不失温婉地朝众人点了点头，嘴角噙着一朵羞怯的笑花。

我懒懒地一动未动，只管盯着关峄。

几秒钟漫长得如同几个世纪，率先出声打破沉默的是那两名争吵的男青年，原先争得热火朝天的学术问题也不争了，两人这回倒是同心协力，一致把斗争的矛头指向戚樾。

“小樾樾，不够义气啊，我们还纳闷你干吗去了，原来是偷跑出来看漂亮妹子……”

“还一次看俩，这就很过分了。”

“恕我直言，你这种做法，在电视剧里活不过片头曲。”

“你对得起我们广大独守空闺，夜夜咬枕啼哭的苦命理工单身男？”

戚樾眼角抽搐，在两名男青年的交替炮轰下节节败退，最后退无可退地大喊冤枉：“刀下留人啊两位好哥哥！不是我的妹子，是老大的妹子！冤有头债有主，请出门左转坐船找老大，不送！”

两位男青年长长地“哦”了一声。

戚樾这一招祸水东引很快奏效，两名男青年将幽怨的目光投向关峄：“老大，长得帅也不能这么欺负人啊！娥皇女英，还找到公司里来，这不是明摆着刺激人吗？！”

男青年讲得凄凄惨惨戚戚，只差眼角没含上一滴清泪。有三两个不爱凑热闹的从实验室出来后就一语不发地离场了，剩下四五个年纪稍轻的，看戏不嫌事儿大，连忙齐声附和“是啊是啊”。

“强烈要求老大加薪！”

“抚慰我们寂寞心灵！”

想必这些口号是经常喊，出口就是押韵。

高涨的群情中，关峄只是笑了笑，遥遥看了我一眼，兵来将挡水来土掩：“没有娥皇女英，只有一位是来找我的。”看我的那一眼颇有几分深意。

“还有其他疑问者，坐船右转原路返回找戚樾，不送。”他从容不迫地说。

戚樾一听，吓得嗓子都颤抖了：“老大，你这是不给我活路啊……”

没想到关峄和科研中心的青年们待在一起会是这种画风，我在一旁看着，感觉有点好笑，担心笑出声会失礼，费了好大劲才把溜到唇边的笑意吞回肚子里，故作正经地抿直唇瓣。

做完这些，不料听见有人“扑哧”笑了一声。

笑声带了一丝细微的鼻音，光是听着就让人觉得很甜。我认识的女孩子中，走甜美路线走得最登峰造极的当属云叙环，可就算是“宅男收割机”云叙环，让她甜笑，她也未必就能笑出这份有意无意撩人心弦的娇俏。

在场的女性除了我，就只有那名漂亮女孩儿。

我唇线抿得笔直，当然不是我发出的笑声。

戚樾和男青年们眼前一亮地看向女孩儿。

意识到所有人都在看她，女孩儿低呼了一声细细的“呀”，白皙脸蛋飞上两抹窘迫的霞红，手足无措地澄清：“抱歉，我不是笑你们……”声音轻软，怯弱得风一吹就飘了。

女孩儿主动开口和他们说话，“独守空闺，夜夜咬枕啼哭”已久的单身理工男青年们纷纷激动了，脸色涨得比女孩还红，争相回答没关系，说什么能博美人一笑，是他们的荣幸什么什么的，个别猴急一点的，如戚樾，已经撒腿奔过去自报家门。

“我是戚樾，这边的实验项目组长。”话音没落就引起一片拆台的嘘声，戚樾强撑着风度，绅士地问女孩，“我看你站在这儿很久了，有什么可以帮到你？”

女孩回赠戚樾一朵含蓄的微笑，说：“我在等人。”她踮起脚尖，仰高脖子往实验室里看去，“我听说关大哥今天在这边做实验……他还没出来？”

戚樾一怔：“关大哥？”

女孩急忙改口：“关先生。”

短短瞬间，我捕捉到戚樾眼中嗖地燃起一撮名为嫉妒的小火苗，一眨眼，就又认命地熄灭了。

“果然也是来找老大的……”

戚樾悲凄地叹，萎靡不振地往旁边挪了一挪，让出身后的关峄，没气力地给女孩子介绍：“我们老大。”

女孩仰头，迷惑不解地望着关峄。

一会儿，她对戚樾摇头说：“你误会了，我要找的人是你们关总，关峄先生。”

戚樾正想开口，关峄一手插在裤袋里：“我是。”

女孩愣住了。

关峄问：“你找我什么事？”

“我……”女孩双眸瞪得铜铃般大，哑口无言了好久一阵，难以置信地问，“你是……关先生？”

关峄颔首。

女孩的双眼登时瞠得更圆了，混乱地喃喃自语：“一定是哪里弄错了，上次见面的人不是你啊……”她缓慢地深呼吸，稳定好情绪，扬起脸问关峄，“关大哥，你记得我吗？我是奈奈，许杉奈。”她说，“羡君伯母安排我们一起吃过饭的，在柠园。”

羡君是关峄母亲的名字，姓余。和四师兄相认后，我回家做足了功课。

一听到余羡君女士的名号，我立刻就明白过来是怎么回事了。据说，在余女士的精心排布下，关峄曾经和四名千金小姐吃过相亲饭。相亲饭的结局我也都已经知道，关峄戴着那什么仿真面具去，不甚美观，无一例外地把人家千金吓得饭没吃完就提着裙子跑了。

想必这位许杉奈许小姐，就是那四名千金中的一位。

难怪她认不出关峄。

昔日相亲对象找上门来，还发现了货不对版，我心想这馅露大了，要怎么圆？

皇帝不急太监急，我忐忑地全程关注。

关皇帝他却似乎不怎么把这件事情放在心上，面色不变，口吻毫无起伏，对许杉奈说："抱歉，我那天碰巧有急事，临时托了一位朋友代我前去，他没有和你说明？"一句谎言抛得不露痕迹，手段高妙。

不愧是我四师兄，小妹佩服。

隔着不长不短一段距离，重重人影也挡不住我的炽热目光，我崇拜地望着关峰，用眼波向他致敬。他居然也能接收到，心有灵犀似的，转头朝我看来，眸光闪了闪。

事情真相如何，当事人心中各自清楚。许杉奈腼腆地解释："是我没做好，那天没能聊几句就接到家里电话，老人身体不适，催我回去，你朋友应该是来不及说明……"

关峰出声打断她："许小姐，你今天找我是？"

"嗯，我来……

八卦之心人皆有之，我耳朵都立起了，正想听许杉奈接下来说什么，一名男青年突然横空跳出，从过道的这一侧扑到那一侧，大大咧咧地一掌拍向戚樾的背，不知是安慰还是调侃，说："你小子是在沮丧个什么劲？老大不是说了，只有一位是来找他的。"

男青年"嘻嘻"窃笑，对戚樾挤眉弄眼："那么问题来了，那边那位……"他拐了拐戚樾，又指了指我，"是来找谁？"

此话一出，原本都在暗暗偷听许杉奈和关峰对话的大伙儿瞬间就被带跑了精神，好像这时才猛然记起墙角里还站了一个无人问津的我。霎时，一二三四五，五双精亮的眼睛探照灯一般齐齐朝我射来，加上戚樾，一共六双。

我听见有人跃跃欲试地接话："不管来找谁，只要不是老大，我们总有希望！"

一说完"希望"就被戚樾简单粗暴地应了一句："你们懂个屁。"戚樾语气幽怨，"如果那个没希望，那么，这个更没希望。"他不是滋味地朝关峰和许杉奈看去一眼，咬牙嘀咕，"老大不讲道义，这是赤裸裸的脚踏两条船啊。”

他“唉”了一声，垂着脑袋，气馁地走回我身前。

“姐……”

剩下五名男青年无所事事地杵在过道中央，也许是认为追求许杉奈无望了，也许是好奇戚樾与我的关系，眼见着戚樾朝我走回来，他们不再关注关峄和许杉奈那一对，接二连三地，探究的视线逐渐聚焦到我的脸上。

不是没被围观过，我泰然处之。

他们个个长得牛高马大，簇拥着往路中间这么一堵，我偷看关峄就变成一件很困难的事，更不用妄想能偷听到他和许杉奈的对话内容。我半眯起眼睛，左摇右晃，避开人墙，透过狭窄的光缝，有一两秒能瞥见许杉奈正在仰起头和关峄说话，那是半张美好的侧脸，秀雅，精致，属于女孩最美好的年华，专心凝视关峄时，眸底有一层薄薄的温柔的光。

是我学不来的天真烂漫。

戚樾又哀怨地喊了我一声“姐”，我才如梦初醒。

我发出“嗯嗯”两个音节，问他：“怎么了？”

他站在我面前，聚精会神地钻研着我的面部表情，半天，像是得出了一个实验结论，正经地向我宣告：“我认为你现在需要我的陪伴。”

我说：“去你的。”

他好似没听见，按自己的思维鼓励我：“姐姐，你要对自己有信心。”

我说：“废话，我是谁，我当然对自己有信心。”

他无言地看了看天花板。

低头问我：“你现在的心情是不是很糟糕？”

我说：“糟糕你大爷，我现在心情好得很。”

“但是，姐。”他犹豫了半刻，还是决定吐实，“你现在的表情看起来很像嗜血狂魔……”

我慢慢地，举起双手，重重地揉了一揉脸颊。

一阵沉默。

揉完以后，我搁下手，问他：“你是哪里人？”

“苏州。”

“我请教你一个问题。”我说，“按你们那儿的风俗，相过亲的两人如果看对了眼，门当户对，彼此父母都很满意，会怎么样？”

他连想想都不用，回答我：“结婚洞房生孩子，就算不按我们那儿的风俗，也是这样。”

我不说话，缓缓抿了抿唇。

他关心地瞅着我：“姐，你脸色好白……”

我应道：“我扑了粉，美不美？”

他没应答，挣扎了足足五秒钟，才突然像下定了决心，壮士断腕似的两眼一闭，抬着下巴，对我说：“姐，你打我吧，我答应过你不让一切雌性生物靠近老大的，是我没用，拦不住。”

他话撂得十分刚烈，一边说着，眼睛偷偷睁开，往下一瞥，发现我正在哭笑不得地觑着他，赶紧又闭上。

我老妈那边的亲戚中，有一个比我小了半岁的表弟，小时候经常来我们家串门的。我这么多堂系表系兄妹，除开我堂哥，就属这一个表弟和我走得最亲近，倒不是因为我多乐意和他玩，而是他十分热衷于戏弄我。他觉得我笨来着。我或许的确是不如他聪明，但我拳头倍儿硬啊，那小表弟每次一把我惹恼了，我发火要揍他的时候，他都会抢先说一句“你打我吧，如果你打我能解气，你打我好了，我没事儿的，小火姐姐”，那一声“小火姐姐”喊得无比柔软，让人反而揍不下手。

这位表弟后来去英国念书了，已有好些年没回来过。

这一刻，对上戚樾这张大义凛然的脸，我居然……倍感亲切。

亲切到让人倍感脑仁疼。

我没好气地说：“我打你做什么！”

戚樾低嗓款款：“只要你开心，我怎样都愿意。”一番情话深情得，不像今天刚和我认识，倒像和我热恋期。

不明真相的围观群众一听，傻眼了。一名男青年听不下去地火速奔过来，奔到戚樾身边，两手搭上他的肩膀，使劲摇晃：“兄弟你这是违规操作啊！你不是叫人家姐姐吗，我怎么听着像小女友了……如实招来！”

戚樾笑了：“我喜欢姐弟恋你不知道？”典型的越描越黑。

这算……毁我清誉？

虽然我的清誉在大学时就被某个不讲道理的女人毁得差不多了，清誉什么的，我也不是很在乎，不过转念一想，这里毕竟是关峄的公司，要是引起误会，解释起来将会非常麻烦，眼光放长远，我还是有必要维护一下我的形象。

戚樾还在和那名男青年胡扯什么女大三抱金砖，女大三十坐拥江山等等一堆乱七八糟的，再让他乱编下去，我估计跳进黄河也洗不清。必须将他的疯人疯语扼杀在摇篮之中。

我叫了一声“戚樾”，等他看过来，我嘴角一咧，口气阴森：“我一般不轻易揍人的，既然你强烈要求……”看他一脸欠欠的样子，我忽然就真的有点儿想揍他，我左肩挎着包包，右手握拳放到唇边呵气，“那我来了。”

戚樾一愣：“咦？！”

“你来真的啊？”他眨了眨眼，夸张地往后一跳，手脚矫健，逃离了我的攻击范围，惊恐地盯着我的拳头，“姐，不是我说，你这一招天马流星拳下来，我这边估计得团灭！”

“所以？然后？”

“所以，然后，你先让我找个人来挡挡。”

他利索地伸手一捞，把搭他肩膀的那名男青年抓过来挡在他身前。

这都是……什么和什么啊！

当然不可能真的揍他，我拳头软绵绵地停在半空，望着他，以及被他固定在前方当人肉挡箭牌、一脸生无可恋的男青年，一切都显得如此滑稽，我忽然就很想笑。

这算什么？被科研事业耽误的奥斯卡影帝？

我绷不住笑了一声，甩了甩手，把拳头放下。

“我手头有演戏的资源，如果你哪天想改行了，欢迎联系我，包红。”我笑吟吟地建议。

我等着他的反应，然而，前一秒还那么能闹腾的他，这一秒瞬间消停了，不作声，眼睛一眨不眨地盯着我，人却似乎没在听我讲话。

不仅是他，他身旁围着的那几名男青年，突然间也好像全部老僧入定，哑然注视着我。

静默了几秒，最先被按下播放键的是戚樾，他庆幸地一笑，说：“姐姐，你终于笑了。”

“不枉我逗了你这么久。”他绕过僵化掉的挡箭牌，走近我，细细审视我的脸，又说了一句，“姐姐，你笑起来真好看。”

我瞅着他：“怎么，被你姐姐的英俊邪魅迷倒了？”

“是啊。”他快速调戏回来，贱兮兮地笑着，“都把我们看呆了。”

我迅速扫视五个男青年一圈，他们一和我视线接触，很快就不自在地避开，各自扭头去看别的地方，脸色赧然。

我目光于是回到戚樾脸上。

怎么说，此刻心情，非但没有被异性欣赏的虚荣与窃喜，反而，我突然有点同情起他们来了……这一群单身已久的理工科高才生……

这得是多久没见过妹子了，才会夸张成这样？

我长这么大，被女生递过情书，也被男生拦过巷子，江旗亭那种见过世面的花花公子也曾经对我展开过疯狂追求，所以我想，我这张脸应该还是能拿得出手的，只是我从来不知，小女子区区一个笑容还会有这么大的威力。

戚樾趁我陷入无语，面对我站着，半弯着腰来迁就我的身高，偷偷摸摸地压低声音，卖嘴皮子道：“姐，情况你也瞧见了，老大和妹子讲起话来，我挡也挡不住。”他状似为难地想了片刻，说，“要不你考虑考虑，跟我算了？我刚好缺一个女朋友。”

他越讲越顺：“我年龄是比你小了那么一丁点，但我读书早，中间也跳了几次级，比同龄人懂的东西多，况且我仪表堂堂，玉树临风，有房有车，有事业有存款……”他讲得抑扬顿挫，推销自己很有一套，“姐，我不会委屈你的。”

我点头：“很不错嘛。”附带赠送他一记赞赏的甜笑。

他身后有人走近，步履沉着，面色阴鸷。

只顾着讲话的他浑然不觉：“对了，姐，我好像还不知道，你叫什么名字？”

“宋野火。”我说，“离离原上草的野火。”

望着他身后那人，我笑得更真诚了。

“野火，野火姐姐。”他对我笑，“很适合你，热烈燃烧……”他左侧肩膀被人从后边拍了两下，示意他让开，他大概以为还是那名挡箭牌青年，一边转回头一边不耐烦地赶人，“梁少别吵，先来后到……呃，老大。”

对上关峄略显阴沉的脸，他缩了缩脖子，仿佛被主人拎起来的小猫咪。

二话不说就乖乖给他们家老大让出了通向我的路。

想了想，也许觉得这样的自己太没面子，戚樾慌慌忙忙地往关峄面前一挤，阻拦道：“不对啊老大，你不是在和奈奈谈事情么？”

“这边太吵了。”关峄淡淡地说。

“嫌吵你怎么不把人家带去会客室……”戚樾一句嘀咕含在嘴里，敢怒不敢言，只好默默地往后退开。

我仰头望着眼前的关峄，从市区跑到笠山，从平地驶向山路，到了此时终于能和他面对面地说上一句话。

我说："我来找你的。"

他长睫微垂，注视着我的脸："我知道。"掏出一串钥匙搁进我的手心，说，"去办公室等我，三楼，出电梯右转，找不到就问人。"

我说："哦。"

戚樾突然就像打了鸡血，一头从旁边冒出来，兴高采烈地自荐："我知道在哪！老大，我带姐姐去！"

"不用。"关峄冷冷扫了戚樾一眼，"里头实验器材还没收拾好，你去收拾。你不是实验项目组长？对了，回头报告记得给我。"

戚樾抱头惨叫了一声凄厉的"啊"，转身扑向一旁男青年的肩头，趴在男青年肩上嘤嘤嘤凄凉地假哭，"梁少，老大他欺负我！"被梁少面无表情地推开。

我盯着手心的钥匙看了片刻，握紧，抬头冲关峄甜滋滋一笑。

他问："傻笑什么？"

我说："嘿嘿，做个实验。"百思不解地瞅着他，"唉，怎么你就免疫呢？"

和头脑聪明的人讲话就是省心，不用我多加解释，他也能立刻明白过来，嘴角抿出一丝极淡的笑痕，沉稳地说："我多的是机会，自然和他们不同。"

上一刻才刚被梁少无情推开的戚樾一听，马上就又重新扑回梁少的肩头，擦着眼眶，嘤嘤嘤假哭得更卖力了："梁少，老大他欺负我们！"

这回梁少不推开他了，万分宠爱地摸了摸他的脑瓜，又万分唏嘘地扭头号召其他人："散了吧，我们都散了吧，我怎么老觉得站在这儿心这么痛呢……"

"是啊是啊，老觉得有什么神秘力量在伤害我……"众人配合地唉声叹气，纷纷捂住胸口，脚步沉重地朝电梯摸去。

我表示叹为观止。

我真挚地对关峄说："你们这儿可以组团出道了，真的，会红。"

关峄浅淡一笑："管教无方，见笑了。"

电梯到了，男青年们陆陆续续进入，戚樾从梁少肩膀抬起头，含泪……含着并不存在的泪，朝电梯中的男青年们挥手："你们先走，我还要去搞卫生。"

梁少怜爱地凝视他："以后别犯二了，我的小笨蛋哟，怎么就不懂不能和猛兽抢食呢。"

"小笨蛋"三字出口，我分明瞧见戚樾打了个剧烈的哆嗦。

"我以为猛兽换菜吃了……"

"说你小笨蛋还真是小笨蛋，你看到那把钥匙了没？"梁少叹着气分析，"咱们老大办公室那扇门，可以声纹解锁、指纹解锁、虹膜解锁、步态解锁，就是没有钥匙孔……给钥匙有什么用哦？那是家里的钥匙吧，意思还不够明显？猛兽啊，这是宣告主权来了……"

梁少在神神化化地和戚樾叽咕着什么，我没有注意听，在电梯门就要合上之前，我握稳手中的钥匙，喊了一声"等等我"，脚蹬高跟鞋也不能阻止我的速度，我敏捷地一脚跨进电梯里，掸了掸衣摆，抬起眼，然后……对上了一片惊恐的眼神。

我镇定地问候道："你们好啊。"

男青年们："你、你好，你好……"

有人按下了开门键，电梯门重新滑开。

我隐约听见门外传来轻轻一声低笑。

我转身对门站好，搜寻关峄的身影，先进入我视野的是走道那一端的许杉奈。她也在安静地注视着关峄。这个清秀雅致得如同一尊瓷娃娃的女子，站在一方众人走后略显冷清的角落，专注地、心无旁骛地看着关峄，眼眸微微出神，仿佛她的全世界只剩下了他一人。她眼中的他眉眼含笑，面容清俊而温雅。她望着他，唇畔笑意却有些凝结。

我用亲身实践证明，关总他郑重其事地交给我的钥匙并没有什么用，我贴在门上找了半天的钥匙孔，最终是尹秘书从秘书室中出来，看了我手中的钥匙一眼，满脸冰霜地按指纹帮我开了门。

尹秘书貌似十分忙碌，领我进到总裁办公室，请我在沙发上坐下，熟练地帮我沏了壶茶水，没说别的多余的话，只交代一句“请不要随意触碰这里的物品”就回秘书室工作了。

我是个不能安分坐久的人，尹秘书说这儿的东西不可以随便乱摸，那我不摸，我参观。

我起身，在关峄的办公室内走了两圈。

如果要说和别的办公室有什么不同，那就是这儿的色调简单了些，走的极简风格，偌大的空间，放眼望去，似乎只有黑、白、灰三种颜色。黑的地板，白的墙壁，银白或银灰的、我说不准是什么东西的一些金属装置。

整间办公室唯一的亮色，也是唯一的摆设，就只有墙面上用画框框住的星空。

初看第一眼，我以为是寻常的平面画，看到有光亮泄出，走近了才发现墙面是打通的，画框宛如一扇窗，窗后是另一个立体空间。

若不是楼外天亮着，笠山的曲线起伏成一弧隐隐的青色，我会以为自己跌进了宇宙。

银河，星云，太阳系，蓝色的光，黄色的光，细碎的星光，倾壶而出的银河白光……沙漠中的星空被微缩搬到了眼前，我见过最逼真的全息投影也做不出这等璀璨的效果，仿佛只要伸手穿进画框，就能掬起满手掌的流光星河。

难怪尹秘书特地叮嘱我不要乱碰，这个星空系统，怎么说，“看起来就很贵啊……”我入迷地喃喃自语。

不料身后传来低沉男嗓，贴心地替我解惑：“不贵，宋小姐支付得起。”

我愕然回眸。

关峄不知什么时候已经进来了，无声无息地站到了我的背后，与我一同观看着这片虚拟星空，也不知他站在了这儿多久，对上我吃惊的目光，他笑了一下，说：“晚上过来，效果会更好一点。”

语毕，他宛如不是故意要吓到我的一般，径自走到办公桌后方的皮椅坐下。

有他在，我还看什么星空。

我跟过去，把钥匙还给他：“你忙完了？许小姐走了吗？”

他颔首，淡淡地应了一声“嗯”，好像这并不是什么值得深究的问题，从桌面拿起一本文件夹翻开。

我侧靠在他的办公桌边缘，双手互抱手肘，调整成一个舒服惬意的姿势，望着窗外远处或隐或现的山线，假装在欣赏风景，做好了以上准备，我漫不经心地开口。

“关大哥，挺受欢迎的嘛。”

他拿起钢笔，在资料页上流畅地签署中文名，合起文件夹。

这才慢悠悠地抬眼看我：“不及师妹，一笑倾城。”眸底是清晰的谑笑。

我一百五十分才能考到八十分的语文水平，居然马上听懂了他的言下之意。

我是打算反驳的，可惜搜肠刮肚，也想不出什么有效反驳的语句。我问出那句话，原意是想虚虚打探一下许杉奈来找他的意图，但是被他这么巧妙地一堵，我好像瞬间就失去了制高点，总有一种怎么说都赢不了他的预感。

我陷入苦思，一会儿看看窗外，一会儿看看星空，身体不自知地扭来转去，等我看向他时，发现他正在不语地观察我的脚踝。

我心思一动，轻声说：“我的脚伤好了。”

“我知道。”他稍顿，“郑续告诉过我了。”

郑续？我的脚伤，郑续怎么会跑去向他报告……

我站直，转过身面对着他，换成一边手扶住办公桌边缘的姿势，顺便也换了个话题："我听戚樾讲，年后你要去卡海罗参加论坛。"我主动提起，心想怎样才能怂恿他把戚樾加入随行队伍中。

我不是没有城府的人，有什么诡计自认为也能埋得很深，照理说，我的想法他应该没有这么容易看穿。

"戚樾去年入职，人力资源部曾对他做过一次简单的智力测试，初步认定他的智商不止一百六，所以把他推荐过来兼任我的助理。"他说。

我听得一愣一愣："什么意思？"

他背靠皮椅，抬眼看我，深幽眸底填满了然于胸的自信浅笑，缓慢地说："意思是，戚樾很聪明，小师妹不要轻易就给外人策反了。"

"怎么会呢？"我讪讪地笑。

我花了好长一阵平复好心虚，颇感意外地续上："一百六？我看戚樾不像那么聪明的人啊，活像二百五。"

"智商不等同于情商，他可是生物特征识别领域的奇才。"他莞尔注视着我，"包括刚才那位梁少，梁思齐，编程的高手。吵架的那两位，萧鸣骏和陈尧，专攻智能语义和数据挖掘……"

我有点儿晕："怎么突然给我介绍他们？"

他若有所思地浅笑："你以后会常来，有必要认识。"

以后会常来什么的……

我咬紧下唇，在心中千叮万嘱自己一定不能笑得太招摇。感觉笑容快包不住了，我拍了拍发烫的脸颊，清咳一声，一本正经地应道："真是好神奇呀，关先生，我怎么觉得你无论说什么都那么有道理呢？让人好想好想就按照你说的去做。"

他看着我的卖力表演，薄唇扬起，眼中尽是无奈且纵容的笑。

"那么，敢问宋小姐，今天大驾光临是？"

我才记起今天过来是有正事的。

我伸手到包包里东翻西找，好一会儿才摸到叶眉给我的请帖。我抬起头对他笑，将请帖从包包中抽出来：“你不提醒我都忘记了，我是来送喜帖的……啊，你别皱眉，不是我的请帖，是叶眉的，我来跑腿。”

我把大红请帖双手奉上。

“叶眉？叶师姐？”

他接过请帖，打开，视线落在他的名字上面。钢笔字，瘦金体，娟秀端庄，是我用心誊写的字迹。我的笔迹其实非常好认，只要见过几回应该都能分辨出来，我填写请帖的时候没想太多，先入为主地认为，他没见过我的笔迹，没理由能认得。然而此刻，他的视线定在请帖上许久没有移开，我莫名一阵忐忑。

他看了半晌，抬眸朝我觑来。

“叶眉结婚，怎么会请我？我和她几乎没有交情。”

暂且不论他会不会对笔迹起疑心，只论叶眉请他赴宴这回事，他感到奇怪很正常。早料到他会有此一问，来笠山的路上，我早已在心中编排好了答案。

“关先生，你是不是忘了，你还欠我这个救命恩人三顿饭？”我“唉”了一声，做苦恼状，“你看，我等你一顿饭多不容易。山不来就我，我只能就山，你不请我，那就只能我请你了。”

他失笑：“所以你请我去吃别人的喜宴？”

我说：“我穷嘛。”

他想了一下：“十九，你那儿是不是还有一张请帖？”

我说：“是啊，我的。”

他说：“两张请帖，送呈两人，我们分别都要给红包。”

我说：“好像没什么不对。”

他低叹：“我差点就信了是你请我。”

第六章

叶眉出嫁的那天，是整个冬季里难得一遇的好天。

接连下了好几个夜晚的阴冷冬雨，到了那天凌晨，雨水终于渐渐止歇，庭院里飘荡着丝丝缕缕的湿润雾气。也不知叶眉结婚我这么兴奋是闹哪样，一大清早就醒了，翻来覆去，盯着玻璃窗上的露珠看了一会儿，再也睡不着，索性起床，出门到附近的休闲公园跑步。

跑了两圈回来，天已经完全大亮，久违的暖热阳光穿透薄雾，懒洋洋地照耀地面，天光云影被路面上的小水坑分割成一面面不规则的镜子。气温有大幅回升的迹象，我一边拿起围住脖子的白毛巾擦汗，一边不急不赶地往家走回去。

离家门越来越近，我望见，晨曦的眩光隐约勾勒出一道挺拔身影。

我缓缓地，停下脚步。

第一眼，是个外表相当出众的男人。

第二眼，这个外表相当出众的男人，开了一辆相当抢眼的跑车。

他靠车而站，换的这部车我以前好像从没见他开过。怎么说，其实他平时开的那些车就已经够好的了，今天换的这部……

如果说他之前开过的那些是惊艳，那么今天就是张扬。

都说车子是男人的另一张名片，他与生俱来的夺目光华仿佛不需要再刻意内敛，他站在那儿背靠车门，身穿暗色西装，一手拿着车钥匙，一手习惯性地插在裤袋里，站在我家对门的路边，安静地注视着我家的古典铁艺大门，门内两侧九重葛攀爬缠绕，庭景深深。

他在等人。

地址是我亲手写给他的，我们一起去吃叶眉的结婚宴，他来接我——以上是我和他约好的，只不过……我低头快速看了一下手表，抬头远远地望着他，越发感到吃惊，这才几点？说是来接我，这未免也来得太早了吧？

要不是我出门跑步，我甚至都不会得知他这么早就来到这儿等。

他宛如一座没有情绪的石膏像，目光定在我家大门里侧，等待得如此专注，连我走近都没有发觉。

我捏着毛巾一角擦汗，慢慢地朝他走去，边走边暗自揣测他来这么早的用意。据我所知，他一向是个时间观念极强的人，听戚樾说，他组织公司高层开会，对会议时长的把握总是能精准到以分钟计算。

我慢慢地前进，暂时想不透，迎面吹来一股凉风，我神思一转，蓦然想起另外一件事。

我怔了怔，猛地一敲脑门，心想失策了！此时我距离他还有大约五六米，我往前的步伐急忙一百八十度急转弯，做贼似的拉起毛巾包住脑袋，心急火燎地就要转身闪人。

可惜没能逃跑成功，我一百八十度的拐弯只完成了四十五度，唔，一个忧伤的侧脸角度，他已有所察觉，转过头来。

半秒钟的沉默。

“十九，早。”

开溜失败，我只好转正足尖，朝他走回去，眼风闪烁，干巴巴地微笑。

“早……师兄，早啊。”

他注视着不自然的我，眼底有亮光一闪而逝。

“你去晨跑？”

“是啊，刚跑完……”我慢吞吞地说。

实在料不到出门晨跑一趟回来会在家门口遇见他，我头发是随手扎起的马尾，跑完步出了汗，乱糟糟的，衣服是男式连帽套头卫衣，宽松无版型，我年少轻狂那会儿为了强硬要帅买的，脸是素的，唇是裸的，人是不美观的，形象是打折扣的。

我看了看自己，再看了看他，果断陷入了绝望。

我苦着脸和他商量：“这位光彩耀人的帅哥，什么都别说了，我就问你一句，能不能请你假装没见过我？”

若不是临场被他逮住，我原本打算绕道从后门进屋，假装自己没来过。

我问得深切，他也回答得慎重，足足思考了三秒才浅笑着拒绝。

“不能。”

“说好的时间观念良好呢？”我欲哭无泪，沉重地站到他面前，右手食指示意地敲了敲左手腕上的手表镜面，“约好十点四十五分来接我，目前九点不到，你是不是来得有点儿早啊？”

“我先来熟悉一下环境。”他似笑非笑地凝觑着我。

“叶眉的喜宴又不是在我家摆，有什么环境好熟悉的……”

高智商人士的脑回路难道都如此清奇？恕我一介凡夫俗女终究还是猜不透他的用意，我想了半天，还是认为他提前这么多过来，除了杀我一记措手不及之外再也没别的效益。

我哀怨地瞅着他：“要是在古代，你这种行为叫作偷袭！是要被整个武林所不齿的。”

“偷袭？”他挑眉，“偷袭是贬义，我更倾向于把这称为埋伏。”

他竟和我咬文嚼字。

我是想要反驳的，可惜输在了对自己的语文水平不够自信，话说出口就变成了底气不足的嘀咕：“我读的书少，你不要骗我，埋伏难道就会显得比较足智多谋？”

他轻笑：“埋伏会显得是你自己主动投……”

他薄唇动了动，街上碰巧有几个小男孩大笑着打闹着跑过，“投”字后面三个音节我没听清，不知他是有意说得低声，还是被小男孩的玩闹声盖过了话尾。

以我小有所成的文学造诣，此时“投”字起头的四字成语，我能想到两个，一个是“投怀送抱”，一个是“投案自首”，无论哪个，安下去都十分不对劲，也不是他的说话风格。

我得意地指出：“你埋伏错了方向，反被我后方包抄了。”

他玩味地看着我笑：“何来包抄？如果我没看错，刚才你转身了，如果不是被我叫住……”他思索半秒，“按你的逻辑，这在古代会被叫作什么？临阵脱逃？”

“还真吃定了我不懂成语是不是？”我淡定地瞅着他，气都不喘，“这在古代，叫作被你的气宇轩昂亮瞎了我的剑眉星目，我自惭形秽从而心生一计，决定先回去略施粉黛再来和你郎才女貌。”

他默了默。

我隐约在他眼中看到了肃然起敬。

他说：“我居然听懂了你要表达什么。”

我说：“听懂了那我就先告辞了。”我垂眸看手表，“离约好的你来接我的时间还有一个小时四十分钟，我要赶紧进去‘对镜贴黄瓜’才行，不然怕赶不及。”

他头疼地纠正：“对镜贴花黄。”

我说：“花黄是啥？有什么好贴的？黄瓜面膜能补水啊。”

他的回答是无奈地抬手揉了揉额角。

转身进屋之前，我心头闪过犹豫，慢了一拍才出声邀请：“你要不要进来坐坐？”

来者是客，让他在外面干等这么久好像挺不人道的，至于邀请他进门坐，似乎又不能像邀请寻常朋友那么随意，毕竟我父母都在家，连介绍他是关峄这件事估计都能掀起一股小风波，我和他的关系，大概目前还不是见父母的最佳时机……

他那么敏锐，他一定发现了我的犹豫，我突然就有点担心，他会不会因为我的这份迟疑而心生不悦，然而当我匆忙抬头，我看到的只有他眼中的从容自信。

“下次。”他说，“我等下进车里开个视讯短会，你慢慢来，不急。”

他的声音温和得就像这好天气：“这次主要是接你，准备不充分。”他注视着我，沉静的口吻带了一丝笃定，“下次我再正式登门拜访。”

和心思深沉的人讲话就是费脑，关峄这句话，我越琢磨越有意思。

神思飘浮地进了家，我定了定神，以平生最快的速度开始梳洗打扮，洗头洗澡吹发换衣化妆，一整套女人赶赴约会的必备工序完成下来，已经是一个小时之后。

我拎起包包，和爸妈大致交代清楚我去参加叶眉的婚宴，于今天上午第二次出门。

下过雨的地面这时完全干了，路面积水被和煦的冬日阳光蒸发得毫无踪迹，有太阳照耀，即便迎面吹来凉风也不会让人感觉太冷，我从铁艺大门走出，关峄依旧和刚才差不多的姿势，只不过换成了靠着车门低头玩手机。

听见高跟鞋走近的轻微声响，他抬起头来，日光恰是刚好的角度，他长睫微垂，眼中光芒内蕴，注视着缓缓靠近的我。

我走到他身前。

想着他等了我这么久，我挺不好意思的，于是，我意思意思地摆出一张愧疚脸，学社交名媛一般的口气说道：“抱歉，让你久等了。”

原以为他也会意思意思绅士地回一句“不久”“我的荣幸”什么的，谁知他勾唇一笑，盯着我说：“是挺久的，我处理完了一件颇为复杂的工作，游戏都打了几盘。”

我狡辩："接女孩子是这样的，我算快的了，是你来得太早。"

他不予评论地笑了笑："我以前听说女孩子出门前都要准备很久。"他审视着我的脸，谑笑里添了一分不加掩饰的欣赏，嗓音放低，"我今天才知道，等这么久，值得。"

他往旁边移了两步，拉开车门。

"上车吧。"

到达四季花园酒店时刚过上午十一点，叶师父德高望重，交友广泛，新郎又是个生意人，酒宴十二点开席，此时周边的空地已经停了不少车。关峄载着我，一头扎进地下停车场里绕了两圈也没找到空余停车位，索性开出地面，在酒楼门前先把我放下，独自一人往露天停车场继续苦觅车位去了。

叶眉一身白纱，伴着她的新郎，两个人笑容满面地站在酒店门口迎接宾客。

我笑着走上前，刚双手递出红包，还没有机会由衷地说一声"新婚快乐"，就被她豪迈地一把勾住胳膊，将我整个人拉得往她挨去。

"怎么就你一个人？"她牢牢把我钳住，拉长脖子左右张望，没见还有别的谁陪我一起到场，她不满意地瞅着我，急不可耐地质问，"说好的带美男来给我过目呢？"

我镇定地清了清嗓子："莫慌，冷静，保持克制。"我手心安抚地覆上她的手背，向她传送一记"我办事，你放心"的坚毅眼色，说，"他去泊车了，待会儿就过来。"

她一听，立即面露惋惜："这酒店什么都好，就是停车位太少这点很不方便……"她勾住我的一只胳膊不松手，上半身往后拉开半尺距离，端详了我三秒，接着"哎呀"低呼一声，佯装生气地瞪我，"我说亲爱的小师妹，今天是你师姐我嫁人，你打扮得这么漂亮做什么？存心来踢馆是不是？"

我赔笑说哪敢，仰头望天，也是略略苦恼的样子：“随便穿穿就有这种效果了，我能怎么办？”被她更凶恶地瞪了一眼。

“正好，我伴娘补妆去了，大约还要几分钟，你的美色就别浪费了。”她不容分说地把我推向旁边一个位置，很自然地给我安排任务，“你站在这儿，站直，抬头挺胸，保持微笑，暂时顶替一下我的伴娘。”

“眉姐，你认为我的劳力是这么容易出卖的吗？”我停了停，郑重提出要求，“起码得给我加个鸡腿。”

她嫣然一笑：“这有什么问题？给你加一只肥的！”说到做到，她转头就去和新郎说，“老公，打电话交代厨房，最肥的那只鸡等下上到五号桌，和他们说最靓丽的那个妹子坐哪，鸡腿就正对着哪……”

新郎投向我的眼神顿时充满敬意。

我和叶眉说说笑笑，其间来了几位宾客，都被我们自如地招呼进去了，空暇时我看了一下时间，离开宴还有不到半个钟，心里担心关峄能不能顺利找到停车位，目光寻思间一放远，忽然就有一对璧人闯进了视野。

我震了震，笑容冻住。

迎面一男一女相挽着走来，女人身穿茶鼠色长袖连衣包裙，一字肩的设计，贴身包裹的剪裁，曲线玲珑的身材显露无遗，她把波浪长发拢到肩膀一侧，大方露出优美的颈部线条以及一截精致的锁骨，身姿绰约，面容姣好，眼尾细而略勾，是一双魅人的桃花眼。

女人长得已是相当貌美，当年大学里长期传言她不止被一家娱乐公司相中，三天两头有星探到学校里蹲守，着了魔一样，只为说服她答应签约拍戏。如此迷人的一张脸蛋，和此时走在她身旁的男人配在一起，却似乎不比男人亮色多少。男人正在吸烟，五官被朦胧的烟雾隐藏，能看见他捏着香烟的修长手指，领口处一段稍嫌花哨的蓝底白纹领带。

我曾经对这张脸无比熟悉，熟悉到无须看穿烟雾，我也能记得那是一张比女人还要标致的脸，一张标致得又不失男气的脸，一张略显轻浮、女人缘从不间断的脸。

江旗亭，以及他的现任女友李筠骊。

这好像是自劈腿事件以来，我和他们的首次正面遇见。

叶眉留意到我的脸色不太美妙，不明所以地扭头一瞥，也瞧见了他们。这圈子能有多大，我小小的名气加上江旗亭大大的名气，再加上李筠骊李小姐炉火纯青的炒作手法，当初我和他们的那么点破事都见报了，可谓闹得人尽皆知。叶眉虽说不是长舌的人，估计多多少少也是听说过我和江旗亭的感情纠葛的，现在眼见我和江旗亭就要正面对上了，她那么坦荡的一个人，都不由自主别扭起来。

她浑身有如针刺一般，不自在地贴在我耳边小声说："不好意思啊小十九，都怪我家那位，平日和江二少有生意往来……"

那一双登对的鸳鸯转眼就走到了眼前。

看见我，两人眼中不约而同地闪过一丝意外，果然是天造地设的一对，连微讶的表情都如此神似。江旗亭目光微闪地在我脸上停留了半秒，垂下眼睑，指腹弹了弹烟头，深吸最后一口，随即走到一旁把烟掐熄，仿佛自始至终都没见到我，和新郎谈笑风生地开始寒暄。

我倒是希望李筠骊也能向他学习，直接把我当成透明。

我从来都不该对李大小姐抱有幻想。比起江旗亭对我的视而不见，此刻李筠骊看我的眼神简直犀利得要把我的脸灼出一个洞来。我非常好奇，为什么她的眼里明明白白写着对我的痛恶，她看我时还能一直嘴角带笑，还不是那种普通的冷笑，而是一种……高高在上的，女皇看贱婢的，胜者看残兵的怜悯与嘲弄。

这个女人，我一向是服气的。

我亦佩服我自己，在她这般不友善的盯视下，我居然还能保持面无表情。

她目不转睛地盯着我看了好久一会儿，时间漫长得恍若一场无言的心理拉锯战。叶眉是个直性子，砸场她在行，救场别指望她，她眼珠子在我和李筠骊之间转来转去，挤了半天也挤不出一句高妙的破冰言辞，干脆撒手不管了，一脸只要别在这里打起来就行的放任表情。

我原以为李筠骊用眼刀凌虐完我一回就会收手的，这还算在我的忍受范围之内，今天怎么说都是别人的大喜日子，宜祝贺，不宜吵闹，俗话说不看僧面看佛面，谁料，我到底是低估了这位大小姐的任性程度。

没有啰唆虚伪的问候，她一开口，直接上来就是一句："学妹，我听说你和君山的继承人在一起了，你真会挑，他很有钱吧？"

在江旗亭这件事上，我作为她以往的情敌，对她不多不少也有一点了解。她是我在美院读书时的师姐，比我大了两届，在隔壁系攻读珠宝设计。据传她是某位富商的千金，还据传在我入学之前，她连续两年蝉联了美院校花的头衔。

从这个层面讲，她叫我"学妹"也不算叫错，即便叫得不是那么柔情蜜意。

稍加琢磨，她这话里的意思还真耐人寻味。

我实话实说："还没在一起。"

面对她，我委实摆不出好脸色，口气平平淡淡，显得有些意兴阑珊。这句话说出口我自己不觉得有什么，事实如此，我和关峄的确还没在一起，殊不知听进了她李大小姐的耳里，她竟会脑补成我在刻意撇清我和关峄的关系。

她眼神精明得仿佛早已看穿一切，嘲讽地弯起唇角："学妹撇清得未免也太快了吧？我可是从君山内部某位高层嘴里听说，你和关总单独在他的办公室待了一下午。"她笑了一声，"孤男寡女，总该不会是关起门来谈公事？"

指的应该是我崴伤脚的那次。

我叹气道："没有一下午，大概也就两个小时多一点。"我还挺遗憾的，平生第一次这么希望她污蔑我的事情成真。我倒是不怕认。

我说的都是摸着良心的大实话，诚实到不能再诚实了，可惜并不是她想听的话。

我其实不是很明白，她究竟想要逼我承认什么。

她盯着我，笑容转阴冷：“你讲这么多做什么？”她竟然还埋怨我讲得多，“你是怕被人误会你和关峄的关系？你早不解释晚不解释，谣言传出来的时候也不见你解释，反而主动跑去笠山倒贴对方，现在你怎么当着阿亭的面就解释得这么清楚了？”

我一怔，随即大惊，匪夷所思地看着她。姐姐，你这清奇的脑回路？

她渲染得就像我是怕江旗亭误会，故意要解释给江旗亭听的一样……

可我怕江旗亭误会什么？

我眼光闪了闪，察觉到此时此刻，江旗亭竟也转首看向了我。

真是可笑，背叛我的人是他，不忠诚的人是他，与其他女人滚到一张床上去的人是他。被冷嘲热讽的人是我，被耀武扬威的人是我，被他的现任女友声声句句炮火连天地攻击的人是我。此时此刻立在一旁的他，西装笔挺的他，宛若事不关己的他，怎敢……怎敢用如此幽深的眼神看我！目光灼灼而一瞬不瞬，仿佛在默然等待着我的辩白……

开什么玩笑！

我如果是野火，那么这对男女就是高纯度油桶，轻而易举就能让我炸出滚滚黑烟。

我气极反笑，嘴角微扬地望着李筠骊，讥诮的神情又不是只有她会：“我讲这么多，还不是因为你问我？你以为我想讲？你以为你谁？”

她冷笑：“你不是讲给我听，你是讲给阿亭听，好让他知道你还没为别人变心。”

我也冷笑：“你以为他谁？”

江旗亭终于舍得将视线从我脸上移开，垂下眼皮，不动声色地点燃了一支烟，看向一侧安静地吸了起来。

李锜骊“哼”了一声：“你别嘴硬……”

我耐心磨尽，不耐烦地打断她：“我嘴不硬，拳头倒是挺硬，建议你还是别惹我，我脾气不好，我是看在新郎新娘的面子上才耐着性子和你讲这么多。在我发作之前，你要不要滚远一点儿？”

她是不是吃准了我不打女人，所以才胆敢三番四次在我面前屡屡挑衅？

真是，佛都有火，唐僧都得抡棒槌。

警告完我就不再说话，面色摆得凛然。

谢天谢地，我的恶相总算成功把她给镇住，她气得脸色铁青，全身发抖，好在嚣张的气焰也消了不少。

“你别以为你找到了关峄这座靠山我就怕你，不就是个有钱的丑八怪……”她貌似突然记起了什么，解气地咯咯笑了，投向我的眼神平添几分同情，“谁不知道关峄相亲了四次，四次都遭到女方婉拒，这样的男人，你宋野火敢说你跟他不是为了钱？”

我心说我跟他还真不是为了钱，我不是这么肤浅的女人，我有我的原则我的追求，我跟他纯粹是为了他的美色……唔，当然前提是我能遂愿跟了他。这份从小到大都耽于男色的滚烫发热的赤子之心，日月可表，天地可鉴。

可叹李锜骊李大小姐，从来就只会不分青红皂白地误解我。

她俨然一位知性优雅的女性，散发着慈善人士的光芒，殷殷切切地对我说：“学妹，你缺钱花可以和我说，我会帮你的，或许没有关峄给得多，但你至少不用出卖自己的肉……”

这些话当众挑明了讲，可谓难听得很。

江旗亭厉声喝止：“锜骊！”

我瞟了江旗亭一眼。

在商场打拼过的人和李锜骊这种不经世事的富家千金就是不同，清楚什么话能说，什么话不能说。李锜骊认为我仅仅是一名人微言轻的景观师，所以敢于肆无忌惮地让我难堪，而一牵扯上关峄，就等同于牵扯上错综复杂的人脉关系链以及商业利益。江旗亭是个有野心的人，在我和关峄的关系尚未明朗的前提下，他认为时机不对，他可以不结交关峄，但如果面都没见上就莽然把对方得罪，那就未免太不明智了。

不知李筠骊是否能领会到江旗亭的顾虑，所幸她表现得对他十分顺从。听见江旗亭的喝止，她尤有不甘地咬了咬唇，恶狠狠地瞪我一记便住了嘴。

我的世界终于重获清静。

双方都不再有人出声，新郎连忙逮住机会做和事佬。也难为他了，好好迎个宾也能碰上一场女人吵架。

新郎堆起不那么自然的笑容，快步走向江旗亭，连声说："里边请，里边请……"只求赶紧把他们和我分开。

江旗亭轻拍新郎的肩膀两下，不说什么。

李筠骊忸怩地笑了笑，主动勾住江旗亭的手臂，小鸟依人地朝他贴去，脸蛋半藏，颇有些不好意思地对新郎致以歉意："让你见笑了，很抱歉，我这学妹的作风，我一向都看不太惯的……"

望着江李两人挽手朝酒店大堂走去的背影，等不及他们完全走远，估摸他们应该听不见了，我嗖地回头，隐忍地对叶眉说："表扬我，快！我忍住了！"

叶眉整个人处于一种叹为观止的状态，好一阵子才把目光恋恋不舍地从李筠骊身上收回，用哄小孩的语气敷衍地安慰我："好好好，表扬你，我们十九最乖了，没发飙，等下让厨房再奖励你一只大烧鸭腿……"

她夸奖地摸摸我的头顶，顺手帮我把爹毛理顺，放下手，百思不解地瞅着我。

"话说，十九，她为什么会认为你缺钱花？"

这个问题同样困扰了我很多年，我正经地想了两秒，最终无解地摊手。

“难道是因为我看起来穷？”

叶眉由头到脚打量了我一遍，说：“你今天穿的是 Vivi Chou 的高定。”

我说：“所以人家才会坚定不移地认为我傍了大款。”

“不是吧，这脑洞简直无边无际啊！”叶眉称奇，难言地盯着李筠骊款款走远的身影，忽然就替我气不过了，“我们叶氏一门的子弟从来就没有被人这样子欺负的。”她宛如被猛地按下了护犊子的开关，风风火火地撸起两边蕾丝袖，扭头问我，“要不，揍她？”

我吃惊地瞪着叶眉，心想师姐你这强势为我出头的义气真是让我感动，我们的友谊永垂不朽！嘴上挺为难地劝她：“不好吧，你肚子里有馅儿，今天又是你结婚，师妹我怎么敢劳烦你出手……”

她说：“别想太多，我是叫你去揍。”

我吞下想咆哮的冲动：“那你好好的撸什么袖子！”

“我热啊，怀孕之后变得特别怕热。”她给自己扇风，顺便给我煽风点火，眼色朝李筠骊飞去，“揍不揍？没有什么矫情是揍一顿不能治的，如果有，那就两顿。”不愧是我叱咤武林的大师姐，聊起揍人很有一套心得，“你把她拖到假山后面动手，我假装没看见，保准她以后在你面前吱都不敢吱一声。”

叶眉描述的前景十分美好，我只差一点就要相信她是认真的。

知道她只是在和我说笑，解解嘴瘾而已，我装作出无辜且不解的样子，坚决摇头：“不行，我可是个静如处女的女子，怎么可以随便动手打人呢？”

叶眉一听我引用成语就特别崩溃，恨不得一记铁砂掌敲醒我：“处什么女啊，这光天化日的，你能不能不说这种让人很容易就羞羞的词？”然而她的脸色一点儿都不见羞，循循善诱地引导我，“记好了，是‘静如处子，动如脱兔’。”

“知道了知道了。”我回答叶老师。

她要求：“那你复述一遍给我听。”

我严肃地重复：“静如处女，动如脱……脱什么？脱裤？”

她掩面，绝望地驱赶我：“你走开，我今天是纯洁的新娘，我不要和你站在一起。”

“别这样，你听我解释！”我按照自己的逻辑，倍感冤枉地分析给她听，“古文我还是有读过几篇的，通常，‘子’是指男的，‘女’才是指女的，所以，‘静’怎么会用‘子’来形容呢？肯定是静如处女嘛，没错的。”

她不应答，双臂下垂，做了一个往下用力按住什么东西的动作。

我问：“你干啥？”

她同情地摇头叹气：“语文老师的棺材板我给你按住了，你继续说。”

我嘴角抖了抖，立马小女人打架一般作势要捶她。以前在武馆的日子，除开四师兄，陪我练习得最多的人就是她，我对阵三师兄总是输得惨烈，对阵她却几乎都能平手，长期的陪练，她最懂我的出拳路数，此时见我虚张声势地就要捶到她了，她笑着出手，一招清风拂山岗向我扫来。

姜还是老的辣，她用劲十分巧妙，切入角度十分刁钻，为了躲开她的扫荡，我上半身往后仰，倒不至于跌倒，只是一个闪躲的姿势。我面朝天，她的手掌形成一片小阴影在我眼睫上方虚虚地晃过，无名指套着一枚亮晃晃的钻戒。

我正要发笑，忽然感觉到背后有一股热度贴近，我来不及站好，下一瞬间，肩膀就已被人稳稳圈揽住，随即听见一声低沉的：“当心。”

我枕在了来人的臂弯里。

一阵屏息的沉默。

然后我就听见了叶眉掩不住兴奋的音调：“帅哥你谁？我家师妹不会摔倒的，她矫健得很。”

我直勾勾地盯着近在眼前的优美下颌，不忘反驳叶眉：“乱讲，我才说了我是个柔弱的处女……”

来人揽着我，似乎轻笑了一声，低低地说：“我知道。”

简短三字，应的不知是我还是叶眉。

“关总？”

离得不远的新郎认出关峄，急忙快步赶过来。见关峄正扶着我，他神色诧然，悄声把叶眉拉到身边询问：“关总怎么会来参加我们的婚礼？你家那边发的请帖？”

叶眉的声音如梦似幻：“总什么总，我不认识，你让让，别挡住我看帅哥……”

新郎对自家老婆的神游状很是无语，压低音量给她介绍：“他是关峄，君山集团的少东，为人低调，我也是去年在会展中心远远见过他一次……”

关峄助力帮我站好，似笑非笑地觑了我一眼，不再管我，主动走上前，谦和地朝新郎伸出右手。

“初次见面，我是关峄。”

新郎的疑惑多多少少飘进了我们的耳朵，关峄顿了顿，给对方解惑：“叶老是我的恩师。”

新郎一怔，反应过来，连忙握住关峄的手，惊喜地连说两句“欢迎，欢迎”，两人还没有机会开始交谈就被叶眉一声惊天动地的惊叫打断。

“恩师？！”

叶眉的表情活像见了鬼，大惊失色地看着关峄，眼珠子都要瞪出眼眶，过了好一阵子，视线缓慢地转移到我脸上，结结巴巴地向我求证：“他……他该不会是老四吧？”

我捋整齐刚才由于闪躲而变得凌乱的发丝，掌心握着一束发尾，冲叶眉灿烂一笑：“师姐，你眼力真好。”

关峄伸手和新郎短暂一握便收回，浅笑地看叶眉，与我打配合，说：“师姐，别来无恙。”

叶眉瞬间摇摇欲坠，站不稳的样子，扶住额头向身后的新郎倒去：“老公，扶我，快，我有点晕……怎么回事？关峄是我们家老四？”

我笑问：“刺不刺激？惊不惊喜？”

当初我得知这个事实时，也是倍感刺激，倍感惊喜的。

我狡黠地对叶眉笑。

她半挨在新郎怀里，用眼神愤慨地送了我几把小李飞刀：“就不能提前和我打声招呼，让我做下心理准备？我好歹是个柔弱的孕妇啊！”

我说：“你自己先认出来了嘛。”

她嗖地从新郎怀里站直，气势汹汹地怒瞪我：“老四这气质，我能认不出来么？又不像你，比起小时候变化那么大，活活一个小美男变成一个大妖女……”她埋怨地看了我几眼，接着转头去看关峄，眼神花痴了好一阵，忽然想起了什么，有感而发地对关峄说，“老四啊，你要是早两分钟出现，十九就不会被人欺负得像什么一样了。”

关峄侧首看我：“有人欺负你？”

我掩饰道：“开玩笑，我武功盖世，谁敢欺负我？”

他若有所思地盯着我的脸观察了一会儿，不再进一步追问，拿出一封红包，递给叶眉，祝贺道：“恭喜。”

叶眉收了，看了看我，又看了看关峄，略微不是滋味地感慨：“我明白了，敢情我是沾了十九的光啊，你们俩现在还在一块儿？”不待我否认，叶眉一把勾住她老公的胳膊，把新郎拉得靠近她，噘起嘴巴，撒娇告状，“亲爱的我和你说，这老四啊，当年可是我的暗恋对象，这十九啊，当年可是我的头号情敌。十九和老四最好，小跟班似的。当年老四离开武馆后，我逮住十九问老四去哪儿了，你知道这小十九有多奸诈不？我一问，她就哭啊！不肯告诉我就算了，哭是什么事儿？害得我什么都没问到……”

我脸颊微辣地："眉姐……"

说实话，我当年确实也不知道四师兄去了哪里，偏偏自尊心又作祟，觉得我和他那么要好，别人问起他的去向，我若说不知道，岂不是搞得我被他抛弃了一样？虽说我的确是被他抛弃了。心里又憋屈又惆怅的，叶眉这位毫无眼力见的大师姐还老爱揪着我问，无异于往我伤口撒盐。我那时还只是棵脆弱的小幼苗，哪里禁得起这种虐心，她每每问起，我都会情难自禁地号啕大哭。

那段时光可谓是我人生中的一段黑历史，叶眉当着关峄的面把它抖出来，我是全身心拒绝的。我第一反应唯恐关峄会想偏，急欲解释地扭头看他，慌乱间撞上他宁静黝黑的双眸，心尖一跳，才恍然顿悟，我似乎……也没什么可以狡辩的……

我的司马昭之心，早已路人皆知。

我揉揉鼻子，收回目光。

叶眉还在中气十足地嚷嚷："你说小十九哪能不知情嘛？现如今两人都在一块儿了，她一定是怕我把老四抢走，所以才藏着掖着，不愿意告诉我……哼，老公，你说她该不该打？"

新郎尴尬地劝慰："说这些做什么……"

我也不知道我究竟是怎么想的，这时居然小声地嘀咕了一句："才不是怕你抢，你也抢不走啊。"

叶眉听见，眼角一抽，立马推开新郎，火速撩起两边袖管，一手叉腰一手向我招手，音调还算平静，"十九你过来，师姐有几句做人的道理想和你谈谈。"

关峄见状，及时对新郎颔首："我先带野火进去。"

新郎满头大汗地稳住叶眉，赔笑道："招呼不周，招呼不周……"

踏进宴厅我才看仔细，叶眉的婚礼现场布置得十分梦幻。

一卷喜庆的红毯从酒店门口笔直地滚入宴厅，直通前方舞台，红毯两侧分别竖着两列希腊风格的花柱，紫藤花喷涌而出，以花柱为圆心流淌成烟紫色的瀑布，数不清数目的细绳水晶吊灯从上方高低有致地垂落，将餐桌上的洁亮餐具照得熠熠闪光。

我和关峄并排行走，我们的座位被安排在五号桌。据叶眉说，这是全场武力战斗值最高的一桌，又名武馆专属桌，来出席婚礼的师兄弟姐妹们全都被安排到了这一围。

我眼风绕场一周，聚精会神地找了半天也找不到五号桌在哪，关峄抬目一望，轻轻松松就找到了。

“那边。”他说。

我点点头，应了一声“是哦”，顺着他指出的方向看去，刚好不能看清那附近几张餐桌的桌号。宴厅里的灯光经过专门设计，某些区域亮某些区域暗，我看得眼花，索性不看了，说：“那我们过去吧。”

我揉了揉眼睛，向前走了三四步，意识到他没跟上。

我不明所以地回头，他站在我身后，不知是不是因为光线的缘故，他的双眼比在外面要更亮一些，声线一如既往的低沉：“有个问题，即使不问你，我想我也猜得到答案，但是，我认为我还是有必要向你求证。”

“刚才你说，叶眉抢不走我，是什么意思？”

我说：“这有什么好求证的啊！”

“想听听你的见解。”

他的语气正常得就像在开一场学术会议，我却快要不能保持冷静了。

一直以来都是我在没羞没臊地追逐他，小时候是，长大后也是，如同飞蛾扑火，如同心急的野猪拱白菜，都说女追男隔层纱，我追他何止隔了一层纱，起码隔了十万大山，他总是气定神闲，不曾对我的追逐表态。

所以说，我真不知道我当时怎么想的，也不知道哪来的自信，居然敢呛叶眉，说她抢不走他。

“没什么好见解的！”我这么不容易，我的音量一下子就大了起来，“你人影都不晓得跑哪儿去了，叶眉也要找得到你才能抢得走你啊对不？”

我随口乱诌，说完后意外发现，好像勉强也能解释得过去。

“原来是这个意思。”

他了然地笑了笑，略加思索，说不出对我这份见解满意还是不满意，抬步走向我。

“我还以为……”经过我身旁，他的脚步顿住，“你终于开窍了。”

是孙芃的来电打断了我的开窍。

我原本正在认真地开窍中，总觉得还差一点点，我的任督二脉就要被打通，理解他的话将变得不再有难度。孙芃一通电话打来，手机的震动把我惊醒，我一下就忘了自己前一秒钟思考到了哪里。

我从深思中回神，按下接听键。

孙芃有工作的事情要问我，宴厅嘈杂，我这边讲话，她那边完全无法听清，我于是暂时将手机从耳朵移开，匆忙地对关峄说：“你先过去入座，我出去外面听个电话就回来。”

他点点头。

我捂住手机快步走向室外。

孙芃向我反映的事情稍微有点棘手。一本叫作《一堂春》的知名摄影杂志打算年后做一期专刊，以介绍私人花园为主题，他们的主编上周联系我，说希望能对我已完成的作品进行拍摄，他们看中的其中一座房子叫“颐心山房”，景观由我设计，房子的主人是一对汪姓老夫妇。本来一切都谈好的了，老夫妇也同意让摄影组进家拍摄，结果孙芃这通电话告诉我，摄影组扛着器材到达颐心山房的今天，老夫妇突然反悔了，坚决不让摄影组进门。

我一听，顿时一个头两个大。

我站在宴厅侧门外的过道，花了足足五分钟才拨通老夫妇家的座机，又花了足足二十分钟才成功说服他们，让他们高高兴兴地打开家门请摄影组进屋，总算把难题解决。

我放下手机，不够时间松上一口气，宴厅里适时爆发出一阵热烈掌声，估计新人准备出场了，我连忙急匆匆地往回赶。

我一边健步如飞，一边低头将手机往包包里塞，我敢发誓，就算我在放手机，我不看路的时长加起来总共也不超过三秒，然而，就在这短短的三秒间，我好不走运，竟遇上了另一位同样走路不看路的人。

砰！

过道狭窄，双方又都走在路中央，再加上两人的速度都不慢，一相遇就撞出了恐怖的闷响。

我眼前一黑。

“喂！不长眼睛啊！”

眼黑之际，我听见对方吼出咒骂。

我想骂回去都没办法，他高我矮，我的额头重重地磕上他的胸口，来人宛如一堵钢打的墙，他纹丝不动，巨大的反弹力让我刹不住车地往后摔去，攥在手中的手机也握不稳了，从指间滑出，奋不顾身地扑向大地作自由落体运动。我已经可以预见，这一撞我可谓损失惨重，人财两伤。

幸好对方骂人归骂人，神经反射速度一流，电光火石之间，他一手拽住我的胳膊不让我飞出去，同时略微蹲低，手掌贴住地面火速一抄，险险捞住了我的手机。

我晃了两晃，勉强站稳。

我好歹是个练武的，不能轻易娇弱，必须十分坚强。此刻被撞后，除了看见一片黑雾，黑雾深处一条河，一座桥，桥上一位慈祥的老太太端着一碗汤在向我招手之外，我自觉别无大碍。

“碰瓷是吧！”对方口气凶恶。

……真是奇幻了，我竟觉得这把凶恶的男嗓格外耳熟。

透过黑雾，我隐隐约约看见，眼前这位把我撞得七荤八素的好汉，拥有一副出奇魁梧壮硕的身材，穿铁灰色飞行员夹克，挡在我面前如同黑压压的泰山。难怪他在和我相撞后可以岿然不动，我和他不在一个性别组，更不在一个重量级。

他拽住我的胳膊如同拎小鸡翅膀……还好，这个我还可以忍受，事情还不至于太糟，直至他看腻了我的头顶，大大咧咧地低头，凑近来看我的脸。

一默。

突然间，他像是被火烫着了一般，猛地用力将我甩开，连跳三步退后，活像躲瘟疫似的退得老远，愣了愣，想起自己还拿着我的手机，又急忙冲上前，粗鲁地把手机塞回给我，下一瞬又重新退得老远。

我虚软地抱着我的手机，甩甩头，把晕眩感甩掉。距离拉远，我终于看清了撞我的人是谁。他僵立在五米开外，皮肤黝黑，脸型刚毅，如此牛高马大的一个人，此时看我的眼神却充满惊慌失措。

刚才骂人的那股狠劲也找不到了，他远远盯着我，脸上闪过忸怩，似乎还有羞怯，呃，还有红晕，叱骂的声量减小：“你以为你练铁头功啊，一头砸向老子……”

我眼角一抽。

我早该料到，能暴力碾压我，让我伤让我痛的人不多，他是其中之一。

三师兄，石钢。

两相无言，一前一后地回到宴厅，新郎新娘已被请上了舞台，明亮的聚光灯中心，叶眉手中拿着麦，正一边说着感谢父母养育之恩的话，一边情难自禁地抹泪，被她感染，台下很多宾客也都在无声地抹泪，而我则在恍恍惚惚地揉额头。

关峄给我留了座位，看到我和三师兄同时回来，他起身帮我拉开座椅。我道了声谢，正要就坐，听见他低头靠在我耳畔轻声关问：“怎么了？额头红了一块。”

“被陨石砸了。”我沉痛地说。

三师兄是我见过最人如其名的人，石钢石钢，石头、钢铁浇铸成的这个人形兵器，撞上他，威力和去撞墙差不多。

圆桌对面，正在糙手糙脚地给自己拉开椅子的石三师兄一听，脸霎时涨成猪肝色。

不用我多加阐述，关峄视线从不自在的三师兄身上扫过，很快就明白了是怎么回事。他了然且无奈地笑笑，叮嘱我：“下次注意避让。”

服侍我坐好，他在我身旁坐下。

那边三师兄四肢僵硬，好不容易把自己壮硕的身躯塞进了椅子里。

大约过了十来分钟，新郎新娘及双方父母轮流发表完感言，同一张餐桌的师兄师姐们将目光从舞台上收回，这才意外地发现多了三师兄和我。毕竟好长时间没聚，初初开场难免生疏，大多都是客气地互问近况，唯独排行十一的邱师姐最夸张，见到我，她明显吓了一大跳。

“十九你没事儿吧？才一年不见，你印堂发黑啊，走火入魔了？”

我手心撑住额头：“说来话长……”

邱师姐竖手一挡：“那你先不要说，我先去抢个捧花。”

说完，她倏地从座位站起，推开餐椅，跃跃欲试地朝舞台小跑去。跑去之前，她竟别有深意地朝关峄投来一记回眸，让人不得不多想。

经邱师姐提醒，我才留意到舞台上主持人不知何时接过了话麦，热情高涨地宣布接下来是万千未婚少女期待已久的抢捧花环节，请有意参与的单身女性站到舞台前面来什么什么的。

望着跑到舞台下方，正在积极抢占优势站位的邱师姐，我脑中忽然有灵光闪过，一怔，扭头看关峄。

“我差点忘了，邱师姐也还没有结婚！”我登时不淡定了，此刻倒真的觉得我的印堂隐隐发黑，被一股不祥预感笼罩，“那个……她有没有认出你是四师兄？”

他颔首："你回来之前，我们聊了一会儿天。"

"那完了。"我瘫靠着椅背，"当年，她好像也垂涎过你啊！"

当年，叶眉和邱师姐背地里争夺四师兄，剧情跌宕起伏得几乎可以写成一部武馆版的宫斗戏。按我对四师兄的迷妹程度，我怎么也算是她们半个情敌，神奇的是，她们两个争归争，却从来不将我这个十九师妹归进对手里，不拿我当情敌就算了，知道我和四师兄交情铁，她们还一天到晚瞒着对方，找我打听四师兄的消息。

所以我就机智地给了她们不少假消息。

这都多少年过去了，连叶眉都在今天嫁人，而邱师姐她刚才投向关峄的那记眼神，是不是稍微有点儿……余情未了？

我揉着脑门，顿觉事情难办。

这出馆斗好戏的男主角好整以暇地坐在我身旁，宛如没事人一样，说："邱巧巧我不了解，不过……"他沉嗓朝我靠过来了些，"根据我掌握的消息，在场的应该还有另一位，唔，垂涎我？"

明、知、故、问！

我眼风带杀地瞪他。

他似乎十分热衷欣赏我想要反驳但是又不够脸皮反驳的恼羞样子，盯着我瞧了一会儿，嘴角愉悦地勾起，问："你不去抢捧花？"

我默了默，没好气地回答："抢什么抢啊，人都没搞定，抢来有毛用！"我侧着脑袋看他，"难道抢到了，我的意中人就会踩着七彩祥云来迎娶我吗？"

如果他答是，我或许可以考虑去和那群陷入了疯魔状态的女人们一较高下。

他笑意不减，薄唇动了动，正要说什么，与此同时，我眼角余光无意间瞥见，圆桌对面的某个庞大人影听见我这番话后，仿佛受到了巨大刺激，整个人不可控制地一抖，手肘慌乱间撞翻了玻璃酒杯。

叮！

伴随响起的是一声清脆的碰撞声。

等我眼睛望过去，看见的情景是三师兄正在手忙脚乱地抽出纸巾擦袖子，一张肤色本就偏深的脸窘迫地涨得通红，碰翻的酒杯被他迅速扶正，面前的桌布逐渐染开一片深色酒渍。发现我在惊讶地瞅着他，不知怎么的，他打了个哆嗦，好像突然有点惶恐。

坐在他身边的潘哲师兄见状，替他把酒杯给重新斟满，打趣地笑："怕喝不过我就直说，不用急着把杯子摔了吧？"

如此明目张胆的挑衅，三师兄却如同没听到，只顾目不转睛地盯着我，眉头皱起三层，欲言又止的，看上去就像有什么不得了的事情要对我坦白，但又担心太过直接会造成不好的影响，从而犹犹豫豫的，不晓得怎么说出口才好的样子。

这么婆妈的三师兄我没见过，不由得不寒而栗。

他太抢戏，卡在那儿不进不退的，而且从他的神色推断，他反常的原因明显和我有关，让人很难忽视。

"三……三师兄？"

我疑惑地喊了他一声。

听见我的叫唤，他震了震，黑脸很快就又浮现出那种如临大敌的表情。

颤颤巍巍地端起酒杯，他接连灌了三杯烈酒下肚，每灌一杯，瞪我的眼神就精亮一分。

我莫名其妙，等了半天，终于等到他开口。

他先是忧愁地、长长地叹了一口气，接着才勉为其难地对我说："十九，你别这样，三哥也不想伤害你。"

"啊？"我愣住。

这是什么新型开场白？

他似乎有些羞于启齿，又凶猛地喝了一口酒，给自己壮足胆，才吞吞吐吐地说出："你刚才在走廊外面对我投怀送抱就算了，你现在还暗示要我娶你？还七彩祥云？”

可能是我的语文理解能力已经烂穿地底，彻底没救了吧，要不我怎么连他说的一个字儿都理解不了？

即便这样，我依然不放弃和他沟通，我这不耻下问的精神真是可嘉。

“三、三师兄啊……”我结巴地、语带颤音地问，“我想我们之间也许有什么误会，你方不方便告诉我，你这个要不得的想法究竟是怎么产生的？”

他朝我瞟来一眼：“你别害羞。”叫我别害羞，他的脸颊却率先红了两坨，也不知是不是酒气逼的，非常难为情地看着我，“十九师妹，你暗恋我，也有十多年了吧？”

“啊？！”

我果断不冷静了！

为什么我暗恋了他十多年，我自己都不知道？！

语不惊人死不休，三师兄的话就好比一颗威力惊人的天雷，出其不意，轰得整桌人都灵魂出窍，目瞪口呆。唯独剩下心理素质过硬的关某人，风雨不动安如山，拎起茶壶给我倒了一杯茶，然后给他自己倒了一杯，末了将茶壶放下，举起茶杯慢慢地喝。

参与完抢新娘手捧花，两手空空地回到座位的邱师姐，面对的就是这番景象。

三师兄看上去像是忍耐了我很久，这会儿烈酒下肚，酒精冲脑，他的话匣子一打开就合不上了。他万分苦情地凝望着我，说：“你别不承认，以前你还是个小女娃的时候，我就多少察觉到你对我的企图了。”他手肘支在台面上，挥舞着食指，言之有据地对其他人说，“有一年武馆不是新收了一个小师妹么，比十九还要小的，绑着兔耳朵，很可爱的那个。”

哦，我想起来了，被我空手劈砖，吓得退馆的那个。

同桌的师兄师姐们纷纷回答“记得记得”，有人还具象地说出了小师妹的长相，三师兄瞬间就受到了鼓励，瞅着我，一脸敢怒不敢言：“你看我喜欢小师妹，你就跑来问我喜欢小师妹哪点，我说喜欢她扎兔耳朵，可爱，没过多久，你也就学她留起了长发……”

真相完全不是这样的好吗！

我要哭了，我的一世英名，就要被三师兄一丝不剩地败坏掉了。

我也总算明白过来，为什么他每次见着我，都视我如洪水猛兽，恨不得搭上火箭炮，躲我躲到外太空。这种症状，随着我越长越大，打扮得越来越像个女生而变得越来越严重，明明在武馆的那段时光，我和他玩得还算不错。

一开始我还天真地以为，他是因为接受不了我的女装扮相，他这样一个比钢板还直的钢铁直男，眼看着和自己走得挺亲近的小师弟一步一步变成小师妹，情感一时转变不了，从而只能选择疏远我也情有可原。

这么多年我都是这样自我开解的，结果，他现在和我说，他之所以避开我，是因为觉得，呃，我暗恋他？

我暗恋……他？

我的神啊！这误会也忒大了吧！

我满脸黑线地死瞪三师兄，发动我先天不足的语文功力，想着怎么才能自证清白，这时，唯恐事情还不够复杂似的，关峄倾身靠近我的耳，沉嗓轻轻地说：“十九，我不知道，原来你喜欢的一直是老三。”

他也来凑什么热闹啊！

在座的全是叶师父门下的精英，听力都是长年累月蒙住双眼听拳风练出来的，个个的耳朵都成了精，关峄的声量虽然不大，也无法完全逃过他们的雷达耳。

于是，下一秒，我有幸目睹了戏剧的一幕。我各位可敬可亲的师兄师姐不约而同地将目光投向关峄，那是同情的目光，那是怜惜的目光。

我清晰地听见有人窃窃私语：“不会吧，原来十九喜欢的人是老三啊？我看她以前黏四师兄黏得那么紧，我还以为她喜欢四师兄呢……”

“老四也太可怜了，他不是向来都对十九妹挺照顾？”

感谢三师兄，是他提供了八卦素材，让渐行渐远的师兄师姐们变得不再生疏。

当然，八卦的当事人如果不是我那就更好了。

关峄端着茶杯喝了一口茶，他的五官本就生得偏冷，此时脸上也没有什么显露情绪的表情，但是整个人散发出来的气息，明眼人都能感觉到他的失落，似乎还有一丝不可名状的隐忍，以及委屈。

委屈个什么鬼啊！

我要掀桌！我要和石钢那个神经病一决死战！

全然无察我滔天的杀气，三师兄仍在絮絮叨叨地真情剖白："可是十九，我不会喜欢你的，你只有脸好看，性格太糟糕了，整天和人打架，要不就是去搬树搬砖，比爷们还粗鲁……"他痛下决心地盯着我，眼睛又红又亮，"三哥是不会喜欢你这种伪娘的，你放弃吧。三哥喜欢软妹，也就是萌妹子，萌妹子你懂吗！"

伪、伪娘……

我眼角一阵一阵抽跳。

三师兄出了名地爱喝酒，也出了名的酒量差，我猜，他现在一定是醉了，否则……恕我直问，他的羞耻心呢！

我抿了一下唇瓣："懂……"

"你妹"二字紧接着就要送给他，不料被身旁一道沉嗓打断。

"谁说十九只有脸好看？十九性格也好，十九什么都好。"

我心窝一震，霍然扭头看关峄。

他声线低沉，刻意放低语调时尤其显得深情款款，措辞不重却有力，听起来像在捍卫我，又像在替我出头。

这样的他非常要命，俨然一个惨遭抛弃的痴心汉还在无怨无悔地念叨着负心人的好，于是，师兄师姐们再次按捺不住地群情汹涌了，强烈鄙视的眼箭纷纷朝我射来。

中途归队的邱师姐听明白了来龙去脉，顿时火冒三丈，啪地一拍桌子，边撸袖子边杀气腾腾地从座位站起：“别拦我！我要打醒宋野火那个不知好歹的臭丫头！谁给她的狗胆，敢这样玩弄老四的感情？！”被坐她隔壁的某师兄给硬生生按回了椅子上。

这拿的到底是哪家的剧本？

每个人的戏份都这么多，我的太阳穴丝丝抽疼，我不吭声，他们还当真以为师妹我改吃素了？

我眼冒火光地瞪着罪魁祸首……我打不过他，这是个问题，因此，我平生第一次什么招式都不想用，只想简单粗暴地给他投毒，毒哑他。

罪魁祸首三师兄不知是醉是醒，单手握着一只空了的酒瓶，甩着往自己杯里倒酒，看样子，醉的可能性居多。这也就不难解释为什么他会将我眼中的杀意解读成爱意了。见我正在幽幽盯着他瞧，他一紧张，居然双手环抱住了瓶子。

“哥警告你，你不要对哥有非分之想！”

“够了！”学邱师姐啪地一拍桌子。

我从座位弹起，双手撑住桌面，怒目圆瞪看着三师兄，深吸一口气：“这位好汉你醒醒！我对你没有任何非分之想的啊！”

他双目呆滞，脸颊挂着两圈暗红，迟缓地消化完我的发言，问：“你变心了？”

“变你个腿儿。”我郑重表明，“我明恋暗恋的从来就不是你，你可以放心了。”

正面怼回去的快感真是让人通体舒畅，我沉冤得雪，舒服地落回座位上。

三师兄不仅武力值爆棚，还拥有着异于常人的迷之自信，我说对他没意思，他还不服气了，执着地追问：“你以前不是说过，不会喜欢比你弱的男人？”

我大方承认：“是说过。”

“那不就对了？”他昂首挺胸，宛如一只骄傲开屏的孔雀，“能打得过你的男人也就只剩哥了，你不迷恋哥，还能迷恋谁？”

他这副自负的样子我看着就来气：“我还能迷恋——”

心念一动，脑海仅存的一丝理智让我的尾音断掉，某个在心底默念了很多遍的名字险些就要冲口而出，被我倏地掀断在唇齿之间。

动作却比语言更快，我蓦然转首，眼中映出关峄。

“十九？”他眸光温柔。

那么轻易地，我的心跳就乱了节奏。

粉饰太平地咬了咬唇，我霍地把头转正，恶狠狠地瞪三师兄：“我为什么要告诉你！”

“你看，编不出来吧？”三师兄的语气明媚又忧伤，“你果然摆脱不了单恋哥的宿命，唉，不怪你，有些事情，好难控制的。”

“我……”

“石钢。”

深陷自伤自怜情绪中无法自拔的三师兄忽然被人叫住，关峄几乎和我同时开口。他口吻淡静，慢条斯理地给自己斟着茶，眼睫抬也不抬。

“改天有空，和我切磋几招？”

三师兄黑我的唯一作用，大概就是让大伙儿发现了失散多年的老四也许没有看起来的那么不近人情。

新郎新娘来敬了一圈酒后，气氛逐渐变得活跃。大家有说有笑地尝了几道菜，刚才调侃三师兄的那位潘哲师兄笑眯眯地起身，举着高脚杯绕了半张桌子，特地朝关峄走来。

“我好久没见有人敢给大钢下战帖了，老四，这杯我敬你！”

如果我没记错，潘哲师兄和三师兄向来关系很好。如果我没看错，这位和三师兄关系很好的潘哲师兄，此时向关峄敬酒……咳咳，眼中隐隐露出一丝期待，仿佛很渴望看见三师兄被人狂虐的样子。

看来他受三师兄欺压的日子久矣，心中的怨念深矣。

关峄谦和地推却：“抱歉，开车。”

“那……”潘哲师兄连想都不想，立即就将目标转向了我，“十九，你喝！你不是老四的跟班嘛，你代他喝！”

正夹着豆腐往嘴里送的我闻言，手腕禁不住一颤，连带筷子也一颤，豆腐方块一分为二，软糯地掉回碗里。

关峄扭头看向我，微微一笑：“有劳师妹。”

我愣住了。

我望着潘哲师兄几乎要敬到我鼻尖的酒水，眼珠子一转，再望着笑意浅淡而温雅的关峄，放下筷子，捡起纸巾擦了擦嘴，正襟危坐，嘴角颤抖着微笑，凝视他们：“两、两位师兄，你们认真点看看我……看见了吗？女的，懂吗？女的！恕我斗胆一问，你们还有没有人性，我可是一个娇滴滴的姑娘啊！”

鲁迅先生有两部作品很能描述我当下的心境，一部是《呐喊》，一部是《彷徨》。

关峄笑了一下，问我：“你不是酒量好？”

我瞬间心虚：“你……你怎么知道？余女士连这个都查出来了？”枉我还一直处心积虑地假装自己是个不懂酒精为何物的婉约派闺秀。

“不，我猜的。”他瞟我一眼，“原来你酒量好。”

“哪、哪有！也就只能喝一点点。”我用拇指和食指比出几毫米的区间，“一点点，这么多。”

我一般不这么谦虚，毕竟曾经有过“夜店你宋哥”之称的堂哥都不曾试过成功把我喝倒。在缠上郑续之前，在正式从良之前，堂哥那位高人，可以说是喝遍夜店无敌手，号称千杯不醉。

“能喝一点就行了，喜酒喜酒，哪能不喝酒嘛！”潘哲师兄神色圆滑，端着酒杯往我面前凑，“就算醉了也不怕，有老四在，他还不会照顾你吗？”

他朝关峄意味深长地眨眼。

关峄居然煞有介事地点头：“对。”

爱酒之人最忌讳别人说他会醉，人争一口气，我忽然就有一种豁出去的心态：“来啊，谁需要人照顾还说不准呢。”

我对自己有信心。

“不错不错。”潘哲师兄笑眯眯地斟了一杯酒递给我，“来，干了啊？”

“干就干！”

我接过酒杯，和他相碰出当的一声，仰首一干而尽。

“潘师兄，我也回敬你一杯。”

“好！”

……

潘哲师兄起了个头，不知从什么时候开始，大伙儿菜也不吃了，变成互相敬酒。敬关峄的人最多，自然，全都是我替他挡下。到底是亲生的师兄师姐，劝酒很有分寸，点到即止，图个氛围而已，敬一圈下来，我真正喝下的酒没多少。

然后……

三师兄就来了。

醉得不轻的三师兄见这边喝得热闹，居然还能迅猛地一跃而起，直接抱着酒瓶就挤到了我身旁，醉昏昏的，粗嗓宛若哀啼：“十九啊，你会不会怪三哥拒绝了你……唉，感情是没有办法勉强的，三哥已经有喜欢的女人了，比你软比你萌比你可爱……”

听不下去他的瞎扯，我只能给他把酒满上，只求他赶紧闭嘴。

“话都在酒中，三哥，喝酒！”

然后……

事态就失去了控制。

为了不让三师兄有任何出声的机会，我一杯接一杯地给他倒酒，本想把他灌醉，好换得耳根清净。孰料我不陪着他喝，他一个人就是不愿意喝，一场斗法下来，我喝下的酒并不比他少。

等到喜宴结束，宾客陆续离场，三师兄是不省人事地被两位师兄架出去的，而我竟然还能神志清醒，宛如没事人一样正常行走，我想不佩服我们宋家的抗醉基因都不行。

叶师父和师娘正在送客。

我和叶眉常有来往，尤其是最近，我帮她搞园子，时不时留在他们家吃饭，见师父师娘的次数比见其他师兄师姐都多。老人家精神矍铄，身子骨也十分硬朗，自从前些年不再招收新弟子后，叶师父养生得当，越来越有仙风道骨的味道。

关峰一看见叶师父就快步迎了上去。

叶师父刚送走一位客人，回头正要和师娘说话，乍一转眼，望见一名高大俊挺的男青年朝自己走来，起初大约以为是宾客，急忙端起和气的笑容相迎，往前走了半步，忽然停下，眼光满是掩不住的惊喜和欣悦。

关峰迅速赶到，颔首喊了一声："师父。"

叶师父点点头，双手急切地握住关峰的手，满满的喜出望外："小眉刚告诉我你今天也来了，我还以为她认错了人。"

"我应该先去拜访您的。"关峰神色敬重，"久疏问候，您一切都好？"

"都好都好。"叶师父满心喜悦，"在家里过着退休日子，哪能不好？"

说着话，叶师父的视线有意无意地跳过关峰的肩头，往后眺望，看上去像在找谁。心中有预感他在找我，我冲他挥了挥手，咧嘴一笑，喊了一声"师父"，不小心打了个酒嗝。果然是在找我，叶师父瞅见我后便收回了视线，仿佛没听到我的喊叫，也不搭理我，和蔼的眼光落回关峰身上，拍拍关峰的肩侧。

"你回来了，师父也可以放心……"叶师父的语气依旧殷殷切切，充满长辈关怀，只不过，下一句话的画风陡然变成，“咱们十九也终于可以看到嫁出去的希望了。”

我脚底一滑，险些铲倒在地。

我早该料到，仙风道骨什么的，只是气质上的假象，至少在我和叶眉两个人面前，叶师父他老人家就是一个不折不扣的老顽童，技痒起来还要我和叶眉同时上，陪他练手的那种，秒杀完我们还要骄傲轻嗤“一个能打的都没有”的那种。

我身心受创地站到师娘身边，寻找母爱温暖，可惜师娘也没空理我，一双美目净看着关峄，笑意柔婉。

“你师父就担心他把小眉和十九教得太好，导致没男人敢要，今天好歹嫁出去了一个，还剩一个没着落的。”

我默默将脑袋靠到师娘肩上：“师父就是爱瞎操心，师娘你别跟他学。”

“你还敢说呢。”师娘转眼看我，“小眉扔捧花你怎么不去抢？亏我还特地叮嘱小眉，一定要把捧花砸给你。”

我无辜地说：“我要去抢别人还有戏吗？我这么矫健，这么敏捷……”

“你呀。”师娘推了一下我的脑袋，“快回去休息，满身酒气。”

叶师父看到我这种状态也不说别的了，摇头叹气：“老四，照看好她。”

“我会的。”

关峄郑重地答应，简短三字，我不知我怎么搞的，竟听出他和叶师父达成某种承诺的错觉。

他对我说：“十九，过来。”

我沉默了好几秒，双臂抱住师娘的胳膊，赖住不愿意走，笑吟吟地卖乖：“师父，师娘，我留下来帮你们送客呀。”

“你别给我们添乱就行了。”师娘从我的箍抱中抽出手，推了推我的背，“快跟师兄回家。”

我其实不太想这么快走。

也不是不想走，只是……

靠近酒店门口的一排花柱旁边，李筠骊正站在那儿，酒席散场已有好久一阵，宾客也都离开得七七八八了，而她居然还不离场，倚在花柱旁，一只手娇柔地抚弄着上面的白玫瑰，看似赏花，一双桃花眼却频频观察着我这边的动态，投向关峄的眼神说不出的复杂。江旗亭立在一旁沉默地守着她，星光灯从上方璀璨迷离地垂落，他的脸正好处于背光的阴影里，面目看不清。

如果现在出去，我和关峄不可避免会和他们正面撞上。

李大小姐有多会来事我是领教过的，多一事不如少一事，我的心愿是天下太平。

师娘驱逐了我，我只好转向关峄，牵强地嘿嘿笑：“你和师父师娘都这么久没见了，不急着走，先和他们聊聊天啊。”

惹不起躲得起，我还是等江李二人离开我再出去好了。

关峄仿若察觉不到我的小心思，他明明那么聪明的一个人，他明明也看见了门口附近的江旗亭和李筠骊。

他凝视着我的脸，低低地说：“师父师娘今天很忙，下回再和你登门拜访。”

“就是就是。”叶师父挥手，“快走，别挡着路。”

“就不走，就挡着。”我和叶师父杠上。

叶师父没想到我这么顽强，颇为意外地和师娘对视一眼：“醉了？”

我自告奋勇地回答：“没醉，清醒着呢。”

“没醉就赶快回家。”师娘说，“不然等下就该醉了。”

“才不会……”我说。

实在不想就这样走出去自投李筠骊的罗网，师父不收我，师娘不留我，师兄也想带走我，我无计可施，只好搬出我的大师姐。

我左顾右望："眉姐呢？"找了一圈没找到，我严肃地说，"眉姐刚才好像要教我做人的道理，我那会儿没机会听，现在突然很想听听。"

师父表示怀疑："小眉能教你什么做人的道理？教你打人的道理还差不多。"说着，他优游地折了一下袖子，"如果你还不走人，这个道理为师也可以教你。"

威胁，这是赤裸裸的威胁。

关峄随口应和："我也可以教你。"

我防不胜防："怎么你们突然都这么爱和我讲道理啊！"

关峄顿了顿，稍加思索："那我便不讲道理。"他毫无预警地牵起了我的手，"十九，我们回去了。"

手掌被他拢在手心里，他的力道坚定得不容许我挣脱，不看我，注视着前方。

"有我在，你怕什么？"

我其实也不打算挣脱。

他的掌心初初碰触下去有些冰凉，我手温滚烫，稍一迟疑，下一瞬便将他反握紧。他牵着我往酒店门口径直走去，一路上宾客互相道别的温声低语，沁人心脾的淡雅花香，星罗棋布的暖色垂灯，以及，温度逐渐升得炙热的掌心……所有感官如同潮水向我袭来。潮水退去后，能感知到的似乎只剩下手心被人握紧的热度。

于是好像突然就有了点醉意，我的脑海一阵晕眩。

直至一声女人的轻蔑冷笑将我唤醒："学妹好本事，这才和阿亭分手多久？马上就又钓到了新的金龟婿。"

果不其然，是李筠骊的声音。

关峄停下脚步。

冤家路窄，想躲的躲不掉，我悠悠叹了一口气，转身面对李筠骊。关峄牵得我心思浮动，我以为走了很远，没想到才刚从她面前经过。

她站在花柱后方，迷人脸蛋映衬着一簇花瓣洁白的玫瑰，更显得肤白唇红，眉清目秀。我不由得暗想，这么漂亮的一位美人儿，安然待在一旁岁月静好不是很好吗，为什么次次都非得跳出来，撕破脸皮招惹我？

纵使最初是为了江旗亭，她现如今也已经得到江旗亭了。

她竟然还妄想干涉我和关峄。

“这位就是关先生吧？”她问。没有人应答。她停了一停，自个儿往下说，“关先生，您可千万别让我这位学妹的外表给骗了。”

她笑吟吟的，说出口的话却句句见血：“您怕是不知道，读书时代，我这位学妹的作风一直为人诟病，不止一次有同学看见，她从豪车上下来，也不止一次有同学看见，她在外面不同的高档小区过夜。”

不出我所料，她截下我和关峄没别的，果然开始搬弄是非了，并且不知何故，这次当着关峄的面，她搬弄得似乎尤为卖力。

我仰头望天，怅然。

扪心自问，我大学时期过得还算低调，从来没有和学校里的人提起过我家里是做什么的，以为这样就能少点闲言碎语。很遗憾，我终究还是低估了人民群众的艺术创造性。李筠骊这番话，让我深刻地领略到了冰寒刺骨的恶意。

车是我家的车，房是我父母名下的房，我是哪里碍着她了？

关峄不作回应，面色漠然。

李筠骊站在花台后方，双目水亮地凝睇着关峄的脸，仿佛缓缓琢磨出了某些让她欣悦的线索，扬唇得意一笑：“看来关先生并不很了解自己的女朋友。”

真是，够了。

这女人一再刷新我所能容忍的极限，一次又一次，宛如被人宠坏的熊孩子成人版。在她和江旗亭纠缠到一块儿之前，她是江家大少的未婚妻，我念着我与江太太的交情，一而再，再而三地忍让她。在她搭惹上江旗亭之后，我一夜之间成了一条被人劈腿的可怜虫。与她对骂只会更加难看，因此当她特地跑到我面前挑衅，我也能忍则忍了。遇上她，热血如我也被磨成了一个耐撕的人。然而今天这算什么？她黑我给关峄听？

先贤说过，是可忍，孰不可忍，忍无可忍，怼她！

我半眯起眼睛，正要发威，眼前气得阵阵发黑之际，忽然听见关峄淡漠的嗓音。

“野火不是我的女朋友。”

我手腕猛地一颤。

他语气森冷，我全身的血液宛如刹那间全被冻住，上一刻因李筠骊而燃起的熊熊怒火，这一刻因他而潇潇熄灭，这过程不过转瞬。

我感觉像被人迎面泼了一盆冷水。

他说得没错，我的确不是他的女朋友。

然而亲耳从他口中听到这句否认，我的心尖还是不可控地被刺了一刺。我僵立着，目光一闪，恰好瞥见李筠骊扬起一朵快意解气的讥笑，眼底尽是对我的嘲讽，她身后护花使者一般守着的江旗亭，不知何时开始，竟也在眸光大炽地紧盯着我的脸，右手指间夹着一支点燃的香烟，手垂在身侧，良久良久没有举起来过。

我面无表情地抿直唇瓣，手依旧被人不轻不重地牵着，可惜很多事情，说不定都只是我一个人的一厢情愿。

我扭动手腕，想将手从他的掌心中抽出。

不料一动，就被更加用力地握紧。

我听见他的语速放低放徐：“她还没有答应我的追求。”

李筠骊的笑花在嘴角冻结。

我霍然转首，眼睛瞠大，不敢置信地看着他。

他仿佛丝毫不知这句话所造成的威力，眸光柔和地落在我的脸上，低声问：“你的熟人？”

我沉浸在如同被雷劈了的巨大震惊中，无暇顾及他问了什么。

他摇摇我的手。

我恍然梦醒，仍有些云游太虚，迟钝地说：“嗯……不熟不熟，同一所学校毕业的而已，一点都不熟，不用在意他们……”

李筠骊的脸色很不好看：“我是启道董事长的女儿……”

“不熟？”光影交错的角落里陡然传出一声饱含讽刺意味的轻笑，几乎和李筠骊的介绍同时响起。我怔了怔，循着声源望去，只看得见一片浓重弥漫的烟雾。江旗亭重重地吸了一口烟，吐出，扫我一眼，自嘲地补充，“是啊，我们不熟。”

“筠骊，走了。”

他转身，将烟头掐熄在花台的瓷盆里。

李筠骊没有马上尾随江旗亭离开，而是盯着我，红唇缓慢地勾起，转怒为笑：“学妹和我是不熟，至于和阿亭……”她意有所指地拉长尾音，眼珠转向关峄，“我想，能交上关总这么出色的朋友，学妹和阿亭当然也不熟了。”

她极富教养地微一点头：“失陪。”

说完这些，她才急急忙忙地去追江旗亭。

“阿亭，等等我，别走这么快……”

半路发生的这段小插曲似乎并不能带来什么影响，关峄牵着我走出酒店，下了台阶，不急不慢地往停车的地方走。

这是一个十分舒适的午后，树高风轻，酒店门前广场的罗马喷泉飞溅起晶莹的水珠。我应该没有醉的可能，然而此刻抬目望着领先我半步的高大背影，听着喷泉沙沙溅洒的水声，日光化为光圈，我忽然便觉得有些目眩。

犹豫了一小会，我慢慢地站定。

他似乎早有预料，略一顿，松开我的手，回身，眼神似笑非笑的。

“我还在计算，你能忍住多久。”他抬起手表看了一眼，心情貌似还不错，说，“比我预计的时间要快。”

他如同在做一场实验，得出的数据却不怎么理想的样子：“考虑到你长大了这个变量，我以为你能更加沉得住气一些，不料你……”他眸中掠过一丝取笑，不再往下说。

我一头雾水地瞅着他。

他在说什么，为什么我听不懂？

难不成我真的醉了？

他轻轻松松地站着，看上去也不打算向我多加解释了，安静地等待我开口。

我花了大约十秒组织好语言，说：“谢谢你维护我。”

想了想，怕他误会，我认为自己还是有必要进行说明。

“那个人叫李筠骊，是我美院的学姐，从我进校以来就和我很不对头，而且不晓得为什么，她一直毫无根据但是又坚定不移地认为我很……穷。”这么多年，我至今无法参透李筠骊这个想法究竟是如何生成的，我洒脱地笑笑，无所谓地转头看喷泉，“想必在她眼里，我这种一心只想攀高枝的女人费尽心思接近你，一定是贪图你的身家，她扯那么多有的没的给你听，不外乎想让你看清我的真面目……”

我从来不是迷信的人，多亏李筠骊，让我体会到原来世界上真的有一种不合，叫八字不合，否则她对我的敌意将会无从解释。

“原来叶眉说的欺负是指这个。”身旁传来清淡且无奈的低叹，“果然是被人欺负了。”

“欺负”这个词由我作宾语，怎么听怎么别扭，我抬起头，正想和他说不是我好欺负，是我宽宏大量，不与他们一般见识，视线上移的刹那，恰好望见他眼中锐芒骤闪。

“启道是哪个启道？”他问。

我怔了怔，想替自己正名的思路轻易被他打岔掉。关于他的这个疑问，我绞尽脑汁回想了半天，发现脑海也是一片迷茫。

“我也不太清楚……”

心中预感到某种苗头，我偏着脑袋，打量他：“你想对别人公司做什么？”

对上我的满脸怀疑，他失笑：“一家从没听说过的企业，还不值得我对它做什么。”

“不过。”他停顿半秒，“江陵的提议，我倒是可以考虑了。”

江陵，不算陌生的姓名从他口中说出，我感到相当意外。

说不陌生，其实也谈不上熟。

江陵是江旗亭的哥哥。

临近下班钟点，市区按例铁定大塞车。我坐在副驾驶座位，给老妈打了通电话说我会晚点回家，又给孙芃打了通电话问了一下颐心山房的拍摄情况，挂断后花了几分钟发呆，等我回过神，关峄已经驾车平稳地驶上高速，完美避开拥堵路段。

绕了远路，好在风景美得足以补偿，高速公路视野开阔，西边挂着一轮火红的落日。

过了几分钟，我将目光从窗外收回，问他：“你妈妈调查过我，那她有没有和你讲过我的过往？”

“略有提及。”

“你认识江陵，那你一定也知道他有个同父异母的弟弟，叫江旗亭。”我尽量以平淡的口吻往下说，“那个人，是我大学时交的男朋友。”

他按下车窗，带有夕阳温度的晚风从窗口灌入，他额前的发丝被风吹乱，眼睫上有柔和的光。我知道他在听我说话，却没有直接应答我。

“急不急着回去？”他问，不等我作出回答，他径自帮我决定，“带你吹吹风。”

“好啊。”

我点头，转身坐好，望着前方。公路看不到尽头地向前延伸，路两旁偶尔闪过几棵形态古朴、掉光了叶子的老树，我看了一会儿风景，再度扭头看他。

“那我讲个故事给你听。”

第七章

故事最初发生在我大三那年。

大三下学期，课业不多，我秉着自力更生、艰苦创业的伟大信念，去了一家设计公司当实习生。老总给我安排的第一项任务，是让我去给江家别墅的空中花园做翻修设计。

记得那是四月上旬的某一天，江太太和我说，今天她的儿子江陵会带女朋友回来见她，她亲自下厨，邀请我留下一起用餐。知名人士云叙环曾经说过，做人呐，最重要的是要懂得摆正自己的位置，切莫以为人家叫你留下吃饭，就真的是希望你留下吃饭了。这种初次见家长的家庭聚会，我一介外人是识趣的，于是推托江太太，说我学校里还有事情要忙，下次有机会再品尝她的手艺。

那天碰巧有开得正好的虞美人从苗圃运来，工人粗心，搬运的过程中碰断了几枝，但依旧很鲜活。我们工作室的服务宗旨是“不拿业主一针一线”，我带走不成，扔掉又觉得可惜，在和江太太沟通后，她让我帮她把花插到斗柜的花瓶中。

艳红色的虞美人，花瓣鲜艳如鸽血，捧在怀里如同捧着一团熊熊燃烧的烈火。江太太交代好就进了厨房。有些过长的花梗需要修剪，我抱着满怀的虞美人朝洗手台走去。

遇见江旗亭就是这个时候。

我先是听见门外有人掏出钥匙开门。

门锁啪嗒一声很快开了，紧接着，我听见有人转动钥匙的声音，那是一种把圆圈钥匙扣套在食指上回旋甩动的声音。江太太一向好清静，平时工人干活都是轻手轻脚的，在这里听到这种吊儿郎当的声响，我感到相当意外，一回头，刚好看到一个男人跨过门槛。

是个长得很好看的男人，眉眼精致，一身宝蓝色光面西装，领带松散，底下白衬衫的扣子没有好好扣着，而是差不多开到了胸口，给那张本就俊俏的脸蛋平添几分玩世不恭。他整个人看起来，仿佛刚从哪家风月场所厮混回来的一般，只差脸颊没被盖上几个香艳唇印。

这可是上午十点，光天化日。

我很少参与交际活动，但也知道，这大概就是传说中花花公子、纨绔子弟的形象。

江家大少江陵我见过一回，为人温厚，谦逊老实，不是这个画风，那么眼前这位……唔，应该就是二少江旗亭了。可谓是久仰大名。

他看见我，也是微微一怔。

不语地打量了我小半刻，他敛下长睫，视线从我身上移开，嘴角扯出一抹意义不明的淡笑，说："大哥倒是给我找了个漂亮嫂嫂。"语气很轻，听似自言自语。

他抬眼看我，连句称呼都没有，直言问："大哥呢？"

明白他指的是江陵，我答："还没回来。"

他似乎认为这种状况不该存在，目光闪了闪。

"大哥让你自己过来？"

我一板一眼地回答："是我自己过来的。"

我口吻平淡，他慢慢审视着我的脸色，忽然笑了，将钥匙拢进掌心，悠闲地缓步走近我，眉尾微扬，饶有兴趣地看着我，问："长得这么美，大哥放心？”

我说：“有什么好不放心的？”

这俊俏公子哥十有八九错把我当成了江陵的女朋友。江陵今天是第一次带女友回家，他此前没见过，不认识也很正常，他和这个家不怎么联系，不知道来了一位修整花园的园艺师也很正常。

想到这儿，我正打算和他说明情况，不料他在我面前站定，忽然就弯腰欺近了我。

瞬间香风扑鼻，是混杂的女士香水味道，隐约能闻出一两缕鸦片女香。

四月上旬，天气不十分凉爽也不十分暖和，我那天穿了一件柑橙色的复古风格了连衣裙，搭配了一副圆形金色边框眼镜，眼镜没有度数，纯粹为了造型。他抬起右手，食指轻轻巧巧地搭在我两只镜片中央的桥架上，稍微使劲，将我的镜框往下压，俊逸五官在我面前蓦然放大，他的脸几乎凑到了我的鼻尖。

“这样呢，大哥也放心吗？”

距离近得我能清晰瞧见，他眼中尽是放荡的调笑。

我愣了愣。

花了整整三秒才顿然觉悟，我这是被人给调戏了。意识到这个事实的我又愣了一愣，时隔多年，我居然又被人给调戏了，这份体验真是新鲜。

我不闪也不躲，习武之人不可轻易怯缩，我背脊挺得笔直，不动声色地抱紧了怀里的虞美人。

揍他，还是不揍他？

揍他，这里毕竟是姓江的地盘，我辛苦设计的工钱还没拿到手，揍他好像有点风险。不揍他，他这种目中无人的登徒子行径，又实在是欠揍。

暗自权衡了半天，我决定先不动手，和他讲道理。

我幽幽地说：“你知不知道，你这种行为，叫作调戏，而且极有可能是在调戏你的未来嫂嫂。”

“是吗？”他笑了笑，离我更近几寸，“那……你不当我的嫂嫂不就行了？”

江家的传闻，我多少是听说过一点的。

江家有两个儿子，大少江陵，二少江旗亭。江陵是江老爷江振和江太太亲生，而江旗亭，则是江家从外面抱养回来的养子。说是养子，其实明眼人心中都清楚，江旗亭是江老爷少年风流时，在外面金屋藏娇生下来的私生子，比江陵小了岁半，是江陵同父异母的弟弟。

江旗亭虽说挂了个江家养子的名分，但他成年之前一直在国外生活，偶尔回国也是去生母那儿居住，和江家母子互不干涉，江太太也仿若不知道这个养子的存在似的，这么多年都相安无事。江旗亭首次出现在公众视野是在两年前，江老爷在身体每况愈下，公司经营也每况愈下的情形下，特聘他回国进入公司，出任管理部高层。

这一石，瞬间激起千层浪。

私生子、外表出众、能力卓越、与众多名媛私交甚密……有关他的每一样都是爆点，江旗亭打从出场之初就很不低调。比起踏实稳重、循规蹈矩的江陵，他俨然一颗锋芒毕露的新星，一升起就遮蔽了江陵的所有光芒。

江老爷子在商场上混得久了，为人十分诡谲，做事从不显山露水，外人很难揣测两个儿子中他更偏爱哪一个。早有人传言，江老爷子曾经放话，谁有本事，他就把家业留给谁。

本就没有多深厚的兄弟感情，庞大家产是无法抗拒的诱惑，江家两位少爷为了继承人的位置,明面和睦,暗里争斗,早就已经不是什么新闻。

豪门历来秘辛多，江家的这么点秘辛，人人皆知，连我都知，不知还能不能算作秘辛。

不过，我今天也算领教了新的传奇——

江旗亭他，居然想撬他大哥的墙脚。

身为那块可怜的墙脚，那块被人错认的墙脚，我感觉自己像是误打误撞得知了什么不得了的八卦。争夺家产还不止，原来江家兄弟间的不睦都已经到抢女友的地步了。

我默默搂稳了怀中的虞美人，望着江旗亭不知该怎么开口说明。他俯身立在我身前，长指搭着我的眼镜桥，他笑得这么邪魅，这么志在必得，仿佛对撬他大哥墙脚这件事情很有信心。

不愧是声名在外的撩妹狂魔，在下佩服。

佩服归佩服，正义如我，不得不用实情打击他：“你嫂嫂不会不当你嫂嫂，因为你面前的并不是你嫂嫂，你真正的嫂嫂应该不知道你这个危险的想法。”我拗口地说，“那个啥，你好像搞错了，我和江大少没有关系，我只是来打工的……”

我气不喘地说着，还没解释完，熟悉的门锁被扭开的声响今二度传来，我唯有暂停，和江旗亭不约而同地望向大门口。

这回推门而入的人换成了江陵，他身旁带了一名相貌出挑的女子，唔，我看着有些眼熟。

他们回来的时机恰好，我可以省下一大段费事的说明。

也无须再费唇舌和江旗亭澄清了，江陵和女友的归来就是最好的佐证。

江旗亭愣了半秒，看了一眼亭亭玉立地站在江陵身旁的女人，再看了看我，眼中充满难以置信。迅速明白过来是自己搞错了对象，他微恼的瞪视落在我脸上。我心想关我什么事啊，瞪我干吗，脸板得一派公正贤明，不说话也不看他。他不是滋味地直起腰，同时手臂也僵硬地收了回去。

江陵看到江旗亭在场，貌似也感到相当惊讶，看样子江旗亭不常出现在这个家。

一时间无人作声。

此乃别人的家庭内部矛盾，事不关我，我一只手揽住花束，单手摘下眼镜，挨着衣角擦了擦，然后重新戴好。

我做这套动作的时候，江陵带回来的那名女子由头到尾都在目不转睛地盯着我瞧，很难描述那是一种什么样的眼神，我敏锐地接收到了一丝若有若无的敌意。

一开始我还以为只是单纯的同性相斥，不放在心上，直至我修剪完花梗，找到地方将虞美人插好，洗干净手从那名女子身边经过，她主动开口叫住我，我才恍然认出她来。

原来不是同性相斥，是积怨已久。

“宋野火。”她喊了一声我的全名，问，“你为什么会来这儿？”

“我来帮江太太翻修花园。”我说。纵然认出了她，我还是好脾气地给她答疑解惑。

“翻修花园？”她对我的答案持怀疑态度，开始仔细打量我的装扮，刚刚才阴冷地直呼我姓名的她，这一刻好像全然变了个人，红唇弯起，语气听上去像是赞赏，“穿 Vanessa 的裙子来翻修花园，学妹还真舍得下本。”

她扭头问江陵：“你们这儿是不是还有未婚男士？”得到江陵肯定的回答后，她却又说，“我忘了，似乎已婚也不要紧，别人不介意。”

一段话说得并不指名道姓，她一定是含沙射影派的传人，功力才会如此炉火纯青。

她在暗讽我。别的不敢说，这点自知之明我还是有的。

唔，她让我很难办。

江太太是我的客户，换言之，是我的上帝，上帝的准儿媳明目张胆地向我泼脏水，我忍还是不忍？话说回来，我连江旗亭肢体上的调戏都忍了，准儿媳言语上的污蔑，似乎也没什么不能忍的。

只不过这起单子，我要加收两倍价钱。

这么一思定，我的心顿时舒坦多了。该配合她演出的我演视而不见，我从沙发拎起包包，捡起散落在旁的图纸，没什么情绪地说：“我先走了，你们慢慢聊。”

我将东西收拾整齐，头也不回，只想赶紧离开这片是非之地。快步走向玄关的时候，我忽然听见身后传来一声忍俊不禁的低笑。

后来，江旗亭告诉我，他对我产生兴趣就是这个时刻。他说，我看起来就不像一个能忍气吞声的人，他没想到我真的能忍下去了，我说这不都是为了那么点钱嘛。

这是我和江旗亭在一起后的对话。事发当时，他这声笑让我大为光火。

他笑得仿佛我是个打不过就跑的懦夫。

我气恼地回眸，目光隔着大半厅堂，撞入一双轻佻多情的眼，他在笑，眼眸像是渗进了星光，如同一个玩腻了所有事物的小孩终于找到了一件感兴趣的玩具。

江陵给他介绍：“阿亭，这是筠骊。”

“李小姐认识刚才的女孩？”

“认识。”李筠骊说，“我学校的一位学妹，风评向来不大好。”

我也是无话可说了，我手指搭在门把上，人都还没走出门呢，这一家子就已然当我不存在了。

江旗亭饶有兴趣地追问：“怎么说？”

“还能怎么说？像她那种普通家庭出身的女孩，仗着自己长得不错，一天到晚在外头招摇，无非就是想钓个条件好点的金龟婿呗。”李筠骊自成一套理论体系，“如果不是被有钱男人养着，她一个穷学生能开得起那么好的车，戴得起爱彼皇家橡树？”

我不是浮夸的人，开去学校上课的也只是一辆勉强过得去的蓝白格，比起堂哥那个大学时就开着古董老爷车去医大，高调接郑续外出兜风的狂人，我就好比一朵开在深谷里的小野花，那么低调，那么与世无争，没想到还是在学校里引起了轩然大波。

其实也没有什么轩然大波好引起，如果不是李筠骊添油加醋的抹黑。由于云叙环这个二次元少女热爱 cosplay 的缘故，我大学期间曾陪她拍过几套照片，其中有一套，是我穿着女仆装，在床上翻滚。

这套照片纯属我和云叙环的自娱自乐，类似闺密照，也类似私密照，云叙环定的拍摄主题是“为了让我们老了以后也有年轻时的肉体可供凭吊”，因此，我拍摄时身上穿的布料，呃，并不多……

我和云叙环从一开始就只是想着拍来自己留存，并不打算对外公布。那天的拍摄小组成员都是女生，拍到后面大家都玩疯了，纷纷脱掉节操的外衣，造型越来越搔首弄姿，尺度越来越不忍直视。这么一组照片，从诞生之时起就注定了要永永远远压箱底，永世不得见天日。结果悲剧就悲剧在，云叙环所属的工作室那段时间正好在陆续推出新人，当天参与拍摄的某位工作人员弄错了，以为我也是工作室即将推出的新人，小手一抖，就将我的照片贴到了他们的微博官号上面。

第二天我就在学校论坛看见了我的女仆装床照。

我的内心是崩溃的。

更让我崩溃的是，上传照片的楼主还配了一列硕大的标题，“人不可貌相！女神？抑或是女仆？致命诱惑！ D 杯校花不为人知的私生活！”，断句抑扬顿挫，层层设问的语气引人入胜，文采飞扬，相当具有吸引力。

我当时就是被这不健康的标题吸引，怀着兴奋的心情点进帖子，最后，怀着自尽的心情退了出来。

致命诱惑，果然致命。我想死的心都有了。

唯一值得庆幸的是，当时贴出照片的那位妹子只是想做个预告，照片只发了一张，为了保持新人的神秘感，她特地把我的脸部模糊处理了，实属不幸中的万幸。半个小时后所有包含这张照片的帖子全都遭到了强力删除。有一个殿堂级的黑客堂哥，处理起这种事情总是特别便利。

模糊化的照片看上去隐隐约约是我，但是又不像我，我本人对此事闭口不提，有好事的跑来求证，我也往往都是内心很慌但脸皮高冷地回以一句“无聊”了事。没有实锤，再加上我本人对此事的轻视态度，久而久之，大家也就慢慢地忘记了这一码子事。

只有一个人始终揪住这件事情不肯放——我难缠的李筠骊学姐。

讲真，李大小姐这种“咬定青山不放松”的战斗精神让我很钦佩。照片中我的脸部都模糊得像雾霾天了，她居然还能坚决地一口咬定那就是我，口口声声地说：“正经女孩怎么会去拍那种照片？一看就是用在交友网站上的，没想到我们的野火师妹看上去白白净净，暗地里却这么不自爱……”

在她不断的炒作之下，我感觉自己仿佛成了一个被有钱男人包养的、卖身求荣的女大学生。

我起初极度不理解李筠骊对我的恨意从何而来，那天从江太太的别墅回到宿舍，我越想越糟心，将图纸重重地拍到桌面，跑到苏闰子背后用力地摇她肩膀，一边摇一边干号：“闰土啊，明明我那么用心呵护美人儿们，为什么美人儿们一言不合就恨我啊！”

苏闰子原本正坐在书桌前岁月静好地打游戏，被突然冲过去的我晃得如同筛子上的糠，急忙按住我的手背，配合地侧头回答：“因为你……人美？”

“有可能。”

“胸大？”

“也许是。”

“腿长？”

“两米二。”

“智商高？”

“我也觉得。”

“脸皮厚？”

“去你个大头虾！”

我松手，苏闰子的双脚终于得以着陆。

她索性暂停了游戏，转过身面对着我，好奇地问：“说说看，谁恨你了？”

“看着有点儿眼熟，是我们学校的一个学姐吧？”我回想道，“叫李什么莉，人挺漂亮的。”

“李筠骊？”苏闰子面色惊讶，“你和李筠骊正面对上了？”

我茅塞顿开：“对对，就是叫李筠骊。”

苏闰子古怪地打量着我的神色：“宋宋，你该不会告诉我，你现在才知道李筠骊吧？”

我奇怪：“她是什么名人？”

“好吧。”苏闰子摊手，“难怪人家这么恨你。”

我略惊：“你也知道她恨我？”

苏闰子白了我一眼，忽然就激动地说：“谁不知道？整座美院谁不知道啊！换作是我，我也恨你！”苏闰子的口吻就像我对李筠骊做了什么十恶不赦的坏事，她娓娓道来，“要论名气，她也算是半个名人了吧，毕竟当了两年的美院校花，也拍过几部微电影……”

讲到一半，苏闰子忽然有些欲言又止，查看了半秒我的反应，才继续往下说：“本来嘛，我听说，她是最有可能连任第三年校花的，当时投票结果差不多都要出来了，偏偏你这个新生一来报到，轻轻松松就将人家拉下了校花的宝座，落选的原因还是因为身材不及你有……人家能不恨你吗，人家肯定恨死你了。”

苏闰子长吁短叹地看着我：“多没面子啊，你说是不？”

原来还有这样的原因，关乎面子，唔，我可以理解李筠骊为什么这么讨厌我了。

我替自己伸冤：“冤枉啊大人，我压根就不知道这些玩意儿是怎么评选出来的。”

“网页投票吧。”苏闰子伸了个懒腰，“你没留意？”

我说：“我要是留意，我肯定就主动报名参选了啊。”

“宋宋，我没想到你也在意这些浮名。”苏闰子仿佛看透了我，大失所望的样子。

我悲切地说：“我在意，我当然在意了！你有所不知，竞选校草自古以来就是我的梦想。”

“天亮了，梦醒了，少女哟，请你别再犯傻了。”

我忧伤一叹：“少女哟，你是没见识过小爷年轻时候的英俊帅气啊，校花算什么，话说姐雌雄莫辩那会儿，可都是被校花倒追的命……”

李筱骊大了我两届，我大三那年她已从美院毕业出去，本就不是经常能遇见的人，想着完成江太太这笔单子后，我拿钱走人，和她不会再有什么瓜葛，和江家也不会再有什么瓜葛，我渐渐也就放宽了心。

当做好了以上心理预设的我，看到江旗亭驾着一辆豪华敞篷超跑出现在我宿舍楼下的时候，内心一千匹羊驼欢腾地呼啸而过的心情，凡人不会懂。

当我看到豪华敞篷超跑的车座上摆放了一大束火红玫瑰，而江旗亭打开车门，一边走向我一边摘下太阳眼镜，微笑着和我说“太重，我懒得拿下来了，反正是送给你的，赏脸出去喝杯咖啡？”的时候，内心一千匹羊驼欢腾地呼啸而过每只还都回眸对我邪魅一笑的心情，凡人更是不会懂。

第一天，我视若无睹地直接走过。

接下来好几天，江旗亭每天都会准时出现在我宿舍楼下，变着花样给我送花。

继女仆装事件之后，我红红火火恍恍惚惚地又一次在校内出了名。

不知是不是搭错了某根线，江二少似乎还真的就瞧上我了。

起初我并不打算接受他的追求，江旗亭其人，情场浪荡子一个，花名声大过好名声，他出神入化的撩妹神功，我是亲身领教过的，小女子功力尚浅，不敢奉陪。

我以为像他这样的人，顶多只会坚持三两天，自讨没趣了就会放弃。毕竟天天在众目睽睽之下被妹子无视，对他这种战功彪炳的人来说很没脸面，传出去是会被朋友笑的。不料他却似乎和我杠上了，每天定时定点载着巨型花束出场，在宿舍楼下等上我一个小时，也不纠缠，等着我了就笑笑地和我打声招呼，按惯例告知："花是买给你的，收不收？不收我明天再换个品种试试。"等不着我，时间到了也会按时离开。

风雨不改，就这样过了八天。

三位宿管阿姨，无一例外全部为他沦陷，大有将我捆绑了塞上他跑车的架势，而我居然还能表现得若无其事，我不佩服自己都不行。

这种状态有所改变是在第九天。

那段时间，除了江旗亭对我表露出兴趣之外，还有另外一名汉子对我表了白。汉子是隔壁院系学雕塑的师兄，据闻由于看了我的女仆装照片，对女性体态有了全新的认识，从而启发灵感，创作了一尊名为《牧羊女之死》的雕像作品，作品得了好几项不小的奖，他喜极而泣，逢人就说我是他的缪斯，他别无所愿，只想把我这尊缪斯娶回家，以便雕刻出更完美的作品，获得更高的奖项，赚取更多的小钱钱。

动机如此不纯，我能接受他我一定是被驴踢了脑袋。

这位师兄一开始还算安分，好歹是个学雕刻的艺术家，尊严得有，个性也得有，对我的态度忽冷忽热的，谜一样单方面和我玩起了欲擒故纵，直到江旗亭华丽登场，该师兄才显然不淡定了。

江旗亭给他树立了一个不好的榜样，他见江旗亭载着花等我……慢着，艺术家怎么可以学凡夫俗子没气质地送花，我也不晓得该师兄究竟怎么想的，江旗亭出现在我宿舍楼下的第九天，他挑衅似的站到了江旗亭身旁。那天，江旗亭的车上照例搁了一大束向日葵，而该师兄手中捧了一尊缩小版《牧羊女之死》。

一走出宿舍楼门口就撞上此等阵仗，恕小女子我道行不够，无法不惶恐。

该师兄首先迎上来，脸色腼腆而又不露怯，勇往直前地说：“小火师妹，这是我以你为原型创作的作品，原版放在了柏芽馆展出，这尊小的是我后来按比例雕的，送你。”

我低头看着他捧在手心的雕刻。

这是我第一次这么近距离地欣赏名作《牧羊女之死》，可见刀工入木三分，雕像人物栩栩如生，呃，栩栩如生地刻画了牧羊女中了海妖下的毒，躺在礁石上双目爆瞪，嘴角淌血的一幕。

以我为原型，我是全身心拒绝的。

我心情微妙地小声嘀咕：“这位大兄弟，你仿佛在刻意咒我死啊……”

大兄弟没听见，沉浸在自个儿的艺术气息里无法自拔，自说自话地讲解给我听：“这是一段凄美而悲壮的爱情故事，牧羊女死后，她的爱人愤怒地执起长矛，只身一人出海寻找海妖替她复仇，在海上偶遇了艾格尼丝女巫，女巫说可以赐他神秘力量，帮助他杀死海妖，但代价是取走他对牧羊女的记忆……”

我不得已打断他：“对不起，我想我们真的不适合。”

一旁的江旗亭“呵”地笑了一声。

该师兄愣住，那么牛高马大的一个人，眼圈说红就红了，哆嗦着嘴唇问：“为什么？”

对上他无语凝噎的目光，我被他逼得实在有点儿走投无路，唯有乱扯：“因为，我有喜欢的人了。”

该师兄的视线怒而向江旗亭射去：“是他？”

“是……”吧？

也许艺术家都是感性的，问了却又不让人回答，用力甩头：“不，我不听，小火师妹，你一定不是真心喜欢他，你一定是想气我，报复我前阵子对你的冷漠。”

为了拒绝彻底他，我只得把心一横，下猛药：“谁说我不是真心喜欢他？我就是真心喜欢他，他是我的光我的电我的 super star，我爱他爱得死去活来，我不能没有他。”

该师兄脸色煞白，颤抖着往后站了两步，摇摇欲坠。

江旗亭的应变能力倒是很好，听入了我这番感人肺腑的发言，眼中闪过笑，配合地走到我身边揽住我的肩膀，宣示所有权一般，护着我走向车门，边走边侧首警告该师兄：“听见了？听见了就请你以后不要再来骚扰我的女朋友。”

女朋友什么的……

就这样，江旗亭对我展开攻势的第九天，我为情势所逼，给了他一个名分。

真正和江旗亭确定男女朋友关系又是两个月后的事了。

我也终于明白为什么江旗亭会在名媛圈中那么吃得开。他像只道行高深的公狐狸精，又痞又坏又绅士的气质最为吸引人，他不认真的时候就已经有很多女孩子主动贴上来，更不要说他认真追人的时候。得要有多好的定力才能逃离得掉他的柔情陷阱？

他那么俊，又那么幽默风趣，原谅我，的确存在那么短短一阵，差点把要为四师兄守身如玉的信念抛到了脑后。

曾经有一段时间，我们是真的很要好。

如果没发生大四那件事情的话。

大四临近毕业的那段日子，我半靠自己以前实习攒下的资本，半靠家里资助，在西子堤选好路段，开了一间景观设计工作室，取名“青泥何盘盘”。甫开业就项目不断，忙得天昏地暗的，学校里还有各种各样有关毕业的事项要办，分身乏术，连吃饭都乏术，大概持续一两个月，确实抽不出任何闲暇和江旗亭培养感情。

江旗亭化身外卖小哥来给我送过几次饭，但每次我都是草草吃完，或者吃到一半，手机一响，我马上就又要过境的台风一般赶着外出跟项目了，和他实际待在一块儿的时间少之又少。他也许会感到受人冷落，毕竟是位名花环绕的公子哥，哪里受过这种对待？

被我中途抛下几次之后，渐渐地，他也就不那么热衷给我送饭了。

我能察觉到他这些细微的心态变化，但我连想去哄他都挤不出空闲，一拖再拖，就这样陀螺似的忙到了那一天。

那天上午，沉寂多日的他难得在我上班时间给我打电话，告诉我说，他今晚准备在兰亭三号和朋友开 party。原本柔情似水，天生就适合骗女孩子的嗓音，在那通电话里莫名变得没有情绪，低低地叮嘱我，说："野火，你一定要来。"

我当时正好在和一名客户沟通设计方案，于是口气冷淡地回复："在忙呢，我就不去了，你玩得开心点。"

他静默片刻，没说什么就挂断了电话。

隔了大半座城都能感觉到他的不悦，我对这效果很满意。他以为我不记得那天是他的生日，其实我记得。

我要给他一个惊喜。

想着那天中午就收工，空出下午的时间去一趟美容院，晚上打扮得漂亮一点去让他惊喜惊喜的，结果事不如人愿，临下班了才接到客户电话，反映说与我们合作的施工队用了劣质材料。事出突然，我临时去了施工现场一趟，完了以后又跑了一趟客户家道歉，其间还要与各方沟通确认，等到忙完，已经是夜晚十一点多。

赶去给他庆生勉强来得及，只是去不成美容院，也挑不成礼物了，只好去他爱吃的蛋糕店打包了一份蛋糕切件。他开 party 也一定有蛋糕，只不过，我的心意不能不表，男人有时候很小肚鸡肠，他一定生气了。

一边驾车一边苦想等会儿见到他要怎么负糕请罪，我在深夜的公路车速飙到一百三，一顿急赶慢赶，终于赶在十二点前到达兰亭三号。

他和我在一起后收敛了很多，女人缘依旧有，只是当别的女孩子主动黏上来的时候，他往往都是义正词严地表态“抱歉，我有女朋友了”，拈花惹草这项技能基本荒废。因为我不喜欢烟味，他甚至连烟都戒了，我几乎都要记不起他以前当花花公子时是个什么模样。

今晚算是重温，也算是身临其境地见识了一回。

我从没想过，兰亭三号等着我的会是这番景象。

泳池边上一片狂欢，有人烤肉，有人戏水，有人舞蹈，有人调情，几位我看着还算眼熟的女明星也在现场，放眼望去，波光粼粼的水面，缠绕树枝的彩色小灯，比基尼包裹着的惹火曲线，角落里忘情拥吻的男女……酒精，音乐，灯光，荷尔蒙，欢笑声，放纵且浪荡。原来这就是江旗亭的生日 party。

我脑中闪过一个词：酒池肉林。

好在，我没在这些人中找到他。

衣着整齐，中规中矩地拎着蛋糕盒子出现在这儿的我，就好比一个背着书包上小学的好孩子无意中闯进了成人世界。最先注意到我的是泳池边的几位比基尼女郎，目光不怎么友善地打量了我几眼，交头接耳的声音顺着夜风飘进了我的耳。

“那边站着的好像是江少的小女友？江少不是说她不来，让我们放开玩？”

“这样很扫兴哎……”

“他们不是分手了？是分手了吧，最近江少身边都没怎么见过她……”

“她哪有这么容易放过江少，这女孩儿在学校里的名声不是很好，似乎还流出过艳照，有传言她在缠上江少之前是被富豪包养的……”

“男人嘛，不就图个新鲜。”

随着男性嗓音的加入，议论内容变得更加不堪入耳：“啧啧，这脸蛋，这身材，江小爷识货，我看着都想包养……”

人群爆发出一阵不给面子的窃笑，接着又有女声打趣道：“算了吧，你？你的经济命脉不是被捏在你家老头子手上？人家小姑娘长得就一脸很贵的样子……”

砰！

一只玻璃酒瓶重重地摔向墙面，炸裂出恐怖脆响。

在我抬脚踹飞一只拦路的香槟空瓶后，世界终于安静了。

江旗亭不在这，想必是在主屋里，我目不斜视，笔直地朝主屋大门走去。

刚走进一楼大厅就被一位长相斯文的男人拦下，男人戴一副黑框眼镜，举止很文雅，气质很正派，与外面那群纵情声色的男女相比，他简直就是一股单纯不做作的清流，贪图安静地一个人待在屋里。这张脸经常在江旗亭的朋友圈出现，我认得他，是江旗亭的一位好哥们，同理，他应该也认得我。

男人拦下我，久久没有开口解释缘由。我环视一楼大厅一圈，目之所及的地方，没看见江旗亭的身影，想了一会儿，询问道：“他在二楼？”

男人自然明白我在找谁，沉默半晌，回答：“嗯，在二楼。”

“那我上楼找他。”

我道了声谢，不假思索地抬步走向楼梯口。

不料男人再次将我拦下，摇了摇头，用制止的目光说：“我不建议你现在上去。”

我笑笑从男人侧旁绕开。

“再不上去，他最喜欢吃的蛋糕就要融了。”

如果我没记错，拦下我的男人名叫孙屿泽。当我踏上二楼走道，我终于明白这位孙屿泽孙公子为什么试图不让我上楼，他真是一个天大的好人。

与楼下室外的火热氛围不同，二楼显得古朴而幽静，暖黄色调的壁灯洒满狭长过道，我在铺着暗红羊毛地毯的走道上缓缓走着，脚步声被厚重的地毯吸收干净，我走到江旗亭的房门外，才若有若无地听到一丝人声。

是一道细细喘着的女声，充满了压抑的欢愉。

房门半掩，屋内没有开灯，走道上的壁灯不识时务地照进去，我看清房间里头，大床中央那一对缠绵交颈的鸳鸯。男人背对着我伏在女人身上，丝绸薄被滑落腰间，露出赤裸精壮的上半身。都这种时候了，我居然还有心思发现，男人的肩胛线条很美，随着他富有韵律的进退动作，肩部线条宛如起伏的山峦。女人在他身下如同水中荡漾的浮萍，承受着风吹浪打，娇喘声一声急促过一声，边喘边难耐地摆腰，频频柔情地唤着："阿亭……阿亭……"

阿亭，阿亭。

不是我的阿亭。是江旗亭。

室内气氛火热，我站在门外，浑身冰冷。

连手中提着的蛋糕什么时候掉到了地上都不知。

连他们什么时候发现了我也不知。

也许是在听见了蛋糕掉地的声音后，也许是在事情办完，偃旗息鼓后。我的视力一向很好，这一刻却只觉得眼前像被蒙了纱，想看什么都看不清，暖黄色的灯光朦朦胧胧，我隐约看见一条瘦长人影从床上奔下，心急火燎地从地板上捞起一条短裤套好，紧接着，慌不择路地朝我冲了过来。

然后就是我的手腕被人死死握住，对方的声音噎在了喉咙里，久久才艰难地挤出："野火……"

等我眼前的白雾散去，我看到的是江旗亭站在了我的面前。他眼眶赤红，脸色却白得吓人。仅仅一条黑色短裤怎么遮掩得住别人在他身上留下的情欲印记，他的胸膛，他的腰腹烙满了深深浅浅的口红印，挺好看的一款色号，我看着却只觉得刺眼无比。战况之激烈不言而喻。

这副模样的他我从来没见过。

他实在有些狼狈。

他低眸看了一眼掉在地上，从盒子里滚了出来的蛋糕切件，面色更白了几分，拉着我的手，嗓音艰涩地又喊了一声："野火……"

这时我仍能保持平静地说："你放开我。"

他手劲松了松，最终非但不放，反而更加用力握紧。

"野火，你听我解释。"

很好，他这是听不懂人话了。

我对他仅剩的耐心在说完上一句话就已然全部耗尽，他做了这种事情，他竟还敢拉住我，他竟还敢让我听他解释！

我怒从心起，反手一挣甩开他："叫你放开我！"

他身躯僵住："野火，我……"他喊着我的名，带着哀求的口吻，手伸过来，再度不依不饶地轻轻拉住我的手，"我今晚一直在等你，我一直都希望你能来……"

我不再挣开，面无表情地垂眸，望着他的手。

"你再碰我一下，你信不信我卸了你这只手？"

好言相劝再多都抵不过一句暴力威胁，人总会惜命，我的武力值与我的怒气值让他相信我会说到做到，他手掌震了震，最终依我所愿地松开了我。

他的肉搏对象慢慢悠悠地从房间里头走了出来。我以为正常情况下，小三被原配捉奸在床，多多少少都该有一点不敢见人的心理，正常套路应该是她拉高被子盖住头，以防原配冲上去揪她头发掴她脸。这位小三妹子很有特色，江旗亭都被我的凶狠镇住了，她居然还敢光明磊落地在我面前露脸，如此独特，难怪江旗亭会为了她而背叛我。

她裸着双足，踩在羊毛地毯上悄无声息地行走，如同一只高贵优雅的波斯猫，她没有掺到我和江旗亭之间，走到房门口就停下了，款腰一摆，慵懒地靠住门框，身上松松地裹着被单，一扯就开，极具诱惑意味。

“阿亭，回来。”

刚经历过云雨的女嗓柔媚入骨，催促着江旗亭。

在她眼中，我大概和地上砸了个稀巴烂的蛋糕无异，不值一提。

我眼睛眯了眯。

借廊灯昏暗的灯光，我此刻终于得以看清这位给我戴了绿帽子的女人是谁。她生了一张迷人的脸蛋，一双勾人的桃花眼……竟是李锈骊。

这真是个跌宕起伏的夜晚，我撞见我的男友出轨了，对象是他的准嫂嫂，我都替他感到刺激。

捕捉到我眼中的不屑，江旗亭眸光黯了黯。

“野火，你听我说……”

“阿亭，别忘了什么对你才是最重要的。”李锈骊不轻不重地提醒。

江旗亭原本好似要和我说什么，李锈骊一出声，他的话音顿时全部消掉，眼睛黑得像无底洞，唇瓣半滴血色也不剩。他看着我，眼底掠过一丝类似痛苦挣扎的神色，过了大约一分钟，他才目光幽暗地重新开口，这一次，我听到了他的道歉，以及解释。

“野火，对不起。”他说，“锈骊的父亲能帮到我。”

重要，原来李锈骊说的“重要”是这个意思。他有和江陵争夺家业的野心我是知道的，他这么多年一直在为自己招兵买马、笼络资源我也是知道的，李锈骊是有钱人家的女儿，他认为李锈骊的家世背景能帮助到他，而我不能。

所以他才做出了这种事。

不是因为这些天受到了我的冷落，控制不住寂寞而另寻温暖，而是由头到尾，他心中都在暗自计量。比起他争夺江家继承人这份大业，我宋野火在他心中，大概一文不值。

我忽然就觉得好笑，嘲讽地望着他："江旗亭啊江旗亭，你知不知道我是谁？"

我这话听起来或许口气很大，但如果他认为李筠骊那样的家境就能帮助到他，那我身为宋瑞棠的亲孙，宋复山的独女，我为什么没有这个底气？

我从来不爱和旁人主动提起我家里的事情，一是不想让人觉得我是个活在父母庇荫下的富二代，这些年"富二代"这三个字包含的意味总归不太友好；二是宋家声名太大，不是没被人别有用心地接近过，那种体验很糟。以前还没谈恋爱的时候，我就曾矫情地想过，我想着如果有一天，如果有一个人看上了我，那我希望他看上的纯粹只是我这个人，和其他无关，和我是谁家女儿无关。多讽刺，到头来却恰恰因为我这份坚持而断送了我的恋情。

江旗亭的声音在狭长过道中幽幽响起："我当然知道你很优秀，作为设计圈的新秀，你的名声，你的才华，足以让你在业内过得比很多人都好，但是野火，这不够，这离我所需要的能量还远远不够。"壁灯幽暗，他双眸黑沉沉的，唇瓣抿得煞白。

他所需要的能量，大概是像李筠骊背后的财团这样的，强大有力，能将他推向太子之位。

他以为我仅仅是一个靠自己白手起家的设计师。

我笑了："我明白了，不好意思，今晚是我打扰了你们。"

非礼勿视非礼勿视，此刻面容苍白地立在我面前的他，单纯只是一个半裸的，穿着短裤的，出轨的，被前女友捉奸在床的不忠男子，哪里还有什么值得我留恋？

我该回去了。

回去的路我认得，只是在转身的时候身形晃了晃，不能如我所想地利落潇洒。

"野……"

江旗亭伸手想扶住我，手伸到了一半却静止在半空，不敢再往前。他记得我的警告，这很好。

我回眸冲他真诚一笑："恭喜你如愿。祝你们长长久久，百年好合。"

那晚的事情就像一场不美好的梦境，梦醒后我不曾对任何人说起，我依旧为工作室的事忙得晕头转向，依旧学业事业两边奔跑，日子照常轮转，一切看起来似乎并无不同，直到十二月二十五日，这个满世界爱侣都在狂撒狗粮的日子，媒体拍到江旗亭和李筠骊在餐厅共进晚餐，第二天曝出，众人才愕然得知原来我被劈腿了。

紧接下来，关心的电话不断，八卦的电话不断，我一个也没接，也没再出门。

我避世了三天，在家躲了三天。

老爸老妈很担心，怕我闷在家里会出问题，特地搬出老太爷，让我去永安寺一趟。

那是十二月二十九日的夜晚。

天有小雪。

或许寺庙真的有一种让人心神宁静的力量，那一晚，是事发以来我第一次接听电话，我的闺中密友云叙环打来的，调整好的我，终于可以一如往常地和云叙环说笑。

我撑着油纸伞，沿着永安寺外的青石板街慢慢地走，庙墙朱红，白梅清冷，我的手腕突然被人握住，毫无预警地将我扯进了巷子里去。

雪下得那么冷，老街深巷那么安静。

一转身，就是他。

第八章

酒量这种东西真是耐人寻味，已很久都没试过醉倒是什么滋味的我，这次居然在叶眉的喜宴上喝醉了。

我什么时候昏睡过去的我不记得了，努力回想，能勉强记起几段模模糊糊如同黑白影片的片段，一段是我坐在关峄的车里絮絮叨叨地讲故事给他听，一段是我靠着椅背半梦半醒，醉意重得我睁不开眼，有人脱下西装外套动作轻柔地盖到我身上，一段是我被人打横抱在怀里，穿行过一座明式园林风格的庭院，一段是我昏昏沉沉地从床上爬起来，摸到岛台找水喝……

最后的记忆，是我喝完了水，没力气再回到床上了，索性滑坐下来挨着岛台柜门，脑袋一偏，继续睡得不省人事。

然后就到了现在，我在大床中央醒来。

时值半夜，室内没有开灯，睁开眼首先看到的是一片浓郁的漆黑，我搂着被子从床上坐起，窗页开了一条巴掌宽的小缝，偶有夜风从窗户缝隙中游鱼一般灵巧地钻入，将窗帘边角吹成翻卷的浪花。窗外月光皎洁，庭树暗影婆娑。

等我的眼睛逐渐适应了室内微弱的光线，我发现这是一间宽敞的卧室，装潢清雅古典，家具多为名贵红木，古色古香，十分具有格调。

全然陌生的环境，不是我家。

我茫然地抱着被子，有些蒙，不过很快就不蒙了。

我看见了关峄。

他坐在离床不远的一把明式圈椅上，手肘支着旁边配套的茶几，双眼闭着，呼吸均匀，状似熟睡。卧室里头唯一的光源就只有窗外泻进的月光，不是很明亮，但这一刻我的视力出奇的好。我目光贪婪地滑过他的眉眼，他的薄唇，他的喉结……这个男人，除去在外西装革履的精英气，身处古朴厚重的空间中，清俊斯文得就像一幅经年累月的古画。

气质禁欲得引人犯罪。

沉睡中的美男，等于失去了反抗力的美男，等于我对他做什么他都不会知晓的美男，此乃天赐我的良机。我深思熟虑地思考了小半晌，最终，下定决心，做贼似的轻手轻脚推开被子。

窗外透入一丝光，我轻手轻脚地下了地，怕会发出不必要的声响，连摆好在地上的棉拖鞋都不敢穿，赤裸着双足，活像毛贼入室一样轻悄悄地摸到他面前。

心情激昂得活像长夜奔袭敌营的骑兵。

我想过的，小女生一般含羞带臊地偷亲完就跑不是我宋野火的风格，我火爷是要做大事的人。偷亲这一难倒了无数武林先辈的大招，心法在于“偷”，招法在于“亲”，关键在于动作要快，姿势要帅。

他坐着，我站着，把以上要诀在心中笼统地过了一遍，我深吸一口气，一鼓作气，弯腰，右手搭上他侧旁的茶几，将自个儿的脸猛地送到与他面部平齐的高度。

我与他之间只剩一个呼吸的距离。

这个几乎只要我一眨眼就能扫到他眼睫毛的距离，他身上的味道变得清晰可闻，一种沐浴过后的干净气息，清清淡淡，带着冷香，不知为何却让我的脸颊莫名燥热，我感觉自己此刻又像是个正在垂涎唐僧的妖精。

凝视了半天，圣僧的每一块肉看起来都很好吃，我却不知该从哪里下口才好。

最终只得先放他一马地退开。

我站直腰，想了想又觉得不甘心。月亮悄然西移，他脸上氤氲着玉石般的淡淡光泽。吃不成大块肉，还是可以吃点肉渣的，我伸出手，抱着不能亏本的心态轻轻捏了一下他的耳垂，布料的阻隔影响了触感，我才发现我身上睡衣的袖子长得夸张，于是唱戏似的抖了抖袖子，把袖口抖到手腕边，再重复捏了一下他的耳垂，这回触摸到的是冰冰凉凉的温度。

担心他就这样睡在这儿会着凉，我看了看四周，打算去柜子里帮他取条毛毯。

几乎在我迈出第一步的瞬间他就睁开了双眼。

“地板冰，穿好鞋子。”

低沉的嗓音在昏黑的空间内响起，我的心跳登时漏了一拍，愣在原地，三魂不见七魄地望着他，半天才从喉咙里艰难地挤出一句：“你什么时候醒的？”

“你掀开被子的时候。”

他注视着我，眼神清明，半点儿也没有刚从睡梦中醒来的样子。

呃，我掀开被子的时候，那他岂不是把一切都……

我的脸皮突然有点儿辣，心虚也不是，羞涩也不是。房内突然响起嗒的一声脆响，像是按下了什么开关，应声而至的，是充盈室内的暖黄色调的灯光。我这才看见他搁手肘的那张茶几上立了一盏工笔花鸟绢纱灯，造型相当雅致，但是我没有时间好好欣赏，他接下来的一句话让我无比费神。

他说：“人说酒能壮胆，看来并不是。”

我说：“啊？”

他随手调整了一下绢纱台灯的灯罩角度，光线好像亮了一些。只开了这一盏灯，昏黄的灯光不足以将偌大的寝室全部照亮，我们所处的这一小圈区域以外，博古架上的古董摆件，瓷凳上的罗汉松盆栽等一切事物都化作影子在黑夜中潜伏。

他抬睫静静地看着我，眼中的意味很复杂："要不就是你的酒醒了。"声音很低，语气听起来像遗憾的叹息。

他有什么好遗憾的啊！

我仰头望着天花板，假装什么事情都没发生过，说："这位兄台，我听不懂你在说什么。"好在纱灯昏黄，我双颊的暗红相信他也看不出来。

既然他醒了，我也不用再费事去拿毛毯了，重新退坐回床沿。刚才一心奔向男色不觉得有什么，现在这样慢吞吞地退着走，才感觉到裤腿十分绊脚。我坐在床沿边上，借着昏暗的灯光，这才看清我身上穿的是一套男款睡衣，灰白格纹，尺寸比我的身材大了两倍不止。

我勉强保持冷静地将袖口折好，勉强保持冷静地将裤腿也折好，心中暗自梳理了一下这一切是怎么发生的，不语地沉默了整整一分钟，发现还是有很多疑点需要向他请教。

我盘腿坐在床沿边，尽量宠辱不惊地开口："这儿是？"

"我家。"

"客房？"

"我的卧室。"

原来我占了他的大床，难怪他要屈尊坐在圈椅上睡。

我在心中默念了两遍"宠辱不惊宠辱不惊"，告诫自己就算皇上让出了他的龙床，我也要稳住一颗平常心。我的手指默默揉着睡衣的衣角，隐约在衣料上闻到一丝若有若无的檀木香，片刻，我支支吾吾地问："我身上的衣服……"

他很快听懂我的意思，答道："家母帮你换的。"

我应了一声"好"，称赞道："你们家真贴心，还备了新的睡衣给客人。”

“的确备有新的，不过你穿的那套是我的。”

“为什么啊！”

他挑了挑眉：“嫌弃？”

我说：“才没有。”

他又不是不知道我对他的小心思，怎么会是嫌弃，说是窃喜还差不多。他的睡衣套在我身上，四舍五入就是肌肤相亲，亲密得让人难免浮想联翩……我拍了拍脸颊，重复默念“宠辱不惊”四个字，语速快得像念经，竭力控制不让自己的思绪往奇怪的方向发展。

手心捂住脸皮，我才记起我白天去参加叶眉的婚宴是化了妆的，而此刻我在我脸上摸不到任何脂粉的痕迹。

我搁下手，硬着头皮继续问他：“我的妆……”

他答：“家母帮你卸的。”

又是帮我换衣服又是帮我卸妆，我不得不感慨余羡君女士之多才多艺。不仅我脸上的妆被她仔细卸干净了，我身上也没有半分醉酒后黏腻的感觉，我有些过意不去地说：“麻烦你妈妈这么多怎么好意思？她还帮我擦身了吧？”

“我帮你擦的。”

他的语气平缓如常，然而不知是不是因为他就坐在绢纱灯一侧，多了暖黄灯光映照的缘故，我闻言惊愕地抬眸朝他看过去的时候，正好看见他眼底似有火光幽亮。

我仿佛听见脑中炸开一道惊天响雷，炸得我的双颊顿时烧了起来，也无法再维持住心平气和的盘腿坐姿，我浑身一抖，险些从床沿滚了下去，好不容易稳住身势坐好，我不敢置信地瞪着他。

“你……你……”

他郑重地点头：“嗯，我会负责。”眼眸深深地凝视着我，“你还有什么想问？”

心潮风急浪涌的，我听见我的声音居然还算淡定："有，我的故事讲到哪里了？"

他笑了一下："讲到你的毕业典礼，同学问你男朋友怎么不到场，你面无表情地回答说'男友撞车挂了，坟头草已三尺高'。"

那也就是讲完了。

他声线低冷，重复我说过的话，模拟不出我当时的那份冷酷无情，清淡的语气反倒显得这件事情无关紧要。说完他就起了身，走到岛台边取出一只杯子倒水喝。我调整好姿势坐在床沿，双手撑着被面，双腿垂下去有一下没一下地晃荡，专注地盯着绢纱灯罩上的图案，工笔勾勒出来的花与鸟都十分趣致。

沉默了一小会，我仍然不看他，弯了弯嘴角，问："我以前是不是很没眼光？"

他没有马上回答，深夜的卧室里传来他往杯子里倒水的声响，那是一种不急不缓的节律。过了两秒，倒水的声音停下，又静了两秒，我才听见他说："你那时年纪小，误入歧途无可厚非。"沉嗓低柔，是在安抚我。

误入歧途什么的……

他这用词真是不错。如果不是在叶眉的婚宴上重遇江旗亭，我原本都已不太能够记起他长什么样子。分了手的前男友泼出去的水，我本就是快刀斩乱麻的性格，我说的那句祝福他和李筠骊长长久久、百年好合绝不是气话。不要脸的人，他们本来就很配。

歧途歧途，幸好我尚未深入，就已折返。

我视线回到他脸上，他身处绢纱灯的灯光勉强能铺镀的边缘，不知是不是因为我刚才盯着光源看久了，现在看暗处的他，一时看不清他的轮廓。

看不清，有些话反而更加容易说出口。

借着黑夜的掩护，我小声地说：“我现在回归正道了，但是正道貌似还没通车啊……”想起醉倒前的某件事，我幽幽然叹了一口气，倍感冤枉，“你说我没答应你的追求，是你没答应我的追求吧？”

花了一点时间让视力适应光线，他的身影由朦胧逐渐过渡为清晰。他背靠岛台，右手握着一只玻璃水杯，听入我的话后，微不可察地点了一下头，眉心蹙起，看似苦思：“很好，原来我给人当了一天的免费司机，又给人当了一晚的免费保姆。”

我偏着脑袋：“什么意思？”

夜很静谧，绢纱灯罩透露出来的暖黄色灯光也很静谧，没人说话的时候，室内只有窗帘被风吹动的声音，这理应是一个让人心境平和的夜晚，然而，他的神色却似乎有些不悦。

他说：“十九，不是随便什么人都能让我出卖劳力的。”

我点点头，赞同道：“那当然，你的身价这么高。”不太明白他的用意，我问，“怎么突然说这个？”

他看着我，眉头越皱越深，仿佛遇到了什么连他都解决不了的难题，口吻冷肃地问：“你以为，你现在能穿着我的睡衣，舒舒服服地占了我的大床的原因是什么？”

我一听，顿时羞愧难当：“我也没想到我这次这么容易就喝醉……”

他无言地喝了一口水，投向我的眼神变得有些复杂难解，我一头雾水地望着他，他眸光幽深地注视了我好久一会儿，末了，无奈浅叹：“除了你的语文不好，我实在想不出还有什么理由可以解释你此刻的迟钝。”

他这是在……人身攻击我？

我晃脚的动作停下，挺直腰，据理力争：“喂喂喂，这位兄台，有话好好说，别随随便便攻击我的文化水平啊。”

他审视着我的表情，蓦地问：“十九，你是不是在装傻？”

我说：“什么？”

他沉吟：“嗯，可能是真傻。”

我呛咳了一下：“这、这位兄台……”

这位兄台不给我任何争辩的机会，斩钉截铁地打断我：“你好好想想，我是什么意思。”

关先生他，今晚着实有些反常。

他说让我好好想想他是什么意思，也不知道是他的思维跳跃得太快，还是我的脑筋转动得太慢，我是真的有点儿跟不上他的思路……他说，他给我当了一天的免费司机，给我当了一晚的免费保姆，我当然心知是他一直在照顾我，他甚至都没有时间好好闭眼睡一下。虽说我从来不是那种需要别人特地费心照顾的女孩，但是只要他在，我不知为何就会感到心安。

从小时候开始，我对他就非常依赖。

而现在他告诉我，不是随便什么人都能让他这么做。这层我也当然清楚，他原本就算不上是那种特别平易近人的人，这样一个人，今晚，守着我睡了大半夜，我身上穿着他的睡衣，我睡着他的大床。

他是什么意思？

他……

心思一动，我蓦然抬头看他。

他的眼眸是比冬夜还要漆黑的颜色，绢纱灯的光芒宛如调皮的精灵，在他眼底跃动成柔和的亮光。夜安静得我能听见窗外盘旋的风声，他自始至终都在一瞬不瞬地盯着我，这一刻，眸中幽光转深。

“看来你是想明白了。”他说。

我的心跳快得就像一百个大汉在不要命地擂鼓，费了好大力气，才能勉强维持住冷静，我坐在床沿，晃着脚板，假装镇定地看着他：“有句诗是怎么念的来着？守得云开见月明？”这真贴合我的心境。

他低笑：“守得云开见月明的，是我。”

他揉了揉额角，看上去松了口气的样子，低缓地说：“我看你跟在我身后追逐，也没什么不好，反正你精力旺盛，我也挺享受的，但是，今天听了你讲的这个故事……”他顿了顿，“嗯”了一声，沉思，“我认为我还是有必要感到危机。”

他轻叹：“小师妹原来这么容易就被人拐跑。”

拐、拐跑……

我的心头忽然涌上一股心虚，然而转念一想，我心虚个什么劲，我应该理直气壮才对。

我说：“你不告而别这么久，我变心也很正常啊。”

他扬眉：“变心？”

“呃。”我噎了噎。

“我以为你是重逢后才折服于我，没想到你……”我的“变心”二字似乎取悦了他，他眼中掠过深深的笑意，说，“十九，你那时还很小。”

我恼羞成怒：“年纪小就不能喜欢你了？”

“能。”

他注视着我，眸光柔和。

“十九，我很高兴。”

“就算变心也没有关系，大不了……”他一顿，简短有力地续道，“我让你变回来。”

变回来什么的，他不知道，其实我老早就变回来了……

我欲言又止地望着他，他倒了一杯水，走过来递给我，在我身旁坐下，语气平常地开口：“我送你回过一趟家了，林伯母开的门，她说你爸爸出差了，她正赶着出门去拍夜戏，家里没人照顾你，让我把你带回来。”

我双手捧着水杯，温度不冷不热，刚好可以喝。

我边喝水边思考，喝了几口，放下，奇怪地说：“不可能吧？今早出门前我还看到老爸好好在家，怎么会突然出差？还有老妈的戏，前不久才刚杀青了一部，新的又还没开机，她哪有什么夜戏可拍？就算他们俩真的不在家……”

我感到非常可疑：“我家里还有阿姨啊，阿姨可以照顾我。”

“是吗？”他笑了笑。

我忽然就明白了什么。

顿时就有点无地自容，我喝了一口温水，硬着头皮解释：“呃，那个，我妈是个颜控。”

他点头：“上次我约你去岑溪公馆，伯母是不是也认为那是一场相亲？她怎么说？”

“她没怎么说，倒是我和她说了，我爱你爱得山崩地裂海枯石烂，这辈子非你不可，她要是敢阻拦，我就咚的一声从西子堤上跳下去。”我面色悲壮。

他唇畔扯出一丝笑，示意我继续往下说。

我说：“她当时怀疑我脑子有毛病，怀疑我眼睛也有毛病。”

“伯母不喜欢我？”

我一言难尽地望着他：“当时传言里你长得像颗马铃薯一样，她喜欢你才神奇吧？”

“那我今晚也算洗刷了冤名。”他松了口气。

我看他一眼，也是有点不知该说什么才好了。

何止洗刷了冤名，兄台他，今晚简直扬名立万。

他接走我手中的玻璃水杯，问我：“还要不要水？”

我摇头说：“不喝了。”一边说，一边情不自禁地打了个哈欠。

这次我真是喝多了，睡了这么久都依然觉得晕晕沉沉，头昏脑涨。窗外夜色浓稠，室内只有绢纱灯发出微弱的黄光，这儿的氛围是那么适合入睡。心中隐隐有把声音在提醒着我不该这么自然，但还是敌不过海潮一般袭来的浓重睡意，我揉了揉眼，没什么力气地侧倒在床铺上。

他见我这样，不说什么，从床沿下来，让出位置让我把小腿伸直，看了一下时间，说：“两点四十五分，夜还很长，睡吧。”

他将水杯搁到床头柜面，拉高被子帮我盖好。

他做这个动作的时候，微微弯着腰，长睫敛着，身躯离我很近，灯光从侧面照过来，将他的五官照得既深邃又立体，我困归困，眼皮子半合地盯着他瞧，心中逐渐升起一股类似于心醉神迷的情绪。

我问：“那你呢？你也在这儿睡？”

他失笑：“乱想什么？我到隔壁。”

他帮我把被子掖到下巴，这个瞬间他的脸离我更近几分，眼眸深深，是比冬夜还要幽沉的墨色。一切静谧得就像一个不真实的梦境，我目光迷离地望着他，时光在沉默中流淌，未消的酒意给足了我胆量，我小小吸了一口气。

“那我们现在　　算是怎样？”

话从嘴中溜出，我才发现我的声音比预想中的还要轻，听起来像是不确定的呢喃。

他的眼底有抹亮光一闪而过。

然后让人猝不及防，高大的身躯猛然朝我俯冲下来，他的手掌撑在我的颊侧，不注意压到了我几缕散乱的发丝。他注视着我，嗓音比我的更低更沉：“什么怎样？”他薄唇勾起，刀刻般的五官一下子就凑到了我的眼前，唇瓣离我的不足三厘米，顿了顿，“这样。”

我受惊地屏住呼吸。

这一瞬间，我几乎以为他要吻我。

他离我离得如此之近，不知是我衣物上的还是他身上的淡淡檀木香充盈在我们之间，我的心跳剧烈得仿佛要跳出胸口，我想要看清他此刻脸上的表情，然而离得太近了，无法聚焦，眼皮坚持不住，往下一合，我的目光落在了他的喉结。

他悬宕在我的身体上方，良久没有下一步动作。

我依然不敢自由呼吸。

空气如同绷紧的弦，不知过了多久，我听见他发出一声低低的叹息，下一刻，他做出的选择不是向我靠近，而是撑起身躯，起身退开。

我终于可以看清他脸上的表情，他也正在看我，眸底藏了一丝颇感挫败的微恼，盯着我的唇审视了许久，沉思地自言自语：“怎么办？林伯母将喝醉的你托付给我，说不定是对我的考验。”

“你考虑得太多了。”

这就是他……不敢对我下手的理由？

颜控如我亲娘，在见识过他的真容之后，巴不得给我和他创造独处机会才是真的。

我不知道该说什么才好，默默地拉高被子盖住眼睛，同时也遮住温度逐渐攀升的脸颊，小声嘀咕：“你还不如让我去睡客房。”

透过被子，我再度听见一声似有若无的叹息。

该叹气的是我才对吧，眼见鸭子自己送到嘴边，眼见鸭子跑了，唉。

我幽怨地想着，被子轻软地盖住眼睛，绢纱灯的暖光被隔绝在外，是个极度适合昏睡的好氛围，思维一开始发散，困意就如同海草一般缠上来，将我慢悠悠地拖入睡眠的深海。

我打了个哈欠，眼皮子越来越睁不开。

欲睡未睡之际，我感觉到有一双手将我蒙住脸的被子拉下，动作轻柔地将我额前的乱发拨开，随后，温热的鼻息靠近，极尽克制地落在我的眼睫。

“十九，客人才睡客房。”

“你又不是我的客人。”

一夜无梦，第二天醒来，房间内除了我再也不见别人。我坐起身，抱着被子发了一会儿呆，掏出手机想看现在几点了，刚解锁屏幕，微信图标上冒出一个红圈“1”。

信息是一位被我备注成“我男神我男神”的人发来的：“我出去晨跑，你醒了就出来吃早餐，家里只有阿姨在，有什么需要你可以叫她。”

我动动手指，回了一个“好”。

犹豫了一会儿，我又发了一条过去：“可不可以借用一下你的浴室？”

对方很快回复：“当然。”

我发送了一张“谢圣上”的表情图。

过了几秒他回复：“不用客气，当作自己家就好。”

当作自己家……

我看着这几个字，耳朵有点儿发烫。

我下了床，四周找了一圈，问他：“我的衣服呢？”

“稍等。”

大概[illegible]分钟左右，房门外响起敲门声，进来的是一名身材微胖的中年阿姨，阿姨笑得慈眉善目的，一双眼睛却掩不住好奇地直将我打量，她手中端着一叠折好的衣服，递给我。

“宋小姐，您的衣服送去干洗了，要中午才能送回来，这套是太太给您准备的，按少爷报的尺码，应该合穿。”

我客气地说了一声“谢谢”，起初还没意识到什么，只觉得这位阿姨把“按少爷报的尺码”这几个字说得特别意味深长，直到我随手翻了翻衣服，看到连内衣裤都配置了齐全……

我微笑的嘴角抖了抖。

阿姨的神情很骄傲：“咱们少爷是位科学家，捣鼓的精密仪器多了去，一摸一个准。”

我说：“谢、谢谢您。”

阿姨接着又热情地多说了几句，才喜笑颜开地走了。

剩我一个人捧着一堆衣物，坐在床边惊怔得久久不能回神。

阿姨临走前眼角那一抹“我懂，我什么都懂”的暧昧风情，我要是和她说，我和她的少爷连小手都没牵过几回，她估计打死都不会信。

过了两分钟，某位始作俑者的信息发了过来：“拿到衣服了？”

我回：“……”

“阿姨没说我什么坏话吧？”

“说了……”

“嗯？”

“她说……你从来没带过女孩子回家，也从来没拍过拖……纯情得就像一根刚涮完水的白萝卜……”还让我好好珍惜他，不要伤害他。

他也学我回了一个“……”。

迟了几秒，他才补充：“那是，本人的青春都奉献给了科研事业，不像小师妹，多姿多彩。”

我优哉游哉地打字：“其实还好啦，也没什么多姿多彩的，就是打败了一群不良少年，统领了几个武林帮派，兼且被比较多的男孩子女孩子前仆后继地告白……”

过了足足五分钟之久他才回复：“十九，有空我们谈谈。”

想了想，我把备注姓名改成“我男人我男人”，然后按熄屏幕，将手机丢到一旁，捧着衣物心满意足地走进浴室洗澡去。

洗漱干净出来，座钟的时针刚好摆到上午九点半。关峄妈妈给我准备的是一件宽松款衬衣，大方休闲的风格，不挑身材，也无所谓合不合身，反倒是……内衣的合身与舒适程度让我扎实吃了好大一惊。

我拍拍发烫的脸颊，走出卧室。

白天采光良好，我才看清，这座宅子比我昨夜认知的更要古朴典雅。我拐了好几个转角才走到室外，眼前跃然出现一座占地宽广的古典园林，小桥流水，树木掩映，回首一望，我刚走出的正堂门楣上挂着一面题字牌匾，刻着行云流水的“清嘉堂”三个大字。

没有哪个景观设计师会不喜欢这样的地方，中式园林，总是能将园中事物的美发挥到极致，一草一木均有历史，一山一石皆成文章。关峄说，家里除了阿姨没有别人，我于是不用战战兢兢地惦记着自己的客人身份，可以大方地把整座园子游览。

我沿着婉转曲廊慢慢地走，目之所及处，粉墙黛瓦，堂阔宇深，忽然一道挺拔身影映入眼帘，一名容貌清俊，气质出众的青年站在漆红曲廊底下，穿一件棉麻质地的白衬衫，手中拿着一把大剪子，正弯腰修剪盆栽上的枝叶。

十分赏心悦目的一幕，我胸腔中有什么猛地一撞。

随之升腾起的，是比遇见稀有园子还更要喜悦的情绪。

与他相隔了大约四五米，我缓缓站定。

也许早就发现我了，他转头看我，眼中没有丝毫意外，嘴角勾出一丝浅笑。

“早，宋小姐。”

“早……”我说，对他正在这儿慢条斯理地修剪盆栽感到惊奇，“你不是出去晨跑了？”

他目光回到盆景上，剪断一根多余的树枝，才分神看了我一眼，“现在都几点了？”不等我回答，他抬起手腕看了看表，“我一个小时前跑完回来，去找你的时候你在浴室里，所以没叫你。”

我今早还顺便洗了头发，加上吹干的时间，确实在浴室里待了挺久，看他一身清爽，跑完步回来应该也另外找地方洗浴过了。

占用了他的浴室这么长时间，我有点儿不好意思，正准备开口和他说些什么，碰巧这时他也抬头直直地朝我看了过来，眼中闪过极淡的戏谑。

“十九，你洗澡时唱的那首是什么歌？”

啊？

我想说的话顿时全部噎进了肚子里，花了两秒将他的提问消化，我满脸黑线地瞪视他。

“你……你偷听我洗澡？！”

说好的正人君子呢？

短短一夜，他上道得是不是有点快过头了？

“回房拿换洗的衣服，刚好听见。”他低头继续修剪盆栽，唇畔带了一抹赞赏的微微笑意，评价道，“嗯，还怪好听的。”

“我谢谢你哦。”

我哼的是一首粤语歌，叶师父一家祖籍佛山，平时私下聊天都用粤语，我跟叶眉在一起混久了，勉强懂几句。

被他这么一问，我游园的满怀浪漫有些中断，敛了敛凌乱的思绪，我整理好心情，站在白墙边，五指触摸着墙上精致的漏窗。窗的那一边是精心排布的假山，假山旁点缀着一湖池水，池畔养着几株清雅的素心蜡梅，我透过漏窗欣赏了好一阵子，那种心醉神迷的感觉又回来了。

“没想到市内还保存着这样的地方。”我不可思议地惊叹。

有好几个瞬间，我几乎要产生一种穿越到了古代某位大户人家的私家园林中的错觉。

“知道你会喜欢，不枉我特地开了两个小时车带你过来。”他抬眸笑看了我一眼，目光回到盆景，无比自然地解释，“这儿不算市内了，我们已经出了市区。”

听出了一丝不对头，我讶然问：“这儿不是你家？”

虽说在此之前我从没去过他家，但根据他平时的行踪推断，他应该是住在市区内，君山集团的总部大楼也设在市区，怎么说他都是住在市区里头上下班比较方便。

“是我家。”读出我眼中的疑惑，他修剪着盆栽，不急不慢地解答，“这间宅子是祖业，我平时住市内，周末有空时才会到这边添些人气。”

原来是这样。

我扬了扬眉：“狡兔三窟？”

闻言，他修剪树枝的手势略微一顿，抬眸看我，眼神似笑非笑的，我以为他又要调侃我乱用成语了，谁知他注视了我半晌，末了，缓缓一笑。

“是啊，被你发现了。”

他说："还有几窟，宋小姐什么时候有兴趣，也去发现一下？"

我用"狡兔"这个词语形容他算是形容错了，看他这副胸有成竹，仿佛安然等着猎物自投罗网的自信样子，怎么会是小兔，分明就是豺狼。

我突然就想起了之前笠山研究中心那班男青年说他野兽什么的……

看外表真是不像。

揶揄完我，他已经恢复常态，持稳剪刀继续专注地修剪盆栽，除去嘴角那一抹意犹未尽的浅笑，身着白衬衫，修然立于古典园林中的他，怎么看怎么清风朗月，怎么看怎么温文尔雅。

我只能甩甩头，告诉自己别想太多。

他应该有好长一段时日没来这一"窟"了，这座宅院的许多造景盆栽都呈现出一种无拘无束、自由生长的任性状态，大多是松柏一类植物，越了半个冬天，依然枝繁叶茂得过分，宛如一个个面貌清秀的孩童顶着乱蓬蓬的爆炸头，极度不搭调，我看得手心都痒了起来，只想赶快给它们理个头。

他大概有亲手打理庭院的习惯，看上去十分用心，拿着树枝剪，每剪完一刀就停下一小会，斟酌剪出来的造型，姿态从容闲适，迟迟不动手剪下一刀。这般细火慢熬，修剪出来的植物形态美观是美观，唯一的美中不足就是效率太低了。

我眼看心着急，耐着性子逼自己安静地看了一阵子，无法再袖手旁观，走过去技痒难当地对他说："我来。"

他挑眉无声询问。

从他的眼神中解读出了一丝质疑，我语塞半秒："怀疑我技术啊？"我信心十足地保证，"放心吧老板，我是专业的，剪不好看不要钱。"

他笑了一下，将剪刀交给了我。

我撸起袖子，运气起势，找准角度咔嚓咔嚓几刀下去，干脆利落地剪除掉几根影响美感的小枝，真柏小姑娘终于显露出了清秀的眉目，我蹲低审视了几眼，感觉舒服多了。

这才有心思和他继续聊天：“那你家人呢？住这边还是住市内？”

据我目前所掌握的情报，他是关家这一代的独苗，他的爷爷在几年前去世了，家中除了他，还有父母和奶奶。

他毫不掩饰钦佩地凝视着我刀起刀落，好像才对我的手艺放下心来的样子，回答道：“基本也住市内，比较方便。”

我一边流畅地给真柏小姑娘修剪出婀娜腰身，一边认真回想：“那我真是赶巧了，你妈妈昨晚刚好也来了这边。”对这个片段毫无印象，我想破脑袋，也回忆不起余羡君余伯母长什么模样，只得用感激不尽的语气说，“据说还是她帮我换的衣服，卸的妆，有机会我得好好谢谢她。”

他眉梢微扬：“怎么不见你谢我？”

“谢你什么？”

“谢我……”

他尾音故意拖得又低又长，眼里闪过一抹促狭笑意，言犹未尽地觑着我，“谢我”后面的内容久久不说出口，但是，非常神奇的是，我心神一动，昨晚发生的事情如涨潮般瞬间涌回脑海，我居然就觉得自己能猜到他想表达什么。

衣服是余伯母帮我换的，妆容是余伯母帮我卸的，他做的就只有帮我……

热度骤然爬上脸颊，我停下剪枝动作，双手握着剪刀悬在枝叶上，保持镇定地扭头看他。

不，一定是我想偏了，四师兄不可能是那种人！

刚说服完自己不能轻易怀疑他的高风亮节，就听到他轻轻飘飘地说：“不用谢她。”他口气颇为遗憾地接着说，“就算她不来，我也可以。”

看着含恨无语的我，他笑了：“哪来这么多赶巧？”他有点儿像是不知道该怎么和我解释，担心刺激到我的样子，停顿片刻，才缓慢地往下说，“家母，唔，她昨晚是听阿姨说我带了女孩子回家，专程从市区的家里赶过来的。”

闻言，我双手一抖，不受控制地猛一使力。

咔！

真柏小姑娘的胳膊硬生生被我削掉了半截。

他往前一步捡起断枝，痛心低叹：“败笔，可惜了。”

他挑眉看我：“值得你这么惊讶？”

我呼吸差点窒住：“你说，你妈妈昨晚专程来看我……专程。”

“专不专程，有何区别？”

“当然有区别了，最起码连期待值都不一样！”

我眼尾扫见他手中拎着的断枝，我也知道我无意中毁坏了一棵名贵真柏，但眼下有更着急的事梗在心头，我无暇思考补救方案。

我惴惴不安地握紧手中的树枝剪：“呃，昨晚我都醉成那副六亲不认的鬼样子了，你妈妈对我的印象会不会很差啊？”

他笑：“你现在才来问这个，会不会迟了点？”

听他这么说，我顿时更加忐忑了。

“我昨晚没做出什么出格的事吧？”

我对自己很不放心。

得益于我宋家祖传的好酒量，我真正喝断片的记录少之又少，至于喝醉后我会不会发酒疯……呃，根据不多的已有记录，我只能说我是一个变幻莫测的人。

我上一回醉酒还是在我爷爷的九十大寿宴席，那天不记得是哪位好汉给我爷爷送了一尊玉观音，暂时和别的礼品一同存放在库房里。听老妈亲口讲述，我那天喝醉后，不知突然接通了哪根天线，一个人含着泪光奔到库房，虔诚地对玉观音跪了又拜，还不忘碎碎念地许愿，求观音大士保佑我西行取经斩妖除魔顺顺利利……

我亲娘说，我疯起来谁都拉不住，谁来劝我，我揍谁。

有了那次前车之鉴，我后来喝酒都还算节制，这次醉倒在关家大宅，真不在我的预料范围之内，居然还被他妈妈撞见了，这……

我提心吊胆地望着他。

他漫不经心地把玩着真柏断枝，抬眼看我，卖关子地问："你不记得了？"

"大哥你不要把气氛搞得这么悬疑好不好？求你了。"

他微微一笑："你也没做什么。"

我心头吊着的大石降落到一半，刚想松口气，听到他语气悠然地补充："就是抱着家母大腿，不停倾诉你有多喜欢我，求她成全我们，不要棒打鸳鸯。"

"不、不会吧？"我嗓音都颤抖了。

"为什么不会？"他睇我一眼。

我艰难地咽了咽唾沫，铿锵有力地表明："因为我不是这么没有尊严的女子！"

他扬眉怀疑地注视着我，许久，忍俊不禁地勾起嘴角。

"嗯，确实是我乱编的，你睡得很安分，什么都没有发生。"

我愣了一下，难以置信地瞪他："你逗我？"

他琢磨着我的神色，笑意转深："你的表情，看起来很遗憾？"他拍了拍我的脑袋，转而安慰起我，"没关系，下次喝醉再好好表现。"

他的手劲很轻，如同清风拂过我的发梢，我却被他拍得有些发蒙。

我遗憾？

敢问阁下，你究竟是从哪里看出我遗憾的啊！

我放下剪刀，风风火火地撸高袖子："师兄你过来，我有几招想和你切磋切磋。"

他倒是十分懂得如何帮我灭火，笑意不变："十九，家母对你的印象很好，她看过你的画作和设计，认为你是个富有内涵的斯文人。"

富有内涵……斯文……

这两个词我中意，只是，我看着他，他看着我，我举高的拳头因此变得有些尴尬。

半晌，我放下拳头，将袖子也拉下来，正经八百地清了清嗓子："余伯母看人挺准的，我很欣赏那些通过我的作品就能窥视到我真实内在的人。"

他不说话，目光移向我刚刚剪坏的盆栽作品。

我赶紧说："这盆不算！"

我重新捡起树枝剪，思索着要怎么才能将这盆手误剪坏的真柏盆景给圆回来。

我换了几个角度查看，边找下刀的角度边说："幸好你是骗我的，我要是真的在你妈妈面前发疯，估计我就直接被判出局了。"毕竟按他之前那四位相亲对象的水准，余羡君伯母喜欢的儿媳类型应该是知书识礼型的大家闺秀。

想想也对，大豪门挑媳妇，从来都是要上得了台面的。

他沉默小半刻，说："十九，你似乎意识不到重点，重点不是你表现得怎么样，而是我对你的态度怎么样。"

"你昨晚在我的房间过夜的。"

他笑了笑："家母是明白人，连阿姨都看出了端倪，她会看不出？"

我抬起头，无言以对地看了一会儿风景。

为什么我总隐隐有一种被人设计了的感觉？

虽然这种感觉，说真的，我也不是那么抵触……

他说："正巧，我家老太太今天刚好也在这附近的戏园听戏，家母一早过去陪着了，十九，你要不要跟我也去见一下？"

这是……见家长？

我怔了怔，讶异地抬眸看他。

默默在心中将他的邀请分析了一遍，确定我没会错意，他表达的就是我想的那个意思，我第一反应是："会不会太快了？"

“不快。”他说，“我奶奶……”顿了一下，“可能比较难搞。”

我陷入犹豫，拿捏不准地问他：“时机真的恰当吗？不是我怕羞不敢见人啊，只是……见家长这种大事，最起码得提前准备一下吧。你妈妈喜欢什么？你奶奶喜欢什么？我一点点头绪都没有……”

他好整以暇：“你不用担心，我们家的理念，一直是把我推销出去就好。”

我被他逗笑：“这么凄惨？”

他佯装凝重地点头：“毕竟据说之前家母安排了四次，四次都失败了。”目光落在我的眼睫上，他深情且恳切地凝视着我，“宋小姐，你是第五个，家母已经下了最后通牒，此次只许成功，不许失败。”

我为难地说：“关先生，你给了我一种我正在解救大龄单身男青年的错觉。”

他斜靠着漆红廊柱：“那你到底解救不解救？”

我玩心大起，欢快地说：“求我啊，求我，我就跟你去见家长。”

“哦，忘了告诉你，我带你回涧园过夜的消息已经传到老太太耳里了。人在我家睡了一晚，第二天却不去问候长辈，宋小姐，你觉得，老太太对你会有什么印象？”

我嗅到了一丝阴谋的气息，狐疑地盯着他：“你该不会是故意毁我声誉的吧？”

“怎么会？”他薄唇勾起，微微笑开，“我只想让你名正言顺。”

想要名正言顺，不通过关家老太太这一关还真不行。

戏园子据说就在附近，属于脚程可以到达的范围，和关峄一块儿在涧园用过早餐，我抱着兵来将挡水来土掩的心态，跟他一同步行去戏园子。

由他带路，当刻着“梨花昆曲会馆”这六个毛笔金字的竖匾出现在眼前，离我们走出涧园刚好过去十五分钟。

从外边看，这座戏园子的门面有点儿像古时候的茶楼，雕梁画栋的，檐角下挂着两串随风飘动的大红纸灯笼，门扉半掩，台阶前竖了一块木牌，上面清楚写着每周展演时间和详细曲目。

我想了一下今天周几，对照木牌，发现今儿个并没有戏曲演出。关峄见我临时停下脚步，顺着我的眼色，低眸朝木牌看去一眼，立刻就明白了我在迟疑什么。

“这座戏楼的主人是陈松墨先生，一位昆曲老艺术家，和奶奶是多年至交，前不久听说戏班里原有的一位旦角休产假去了，近期招了一名新的，按惯例，新人登台前陈老都会先找奶奶过来把把关。”他笑了笑，补充，“不过老太太本来也老爱往这边跑就对了。”

原来如此，这儿的负责人和老太太是朋友，怪不得老太太可以自由进入戏馆听戏。

来的路上他并没有向我透露太多关于老太太的事情，只告诉我，他们家老太太年纪大了，身体状况不太好。

为了等会儿可以攒多点印象分，我赶紧抓住机会刺探军情：“你奶奶很爱听戏曲？”

“算是，老人家平时也没什么别的消遣。”

“这样啊……”

我也说不准自己现在的心情是紧张还是暗喜，我的文学水平离谱得可以分分钟逼疯改卷老师，但多亏我有一个专业写剧本的文豪老妈，家中有关戏曲的著作藏了不少，因此，这类书籍我还是潦草地翻过那么几本的。

谈不上精通，不过应该足以让我去班门弄斧一番，这么一想，我忽然就对自己很有信心。

想要博得老太太欢心，首先要懂得投其所好。

我摸着下巴，笑嘻嘻地：“爱听戏曲很好呀，我也爱听，和你奶奶有共同话题。”

他瞅着我，眉梢微扬。

“你，这么高雅？”

“是啊是啊我就是这么高雅的女子！”我冲他张牙舞爪地微笑，“关先生，看来你还不够了解我啊。”

“不错。”他欣赏地点了点头，也不多说别的了，走上台阶推开门页，侧首回眸对我微微一笑，“那就请宋小姐你，务必好好表现。”

这座昆曲会馆分为上下两层，整体呈“回”字型结构，一楼为大堂，二楼为半开放式隔间，由外面进入，绕过雕花精美的屏门，第一眼便可望见前方正中央的戏台。

我们来的时间不算早也不算晚，此时戏台上面布出了水榭亭台，白烟袅绕的场景，灯光笼罩下，两名身穿戏服的旦角正在娓娓唱着。

我和关峄站在一楼最后一排桌椅的后方，隔着整个宽阔的大堂，我仔细听了一阵子，分辨出其中一名旦角好像在唱一句什么“良辰美景奈何天，赏心乐事谁家院”。

相当耳熟的一段唱段，但是我又想不起来具体是什么曲目了，于是不假思索地转头问身边的人：“这是什么戏来着？”

他果然无所不知：“《牡丹亭》。”

我刹那间恍然大悟：“对对，没错，就是《牡丹亭》。”为了证明我的确就是一名对戏曲很了解的高雅女子，我花了五秒钟回想《牡丹亭》的剧情，想好后，我卖弄地说，“《牡丹亭》嘛，就是有一位书生上京赶考，在元宵灯市捡到了一位姑娘遗落的发簪，两人就这样看对眼了，情投意合，恩恩爱爱，但是有一个大官的女儿也看上了书生，想利用她爹的权势，逼书生娶她……”

他淡淡打断我：“你说的应该是《紫钗记》。”

啊？

“《紫钗记》？”我愣了一下，“哦哦，我记错了，是《紫钗记》

啊？”重振好旗鼓，我说，“那《牡丹亭》讲的是一位书生上京赶考，在一座寺庙留宿的时候遇到了一位姑娘，两人就这样看对眼了，情投意合，恩恩爱爱，但是有一个山贼也看上了人家美姑娘，于是率领兵马来围攻寺庙，想抢人家姑娘回去当他的压寨夫人……”

他再次淡淡打断我：“你说的这个应该是《西厢记》。”

什……什么？

我怔住，这不科学啊。

“我又说错了？”

他不应答，只抬手沉默地揉了揉额角。

“哥，你再给我一次机会。”

我一脸严肃地回忆了大半天，思来想去，在心中再三确认好，完后，胸有成竹地开口：“这次准没错了，再错我就自绝经脉！”我豪壮地立下军令状，说，“这《牡丹亭》啊，讲的是一位书生上京赶考，途中下雨，他去一座寺庙躲雨，遇到了一位貌美姑娘，两人就这样看对眼了，情投意合，恩恩爱爱，但是这位姑娘的姥姥是个千年老树妖，这位姑娘也是个妖精，她姥姥命令她杀了书生，采阳补阴……”

他第三次淡淡打断我：“你这回说的应该是《倩女幽魂》。”

他说：“错就错了，不用自绝经脉，我舍不……”他不将话说完，顿住，勾起嘴角，送了我一抹柔和多情的浅笑。

我的内心十分绝望。

我忍不住低低咆哮：“那《牡丹亭》讲的到底是什么鬼啊！”

他气定神闲，缓慢地说：“讲的是一名叫作柳梦梅的书生，某日梦见花园的梅树下立着一位佳人，说同他有缘分……”

“等一下。”这次轮到我打断他了，“为什么书生总是这么多戏啊！”

他想了想：“也许是因为，这些故事都是读书人所写？”

“好吧。”

他的分析仿佛很有道理的样子。

我难免丧气，叹了一声：“唉，我和你奶奶可能没有共同话题了。”

注视着我的落寞的表情，他很是温柔地给予安慰：“不要担心，这个话题聊不来可以聊别的，我奶奶又不是只爱好听戏，她还爱好……”

我猛地抬起头，眼睛发亮：“还爱好什么？”

他略微一顿：“写诗。”

我立刻掉头往外走。

“亲爱的再见，我突然想起我还有事，我先回去了。”

在我转身的刹那他伸出手，眼疾手快地拽住我的胳膊，眸中闪过笑意，学我不正经的说话方式：“亲爱的别逃，丑……”他说到这里，顿住，打量起我的脸，半晌，很识相地将这个“丑”字去掉了，轻笑着更正，“媳妇总得见公婆。”

我总隐隐有一种我会丢城失地得越来越严重的不妙预感，某位师兄他……似乎已经熟练掌握了如何将我吃得死死的秘诀。

他又是“亲爱的”又是“媳妇”又是“公婆”的，每一个词都具有千钧的分量，用他清冷低沉的嗓音说出来，我没有一点点防备，也没有一点点抵抗力，轻而易举就飞了魂。他牵着我的手，我脚步轻浮，踩在楼梯的木板上如同踩的是软绵绵的棉花，等我神智回笼，他已经牵着我走上了二楼。

戏台上隐隐约约唱到了“观之不足由他缱，便赏遍了十二亭台是枉然”这一段，二楼乃贵宾席位，看戏的视野要比一楼开阔许多，相邻两个包厢之间用竹帘隔开，环境布置得十分清幽雅致。

他带我轻车熟路地走向其中一间包厢，在门外停下，低声问我：“准备好了？”

我考虑了半刻，真诚地反问他：“没准备好，你是不是就会放我回家？”

“不会。”

他也很真诚地告诉我。

“那就别、别磨磨蹭蹭的了！”我深呼吸一记，坚定地望着他，“不就是见你家人吗，我庙街十九妹什……什么场面没见过！有什么好怕的，速、速战速决！”

他笑了笑，安抚地低低说了一声“别怕”，牵紧我的手，单手推开包厢门。

戏曲刚好演到小生登场的精彩处，包厢内没有人注意到我们进来了，我下意识环视包厢内部一圈，等看清眼前的境况，我感到有些出乎意料。原以为在包厢里头听戏的是关家老太太和余伯母，没想到不是这样。

包厢内摆放了一张造型古朴的四方桌，桌面搁着一壶茶，几只茶杯，几碟精致的茶点。背对我们，面向戏台，茶桌左侧坐了一位戴老花眼镜的老先生，右侧坐了一位鹤发银丝的老太太。从我站的位置，看不见老太太的容貌，只能看到她穿了一件浅紫暗纹改良旗袍，肩上随意地披了一件月白色披肩，坐姿娴雅，背脊笔直，微微卷曲的满头银丝被剪成了一个云朵般的短发。

老先生应该就是会馆的主人陈松墨大师，老太太的身份也不用多说，然而，我却没有在包厢里面看见符合余羡君伯母这个人设的人。更让我意外的是，老太太的右手边还坐了一名相貌乖巧的年轻女孩。女孩身穿一条桔梗色绣花裙子，及肩荷叶头扎起了上半，用蕾丝带绑了只可爱蝴蝶结。她一边看戏，时不时扭头去和身旁的老太太说话，发现老太太的披肩滑了下来，立刻就伸出手，暖心地拉上去替老太太围好。从我站立的角度望去，女孩微笑的侧脸恬静美好得就像一尊精雕细琢的瓷娃娃。

多看几眼我就认出她了，是上次去笠山找关峄的那名女孩儿，某人失败的四名相亲对象之一，我记得她的名字好像是……许杉奈。

此时许杉奈出现在这儿，举止亲昵地陪着老太太听戏，唔，我越琢磨越觉得有点意思。

最先注意到我们的是那位陈松墨老先生，他坐在椅子上，转身去提起桌面的茶壶，手指搭着壶盖准备给老太太添茶的间隙，不经意地朝门边扫来一眼，镜片后的眼睛猛地一亮。

他笑呵呵地放下茶壶，目光带着轻微的探究从我脸上扫过，打趣地瞅着关峄。

“稀客呀，稀客，瞧瞧这是谁来了？”

闻声，专注听戏的老太太和许杉奈同时回过头来。

见是关峄，两人眼中不约而同地掠过惊喜。

只不过，惊喜的神色并未能维持很久，她们下一瞬间就看见了我，紧接着很快也就看见了我被关峄牵着的手，两人的目光再次不约而同地闪了闪。老太太的脸色我有点把握不准，而许杉奈唇畔的甜美笑花则是明显冻住了。

关峄仿佛察觉不到微妙的气氛变化，牵着我，走到老太太面前才松开，半蹲下高大的身躯，望着老太太，声音低柔：“奶奶，我带野火来见你。”

这句话包含的信息量不少，他说完的瞬间，我瞥见许杉奈瘦弱的身板似乎颤了一颤。

我无暇顾及其他，他一松开对我的牵握，我顿时就局促得连手脚都不晓得往哪儿放，僵硬得像个生锈的机器人，挪动两下脚步，向着老太太，挤出一个礼貌的微笑：“奶奶您好，我是宋野火。”

纵横江湖二十余载，这还是我头一回跟人见家长，私以为，有一咪咪紧张情有可原，表现得不太出色也情有可原，因此，老太太对我的回应异常冷淡也情有可原。

听见我的名字，老太太还没说什么，反倒是陈老先生怔了怔。

“野火？”他惊奇且欢喜地看着我，“瑞棠兄的孙女？”

我面露疑惑，陈老先生端详了我一阵，笑容可掬地解释：“你爷爷偶尔也会来我这儿听戏，每次来都少不了和我提起你，还有你堂哥宋狩之。”

原来是爷爷的旧交。

我乖巧地颔首问候：“陈伯伯好。”

陈老先生赞许地点头，笑眯眯地说：“这声伯伯，倒是把我给生生喊年轻了。”

“我去拿些茶叶。”

他站起身，笑着走出门外。

老先生对我的善意很大程度舒缓了我内心的紧张，我暗自舒出一口气，心神稍稍安定，忽然听见老太太发出了一声冷哼。

“宋家人。”她说了三个字，语气不咸不淡，语义褒贬不明。她打量着我，眼角带了几分犀利，好一会儿，说，“年纪轻轻，媚成这样，这张脸长得倒是像小香玉。”

闻言，我怔住。

“您认识我奶奶？”

“认识，怎么不认识，上海我们这一辈还有哪个不认识你奶奶小香玉？”老太太说。

也许是我敏感了，我隐约感觉到老太太对我说话的口吻……呃，似乎不太友善，特别是在重复“小香玉”这三个字的时候，她的神情含了一丝似有若无的嗤之以鼻，仿佛连提起这个名字都会拉低她的身份。

她打量完我就将视线从我脸上移了开去，看向戏台，端起茶盏，泰然自若地饮了一口茶。

我留意到她的手腕处戴了一只品相上佳的白玉镯子，像她这样的老太太，无疑是雍容典雅的，哪怕上了年纪，举手投足间依然带着几十年养尊处优的华贵之气，旧上海大世家规训出来的女子，仪态天成，单论气质就足以让今天很多豪门千金望尘莫及。

如果我奶奶还在世，大概也是会被我爷爷养成这么一朵富贵人儿的。

我讨好地说："我奶奶过世得早，我也没见过她，您认识她真是太好了，以后有机会可以听您讲一下有关她的故事。"

老太太转头将茶盏搁回桌面，看也不看我："没什么好讲的，我和你奶奶不熟。"

呃……

好吧，看来我是实力演绎了一番什么叫作用热脸去贴人家冷屁股。如果说我前两分钟还在天真地怀疑是不是我自己敏感了，那么当老太太说出这句话，我已经可以百分之一千地确定，关老太太她的的确确就是对我有意见，原因未知，我推测或许和我奶奶有关。

我奶奶总该不会在年轻时候欠她钱了吧……

我想不透，这种情况关峄貌似也没有预料到，他淡淡皱了皱眉，沉默地从老太太膝前站起身。

将这一切安静地纳入眼里的许杉奈，或许也认为老太太的举止不妥当，小小声劝阻地喊了一句："奶奶……"

不给她机会说出更多暖场的言辞，她一开口，老太太立马就将她的话尾截断了："奈奈，你认真看台上的小旦，点评一下她给奶奶听，让奶奶看看你有没有进步。"

老太太面对许杉奈时那和蔼可亲的笑容，和对待我时判若两人。

许杉奈咬了咬唇，看上去不知该怎么缓和气氛才好，掀起眼睫怯怯地看了我一眼，接着看了关峄一眼。老太太等不及，又出声催促了一句："奈奈？"她这才面色为难，细声细语地分析："基本功还是很好的，就是情绪不太能够代入，可能因为初次登台比较紧张……"

许杉奈解析得头头是道，老太太满意地连连点头，两人之间的气氛无比和乐。

我僵站在原地，不得不承认的确有那么点儿尴尬。

插入她们的话题不是，直接退开也不是，我只好假装没领会到老太太刻意的漠视，将视线转向戏台。书生已经和佳人相会了，但我知道，他们要修成正果没这么容易。

心中没来由地涌上一股叹惋，我的脸上应该没有表露出来，这时，左手忽然被人轻轻地握住。

“下次再来看，我带你去附近走走。”关峄斩钉截铁地开口，低眸看我，神色似乎和平时并没有哪里不同，除了眸光深沉了些，嗓音低冷了些。

我微怔地仰头看他。

我又不傻，当然能读懂他眼底藏着的那一抹不悦。他带我来这儿见他奶奶，初衷一定是想让他奶奶接受我，只可惜，出于某些未知原因，老太太明摆着不待见我，这就算了，还当着我和他的面，公然和另一名对他有意思的女孩秀起了恩爱。

这些动作是做给我看的，同时也是在敲击他。老太太的心思不言而喻。

他说带我出去走走，是担心我继续留在这儿会不好受吧?

可他未免也太低估我了，我宋野火，从来不是未战先降的人。

我摇了摇他的手掌，看向戏台，语气欢快地说：“为什么要下次再来看？今天的排演就挺精彩的呀，像《醉翁亭》这种古典文学巨著，我看再多次都不腻的。”

“《牡丹亭》。”他说。

“对，对。”我脸色不改，“男主人公梅梦柳，他真是一位痴情的男子。”

“柳梦梅。”他说。

我真真不是那种未战先降的人，我的原意，是打算在老太太面前卖弄一番才学，看能不能令她对我刮目相看，然而，此刻……老太太的脸色似乎更难看了……

唉。

他牵着我的手，顿了顿，再一次提议：“附近还有几座保存完好的园子，我带你去？”

这次抛出的诱饵，恰恰是我最感兴趣的方面。

想着就算厚着脸皮留在这儿，我应该也不剩多少翻盘的机会了，只好认输地点头答应：“好啊，远不远？”

“不远。”

老太太正在亲切地和许杉奈交谈，居然也能一心二用，听进我和关峄的对话，老人家立刻就不乐意了，扭头看向关峄，眼神透着责备：“上哪儿走去？你这孩子，都多久不来陪奶奶了，来了没两分钟就想着走。”

关峄的表情淡淡的：“您有客人。”

“客人？奈奈算什么客人！”老太太的精气神都很好，讲话声音中气十足，“奈奈是我义妹的外孙女，小时候你佩如姨奶奶带她来我们家小住过一阵，那时你俩还老黏在一块儿玩呢，你该不会不记得？”

“就算你不记得，奈奈前不久才和你在柠园见过面，你总会记得。”老太太态度强势，老顽童一样看着关峄，有些话却是有意讲给我听的，“奈奈可好了，知道你没时间陪我，所以经常山长水远地跑过来陪我听戏，上次去医院复检，也是奈奈陪我一块儿去的。”

关峄的表情终于有所缓和：“您身体怎么样？”

老太太挥挥手，不是很在意地说：“没什么事，好吃好睡。”

许杉奈眉心微蹙地凝视着老太太，犹豫了半秒，转向关峄，担忧地补充：“医生说，血压血糖还是不理想，另外脑血管……”

“别管这些了，哪个年纪大的身体没这么点那么点毛病。”老太太对自己的身体状况倒是看得开，“对了，你们上次……”

关峄直接决定：“下周陪您去医院检查看看。”

“好了好了。”老太太看上去满不在乎的样子，眼角的欣慰笑纹却诚实出卖了她，她神情暧昧地问关峄，“上次你和奈奈一起去看的《风筝误》，好不好看？”

风……风什么误？听这名字，感觉应该是一出戏名。我的心底顿时翻涌上一股难以言说的滋味，他什么时候和许杉奈两人私下一起去看戏曲了？

不等关峄回答，许杉奈急忙脸色羞赧地澄清：“奶奶，关大哥工作忙，我不敢打扰他，让同学陪我去看了。”

“傻孩子，怕什么打扰！”老太太语气中的怜惜多过责怪，“奶奶不是把笠山的地址写给你了，让你去找他？你没去？”

我想起第一次见许杉奈，就是在笠山的实验室外，原来那天她是奉了老太君之命，去邀请关峄一起听戏。看情形，关某人应该拒绝了。许杉奈真是一名替人着想的好姑娘，担心说出实情，关峄会挨老太太批，所以直接说自己没去找他。

许杉奈腼腆地望了关峄一眼，索性抱住老太太的胳膊撒娇：“我有位同学对清代文学很有研究，我想着和他去看，能听听他的见解嘛！”

“你关大哥对各朝各代的文学都很有研究……”老太太说，许杉奈又缠人地摇了她的胳膊两下，漂亮女孩子撒起娇来总是女儿情态十足，老太太才软下心，改口，“罢了，去看了就好，也不算浪费了林教授送我的两张券。”

关峄问老太太：“妈不是也来陪您了？”

“羡君啊，她出去接电话了。”老太太打发地说。

我猜，关峄多半是想找机会岔开话题，只可惜老太太对撮合他和许杉奈异常执着，心不在焉地应付完他，立刻就接着兴致勃勃地和许杉奈说话了。

“你啊。”老太太慈爱地点了一下许杉奈的俏鼻，“你该去笠山看看的，你关大哥我不敢说他性格多好，但能力确实比很多人要强。”老太太变相推销自己的孙儿，自豪之情溢于言表，突然想起了什么，她满心期待地问，“奈奈，你六月份是不是也准备毕业了？”

许杉奈疑惑地点头。

老太太喜上眉梢："我以前好像听你妈妈讲过，你读的也是理工科？"疼宠地拍了拍许杉奈的手背，老太太语重心长地安排道，"依奶奶看，你先不要找工作，毕业后直接来你关大哥的研究中心帮忙，也可以让你关大哥教教你。"

许杉奈脸蛋一红，轻声说："奶奶，关大哥的研究中心里很多都是核心技术，不能随便外教给别人的。"

"还以为你要说什么呢。"老太太忍俊不禁地扑哧一笑，"傻孩子，我们两家人，还分什么外不外人的，你要真这么见外，索性嫁入我们关家得了……"

"奶奶！"许杉奈低声叫嚷，羞赧得连脑袋都不好意思抬起来了，双颊不用多久就被好看的嫣红色染满。

即便她这声"奶奶"已经及时将老太太末尾的话音覆盖掉，老太太的话我也听进了八成，就算没听全，老太太的心思也足够明显了，果然，许杉奈才是她心目中的满分孙媳妇人选。

老太太全程当我是透明人，我便也忠实地扮演起透明人的角色。尊老爱幼一直是我们武林中人的优良传统，我其实也不算是那种特别在意别人看法的人，她老人家开心就好。我插不上话，也不准备插话地杵在这儿，听她和许杉奈亲密无间地聊天，俨然一根成了精的木头。

还好我这根木头精并不孤单，我自始至终都被人牢牢牵着，虽然对缓和眼下情势没什么毛用，我感受到他无言的情绪了，摊上这么一位封建掌权式的固执老太太，哪怕聪明绝顶如关某某，也是一点办法都没有。

我终于明白，为什么他会说他奶奶难搞。

见家长见成我这样，可谓是战得悲壮，败得惨烈。

对当下处境的我来说，余羡君伯母的出场近乎笼罩着祥光。

包厢门口处忽然传来一阵珠子碰撞激出的清越声响，珠帘被人撩开，来人看清包厢内的境况，脚步似乎停顿了一下，接着，我听见一道温柔的女声又惊又喜地问：“宋宋来了？”

我扭头，看见走进包厢的是一名风姿绰约的中年女性，穿一件休闲针织外套，皮肤很白，手中拿着一只屏幕还亮着的手机，照见她的手部皮肤也保养得十分细腻。

也许是我的错觉，看到中年女士出现的这一刻，关峄好像悄悄松了口气。

我也悄悄松了口气。

怎么说呢，这位女性给人的感觉虽不中干也不凌厉，但不知道为什么，就是会给人一种很可靠，很值得信赖的安心感。

关峄简洁明了地给我介绍：“家母。”

我基本也猜到了，酝酿了一上午的问候终于得以说出口：“伯母好。”

我很想表现得乖巧得体，只是，在老太太显然带有偏见的瞪视下，我无论做什么都是枉然，心也是略略有点累，一不绷紧情绪，就控制不住地露出了苦涩的淡笑。

关家人应该都拥有聪明的基因，余伯母肯定也发觉了气氛不对，却不点破，柔柔笑着，和煦地问我：“宋宋，昨晚睡得好不好？”

她的亲切让我抑制不住鼻腔发酸，这是多么温柔可亲的一位女性啊，她的关问有如三月末的春风，暖和地吹拂过我的心田。

我能回应的就只有捣蒜似的点头：“好。”

“这就好。”她放宽心地柔和浅笑，“小峄那张床是古董床，硬邦邦的，我还担心你睡不习惯。”

她状似不经意地随口提起，话说完后，老太太和许杉奈的脸色陡然变了。

我心头一跳，感动的情绪还没完，震惊的情绪迅速压了上来。

那个那个，余羡君伯母她……是不是有意无意透露了什么？

关峄适时应道：“日子长了，总会习惯。”

这也是一句耐人寻味的补充。

老太太的面色很不好看，许杉奈默不作声地转开了脸庞，似乎正在专注地聆听戏台上的表演，只是，那瘦削的背影，怎么看怎么落寞。

我只能僵硬地微笑。

总算明白，为什么关峄见着了余伯母，反应就像见到了救星。这千真万确就是友军，和关峄里应外合，战斗力堪称所向披靡！

只是这么做，也不能让老太太对我改观就是了。

老太太将余伯母招呼到身边："羡君，奈奈快毕业了，回头你看能不能在小峄的研究室里帮奈奈安排一个职位，让奈奈可以去学习。"

许杉奈一听，急忙唯恐不及地摆手："奶奶，真的不用麻烦的，我也帮不上关大哥什么忙……"她的声音又怯弱又娇软，配着眼窝下缘那一抹不知什么时候泛起的浅浅的红，我一个女人听着都觉得心疼。

我偷瞟了身旁的某人一眼，亏他还能保持一副事不关己的冷峻神情。

我脑子里忽然就冒出了一句诗。许杉奈对他的好感显而易见，他的冷漠也显而易见，我用手肘蹭了蹭他的手臂，声量压到最低，凑过去悄悄地问他："许杉奈这样……难道就是那什么，我本将心向明月，奈何明月照沟渠？"

他沉默了差不多足足五秒。

然后低眸看我，眼神是微微无语的。

"十九，你为什么要说自己是沟渠？"

我决定，以后再也不随便以诗抒情了。吟诗作对什么的，果然不是我的强项。

不顾许杉奈本人的推却，老太太仍在执拗地坚持让余伯母安排职位，余伯母脸上始终带着教养良好的浅笑，耐心地等老太太和许杉奈轮番说完，她才温和地劝道："妈，您就别乱操心了。小峄研究室里的器材多危险，奈奈一个小姑娘怎么合适去那种地方？万一磕伤碰伤了多不好。"

老太太的态度这才有所软化："也有道理。"不过还是没有放弃，说，"那有没有什么文书职位……"

老太太无疑对许杉奈相当偏爱，许杉奈这样的女孩子，的确也美好得无可挑剔。如果当初关峄没有戴着面具去和她相亲，如果她第一次见面就喜欢上了关峄……

我再次用手肘蹭了蹭他的手臂，小声问："许杉奈是第几个？"

他秒懂我的意思，回想道："第三，第四？"

我说："第三，第四个相亲对象现在回心转意了，第五个还有戏唱吗？"

几乎没有任何迟疑，他的回答从我耳朵上方低沉而又清晰地传来，他偏着头，因此声音离我很近，比我偷偷摸摸的询问还要低柔。

"你从来，都是第一个。"

从梨花昆曲会馆出来，关峄和我回涧园取了车，一脚油回到市区，刚好是午餐时间，顺理成章地，他带我去上次没吃成的岑溪公馆吃了顿饭，再把我送回家。

临近年关，工作室没什么需要忙的事，我在家里优哉游哉地补了场午觉，醒来后，问到云叙环也一个人寂寞空虚冷地在家晾着，于是我决定去她家串门子。

睡了一觉，有些难题也该想想怎么着手解决了。

小时候，由于和四师兄走得近，我不可避免地经历过同门师姐妹的炮火洗礼，长大后我又交过江旗亭那种类型的前男友，可以说，处理情敌我还算有经验，没经验的是，我不懂得该如何处理有老佛爷撑腰的这种情敌。

何以解忧？唯有环环。

云叙环穿着一套长了兔耳朵的毛绒家居服，见我来到了，无比贤惠地罩上围裙，说要亲自下厨做芝士蛋糕给我吃。我自个儿搬了张高脚凳在厨房里边坐着，看着她忙进忙出，半晌，我酝酿着开口：“环妹，我好像把我的男神搞定了，在昨晚。”

云叙环正在搅鸡蛋，小手猛地一抖。

“这么厉害？”她吃惊地扭头看着我，“我听说你昨晚喝醉了，在男人家过夜，天，果然酒能乱性啊，厉害厉害。”

“乱你个香蕉 banana 的性，老子睡得像死猪一样。”

“哦。”云叙环想了想，说，“男色在侧，你还能睡得像死猪一样，厉害厉害。”

不能让她把主题带跑，我幽然说：“但是，我好像出现情敌了。”

云叙环的小手又是一抖，险些把盆子打翻，不敢置信地反问：“不会吧？”她犹豫了一下，“恕我直言，以关总的尊容，你也会有情敌？”

我无语地说：“环妹，你好像对关总他有很深的误解……啧，算了，先不讲这个，更要命的是，这位情敌妹子很得关家老太太欢心，而且不知道为什么，关家老太太不喜欢我。”

“啊？”云叙环严肃地说，“没道理啊，我家火妹，打遍天下无敌手才对啊。”

我无动于衷地望着她。

“好吧。”她放下打蛋器，拍干净手，“情敌什么来路？我帮你查查？”

我和她说了一个名字。

终究云叙环的芝士蛋糕只是做到了打鸡蛋这一步，她毫不羞愧地把大厨小哥叫进来接手，还天真可爱地叮嘱了一句“宋宋不爱吃太甜，少放点糖哦”，然后她就搡着我走向了书房。接下来的一小时，云叙环充分显现了当私家侦探的潜能，又是打电话又是发信息又是上网查找资料，收集情报的能力一流。

没过多久，她大功告成地和我说：“我查清楚了！”

“许杉奈许小姐是不？”她炫耀地摇晃了两下手中刚撕下来的便条

纸，“来头不小，许晋的小女儿，我听我表姐的未婚夫的兄弟的女朋友的经理说，当初……”

“谁？”

我一愣一愣地打断她，仿佛听到了相当错综复杂的人际关系。

“我表姐的未婚夫的兄弟的女朋友的经理啦，许太太的理财顾问！”云叙环没好气地瞪我，让我别打扰她，切换进入正题，“听说最初的那顿相亲饭，许杉奈是没看上关少的，但是，碰巧没过多久，许家的资金周转就出了点问题，所以后来许太太才硬逼着许杉奈这个小女儿去重新接触关峄，目的嘛，你懂的。”云叙环给了我一个意味深长的眼神，“自古以来，商业联姻总是能解决不少问题。”

“硬逼着？”云叙环的用词很有内涵，我慢慢品味了几秒，果断拍桌子，“太过分了！明知道女儿不喜欢对方，还要为了资金逼女儿去接触？这确定是亲妈吗？”

“哦。”云叙环偏着脑瓜，对我笑得一如既往地甜美，“我的火妹，听说不久前，你亲妈才为了一台拍戏用的仪器，逼你去和某位素未谋面的男士吃饭来着。”

我回以一记坚强的微笑：“你当我没说过，继续讲吧我的环妹。”

云叙环用目光对我表达了长达三秒钟的同情，末了，抖了抖手里的纸条，继续往下说：“不过嘛，你猜对了，现任许太太的确不是许杉奈的亲妈，许杉奈的亲生母亲在她还很小的时候就去世了，许杉奈是她外婆一手拉扯大的。”云叙环欲言又止地停顿了一下，看着我，说，“还有就是，不清楚什么原因，许杉奈的外婆好像在建国前就认了关家老太太当义姐，两家也算渊源颇深，因此对于许杉奈嫁入关家这件事，两家长辈其实都乐见其成。”

我点头“嗯”了一声，脸色禁不住有些凝重。

深思良久，我拿捏不准地问：“难道就因为喜欢许杉奈，老太太就理所当然讨厌我了？”

“有可能。”云叙环高深地说，“爱这种东西，都是很狭隘的。老太太喜欢许杉奈，希望许杉奈当她的孙媳妇，而这时你出现了，还和她的乖孙不清不楚，两人都一起过夜了，她不针对你，她针对谁？”

情感大师云叙环分析得似乎很有道理的样子。

但，我心底还是有一个角落隐隐觉得哪里不太对。

在云叙环家吃完芝士蛋糕，抱着满腔未解的难题，我无精打采地回到家，走进家门的时候，碰见老妈刚好停好车从车库里出来。老妈果然睿智过人，哪怕我立刻就扬起嘴角对她微笑了，她还是第一时间就察觉到了我的神色不对劲。

“怎么？跟关家的儿子玩得不开心？”她以为我刚从关峄家回来。

“才不是……”

我含糊其辞，原本并不打算和老妈讲这些，担心万一她会对关峄的奶奶有看法，只可惜，我支支吾吾地忍了大半天，到底还是架不住她关心询问的目光，心中有排山倒海的愁绪在翻搅，我一时忍不住，便将关老太太对我的可疑态度一五一十地和老妈说了。

听我说完，老妈暂不发表任何见解，只是点了点头，表示知道了，回房间换了身家居服，接着又去了她平时创作剧本的书房。直觉她有话要对我说，我窝在客厅的沙发里，一边心不在焉地调转着电视台，一边耐心地等，大约十分钟后，老妈重新出现在客厅，双手捧着一沓零散的文书资料。

她走到我身边坐下，将资料放上茶几，拿起遥控器将电视关了，思索着开口：“火妹，你还有没有印象，前几年你爷爷身体不好的那段日子，他不是总惦记着让我帮他和你奶奶立传？”老妈皱眉，回忆说，“那时候，他口头和我讲述了一些事情，对于他记不清楚的细节，我也专程去拜访了一些还在世的老人，在这过程中我听到了许多故事。”老妈若有所思地看着我，“所以，我想我大概能猜出，关家老太太为什么对你有偏见。”

“为什么？”

我百思不得其解。

老妈沉默一阵，从茶几桌面随手捡起几页资料，这沓资料目测有好些年头了，纸张的边角都被岁月染上了暗黄，中间还夹着几张老旧的黑白照片。

将一页密密麻麻写满了字的信纸递给我，老妈说：“这是你爷爷当年去南京，给你奶奶寄回来的一封信。”她想了想，问我，“资料都在这儿了，你是要自己慢慢钻研，还是我直接讲给你听？”

我大致扫了一眼书信内容，唔，竖着写的繁体字，一气呵成的行楷字迹，不带标点。我看的第一眼，感觉它像一件有气质的艺术品，我看的第二眼，感觉它像一篇有深度的文言文，很好，很可以，都是我看不懂的。

转眼一看，茶几上还垒着这么一摞比山高的资料，我当机立断地选择放弃。

“妈，你是不是太高估你女儿的文化水平了？”

“没高估，我已经做好给你讲的准备了。”老妈有模有样地清了两声嗓子，“首先，火妹，你奶奶的出身，在当时的社会……唔，其实不算太好……”

我或多或少听家里的长辈提起过，奶奶的出身不太好。

奶奶是吃过苦的人，生于民国二十一年（1932 年），这个生辰年月是爷爷后来找命理大师反推出来的，准不准确无从查究。奶奶是个孤儿。无父无母，无名无姓，打小就被乞丐头子控制，于城隍庙一带行乞。

大约在七八岁的时候，她在庙会上偶然捡到了某位霍姓夫人遗落的金手镯，这么一笔飞来横财，她不是拿去上交给乞丐头子，以换得自己少挨几顿打，也不是占为己有——一只金手镯至少可以管她几年温饱了，而是傻兮兮一根筋地站在原处，等霍姓夫人发现手镯不见，沿途寻来时，将手镯完好无损地还给霍姓夫人。

说不准是好人有好报还是傻人有傻福，霍夫人感念她不贪人财物，又见她衣衫褴褛，捧着只破碗在夜风里冻得小脸发青，不禁犯起了心软，回府和霍老爷商量过后，第二天一大早便带足了赎金，找到乞丐头子，将她买下，领回府去当丫鬟。

由于皮肤白皙，进入霍府当丫鬟的奶奶让霍夫人取了个不俗不雅的名字，叫“小香玉”。

在霍府住了两年，小香玉的好底子逐渐显现，五官出落得越发标致动人，因此霍夫人明里暗里盘算，再养几年，就将她许配给自家儿子当小妾。

出于这层原因，小香玉受到的待遇比府里其他用人要高半截，最起码，她有机会读书认字了，也可以贴身跟随霍夫人进出一些上流场合。虽说嫁给霍少爷当小妾不太光彩，她不太愿意，然而，对于曾经是乞丐又是孤儿的她来说，这已经是不敢妄想的最好归宿。

如果一切就这么自然而然地发展下去，小香玉大抵可以混到一个霍家二姨太的头衔，只可惜，好景不长，几年后，霍老爷在跟一位广东的亲戚下南洋时，病死在了海上。霍家失去主心骨，霍夫人经受不起突然的打击，病倒在床，再也起不来身。霍家少爷年少，本就心性不定，失去了爷娘的管教，彻底放纵自我，混着外面的好哥们一起抽起了大烟。霍家至此，家道中落。

日子越过越拮据，迫不得已，霍夫人唯有遣散家仆。

霍夫人分给每人一小部分首饰，小香玉拿到的是当初在庙会捡到的那只金手镯，众人掉泪归掉泪，不舍归不舍，在霍夫人病榻前跪了一阵后，也都一个接一个擦着眼泪起身，收拾包袱离开了，最后，唯独剩下一个小香玉。

霍夫人见状，万般思绪涌上心头，情绪失控地抱住小香玉泣不成声，哭完后又推开小香玉，指着门外驱赶她快点走，说霍府已经养不起丫头了云云，说幸好她还没嫁给霍少爷，还不算霍家人云云。

小香玉安静地听霍夫人发泄完，服侍霍夫人睡下，她握稳金手镯走出霍府。

回来时她帮霍夫人抓了几包药，顺便将手镯当掉了，接下来任由霍夫人再怎么催赶她，她都不走。她心中清楚，霍府已无人，如果连她都走了，缠绵病榻的霍夫人恐怕连三天都熬不过。对她而言，霍夫人就是她的再生父母，那个捡到手镯都要等在原地归还给失主的小丫头，那个心思纯净的小丫头，怎么可能会弃自己的父母于不顾。

遣散家仆不满两月，大烟成瘾的霍少爷便将霍宅也变卖掉了，此后就再也找不着人。面对堂而皇之搬进来的宅院新主人，小香玉别无选择，唯有搀着霍夫人搬出去。

在里弄租了间通风采光稍好的老房子，小香玉当掉手镯的钱就不剩多少了，霍夫人每天的医药费是笔不菲的开销，加上伙食、房租林林总总，普通工作压根儿就负担不起。一开始并非没有矜持，然而在同时兼了三份活，忙得没日没夜，却还是不够钱给霍夫人抓药的困境下，小香玉抱着自己在墙角坐了一晚，第二天她便听从房东的建议，一脸平静地排进了仙乐林舞厅招聘歌女的面试队伍中。

那一年，小香玉才十五岁，是个青青嫩嫩的小姑娘。

那一年，宋瑞棠少爷二十五岁，是个最喜欢招惹青青嫩嫩小姑娘的风流公子哥。

别看我爷爷现在这样，日子过得好像很闲云野鹤的样子，在他年轻时候，可是出了名的风流多情，他拈过的花惹过的草，估计得从黄浦江头排到黄浦江尾。

宋瑞棠少爷在家里排行老三，大哥掌管家业，二哥当了军官，剩下宋三少他无所事事，成日掺着一群纨绔子弟在温柔乡里厮混，二十五岁的年纪，不成家，不立业，只在风月场所换得满身薄幸名。

这样一位放纵声色的情场浪子，当听说仙乐林舞厅新培养出了一名冰肌玉骨、花容月貌的歌女，当晚就要首次登台献唱时，必须是得呼朋唤友去看一看的。谁也没想到，阅遍花丛的宋小三爷，就这么栽了个彻底。

他对舞台上的小香玉一见倾心。

传闻当晚小香玉的表演并不出彩，她太紧张，加上对舞厅环境的不适应，立在麦克风前的她声线发抖，神情苍白，一举一动净是无所适从的笨拙。可就是这么笨拙的她，也让宋小三爷觉得可爱。

发挥失常，客人反响不好，仙乐林前期包装她的钱便打了水漂，她免不了要挨舞厅经理一顿训。舞厅经理离开后，她独自一人坐在后台的化妆间，对着镜子摘耳环，摘完左边，侧首正准备摘右边的时候，她透过镜子，蓦地看到自己背后站了一个男人。

男人看着像是跟来安慰她的，但盯着她看时，那副眉欢眼笑的舒心样子，又不像是安慰人该有的模样。

他说："唱不好，别唱就是了。"

她说："我需要钱。"

他说："我有钱。"

她说："我需要很多很多钱。"

他说："我有很多很多钱。"

她沉默半晌，认真地瞅着他问："几姨太？"

他笑了："什么几姨太？你高估我了，不才宋瑞棠，从来都只缺一位正房太太。"

小香玉后来就嫁给了宋瑞棠。

我无从得知当年奶奶嫁给爷爷时是什么心情，一开始大概抱着不会长久的心态，连爷爷的朋友们都在毫不遮掩地打赌，赌他们的宋新郎官什么时候会腻，赌他什么时候会抛弃小娇妻，由头拾起寻欢作乐的美好消遣，结果这一赌，就是一世。

爷爷对奶奶的感情，用一往而深来形容决不为过，谁都无法想象，当年的宋小三爷会对小香玉钟情至此。严格说来，“小香玉”三字不算姓名，奶奶嫁给爷爷后，跟爷爷姓，爷爷给她取了个名字，叫宋安。“安”一字，平安，安定，一世长安，可谓道尽其中情意。奶奶在爷爷身边过的一生，也的确十分安宁。谁能想到，昔日的宋瑞棠宋三少可以对一个女人这般好。小香玉早年做多了粗活，手糙，宋瑞棠便大费周折地托人从国外买回润肤油，将小香玉的一双手重新养得白皙滑嫩，相守近二十载，连让她端个盆子都不曾舍得。

宋瑞棠和小香玉越是恩爱，上海的夫人小姐们就越是意难平。爷爷年轻时长得俊俏，凭借一副好皮相，收割了不少未婚女子的芳心，小香玉就算长得再好，论出身终究和上海的世家小姐们没法比。外界传言，曲府的二小姐曲池池一直对宋瑞棠颇有好感，甚至试过托人给宋瑞棠捎信约见面，不知是真是假。宋瑞棠娶妻后，曲二小姐不出一年，也嫁给了关家的大当家关京岱，从此相夫教子，生活也非常美满。

小香玉为宋瑞棠生育了四个孩子，两男两女。仿佛应了她说过的那句话一般，遇见他，嫁给他，已经是她无法消受的福分。天意弄人，小香玉年仅三十七岁就病逝了，留下宋瑞棠孑然一身，至今未再续弦。

老妈最擅长讲故事，差不多讲完的时候，她从资料堆里挑出一本陈旧的笔记本，递给我。我接过，随手翻了翻，内容应该是爷爷早些年的日记、随记之类，我无意间看到其中一页写着：

“我们养育了儿女，我们的儿女也有了他们的孩子，野火那妮子是长得越来越像你了，性情却不像你，皮得很，好似个混世魔王。多亏长了一张像你的脸，无论干多少顽皮事我都忍不下心教训她，复山和小素最会看我脸色，我舍不得呵斥她，复山夫妇对她更是不曾打不曾骂。前几天听武馆的先生说，她居然还学会拉帮结伙去和人打架了，不教训不行，复山两人克扣了她的零用钱，小妮子立马就跑来我这儿哭诉了……”

我安静地一行接一行地看着，眼眶情不自禁有些发热。

爷爷疼我真是疼到了心坎里，堂哥那么令人省心的孩子，从小到大都挨过五六七八回爷爷的藤条，唯独我，用我伯母的话来说，野得就像原始部落里出来抢地盘的，爷爷却连大声对我说话都很少。记忆中他唯一一次怒红了眼动手打我，是在我七岁那年，为了让云叙环能学电视剧里的样子泡上一顿美美的花瓣澡，趁家人不在家，我飞檐走壁，爬到花园的一棵桃树上，把刚盛开的桃花全部一把捋了干净。而那棵桃树，是奶奶生前亲手种下的最后一棵，也是她生前最爱看的一片桃花林中的一棵。

我走神之际，听到老妈在感慨万千地说："她们都不明白，为什么她们使出了浑身解数都留不住的男人，会甘愿为一个出身卑贱的小香玉洗手做羹汤。曲二小姐气性高，直接嫁人了，而剩下的那些始终执迷不悟地认为宋三少只是玩玩，迟早会回到她们身边来的女人，何其悲哀，她们根本就分不清，男人对什么样的才是玩玩……"

我心中有一股茫然若失的情绪正在涨潮一般漫上，老妈的声音飘进我的耳里，宛如空山余响，我听到她在说话，可是没有心思去应和她。我继续往下翻日记，接下来的十几页都是一些简短的随笔，我看了一下日期，记起那段时间，爷爷的身体状况不太好。

四十余载，漫漫，转瞬已过。

我九十一岁了，再过几年，我就会去陪着你了。

你会笑我变老了吗，小香玉。

"无意冒犯啊，是这样的……你奶奶，以前可能喜欢过我爷爷……"但是我爷爷娶了小香玉，所以老太太留下了心结，导致如今看到我这张和小香玉相似的脸就不待见我。

我把我了解到的事情大致和他说了一遍。

他良久不回复。

我将手机丢到枕头旁，卷着被子滚了两圈。虽说无意冒犯，但也许，真的冒犯到了……

等了很久手机还是没传来任何动静，我心灰意冷地起床洗漱，顺便思考了一下要怎么给他赔罪。牙膏挤到一半，听见信息铃声姗姗来迟地响起，我立刻放下手中一切，从卫生间飞奔出来，朝枕头边的手机扑去。

“看完了，刚在开会。”

我抓着手机，静静地看着屏幕，想问他对他奶奶曾经喜欢过我爷爷这件事有没有什么看法，这关乎到我以后面对他奶奶的策略。犹豫不决间，铃声又一次响了，一条新的信息传了过来。

视线落在屏幕上，我的心猛然一跳。

“嗯，或许我们关家人，天生就是喜欢宋家人的命。”

小雨天与心上人

（全2册）下

十里菱歌______著

江苏凤凰文艺出版社
JIANGSU PHOENIX LITERATURE AND ART PUBLISHING, LTD

The Rainy day

and

My lover

第九章

冷空气来临，下了几场小雪，冬天似乎才恢复了它该有的温度。在零下气温里过完春节，大年初五那天，趁年味尚未完全散去，关峄行动力十足地正式上门拜访了我的父母。

过年的缘故，爷爷暂时也从永安寺搬回家里住了。

经过一番眼力精到的观察，以及一番语法高超的盘问，老爸老妈终于对关峄的智力人品健康状况等等各方面都放下了心。

号称最疼爱我的爷爷倒是一反常态。关峄来我们家的前一晚，爸妈曾和我在一块儿做过预判，认为关峄这种冷静型才子应该会很合爷爷口味，爷爷不喜欢浮夸的人。结果当天关峄来到，爷爷却全程不怎么搭理人，手里拿着一张报纸，端正坐在木沙发里，都老花了十几年的人了，连眼镜都不戴，居然也能有款有式地装出正在认真读报的样子，这演技我着实心悦诚服。这下马威给得，就连亲孙女我使眼色使到眼抽筋，他都面不改色分毫。只是当听见我们说到关峄是关京岱和曲池池的孙子时，神情闪过怔忪，似乎想起了什么，又似乎什么都没想起。

留有一丝不完美，见家长这件事总算过去了。

我家爷爷还不算最难搞定，最难搞定的人……依旧是关家的老佛爷。

当年曲二小姐的脾性由此可见一斑。年后关峄也曾专程带我去戏园拜访过老太太几回，但每次只要提前得知我们要过来，老太太都会特地叫许杉奈在身边陪着，于是状况无一例外地全都回到第一次见面那样，老太太仿佛一位烈士暮年壮心不已的推销员，全心全意向她的乖孙讲述许杉奈的好。听说为了让许杉奈方便陪她听戏，也为了让许杉奈可以离关峄更近一些，她老人家甚至在涧园安排了一间客房让许杉奈长住。这番心意，确是真爱无疑。

别说我，就连老谋深算的关峄关先生，摊上这种家庭剧也是一点良策都没有。

过完年，一切回到按部就班的节奏。

忙工作室的项目之余，我还要抽空去戏园和老太太斗智斗勇，人一忙，就觉得日子过得飞快，不知不觉间天气回暖，惊蛰之后，下雨的日子渐渐多了起来。

又是一个春雨迷蒙的午后，本来有客户定了下午来工作室沟通植物软装方案的，遇上下雨，临时取消。偷得半日清闲，我和孙芃两个人并排坐在原木茶台后，托着脸颊对着窗外的雨景发呆。这个时节人总是很容易提不起精神，我差不多要打着盹儿睡着之际，被桌面上的手机来电震醒。

我摸起手机，垂眼一瞄，瞌睡虫瞬间跑了不少。

来电显示的姓名很有分量，属于某位销声匿迹已久的人物——我堂哥，宋狩之。

我按下接听键。

堂哥所在的地区应该也在下雨，他的声音被淅淅沥沥的雨声包裹着，听起来柔情似水般温柔。

“火妹。”

他先唤了我一声，我没应答，知道我在听，顿了两秒，那边传来他的低笑声。

“听说你最近为情所困，情路走得很坎坷？”

没想到我和关家老太太不可不说的那些事，这么快就传到堂哥耳里去了。

整个家族里就只有堂哥继承了爷爷年轻时的风流德性，得益于这张传男不传女的祖传秘方，堂哥打自小学第一次和高年级的姐姐牵小手时起，纵横情场十余年，无论碰上哪种类型的女孩子，只要他宋少有那个心，条条情路都是坦途。除了后来栽在郑续手中吃了不少苦头，晚节不保外，此前我是一次都没见过他在感情上受挫。

相形之下，我这个妹妹直到读大学才第一次谈恋爱，还以失败告终，失败的原因还源于对方劈腿，堂哥因此觉得我很不争气，有辱他的英名，愧对列祖列宗，尤其愧对他宋少由小到大的苦心栽培。

私以为，我也不算愧对他的栽培了，毕竟我恢复女儿身之后虽不得志，男孩装扮时的撩妹技巧还是尽得他真传的。

不想提供素材给他调侃，我懒懒地问：“有什么指教？”

他笑了一声：“指教不敢当，只是我们这些当人哥哥的，妹妹不开心，哥哥当然要想办法开解开解，对吧？”他的言辞漂亮得简直就是宠妹典范，只不过，我听他的语调，怎么听都是满满的老奸巨猾，“带你去散散心。”

我才不会轻易上当：“去哪里散心？”问清楚再说。

“琴洲假日酒店。”

我暗喜：“请我吃大餐？”

他笑：“公司二十八号晚上举办庆功宴，做我女伴，陪我出席。”

果然……

“我就知道此处有坑。”

“可以来？”

我望着窗外，行人顶着报纸匆匆地穿过对面街道，雨天的西子堤美得像是烟雨江南，我欣赏了一会儿，也考虑了一会儿，才风凉地回答他："找别人去呀，我就不信以堂堂宋少的魅力，会找不到一个女伴。"

"以堂堂宋少的魅力，不会找不到一个女伴，问题在于……"他幽幽叹气，听似苦恼万分，提起某个姓名的时候，声音里却明显带着甘之如饴的笑意，"你堂哥我从良很久了，我要真去找，郑续那家伙不得抄起手术刀削死我？还是免了，你这个妹妹最保险。"

我将视线从窗外收回，一心一意地啧声，鄙视电话那端："宋少，我没想到你堂堂八尺男儿，会惧内。"

他也啧声回答我，对我的鄙视不以为然："听说你大伯了吗？那就是不惧内的下场。"

我小小一惊："我大伯他怎么了？"

"也没怎么，就昨晚在外面喝醉了，回到家，拍桌拍凳，吆喝你伯母跪下帮他脱袜子。"堂哥表示无限同情，"现在酒醒了，在家里一边跪算盘一边嘤嘤嘤哭着呢。"

晚宴那天，堂哥亲自到家门口接我。

宋少对所有女性友人都很有风度，唯独对我例外，一身饱满的男性荷尔蒙在我这个妹妹面前毫无用武之地，他便也懒得向我展现了，连下车帮我开车门都省去，车子在我面前停稳，也就只是意思意思地按了两下喇叭，表示他来到了而已。

我自动自觉地走上前，正准备拉开副驾驶的车门，却出乎意料地看见，副驾驶的座位上已经坐了一名男青年。

这名男青年我不仅也认识，还熟悉得很，应今晚的景，他也穿扮得格外讲究，一套白色三件式西装，系一条暗红领带，眉清目秀，气质干净脱俗得宛如深山里修行的白衣少年。果然当医生的人就是适合白色。

我早该猜到，堂哥的庆功宴怎么可能不带他？

郑续按下车窗，见我一手握住门把，准备拉开车门上车的呆愣样，他让位也不是，不让位也不是，束手无策地看了我两秒，对我尴尬地笑笑。

“火妹。”

这一声“火妹”，随的是我堂哥的喊法。

我赶紧识趣地松开门把，也对他了然笑笑，回唤道：“嫂嫂。”

郑续的脸颊立马就有意思地红了，堂哥双手握住方向盘，压低脖子，绕开郑续的遮挡，朝我望出来，嘴角勾着满意的笑纹，不吝表扬我：“总算哥没白疼你。”

堂哥除了遗传了爷爷年轻时的调情特技，还遗传了爷爷年轻时轻松就能迷倒妹子的俊美五官。此时轿车内，两名风格迥异但又同样出色的男人坐在一起，郎才男貌，我闷声无语地看着，只感觉狗眼都要被亮瞎，同时告急的还有我的狗粮。此一去，我百分之一千是去当人肉电灯泡，自己闪闪发光，照亮别人恩爱的那种。

想想都替自己心酸。

“哥，我能不去吗？”我忧愁地望着堂哥。

“不想去了？”他问。

我狂点头。

他大概也能猜出我怯场的理由，不直接否决掉我的祈求，也不答应，“唔”了一声，眼风若有所思地从我脚底的高跟鞋向上扫，掠过我的裙子，经过我的脸，端详了一会儿我的晚宴妆容，接着往上移，在我干净清爽的发梢上定了两秒，又沉思地“唔”了一声，最后落回我的脸上，对我微微一笑。

“火妹，你今晚这身行头花了你多长时间？”

我粗略算了算：“一个多小时？”

“加上发型，还有化妆。”

“差不多两个半小时。”

他点点头，笑得无比慈眉善目：“所以，不去不可惜？”

“可惜。”

“所以，哥再给你一次反悔的机会，去不去？”

“去。”

我真不该这么轻易动摇的，我就该坚持最初的想法不来的，造型浪费了就浪费了，最起码——我不用撞见李筠骊。

被堂哥套路了的我，没过多久就陷入了由衷的后悔。

来到琴洲假日，为了给我的男伴宋少脸上增光，在他上台发表讲话之前，我特地去了一趟化妆间补妆。本是心平气和的一晚，我对着镜子，专心致志地涂着口红，却忽然听见不远处传来一声女人的轻嗤，我不明就里地扭头朝声源望去，李筠骊正好站在化妆间的门外，嘴角勾着讥笑，看蝼蚁一般盯着我……还是熟悉的配方，还是熟悉的味道，她看我的眼神，还是熟悉的高人一等。

我涂口红的手势顿住。

这叫什么？冤家路窄？孽缘？

不就是来参加一场堂哥的庆功宴，也能让我遇见我的多年宿敌李学姐。

听说这场庆功宴是堂哥和某家企业成功达成了项目合作的联合庆功宴，按理说，参加的都是双方公司的人，我不是很明白李筠骊一个珠宝设计师为什么会出现在这里，正如她大概也想不通，我一个专业玩泥巴的为什么会在这里一样。

其实当没看见对方就好了，我这位有个性的李学姐她偏偏不，打量了我几眼，红唇弯起暗讽的弧度，盯着我，缓慢地说：“真是哪里有钱人多，哪里就有师妹你啊。”

她自然不会和颜悦色地对我致以问候，每当这种情形，我都不得不感慨学好语文的好，瞧瞧人家这遣词造句的功力，诛心都无须亮刀光。

不论她与我再怎么不对付，我也不能否认她的确长得很美，今晚她盛装打扮而来，深 V 黑色绸缎礼裙，搭配着同神韵的滴水钻石项链，看起来珠光宝气又明艳动人。

她从门外走进，踩着优雅的步伐走到我身旁，解下钻石项链，取出粉底刷，俯身凑近镜子，用粉刷沾了一点高光往锁骨轻轻地扫。好看的脸蛋摆在那，美人做什么动作都让人觉得赏心悦目，只可惜不宜多看。我抿了抿嘴唇将口红抿匀，不想和她共处一室，也不想理会她的无理挑衅，收拾好口红，拿起放在妆台上的包包就走。

出了化妆间，一眼就望见江旗亭正靠着一旁的罗马石柱吸烟，这般正式的场合，他底下那件衬衫的扣子也没有好好扣起，领口处散漫地开了几颗。本就是有几分姿色的男人，安静地垂着眼睫吞云吐雾，吸烟也能吸出一种颓靡的孤独感，虽是站在柱子阴影一侧，依旧惹人注目，周围不远的交际花们频频侧目朝他看来。

先遇见了李筠骊，再遇见他我就没有那么惊讶了，显然，他在这儿等她。

我内心没有丝毫波澜，神情也没有丝毫波澜地继续往宴会中心走，快要经过他身边时，他听见高跟鞋声，也许以为是李筠骊回来了，弹了弹烟头，抬起眼，不耐烦地皱眉："怎么这么久……"话音猛地消掉。

认出我的刹那，他浑身定住，眸光似乎也因此变得炽热，极有可能是我的错觉。毕竟在他心目中，我说到底只是一个不值钱，不能给他带来事业上升的平凡前任，和他其余前任并无不同，他不应该用这种余情未了的眼光看我。

我极淡极淡地扫了他一眼。

"野火……"

他好像轻轻地喊了我一声，音量低得像是不打算让人听见。

我便也权当没听见，与他擦肩过，依然故我，继续走我的路。

往前走了十来步，视野范围内没找着堂哥和郑续，我暂时停下不找，酝酿着该如何自然而不突兀地加入前面那一群女高管的交谈，踌躇不定间，身后刚走过的地方，蓦地传来一阵不小的骚动，隐约有女人在惊叫丢了东西，唔，这把正在惊慌失措地嚷着的女嗓音，我听着竟觉得十分耳熟。

我无意识地回眸，朝声源看去，转身的瞬间，一条黑色人影龙卷风似的恰恰刮到我眼前。我被这扑面而来的香风熏得愣了半秒，回过神来，定睛细瞧，认出眼前这张满面怒容的脸，好像是我李筠骊学姐的脸来着。

我还没有搞清楚状况，就看见李筠骊以对质的气势立在我身前，目光如电地盯着我，一口咬定地宣布：“是你！是你偷走了我的项链！”

我第一反应是茫然：“偷……什么链？”

紧接着就看见江旗亭快步追到李筠骊身后，一手扣住她的胳膊，用力将她拉回去，眉头紧皱，厉声制止：“没有证据，不要乱说。”

纵然我还是搞不清楚眼下这一对鸳鸯在玩什么游戏，不过，显而易见的是，江旗亭的这句劝阻，无异于给正在引火的李筠骊当头浇了一桶强力火油。李筠骊顿时就气疯了，那么苗条的身体，也不知哪来的力气，扭手一甩，挣开江旗亭的牵制，不顾仪态地低声冲他尖叫。

“你还帮着她！我们都……你心底还向着她！”她眼角泛红，转身怒视我，“我在化妆间刚将项链解下，转眼就不见了，当时只有她在我身边，不是她偷走了，还能是谁！”

她声音尖细，情绪接近歇斯底里，话音未落，以我和她还有江旗亭为圆心，方圆二十米内，宾客全都诧异地扭头朝我和他们看来。

在众人交头接耳的窃窃议论声中，我总算慢半拍地明白过来是怎么一回事。

原来我的学姐李大戏精又拿到了新剧本，这一幕戏，拍摄主题是她污蔑我偷了她的项链。

我好气又好笑，今天是堂哥主场的庆功宴，是个值得开心的日子，我原本不太想搭理她，但众目睽睽之下，这么一大顶罪名硬生生扣下，我不出声辩解，那就真变成我默认了。

我在心底无奈地叹了口气，抱着清者自清的心态，看着她说："我没有。"

除了这三字，我也不愿和这二位作过多纠缠。

我希望和平沟通，李筠骊却不答应，向江旗亭发泄过一轮脾气之后，她现在貌似冷静了一些，眼光犀利地上下打量着我。我今晚穿的是一件抹胸长裙，身上没有任何口袋可以藏东西。她打量够了，视线最终落在我手中拿着的包包上，言辞极具攻击性，要求道："没偷，那你敢不敢打开你的包让我们检查？"

看她这架势，摆明一心想将事情闹大，一心想将锅往我身上甩。

我弯起唇角，不慌不忙："这位女士，你凭什么认为你有权利检查我的包包？"

她全心等的仿佛就是我的拒绝，瞟我一眼，冷笑："不是做贼心虚，为什么不敢打开让我们看？"口气十分咄咄逼人。

我抿了抿唇瓣，将笑容抿掉，冷眼望着她，不作回应也没有动作。

我是懒得理她，殊不知我这份沉默，落在围观的旁人眼里，会变成我做贼心虚的佐证。

僵持不下了好久一会儿，随着时间流逝，众人的眼光接二连三地朝我射来，潮水一般涌向我的非议声中，我捕捉到了一些细碎的话音，在李筠骊言之凿凿的指证下，情况似乎对我非常不利。

如果我就这样坚持不让李筠骊检查我的包包，恐怕在众人眼里，小偷这个罪名也就可以这样直接坐实在我头上了。

真是要命。

江旗亭站在李筠骊身侧，看上去和李筠骊是同一战线的，实际上也是和李筠骊同一战线的，然而那复杂难辨的神色，乍一看却有点像要主持公道的意思，默了半晌，沉声对我说：“野……宋小姐，这也是为了证明你的清白。”

他制不住李筠骊，反而劝起我来。

我忽然就觉得可笑。

这是什么理？原告声称我偷了她的东西，不是由她举证从而证明我有罪，而是由我这个无辜被牵涉其中的人，去烦恼该怎么自证清白。

一丝怒火从心头蹿起，我忍了忍，勉强压下，又花了一阵工夫挤出一个友好的微笑，双手抱胸，盯着江旗亭。

“如果找不到呢，你们要怎么补偿我？”

李筠骊志在必得地冷笑一声：“就是你偷的，怎么可能找不到？”

“你希望我……怎么补偿你？”

两人几乎同时开口，回答的内容却不在同一频道，李筠骊的音调趾高气扬且笃定，稍不留神就将江旗亭的话音覆盖掉了，我好似听见他说了一句什么话，又好似只看见他动了动嘴唇，什么都没说。

这些都不要紧，还我清白，赶紧远离他们这对绝配才是要紧。

我伸出包包，反手拍到江旗亭胸前。

“搜吧，请随意。”

手持包的容量不大，款式扁平，打开只有薄薄的一格，我也只放了手机、零钱以及一管口红在里面，就这么几样东西，江旗亭拉开袋口之后，也能一语不发地盯着看半天也是稀奇。

察觉到他的脸色起了变化，李筠骊偏头凑近去看，不用花上江旗亭那么长时间，她一下就看清楚了，喜色飞上眉梢。

“我就说嘛……”

江旗亭迅速将包包合起，二话不说，递还给我。

他的举动换来李筠骊的强烈不满：“喂，你怎么……”

不给她充足时间把话说完，江旗亭忽然目光凌厉地向她射去。

也许我对我的前任了解得还不够透彻，以往我从未见过他对哪个女孩子露出这么凶恶的表情，从李筠骊的满脸错愕不难推断出，身为他的现任还被他如此对待，应该也是有史以来的第一次。这一眼，可谓饱含了深深的厌恶与警告。李筠骊一下子就愣住了，全然忘了自己准备说什么。

她得感谢我，因为我很快就点醒了她。

一分钟后我才恍然大悟，原来江旗亭这般无情地对待自个儿的小女友，竟是为了包庇我。

江旗亭递回来的包包没有完全合好，我一接到手里，袋口就大大方方地敞了开来，我余光瞥见包包内好似有什么东西在闪光。当我左手托着包底，右手从里面缓缓拉出一条银丝一般的项链时，我感觉自己就像一名举世瞩目的魔术师，正在变一个不得了的神奇魔术。

滴水形状的钻石吊坠在宴厅的灯光下折射出璀璨的光芒，亮相的一瞬，边上的观众一致捧场地发出惊愕的抽息声，不是因为这条钻石项链多金贵，而是因为它千真万确就从我包包里被翻出来了。

这算是实锤，证明了李筠骊丢失的项链的确就是被我偷走的。

江旗亭区区一眼怎么可能制止得了视我如眼中钉的李筠骊，他偏袒我的举动，只会让李筠骊更没那么容易放过我。

李筠骊扬扬得意地冲我喊："你没话好说了吧？"

我脸色骤然沉下。

本以为，是她自己不注意搞丢了项链，只因为对我存在偏见，所以自然而然地联想到我身上来，但当项链真的从我包包里抖出来的这一秒，我登时将所有事情都想了个透彻。

正如她所说，化妆间里只有我和她两个人，我动都没动过她的项链，她的项链却无缘无故跑到我包包里来，不是她自个儿放的，难不成项链还长脚了不成？！

好一招栽赃嫁祸！

难怪她坚持不懈要检查我的包包!

她从我摊开的掌心中央拈起她的钻石项链，那欣慰的神情，就像看见了失而复得的宝贝。稍早之前指认我时的那种盛气凌人不见了，红唇带笑，宽宏大量地看着我说：“宋小姐，你要真喜欢这条链子，你和我说一声，大家校友一场，我送给你也没什么，你犯不着……”

话不说完，及时收口，此时无声胜有声。

整个过程看在围观人群的眼里，无异于一幕人赃并获的好戏，别说黄河，我跳进黄果树瀑布都洗不清了。

观众们都是很容易义愤填膺的，一边倒的非议声中，我能听见有人不安地提醒身边的同伴赶快查看自己的东西有没有被偷，也能听见有人在紧张兮兮地高呼“快叫保安”。我抿直唇瓣站着，铺天盖地的不善目光快要将我吞没，没有任何人试图出声为我辩解，除了……江旗亭。

江旗亭一把扯住李筠骊的手臂，面色阴沉：“你闹够了没？”

其实哪用得着他替我出头。

我宋野火今晚真是被人轻视得够够的了。

江旗亭拉开李筠骊的同一刹那，一条男性手臂忽然从我身后探来，越过我的右肩上方，再往左一拐，自然地松松钩住我的脖子。这是一股落拓不羁的力道，暗含着捍卫的成分，我原本站得直直的，被他这么一钩一带，身形晃了晃，一时没站稳，往后踩了小半步，下一刻，顺理成章地半偎进一个坚实的怀抱。

有别于现场一触即发的紧绷气氛，我头顶响起的男声懒懒散散，如同裹了剑鞘的剑，含笑的嗓音里藏了几分不怒而威的锋利。

“什么事，这么热闹？”

真正会为我出头的男人终于来了。

他的高调登场毫无悬念地在人群中引发了一阵比刚才更大的骚动，

身为这场宴会的主角，他走到哪儿，哪儿就会自动变为光彩夺目的舞台中央，跟随着他的身影，数不清的目光从四面八方朝我射来。

他对我的亲昵举动极易惹人误会，不到一分钟，众人议论的风向全都变了，从对我品行的指点，转变为对我相貌的评头论足。

不愧是我玉树临风的堂哥，这么快就将在场女性们对我的怒火，成功转变成了妒火。

我认为自己非常无辜，正主儿郑续同志就跟在堂哥的左手旁，如影随形，女人们的熊熊妒火就算要烧，应该也是烧他才对，他才是抢走了她们如意郎君的人。

我默不吭声地将堂哥的手臂扳开，默不吭声地从他的勾肩搭背里钻出来，拍了拍裙子站好。他收回手，从我身后走到我旁边，低头端详了一阵我不怎么和悦的神色，略微讶异地抬眉，问："谁惹你生气了？一副想打人的凶样。"

我点点头："嗯，很生气，想打人。"

我不看堂哥，只管直勾勾地盯着李筠骊。

我就不信以堂哥的英明神武，会察觉不出当下情势的暗流汹涌，但他还是选择佯装什么都没看出。环视周围一圈，目光着重在李筠骊和江旗亭的身上停了停，然后，他不急不慢地侧眸问我："发生了什么事？"

我面无表情地看着李筠骊，冷冷陈述："这位女士污蔑我偷了她的项链。"

晚宴的主人到场，并且好像和我关系匪浅，李筠骊的眼神闪烁了一下，除了这一下，她也丝毫不显心虚，怪声怪气地瞟着堂哥问："宋总，你的酒会什么人都能来？"

堂哥似笑非笑地扫了她一眼，应道："的确。"

接着转头温柔地问我："什么项链？我看看。"

我说："她手里那条。"

也许以为自己稳操胜券，我没有任何机会可以翻盘了，李筠骊此时的心态，活脱脱巴不得向全世界宣告，我就是偷了她东西的无耻小偷。她自个儿走上前，将项链交到堂哥手里。

“污蔑？”她转首对我古怪地笑，“野火师妹，你这词语用得不恰当吧？你怎么不和宋总说说，我要怎么样才能‘污蔑’你偷了我的项链？”

她提醒得很及时，我也认为有必要让堂哥了解清楚事情经过。

“十几分钟前，我在化妆间偶遇了这位女士，这位女士在我身边解下了她的钻石项链，然后因为一些不明原因，她的项链刚才在我包包里找到了，因此，这位女士理直气壮地污蔑是我偷走了她的东西。”我毫无情绪起伏地叙述。

我讲完的同时，堂哥正好也将李筠骊交到他手中的项链研究完毕，抬起头，视线从手心转向李筠骊的脸，眼中闪过一抹玩味，极富教养地询问：“这位女士怎么称呼？”

“我姓李，木子李。”她回答，“李启道是我的父亲。”

堂哥表示了解地颔首，默了默，依然极富教养地直言道：“李小姐，应该有什么误会，这种档次的钻石项链，可能有些女孩子会喜欢，但说实话，我家野火还看不上。”

说完，他一笑置之地把项链还给李筠骊。

李筠骊久久没有伸出手来接，闻言脸色风云变幻，比调色盘还精彩。

论毒舌，论腹黑，论笑里藏刀、杀人不见血，我一向对我家堂兄佩服得五体投地。

小时候的我自恃懂点三脚猫功夫，成天招摇，在亲戚家的小孩团体中相当具有威信，然而，哪怕有胆魄如我，上敢顶撞爷爷，下敢欺压表弟，就是从来不会去挑逗堂哥。倒不是说堂哥会拿我怎么样，相反，他最护我，只是既然心知肚明这个人有千千万万种办法可以整治你，又何必自讨苦吃，以身试法，去捋虎须呢？

遇上我堂哥，不知这是我堂哥，还妄想在我堂哥面前兴风作浪诋毁我，李筠骊真不走运。

搞不懂她李大小姐心里到底怎么想的，也许是见堂哥对我举止亲密，又不惜撕破脸皮地维护我，她异于常人的脑回路可能就理所当然地连接到了其他不可描述的方面。

“我家野火？”

她忽然笑了，从堂哥手中接回她的宝贝项链，却连看都不看一眼，眼睛盯着我和堂哥来回打量，讥笑道：“难怪我这位学妹可以当校花，本事的确不小。”她看着我，好似闺密在问悄悄话，“上次见面你不是才和那位关少黏着，这么快就换人接盘了？”

接盘，原来这个词语还能这么用，我学姐她真是文采飞扬。

可惜眼力不行。

这傻不溜秋的孩子，八成把我认作堂哥的女朋友了。

堂哥转头看我，眼露疑惑：“关少？”

李筠骊貌似很惊讶，眼睛微瞠：“宋小姐没向你坦白？”装出满脸她是不小心才说漏了嘴的样子，双眼却填满拆穿了我真面目的快意，小声惊叹，“怪不得人家能在众多豪门子弟之中游刃有余。”

堂哥眼中闪过了然，纵使他见多识广，大概也很少有机会遇到李筠骊这样的奇人，来了点兴致，笑看着戏份十足的她，半晌才好似恍然大悟。

“你说关峄？”

得到李筠骊肯定的回答，堂哥赞许地点了点头，笑容加深：“关峄不错，配得起我家小妹，要知道，我家小妹不是随随便便什么阿猫阿狗都配得起的。”

语毕，堂哥若有所指地淡淡扫了江旗亭一眼。

江旗亭没看堂哥，只是在听见堂哥话里的某些字眼的一瞬，脸色陡然变了，猛地抬头，视线极具穿透力地钉在我脸上。

他和李筠骊果然是天造地设的一对，此时李筠骊眼中的难以置信和他如出一辙，显然，两人短时间内都无法消化这个事实。想来也是，被她视若蝼蚁的人，被他弃若敝屣的人，怎么能够摇身一变，就变成了宋狩之的家人，这太颠覆，不符合我在他们心目中的低端设定。

因此，李筠骊震惊过后，直觉反应就是认为堂哥在说谎。

她双手抱臂，视线悠悠然向我们扫来："宋总该不会是怕承认挑错了伴侣，有失颜面，才临时改口说宋小姐是你妹妹的吧？"她胸有成竹地拔高音调，"哪个不知道，宋小爷是独子，是宋老先生最疼爱的内孙。"

堂哥闻言笑了一声，看她的眼神如同看到了什么值得观赏的物品，良久，缓慢地开口："野火是我的堂妹。李小姐这话说错了，我爷爷最疼爱的孙辈不是我，而是我这个不争气的妹妹，我们全家人从来都舍不得让她受一点点委屈的。"

堂哥笑容可掬地回望李筠骊，眼底却有火光在闪，"笑面虎"的称号果然名不虚传。

"堂妹？那她岂不是……"

"宋复山的女儿。"江旗亭蓦地续上李筠骊的话尾，摇摇头，"呵"了一声，神色自嘲，目光熠熠地朝我射来，"你竟是宋复山的女儿。"

旁观的人群里头有人发出了一声真相大白般的嗤笑："宋复山的女儿会偷这样一颗小碎钻？"完全是讲笑话的语气，"别笑死人了。"

一有人出声带节奏，其余观众恍然间全部有如茅塞顿开，投向李筠骊的眼神顿时添了几分了然于心的不齿。我从来不知道老爸的名字居然这么有分量，仿佛只要报出我是宋家的女儿，不用再多说其他，自然而然就能让所有人都相信我的清白。

以及还能……让江旗亭露出这种风雨欲来的阴郁表情。

堂哥貌似对眼下的舆论效果很满意，笑了笑，看他这不安好心的笑容，十有八九是玩心被挑起来了。

仿佛还嫌玩得不够大不够过瘾，他无比宠溺地垂眼凝视着我，存心推波助澜。

“火妹，去年我在佳士得拍下送你的那条‘撒哈拉星眼’，怎么不见你戴？”

“太沉，碍事。”我冷酷地回答。

“当时不是还给你拍了另外一条，叫什么？长得有点像小黄桃的。”送给我一记幽怨得很到位的眼神，堂哥说，“那条的宝石不是小颗一点？一样也没见你戴过。”

我稍作回想：“哦，那条啊，年前小姑来家里，看着喜欢，顺走了，说就当是你孝敬她的新年礼物。”

堂哥向来都认为我这个妹妹的日子过得，要不就是舞刀弄枪，要不就是扛树搬砖，没有半点儿女人味。为了人为地、后天地帮我浇灌点女人味，他每当在外头遇到了什么还不错的珠宝首饰，都会很大方地买回来，源源不绝地往我身上挂。由于他这个特殊癖好，我的小金库里的确屯了不少名贵珠宝。这本是不足为外人道也的事情，他现在当众挑出来讲，有点故意为之的意思，任谁一听都能看穿他的意图。

诚然，他想证明，李筠骊拿来构陷我的那条小碎钻，我还真看不上。

他一言我一语，句句嚣张，句句打脸，我不知道李筠骊的脸被打得疼不疼，大概是疼的，所以，在我面前从来都跋扈至极，不可一世的她，此时的脸色才会难看成那样。

她仍是嘴硬，强装起镇定的神色，铁青着一张脸蛋冷哼：“宋复山的女儿又怎样？家里有钱不代表人品没问题，大家也都看见了，项链确实是从她的包包里找出来的，这怎么解释？”

“想知道项链是我们家野火拿的，还是有人恶意诬陷，很简单。”堂哥嘴角勾着笑，慢条斯理地说。

酒店经理没过多久就急急忙忙地赶到了。

堂哥示意地抬了抬下巴，看向化妆间的方向。

“莫经理，你们那里边有没有安装监控？”

李筠骊闻言，脸唰地白了。

酒店经理一路赶来，大约也听说发生了什么事，视线从李筠骊身上溜过，看着我和堂哥，面露为难：“因为属于比较隐私的区域，所以……”

堂哥扬眉：“这么不凑巧？”

李筠骊咬住下唇，脸颊这才稍微恢复了一丝血色。

站在堂哥身旁，袖手旁观了很长时间的郑续忽然开口：“真要查也不是没办法，可以采集指纹，失物上面有没有火妹的指纹，火妹的包包有没有被谁动过，一目了然。”

郑续的声音清清淡淡，不是威胁，却比威胁更具有威力。不愧是降服了我堂哥的男子，不鸣则已，一鸣就憋出了个终极大招。

李筠骊的脸色立马大变。

唔，这演技不行啊。

其实我想说，刚才项链是经我的手，从我包包里头拿出来的，如果真要送去验，应该还是能够验出我的指纹来的。不知李筠骊是精神太紧绷了还是怎么，给郑续这么云淡风轻地一吓，她居然忘了这层，眼底那抹来不及掩饰过去的惊慌，连我都能轻易读出，更别说在场的诸位人精。

等她记起，想要补救的时候，已经晚了，是非曲直早有公论。

她目光闪烁，依然不服输，声音小小的：“查指纹就查指纹，免得说我冤枉人……”

真不容易，被她纠缠到现在，我终于能在她脸上看到了一丝丝心虚的神情。

酒店经理见状，两边都不想得罪，赶紧堆起笑容充当和事佬：“以前就有客人反映，说我们化妆间的台面太窄，一不留神就很容易将东西蹭到隔壁的位置去了，这次应该也是因此引起的误会……”

担心堂哥将事情做绝，不好收场，酒店经理凑近来，低声提醒：“宋先生，这位是李启道董事长的千金，您看……”

言下之意，暗示堂哥要不就这样算了。

堂哥笑看着酒店经理：“你倒是提醒了我。”顿了半秒，转向李筠骊，换上一种皮笑肉不笑的嘲弄表情，“李小姐，我和李启道李董也算有些交情，他有一位公子名叫李湛，我碰巧认识，反倒从未听说他什么时候还生了个女儿。”

堂哥目光锐利，声音放轻：“恕我冒昧，你是哪位李董的女儿？”

李筠骊浑身猛地一震。

她抬起眼，面容煞白地盯着堂哥，眼中逐渐浮现出巨大的恐慌。如果说郑续提出查指纹时，她的慌张还可以稍微掩盖过去，那么这一刻，她整个人仿佛瞬间被恐惧攫住，如同被猎人逼进了绝境的猎物，脸上布满即将失去某种重要事物的惊惶无措。

我新奇地观察着她。

堂哥问的话很有意思，她的异常反应也很有意思。

往深了想，假如堂哥的话外音是真的，假如李筠骊不是李启道的女儿……这未免也太匪夷所思，她图个什么？打着富豪女儿的招牌招摇撞骗？

如此一来，落入她圈套的人不就是——

江旗亭斩钉截铁地开口：“与李董同名的人不少，但我们熟知的启道集团只有一家。”

闻声，堂哥慢慢地扫了江旗亭一眼，不直接应答，眼波闪了闪，然后故意佯装疑惑地扭头问我：“火妹，这位是？”

……啧，这影帝！

他又怎么可能不认识江旗亭！早在我大学刚和江旗亭走到一起的初初那会儿，风声一传回家里，深谙情场之道的他生怕我被人骗，第一时间就将江旗亭的来路背景全部挖了个仔细。江旗亭不清楚我的家庭情况，而堂哥他则连江旗亭前后谈过几个女朋友，分别是哪国国籍都能数得出来。

外界盛传宋家闺女被江旗亭玩得很惨，堂哥他是想创造机会，让我扳回点脸面吧？

心领神会他的用意，我抿了抿唇，神情凝肃，“不认识”三个字就要脱口而出，李筠骊却抢在我开口之前，突然搂住了江旗亭的胳膊，下巴一扬，宣告：“他是我的未婚夫。”

她的眼底仍然残留着一丝唯恐事情败露的不安，但挨向江旗亭肩膀的这一刹那，脸上迅速切换成了骄傲自满，仿佛拥有他，一下子就披上了坚不可摧的铠甲，也执起了能让我一败涂地的锋利长矛。

未婚夫。

听闻她前阵子对外宣称还只是男朋友来着，这么快就升级成未婚夫了。

真是可笑，事到如今，她凭什么还会认为这些能刺激到我？

见我无动于衷，看傻子一样盯着她瞅，她不自在地动了动，挺直腰板，对堂哥扬起一个没什么血色的笑容。

“当然，在成为我的未婚夫之前，阿亭曾和宋小姐相处过一段时间。”

“是吗？”堂哥勾着笑，宠溺地注视着我，“怎么从没听你提起过？”

论言语中的刀来剑往，我的哥他当真不比人逊色。

我无语地对上他的双眼，暗中使劲扯了一扯他的袖子，用眼色告诉他快别玩了，见好就收，他可是这场晚宴的中心人物，我们到底是多有空才在这儿奉陪这对没完没了的男女啊……

堂哥尚未给我回应，我忽然听见了一声讽刺的轻笑。

“没提起过。”

很低、很慢的语速，仿佛这四个字里有莫大的内涵值得他细细品味，他自言自语地重复了一遍，末了，又低笑一声，这回笑声里的嘲讽意味更浓。

我微微一怔，扭头朝江旗亭看去。

那是一种什么样的眼神？

尽管很想去忽视他的存在，但是自从刚才得知我是宋复山女儿的那一刻起，他的视线就一直铁钉一般钉在我的脸上，就像要将一个他从不认识的灵魂看透看穿，双眸黑不见底，如风起浪涌的大海，暗藏着讥诮，暗藏着不甘，更多是翻腾欲出的汹涌怒色。

我感觉莫名其妙。

我居然在他眼中看到了“怒”。

他在怒什么呢？

怒我隐瞒了他，没向他坦白我的家境？

还是怒堂哥的那一句，我没向家人提起过他？

我不是很明白他因何而怒，但是，有资格愤怒的人，从来都不是他。

我迟迟不作答，李筠骊目光审慎地打量了我一会儿，突然好像良心发现，内疚地帮我向堂哥解释：“宋小姐是怕家人担心吧，毕竟当时她和阿亭的感情不算很稳定。这件事说起来，我和阿亭也有处理得不对的地方……”

一个人的脸皮到底可以厚到何种程度？

口吻听似示弱，她的眼中填满的却是抢走了我男友的沾沾自喜。

眼观她这副坐拥战利品的胜者姿态，一撮无名火从我心间猛地蹿起，顾及到场合，我深吸一口气，本想咽下，也以为自己能够做到像往常容忍她的那般，艰辛地，一如既往地咽下，可惜结果证明，是我高估了自己的好肚量。

她微弯的艳红唇角就像一抹小红椒，鲜明地挑衅人，一瞬间就将我的怒火烧到了极点。

“拿不出手。”

我听见自己说。

起了个头，接下来的话也就脱离了理智可控的范围。

我轻快地对堂哥说：“因为拿不出手啊。”

学李筠骊挨着江旗亭小鸟依人的样子，我也有样学样，抱住堂哥的手臂，声调放软，撒娇：“你知道我从小喜欢谁的，那么高的标准立在那儿，哪里还有谁能让我心动，大学无聊玩玩，打发一下时间而已啦，又没有多重要，干吗要和你们提……”

看，只要不去顾虑太多，伤人的话谁不会说。

江旗亭笑了一声，目光讥讽：“是，原来是这样，也对，宋小姐出身名门，我的确高攀不起，被人玩弄了也在情理之中。”

我也笑了一声：“你说谁玩弄你？我吗？”

我学不来他们那种做贼喊捉贼的调门！李筠骊自个儿把项链塞进我包包里，污蔑是我偷的，他自个儿和李筠骊滚到了一张床上，如今却反咬一口，指责我玩弄他。人说夫妻相夫妻相，从这个层面看，他们二位真真是配一脸，都那么地不要脸！

察觉到我怒气的起伏，堂哥抬起一边手，安抚地拍了拍我的脑袋，却无法浇灭我的怒火。

我松开堂哥的手臂，正面迎着江旗亭走去，几步之后，在他面前站定。这是分手以来我第一次离他如此之近，心中没有任何想法，只觉得他身上女士香水混合着香烟的味道真是难闻得要命。

我细细打量起他的脸，带着满腔疑惑，虚心求教：“你看起来好像很生气？请问，你有什么好生气的？气我隐瞒了你，不告诉你我是宋复山的女儿？是，我是没告诉你我是宋复山的女儿，但是告不告诉你，有什么区别？”

我笑得比他更讽刺：“是说我告诉了你，你就不会和你大哥的未婚妻搞到一块儿，还是说我告诉了你，你就不会以为我家境平凡、能量不够而背弃我？”我做出沉思的样子，片刻，露出一个恍然大悟的表情，“也对，毕竟你那天是这么对我说的——”

野火，筠骊的父亲能帮助我。

我蓦地收住话音，弯着嘴角瞧他。

他脸色骤然一白。

我犀利的言辞该是给他造成了不小的刺痛，他面上的血色一点一滴退去，脸庞白得像纸，更衬得双眸像化不开的墨，浓重的墨色将一切情绪都掩盖下去了，只在一两个瞬间，隐约似有挣扎与痛苦之色压抑不住地从眼底涌出。

他好像很不好受。

真好，就像那天的我一样。

那一天那一番深深作践了我的话语，如今想起，我却只感到荒唐与可笑。

我嘴角嗤笑的弧度不改，紧盯着他，说：“就算我玩弄你，我们也只是彼此彼此，你别给我摆出一副受害者的模样，你不是，因为你根本就没有……就没有……”

他根本就没有真心喜欢过我吧，贪一时新鲜而已，又何必和我扯什么玩弄不玩弄。

堂哥将我拉回身边，给我扇风。

“好了，火妹，乖。”

李筠骊大概也料不到我会当真不顾场合地发飙，毕竟这么多年，我次次对她都是百般忍让，今儿个遇上我发怒，她反而露怯了，抬眸担忧地看了江旗亭两眼，趁堂哥将我拉开的间隙，细声劝道：“算了，不和她争，阿亭，我们走吧……”

江旗亭没有对她的劝告作出反应，只是一动不动地站着，面色苍白，宛如被人剜走了心，立在那儿仿佛一张空洞的纸片人，神情看上去竟像是失魂落魄。

大意失荆州，错失了我这位金主，他的确该感到失魂落魄。

李筠骊挽住他的胳膊，打算主动带他离开。

可惜这回我没这么好说话了，在她准备转身之际，我冷笑开口：“这位不知是哪家李小姐的李小姐，污蔑完人就想走，天底下有这等便宜事？”

她霍然转眸看我，眼底掠过惊恼与狼狈。

我轻声问：“你不记得了？我偷了你的项链。”我清淡道，“这事还没完呢。”

既然都撕破脸皮了，我也无所谓撕得再深一点，好让他们长点记性。

如果我不是宋家的女儿，如果我的出身不足以证明我看不上那种档次的项链，如果换作其他家境稍微不那么好的女孩儿，如果没有郑续的一锤定音，是不是就得默默吞下李筠骊栽桩嫁祸的罪名？

一想到这里，我由衷感到一阵恶心。

她以为我仅仅想替自己正名，整了整神色，不情不愿地说：“就当是我自己不注意蹭进你包包里的好了，可以了没？”

说完，她拉着江旗亭就想走。

我满意地点点头：“哦，原来是你自己不注意蹭进我包包里的啊，这么贵重的东西，你还真是不小心。”我说，“然后呢？”

她停下脚步：“你还想怎么样？”脸上不见半分悔改，有的仅是想要快点脱身的不耐。

我面色淡然，懒懒地说：“你的名声不值钱，我宋野火的名声可是很值钱，你都承认是你误会我了，最起码，你得给我道个歉吧？”我微笑，“看在你我同一所学校毕业的分上，我会原谅你的，学姐。”

她的脸色骤然青了。

我不清楚是什么在支撑着她的骄傲，她死死闭着唇，就是不开口。

我不说话，看着她，眼神很冷，冷得如同看一条砧板上待人宰割，但仍不放弃垂死挣扎的鱼。

我犹有余暇地等了一会儿，仍然等不来她的低头，僵持不下的静默中，她的眼窝倒是悄悄地红了一圈，看起来既委屈又要强，好不可怜，好不我见犹怜。

唔，我好像变成了大恶人。

年轻漂亮的姑娘做错事情，总是更容易被原谅一些，也更容易博得别人为她讲情一些，更遑论她的男友，她的铠甲就在她的身边。

我听见江旗亭的声音低低的："我代她向你道歉，对不起。"

他的气色并不比李筠骊的好看多少，嗓音捎了一丝沙哑，定定地直视我的双眼，黑如深渊的眼睛里藏着无能为力的疲惫。

那是多久之前？

当他认为李筠骊比我更有价值，选择了李筠骊而背叛了我的那一刻，我就曾想，他终有一天会知晓我的身份，曾想过他会不会因此后悔，曾想过他的后悔会不会使我解恨。那时我想，应该还是会很解恨的，我又不是圣人，伤害过我的人为此悔不当初，我没理由不喜闻乐见。然而当今天这一刻真的来临，目睹他得知我是宋复山女儿后的失态，亲耳听见他的屈让，我的心湖竟没有丝毫波动，才发现，原来我早就已经不在乎了。

眼前，他苍白的脸，她泛红的眼，都只让我觉得索然无味。

顿时便没有了较真到底的兴致。

转过身，我一手钩住堂哥一手钩住郑续，头也不回地说："算了，走吧。"

他们自然会顺我的意，郑续有些担忧地凝视着我，不说什么，堂哥颔了颔首，临走时意犹未尽地扫了江旗亭最后一眼，敬佩道："二位真是鹣鲽情深。"稍作停顿，"不过这位阿亭先生，我奉劝一句，在确定终身伴侣之前，还是先了解清楚对方为好。"

点到即止，堂哥微笑："愿你们度过一个美好的夜晚，失陪。"

堂哥也就只有和我一致对外的时候会帅上那么一小会儿，当危机解除，闹剧散场，他就拉着郑续，两个人鬼鬼祟祟地撇开我，不知躲到哪个无人角落逍遥快活去了，半点儿也不再管妹妹我的死活。

宋家女儿这个头衔好像真的有点厉害，得知我是宋复山和林满素的独女，许多认识的、不认识的脸孔都亲切地上前与我攀谈，其中有老爸的生意合作伙伴，也有一些我不太叫得出名字的明星，三言两语的寒暄中，有意无意地向我打听起老妈最近的创作动向。

本该主持大局的某位宋少携眷溜了，小妹我资质尚浅，应付不来这种场面，于是趁没人注意，也赶紧寻机遁隐。

出了门廊，湿润的夜风扑面而来，我才恍然记起，琴洲假日的后院是海。

这一带远离市中心，无敌海景历来是主打，可惜是夜晚，近处灯火太明亮，因此更远一点的海面便令人看得不是很分明。衣香鬓影，欢声笑语都被我抛在了身后的宴厅，随风灌入耳中的，只剩富有韵律的海潮一浪接一浪冲刷着岸边的沙石的沙沙声，酒店附带的水上码头稀松地泊了几艘快艇，远远望去，白色轮廓隐现，像纸折的似的。

夜凉如水，天地疏阔，我忽然就起了酒兴。

幸好我早有先见之明，刚才从宴厅溜出来的时候，没忘记顺手牵上两杯。

堂哥找到我时，正逢我喝完最后一口。

宋少他出现得简直不能更合时宜了，良辰美景，晚风拂面，区区两杯小酒哪够解我的馋，我正愁要不要进去再拿，转眼就瞥见他的手里稳稳当当地端着一杯酒，我立刻就谄媚地嘿嘿笑，递出手中的玻璃杯，让他匀半杯给我。

他半天不行动，视线从我递出去的空酒杯，缓慢移到我搁在一旁的另一只空酒杯，静了一会儿，眉峰挑得老高：“你是觉得我的酒不用钱？”

“好喝啊！”

我理所当然地点头，晃了晃手里的空杯，催促他。

他不敢苟同地看着我：“好喝你也别喝多，我看郑续好像也已经醉得差不多了，我待会儿要照顾他，可没办法照顾你。”

我以前就听人讲过，人世间普遍存在着一则真理：有了媳妇忘了娘。我狩之哥他不是这么没心没肺的人，他的境界更高，媳妇和娘都能完美兼顾，只是忘了妹。

酒他铁定是不会再匀给我喝了，敢情他特地从宴厅里跑出来找我，就只是为了叮嘱我这么一句，让我识趣点，别影响他今晚和郑续双宿双飞。

望着他算盘打满、春风得意的笑容，我忽然就气都不打一处来，也许是酒精作用，也许是自尊心作用，我此时的好胜欲奇强，人争一口气，我口牙痒痒地瞪他。

“郑续郑续，你去照顾你的郑续呀，我又不是没有人照顾……”

放下酒杯，我一鼓作气拿出手机，最初的短瞬脑里闪过犹豫，但很快就打消了，熟练地按下一串数字，将听筒举到耳畔。

等了大约四秒，电话接通，那边传来一声低低的嗓音：“十九。”

只是听见他的声音，就足以让我的心跳漏跳半拍。

我悄悄深吸口气。

没良心的某位宋少为了郑续，半途抛弃我也不是一次两次了，多的是前科，照以往这种情况，我无一例外都是自行拨给赵司机，麻烦赵司机开车来捡我回去，可想而知，宋少他这回也会先入为主地认为我是打给了赵司机，索性不看我，悠闲惬意地品起他的小酒。

因此，当我对着电话那头，软绵绵地喊了一声“亲爱的”，形象管理向来极佳的宋大少爷，差点没惊恐得一口酒狂喷上天。

电话彼方的他也是微微一怔，随即，传入我耳里的语声莫名变得低柔。

“嗯？”

我捂着手机，说：“你有没有空？来接我。”

他顿了顿，问：“你在哪？”

我清醒地认为自己并没有醉，然而不知道是脑筋犯抽了还是怎么地，一时竟想不起酒店的名字。堂哥刚才那下猛地被酒呛到了，貌似十分震惊我会喊赵司机“亲爱的”，正在断断续续地咳，气都理不顺，看来也无暇给我提供答案。

怕电话那端等久了，我回答：“在海边，沙滩上。”

“周围有什么标志性建筑？”

“有一座木亭子，秋千，沙子很白，海面有游艇。”为了描述得更详细一点儿，我回首望进宴厅，“有很多酒，美女，斯蒂芬·周在拉小提琴……”

话没讲完，我的手机突然被堂哥抢了过去，他终于顺直了气，看也不看我，将手机贴近耳朵：“赵司机，是我，火妹喝了酒，希望她的调戏没有给你造成困扰……”说着，堂哥的话音猛地一顿，意识到了对方并不是他预料中的人，他拿开手机，快速瞟了一眼屏幕上的备注，微愣，脸色立马就不愉悦了，“不好意思，请问你哪位？”

我备注的姓名是“天下第一帅”，不用说，自负惊才绝艳的堂哥必定会和这个称谓杠上，口气分外不友好：“你来接她？敢问你和她什么关系……哈？什么我和火妹什么关系……她没提起过我？不可能！我是她在世界上除了她爸之外最敬爱的男人，我是……喂？你怎么不说话了……”

不知对方回了一句什么，喋喋不休的堂哥瞬间消音，短暂的沉默过后，忽然恨不得掐死我地狠狠瞪了我一眼，一脸黑线地对电话那头说：“关总，很遗憾在这种状况下和你首次通话，我是宋狩之。野火有点喝醉了……嗯，你来接她？好，地址是琴洲假日酒店后面的海滩……”

堂哥按了挂断。

下一秒，犀利如刀的审问目光就朝我射了过来。

“你真和关家的儿子谈恋爱了？”

“是呀。”

他将手机丢进我掌心，对着海风沉思了一阵，偏头问我：“传闻是个不简单的人物，你能搞定？”

“能吧……”

我拢了拢满头长发，问他：“以男人的眼光，我今晚看起来怎么样？”

他扫了我两眼，评价：“应该能卖个好价钱。”

我说：“那我声音呢？听起来怎么样？”

他说：“再放软点，能让男人愿意为你付一个好价钱。”

我受教地点点头。宋少阅遍花丛，他的指点总是不会错。我走到一架缠满了鲜花与小彩灯的秋千旁，扶着坐进去，脑袋挨着秋千索，许久不动。

他跟了过来，受不了地抬起穿皮鞋的脚，踢了一下秋千架的腿，没好气地问：“你干吗？”

我凝肃着脸，一字一顿地回答：“摆好姿势，等、买、主！”

堂哥不捧场地“啧”了一声，还想再踢一脚，适时一名中年男人一边接着电话，一边从宴厅中走出，该是不曾想能在门廊之外遇见本次庆功宴的主人翁本翁，中年男人眼睛一亮，立即就掐断电话，喜不自禁地快步迎向堂哥。

来了外人，形象要紧，堂哥只得僵硬地放下他伸向秋千架的飞腿，作罢。

小小两杯酒下肚，对我宋氏一门祖传的良好抗酒精基因来说，并不算无法招架，我自我感觉没有哪里不妥，只是坐进了秋千里，脚稍微一蹬，秋千便轻轻悠悠地荡了起来，不知不觉，意识控制不住地开始游离。春末的海岸晚风徐徐拂过我的发梢，像一只柔软的姑娘的手，将我脑里的酒意一点一点酝酿，我舒服地闭上眼睛。

隐隐约约听到中年男人挑起了话题和堂哥交流，来去不外乎是企业之间寻求合作的事情。宋总他明显不感兴趣，右手握着一只空酒杯漫不经心地把玩，偶尔应一两声，刻意保持冷淡，剩下中年男人独自一方在兴奋地介绍着自己的企划，冗长而空泛的内容实在有点儿……催眠。

我眼皮一合上就不想睁开了，中年男人喋喋不休的讲话声好像离我很近，又好像飘得很远，堂哥手持酒杯，背对着我立在秋千前，提供了一种令人安心的守卫者气息，我没睡着，意识昏昏沉沉的，也不知道过了多久。

可能只是过了一刻钟，也可能已经过了一个小时，夜风拂人，我忽然就感受到空气中传来一阵不一样的动静。

一直兴致缺缺地应付着中年男人的堂哥蓦地发出一声轻笑，仿佛终于等来了什么翘首以待已久的目标，一改拒人千里的冷漠。我听见他少有地热络地快速向前迈动两下脚步，迎向对方，开口说话时，口吻含了一丝不那么正谨的戏谑。

“久仰。”

“幸会。”

随后响起，是不同于堂哥也不同于中年男人的，另一道低沉清冷的嗓音。

心尖猛地一震，我睁开双眼，眼中刚好映入两名高大俊挺男子握手的瞬间。

一名气质张扬不羁，一名气质内敛沉稳，风格迥然不同，但又同样的身高腿长，同样的容貌出众，此二人同框出境，画面的养眼程度堪称史诗级别，闪耀得让人移不开眼。两人短暂地一握手就退开了，堂哥脸上挂着从容的笑，大有彼此一见如故、无须赘言的味道。

倒是中年男人喜出望外地盯着关峄，比发掘到了金山银山还激动，急忙客套道：“关总……是关总？哎呀，这太令人惊喜了，我不知道关总也来参加今晚的庆功宴……”

关峄微微点了点头，表情比之前堂哥应付式的表情还要淡漠，简短地回答：“我来接人。”

中年男人却似乎一点儿都不为别人的冷漠所伤，越过堂哥和关峄的双重阻隔，显得有些探头探脑地向秋千里的我投来好奇的目光，笑呵呵地追问：“来接女朋友？哎，刚才宋总那么宝贝地护在身后，我没看清呢，原来是这么水灵的小姑娘……和关总您真般配！郎才女貌呀，郎才女貌！”

中年大叔笑得眉飞色舞，讲得也十分欢畅，按堂哥和关峄对他的疏离态度，应该不是熟识，在这种有着严格社交尺度的晚宴场合，不得不说，该大叔的言行有些逾矩了。

关少这种神龙见首不见尾，一年碰不到一次的大金主，的确很容易让人产生难以自抑的套近乎的冲动，这我非常理解，但……我瞅着中年大叔，心想，没用的小傻瓜，我高贵冷艳、优雅脱俗的四师兄才不会为这种低等次的马屁动容呢！刚信心满满地坚定好这个信念，却不料，一转眼就瞥见我高贵冷艳、优雅脱俗的四师兄，他的嘴角居然微微上勾了一下。

“嗯，我来接我女朋友。”

说着，他径直朝我走来。

我原是脑袋挨着秋千索，坐得歪歪斜斜的姿势，望着他一步一步地走向我，仿佛有某种说不出的力量在催动，我下意识就慢慢坐得很笔直。不知突然从哪里刮来了一阵风，带着太平洋湿润的海潮气息，扑面而来，将我的发丝全部往后吹去，我抬起脸看他，秋千轻微摇晃，我的裙摆也在波浪似的翻腾飘动。

他站到了我面前。

我已经完全傻掉了。

“我女朋友”这几个字真好听，他的声音真好听，他嘴角上扬的弧度真好看，他专程来接我，真好。

我仰着脖子，眼前映入了夜幕，映入了星光，也映入了居高临下，立在我跟前的他。今晚阅遍美男，还是觉得他最俊。只需这般看着他，心似乎也被海风胀满，我忍不住低喃：“这么好看的男人被我搞定了，我真厉害……”

回应我的自我赞美的，是他的皱眉：“醉了？”

堂哥立即回答：“没醉透，借酒装疯而已。”似乎很看不惯我这副模样，堂哥拍了拍关峄的肩膀，撒手不管地说，“人我交给你了，我还有事情要处理，失陪。”

眼见堂哥离场，中年大叔看了看关峄和我，这时倒是懂得了分寸，连忙扬起讨好的笑容：“那么，我也不打扰二位了，关总，再会。”

偌大的海滩转眼间只剩下我和关峄两人。

他在我面前蹲下，视线扫过我搁在旁边的空酒杯，静默片刻，抬起眼，注视着我的脸，低低叹了声，问：“怎么又喝这么多酒？”

我喝酒本是寻常事，被他一问，禁不住就泛起了心虚，不安地坐在秋千里，躲避着他的目光，小声应道：“也没喝多少啊，一点小酒，不碍事……我和你说哦，今晚这个宴会是我家老哥出钱举办的，他那家伙可挑剔了，品味又刁钻，不少好酒都是前几天刚从波尔多订回来的，我总不能白白便宜了外人啊你说对不，要靠自己喝回本……”

“我刚在里边遇到了戚樾。”

他平静地打断我。

我一愣：“戚樾？”

惊讶地定睛看着他，慢了半秒才记起，戚樾好像是他笠山实验室里的那位个性青年来着，不由得又是一愣。

“戚樾也来了？我怎么没看见他？”

“他陪朋友出席，据他说，你今晚大放异彩，他自惭形秽，没好意思叫你。”他凝视着我的脸，薄唇似有若无地勾出一丝浅淡笑痕。

大……大放异彩……

思及戚樾那副管不住嘴巴的话唠样子，我直觉事情不会这么简单。

我讪讪问：“戚樾他……没和你说什么吧？”

“听说今晚很热闹。”

果然，戚樾那货已经向他打过小报告了。

“是很热闹。”我重重地点了点头，本就没有隐瞒他的打算，默了一小会，我语调轻快，自行供述，“我今晚遇见江旗亭了，还和他的小女友大掐了一架，戚樾有告诉你吗？”

他颔首：“戚樾说，你赢得很漂亮。”

“那必须的，也不想想我是谁，老虎不发威，真当我纸糊的啊？”我仰头看天，避开他的审视，扬眉吐气地说，“江旗亭的小女友，那个傻得可爱的笨女人，拿着一条不值钱的地摊货，想来陷害我。江旗亭也是，还真以为我是什么名不见经传的小人物啊，说出来吓死他，他当年选择劈腿的原因还是以为我的家境不如李筠骊呢。真好笑，你没看见，我狩之哥出来认领我的时候，他们的脸色……”

我搁在裙子上的手背忽然被人轻轻覆住。

“十九，你不想说，就不要说。”

我手腕一颤，讲得正欢的话音霎时散掉，视线从漆黑的夜空，缓慢落入他漆黑的双眼。

半晌，我说：“关先生，你不要太敏锐。”

他低叹：“我是得有多迟钝才会看不出你的消沉？都一个人躲到这儿喝酒了。”

我想了想，点头：“好吧。”直视他的眼睛，说，“既然你这么聪明，你知不知道我现在最想做什么？”

他轻轻一笑：“知道你想借酒装傻，对我……”

不待他说完，我当机立断："你猜对了。"

语毕我向他扑去，张开双手圈住他的脖颈，将自己完整送入他的怀抱。

酒这玩意儿真是一个非常好用的借口，在这种液体的掩护下，似乎无论做什么都有了光鲜的幌子。纵然我认为自己并没有喝醉。我的举动给秋千带来一阵剧烈摇晃，他眼疾手快地伸出右手扶住秋千的横板，我才得以坐稳，避免了因用力过度而从秋千上跌滑下地。

他略带无奈的低嗓在我耳畔响起："你的心思还真好猜。"

当然好猜，我对他的那么点虎狼之心由头到尾都连贯且一致，只是今夜酒意壮了胆，让我毫不犹豫将那些冲动付诸实践了而已。我搂住他，将脑袋埋进他的颈侧，他的衬衫衣领蕴藏着淡淡的冷香，说不准是什么味道，只让人觉得好闻。

于是原本沉闷的心情稍微得到了纾解，我舒出一口气，到了此时，心中剩下的只有纯粹的困惑，憋不住缠着他问："你说，我是不是很不招人喜欢啊？"

听入我的疑问，他陷进漫长的认真思考，好一阵才回答："你问我，得到的只会是有失偏颇的答案。"

我想了一会儿："应该谈不上招人喜欢吧，不然实在没法解释，李筠骊为什么会那么讨厌我……"

我郁闷地叹气，将心中积累的不快一箩筐吐出："扪心自问，我从来没有主动招惹过她哪怕一次，反倒是她，几乎我踏进大学校门没多久，她就开始到处散播中伤我的谣言，后来明知江旗亭有女朋友，是我，她还和江旗亭做出那种事……如果我和她真有哪里不对付，那也应该是我记恨她，对她实施打击报复才对吧？结果事实相反，每一次都是她紧咬住我不放，今晚也是。她到底有多讨厌我，才会不惜押上自己的名声，也要捏造罪名栽赃给我？"

海风徐徐吹拂，我的声音听起来有些发闷。

我和李筠骊的恩怨由来已久，我却始终搞不太清楚，得有多大的冤仇才能让她憎恨我成这样。

几秒钟的沉默，他平静地开口：“我不了解别人怎么想。”

顿了顿，他补充道：“不过我可以告诉你，世上本就有很多个体不能以常理推论，嫉妒、贪婪、掠夺……本就属于人性中的阴暗面，差别只在于何时以何种方式显露，而爱情本身具有排他性，容易成为引发这些的诱因。”

“嫉妒、贪婪、掠夺……”我能明确从他话中听懂的就只有这三个词语，他分析哲理性问题的时候，口吻严肃得就像一位正谨的学者，我禁不住就很想问，“这些情绪，你也会有吗？”

“当然，我一介凡夫俗子。”

“骗人。”我不相信地小声嘀咕，“我就从来没见过你有这种情绪，你不管遇上什么事，总是很冷静，我亲眼见识过的，就连被人提刀追着砍，你都还是很冷静。”

“我……”他哭笑不得，稍顿，手掌抬起，扶住我的腰，“你先让我起来再说。”

我稍微松了一下手劲，双手依然圈住他的脖子，没有完全放开，等他整副身躯都挺直站起，我就必须也得从秋千上起来，吃力地踮起脚尖才能配合他的身高了，头也从低垂变成了仰望的角度。以这种吃力的站姿和他四目相接，宴厅里流泻出一首明快的钢琴曲，小溪流水一样的曲调淌过门廊，淌过窗户，将这片无人涉足却又斑驳陆离的偏僻角落逐渐浸透。

我微抬着头，眼睛不眨地盯着他瞅，远处传来海潮涨落的水声，沿着海水线摆放的浮灯明明灭灭，黑色的海，黑色的天，面前触手可及的，是身姿笔挺，玉雕似的他，他的眼底深敛着星辰般的幽亮光芒。

我记得他刚才说的那句话好像是我们站起来再说，但是到了此刻，我站起来望着他，却觉得所有的言语都可以暂行先按下。夜风如水沁凉，钢琴声与潮水声交织入耳，神思似乎也被风吹散，我望着他，忽然就想跳舞。

我松开他，往后退两步，朝他伸出右手。

“关先生，不知我是否有荣幸和你共舞一曲？”

他没有立即接受，不动声色地端详着我的脸，俊眉微挑：“我记得有人和我说过，你不会跳舞。”

我不屑：“谁和你说的？”

他回想半秒，“你余羡君伯母。”

“我余羡君伯母真是神通广大。”既然是这么权威的人物，我唯有认了，大方坦诚道，“是不太会，但是，应景嘛。”

我等不及地晃了晃举在半空的右手，对他发起无声催促，让他麻利点，他矜持了仅仅两秒钟，很快就败在我坚毅不移兼且不容置喙的目光之下，抬步上前，握住我的手掌，另一只手环过我的腰，将我再次揽近了他的胸膛。

“宋小姐，当心我的皮鞋。”

“知道了知道了，莫慌。”

好闻的男性气息陡然逼近，不似我借酒壮胆的故作镇定，他显得强硬且自如，旋转不到两圈，我的脸颊就禁不住开始发热了……然后，不出他所料地踩了几脚他的皮鞋之后，我的脸皮简直快要冒烟。

钢琴曲转入后半段，曲子渐渐过渡成细水长流的舒缓，我便也放慢了不得章法的混乱脚步，不自在地清咳两声，一心只想替自己找台阶下，想了半天，终于想到一个还算合理的说辞：“其实，我学过国标舞的，老妈专门请过老师回家教我，只是我学归学，基本没什么机会出门实践，日子一久，就生疏了。”

他颔首表示知情：“你很少参与交际。”说道，“伯父伯母将你保护得很好。”

我笑了笑：“他们只是被吓怕了，毕竟就我这么一个女儿，要多没有。”精神一松懈，脚下踩着的舞步顿时全都失去了章法，我抬起脸，欲言又止地望着他，心底闪过瞬间的犹豫，然而很快释然，神情轻松地说，“余伯母将我的老底摸得这么仔细，她有没有和你说过，我小时候发生的一些不好的事情？”

他看着我：“你是说？”

我以云淡风轻的语气开口：“我小时候遭遇过绑架，两次。”

他猛地顿住脚步。

我赶紧安抚地说：“都是过去很多年的事情了，你的脸色不要这么吓人，放松……冷静……松开我的小手……”我的指骨被他捏得好疼！

他皱眉：“抱歉。”却没放开我的手，只减轻了力道。

我随口回应：“没事没事，我知道这听起来很惊险……”

他无语地瞟我一眼，脸色稍稍缓和，问：“什么时候的事？”

我说：“在认识你之前了。”由于年代久远，我现在重述起来丝毫没有心理负担，“余伯母没查到也很正常，不是多愉快的回忆，就连在我们家，大伙也都很有默契地对这件事闭口不提，他们生怕会刺激我想起童年阴影。”

“不过话说回来，我本人能记得住的部分倒是不多。”我不怎么在意地弯了一下嘴角，仿佛在讲述与自己毫不相关的陈年往事，“第一次发生的时候我只有几个月大，还不会走路，我们家的保姆将我抱走了，好像是说她的丈夫在外面欠了一屁股赌债，被高利贷追上门，走投无路了吧……这一段我自然一点记忆都没。”

我边回想边说，语速很慢，他安静地听着，脸色暗沉，眸光晦暗不明。

“第二次发生的时候我五岁，能够模模糊糊记住一些片段了，印象中两个戴面具的男人将我关在山上一间破旧的铁皮厂房里，轮流看守，从白天到晚上……我记得那天半夜下了很大的雨，屋顶滴答漏水，外面电闪雷鸣，我被绑在柱子上，只要一扭头看窗外，就能看到密集的闪电，雷声大得就像要将整座山头劈开……”

那时年纪小，尚懵懂不知两名绑匪的行为意味着什么，比起有血有肉的人类，大自然毁天灭地的雷电更让我恐惧。

我停顿片刻，缓了口气：“如果说这两次绑架真有给我留下什么童年阴影的话，那大概就是，我很怕打雷，非常怕，怕到不行。”

而近段时间又恰好处于雷阵雨多发的季节，简直让我每天都不得安生。

夜风如浸了水般冰凉，树木迎风飒飒招展，潮水随着大风前赴后继地涌向海岸。听完我所言，他抬头观察天色，半晌，低缓地说：“今晚可能会下雨，而且极有可能是雷雨。”

我咽了咽唾沫，强装不慌。

“如果真的打雷，我吓哭，能不能麻烦你假装没看到？”

他凝视着我，严肃考虑：“那就要看你哭的程度了。”

我急忙板起脸担保：“我会尽量不影响到你，不吵到你，争取无声地流泪，坚忍地哭。”

他面无表情地将揽在我腰际的手掌收回去：“难度太大，操作性不强，可信度不高。”冷酷地评价完，他单手牵着我，要往宴厅里走，“所以我们还是进去好了，免得被人看到你哭，以为我欺负你。”

我没被他拉动，站定在原地道：“再待一会儿，这么美好的夜晚。”

这么温柔却不点破的你。

前一段演奏在曲末流畅地画下句点，短暂的停顿过后，从门厅里接替流淌而出的是德彪西的《月光》，一首优美得像梦境的钢琴曲，空灵纯净的音符宛如暗夜里的小精灵，乘着海风旋转跳跃。

我将目光从他的脸庞移开，灵光闪现地小小“啊”了一声，说：“这首曲子我很喜欢，以前读书的时候，有一部很火的外国电影叫

《Twilight》，吸血鬼题材的，里面选用了这首曲子当插曲。”

“我以为你独爱武打片。”他神色认真。

“武打片是我的最爱，但别的电影我也不挑，主要是为了陪云叙环，她那几年对爱情片情有独钟，这部电影也是她拉着我一起看的。”现在数来，少女时期，我的确和云叙环一起刷了不少少女情怀的电影，“她当时很迷这部，英俊强大温柔专情的吸血鬼男主 Edward，完美情人的楷模，集合了青春期女孩对另一半的所有美好幻想。用《月光》当背景音乐的那段剧情，是 Edward 带 Bella 回家，两人听着这首钢琴曲跳舞……”

记得电影情节中，Edward 在这时拉着 Bella 转了一个圈，正好我的手现在也被牵在他的手里，我于是仿照电影里的这一段，一边说，一边兴致盎然地抬高他的手，自行在底下轻快地转了一个圈，完了以后，仰头对上他的眼睛。

“但是 Bella 很窘迫，因为她不会跳舞。”

他眼中有笑：“Edward 被踩了几脚？”

我假装听不懂他话里的调侃，不受影响地自顾自接着说：“然后，接下来就是我和云叙环一致认为的全戏最浪漫的一幕，Edward 背起 Bella，施展超能力，飞起来，在针叶林中翱翔……”

电影有背景音乐《月光》作衬，镜头对准的地方，弥漫着雾气的针叶林郁郁葱葱，拥有异能的吸血鬼男子背着少女在林中快速穿行，整幅画面唯美得令人惊叹。我笑着说：“导致后来很长一段时间，云叙环都念念不忘，要以 Edward 为原型寻找恋爱对象。”

他感兴趣地问：“那她找到了吗？”

我摇头：“哪敢啊，我们那时才十来岁，要是找了，就是妥妥的早恋，是要被爸妈爷奶花样吊打的，就连胆大如我，也是大学才第一次谈恋爱……”

况且再后来，云叙环光速移情别恋，没多久就转型迷上了肌肉猛男。

此刻耳边回响的是《月光曲》，然而眼前所见，却不是曲调描绘的万籁俱寂、月色如水景象，相反，漆黑的夜空中没有一丝一缕月光，海面风高浪急，天际已经可以隐隐听见雷声，大有风雨欲来的气势。

他预测得不错，今晚即将是一个难熬的雷雨夜。

也许确实因为有酒下肚的缘故，否则，我无法讲通，我究竟是向哪借的熊心豹胆，雷鸣在即，我居然还有胆量赖在这里不走，不依不饶地拉着他跳舞。

自得其乐地转到第四圈，我抬眸直勾勾地盯着他瞧，酝酿了几秒钟："我问你啊，你以前有没有和谁在一起过？"

他觑着我，眼中浮上一抹兴味，失笑："哪有时间！"

"也对。"他有多忙我大概能想象得到，我慢慢地站定不动了，与他相向，沉思了一会儿，"我以前在书上看过一段话，是这样写的：也许每一个男子都有过这样的两个女人，至少两个。娶了红玫瑰，久而久之，红的变了墙上的一抹蚊子血，白的还是'床前明月光'；娶了白玫瑰，白的便是衣服上的一粒饭粘子，红的却是心口上的一颗朱砂痣。"

"张爱玲，《红玫瑰与白玫瑰》。"他赞赏地看着我，"真亏你能背出来。"

我也替自己感到安慰："我会背的东西不多，这个文段是其中之一，还有一篇是白居易的《赋得古原草送别》，能背下后者的原因嘛，你猜得到的……"

他低笑："野火烧不尽。"

"是啊。"我不太好意思地承认，"别的小孩会背的第一首诗，一般是春眠不觉晓啊，白日依山尽啊什么的，而我则是这首，我的名字是爷爷根据这首诗给我取的。"

我淡笑着告诉他原因："我奶奶命薄，爷爷给她取名叫宋安，希望她一辈子安适平稳，可惜她很早就走了，后来爷爷为孙辈取名字的时候，给堂哥取了‘狩之’，给我取了‘野火’，都很富有侵略性，大概觉得，既然‘安’字不能‘安’，那还不如轰轰烈烈地过吧……这些年爷爷的心境发生了什么变化，只有他自己能体会个中滋味。”

我望着他，苦笑：“其实我还挺向往我爷爷奶奶的爱情的。”

雷声隐隐，空气中已能嗅到雨水将至的气息，我的胸中似乎也形成了一团低气压，让人有些透不过气。他不久前刚和我说过，如果我不想说，可以不要说，酒精这玩意儿真厉害，我明明感觉自己的思维还很清晰，可就只是这样凝视着他的脸，我居然控制不住要和他说话的欲望。

“在遇见我奶奶之前，我爷爷是个浪子，在遇见我之前，江旗亭也是个浪子，爷爷后来为了奶奶改变，所以我也曾天真地认为，江旗亭会为了我改变。”我摇头，笑着说，“但是我忘了，改变这码子事，是要以真爱为前提的，江旗亭对我又不是真心，我又怎么会有机会看到他为我改变？在他眼中，像我这种家境普通，对他没有任何助力的女孩，从来都只是路边经过，采起一朵，嗅一嗅，然后就可以随手丢掉的野花而已。”

伟大的哲学家林满素女士曾经说过，江旗亭这样的情场老手，之所以是情场老手，是因为他们有特殊的撩妹技巧，让每一个待在他身边的女孩，都坚信不疑地认为自己对他而言是独特的。爱情如走高空钢索，一踏上就无可回头，稍有不慎，粉身碎骨。

我说：“红玫瑰与白玫瑰，也许就是这个理，对江旗亭而言，我和李筠骊，轮流当了他的蚊子血和饭粘子。”说到这里，我不禁感到困惑，“可是为什么会这样呢，喜欢一个人，为什么还会三心二意？”

他垂眼，目光落在我的眼睫，稍顿，没有直接解答我的疑惑，而是一针见血地问：“十九，你为什么不告诉他？”

我怔了怔：“什么？”

他缓慢地指出：“你说，江旗亭选择李筠骊的理由，是认为她的家境比你好，然而事实不是。你为什么不告诉他？”

我说：“告诉他还有毛用啊，他的腿不劈都劈了？”

他轻声问：“那之前，你和江旗亭在一起的时候？”

我和江旗亭在一起的时候……

也没有告诉他。

我深思了好半晌，说：“我被绑架了两次，受影响最大的人是我老妈。别看我老妈现在好像很洒脱的样子，我五岁那年，刚从绑匪手中被救回的那段日子，她的精神濒临崩溃，不让任何人带我出门，在家里也不让我离开她的视线。除了我老爸之外，她谁都不信，人也变得疑神疑鬼，还不止一次紧张地叮嘱我，不能和外人说我是宋家的小孩，不能和别人说我是宋复山和林满素的独生女……”

年幼的我尚不能理解父母的压力，只觉得委屈，且忧郁。我的亲爸亲妈不认我了。

“好在经过心理医生的干预，老妈调整了过来。”我弯唇浅淡地笑了笑，说，“那段日子，我们家经常有各种各样的医生上门，有来看老妈的，有来看我的。我虽没什么印象，但他们都说我受到了惊吓，因为被救回来后一直生病，人也瘦瘦小小的，吃了很多药，怎么养都不见好，请了大师来算，只说我命根薄……最后是爷爷把我拎去佛堂养了半年，才长出了三斤二两肉，再接着，爷爷干脆和爸妈商量着狠下心，才把我丢到武馆强身健体的……”

后来我就除非自己兴风作浪，否则日子就无风无浪地长大了。

我想了想，说：“其实不是特地不告诉江旗亭，是经历了那些，我自己本来就没有和别人提起我家庭的习惯。”

我扬起脸和他对视，心想没错，就是这样的。

懂事后我就理解了老妈为什么不让我对别人嚷我是宋家小孩，这份打小养成的警戒心，直到我后来学了武术，有了自保能力也依旧保持在潜意识里，因此哪怕遇上李筠骊的看低，我都没有以此反击。我还真能隐忍啊。

他安静地审视着我的脸，眸光深深，仿佛要将我看透，过了片刻，开口：“十九，你的答案具有很强的利己性，如果你，和他，曾经是情侣关系，那么，上述都不是你不向他坦诚的理由。”

我猛地一震。

他是不是想……诱导我说出什么？

他平时给人的感觉虽冷峻但不至于凌厉，然而这一刻，对上他黝黑深邃的双眼，我却感觉他话中的隐喻如同一只空中盘旋的猎鹰，伺机而动，瞄准的是欲盖弥彰的人心。

我陷入哑然。

我和江旗亭，任谁看，我都是被人背叛，受害的一方，事实摆在那儿，我和他分手的直接原因确然是由于他的不忠，导致他不忠的原因是他认为我没有价值，而导致他认为我没有价值的原因是……

我的缄默。

我叹了一口气，低声喃喃：“就算我告诉了他我是宋家的女儿，他和我在一起的动机也会变得不再单纯，一样没有任何意义……”

“十九。”他唤住我，顿了顿，“别自欺欺人。”

我咬唇，蓦然抿掉未完的话音。

停了一会，我重新开口，语速很慢：“是我不想告诉他。”

我掀起眼皮定定地把他望住。

“由一开始到最后，我都没动过要告诉他的念头。”

他耐心十足地等着我继续往下说，我心间莫名涌上一股被人看穿的难堪，不自在地别开了眼睛：“现在想来，其实我也没有资格指责他不真心，我一直以为自己是喜欢他的，他脸蛋不错，会变着花样儿哄我开心，也不会干涉我其他事情，给人的距离感很舒适，从各方各面来看，他都是一个合格的男友不是？”

"所以，我以为我是喜欢他的，直到后来他和李筠骊搞到一起，被我捉奸在……"我抿了抿嘴，困惑地说，"那时我看着他们，心中有的只是遭人背叛的愤怒，很愤怒，却一点儿都不难过。如果真的喜欢这个人，为什么我会感觉不到一丁点难过呢？云叙环说我笨，说我不会大哭大闹，把他们的名声搞臭，可是，我真的哭不出来啊……"

我自嘲地笑了一下，看着他："听起来我很渣是不是？"

他居然点头认同："嗯，听着是很渣。"

不，唯独你不能说我渣。

雨水即将到达这片海岸，潮湿的空气如同花房的玻璃穹顶，闷得我心间似乎也有某种埋得深深的情感正在不可抑制地发芽，疯长。

我悄悄吸气，微仰着头，一瞬不瞬地望进他深邃的眼底。

"我也是那时才看清，原来我心底一直放不下一个人，我一直在等那个人回来，虽然我不知道他什么时候回来，会不会回来，回来了，会不会记得我，但是，我就是喜欢他啊。我从小就喜欢他，他是最好的，长得好看，头脑聪明，还会保护我，也打得过我，我崇拜他，我从小就喜欢他……"

喝下肚的酒精就像全部约好在这时一致发挥作用，我说得颠三倒四，不确定自己究竟在磕磕巴巴地重复喃喃些什么。掌心闷出了汗，我潜意识想要擦一擦，才恍然记起我的手还落在他的手里，手指一动，反被他捉得更紧。

我们依旧保持着共舞的姿势，只是我和他都不动了，《月光曲》也已弹奏完毕，此时灌入耳中的是大自然的独奏。风声，海潮声，云层后隐隐的雷声……他眸光幽深地注视着我的脸，极有耐心地等待，眼神看上去竟像是……策动。策动我再多说一点。

我于是就像被蛊惑了，望着他，声如蚊蚋地低喃："我才明白，原来心中有某些执念，是别人取代不了的。这么多年，在我心里，明月光和朱砂痣，似乎从来都是——"

你。

最后一个字被我恍如梦醒地抿断在口中，我扭头看向旁边，话锋一转，轻快地随口说：“哎，我小时候遭受了那么多磨难，你差一点点就见不到我了，我这么来之不易，你还不好好珍惜我……”

他注视着我，声线很低很沉：“要怎么珍惜你？”

我漫不经心地胡诌：“最起码得……”

轰隆！

话未说完，天际忽然炸开一道惊雷！

我登时被吓得魂飞魄散，整个人有如被火烫到的蚱蜢，猛然跳起，急欲寻求庇护地往他怀里扑去！

酒精于此时全军阵亡，少了它们的护胆，我遥望天穹，胸中只剩下最原始的恐惧，我一边潜意识里尽可能地贴紧他，一边惊惶地扭头望天，脑海全然空白之际，忽然感觉后颈被一只大掌托住，我茫然地转头，毫无防备地，下个瞬间，唇瓣被人覆上。

脑海仿佛又炸开了一道惊雷！

薄唇带着珠玉一般的温度，不温不凉，节奏从容不躁进，贴着我的嘴唇轻柔地研磨，他甚至还有空闲开口，低低地问：“要如何才能让你知道，我多珍惜你？”

等意识到他在做什么，我脸颊一臊，立即就把头撇开，双手因雷鸣而微微发抖，抵着他的胸膛，躲闪着说：“我今天擦了口红。”

“口红不可以吃？”

“应该不、不可以吧？”

“好，那你下次记得提前告诉我。”

语毕，他伸出一条手臂朝我探来，圈住我的腰，将我带向了他的身体，另一只手按住我的后脑勺，力道强硬不容许抗拒，头一低，再度吻住了我。

这回不若刚才那般清风细雨，他根本不给我抵抗的余地，薄唇吮吻着我的唇瓣，我心如擂鼓，浑身发颤，一开始还笨拙得不知松开齿关，然而他实在极能忍耐，等我终于憋不住气地一喘，他的舌尖就伺机侵占了进来，紧接着就是毫不掩饰野心的攻城略地，我顿时兵败如山倒。

唇舌相缠间我尝到了一丝若有若无的龙舌兰的味道，昏昏糊糊地暗想，他不是开车过来吗，怎么会有酒味？又过了几秒我才迟钝地想起，我先前喝下的酒，基调好像就是龙舌兰来着……只想到这，我就完全丧失了思考能力。

天空落下响雷，我无法忽视，却也无暇顾及，童年时烙在内心深处的恐惧让我缩在他怀里抑制不住地颤抖，活像地震来临时盆子上的冻糕，脑海一片空白。能感知到的有雷声，还有比雷声更能占据我感官的他的气息，他不留一丝缝隙地把我揉向他的身体，力道之大，仿佛要将我的战栗也揉碎，唇舌强势地掠夺着我的呼吸，我很快就完全沉溺下去，不知东南西北……

我不是很能确定他是什么时候放开我的，等我的意识逐渐回笼，我的眼前很长时间都还是一片雾蒙蒙，心跳得鼓噪，几欲要破出胸口，本来抵在他胸前的双手，也不知何时变成了紧紧抓住他的衣襟，指尖发白。

他弯着腰，长睫低敛，额头抵着我的，逐渐平复气息，过了良久，嗓音沉哑地喟叹：“你说我总是很冷静？不，我现在就很不冷静。”

我的思绪依旧处于糊状，他略带沙哑的声音有如天外来音，我的大脑好一会儿都分析不过来。见我许久没有应答，他抬起头，稍微退开了距离，看清我表情的瞬间，微怔，随即唇畔勾起一抹玩味的浅笑。

“原来我还能把女孩子亲哭。”

亲……什么哭？

闻言，我神游太空地呆呆抬手摸向眼角，不意料摸到一手水湿。

我盯着湿润的指尖，愣了半晌，听见自己结巴地解释：“是……

是因为打雷……”一开口，才发现声音里藏了丝哭腔，仍在无法停止地发着抖。

深呼吸，我竭力恢复镇定，平静后却越想越不甘，忍不住提不上力气地朝他的胸口捶了一拳，含泪控诉：“你为什么非得……非得挑这种天气啊！”

他已经全然平复好了，像个没事人似的，莞尔觑着我：“听你讲了这么多前男友的事，身为你的现男友，怎么说，我心里有点，唔，不平衡，要取回一些平衡才行。”

这，这是哪里来的烂借口？

我错愕地瞪他，胸中霎时涌上一股悲愤：“你平衡你平衡，我的代价未免也太大了吧？这可是我苦苦珍藏了二十三年的初……”

我愤然住嘴，用力抹了一把眼睛。

挑什么日子不好，非得挑雷雨天，本来雷鸣天气留给我的净是不美好的回忆，我可以毫无保留地去讨厌它，这下可好，今夜过后，我该以何种矛盾的心情直视雷雨天？

……愁人。

他眸中有光亮，心情似乎很好，注视着我，低缓地说：“你交过男朋友，我以为你有经验。”

我恼羞成怒：“我家教严啊！”

他赶紧安抚奓毛的我：“你不亏，我家教也严。”

“比涮了水的白萝卜还纯洁是吧？”我忽然想起上回在涧园，阿姨对我说过的话。

他严正点头：“今天之前，是的。”

我嘀咕：“一点儿也不像……”

他笑了笑：“本人一向自学成才，只要有你……”反应迅速地捉住我立刻就捶向他的手，他眸中满是晶闪的愉悦笑意，“好了，下次再讨论，要下雨了，快进去吧。”

话音刚落，豆大的雨点就从夜空中断珠一般落下，响了一晚的雷，到了此时终于酝酿成暴雨。

他牵着我往宴厅的方向移动，我小小地跑了两步，顿觉不妥，急忙停下不跑了。

他回眸挑挑眉，询问地看着我，我的视线落在他的薄唇，窘迫地盯着沾在上面的点点，呃，口红痕迹……仿佛一幅清逸的水墨画被谁添了浓墨重彩的一笔，他唇瓣染上艳红，暧昧，决不可示人。

我脸皮发烫，伸出手，潦草地帮他擦了几下，果然，用卸妆液还要担心卸不干净的玩意儿没这么容易就被擦拭掉，我立即敲定主意："你车停在门前停车场？我们不进去了，绕旁边出去。"

我牵着他往反方向跑。

他轻笑一声，跟上我的脚步。

走出铺了红地毯的门厅区域，踏进的是广阔沙子王国的地界，雨点下坠的间隙越来越密集，淋雨没事，要命的是云层后滚滚的雷声，说不准哪个时刻会突然落下。我步履踉跄，高跟鞋的细跟每一步都陷进了沙面里，越慌张越走不快，我弯下腰，刚发着颤脱下高跟鞋，一抬眼，他已经在我面前蹲下了。

"快上来，我背你。"

望着眼前宽阔的背，我有些愣住。

一颗冰凉的雨珠将我冻醒，我慢吞吞地爬上他的身躯，手指钩着高跟鞋，双手圈牢他的脖子，五味陈杂地感叹："你现在比以前可爱多了，记得我小时候也让你背过我，你不答应，每次的脸色还都很臭。"

他没好气："那是因为你每次让我背你，嘴里都嚷着猪八戒背媳妇。"

他站起身，背着我往前走。

"猪八戒背媳妇猪八戒背媳妇……"我贴着他的脸颊，说完，拉开一点距离，笑嘻嘻地侧着脑袋看他，"没错啊，现在不就是嘛，你背了我，那就代表你承认了啊。"

“嗯，承认了。”

我刚想得逞地大笑，听见他慢条斯理地补充：“承认了后三个字，至于前三个字，你想都别想。”

雨势来得太急，饶是他再人高腿长，我们上车之前还是淋了不少雨。

他的西装深色系，淋了雨还不算明显，而我身上这种轻薄凉快的晚礼裙，淋了雨之后，薄薄的衣料紧贴着皮肤，再加上本就不那么良家妇女的抹胸设计，呃，就难免有点……

听说人类发明衣物的最初目的是保暖，其次是遮羞，我现在觉得，就算随便给我一块窗帘布披着，都会比我身上这块湿布更具有以上功能。

上了车就没人说话了，我单手拢着潮湿的长发，佯装若无其事地看向窗外，他目视前方，在雨水飘泼的夜里专心致志地开车。

雨天车速不快，花了和平时差不多两倍的时间，车子缓缓在我家铁门前停稳。

他对我说了一句“等等”，松开安全带下车，冒雨冲向后尾箱取出一把雨伞，撑开，绕了车身半圈，走到副驾驶外，绅士地替我打开车门。

伞是单人伞，一人撑刚好，不足以完全覆盖两个人，为了不让他把伞向我这边倾斜太多，我只能尽量往他身边靠，紧紧挨着他的手臂。从铁门走向屋檐的这一段路，我和他都没有出声。回到市区就听不见雷鸣了，只是雨势很大，伞面透明，昏黄路灯的映照下，可以看见浑圆似珍珠的雨珠从伞面上方一点一滴地滚落。

走向主屋的路上，我们经过一片我早些年亲手设计的庭院，小叶榕、山茶、垂丝海棠、百日草、日本五针松、肾蕨……园子深处搭了个花亭，上面爬满了紫藤，雨雾迷蒙，花草如同加了白色系滤镜，抬目望去尽是隐隐绰绰不真切的绿意。

他把我送上家门前的台阶。

我从伞下跑出，转身，与他相向而站。

他将雨伞递给我，让我暂时先拿着，然后脱下西装上衣，再把西装上衣递给我，和我交换回雨伞，简洁地命令：“穿上。”

我摇头拒绝：“不用了，我不冷。”

再说，他的衣服也并没有比我的裙子干燥多少。

他的意思却好像不是要给我保暖，说：“穿上，挡一挡。”

挡……一挡？

挡什么？

直至他目光示意地从我胸口一扫而过……

我脑海轰然一响，耳郭如同被火柴擦过，噌地就燃起了火！

不，不能慌，我是见过风浪的人，是二十一世纪的新时代女性，这没什么的，我不能轻易就乱了阵脚，只是……

“我人都到家门口了，你现在脱衣给我挡还有什么意义啊！你怎么不早脱给我，刚才在车上那么长时间你不脱给我挡，你都看了……”这么久了，“你，你的司马迁之心，也太太太明显了……”

“司马昭。”他轻笑着纠正，“司马迁可不会有这个心。”

又和我咬文嚼字了……

我气冲冲地瞪他，想说你怎么这么不知廉耻啊，然而，语句冲口而出的刹那，不知怎么搞的，竟变成了：“你怎么……不把我带回家啊？”天，口误就罢了，我的语气中居然还藏了几分显而易见的气馁，“我上次喝醉你还带我回家的，这次为什么不带了呢？难道是因为我醉得还不够深入吗……”

明明他家离琴洲更近。

他眸光一亮，抬眼目光灼灼地审视着我的脸，似乎在猜测我的话里有几分真几分假，片刻，忍俊不禁地摇头低笑：“你啊，可能今晚才是真的喝醉了。”

我拍了两下脸颊，掌心下是火烧的温度。

“嗯，是喝醉了。”

“十九，我是个正常的成年男人。”

天雨如酥，他额前的发被雨打得有些潮湿，眼睫很黑，眸底蕴藏着不知名的火光：“上次带你回家，我还能让自己当个正人君子，而这次，我……”他不讲完，低叹一声，上前亲吻我的额头，“早点进去整理好休息，别感冒了，晚安。”

第十章

拱着被子翻来覆去，一整晚几乎没怎么合眼，第二天我居然也不觉得很累，在家里吃了早餐，我开车出门，八点二十二分，到达西子堤。

尚不到上班时间，孙芃他们还没来，我自食其力地将工作室的门开了，哼着小曲儿简单搞了一下卫生，把我“青泥何盘盘”的招牌擦亮，将刚才从路边买的一捧雏菊修剪好，插到花瓶里，差不多拾掇完毕的时候，孙芃来了，接着是小霜，钟子旭。

九点三十七分，最后一个跨进我工作室门槛的，是我的闺中密友，云叙环。

我的闺中密友手里提着几盒陈记灌汤包，以上级领导来搞慰问的架势，笑嘻嘻地招呼大家过去吃，然后在我也欢天喜地地围过去，准备开吃时，密友她却神神化化地把我推到角落里，低声质问：“说！你昨晚到底干吗去了！”

我眼皮一跳，大惊地瞅着她：“我的个小乖乖，你未免也太法力无边了吧，这么私密的事儿你都能知道？”

密友，果真是密友。

我以一个晚上的失眠，外加半个上午的劳力才好不容易压下去的心潮涌动，遭她这么一提，脸皮禁不住就又有点臊臊的。

她白了我一眼：“哪里私密？你搞得这么轰动，一大半参加宴会的人都看到了好吗！”

她这话听得我心惊肉跳，咽了咽唾沫，艰难地说：“不、不可能吧……我们可是在沙滩上，当时周围也都没人……”

“我跟你讲，我的微信聊天群都快炸了，那些八卦的朋友们不敢直接问你，怕挨拳头，全都跑来向我打探消息。”她掏出手机，点开聊天信息，递给我看，“问题是我也很莫名啊！大小姐居然不是真的大小姐，啧啧，好一场年度大戏，你们家满素大大都不敢这么写……喂，你有没有在听？”

“有。”

她打开给我看的是一个名叫“寂寞少妇激情夜聊”的群，群如其名，聊的话题也的确十分激情。最新显示的聊天记录里，十条有八条是关于李筠骊和江旗亭的，还有一名昵称为“月圆我瘦你多肉”的人在群里发了照片，背景是昨晚的琴洲假日，镜头隔着人群，构图不全，细看能辨认出我和堂哥的脸，我们那时正在和李筠骊对峙。

我感觉我额头的青筋在突突地闪，无语了半天，翻转手机屏幕对着云叙环。

“你是说这个？”

“不然呢，还有哪个？”她一脸茫然，“难不成除了这个，昨晚还发生了什么好戏吗？”

“没了！”

我立刻义正词严地摇头。

她狐疑地盯着我打量，小声嘀咕：“没就没，你脸红个什么劲……”

我不作声，提醒地摇了摇手机屏幕，她的注意力马上就被引了回去，抚着心口，叹息痛恨地说：“早知道昨晚这么精彩，我也跟去狩之哥的庆功宴就好了，画皮啊这是，不撕都不现形……”

“怎么回事？”

“我还想问你怎么回事呢。”云叙环没好气地说，侧眸瞟了我几眼，走到一旁的原木长椅坐下，“不过，我料你知道的也不会深层到哪里去，所以我自己先找朋友深挖了一下。”

她这样说我就不开心了，昨晚事出突然，场合不对，堂哥抛出引子后，我没能追着他继续细问，但根据现场几路人马的反应，我大概还是能拼凑出事情的真相的。

我坐到云叙环身边，将手机塞回给她。

“你是想告诉我，李筠骊并不是李启道的女儿，她只是一个谎称自己是富家千金，借此来提高社会身份的骗子，对吧？”

我以为我猜得八九不离十了，没想到云叙环瞟我一眼，悠悠然开口：“谁说李大牌不是李启道的女儿？人家就是李启道的女儿。”

她清了清嗓子：“只不过……”尾音拖得老长，卖了半天关子，才说出，“她是李启道的干女儿。”

“干女儿？”我脑筋一时拐不过弯，“什么干女儿？”

“就那种……哎，那种，那种干女儿啊，你懂不懂？”找不到合适的措辞，云叙环急了，坐直腰，恨不得一掌拍醒我的脑壳，“就是那种，虽然是干女儿，但是比亲女儿还要亲密的那种。”

她着重加强“亲密”二字，对我神色暧昧地挤眉弄眼。

半晌，我：“啊？！”

我幡然醒悟了，我目瞪口呆了。

我的领悟能力让云叙环十分欣慰，她给自己倒了一杯茶水润了润喉，闲适地说：“李启道认过的干女儿貌似还真不少，李太太为此三天两头闹着要离婚，那些聪明的姑娘自己都能拎得清，收过礼物，拿过支票，为了将来好洗白，一般也不会往外张扬。李筠骊是个特例，尝过当大小姐的甜头，就还真以为自己是大小姐了，也不知谁给她的勇气，让她逢人就说自己是李总的女儿。”云叙环可笑地说，“她正好也姓李，以前李总也带她出席过一些场合，都不曾否认，因此大家也就没有多想。”

我和李筠骊的那些陈年纠纷，云叙环是最清楚的，我的挚友她忠肝义胆，向来都不怎么待见李筠骊。

我从震惊的情绪中慢慢回神，将其中的人物关系在心中理清楚了，难以置信地问：“不至于吧，是不是有哪里弄错了？李筠骊再怎么说，也是搞珠宝设计的，养活自己应该不成问题，再说，她不曾经是江陵的女友？以江家这种家庭，江陵不可能没了解清楚就和她交往吧……”

“呵呵，这里面就大有学问了。”云叙环忽然阴笑了两声，用一种要讲大事的眼神看着我，“这么说吧，现在很多人都怀疑，这件事情自始至终，压根儿就是江陵设给他弟弟的一个局。”

她头头是道地分析给我听：“像江旗亭这种情场中打滚过来的花心大少，要说他多么喜欢李筠骊，那倒未必，他什么样的女人没见过？李筠骊是很美，但说她仅凭脸蛋就能俘获江家两位少爷的心，我不相信。江旗亭自打回国开始，就一直不遗余力地和他大哥抢资源，大到家产，小到人脉，什么都抢，都成习惯了，如果李筠骊不是江陵的女朋友，江旗亭也不会对她产生兴趣。”

我想起第一次见江旗亭的情形，在江太太的别墅，他之所以刻意接近我，就是因为把我错认成了江陵的女朋友，他的未来嫂嫂。我不由得对云叙环的推测深以为然。

“诱饵就是李筠骊的人设。”云叙环抽丝剥茧，继续往下说，“她是江陵的女朋友，又是李启道的女儿，如此诱人的身份，江旗亭怎么可能不蠢蠢欲动？一是和江陵竞争的心态在作祟，二是如果能获得李启道的支持，他在争夺继承权的过程中势必更加顺风顺水。”

我说：“但是，李筠骊是假的。”

“是啊，假的，江陵多高明。”云叙环感慨地叹了一声，佩服得五体投地，“江陵知道李筠骊是假的，但江旗亭不知道。你看啊，江陵都算好了，如果宣称李筠骊是他的女朋友，江旗亭一定会抢，抢来这么一个有干爹的女人，江旗亭的名声也就臭了。你没留意，江陵和李筠骊交往的时候，媒体都没什么动静，但江二少一和李筠骊在一起，花边新闻就满天飞，大小媒体都在高调曝光他们的恋情。”

我想了想，问：“江陵在操作？”

云叙环点头：“否则还有谁？江家大哥看上去挺忠厚老实的一个人，没想到会使出这么阴险的招数……唉，为了老爸的那么点家产，这些人也是不择手段了。”

“江老爷子的身体越来越不行，遗嘱还没签，江陵可能打算等时机成熟再把李筠骊的身份爆出来，给江旗亭致命一击，没想到他耕耘这么久的计划，被狩之哥昨晚提前引爆了。”云叙环说，“根据最新消息，得知此事的江老爷子在病房里大发雷霆，气得要送去急救。现在局势尚未明朗，这一局谁胜谁负，最后会鹿死谁手，还没定论呢。”

我静静地听。

无论如何也想不到，昨晚的冲突，会引出背后这么大一盘棋。

“狩之哥是想替你出头吧，听说昨晚李筠骊那戏精还想陷害你来着，狩之哥借力打力，这下可有得他们难受的了。你的身份曝光，李筠骊的假面被揭穿，江旗亭拣了芝麻丢了西瓜，估计得恼恨到捶胸口。”云叙环眼冒金光地说，“不愧是我狩之哥，一石三鸟，笑面虎果然名不虚传，你这个当妹妹的，真是让人羡慕死了。”

云叙环是我堂哥的忠心小迷妹，二十年如一日地膜拜着她的狩之哥，哪怕她的狩之哥后来已经有了他的小续弟，她也痴心不改，顶多就是偶尔去垂涎别的肌肉壮汉一下。

我懒懒瞟她一眼：“你山长水远跑来找我，就只是为了和我唠嗑这些？”

“当然不是，我是这么闲的人吗？”

她端起茶杯喝了一口茶，放下，蓦地一改探讨豪门秘辛时的流畅自信，表情一下子就切换成愁云惨雾了。

“实不相瞒，火大侠，我今天是过来找你江湖救急的。”

“江什么湖救什么急？”她说她不闲，我马上就记起来，“对了，你今天下午不是要去参加漫展？”

“是啊，我就是为这个来找你的。”也许联想到了某些可怕的回忆，她的脸色唰地一白，忽然伸手用力抱住我的胳膊，求救地看着我，“我我我……火妹，我感觉我被一个变态盯上了！”

云叙环说的变态，是指她的一枚男性粉丝。

“他缠上我是在两个月前，我在博览中心的一场漫展。那天有一位不太正常的猥琐大叔狂热粉，藏在后台的一间杂物房里，然后，在我经过的时候，猛地把我拽进里面去了，欲行何事，你懂的……”

我心头一紧，这事我还没听她提起过，正要紧张地问她有没有被怎么样了，听见她说：“危急关头，是那个男人及时出现，救了我，他是另一位大牌网红聘请的保镖，当时折回后台，帮网红取点东西，碰巧听见杂物房里传出异常声响……”

“没真的被人怎么样了就好。”

我松了口气，抚了抚胸口，忍不住对她进行说教：“我说环妹你能不能长点心？别的网红参加活动都请了保镖贴身保护，就你这小身板，你还敢独来独往？不是每次都能遇到侠义之士的啊！”

她理直气壮地一挺胸：“所以这次，我来找你出山了啊我的火姐姐！”

“你！”我其实也只是一介本该柔弱的女儿身，看她这么理所当然地依赖着我的样子，我忍不住眉尾倒竖，猛地用力一拍板凳，“你很有眼光！”

“就喜欢这么威武硬气的你，心动，想嫁。”

有求于我，她拍我的马屁简直要拍上了天，唔，如果她脸上那虚假的笑容能更真诚一点那就好了。

她停了一停，往下说：“继续说回那个救了我的男人，他这方面的气质其实和你有点儿像。你能想象得到吗？当你被坏人按在地上，他正在扯你衣服，你恶心得想吐，不想示弱但又憋不住眼泪与鼻涕齐飞的时候，一个威武强壮的男人及时破门而进，揪着坏人的领子把他摔到墙上，拳拳带风。”

她脸上春心大动，梦幻地叹：“心动，想嫁。”

也是相当轻易就把刚才对我的评价转给别人了。

我心如止水，用手指缠着自个儿的发尾玩，淡淡瞟着她：“英雄救美，不错的开头，按江湖规矩你该以身相许呀，怎么到头来，人家反被你说成变态了？”

“一开始本姑娘的确打算以身相了这个许的。”她双颊红彤彤，“讲真，我当时对他印象很好。他五官是那种硬朗的类型，长得很正气，人高高壮壮的，肌肉结实，你没看见，当他脱下外套给我披着，只穿着打底背心，啧啧，那迷人的肱二头肌……”

“好了好了，知道你对肌肉猛男情有独钟了，把口水擦擦，然后呢？”

“然后我就请他去喝了咖啡，也把我的手机号码给了他。”她看我一眼，说，“你知道的，我的人设一向是个矜持羞涩的少女，就算再狼血沸腾也不能主动出击。他是个男人，如果他也想和我进一步发展，他应该会主动联系我，所以接下来的几天，我每天都在等他的电话。”

我“嗯哼”两声。

凭云叙环甜美的外表，让一位审美正常的直男对她产生好感并不难。

“然而，我没等着。”她气恼地一捶板凳，这结果让某位据说矜持羞涩的少女忍不住骂人，“那就是他对我没意思吧，没什么好说的，老娘多的是追求者，不稀罕！”

“但是你知道吗！”右手臂忽然一阵吃痛，她伸出爪子，使劲抓紧我的胳膊，一惊一乍地，“我后来又去参加漫展，然后，居然在角落里发现了他！他就远远站在那里，盯着我，全程盯着！”

我不动声色地拨开她的锐利小爪：“巧合？”

她脸色凝重地摇头：“不，不是巧合，自从那次被我发现，我之后每次去漫展，只要有意寻找，总能看见他。他一般什么都不做，就站在角落里目不转睛地盯着我，用黄鼠狼盯小嫩鸡的眼神。有一次一个男粉丝求合照时把我扑倒在地上，他立刻就嗖地冲过来拖开了，扬起拳头差点还要揍人家，满嘴粗话，保安都不及他身手敏捷。”

我稍加琢磨：“这听起来不像对你没意思啊，难道是生性羞涩，不敢开口，只好当你沉默的守护者？”

她恶寒地打了个哆嗦：“你和我说一个拳头沙包大的硬汉生性羞涩？你逗我？”

我说：“铁汉柔情，听没听过？”

“那行，本小姐姑且就当他是铁汉柔情。”她表情不是滋味，“那我主动行了吧？那我抛弃我含苞待放的少女人设，主动总行了吧？我不是没试过壮着胆走过去告诉他，如果想和我当朋友，可以正常点和我接触的，你猜怎么着？他居然跑了，一声不吭掉头跑了！”

“这还不算完，第二天，他居然买了一颗钻戒，跑来我办公室向我求婚！”

我错愕：“结果呢？”

“结果当然是他被本小姐一脚飞踹出去了。”云叙环深吸一口气，“此后每逢我有漫展，他都会站在角落里幽怨地凝望着我，仿佛我对他做了多十恶不赦的事情，牛高马大的人露出那种可怜小狗一样的眼神……啧，这种行径，是变态吧，是变态本人没错吧？”

我同意：“是挺变态的。”

“我是真的怕了他，我摸不清他的套路，完全不知道他想做什么。”她心情焦虑地抓了抓头发，六神无主，“今天下午这场漫展，他一定也会来，我一想到他我就心里发毛，怎么办啊火妹，我被变态缠上了……”

从小到大，最能激起我保护欲的女人是谁？是云叙环。和我青梅假竹马，一心一意信赖着她的“火把哥哥”的女人是谁？是云叙环。

没有任何人可以恐吓我的环环！

对上她求救的目光，我的心底顷刻间涌上一股豪情。我表情坚毅，一把搂住她的肩头，铿锵地许诺：“别怕，爷保护你！”

话是这么说，当下午时分，我在漫展中心的化妆间，看见镜子里映出的“面目全非”的自己时，我的小心肝还是禁不住颤了一颤。

云叙环告诉我，这次出钱请她来漫展站台的是一家游戏开发公司，她是他们一款游戏的形象代言人，为了向公司表现她的敬业爱岗、无私奉献，她决定奉献友人我，把带来保护她的我也一齐 cos 成游戏中的角色。

她扮演的是一名初初从峨眉山下山的懵懂小师妹，角色设定是萝莉风，樱花粉的游戏服装套在她娇小的身板上，相当俏丽好看。而我则厉害了，在她的主张之下，扮演的是一名行走江湖，大杀四方的红衣女侠。

虽然我不是很能理解，为什么女侠的衣服也会这么清凉……

好在漫展现场各种奇装异服的都有，我走在其中，也不算太扎眼。

真正引人注目的果然当属云叙环，我一早知道她是个有名的网络大红人，却不曾想她已经火到了这种地步。根据游戏公司策划，她上台接受了一个简单采访，台下应援的迷哥迷弟们欢呼震天，激动得几欲昏厥，她接受完采访下台，涌上去求签名求合照的男粉丝将她围得密不透风，等她好不容易杀出重围，奔过来气喘吁吁地躲到我身后，那些狂热的汉子们才终于止步，不情不愿地散去。

无他，只因本女侠手中握着一柄亮晃晃的无敌大宝剑，超凶。谁敢近身，我削谁。

云叙环一手扶腰，一手攀住我的肩膀喘气，我仗剑，侧眸问她：“看见那个变态了没？”

“还……还没……”

我眉头微皱，不敢苟同地上下扫视着她。

“我说少女，就你这单薄的小身板，每回参加漫展都得面对刚才那群狂狼，你居然还敢不请保镖？”

“今天是特别……特别多人……”

她深深吸入一口气，挺直腰，平复好呼吸，看向前方的刹那，忽然两眼一直。

“等一下，那个正在朝我们走来的，好帅好帅的，不会也是我的粉丝吧？”她精神一阵抖擞，眼冒金光，兴奋地抓着我的手说，“天，捡到宝了！卧虎藏龙啊，我居然也有如此帅气逼人的粉丝！”

对上她的满脸雀跃，我心想我的大宝剑都还在这儿横着呢，她居然还有粉丝胆敢前来，置本护卫于何地？置我的无敌紫电青霜剑于何地？不由得心下一凛，杀气也一凛，按住剑，目光凛冽地朝来者看去。

紧接着一怔。

没想到，云叙环也会喜欢这种类型。

来人身材高大俊挺，穿牛仔质地的深蓝翻领衬衫，黑色长裤，休闲穿着也掩盖不住与生俱来的精英气，他的外表十分出众，气质却偏向不易亲近的冷。有些人，天生就适合身居高位，因此他此时沉静地走在五彩斑斓的漫展会场，怎么都显得有点格格不入。

将来客打量完毕，我按住剑柄的手腕禁不住微微有些震颤。

这哪里是云叙环喜欢的类型？

分明，分明就是我喜欢的类型……

也难怪一心只爱肌肉男的云叙环会按捺不住为之小鹿乱撞，当一名气质淡漠的俊美青年，路过芸芸众生都不曾回眸，却只在找到你的瞬间，目光蓦然变得柔和，别说初下峨眉的懵懂少女云叙环了，就连本女侠这种见惯风浪的老江湖，都险些心神荡漾得握不稳剑。

“他，他对我笑了！”云叙环激动地连拍我的手背，“快！快放下你手里这把烂铁，别吓着我的粉丝……火妹，帮我看看，我的妆还行吗？有没有花？”

我利落地收剑入鞘，不看云叙环，只管直勾勾地盯着来人。

“不是，我觉得他是在对我笑。”

“哈？什么玩意？”

“环妹，实不相瞒，我觉得他是我的粉丝。”我肃穆地说。

云叙环呆愣地“啊”了一声，下一秒，一记白眼直接不客气地翻到天上，抬起小手猛地一拍我后背：“行啊你，人都还没正式出道呢，就已经敢这么不要脸了！”

她手劲很轻，我岿然不动。

“不是我不要脸，是他真的是我的粉丝。”

我叹气，无比情真意切地凝望着她，宣布：“他是我的男朋友。”

她扬起手正准备再赏我后背一记，闻言，霎时整个人有如老僧入定，不动了。

我才记起，我的闺密和我的男友好像还没有正式认识来着。

愣了半天神，她难以置信地瞪着我，声音讷讷，艰辛地向我求证：“男……友？你的那位，呃，关先生？”

我说：“是的。”

她接着又问：“你的初恋情人，从小迷恋到大的那位？”

我说：“没错。”

她想了一会儿：“也即是，你发誓有生之年，一定要追到的那位？”

我说：“对……慢着，我什么时候说过这种话？”

我大惊失色地望着她。

“你上次喝醉跑来我家睡的时候。”她不再往下延伸，眼神有点不是滋味地看了正在走过来的关峄一眼，咬了咬牙，忽然一下子就义愤填膺了，“到底是哪个谣传关峄长得丑的啊！”

我波澜不惊地回答：“哦，眼瞎的。”

她有感而发，碎碎念地小声嘀咕：“唉，全世界都以为是江旗亭劈了你的腿，你老实告诉我，其实是你劈了江旗亭的腿吧？有这么一位关先生在，你还留恋什么江二少啊……”

她一边感慨，一边不慌不忙地把太阳眼镜摸出来戴上。

我惊奇：“你抽什么风？大室内的。”

她透过镜片鄙视我：“以免被科技大神的智慧之光闪瞎眼啊，你就不觉得他很耀眼？”

“本座武功盖世，神功护体，不怕。”

她肃然起敬地举起拇指，手动给我点了一个赞。

望着那位据说又帅气又有能力的关大神一步一步向我们走近，我心里忽然就有点忐忑，只担心云叙环这位没大没小的中二少女，万一当着他的面，不小心拆我的台，抖出什么诸如我暗恋他之类的话，我估计得羞愤到挥剑自刎，含恨九泉。

没想到两人一照面，云叙环在他面前居然分外服帖，也许是他的气场太排外，我简单地介绍过后，云叙环待不满两分钟，立刻就搓着手臂，打哈哈地借口说：“我去那边找总监商量点事，你们聊。”借机一溜烟走开了。

看那抹油的步伐，大有巴不得赶紧逃离冰窟之势。

只剩我和他两个人，他才收起无形的棱角，眸光兴致盎然地掠过我身上的红衣，掠过我手里握着的紫电青霜剑，好一会儿，似笑非笑地点评：“都长大了，你还是钟情这个。”

我心想那当然了，我是个长情的女子，我小时候喜欢的，我现在也一样喜欢。

手心摸着剑柄，我扬起脸看他，诚然如云叙环所说，他是个十分耀眼的存在，他立在我身前，场馆内许多年轻女孩都有意无意地往这边瞟，我是个俗人，他来找我，我很开心，也很虚荣。

但是要矜持，不能轻易表露。

我以最英姿飒爽的姿态把住剑，入戏地问他：“需不需要本女侠给你签个名？”

他眸光一闪，挑眉：“就只答应给我签个名？”

我煞有介事地为难了两秒，很大方地说：“看在你这张俊俏小脸的分上，我还可以考虑跟你合个影什么的。”

他不太满意地注视着我，以十成公关的口吻，慢条斯理地说：“看在我长途跋涉来找你的分上，如果宋小姐可以考虑赏光和我共进晚餐，我将会非常荣幸。”

原来是来找我吃饭的。

我看了一下时间，忍俊不禁地说：“现在才几点？共进晚餐也太早了吧？对了，你怎么知道我在这儿？”

“我先去了你的工作室，你的助理给了我地址。”他嘴角愉悦勾起，眸光很深，耐心十足地逐一回答我的问题，“下午三点二十七分，离我晚上的航班还剩不到八个小时，宋小姐，你确定不答应我的邀约？”

没漏听他话里最重要的那部分信息，我怔了怔，笑容瞬间冻住。

“航班？你要去哪？”

“下周在卡海罗有个论坛。”

这我知道，并且早在年前就从戚樾口中得知了，听说是一场很尖端的国际性论坛，会址定在有着古老历史文化的卡海罗，但是……

“那是下周，不是说论坛下周四开幕，你计划周二出发？”我说，“今天才周六。”

他淡笑："戚樾真的把什么都告诉你了。"

我不承认也不否认。

他看着我的脸，似乎想从我的缄默中解读出我的情绪。

我却觉得他解读不出来，因为，就连我自己也讲不清我此刻究竟是个什么心情。我再过几个月就满二十四岁，早已不是黏人小姑娘的年龄，事业为重，这点我非常认同，只是，他突然出现在我面前，和我说还有不到八个小时，他就要飞离这座城市，去到地球的另一端，我的心底忽然就生出一股不知怎么言说的滋味。

默了大约半分钟，他开口解释："我在美国求学时的一位老教授，这几天也在卡海罗，原本计划停留到论坛结束，但临时行程有变，周二就要启程回国，我有几个难题想和他讨论，周二再飞赶不及见他。"

道理我都懂，只不过……

"下周一是你的生日。"我闷闷地说。

本来赶得及给他庆祝完再走的。

他低眸凝视着我的脸，目光蓦地变柔："你记得。"

我悻悻然移开视线，表情有些不自在。

"记得也没用啦，你人都走了，是你的损失，幸好我还没花钱准备礼物。"既然是没有办法协调的事，我也无谓加重他的心理负担，尽量摆出一脸好像不是很在意的样子，问，"戚樾去吗？"

"去，他是有后台的人，我怎么敢不带他去？"他眼含笑意地看我。

又在借机调侃我了……

我动了动嘴唇，正打算意思意思地撇清一下我和戚樾的关系，以澄清我并没有威逼利诱他给我当卧底什么的，正要开口，手机忽然传来一声信息提示音。我下意识掏出手机，瞄了两眼，不料被屏幕上赫然跳出的求救信息吓得一个激灵——

"你快来！休息室走道！！我被那个变态堵住了啊啊啊啊啊！"

我眼皮猛地一跳。

我有罪，一见到男友，立即就把女友给完完全全忘了，忘了我身娇体柔的环妹仍处于群狼环伺的处境，忘了孤立无援的她仍需要我强有力的保护。

胸腔瞬间就被大浪淘沙般汹涌袭来的愧疚感胀满，佳人有难，事态紧急，眼前一切儿女情长都可以暂且先按下。我沉下气，提起剑，眼神锐利森寒，二话不说，立刻就要赶往沙场，营救佳人。

自认为我还是很有气势的，很可惜，我才刚飞奔出一步，胳膊就被人牢牢拽住。

“你去哪？”

我回眸，焦急地对他喊：“我要去打变态！云叙环被一个变态逮住了！”

他微怔，随即不悦地眯了眯眼睛。

深沉的目光由下往上，缓慢且意味深长地扫过我裸露的小腿，我裸露的半截腰，我裸露的双臂，我裸露的双肩，脖颈。游戏中女性角色的服装大同小异，配饰很多，布料很省。

他看着我，黑眸满是不敢苟同。

“你穿成这样，去打……变态？”

我努力想要挣脱他：“我回头再和你解释……”

他头疼地说：“我要是变态，我会很高兴。”

等我心急火燎地赶到案发现场，云叙环果然正在和一名男人拉扯。

目测事态万分危急，云叙环显然只想快点脱身，然而男人却始终固执地挡在她面前，云叙环往左，他往左，云叙环往右，他往右，云叙环转身，他便也急忙跟着绕了个圈，远远看去，两人就像在玩老鹰捉小鸡似的，两人的身材比例的确也像是老鹰和小鸡。云叙环娇小，男人堵在她身前仿佛一座坚实的高山，体形熊一般壮硕。

我以目光粗略评估了一下男人的武力值，唔，还好，他的肌肉看上去是很发达很硬，然而，我习武多年，什么样的对手没遇过？不是我吹，像他这样的男人，如果和我交手，以我的功力，至少可以让他……在打死我后也会觉得惋惜。

与他纠缠之际，云叙环看见了我，如看见救星，喜极含泪地大呼：“火妹！”

我按兵不动，望着男人巨石般的背影，心中隐隐浮上不祥的预感。

男人闻声，顺着云叙环的视线，转头朝我看来，眼神凶恶，眼角带杀，却在接触到我目光的一刻，额角青筋一跳，眼角一抽。

心中不祥的预感，成真。

我也，嘴角一抽。

关某人说错了，变态看到我，并不很高兴。

男人眼角微微抽搐地将我全身装扮打量完毕，发出一声鄙夷的“啧”，盯着我，坚持不到两秒，立即无法容忍地破口大骂：“你有完没完！老子就有这么值得你爱吗！你知道我喜欢小环，你也就要把自己打扮成小环的样子是不是！你居然，居然还跟踪我跟踪到了这里？你……你这个死人妖！”

全天下，如此矢志不渝地坚信我暗恋他的男人有且只有一个，三师兄，石自恋。

我用力按住剑。

要克制，控制住自己，莫生气，气出病来无人替，世界的主题是和平与发展，我是个宽宏大量的君子，怒火使人面目丑陋……

石钢目光一闪，看见我身后晚一步来到的关峄，怔了怔，眼刀扫向我，嫌弃的语气更甚：“你怎么回事！你为了让我吃醋，你还把老四也叫来了？别白费力气了！我是不会动摇的！你穿成这样也没用，老子的心只属于小环一个人！”

老娘不忍了！我要一剑戳死他！

关峄单手按住我就要唰啦抽出鞘的剑柄：“冷静。”

石钢看着火冒三丈的我，脸色有些悻悻，但仍不知收敛，火上浇油地小声冷哼：“怎么？恼羞成怒，想和你师哥动手？别忘了，你从来都没有打赢过师哥我，就是因为这点你才迷恋哥的。你说过，只爱比你强的男人……”

关峄不阻止我了，他低头，自个儿不动声色地开始折袖子。

这回换成我紧张地拉住他：“冷静。”

云叙环的眼风在我们之间溜来转去，明显听出了一丝不对劲。

“师哥？”

石钢堵在中间，她与我隔着一小段距离，想朝我奔过来，但又碍于石钢的凶恶，唯有站在那边，一头雾水地看着我，问：“怎么回事啊火妹，你认识他？”她匪夷所思地扫了石钢一眼，眼底有未消的惴惴不安，“他……不是变态？”

我一阵沉默，而后严肃地用力点头。

“认识，他就是个变态。”

某位毫无自知之明的师哥居然还觉得委屈了，可怜巴巴地伸出手去抓云叙环的水袖，被云叙环一个后退躲过，他脸上的表情顿时更加受挫。

“小环你不要听那个娘娘腔鬼扯，她在污蔑我，因为她对我爱而不得，因爱生恨……”

“你别瞎想了。”云叙环提防地盯着他，“火妹才不爱你。”

有我在场撑腰，云叙环的胆子显然壮了许多，有所指示地看了看关峄的方向，问石钢：“看见那位帅哥了没？”

石钢：“看见了。”

云叙环：“帅不帅？”

石钢不作声。

云叙环龇牙一笑：“所以，火妹爱的是人家，有你屁事。”

石钢坚信：“老四只是幌子，她为了让我嫉妒……”

“幌子你个潮汕牛肉丸！”云叙环最见不得别人污蔑我，冷眼瞪着他，“火妹的心思我会不了解？她从小和我窝在被窝里讲悄悄话就说要嫁给他，给他生一团小火把……”

我握剑的手抖了三抖。

二、二位……你们吵归吵，别误伤我啊……

某人瞟过来一眼，眼神颇有些深意。

以石钢铜皮铁骨的脸皮，他决不会如此轻易就被冷言冷语打败，依然在愈战愈勇地绕着云叙环转：“她怎么想的老子不在乎！老子在乎的是你的看法，你……你为什么……”声声句句自称“老子”的男人，这一刻居然露出了泫然欲泣的神情，哑着嗓质问，“你为什么不答应我的求婚，你为什么要狠心伤害我……”

谢天谢地，话题总算回到了他们两人身上。

云叙环吃惊地瞪大双眼：“大哥你没事吧？我和你话都没讲过几句，我和你结婚？”

“感情可以慢慢培养。”

“那好。”云叙环吸气，挺直腰板上前一步，无惧地直视他，“那我和你讲话，你掉头就跑是几个意思？”

“我没怎么和女孩子说过话。”石钢焦灼地搔着后脑勺，肤色本就偏深的脸逐渐涨成猪肝色，“我……我害羞……老子不知道要怎么跟你讲啦！”一秒钟变怒吼。

望着他们俩的互动，堪称美女与野兽现场版，我也是，哑口无言了。

原来是这么一回事，我现在可以将事情的原委全部拼接起来。从色狼手中救了云叙环的人是石钢，云叙环对他心生好感，他也对云叙环有意思，只是纯种直男如他，不懂表达，于是行为怪异的他看在云叙环眼里，就成了一个只会暗中观察的变态。

的确是他的行事作风。

关峄站在我身边，抄着手，淡淡感叹：“老三也有今天。”

没想到老三的耳朵比兔子还灵，正在和云叙环心无旁骛地纠缠中，居然也能听见，眼风瞬间化为弯刀，立刻就朝关峄砍了过来：“你别幸灾乐祸！等你遇到了喜欢的女人，你也会有这天！”

关峄气度从容：“抱歉，恐怕我是没机会体会了。”

唇畔勾出一丝浅笑，他不紧不慢地说：“我喜欢的女孩，比较好追。”

其实……压根儿就用不着他追吧……

石钢受到了刺激，转向云叙环，忽然就变得勇猛了，猛地探出双手定住云叙环的肩膀，直盯着她，眼冒火光地大吼：“你必须得嫁我！”

云叙环不服：“凭什么啊！”

石钢额角的青筋突突地跳，忍了半秒，憋不住暴躁地咆哮：“我要对你负责！你的身体都被我看光了！”

“胡、胡说！”云叙环挺直胸膛，毫不退缩，脸颊却浮上两朵浅浅的红晕，“看光你个大头鬼啦，我那天身上明明还穿着一件背心……”

事态好像已经，呃，发展到了超脱我能理解的范围。

我扶住额头，心略略累地对关峄说：“我们……走吧……”

我已无用武之地了。

离他登机前往卡海罗只剩几个小时，与其在这里杵着，吃别人狂撒的狗粮，我还不如好好抓紧和他独处的时光。石钢看上去凶是凶，以我对他的认识，他还不至于真的拿云叙环怎么样。再说，我的女人我了解，看云叙环那掩不住的满脸红云，也不像对石钢没意思。

我扶住剑，转身想走，发现关峄还意犹未尽地站在原地。

我催促地拉了一下他的衣角。

“走啦，我们找个地方，吃饭去。”

他一动未动，目光仍然定在那对冤家身上，沉思地说：“再等一会，我观摩一下。”

我回眸，不解地朝云叙环和石钢瞟回去，他们依旧在不清不楚地争执“有没穿衣服”“有没被看光”这两个深奥至极的问题，难度很大，耻度很高。

我不明白：“有什么好观摩的啊？”

他由衷地说：“我要向三师兄学习，单论这一点，我还是很佩服他的。”

“啥？”

“嗯，学习……”他稍顿，眼带笑意地侧眸觑我，“如何才能进展得那么快。”

到更衣室换回了便服，来时我坐的是云叙环的车，回时改成坐他的车。

一线城市就是这点不好，在路上随便塞一塞就到饭点了。晚餐我们在江边的一家西餐厅吃的，掌勺的是一位来自法国的大厨，手艺很好，只是当我无意间瞥见墙上的时钟指向七点多，忽然就有点食不知其味。

一顿饭吃得潦潦草草，从餐厅出来的时候天已经完全黑了，他居然还提前用手机买好了票，带我去看电影。

坐在影院的座椅里，我抱着爆米花，对着巨幕感慨：“好像直到今天才有了点正常谈恋爱的感觉。”

他笑了笑：“可惜没有武打片的排期。”

“没事。”我知足地说，“我也不是只看武打片，我很博爱的，不挑。”

他选的是一部上周才上映的都市爱情片，男女两位主演都是当红的小生小花，排片量爆满，在这部片子的强势挤压下，别的可看的本就不多，所幸这部影片的口碑还算不错，网络评分很高，听说主旨十分深刻，通过描写两位主角寻找爱情的过程，反映出青年男女在五光十色的都市生活中的空虚，彷徨……

不得不说这是一位非常厉害的导演，主题刻画得相当到位，我影片看到三分之一，就已经充分感受到了那股穿透屏幕而出的，浓浓的空虚，彷徨……

然后我就睡着了。

我是被片尾曲突然飚高的女高音惊醒的。

爆米花桶不知何时转移到了他的手里，他也没有在吃，只是帮我拿着。当我从他的肩膀一边揉着眼一边抬起头的时候，他转过脸来，对我微微一笑："睡得好吗？"

"还可以。"

我有些窘迫，犹豫了两秒，认为自己出于礼貌，需要解释："不好意思，我昨晚一整晚都没怎么睡着……"

"是吗？"

他把脸转向正前方的巨大银幕，起初我还没感觉到哪里不对，望着他嘴角缓缓勾起的愉悦笑容，我的大脑由迷茫逐渐转醒，猛地一瞬就意识到，这个这个，昨、昨晚……呃，我这画蛇添足的解释……是不是暴露了什么？

几秒钟的沉默。

他含笑低低地说："我也是。"

我恍若什么都没听见，坐得笔直，僵硬地直视银幕。

还好，虽然电影正片已经播映结束，但据说片尾曲之后会有一个小彩蛋，因此影厅里头还没有亮灯，黑暗是最善解人意的颜色，悄无声息地把辣到我耳后根的暗红隐藏，我屏息凝神地坐着，等彩蛋开始播放，我终于等来了一次转换话题的好时机。

我咳了两声，问："男女主角最后在一起了吗？"

银幕上的彩蛋，是男主角穿着一套看起来就很昂贵的真丝睡袍，坐在豪宅的大床上欢天喜地地数钱，女主角没有出镜，这样的收尾让我有点不明所以，我记得电影刚开场的时候，男主角还只是一个一穷二白的公司小职员。

看了电影的人和没看电影的人就是不同，他回答我："在一起了。"

"这样的话，结局好像还不错。"我说，"我一向不太喜欢悲剧。"

“嗯，是不错。”他似笑非笑地看了我一眼，“女主角是一位富商的私生女，背后隐藏了九位数身家，男主角从一开始接近她就带了目的。”

什么乱七八糟的烂片，我睡过去果然是英明的决定。

我凌乱地问：“女主直到最后都没发现？”

“大概吧。”他若有所思，“其实我也没有很专心地看。”

我随口应和：“这部片子的确挺难让人专心的……”前几排的某个座位上，有个背影仍旧在歪着头大睡，唔，看来我醒得还算早，我微笑地看着他，“相信我，你能坚持不睡着已经够给导演面子了。”

他笑了笑，不予置评。

“走吧。”

彩蛋放映完毕，影片彻底结束，天花板的照明设备亮起，观众陆陆续续开始撤退，他也站起身来，在我犹豫不决要往左走还是要往右走的时候，手很快就被人捉住了。

“这边近。”

影厅内光线不佳，我被他牵着，在两排座椅之间一步一步缓慢地往出口挪移。

走在我们后面的是一对大学生情侣，女生貌似对电影的结局非常厌恶，正在负面情绪爆满地大骂电影里的男主角：“怎么可以这么没良心，拿爱情来算计！”男生跟在她身后，手里拎着瓶矿泉水倒来倒去地玩，一脸无奈，仍旧很好脾气地哄自家小女友：“现实就是这样呀，如果你有九位数身家，我一样也会使出浑身解数追求你的……”好像并没有哪里不对，但还是被女生横眉竖目地掐了胳膊一把。

我忍不住“扑哧”一笑。年轻人真可爱。

听见我的笑声，我前面那位回过头来，询问地挑眉。

我于是摇了摇他的手掌，开玩笑地瞅着他：“我问你啊，如果我有九位数身家，你会跟我吗？”

纯粹一时兴起，被身后那对小情侣的对话给启发到了，问句溜出口，我才察觉这个问法似乎不太恰当。以为他会回答我不管我有没有九位数，他都已经跟了我，此问题没有讨论性之类的，没想到他眼波闪了一下，居然反问："你觉得？"

我"嘿嘿"笑了两声，摸着鼻子，有点儿自讨没趣："以君山的财力，我觉得，关大少爷该是看不上小女子区区九位数。"

同样的数额，大学生用来设问很有戏剧效果，换成我用来问君山的太子哥，感觉，呃，就像在菜市场问老板五毛钱能不能卖我一头牛一样，很容易被误解为是在侮辱人。

这样就不好了，我赶紧降一降自个儿的身段，谄媚地干笑，试图补救："我还担心万一你不在家了，你奶奶跑来找我，扔给我个八位数啊，九位数啊，让我离开你，我该怎么办呢。"

可惜并没有达到补救效果，闻言，他板起脸，微微不满地盯着我："在你心目中，我就只值八位数、九位数？八位数、九位数就能让你动摇？"

我含糊地应了一声"唔"，深思了半晌，猛地一拍大腿，认真回答："你说得对，以关总您的身价，肯定不止，唉，既然你都诚心诚意地提醒我了，那我就勉为其难地多要几位数吧。"

他彻底无语了。

一言不发地牵着我走出影厅，他才终于叹息着开口："聪明一点，学学人家电影里的男主角，嫁入我们家，多少还不是你的？"

我……我仰望着他，不由得发自心底肃然起敬。

他薄唇勾出一丝诱人的微笑："有没有很心动？"

"很心动。"我答，"但是，等我过了你奶奶那关再说。"

他赞许地点点头："有攻略了？"

我深吸一口气，目光坚决："有的，等送你上飞机，我就立刻御剑飞行去找你奶奶，给她老人家拖地洗碗捶捶腿揉揉肩陪看戏陪聊天陪喝酒……”

出了影厅，空间变得宽敞，视野被灯照亮，我才有机会留意到刚才那对小情侣此刻是个什么表情，他们已经被人流带到了我们前方，却还不时回过头来看我，也不知听我们的对话听进了多少，当我气也不喘地说完这段，男生投过来的眼神已经是抑制不住的……钦佩，隐约还有一丝不耻。

而后他一个甩头回去面对着女生，表情老成而严肃：“听见了没？我没骗你，社会，就是这么现实！”

我总隐隐感觉我好像在无意间误导了人家大学生什么……

晚十一点四十五分，我们到达机场。

零点一刻的航班，戚樾一行人已经早早来到，满怀期待地坐在贵宾休息室里等了，一张张小脸水润水润的，保不准是组团早来，刚在这儿享受完 spa。

余光一扫见我和他们家关老大，戚樾立马就乐呵乐呵地站起，朝我小跑过来。

“哎，这不是我美丽迷人的野火姐姐吗，姐姐，皇恩浩荡呀，感谢您，让我得以和老大一同出行，为我们伟大的科研事业添砖添瓦……您渴不渴？我去给您拿杯果汁。”

我不理会狗腿的戚樾，注意到宽敞的贵宾休息室内除了这一群朝气蓬勃、每个的眼珠子都按捺不住八卦地往我和关峄身上瞟的男青年们，边上还站了一名稍显正谨的中年男人，中年男人臂弯里挽着一套西服，用防尘袋罩着，戚樾奔过来的同时，他也尾随着朝我们走近，毕恭毕敬地将西服交到关峄手里。

“我去里面换身衣服。”对我说完，关峄转头看向其他人，“你们先准备乘机。”

时间差不多了，男青年们陆续收拾好随身物品，走出贵宾室后，厅内霎时冷清不少，戚樾帮我取了果汁回来，第一眼没看见他的老板，第二眼没看见他的同伴，第三眼看见了立在一旁的管家大叔……嗯，看上去像是个不会告密的沉默汉子，他果断就放飞了自我。

“姐姐，你不用摆出这种想炸飞机的表情的，我知道，老大这次走得急，我还没来得及给你通风报信，你的心里此刻一定非常依依不舍。”

我不动声色地瞟了他一眼，他递给我果汁，安慰地说：“想开点，小别胜新婚嘛。”他豪情万丈地拍了拍自个儿的胸脯，一脸可靠地承诺，“你放心，我一定不辜负组织对我的栽培，不忘记组织交给我的神圣使命，我发誓我会帮你盯紧老大的，决不让他有一点机会在异国他乡和外面的野花野菜乱搞……”

叽里呱啦说了一堆，他眼风瞟向我身后，蓦地话锋一转，脸色端得正经：“是的，这次论坛有来自世界各国的权威专家，我主要想听一下他们对 AI 技术和微型武器结合的相关论证。你知道的，如果微型无人机被允许搭载武器，绝对会成为世界上某些地区的反恐利剑……啊，老大你回来了？那你们聊，我先上飞机，姐姐再见！”

不愧是智商过人的君山骨干，求生意识很强，话题切得飞快，人也溜得飞快。

我转过身，不出意外，在身后找到了掌管戚樾生杀大权的大boss，他已经换好了衣服，一身剪裁合身的笔挺西装，整个人看上去清俊挺拔得就像一棵玉树，唯一美中不足的是，领带没有系上，被他随意地拿在手里。

他眸光微闪地盯着戚樾开溜的背影，稍顿，叮嘱我：“你别跟那小子混太多。”

我坦然一笑，纠正：“错了，是他跟我混。”

他唇角浮现一抹无奈浅笑，将领带交到我的手中。

“帮我个忙。”

午夜的休息室里没什么旅客，中年大叔不出声打扰地静静守在一旁等候。我站到他面前，将领带挂上他的脖颈，捏着两端一圈一圈缠绕，给他打了个漂亮的温莎结，接着又替他将衬衫的衣领翻好。

做最后那个动作的时候，我需要稍稍踮起脚尖，因此有一两个瞬间距离他特别近。他身上蕴着一丝清淡的冷香，有点像檀木的味道，我闻着，不知怎么地突然就联想到了草木葳蕤的涧园，以及涧园里名贵的木制家具，那一盏精美的花鸟绢纱灯。

趁自己还没有联想到更多有的没的之前，我赶紧退开小半步，满意地打量起他。

“这是哪里来的俊俏小伙子呀？卡海罗的姑娘们真有眼福，我都替她们感到开心。”

他抬手调整了一下领结，微微挑眉，莞尔注视着我。

“自卖自夸，不羞？”

“不好意思，只夸，不卖。”我严肃地轻哼，“给多少钱都没商量。”

他低低一笑：“也卖不出，放心，有戚樾盯着，这笔生意没法谈。”

“喂！”我佯装生气，“你还真打算卖啊！”

我举起拳头作势捶他。

广播里及时传出提醒旅客乘机的温柔女声。

我的拳头停在半空，终究是下不了这个狠手，毕竟小女人一样撒娇捶对方胸口不是我的强项，我的强项可能是直接一拳把对方捶吐血，只好临时改变招式，拳头摊开成手掌，轻轻地抚了两下他的西装衣领。

我说：“到时间了。”

他点了点头，把车钥匙交给中年大叔。

“送宋小姐回去。”

交代好司机，他目光落回我的脸上，说：“很晚了，早点回家休息。”

我心不在焉地应了一声“嗯”。

他安静地看着我，眼神似乎有些不放心，犹豫片刻，最后还是没再多说什么。广播里提醒乘机的女声再次响起，他眸光深幽地凝了我一眼，拿好证件和登机牌，抬步往休息室的出口走去。

他一向是个时间观念极强的人。

此时此刻，希望一分一秒无限延长的，似乎只有我。

我望着他的背影，他的背影真好看，我在这座机场目送过很多人的背影，也经历过很多次分别，但从来没有哪一次，离别的情绪如此强烈。我感觉自己相当不妙，我明明不该是那种拖泥带水的人。

“等一下！”

仿佛被某种冲动驱使，在他即将走出视线之前，我喊住了他。

在我还没想好自己打算做什么之前，我已经朝他飞奔了过去。

但我很快就想好了。

冲向他，在他面前刹定，单手一把扯过他的领带，将他高大的身躯扯低，踮起脚尖，一鼓作气亲上去——不错，一个有质量的goodbye kiss，就是这么简单。

他的唇瓣有一点凉，却很柔软。

我莽撞地一碰就快速退开了，手里仍扯着他的领带。他看着我，眼底闪过一瞬的错愕。

所幸他没有错愕太久，眸光很快柔和了下来。

“你说昨晚没睡好，我才不敢……”

不把话说完，他嘴角勾出一丝浅笑：“难得把领结打得这么漂亮，又扯乱了。”

送我回家的路上，司机大叔看我的眼神，简直……一言难尽。

我尽可能端庄地坐在车后座，司机大叔礼貌地询问完我家的住址后，我们就没有对话了，但我仍能敏锐地察觉到，透过车内后视镜，司机大叔他探究的视线不停地往我身上瞟，终于在某个拐弯的路口，他忍不住开口求证：“宋小姐，恕我冒昧，你是不是少爷的小师弟？”

我愣了愣。

本来还能煞有介事地保持仪态端庄，经他老人家这么一问，我猛地一阵激灵。惊讶之余不由得心想真是厉害了，关家连司机都这么厉害，我不当小师弟很久了，他居然一眼就能看穿我皮囊下的不羁灵魂。

我敬佩地回望司机大叔，今晚第一次认真端详他的脸，不知道是不是错觉，多看两眼之后，忽然就觉得他的长相似曾相识，和我记忆深处的某一张脸逐渐重叠。

我皱起眉，搜刮着回忆，唔，司机……关家的司机……小师弟……

我想起来了！

喜出望外地一拍手掌："你是那个伯伯！"

他看上去老了一些，所以我才没有第一眼就认出他来，不过我和他的接触本就有限，印象最深的那一次，还是小时候的某一回雨天，关峄让他先送我回家，也是那一次，关峄男友力爆棚地出手帮我教训了借宿在云叙环家的大胖小子。

认出是他，我由衷感到高兴："伯伯，这么多年了，你也没有换东家呀？"

长情程度堪比我了。

司机大叔不太好意思地笑笑："关家给我们的待遇很好，我一把年纪了，除了会开车也没有别的技能，还好东家不嫌弃。"与我相遇，司机大叔明显也很开心，热络地说，"原来你是小姑娘呀，我当年就奇怪，说少爷怎么会有个这么秀气的小师弟呢。哈哈，我们家少爷可是从来都不爱和小姑娘玩，看他和你那么亲密，我也才打消了疑虑……"

"对了，你现在不住以前那儿了吧？"

"是呀，我搬家了。"那套房子老妈很喜欢，可惜有一段路每逢大雨必积水，出入终究还是不够方便，我们家没住几年就搬了，"伯伯你很厉害哦，这都知道。"

"也不能说伯伯我厉害啦。"司机大叔笑眯眯地，"少爷一回国定居，人都还没安定好呢，立刻就叫我载他去那里。你们家的庭院打理得很清楚，我们一开始都没发现已经不住人了，以为只是来的时机不对，去了几次，最后那次刚好碰见有工人在打理花草，打听了一下，才得知你们早几年就搬走了。”

老妈为了躲避编辑的追杀，有时候会一个人回到那边闭关赶稿，因此哪怕不常住了，那套房子也从来没有真正荒废过。

司机大叔没察觉到我表情的细微变化，一边操控着方向盘，一边言无不尽地和我唠嗑：“得知你们搬走以后，少爷好像有叫人去查。哎，可惜那人不够专业，查着查着，不知怎么就查到江振的二公子那边去了……那几天，少爷的心情特别不好，脸色总是冷冰冰的，经常一个人在实验室一待就是很晚……”

“我们太太于是怀疑，少爷是在国外有喜欢的人了，这不是一下子回国，和小情人分开了，心情才不好的嘛。有一天用餐的时候，太太实在受不了少爷的臭脸了，直接挑明问他是不是失恋了，你猜怎么着，少爷居然回答：‘是，你有什么办法？’这下反而把太太和老夫人都吓了一跳。”司机大叔忍俊不禁地说，“尤其是我们太太，吓得急忙一连给少爷张罗了四场相亲……”

留意到我的沉默，司机大叔似乎有所察觉，打开的话匣子讪讪合起。

“不好意思，宋小姐，我不该和你讲这些，您别介意。”

“不介意不介意……”

我连忙摇头，暗喜都来不及，我怎么可能介意？只是突然听到，有点恍神而已。

我说：“谢谢你告诉我。”

不然我不会知道，他还去过旧房子那里找我。

不然我不会知道，他那么无往不胜的一个人，也会有那些无能为力的小情绪——我可不可以理解为，是因为查到了我和江旗亭在一起，他才有了那些不快的情绪？

亏他刚和我开始的时候还装作那么矜持，原来他早就……

倒是很会稳扎稳打，步步为营。

透过后视镜观察了我好一阵子，确定我真的不介意，司机大叔笑了笑，才敢大胆地往下说："我起初也和太太一样的想法，猜测少爷可能是离开了国外的女友才这么消沉，直到今晚看到了你……原来你是个小师妹啊，我才醒悟过来。"

司机大叔眼色暧昧地朝我微笑。

"难怪四场相亲少爷都故意搞砸了，我们少爷从小就是这种性子，要东西，从来都只要他喜欢的……"

第十一章

阻隔在我和关峄之间的，似乎只剩下了关家的太皇太后。

说是等他一上飞机，我就立刻去攻陷他们家老太太，等我真正找到合适的借口前往，已经是两天后的事情了。

一大清早来到陈松墨老先生的昆曲会馆，过了大约半个小时，关家老太太也来到，看见我时，果不其然，一张原本慈眉善目的笑脸蓦地冷凝。

“你来这里干什么？”

一开口就是对见到我的不乐意。

陈老先生嘴角弯着和气的笑容，边将老太太领入包厢，边替我回答：“最近天气热，我园子里的树苗枯了几棵，听说小姑娘是这方面的行家，特地请她过来帮我看看，要是能救则救，救不回来也可以看看换成什么树种才搭配……”

我刚到不久，陈老的园子我还没来得及去研究，不确定他的树木是不是真的枯了，如果是真的，那只能说这几棵树是懂事的树，是善良的树，是舍己为人的树，牺牲的时间节点刚刚好。昨天上午我才刚和关某人通完电话，向他干号我实在找不到合适的理由登门拜访他奶奶，昨天下午就接到了陈老先生的来电，邀请我今天来看树。

而且又是那么刚好，今天戏楼里临时加了一场《怜香伴》演出，由关老太太最喜欢的一名戏曲演员担任旦角，只要有人告诉她，她不可能不来观看。

当然她也一定会带许杉奈一起来就是了。

“宋宋姐，早。”

“早。”

不似老太太的面若冰霜，我的情敌许杉奈本人对我笑得十分甜蜜，朝我眨了眨眼，不太好意思地双手合十做了个“抱歉”的手势，应该是代替老太太向我道歉的意思，紧接着她快步跟上前，搀扶老太太入座。

老太太将衣摆上的褶子抚平整，头也不抬地评价：“园丁都能干的活，不上台面。”

此话辛辣得连陈老都不晓得该怎么接才好了。

与我相视一眼，苦笑。

尴尬的气氛中，让我意料不到的是，许杉奈居然开口帮我说话：“奶奶，您误会了，宋宋姐的工作和园丁是不一样的。不知道您还记不记得，我们上次去香叶茶舍，您夸那里的园子好看，我事后去问了一下，才得知那座茶舍是请宋宋姐设计的。”

老太太微怔，这才抬起眼皮，正眼看我。

半晌，她说：“香叶茶舍的园子，有水墨意蕴。”

边说边盯着我打量。

呃，不知道是不是我多想，我总觉得此刻老太太看我的眼神，隐隐似乎有点老师发现坏学生考了好成绩，怀疑他作弊了的味道……

“有水墨意蕴很正常呀，宋宋姐学过国画。”许杉奈手脚勤快地给老太太布茶，微笑着说，“我以前还陪美院的同学去看过宋宋姐的画展呢，我同学说，宋宋姐的画作很有周大师的神韵……”

“周大师？”老太太蹙眉。

“您最崇拜的周念慈，周大师。”许杉奈甜笑着回答。

没想到老太太一下子就变脸了，猛地一拍桌沿，中气十足地低喝：“胡说！没有人可以像周哥！周哥是最有风格的，也是最独特的，他内心的那份孤高、淡泊、隐逸于世，别人绝对模仿不来，没有任何人可以像他！没有！”

老太太激动地说完后就喘起了气，双颊涨红，但目光依旧倔强。

许杉奈吓了一跳。

我也吓了一跳。

只有陈老貌似非常了解老太太的心头好，站在一旁但笑不语。

我吃惊地看着老太太，她这反应，莫非，莫非是……周大师的小迷妹？

活像今天的追星粉，忍不得别人沾了一点点自家大大的光，说自家大大一点点不好。

许杉奈连忙给她抚背顺气，脾气很好地柔声哄道：“好好好，周大师独一无二，谁都不可以像他……”抬眸看了我一眼，笑容里有一丝淡淡的无奈。

我定了定心神。

许杉奈帮我说了这么多好话，我不能让她独自一人担老太太的雷霆。

打定主意，我清咳两声，说：“许小姐，你的同学很有眼力，我的作品的确很有周念慈大师的神韵。”

话音一落，老太太锐利的眼刀立刻就朝我砍了过来。

“你这妮子怎么这么不知羞……”

“奶奶。”我喊住她，稍作停顿，凝望着她的眼睛，郑重其事地说，“实不相瞒，你们家孤高、淡泊、隐逸于世的周哥，好巧不巧，是我的恩师。”

感谢我功德无量的周哥……噢不，周师父，沾他老人家的光，我得以在许杉奈邀请我留下来一块儿听戏的时候，分得一张板凳安稳坐下，而不是被老太太一记瞪视扫地出门。

老太太的面色还是不太和悦，然而比起上次明晃晃对我的偏见，这次已经算是缓和了许多。陈老先生一介文人，掺和不了我们几个女人之间堪比家庭剧的复杂关系，我们入座以后，他以招呼其他客人为由，提前告退了，走之前倒是完完全全忘了，他园子里据说还有几棵树在等着我去抢救。

临时加演的剧目，戏楼里的看官并不多，座位坐得稀稀疏疏的，台上的演员演得还是很好，我一个对全篇故事一无所知的人，都免不了被演员们表演的张力吸引，渐渐看得入迷……

唔，如果没有外力干扰，我相信我可以听懂这个故事。

可惜老太太每隔一阵子就问我一个问题。

“周哥喜欢吃什么？”

“烤鸡翅膀。”

“他最近有构思什么新的作品没有？”

“没……”

“身体还行？是不是生病了？”

“身体很好，只是最近迷上了研究星座。”

“他平日里的爱好是星座？”

“不是……他平日里的爱好是搓麻将……”

……

许杉奈应该也没见过老太太这副追星少女的样子，兴许觉得新鲜，连戏曲也不专心听了，只要老太太一发声问我，她立刻就笑意吟吟地转过脸来，盯着我和老太太瞧。

在我又论斤卖了一轮我的师父之后，许杉奈才微笑着转身，伸手去够放在一旁凳子上的手提袋，捣鼓了片刻，回过头来和我说：“宋宋姐，麻烦你帮我照顾一下奶奶，奶奶的药我忘在车里了，我出去拿。”

我点了点头：“好。”

老太太的回答和我的声音同时响起，十分傲娇的语气：“我才不需要人照顾。”

许杉奈起身走了出去，她在场的时候也没说多少话，只是温柔地笑着，然而，此时她一离场，我和老太太之间的氛围蓦地变得有些怪异。

好在还有台上的戏曲让空气不至于太过安静，老太太端起茶杯小品了一口，目光转移到戏台，神情专注地听起了唱段。

看样子没有其他事情要向我打听了，我悄悄松了一口气，终于不用再为爱情出卖恩师。从盘子里抓起一把瓜子，我也将注意力放到戏台。

包厢里除了戏曲声，只有我偶尔嗑破瓜子壳的脆响，这种微妙的气氛持续了大概十分钟，我听见老太太开口：“不怕告诉你，就算你是周哥的学生，我还是喜欢奈奈。”

“嗯，她很好。”

我点头表示理解，顺便嗑破了一粒瓜子。

我要是婆婆，我也喜欢许杉奈。

老太太的目光停在戏台上：“奈奈是个很有教养的孩子，知书达理，乖巧懂事，成天跟着我一把老骨头忙前忙后，也从来没有听她抱怨过一句。她是我们关家最理想的媳妇人选，我很中意她，羡君也很中意她……当然，羡君也认可你，不过那只是因为……”

前半段老太太的语气听起来像是在向我解释，多少有一点想争取我谅解的意思——也许她并不想让我这么认为，转眸看了一眼沉默的我，见我还在闲适地嗑着瓜子，好像也不是很有所谓的模样，她的语气忽然就加重了。

“你也别以为羡君就有多喜欢你了，她只是看中了你懂那么点三脚猫功夫，小峄身边最近不太安稳，她指望你能保护我们家小峄而已。”

姜还是老的辣，老太太发起威来，还真有点不饶人。

幸好我的脸皮也是经过千锤百炼的，倒不会这么轻易就被刺伤，只是有点遗憾，唉，我周师父的形象白白牺牲了。

嗑完最后一颗瓜子，我拍干净双手，认真地看着老太太，说："奶奶，我记得和您第一次见面前，我并没有哪里得罪过您。"

"你是没有……"

"您可千万不要告诉我是因为眼缘不合。"我打断她的话尾，自嘲地弯了弯嘴角，事情都到了这个地步，我突然就生出了一种破罐子破摔的心态，直视着她的眼睛，缓慢地说："老一辈的恩怨，不该由我来承担，您说对吗？"

"你……"

她眼中骤然闪过一抹心慌，显然没料到我这个小辈会清楚那些过往，并且胆敢挑明了问她。

一怔过后，她很快就把视线撇开了："我不知道你在胡说什么。"

演技也是相当生硬了。

难得她老人家会露出这种被人抓住了马脚的心虚表情，我暗自觉得好笑，为了进一步攻陷她的心防，我打铁趁热，神色淡淡地说："奶奶，您知道你们家小峄喜欢我，对吧？"

这点她倒不否认："年轻男人总是喜欢追求富有挑战性的漂亮女人，但这并不代表适合娶回家。"

她说得非常有道理，然而……

我无辜地摊手："可是我一点儿挑战性都没呀，你们家小峄只要对我钩钩手指，笑一笑，我魂儿都飞了，根本用不着他费心追求。"

完全是据实相告，只可惜我的诚实并不能换来老太太的赞赏，听完我的话，她的脸色立马就变了，仿佛这是一件多么羞与人言的事情，她皱眉难以忍耐地看着我，呵斥："你这妮子怎么这么……这么不知廉耻！"

这话的语气有些重了，但以我经受过磨炼的脸皮来说，还不算无法承受，如果她老人家接下来不是嫌恶语气更甚地说了一句——

“果然像足了小香玉那个没教养的女人！”

我怔了怔。

确定不是自己听错，我脸色瞬间沉下。

“奶奶，您再这么说，我就要生气了。我尊重您，也请您自重。”

她眼中闪过一抹不自然，动作僵硬地把脸转向戏台。

我和她之间很长一段时间不再有对话。

老太太或许也已经意识到了自己一时口快，失言了，但毕竟是从小养尊处优的世家大小姐，高傲的脾性摆在那，哪有那么容易就低头承认自己做错，一张高贵的老脸是无论如何也拉不下的，她腰板挺直地看着戏台上的表演，不说话，面容微微发白。

我知道了，关家人，一定是上天派来折煞我的。

我能有什么办法？我也很绝望。

僵持了半晌，终究是我不及她老人家有原则。无可奈何地叹了一口气，我站起身，心情好比被人废了武功的败将，没有一丝还手之力，唯有认输。

“奶奶，我出去洗个手，待会儿再回来陪您听戏，好不好？”

没想到我洗完手回来，一切都变了天。

“咳！咳咳……”

老太太单手握拳，一顿一顿地捶着心口，面色潮红，咳得上气不接下气，话都讲不出。在我离开的时间里，许杉奈已经出去取了药回来，此时弯着腰站在老太太面前，右手拿着一只开了盖的药瓶子，倒了几颗黑色药丸在左手掌心，还有几颗滚落在桌面，茶杯也打翻了，在老太太剧烈的呛咳声中，她手足无措地站着，急得都快哭了出来。

一撩开竹帘看到的就是这幅场景，我心头一跳。

“怎么回事？”

对上我询问的视线，许杉奈满脸慌乱，泪珠在眼眶里打转：“我……

我不知道！我只是按医生说的给奶奶喂了药，我也不知道为什么奶奶吃下去会……”她全身都在害怕地发抖，求救地看着我，“宋宋姐，怎么办……”

我说：“先别慌。”

告诉她别慌，我自己的双手却也不受控制地开始发颤。老太太咳到了一个极限，咳嗽声越来越弱，身体逐渐软倒，伏在桌面上有晕过去的迹象。老人家这种突发状况可大可小，我头皮发麻之际，突然想起了昨晚关峄和我通电话，说把他奶奶交给我了，交给我交给我，万一他奶奶当着我的面有个什么冬瓜豆腐，我自刎谢罪都嫌不够。

我深吸一口气，强迫自己冷静下来，许杉奈已经开始抹眼泪。

想不到更好的办法，我三步并两步冲过去，将许杉奈从老太太身边拉开，大声命令：“先别哭了！你打电话叫司机把车开出来，我背奶奶下去！”

许杉奈一震，好像才终于清醒过来该做什么，眼泪也顾不得擦，立马哆嗦着双手去掏手机。

我在老太太面前蹲下。

她伏靠着桌子边缘，人还没有完全陷入昏迷，眼皮缓慢地一掀一合，倦极了的模样，全然不见平日里心高气傲的影子。

我不由得喉头发紧，说：“奶奶，别怕，您不会有事的。”

我把她背起来。

老人家没几斤几两分量，趴在我的背上也不会让人感觉到沉，唯一要命的是我的高跟鞋，这种又细又尖的鞋跟设计实在不便，我颤颤巍巍地走了两步，索性一甩脚，脱了，这样一来步速果然得到极大提升。

我赤裸着双脚，背着老太太一路狂奔，门前小巷弯折，车辆无法进入，我以最快的速度穿过几条青石街，司机已经满面焦灼地在路口等了，远远看见我们，立刻转身上车启动车子。

我将老太太卸到后座，自己也跟着爬了进去。

“去最近的医院！快！”

“医生说幸好人送来得及时，再晚十分钟就棘手了，嗯，刚动完手术，还没醒，没有生命危险……”

三个小时后，医院病房外的走廊，余羡君伯母惊魂未定地打电话给家人报平安。

她一接到消息就赶了过来。老太太的情况几分钟前才明朗。

“妈也真是的，前些天自我感觉还不错，自个儿偷偷把药停了，不然今天也不会搞得这么狼狈……是啊，多亏了人家小姑娘……不是奈奈，奈奈也被吓得不轻，我让司机先送她回去了，嗯，你忙完了再过来，放心，我在呢，没什么事……”

和丈夫说完大致经过，余伯母挂了电话。

老太太脱离危险，她才终于敢松一口气，收好手机，振作精神地拍了两下脸颊，转过身，在我面前蹲下。

“宋宋，谢谢你。”她捧起我搁在膝头上的双手，声音无比轻柔，凝视着我的脸，关心地问，“你还好么？你的脸色好苍白。”

我急忙摇头，微笑：“我没事啊。”

我坐在病房外的长椅上，背靠着墙，状况发生到现在，我感觉自己好像也没有特别费力，然而不知道为什么，这一刻松懈下来，忽然就觉得全身都没了力气，奔过粗糙路面时一点知觉也没有的双足，此时居然也产生出一丝火辣辣的痛觉。

余伯母面色担忧：“你还站得起来吗？我扶你去处理一下伤口。”

我说：“不碍事……”

“脚都磨破皮了。”她看着我赤裸的双脚，想了想，站起身，决定道，“算了，你还是别走动了，在这里坐着，我去给你叫个护士，顺便让人送双鞋过来。”

伤口我刚才研究过了，其实只是几道小石子划出来的细细擦伤而已，谈不上需要怎么处理，连忙推辞说：“真的没关系，我等下去冲下水就好了……”

“不要见外，你就当作为了让我安心。”

她温柔地冲我笑了笑，是一记让人无法拒绝的和煦笑容。我怔怔地盯着她瞧，不由得心想，传说中柔情似水的女人应该就是像她这样的吧，一言一语都让人感觉有如春风拂过，心底情不自禁变得柔软。

正当我沉醉在她的春风里，我看见她又朝我笑了笑，这回笑容里带上了几分苦恼。

“宋宋你不知道，我那儿子发起火来可恐怖了，要是被他发现我放着他小女友的伤不管，我可能会被他活活骂死……唉，这年头，媳妇不好当，婆婆不好当，娘也不好当啊……”

放在武侠小说里，关家一定是那种世外名门，族人无论男女老少全都身怀绝技，独霸一方，从不轻易出手，但一出手就一定会让你彻底服气的那种。

让我们虚惊了一场，两天过后，统领全族的终极 boss 老太君经过充足静养，重新恢复元气，然后……我放荡不羁的自由日子就这样毫无防备地到了头。

我至今仍想不明白，我究竟是如何从一个对关家有恩的恩人，一落千丈，沦为老太太的专用小丫鬟的。

我丫鬟生涯的起点，大概起始于那天老太太在病房里幽幽转醒，她老人家挂念的第一件事，竟然不是打听她的小心肝奈奈，而是召见我。

我那时丝毫不察前方等待着我的即将是卖身般的命运，由衷为老人家的健康感到高兴，亲手包了一束花去探望她。

老太太清高归清高，也不是全然不讲理，她心里十分清楚是我救了她，为了报答我对她的救命之恩，我刚在她床边坐下，她就递给了我一把刀子……

让我给她削苹果吃。

没错，是削了喂给她吃，不是我吃，还要求皮不能断。

相当别致的报恩方式。

余伯母听说这件事后，十分乐见其成，某天趁老太太正在专心看电视，她眉眼含笑地悄悄附到我的耳边，告诉我说："奶奶有洁癖，不是谁都能碰她的食物的，她这是开始接纳你了……"

关峄听说这件事后，也十分乐见其成，远渡重洋的电话也掩盖不了他低嗓中的淡淡喜悦："我都不知道你还可以这么贤惠，注意不要削到手就好……十九，等我回去，你什么时候也喂喂我？"

……

我惆怅，丁香般惆怅。

没人搭救我，接下来的几天，老太太变本加厉地任性，指名要我服侍，我每走开一下下，老佛爷她就扯着嗓子喊人，中气十足的洪亮嗓门听起来是没什么大碍了，可是每当我一走回她的床边，她就秒变虚弱，说这里不舒服那里不舒服，一会儿让我倒水给她喝，一会儿让我给她调整靠背……

热恋期的小情侣都不带这么黏人的!

有一天我实在不堪重负，思前想后，鼓起勇气争取："奶奶，如果我不在，您有需要的话可以叫护士的。"这么贵的单人病房别浪费啊，"不用喊，按铃在这儿，这儿呢，您瞧见了吗？"

老佛爷的凤颜瞬间就结了一层冰霜，冷冷地问："怎么？不乐意了是不？还是奈奈好，以前奈奈照顾我的时候可是……"

"我哪敢不乐意啊。"心很累，但还是要坚强地微笑，我欲哭无泪地看着她，"只是奶奶，您至少给我几分钟，让我可以去解决一下……人有三急……好吗？"

这天老太太给我安排的任务是削雪梨，照例要求皮薄，不能断。

我一边削皮一边给她轻声哼着歌，是的，我最近还被开发出了音乐点播功能，她说她要听《夜来香》，我说我不懂唱《夜来香》，《夜上海》行不行？她说不行，就要《夜来香》。那好，谨遵圣命，我清清嗓子，给她来了一首《夜上海》曲调的《夜来香》。

我的改编应该还算成功，老太太听得也还算陶醉……

她听到一半就睡了过去。

我继续把雪梨削完，切成小块，整齐地摆到果盘里，老太太非常讲究，有一点马虎她都不吃。我轻手轻脚地走到阳台外把手洗干净，回来轻手轻脚地帮老太太把被子掖好，忙完以上步骤，终于迎来片刻清闲。

我闲适地坐在椅子上玩了一小会手机，余伯母就推门进来了。

我急忙抬手做了个"嘘"的手势，想告诉她老太太刚睡下，动作千万要轻，余伯母却似乎不是来探望老太太的，视线从老太太身上一扫而过，有些失神地落在我脸上。我心中咯噔一响，注意到她的神色前所未有地凝重，眼窝也有点泛红。

我的心不知怎么地突然一拧。

"宋宋，跟我出来。"

走到走廊的另一端，确保我们的对话不会将老太太吵醒，余伯母问我："你今天有没有看新闻？"

我摇头，心说我给老太太当了一天的小丫鬟，现在刚过晌午，好不容易伺候她老人家睡下，哪有机会打开电视？我回答说："没看，发生什么事了？"

"嗯，有一件事……"她盯着我的眼睛，神情很难找到合适的形容词描述，仿佛正在竭力控制着某种汹涌的情感。她缓了口气，说，"我们先不要自己吓自己，毕竟消息还没确定，宋宋，你有个心理准备，听我说……"

"当地时间十时左右，五名武装分子冲进卡海罗的会议中心，挟持了一批外宾和政要，随即与警方爆发枪战……”

卡海罗的会议中心……关峄参加论坛的那个？

我脑际嗡地一响。

“他……在那里？”

“按照行程安排，他们……”余伯母没有办法把话说完，深呼吸，眸中藏了一圈水光，“当然行程也有可能改变，就算不改变，也不一定就……”

她的语意我听明白了。

但这……怎么可能？

我昨晚才和他通完电话，他说还有两天，他就会启程回来。

我心烦意乱地抓了抓头发，咬住唇，告诉自己不能慌，伸手从衣袋里掏出手机，早就烂熟于心的一串数字，指尖却哆嗦得连输了四五次才正确。

无法接通。我接着又拨了戚樾的，也显示关机。

窗外阳光明媚，我此刻却感觉全身发凉。

余伯母伸出手扶住我：“我让秘书室拨了所有随行人员的号码，只有一通有人接听，接起电话的是一名护士，称伤者正在抢救……我也联系了大使馆的人，他们说会场里太多外籍人士，加上事发当时，附近广场正在举行河谷节庆典，许多民众受到波及，具体伤亡情况暂时还无法确定，只向我透露死伤人群里出现了亚洲面孔……”

余伯母面色苍白，她的语调听上去还能勉力维持镇定，只是扶住我胳膊的手也在微微发抖。

“宋宋，我想赶去卡海罗一趟，但是我放心不下奶奶，我不在，她一定会察觉出不对劲，她现在的身体状况承受不起任何刺激……”

余伯母在说什么，我已经没有心思仔细去听。

隐约知道她是在根据已掌握的信息，对一切做出最妥善的安排。

她那么有社会经验，她那么温柔又坚强，她在这种时候还能条理清晰，把所有的可能都综合考虑进去，她是理智而完美的人，我半点都不及她。我心里天平倾斜的方向从来只有一个，与他相比，别人如何如何，都已经不要紧。

我只要确定他平安。他必须得平安。

我拨开余伯母的搀扶，用尽全身力气往外走。

“宋……你去哪儿？！”

赶往卡海罗是一段非常遥远的距离。

等我记起这个事实，我已经在飞机上飞行了很久。

漫长的飞行时间让我四肢酸麻，血液好像停止了循环一般，脑际闷闷地疼。中途有几分钟我经历了一次短暂的睡眠，睡得不深，如同在不知不觉中被一块千斤巨石拖拽着慢慢沉入幽寂的水底，但水面上仍旧有一盏惨白的灯在虚幻地照着，于是我很快就惊醒了。

空乘人员笑容亲切地走上前，帮我重新换了一杯冒着热气的咖啡。

我转头看向窗外，是看不见任何风景的漆黑，天空的夜晚无比安静，让人只能感觉到这只巨大的铁鸟正在黑暗中不知疲惫地向前飞行。

相距我走进登机口已经过去了七个小时。

没有完全睡过去，得不到休息的大脑依然混沌一片，太阳穴也好像被灌了铅，但此时望着窗外的漆黑夜色，我的记忆却像倾泻了的水壶，不停地有一些片段从脑海深处涌出。

人的思维真是奇怪，这种时候，我反而想清了一些事情。

和江旗亭在一起的日子里，我不是没有尝试过去理清我对记忆里的四师兄到底是一种什么样的念想，那时有江旗亭在身侧，他那种情场浪子，攻势的确让我有点儿招架不住，我于是自欺欺人地心想，我对四师兄的念念不忘，纯粹只是源于小时候师妹对师兄的崇拜。他那么出众，导致此后的漫漫岁月里都没有比他更优秀的人出现。我天性好胜，如果一个人不能让我完全折服，我对他根本会不屑一顾。因此，我就笃定地认为，我对四师兄是喜欢了，但其实并不是——我以为这样想，我就可以说服自己，去心安理得地和江旗亭发展。

我也是这样做的，和江旗亭相处的时光，不断努力地把四师兄抛在脑后。云叙环说得很对，我的四师兄人影都不知跑哪儿去了，万一他永远不出现，万一他永远不回来，万一他早已在别的地方……娶妻生子，我还要抱着这种不切实际的念想，永无止境地等下去吗？这显然不现实。

江旗亭待我已经相当不错，我也要真心待他。我也想真心待他。

直到那个下着小雪的夜晚，我被突然拽进永安寺外的小巷。

他比回忆更清晰，也比回忆更让人移不开视线，于是，顷刻间，心里再多的自我说服都轰然倒塌。我几乎要在心里暗暗庆幸，暗暗庆幸江旗亭的出轨，哪怕我是被抛弃的也好，哪怕世人皆笑我可悲也好，至少，我得以在重遇他的时候，依旧是自由单身的状态。

和他走到一起，是一件不容易的事情。

现在告诉我，他有可能在异国他乡出事？

如果他真的在异国他乡出事，那么我……

我甚至不知道该怎么办，我从来没有想过，他会有不能陪伴我的那一天。

走出机场时这座城市刚入黄昏，天际挂着一轮大漠孤烟般的火红落日，晚风吹来一丝清凉，将我长途飞行的昏沉冻醒。

我忽而认识到我是一个做事缺乏计划的人，全凭一时冲动，不经任何思考地上了飞机，如今落地，却连下一步该怎么走都毫无头绪。手机也早已没电自动关机了。

机场外有许多出租车司机正在满脸笑容地招揽乘客，留意到我这张亚洲人面孔，一名蓄着大胡子的司机主动走上前，不是那种揽客的油滑笑容，而是有些小心翼翼，用算不得标准的英文和我搭话。

等我费力地一半靠听，一半靠他的手势来领会清楚他的意思，心猛地一沉。

他问我是不是来找人，他说他今天载了好几批外国客人，都是得知了枪战的消息，匆忙赶来照顾自己的亲人的，他说，所有在枪战中受伤的外籍人士都被安排在市里最好的医院救治，给他十美元就可以送我前往，人民币也收。

按当地较低的物价水平，十美元折算回来是一段颇远的路程，不承想这家医院竟会如此之近，近得我几乎没有时间做好心理准备。在城市里穿行了大约十分钟，司机驾车在一座崭新的建筑门前停下，告诉我目的地到了。

纵然司机要价不公道，他应该没说谎，受伤的外宾的确被安排在了这家医院，这从戒备的森严程度就可以推测出来。

医院四周拉了一圈黄色警戒线，每隔十米左右就有一名警察站岗，全部荷枪实弹，大门前的警力更是翻了几倍。

我以为漫长的飞行已经足够给予我冷静，走向医院门口的时候，我却发现自己在颤抖，心口也紧得发慌。

……不要胆怯，他并不在里面，我只是，只是去确认一下。

我一试图进入就被警察喝住了。

横冲直撞的做法其实非常鲁莽。这种敏感时刻，所有人的神经都高度紧绷，在我身份不明的情况下，试图去突破警察的警戒线可不是开玩笑的，我也十分清楚它的危险性，但我没有更迂回的办法。我人都到了这儿，怎么可能他们喝止我离开，我就立即离开？

语言不通，我只能用英语焦急地解释。

他们来了一位类似队长的人物和我沟通，但这位队长的英语显然比刚才那位司机更不好，我说了半天，他都是一脸困惑，见我逐渐失去耐心，他提防地撤后一步，盯着我，满脸警戒地伸手去摸别在腰间的手枪。

“姐姐？”

我隐约听见有人发出了两个中文音节，像戚樾的声音。

我怔了怔，抬起头，急于确认地搜索声源，两秒过后，看见了正从医院大堂内部快速走出来的戚樾，他也认清楚了的确是我，脸上写满不敢置信。

“你怎么会在这里？”

汉语真是世界上最动听的语言。留意到我和警察队长之间的对峙状态，戚樾急忙加快步速跑过来，横插到我和警察队长中间，开口就是一连串流利的阿拉伯语。也不知道他和对方说了什么，警察很快就解除了对我的防备，耸了耸肩，笑着和我说了一声“sorry”，接着往旁边一站，同时示意他的手下给我让开了路。

少了阻挡，然而，此时我却连抬起脚往前走都没了力气。

戚樾在这，是不是代表着，他……他也可能……

戚樾把恍神的我一把扯进医院里。

“姐姐，你没事吧？”

我定定地盯着戚樾。

“他呢？”

这一刹那，一向嬉皮笑脸的戚樾脸上居然闪过了一抹心慌，我才留意到他的眼底满是疲惫的红血丝。我一问，他的嗓音立即就哽住了，良久才艰难地说：“对不起，我答应了你会照顾好老大，但是……”他别开脸，这个动作看上去竟像是不忍心迎视我的目光，“老大本来躲得开的，要不是为了救那个小女孩，也不会……”

他无法再往下说，反手抬起衣袖捂住眼眶，也遮住了大半张脸的表情。

我不是没有预想过最坏的结果，可是，这一刻站在这里，亲耳听到戚樾的证实，我还是不可控制地全身发颤，腿软得差点站不稳。

从喉咙里挤出简单的几个字几乎要耗尽我所有的力量。

“他在哪儿？”

“12 楼 03 号病房……姐姐，对不起，你别生我的气……”

戚樾确然欠我一句真心实意的道歉。

12 楼 03 号病房是一间很好的单人病房，空间宽敞舒适，有一面很大的窗户，此时落日西沉，夕阳的余晖透过明净的玻璃洒进室内，把洁白的床单也染成了耀眼的金黄。病床上一位长相慈祥的白种老人背靠床头坐着，拥着被子，正在和房间里的一名年轻男人聊天。

年轻男人坐在一张靠墙的沙发上，着黑色休闲衬衫，两边袖子卷至手肘，其中左手靠近手腕的位置缠着一圈纱布。是一个外表十分出众的男人，他微弯着腰，双手交握搁在膝前，和老者对话时，眼中凝着自信而从容的光芒，夺目得让人移不开眼。

就只是这样看着他，我的眼泪毫无征兆地，忽然就掉下来了。

他发现我是在三秒钟之后。

“十九？”

病房内高深的聊天话题戛然停止，他倏地从沙发站起，大步朝我走来，眼睛盯着我的脸来回巡视，仿佛要辨认我的真假一般，目光灼亮。

“你怎么会来？”

他走到我面前站定。

我从未见过他如此惊讶的模样，以至于他整个人看上去有点像是束手无策。尤其当他看清了我正在哭，他看着我，伸出手想替我擦泪，伸到一半，犹豫不再往前，转而想拥抱我，手腕抬起，却也在碰触到我的肩膀之前就停下了。

我也搞不清我的心怎么会酸成这样，得知卡海罗发生混乱枪战时的提心吊胆，长途飞行积累下来的疲惫，乍到异国不知该往哪儿找人的彷徨，被戚樾捉弄所产生的前后心理落差……从小到大，能让我弹泪的事情很少，这一刻，千百种情绪在心底汹涌，汹涌着汹涌着，就成了决堤的洪水。

对，戚樾那个小兔崽子用他那天杀的演技故意误导了我，怪不得假装哭到心力交瘁，无力行走地一直伏在电梯口哭，不敢跟我上楼。道歉要是有用，我的铁拳还练得这么硬做什么。

戚樾固然可恨，但是，给戚樾提供了这次绝妙作案机会的人，是眼前的这个他。

我用力抹开眼角的水迹，仰首瞪着他，情绪一下子就失控了。

“你……你怎么这么没交代！打一个电话报平安就这么难吗？你知不知道家人会担心！一点声息都没有，谁知道你会不会有什么事，谁知道你会不会在枪战中被人……”

我咬紧下唇，又用力抹了一把眼角溢出来的泪水。

他手足无措的样子真是难得，不知怎么办才好地盯着我的脸，良久才反应过来要给我解释：“我们开会时所有私人录音录像设备，包括手机，全部统一交给主办方保管，后来发生了枪战就顾不上了。安全后我给你打过电话，你关机了，我没想到你会跑来找我，联系家里的时候，妈也没告诉我……”

他猛然一顿，似乎意会到了什么，停住不再往下说，默了片刻，嘴角扯出一丝无奈的淡笑：“妈也真是……”

“好了，别哭了，是我不好，别人看了会笑话你的。”

我也心知自己哭得实在失态，可惜泪腺这种东西，不是你说想止住就能立刻止住。泪眼婆娑中，我扫了病床上那位看上去就很学识渊博的外国老人一眼，即便人种不同，我也能清楚捕捉到他嘴角那一抹忍俊不禁的微笑，完全一脸袖手看好戏的期待神情。

我于是死抿唇瓣，竭力想要忍住，可想而知，表情只会更难看，索性伸手一把扯过眼前的衬衫，无处可躲地把脸埋进他的怀里。

他迟疑了许久的手掌终于落下，环住我的肩，胸膛里响起轻轻的笑声。

老人家好戏看足，单从语气就能听出他的欣悦，笑呵呵地喊了一声“Vincent”，用生硬的中文询问：“这名可爱的女孩是你的……”也许在已掌握的中文词汇里找不到合适的表达，想了一会儿，只好转换回英语，“你的 sugar baby？”

Sugar baby，糖心宝贝，我知道这个词语在这里有着特殊的含义。

卡海罗是一座旅游业十分发达的城市，服务体系也相当成熟，针对一些男性单身游客，许多酒店都在台面下推出 sugar baby 服务，只要价码合适，男游客总能够在这儿找到满意的 sugar baby。当然，sugar baby 可提供的服务也是多样的，谈心，喝酒，同游，甚至……都没问题，只要客人喜欢。

在陌生国度和美丽热情的姑娘来一场艳遇，素来被很多人看作浪漫。

很多人，但应该不包括他。

听见老人家的打趣，他勾了勾唇，语气没有很大起伏地缓缓澄清：“她是我太太。”

“太太？”老人家非常吃惊，反应过来后，马上就被自己刚才的猜测给逗笑了，“噢，瞧瞧我说了什么，我该猜对的。Vincent，你的自律一向让人钦佩。”信了某人的鬼扯，老人家打量着我，认认真真为他操起了心，“这可要怎么办呢，关太太的心情好像很糟糕，Vincent 你要知道，夫人可是最不能得罪的人呀。”

“是啊，怎么办呢？”他俯身在我耳边浅叹，”关太太。”

很好办。

我在他衬衫的面料上蹭完了一波脸颊的水湿，腾出手，使劲在他腰间掐了一记。

他吃痛闷哼，随即沉沉地笑了。

下一瞬间，我忽然措手不及地被人抱了起来——不是那种打横公主抱的软绵抱法，而是我上半身直着，只不过晃了晃，不知怎么地就坐到了他的手臂上。我双手下意识地搭住他的肩膀，脑袋瞬间比他高出了半截，一时没反应过来，瞪大眼睛，无比惊恐地垂首看着他。他微微抬高下巴，仰视着我的脸，仿佛直到现在才终于有机会看清我到底哭成了一个什么鬼画符的模样，顿了顿，薄唇漾出一丝笑。

我镇定地，双手环住他的脖子，然后重重地，把额头磕到他的左肩上。

他又笑了一声。

继而转身对老人说："很抱歉打扰了您的休息，改天再来探望您。"

他抱着我走过病房外长长的走廊。

我还生怕他会这样抱着我一直走到楼下，心想那得被多少人看见，简直丢脸都丢回祖国去了，一想到这里，急忙不自在地开始挣扎。好在他还没有率性妄为到这种程度，我一稍稍用力扭动，他立刻就把我放了下来，改成握住我的手。

被他牵着，跟在他的身后，我一边默默无声地往前走，一边默默无声地抬手擦着眼睛。医院里不幸的事情太多，就算走廊里偶尔经过一两个人，注意到我的哭态，也都只是同情地把目光转开。

没有直接走向电梯下楼，他带着我，在一间病房门外停下，抬头看了一眼门牌，伸手推开房门，侧身让我进去。

我起初以为他要进来探望谁，进门之后才发现房间里一片漆黑。夕阳下山，天色完全暗了下来，里面的窗帘也厚重地紧紧闭合着，不开灯根本什么都看不见。

一间没有住人的空房。看来他是打算让我先在这儿好好缓缓。

他也跟了进来，房门啪嗒一声合上，紧接着是啪嗒一声上锁的声音，隔断了从走廊外透入的仅有的一线光源，房间里头剩下的色彩只有全然乌沉沉的高浓度纯黑。

闭眼还是睁眼都没了区别，我扶着墙走，想找灯座开关，如同盲人摸象。走了几步，好不容易摸到，指尖刚来得及对准按下，暖白的灯光闪了闪，亮起，然而只亮了短短两秒，我的手指忽然被人从身后捉住，刚才怎么开的现在就怎么关。他操作着我的手，又是一声令人心惊肉跳的啪嗒，开关复位，房间里重新陷入了不可视物的黑暗。

我有些暗恼："你做什么！"

他低低笑了一声。

"做这个。"

他站在我身后，手掌顺着我的手背往下滑，扣住我的手腕，然后巧妙地使劲一拉一扯，我便如同受人控制的扯线木偶，身体一下子就被翻转了过来，面对着他。可还是什么都看不见，动物的本能让我嗅到了一丝危险，下意识往后一退，但背后是墙，无路可退。仓皇之间，清冷而又强硬的男性气息就逼到了眼前。

我的愕然抽息被人霸道地堵住。

就像是要惩罚我刚才竟敢有躲避的举动，他的薄唇一贴近，立即就不悦地咬了我的下唇两口，用劲很小，我痛是不痛，但心中本就蕴着一团未灭的火，被他这么平白无故地一咬，登时就如同添了东风，火势不管不顾地熊熊烧了起来。我长途跋涉来这里，为的是什么？到头来还要被人咬，真真是他大爷的！悲愤给予我还口的勇气，又不是只有他才长牙，我立刻就恶狠狠地咬回去。

以为他会吃痛松开我，谁知这一咬更是不得了，彻底激起了他男性的征服欲。我本就已经无处可退，而他还要继续往前，高大的体格强势地朝我压近，似乎想用男女天生的力量差距来让我屈服。我怎么也想不到他，他居然会使出这种胜之不武的招数！惊愕地倒吸一口气，口唇间满是他清冽的气息。

他占据了绝对优势，大掌牢牢扣住我的腰，把我摁在墙上，微偏着头，薄唇毫不客气地在我唇上逞凶斗狠，我被围困在他与墙壁之间，失尽地利，没过多久就已然呈现出败势，仅能维持的最后一点点尊严就是不去回应他。然而他好像真的变得有点厉害了，唇舌有章有法地掠夺着我的呼吸，我坚持不到半分钟，就连最后那一点点可怜的尊严也果断抛弃了干净。

我抬起手臂环住他的脖颈，放任自己在他的攻势下一败涂地……

脑袋昏昏沉沉的，胸腔由于长时间不能自由呼吸而发闷，哭过的后遗症之一就是眼睛也酸涩得不像话。不知过了多久，我迷迷糊糊地认知到，他好像没在亲我了，薄唇稍早一些时候就转移了阵地，此时正在我的颈窝处流连，似乎还有往下扩张侵略范围的意图。

我的上衣纽扣被解开了几颗。早前去医院照顾他们家老太太，为了迎合老人家的喜好，我穿了一件很是小清新的系扣碎花衬衫，后来出发得急，也就没换。夏天轻薄的制衣料子一不好好扣着就会往下滑，露出我一边肩膀和一大片赤裸的肌肤，某位始作俑者的战地下移，脑袋伏在我的胸部上方，薄唇正在忙，温热吐息熨在我的心口，烧得我全身都要滚烫起来。

眼见情势不对，我头昏脑涨地回神。

“喂……”

一开口，我才发现我的鼻音有多重，唇瓣也麻得厉害。

他一定也察觉到了，却连头也不抬，低沉的嗓音藏着气息不稳的笑意：“我生日前两天刚过，你有没有带礼物来？”

这要求就过分了。

我立刻伸手去推他。

手指无意间触碰到一圈类似纱布的粗糙质感，我怔了怔，猛然想起他手臂有伤，于是急忙减轻了力道。就只是这么心念一松动，被他发现了有机可乘，他低低笑开，偏过头来再次亲吻我的嘴唇。

“被弹片击碎的玻璃划到而已，小伤，不碍事。”

一边说着，听上去好像是为了让我安心，但行为却不给人半点喘息的机会，他的大掌兴风作浪地潜到了我的上衣底下，一只手按在我的腰后，不容抗拒地把我揉向他的身体，另一只手则从下方探进了我的裙底，顺着我的大腿往上抚弄，侵略的意味更浓。

不知什么缘故，他今天似乎特别……激动。

而我今天则是史无前例地窝囊，整个人软绵绵地伏倒在他怀里，如同被抽掉了骨头的纸人，半点力气也不剩。身体在微微发着颤，一种从未经历过的陌生情潮汹汹袭来，仿佛要将我连皮带骨吞没。鼻腔已经不酸了，但就只是这样被他揉弄着，眼眶莫名其妙地又开始湿润。

他的唇瓣贴着我的嘴角，低声喟叹："每次亲你你都哭，我都怀疑自己是不是在欺负你，搞得我心都软了。"

我相信，他的心或许是软了，但紧抵着我的男性身躯，却……截然相反。

我又不是无知小孩，当然明白这是什么事。

攀住他的手臂，我别开脸，深深喘了一口气。

"不、不要在这里……"

"嗯？"

"不要在这里，不要在这种地方。"

听清楚我在抗拒什么，他沉沉笑了："你把我想成什么人了？"他的头垂着，薄唇就势俯在我的耳郭上方，又低又沉的嗓音流进我耳里，带着一丝沙哑，"虽然我现在是很想，但是，我舍不得。"

"那你就别……别再闹了……"

趁脑里还残留着最后一丝理智，我伸手往下探去，想把他的狼爪捉出来。为了能够捞住他的手，我的腰不自觉地轻微扭动，闪躲着他的碰触，还没成功控制他的动作，黑暗中响起他低沉而紧绷的警告："不过，你再扭下去，我可能就无法保证了。"

我怔了怔，愕然抬头看他。

房间内的光线亮度不足以让我看清楚他的面部表情细节，但对上他双眼的瞬间，我仍能清晰看见，他的眸光像黑夜原野上的火星，亮得惊人。

心中一悸，我立马不敢再动。

他好像笑了一下，静默了几秒，低缓地说：“你来找我，我很开心。”

似乎在向我解释他此次情绪激动的原因，又似乎不是。

我不知道该怎么应答才好，不止脸皮，感觉自己全身上下都在发着烫。我和他都不说话的时候，一切好像重新安静了下来，他的神色已然恢复了平常从容自若的模样，如果不是他的下身还紧贴着我，我能明显感觉到那不一般的……我差点就要相信他是真的这么快就冷静好了。

看我还一脸戒备的样子，他勾了勾嘴角，稍微退开一点距离，长睫垂下，好整以暇地帮我扣起了上衣的纽扣。

我依然不敢轻举妄动，只是他的手法怎么看怎么不干脆，不就几颗普通扣子而已，他扣的时间未免拉得太长，而且指尖总是有意无意地碰触着某些不该碰触的地方，再说，里面的内衣扣子都还没扣好，他这么殷勤地帮我扣外面上衣的……有毛用。

我全身乱糟糟，而他依旧衣衫整洁，看着他，我脑里不知怎么地忽然就冒出了一个词：衣冠……禽兽。

忍不下去了，我没什么力气地把他的手掌拍开。

“我自己来。”

他这会儿倒是很好商量，笑了笑，退后两步，给我让出了足够的空间，心情很不错地询问：“帮你开灯？”

“不用。”

漆黑的房间里只有我窸窸窣窣整理衣物的轻响，我低着头，仍能感觉到一束目光自始至终的注视，他的双眸灼亮得如同潜伏在黑暗中盯着猎物的野兽，琢磨着该如何下手，于是我连帮自己扣扣子也扣不利索了。今天的我真是柔弱得令人害怕。

这种最需要定力的时刻，他居然开口问我：“你订酒店了吗？”

我系扣子的手一顿，末了，沉默地把扣子系好，才回答：“你说呢？”

我来得这么急，最好我还有这个头脑去记得提前订好酒店。

他对这个结果丝毫不感到意外，唇角勾起一丝笑，顺理成章地说：“刚好，我住的会所还有一套空房，就在我房间隔壁，与我共用一个花园。”

听上去还不错，主要是离他近，让人心安。说出来丢人，我现在居然还有点后怕。

但我面上还是得故作矜持一下，问他：“还有没有别的选择？”

“当然有。”他笑容加深，觑着我，缓缓回答，“我住的那套房也足够大，睡两人不成问题。”

他黑眸幽亮得仿佛一眼就能看穿我心中所想。

脸颊一臊，这就逼着我必须得更加坚定地矜持下去了。我定了定神圣不可侵犯的表情，说：“我想过了，我还是……回国去睡吧……”

他住的地方自然不会差，听说是他一位本地朋友的私人会所，整体两层式建筑，有着庙宇一般的屋顶和西亚风格的廊柱，门前的椰枣树和棕榈都打理得很好，大堂的主墙彩绘着古老精美的壁画，经过的时候我粗略看了下，发现壁画内容取材于埃及神话故事。

那套据说和他的寝室相邻的空房位于建筑的西北方，相对清幽僻静的角落，但还是免不了被自己人打扰。他才刚带着我来到，一名我曾在笠山见过的男青年就跑来敲门了，唔，我记得好像是叫作梁思齐。

这位梁少在门外探头探脑，腆着满是歉意的笑脸向我打招呼：“Hi，大姐头，您真的跑来啦？欢迎欢迎，热烈欢迎……嘿嘿，我猜拳输了，他们派我来借一下老大，十分钟，一个事关人类命运的世纪难题，很快还给你。规矩我懂，稍后就奉上戚樾的人头给您赔罪……”

满嘴跑火车地把他们家老大要走了。

说是十分钟，但我知道这群理科男如果真有什么难题需要讨论，没有一小时半个钟是绝对出不了结果的。某位受人仰仗的老大似乎也有这个觉悟，跟梁少离开之前，不放心地叮嘱我：“我不一定能很快回来，你先整理好，要是困了就先睡。”

我点头应了一声“嗯”，等他们离开了，好半晌才慢悠悠地琢磨出，这句话好像有哪里不对。

房间里恢复了安静，正好可以让我在兵荒马乱之后，偷得几分余暇，慢慢适应目前的状况。这座私人会所情调古朴高雅，一些细节布置得比许多星级酒店都要细致。进入里间，昏黄色的灯光从仿古落地灯的麻布灯罩中柔和透出，不太明亮地填满室内空间。寝室为开放式设计，大床左侧的一面墙完全打通，开成了三扇并排的拱门，白色纱幔被拦腰束起，拱门外有几级石阶往下，最低处没进了一方荷花池里，抬眼看就是生机勃勃的花园，造景颇有些意趣。

我入住之前已经有人专门重新收拾过了，房间内点了香薰，味道清清淡淡的，很好闻，有点像是艾草，闻得人不知不觉放松，久了就禁不住有点犯困。

一路奔波，此时整个人松懈下来，我才感觉身体确实有那么点疲累。我轻装上阵，除了必要的证件，别的都没带，也没什么需要特别整理，除了我本人。长途飞行让我的衣裙变得皱巴巴的，再加上某人不久前的分花拂柳手，我现在身上的穿扮简直……不堪入目。

翻出充电器给手机充上电，我脱了鞋子，不假思索地一头扎进浴室中。

花了比平时更久的时间洗了个热水澡，我拿起毛巾慢悠悠地擦着头发，站在镜子前，又花了一点时间研究分布在胸部上方的点点红痕，他的战果这么快就显现出来了，唔，我还是第一次亲身体会到，原来除了打架磕碰，还有更不费力就能在皮肤上留下瘀痕的方式。

穿来的衣服在洗干净之前，我是无论如何也不想再穿了，等脸上的热潮稍微消退，我顺手从架子上拿了一件浴袍套上，绑好系带，习惯性裸着双脚，一边偏着头，用毛巾吸干发尾的水珠，一边走出浴室。

我在心中大概估算过时间，就算他今晚还会再来见我，应该也没那么快能从那群理工汉子手中脱身，而除了他，在这个陌生的国度，也不会有谁在没有得到允许的情况下擅自进入我的卧室。考虑过这些，我走出浴室的时候是相当自由自在，如入无人之境的潇洒状态，甚至还一身轻松地哼着小曲儿。衣帽间里会有全新的衣物提供给客人更换，在他来之前，我可以先把自己拾掇好。

此般思虑不可谓不周全，只可惜紧接着，我猛地一下就愣住了，歌声瞬间消音。

不承想，会一出来就看见他。

他背对内室，站在拱门边，面向满池亭亭玉立的荷花，一只手插在裤袋里，正在讲电话。我的时间明显估算错误。他看上去也已经回房间沐浴过了，穿一件休闲的白色套头衫，灰色长裤，难得是居家清闲的姿态。

不知他在那儿站了多久，额前的黑发被夜风吹得有些乱了。

风有点大，花园里植物叶子娑娑摇晃，天气变得和我进浴室前大不相同，迎面拂来的凉风中充盈着湿润的水汽。我注视着他背影的同时，眼睛恰好捕捉到天际游龙似的窜过一道闪电，一霎把夜空乌压压的云块照亮。雷声隐隐闷在云层里，不算响，我还能维持镇定，只是今夜十有八九会下雨。

留意到身后的动静，他回眸看了我一眼，目光从我身上一扫而过的刹那，凝了凝，接着转过身去继续交代事情。

这才多长时间？看来梁少他们所谓事关人类命运的世纪难题也不是很难。

压根儿就没想过他会这么快回来，我身上只罩着浴袍，发梢也在湿答答地滴着水……没有更迂回的办法，我现在如果折回头重新穿衣服也未免太奇怪了，还不如若无其事，保持淡定。

我默不作声地拢了一下领口，尽可能让毛巾吸干发尾的水珠，找出电吹风，在床头柜上方找到插座将插头插好，热风的按键刚按下，他就收了电话，走了过来。

将手机随手搁上柜面，他朝我伸出右手。

“我帮你。”

我看着他一副饶有兴致，准备尝试的样子，迟疑了两秒，把电吹风交给他，接着在床沿坐下。

电吹风呼呼作响，他站着，修长有力的手指在我的发丝里穿行，起初有点不就手，把我的头发拨弄得乱糟糟的，但聪明的人就是不一样，很快就找到了章法。果然还是被人伺候舒服，我眯着眼睛享受，在惬意中没话找话地和他闲聊。

“你回来好快，梁思齐他们问了你什么难题？”

“你想知道？”

我沉默了一会儿：“很深奥吗？很深奥的话那就算了。”

“嗯，是有点深奥，关于你。”

“什么意思？”

他思索着该怎么回答，顿了一下，说：“戚樾把你来找我告诉了他们，他们想不通，才来问我，要怎么做才能像他们老大一样让女人神魂颠倒，死心塌地。”他用无比正经的口吻复述着男青年们无比不正经的请教，完后勾了勾嘴角，“听说梁思齐已经气跑了三个 sugar baby，戚樾好点，两个。”

果然是事关人类命运的世纪难题，能把一向以服务品质著称的 sugar baby 气跑也是很厉害了，这群男青年一定不是普通人。

我无语地问：“那你怎么回答？”

“我告诉他们，大概是因为……他们老大学富五车，器宇不凡？”

他面不改色。

我也面不改色："敢问这位老大，他们是怎么忍住不揍你的？"

"他们没忍住，但是，我是你师兄。"

"所以？"

他笑了一声："你忘了，我的拜师费也不是白交的。"

我的确忘了，我眼前的这位也不是普通人，还是最不普通的那一位，连三师兄那种人形兵器都不敢造次的存在，戚樾梁少他们一群没练过的哪能在他这里讨到什么便宜。

心疼男青年们一秒，我为他们默哀。

电吹风在我头顶呼啸，水汽暖洋洋地蒸发，一直以来都觉得，世界上最催眠的两种声音，一是午后的蝉鸣，二是电吹风的运作声，我无事可做地坐在床沿，眼睛眯久了就有点昏昏欲睡，可是头发太长了，吹了很久都不见干透。

我困倦地打了个哈欠，把脑袋慢慢靠到他的腰腹，让他继续帮我吹，说："借我靠一会。"

然后意识就逐渐开始游离……

我迷迷糊糊地感知到，大概过了几分钟，他关了电吹风，长指轻柔地梳了一下我的头发，确认已经完全干了，随即把我的发丝往左右两边拨开，露出我浴袍的后衣领，这块布料还有些潮湿，他居然连这个都能细心照顾到。

电吹风被重新打开，暖和的热风来来回回扫拂我的衣领，他的指腹时不时触碰着我后颈的皮肤，带来了一丝丝痒和一丝丝暖，是一种奇异的感受，让人感觉就像变成了一团毛茸茸的正在被主人料理着皮毛的小动物。

吸了水的浴袍领子比头发更难干透，真亏他有这个耐心。额外多花了一点心思，电吹风终于完成使命，功成身退。

以为我已经睡熟了，他扶住我的背，动作很轻地让我躺到床上，床沿随后传来因重量而下陷的弧度，他也坐了上来，接着是一段很长时间的静谧。我双眼闭着，处于半梦半醒的边缘，隐约知道一束沉静的目光正无声注视着我的脸。

不知过了多久，他拉过被子替我盖好。

窗外一直有若隐若现的雷声，我又怎么可能真的睡得着，一感觉到他起身退开的趋势，我立刻就睁开了眼睛，迅速伸出右手捉住他的衣角。

他回过头来，眼色讶然："我弄醒你了？"

我摇头，一只手抓住他，抬起另一只手揉了揉眼，含糊地说："不是，我没睡着。"视线恢复清晰，我静静地看着他，解释，"外面在打雷。"

他很快明白过来，自己目前肯定是走不了了，笑了笑，重新坐回床边，眼睫微垂，落在我脸上的眸光十分柔和。

"我等你睡着再走。"

我立刻就说："那我半夜要是被雷声吓醒怎么办？"

"我就住在隔壁，很近，你叫一声我就能听见。"他安抚地说。

我还是不放心："隔了一堵墙，万一你听不见怎么办。"

大概从没领教过我这么缠人的样子，他顿了顿，一时也不知道该怎么回答，无奈地低叹："你真的很怕打雷。"

我大方承认："是啊，我天不怕地不怕，就怕打雷，很怕。"

我这么一说，他的神色显然就有些心软，默不作声地把我巴在他衣服上的爪子拉开，塞回被窝里，就像为了使我安心一样，凝视着我的眼睛，低柔地说："那我睡沙发，在这里陪你。"

我的右手立马就又从被子底下伸出来，这回改成牵住他的一边衣袖，说："你睡沙发我也怕，你要一直在这儿，被我捉着，我才不会怕。"

他看着我，表情有点像是啼笑皆非，但没有任何犹疑，颔首，千依百顺地应允："好，那我一直在这儿被你捉着。"

迁就我到这个地步，今夜的他真是一位体贴入微的完美男友，再这样下去，连我都要厌恶自己的难伺候了。

可这不是我的本意。

谈妥之后，他稍微俯下高颀的身躯，替我把弄乱的被子再度掖好。我坚持要露在外面牵住他的那只手他管不了，但我身体的其余部位，他都要确认被稳妥地藏在薄被的覆盖范围之内。灯光昏黄，他的头低着，从我的角度抬目看，他眼睫的影子又密又长，一张脸俊得就像刀刻出来的似的，不知是不是灯光映照的关系，他的眉宇间蕴着淡淡的玉一般的夺目光华。

注意到我正在目不转睛地盯着他瞧，他抬起眼睫，温淡笑意镶嵌在他的眉眼，对我下达二字简短命令："快睡。"

……再聪明的人原来也有迟钝的时候。

趁他依旧是俯身的姿势，我突然两只手都从被窝里挣出来，抬高圈住他的脖子。他是怎么想的我？我怎么可能让他睡沙发？我怎么可能让他彻夜坐在这里守着我入睡？这件事情发生的契机我想了很久，这一刻真正实施起来，我的心底却仍免不了紧张到发慌。

他也许会以为我只是单纯在耍赖，不让他走，轻轻笑了一声，抬起一边手安抚地覆住我的背，同时也给了我一个支撑，让我得以不用那么艰辛地持续发力挂在他的脖子上。他没有料错，我确实不想让他走，但今夜我打算做的事情……远远，不止这个。

我吃力地弓起上半身，唇附在他的耳边，努力维持稳定如常的语调，小声说："我想到了一个两全其美的好办法，其实，你可以留下来，和我一起睡。"

他的身躯猛地一震。

我心跳如擂鼓，却更加使劲将他抱紧。

一顿之后，一股巨大的力量陡然袭来，把我从他的身上拉扯开，我的一只胳膊被人用力扣住，连同我的身体一起被重重地摁贴向床板。

整套动作迅猛而激烈，是我没有预料到的回应。我猝不及防地倒吸一口凉气，等回过神，发现自己已经重新仰躺回了床上，几缕发丝凌乱地粘着脸颊。

我双眸圆睁，迎视着他的盯视，他悬宕在我的身体上方，居高临下，正在认真辨认我的表情，目光灼灼发亮，不知名的火光在眼底跳跃。

没料到他的反应会这么大，我如同被大型猫科动物扑倒的食草型善良小兽，危机来临，一下子就认怂了，胆怯地看着他，结结巴巴地说："其、其实，我现在觉得，沙发好像也……也挺适合你的。"

然而他已经完全听不进去其他，黑眸一瞬不瞬地紧盯着我的眼睛，一边手摁住我的胳膊，把我固定在床上，另一边手抬起，把黏着我脸颊的几缕乱发往旁边拨开，随即手掌撑在我的耳畔，注视着我的脸，眸光转向深浓。

"十九，你知不知道这意味着什么？"

我当然知道。

步步为营的人是你，我从来都没有不愿意。

我把视线转向一旁，到了此时此刻，居然才会觉得有点害羞，说："是因为打雷……"想了想，更正，"不是因为打雷，是因为你的生日刚过，我还欠着你礼物，你的礼物好贵啊，我买不起……"这样解释顿时更奇怪了，搞得好像我要把自己当成礼物送给他一样，急忙又改口，"骗你的，其实也不是因为这个。"讲得越多越混乱，脑里只要有东西闪过，我立刻就不经思考地抛出来，"他们说得不错，我对你真的有点儿神魂颠倒，死心塌地……"

什么鬼啊，我究竟在乱七八糟地说着些什么！懊恼间对上他微闪的目光，我简直想一头撞向南墙，满腔不知该如何开口表达才好的情感涨得人心口发闷。我只能暗暗深吸一口气，选择最直截了当的方式。

抬起眼皮，直勾勾地看进他幽深灼亮的眼睛里，我的声音小小的，说："生日快乐。我一直喜欢你的，很喜欢很喜欢很喜欢很喜……"

黑影猛然朝我压下，我没讲完的话被人堵回嘴里。

这个瞬间，我居然会感到松了一口气。

但我紧接着就知道我放松得太早了，少了某种桎梏，这是一个彻彻底底的吻。他似乎也终于不再需要和我虚与委蛇，薄唇一贴近就是毫不掩饰欲望的入侵，舌尖探入我的齿关，有些抑制不住凶狠地与我的唇舌纠缠，我的口唇之间很快就被他清冽的男性气息占满。

不能说没有心理准备，但他一上来就是这么强硬的姿态，我还是有点吃不消，双手下意识在他胸前挡着，却被他不容推拒地攫住，分开扣压在枕边。我惊愕地喘了口气，几个急促的吞咽之间，我对他的抵抗力本就无限趋近于零，他几乎连正式发起进攻都不用，仅是这样把阵势摆明，我就已经全身酥软，没骨气地开始溃败。

纵然我没什么操守，但他这个姿势也未免太欺压人了，他把我抵得这么紧，以至于我只能被动地承受。胸口也被挤压得几近不能呼吸。

为了给自己争取一丝喘息的缝隙，我扭动手腕，挣脱他的箍握，手臂抬起来，想要环住他的脖子，也想要借力得以起来一些。这是回应，他没理由不欢迎。

不料我的手臂才刚刚圈了上去，没来得及收紧，立刻就又被他扳开。男女天生的差距如此之大，他一边手掌轻而易举就能扣住我的两只手腕，将我的手臂高举过头，在枕头上钉稳，俊颜俯低，薄唇继续狂风骤雨般在我的唇上肆虐。

我张唇低喘一声，惹来的是他更深入的缠吻。

他的身躯高大沉重，压在我的身上有如一块沉甸甸的铁石，我的呼吸被他强横地夺走，头脑因缺氧而晕眩，眼睛雾蒙蒙的，身体的感官似乎变得迟钝也变得敏锐，能感觉到的，有唇瓣微疼的麻，有空气中炽热而馥郁的香气，分不清是来源于点燃的艾草香薰还是来源于他，抑或是我，最不能忽视的感觉，是他的……手。

带着薄茧的、有点粗粝的手。

他依然单手扣住我的两只手腕，只是他的另一边手，不知什么时候，滚烫的指腹已经自下而上，一寸一寸……

他声线低哑，说了两个字，像命令又像诱哄的语气。

我听不太清，只能顺从本能给予反应，也不知错对，但结果确实是他满意地笑了，薄唇贴在我的唇角，夸奖道：“真乖。”

然后就奖励似的，松开了对我双腕的禁锢。

我倒吸口气，凌乱地抽息，想制止他，却发现自己全身软绵绵的，仅剩的力气连手指头都抬不起来，脸皮也热得快要蒸发。

解除了对我的箍握，他的这一只手也没闲下，稍微起身退开，大掌目标坚定地往我的腰际探去，瞄准的是我的浴袍系结。

经过前半段的厮磨，我的浴袍本就已经松散得不成样，系带也只松松地缠着，他的手伸到位，几下拨弄，衣襟就分别向两旁敞了开来。我里头没有任何衣物，他往下瞟了一眼，眼神再回到我脸上时，炽热了何止几十个度，于是心思就不再停留在我的唇上了。

他的头俯低，温热薄唇落在我的颈窝，辗转着吮吻，甚至还稍稍仰高下巴，凑近我的耳垂，也不知是想亲吻还是想说话。

“你好白，也好软。”沉嗓里藏了一丝沙哑的笑意，暖热的呼吸灌入我的耳朵，低笑着点评，“像只小兔子。”

小……什么东西？

那种软乎乎白花花的玩意儿和我有什么关系？

我不敢苟同地抬起眼皮，朝他投去瞪视，可惜眼前的视线仍旧有些迷蒙。仿古麻布灯罩中透出的光是一种低迷的鹅黄色，柔和而浅淡地照亮他立体清俊的五官。我看见他唇角微勾，正在深深凝视着我，目光不疾不徐地扫过我的浑身赤裸，每一寸肌肤似乎都能让他深不见底的黑眸燃起慑人的火光。

不知怎么地我突然就有点恼羞成怒，当机立断地决定：“关……

关灯……”

他立即把我伸向床头开关的手捉住。

“不关。”

将我的手摁回原位，男人的控制欲在这种时候简直强烈得可怕。空气如同着了火，充斥着浓郁而惑人的香气，我的身体不受控制地颤抖，陌生情潮一波一波袭来，汹涌着要将我吞没，我听见安静的房间里响起了女人细细的喘息声，分不清是欢愉还是难受，断断续续的，听得人脸红心跳。

我忽然就有点想不开了，咬咬唇，抬起软绵无力的双手，想帮他也脱光，可他今晚穿的是套头衫，我够不着他的高度，一顿胡乱的拉扯之后，只能退而求其次，把手潜进他的衣服底下，一顿胡乱地揉摸。

他的腰腹结实坚硬，触摸上去就像包裹着钢铁的上好丝绸，男人与女人的构造如此不同，我的指尖顺着他清晰有如格子一般的肌理慢悠悠地勾勒，触感……真好。

他低低笑了，直起上半身，终于配合地脱掉碍事的上衫。

他把衣服脱了，我才留意到他的手臂上还缠着一圈纱布，是了，他还带着伤。在纱布再向上几厘米的位置，还有一条细细的疤痕。我的脑袋晕成这样，竟然还能第一眼就认出来，是永安寺那晚的刀伤，到底还是给他留下了痕迹。除此之外，他的身上还能看到另外一些长短不一的旧疤，加起来大概有五六处，无比显眼地盘踞在他高大阳刚的身躯上，莫名就给他添了几分不相衬的粗犷。

我一直认为他是养尊处优的太子爷，他也的确是养尊处优的太子爷，在他身上看到这些，我感到相当意外，然而此时此刻，我的头脑昏糊得不容我多想这些疤痕的由来。

他起身退开了一点距离，于是我也能稍微起来一点了。我也不知道自己想做什么，听从本能，我张开双臂搂抱住他的腰，然后不知怎么地，思绪迷离之间，居然有点像是神差鬼使，竟低头凑近去吮吻他靠近下腹的一道旧疤。

他的身躯猛地一震。

下一瞬，我被人控制不住力道地推倒在了床上。

过了几秒他才覆上来，心中隐约猜出那几秒他用去做什么了，我的脸颊滚烫得如同被热水浇透。接下来与我大腿相贴的皮肤便没有了布料的阻隔，我终于能看见一个彻底失去冷静的他。

我融成了泥，化成了水，眼睛水濛濛地看着他，他面容紧绷，表情看上去竟接近于令人心惊的凶悍。

他再次俯下身来亲吻我发麻的唇瓣，举止轻柔，类似安抚，可另一端的动作相对就没有这么温柔了，甚至带了点鲁莽。

“嗯！”

我闷哼了声。

“十九……”

他的眉心忍耐地深深拧起，给我适应的时间，不敢妄动。

我抬起眼皮，目光蒙眬地看向他，灯晕在他的脸上留下阴影，我看见他黑眸微眯，下颌绷紧，眉宇间皱成一个深刻的“川”字。明明是这种最能感受到他男性阳刚的时刻，这个样子的他，竟莫名让我觉得有点可爱。

于是我弓起腰背，伸手环住他的颈项，呼吸不稳，说：“不止是很喜欢很喜欢……我，很爱很爱你……”

他额上似乎有青筋跃起，咬牙靠在我的耳边低狺：“都什么时候了，你还敢说这种话！”

他说：“我不管你了。”

……

情欲真是一种可怕的东西，我除了紧紧缠着他之外什么都做不到，身体在他的摆弄下，意识糊涂得连我自己都不认识。窗外逐渐响起滴答滴答的声音，酝酿了一晚的雨水在此时降落，花园里荷花池传来满池荡漾的水声。

雨雾拂起白色窗纱，我迷迷糊糊看见，一只色彩斑斓的蝴蝶从窗外飞入，扑扇翅膀忽高忽低，在潮湿的空气里画出一段优美轨迹，最终在床头的柱子停留，半秒后，突然一下又像被什么惊动，停不稳地从轻晃的床柱上飞了起来。

我吁喘着闭上眼睛。

如果不是天际突然炸开一道响雷，我几乎就要被他制造出来的强烈欢愉给淹没。

轰隆！

雷鸣贯耳，我被这突如其来的巨大响声惊得身子猛地一缩。

他震了震，闷哼："你真是……"

雷声响起的同时我就惊惧地睁开了双眼，神智好像回笼了一些，但视线依旧处于迷蒙状态，看什么都看不太清晰。真正看清他的表情是在几秒钟后，高大的身躯俯近，脸庞恶霸一般欺上来，深眸微眯，薄唇抿直，我看见的是一张布满情欲的脸，抵近我的鼻尖，神色狰狞得有些吓人。

"你这是在鼓励我，对吧？"

"不……嗯……"

我双唇微张，却无法说出更多的言语。我怎么可能还会鼓励他？快感不断累积，已经趋近满溢，这比我想象中的体验要强烈太多太多。体内流窜的是闪电，眼前看到的却是灿烂的星光，我如同被浪潮不断拍击的人，只有攀紧他的肩背，才能浮上水面换一口呼吸。

屋外雨水淅淅沥沥，雷声隐隐翻滚，我全身不住发颤，被他温暖的臂弯环绕。

轰隆！

又是一声闷雷落下。真的是控制不住，我一阵哆嗦。

而后就听见了男人不悦的沉嗓："很好，还能听得到雷声。"

他若有所思地低吟，深幽眸底跳跃着噬人的火星，渐成燎原之势，我被逼出了叫喊，指尖划过，指甲深深陷进他的肩胛肌肉里。

他又来吻我的嘴角，嗓音低低的，哑哑的，藏了一丝满足的吁叹：“我知道了，不是小兔，是野猫。”

雨下了整整一夜才停。

少了雨后明媚的阳光，花园里的景色没有干透，树木花草的叶片仍然被水汽侵染着，我逐渐转醒的时候，几片湿漉漉地黏在拱门外石阶上的墨绿叶子首先映入眼帘。室外的空气看过去似乎十分清爽，仅有一廊之隔，与我身处的大床却仿佛两个泾渭分明的世界。

香薰燃尽，萦绕了一整晚的香气似乎减淡了一些，我记不起自己是什么时间睡过去的，此刻醒来，只觉得头脑依旧浑浑噩噩，是典型没睡够的症状。

我稍微挪动一下身体，想变换侧睡的姿势，才动了动，立刻就发现全身肌肉都像被火车无情碾压过一样，酸痛得要命。尤其是我的一条老腰，感觉像被人折断过又组装了回来，泛着不可描述的虚软，是典型纵……过度的症状。

我于是一动都不想动了，保持侧躺，经过一夜早已熟悉透底的男性身躯紧贴在我的背后，一条手臂从我的颈子底下穿过，被我当成枕头在枕，唔，有点硬，枕着不太舒服，另一条手臂则霸道地横亘在我的腰间，把我往他的胸膛圈揽，又或者说，我整个人被直接搂进了他的怀里。我总算慢慢觉悟过来，这个男人，外表看似清冷寡欲，但骨子里的强势和独占欲却一点儿也不比人少。

我看不见他的脸，只能听见耳后传来均匀的呼吸，他还在睡，暖热鼻息吹拂着我鬓边几根碎发，营造出让人安心的催眠氛围。我本就有些困，人在异乡，起早也无事可忙，这样想着，我把缠紧在他和我腰际的薄被推松一些，闭上眼睛，放任自己再度睡沉过去……

第二次醒来，我是被手机的震动声吵醒的。

也不知道几点了，天色好像比我前一回醒来的时候亮了一些，但依旧没有阳光。手机在床头柜面上持续发出呜呜的声响，闹得人再也无法安眠，我睡眼惺忪地朝噪音源瞟去一眼，星空黑的金属外壳，不是我的手机，是他的，离我这边床位比较近。被我枕着的手臂动了动，缠在身上的被子传来由于他的移动而扯紧的勒感，他显然也被震动声吵醒了。

不把噪音解决掉就没法再接着睡，我就着侧趴的姿势，挣扎着伸出手，去够床头柜面，想把手机拿过来让他接听，反正他也醒了。

我犯困地半闭着眼，一条裸臂在被单上摸索着朝目标前进，就在快要拿起手机时，他的手掌却从后方伸了过来，制止地把我的手腕捉住。

一夜过去，他的热度却似乎半分也没有减退。

我怕痒地微微偏头，闪躲他的碰触，声音埋在软枕里，有些含糊不清。

“唔……做什么……”

“不知道？”他轻笑，“我以为你知道我想做什么。”

他的嗓音带着甫睡醒的沙哑，声调懒懒的，捎了一丝随性一丝耍赖，十分撩人地贯入我的耳，吐息炽热，把我的耳郭煨得又要滚烫起来。

我稳住自己逐渐开始不稳的呼吸：“你的手机响……”

“别管它。”

“万一有急事……”

“不重要。”

他回答得斩钉截铁，似乎眼前任何事在他心中都比不上征服我的耳根子来得要紧。

我不是不知道他想做什么，经过昨夜，我已经很容易就能分辨出他的意图，只是我没忘记，他来卡海罗是带着公务来的，一大清早醒来就和我赖在床上厮混……真的没关系？

贤良如我，正打算再劝他几句，哪怕是心口不一的，哪怕是欲拒还迎的，也要假装自己是个明事理、分轻重的人。再劝劝他，正要开口时他的手掌却适时往下游移，指节掠过我的锁骨，往下，精准罩住我的……

我轻喘一声，思路被他成功截断。

长着粗粝薄茧的指腹贴着饱满的轮廓摩挲，时不时故意刷过顶端，他貌似十分乐于看见我在这种时候气息不稳，红着脸回眸瞪他的样子。他的薄唇停在我的耳畔，我轻易就能听见他低沉愉悦的笑声。他一边放肆把玩着，一边柔情地喟叹："我有没有告诉你，我很喜欢这份生日礼物？嗯，真的喜欢。"

我要是在这个节骨眼控制不出发出呻吟那就太丢脸了，咬咬唇，咽下，懊恼地小声否认："我都说了不是因为这个……"

他不以为意地笑了笑，薄唇稍偏，印上我的肩头。

"我过两年就三十了，三十而立，你什么时候嫁我？"

这算是……求婚？

我不禁颤了颤。随着他的薄唇，他的双手在我身上不断点火，皮表下熟悉入骨的热度重新席卷而来，把我仅存不多的理性也快要烧成灰烬。好在他这句话的含义实在太重磅，让我在载沉载浮之中，勉强拉回了一丝思考能力。

我呼吸凌乱，断断续续地说："昨天在医院里，你不是和别人介绍，说……说我是你的太太了？"

"Eugene Smith 是一个有信仰的教徒，嗯……反对婚前性行为，他的学生也住在这家会所，如果让他知道我们不是夫妻而我在你房里过夜，下次见面他会教育我的。"

他的理由很是充足，然而，我想了想，还是觉得哪里不太对。

"也就是说，你昨天本就计划好要到我房里来……过、过夜？"

他是怎么一和我见面就能直接想到这一步的啊！

“视你需要。”他的唇瓣轻触着我的肩窝，沉嗓里藏了一丝笑，回答得模棱两可，“天气预报会有雷雨，我不在，担心你会没法睡。”

他如此高瞻远瞩，他如此考虑周到，他心心念念牵挂着我的睡眠质量，这让我有些感动，只不过……

“我昨晚那才真的叫作没法睡！”

我爬起来，回眸瞪视他，可惜效果不大，带了轻喘的声音听起来也并没有想象中的凶恶。

他低低笑开，把我披散在腰背的长发拨向左边，趁势俯下脸来亲吻我的唇。

“你现在看起来好像舒服一些了。”

我连呼吸都不利索了，也不知道在这种紧要关头，自己还在硬撑什么面子，吞咽下急促的呼吸，要强地辩解：“哪、哪有……我才没那么弱……”

如果音量能够更铿锵有力点，不这么软绵的话，相信更有说服力。

“是吗？”我的申辩让他沉沉发笑，“这还真是让人安心。”

他扣紧我的腰，把我拉起来，不让我再伏在枕头上当软泥。

“那么，我也不用再有所顾虑了，你说是吧？”

我说是……是、是个啥？

我马上就知道他话中含义的厉害了。

“唔……”我吃力地扭过头，气喘吁吁地看着他，“你也不要……玩得太欢，我怕……怕你很快会腻……”

然后，我看见他轻轻抿了抿唇，抿出一个像笑又不像笑的弧度，说：“你未免太小看你对我的吸引。”伸手扣住我的下颌，在我的唇心落下羽毛轻刷似的亲吻。真矛盾，明明动作那么不留情，但吻我时的举动又可称之为温柔。

“我怀疑会不会有那一天。”

腻，腻个大树菠萝。

我重见天日，已经是三天后的事情了。

就像是要身体力行，用实际行动向我证明我的担忧有多没必要一样，某人没日没夜地拉着我沉浮，我最大的发现就是他体力极佳，好在我也是个自幼习武的，身体素质不比他差，不然以这种花样众多的玩法，我哪熬得过这场终日贪欢的缠绵游戏。

这一天大王他吃饱喝足，龙心大悦，餍足之际突然想起了，来到即是客，和我就这样一直窝在酒店里厮混也不是办法。离预定回国的日子还有两天，他难得良心发现，提出要带我出去走走。

我于是赶紧溜达下床梳洗，就怕他兴头一起，又要反悔。

他摇头低笑，为了节省时间，三天来第一次摆驾回他的房间，分头准备。

花了大约四十分钟洗去浑身黏腻，我包着毛巾走出浴室，打开衣帽间的门。

我的衣服在第二天傍晚就被服务员帮我拿去干洗完毕，送了回来。但我那天穿来这里的是一件裙子，现在出去玩，穿它有点不方便。衣柜里另外挂了十来套全新的，可供更换的女性衣物，风格不同，但都是按我的尺码准备的。我在柜门前站了一小会，挑出一件简便的棉麻质地牙白衬衫，一件民族花纹的红色阔腿裤子，换上。

此外还给自己挑了一双便于行走的软底芭蕾鞋。刚把自己拾掇整齐，正当照镜子的时候，一道挺拔的身影从我身后缓缓步入光滑镜面。

在穿扮这件事情上，男人果然比女人来得迅速，他已经完全准备妥当，一派神清气爽的从容。好巧不巧，他也穿了一件棉麻质地的立领牙白衬衫。

……可以的这酒店，准备的居然是情侣装的款。

瞧见我和他撞衫，他唇角微扬，似笑非笑地靠在衣帽间的门框外，透过镜子专注地凝视着我。都这么熟了，现在被他这样目光深深地盯着看，我竟然还会觉得不好意思。唉，我自小养成的英雄气概算是彻底报废了。

我默默梳着头发，他看了我一会儿，像是注意到了什么，缓步上前，从衣柜里拿出一条轻飘飘的纱质布料，交到我手上。

“围好。”

我定睛细看，原来是一条阿拉伯世界妇女常用的那种头巾。

这头巾虽然不算厚重，但我本就怕热，前几天下的一场雨也不能改变这里气候炎热的事实。

我不是很明白他的用意，通过镜子看着他，犹豫道：“不用这么夸张吧？现在这边旅游业很发达，外国人也多，常常能见到不包头巾的女人，也不算特立独行……”

“听话，围好。”他的态度很坚持，眼神却有些闪烁，说，“嗯，把脖子也包住。”

“啊？”

这位大哥，你是想热死我？

我呆呆地拿着头巾，呆呆地看着镜子。他的神色明显很不自然，这一切简直怪异，还有，他好端端的提我脖子做什么？

脑中灵光一闪，我怔了怔，半眯起眼，扒开衬衫的立领，扭头，弯腰凑近，对着镜子细看……哦，原来是因为这个。

我颈子的皮肤，一点一点，遍布深红吻痕，足见战况之激烈。

脖子上的吻痕主要集中在侧面和后方，因为正面有胸部可以挡一挡灾，所以我直面镜子时，才没有第一眼就发现。

我重新拢好衣领，懒懒瞟向他，一手绞着头巾布料，转身，故作娇嗔地伸出食指推向他的胸膛：“关先生，你也太不怜香惜玉了。”这要我怎么出去见人？

不让我推完就把手缩回，他霍地伸手攫住我的指尖，指腹轻轻沿着我的指甲边缘抚过，俊颜俯低，几欲抵到我的鼻尖。

“宋小姐，你该看看我的背。”

我把自己裹得像个俄罗斯套娃，出门的时候，刚好撞见戚樾和梁思齐一群人在餐厅里围成一桌吃早餐。

看到我和他们家老大齐齐现身，众人该夹菜的夹菜，该咀嚼的咀嚼，连眉毛都不抬，脸上的表情保持一致地平静，嗯，平静，一种哀莫大于心死的平静。

关峄的脸色无比坦然，旁若无人地牵着我，穿过餐厅，走到吧台前，让服务员倒了一杯牛奶给我，他自己则要了一罐苏打水，开了拉扣，慢慢地喝。

两厢寂静，到底是火候不够的一方沉不住气，某位我也见过，但一时叫不出名字的青年一边慢悠悠地撕着面包吃，一边酸溜溜地打招呼：“哟，那边那位一脸春风得意的帅哥看着好生脸熟，啊，我记起来了，这不是我们家老大嘛。”虚情假意地挥了挥手，“老大，好久不见啊。”

好久不见，还真是好久不见。

这三两天我们的早餐都是在房间里吃的，倒也不是完全没有出来过，午餐和晚餐我们有时会特地来外面餐厅吃，然而这群分身乏术的热血青年，白天都在外头为公司事务奔波，晚餐时间一般又拿去应酬，回到住处大多很晚了，自然和他们家老大碰不着面。

我有点担心关某人连续几日大门不出，会不会耽误正事，不过据他说，需要他出面的行程前几天已经走完了，剩下的主要是一些涉及细节的洽谈事宜，由几位秘书和这群男青年去忙就够。别看他们一脸不正经，能进入笠山核心队伍，每个都是能独当一面的人才。

关峄的这番评价男青年们没机会听到，否则眼前的景象也不会这么……群情汹涌了。

有人挑起了头，他们的满腔愤恨似乎也很难再继续压抑下去，一张张小脸活像惨遭丈夫抛弃的怨妇，投过来的眼神，一个比一个更不齿。

梁思齐摊手："电话打爆都不接，行啦，有了美人，江山不要啦。"

戚樾掩嘴，呵呵呵笑得怪声怪气："还说这次难得相聚，一定要腾出时间和卓义先生吃饭呢！唉，可怜卓义先生三十出头，风华正茂，在酒店等得头发都白了，也等不来负心人回眸一顾。但见新人笑，不闻旧人哭哦……"

"这算什么？你没看见人家 Adele 小姐，从德国追来卡海罗，为的只是见心上人一面，结果呢，听说心上人身边不仅有了一位小女友，还和小女友关在房间里，好久不出来，好久好久哦……最后她流着泪上飞机的时候，我这么坚强的一个人心都痛了……"

……

话题主角波澜不惊，慢条斯理地喝完了苏打水，然后把空罐递给我。

"来。"

我叼着一根吸管吸牛奶，难得在这时心有灵犀，秒懂他的意思，接过，徒手，砰的一声，直接捏爆。

众人瞬间住嘴。

我把空罐精准地投进垃圾桶，咬着吸管，直勾勾地凝睇着他，问："Adele 小姐是谁？"

"我读博时的校友。"他回答得不当一回事，问我，"喝完了吗？"

我点头，吸完最后一口，把玻璃杯交给他。

他顺手搁上吧台，把我的小背包拎过去，揽住我的肩就往门外走。

经过那张鸦雀无声的餐桌时，他似乎才终于想起这里这群呆若木鸡的美少男们，是他公司的员工，是他研究中心的骨干。他因此停下脚步，转过头看着他们，默了默，薄唇浅淡地勾出一丝笑，声音很轻，却很有分量。

"项目给我盯着，客户给我陪着，我现在要带我的美人、我的小女友出去玩，听清楚了？"

"好、好的老大！"

"玩得开心！"

"慢走不送！"

气氛真和谐，真有爱，令人无法不为之动容。

快要走出餐厅时，我听见身后传来一声堪称声泪俱下的哀号，语调无比颤抖、哀怨："兄……兄弟们，我们就是被万恶资本主义剥削的劳动阶级，对吧……"

卡海罗算是我比较钟情的一座城市，有着古老璀璨的文明，唯一不适合我的就是天气太干燥炎热了，属地中海气候与沙漠气候的过渡，前几天那场大雨已属罕见。

室外艳阳当空，本还觉得有些麻烦的头巾这时反而起到了很好的遮阳效果，只不过玩起来也不是很能顾得上有没有被晒黑。潜完水，驱车往西，再租来一辆吉普车在沙漠里冲沙，他还带我去乘坐了热气球，等我累瘫在遮阳伞底下喝椰汁时，一天已经过去了大半。

他抬起手表看了看，下午四点三刻，离晚餐时间还有一些宽裕，沉思两秒，从躺椅上站起，朝我伸出手："还走得动吗？我带你去骑骆驼。"

走是走得动，就是……腰酸，而已。

不过既然他都开口邀请我了，他都笑得这么迷人地邀请我了……我抱着椰子，默默把手搁进他的掌心。

舍命陪君子。

骑骆驼在这儿很早就发展成了一个成熟的旅游项目，最近是淡季，人不多，一瞧见我们外国游客的打扮，一名包着头的本地商人立刻就牵着一头骆驼朝我们走了过来。

关峄微笑问我："会骑？"

我想了想，不是很确定："应该和骑马差不多？我以前经常骑马，现在偶尔有空也会到堂哥的马场去练练。"

宋少对马术情有独钟，而我从小就有一个大侠梦，侠嘛，哪有不懂骑马的侠？因此总是缠着堂哥教我，堂哥当然不会拒绝。以前每当我跟父母去堂哥家玩，都是和他溜出来，泡在马背上居多，骑术虽然不比他精湛，但好歹不会被颠下马。

我说："堂哥有一匹很漂亮的阿哈马，取名叫大雾，我十四岁那年生日，他给我送了一匹伊犁小母马，也非常俊，叫惊蟹。"

他扬眉："惊蟹？"

我"嘿嘿"干笑两声："大雾很好听对不对？虽然简单，但听起来就很仙气腾腾对不对？那什么，我以前还小嘛，也没什么文化，以为'大雾'也是二十四节气之一，为了向堂哥看齐，所以决定给我的小母马取名叫'惊蛰'。"

他笑："惊蛰倒很符合你的风格。"

"坏就坏在我不识字，登记时把'惊蛰'写成了'惊蟹'。"

一字之差，失之千里。

他笑容加深："也像你的作风。"

"我现在一见到我的大惊我就内疚，总觉得我取的名字辱没了它……"

本地商人牵着骆驼来到我们跟前，我咕哝几句，利落地翻身骑了上去。腰还是酸，大腿内侧也酸，幸好驼背的座椅铺了几层软垫，坐适应了也就觉得还好。

他在下面掏出皮夹付款，应该是能让对方满意的价钱，对方一下子就笑开了花。他还和对方说了几句什么，那人愉快应允，比了个"OK"的手势，把手中缰绳交给他，有些好奇地偷偷看了我一眼，然后就乐呵呵地走了开去。

他唤道："十九。"

“嗯？”

我低头询问地看向他，不料迎面突然吹来一阵风，在我低头的一刻，大风蓦然把我包住头的头巾掀飞。我小小地“啊”了一声，一手抓稳骆驼椅背上的拉环，一边着急地弯腰去捞。头巾轻飘飘的边角从我的指尖滑过，我手指钩了钩，没抓住，反而由于动作太急，长发被我晃得散了下来。

发丝迷乱了视线，手忙脚乱中我不经意瞥了他一眼，大漠黄沙，阳光金黄，不远处传来空灵清脆的驼铃声声，他眼中的神色是一种近乎迷醉的温柔，我的心怦然一跳，瞬间看痴。

丝巾缓缓飘落到地上，我也不去捡了，就着在骆驼背上弯腰捡东西的姿势，迷茫地抬头看着他。

率先有所反应的人是他，他抬起手，帮我把垂在颊边的发丝钩回耳后。我终于听到了他说什么，却似乎不是刚才准备和我说的那句。

“你真好看。”

多没出息，我的耳根立刻就炸了开来，连眼睛都不知道要往哪儿瞟。

最终还是控制不住地落到他的脸上，轻轻喃道：“好看的，是你吧……”

他究竟自不自知，以漫无边际的黄沙为背景，他英挺俊朗得就像是从远古神话中走出来的俊美神祇？这是一个古老神秘，盛产神话的国度，当地人传说，往沙漠深处走，会遇到一汪湖泊，湖水都是酒，由酒神守护。

我缥缥缈缈地想，如果这个地方真的可以遇见神明，对我而言，那一定是他。

他嘴角勾起，手掌用了巧劲，把我拉得更低了。他的眼底有笑，先用他高挺的鼻梁蹭了蹭我的，薄唇随即覆了上来。

等我的理智一点一滴缓缓回笼，我发现不知什么时候，我人骑在骆驼背上，一边手拉着鞍椅上的手把，一边手已经圈揽上他的颈项。

他仍贴着我的唇瓣舍不得太快退开，认真考虑了两秒，嗓音又沉又哑地提议："要不，不骑了，我们回酒店？"

我居然还为难了一下下，才义正词严地拒绝："回你个头，我腰好酸。"

第十二章

晚十一点过半，飞机降落回祖国大地。

我在卡海罗彻底把体力透支干净，刚上飞机没多久就昏昏沉沉地睡了过去，除了中途被关峄喊醒，简单用过一次餐，其余时间以在梦中居多。睡多反而头晕，走出机场时，我的神思还是不太清醒，眼睛和耳朵都好像蒙了层布，被关峄牵着，恍恍惚惚听见随行的几名青年一边打呵欠一边和我说“大姐头再见”，陆续各自打车散了。

月色清朗，关峄扶住我，把我塞进等在路边的一辆黑色轿车。

司机在外面关上车门，快步绕回驾驶座，询问地朝后边看来。

“是不是先送宋小姐……”

“回松庭。”关峄沉声说道。

司机脸上闪过一瞬惊讶，很快就转过身去，正谨坐好，非常识时务地不再多问，车子发动，缓缓驶出灯火阑珊的大道。

轿车在交通状况良好的道路上平稳前行，车窗外的路灯化作光影一段一段地闪过，晚风从半开的车窗吹进，带不走我的倦意，我的头脑仍旧晕沉，眼皮子好像黏在了一块，完全睁不开。正打算揉揉眼撑起精神，关峄的手已经伸了过来，动作轻柔地把我的脑袋按向他的肩膀，升起车窗。

“睡吧，到了叫你。”

他的嗓音低柔而徐缓，非常容易让人安心的音色，再度睡沉过去之前，我口齿不清地咕哝了一句：“什么……松庭……”

可惜，再也没听见他的回答。

松庭，狼窝。

一个格调古典，品味高雅的狼窝。

这个认知，在我醒来之后于我的脑海中缓慢地形成。他抱着我走进这座私人宅院的时候，我还睡得正熟，因此无缘观赏建筑外观的设计。此时被他放在床沿坐着，我扭头朝落地窗外看去，隐约能够看见竹子、红花檵木、小叶黄杨、水菖蒲的剪影在黑夜中隐隐绰绰，衬着湖石清波，高低起伏，疏密有致，这层是二楼，由高往下看，能看出一些掇山理水的意境。

“顾澜先生的设计？”我问。

他站得离我有点儿远，正在挂西装外套，挂好了才朝我走过来，领带扯开了，袖口挽起，身上的衬衫扣子也解开了两三颗，少见的率性与不整齐。

我是被他抱上楼那会儿醒的，这会儿，我感觉自己好像又精神了一些。

也未免……太过养眼了。

他没有直接回答，而是问：“你认得出来？”

我半晌才点头：“当然，顾老在风水学上造诣很高，他造的景可都是我们学习的典范。”

我边说边打量四周，与古韵的园景相映衬，室内装修的风格也偏向古雅庄重，但比起我上次去过的纯古香古色的涧园，已经可以说是现代许多，至少不会让人有一种随时随地就会穿越的错觉，墙上挂的甚至是一幅油画，画上是西藏连绵起伏的巍峨雪山。

我心里感到一丝困惑，嘀咕着问：“为什么不带我回涧园？”

夜深人静，孤男寡女，我倒不会天真到认为他会正人君子地把我送回家，只是从机场回来，明明去涧园的距离更近。

他在我面前的地板盘腿坐下，脱掉我脚上的鞋子，力道适宜地帮我按摩起小腿肚。在卡海罗的最后几天，他也不时帮我捏捏胳膊揉揉腿什么的，第一次被他服侍时我还诚惶诚恐，第二次我就谢主隆恩，坦然享受了。

智商高的人，就算当按摩师也能当得一样出色。

紧张的肌肉在他的揉抚下逐渐放松，我被他捏得无比舒服，情不自禁眯起眼睛，偶尔哼声指示他轻一点重一点左一点右一点，放任自己全然沉入享乐中。我都不记得自己问过他问题了，他居然还记得回答。

“我平时一个人住这边，去笠山和总部都方便。”他抬睫看了我一眼，若有所思，“你比较喜欢涧园？”

“喜欢啊。”如果他是问我喜欢哪座园子的景色的话，“这里我也喜欢，都喜欢。”被服侍高兴了，我笑嘻嘻地看着他说，“都是学习，都是进步，我没差的。”

他顿了一下，说：“你不介意，涧园也行。”他低着头，眉心蹙起褶痕，仿佛正在思考什么不得了的难题，“只不过那边的床是古董床，木的，比较硬，唔……不能提供有效助力。”

啊？

我呆愣住。

助力什么的，听上去貌似是相当高深莫测的物理话题，但我一个学渣居然秒懂了。

他抬头注视着我的脸，黑眸转过一抹幽深，就像突然想明白了，薄唇漾出淡笑，瞬间点亮了他深刻的五官。他对我笑得好迷人，好无害，我想，如果黄鼠狼遇见了小肥鸡，一定也是这般诱敌深入的微笑。他觑着我，连声音都压低了几分，低喃：“也不错，如你所言，都是学习，都是进步。”

在我警觉却不敢轻举妄动的瞪视下，他缓缓站了起来，弯腰，双掌撑在床沿，把我困在他与大床之间，俯首凑近我的脸，好整以暇地问：“还困吗？”

我不说话。

他再问：“还累不累？”

我还是不说话。

他沉沉低笑：“那么，我的服务费，请师妹付讫？”

他一叫我师妹，我的心头就禁不住涌上一股物是人非的沧桑感。我往后挪了挪臀，吃力地仰起头看他，嘴角的微笑很颤抖：“关哥哥，你变了，你之前不是这么无耻的。”

他说：“再喊一声关哥哥来听听。”

他眼中笑意加深，也不介意我愿不愿意叫，说：“追女孩子我没什么经验，之前怕吓跑你，我不好轻举妄动。”

我更正：“我是说以前，小时候，那时你是一个冷酷冰山boy。”

“那时你也还小，面对一个十岁不到的小女孩，你告诉我，我能怎么个不客气法？”他的身躯越欺越近，我被逼得往后仰躺下来，他顺势单膝跪上床沿，长指滑过我的锁骨，顺着我的纽扣一颗一颗往下解开，“现在这样多好，香香的，软软的，该长大的都长大了……”

醒来的时候浴室传出水声，已经是翌日早晨。天色大亮，我的意识已经醒了，身体还是隐隐泛着酸，抱着被单在大床上随意调整了几个姿势，发现醒来就再也睡不着了，索性耙了耙头发，干脆利索地起床。

地上七零八落地散落着几件衣物，有女士的，有男士的，有内穿的，有外穿的，唯一的共通之处就是它们此刻都被人不屑一顾地抛在地上，昂贵的制衣价格也无法拯救它们变成咸菜一坨的命运，我的比他的尤其不能看。

实在不想再把咸菜穿上身，我捶捶手臂，弯腰，把掉落在地的皱不拉几的衣物一件一件捡起，丢到一旁的沙发里，留待稍后处置。打开衣柜，随机从衣架上取下一件干净的白衬衫，暂时给自己套上。

他身材高大，衣服尺码自然裁得也大，我连解开下面一排纽扣都不用，只需解开靠近领口的两颗，往头顶一罩，就可以当罩衫穿。

顺手把头发也绾起来，我走进浴室，准备简单地刷个牙、洗把脸。

浴室足够宽敞，他在另一端的淋浴房里，闭着眼睛，正在洗头。看来这座住宅的确是他一个人的私人空间，平日少有人光顾，所以淋浴房的那面毛玻璃才会透成那样……请问这块玻璃，有和没有有什么区别？

我站在洗漱台前拧开水龙头，挤出牙膏刷牙。

淋浴房的花洒始终打开，水声哗啦流泻，他的眼睛闭着，竟也能听见我在外面拧开水龙头的细微水流声。

“十九？”

我“唔唔”两声，牙刷塞在嘴里，发音含混不清。

他似乎微微笑了一下，不说什么，继续按自己的节奏淋浴。

人的心理真是微妙，就算他不说什么，我还是有开口向他澄清的冲动，我发誓我不是特地挑这个时机冲进来观赏他洗澡。

淋浴房里水汽弥漫，他仰高下巴对着花洒，手指穿入头发里随意拨弄，把一头黑发拨得水漉漉乱糟糟的，水流带着雾气流淌过他的眉眼，眼睫在水汽浸染下乌墨一样黑，流淌过他线条优美的薄唇，唇瓣在水珠润泽下枫叶一样红，流淌过他隆起的喉结，流淌过他厚实的胸膛，上面有几道细细的爪痕，流淌过他肌理分明的腰腹……

我端起漱口杯胡乱含了几口水，呸掉，漱干净嘴里的泡沫，双手自水龙头底下捧起一汪水，往脸面泼来，扯过毛巾胡乱擦干，手脚并用扶着墙摸出去找水喝。

正所谓，口干，舌燥。

我随即听见淋浴房中传出轻轻的笑声。

站在流理台前给自己猛灌了几口凉水定惊，刚缓过神，老妈的电话就打了进来。

盯着来电显示极具威严的“母后”二字，我一阵哆嗦，一惊未平一惊又起。我心想完了，我现在才想起，我昨晚忘了给家里打电话，而且……没回家过夜。

手指颤啊颤地按下接听键，电话接通，老妈沉默了两秒才开口问：“回到了？”

“回……回到了……”

“什么时候回到的？”

“昨晚……”

“在哪过的夜？”

“关、关峄家……”

那边倏地没声了。

我抖着嗓，战战兢兢地说：“妈，妈咪你别不说话，我害怕……不是，你听我说，是这样的，昨晚回到的时候都凌晨了，你和老爸一定都睡了，我没带钥匙，知道你们工作累，不想吵醒你们给我开门，所以才在关峄家借宿了一晚……”

“知道了。”

老妈的反应意料外的冷淡，细细咀嚼，隐约还藏有一丝洞悉一切的睿智，那是一种万事万物尽在掌握之中的冷静与淡然。

她不再多说什么就挂断了电话。

心中逐渐浮上一股不太妙的预感，我哑然看着手机，绞尽脑汁想了半天也想不出任何补救的办法，只得听天由命地把手机放下，端起水杯继续慢吞吞地喝水。

背后有潮湿的热力靠近，我的腰被人从后方松松抱住，他的下颌舒适地搁上我的肩窝，靠在我的耳侧，语气懒懒地问：“伯母相信你？”

“不知道……”我心如死灰，“以我家老母亲纵横编剧界多年的英明，她猜不出我们的奸情才是真的有鬼……”

他轻笑一声，挑眉：“奸情？”

我实在没心情说笑，一想到回家即将面对的恶战，我就一阵脑壳疼，果断迁怒。

“都怪你！不把我送回家。”

他笑了笑，丝毫没有悔改的意思，在我耳畔不以为然地低哼：“怕什么？成年男女，你情我愿，发展出一点……嗯，奸情，有什么关系……”

“你说话就说话！不要撩我衣摆！”

纯聊天不到两分钟，他居然就有撩起我衬衫下摆的苗头，这还得了？！

我急忙手慌脚乱地放下水杯，转身，双手抵在他的胸前，抬眸阻止地看向他。

他刚沐浴完毕，身躯仍散发着暖热的水汽，上半身裸着，仅在腰腹间不能更简单地围了一条白色浴巾，聊胜于无地堪堪遮住重要部位，皮肤上的水珠尚未擦干，头发也湿答答的，几缕黑发凌乱地垂在额前，眼睫很长，在水汽的润泽下，漆黑得就像鸦羽似的，一双幽深黑眸透着我并不难明了的熟悉火光，正在似笑非笑地凝睇着我。

“你穿成这样，我很方便。”他低缓地说。

我恳求地望着他：“别闹了，你等下不是还有个视频会议？”

如果我没记错，这也是他今早不情不愿离开大床，起来洗浴的原因。

“让他们等。”他不假思索。

我忽然就有一种欲哭无泪的感觉。

“关先生，我发现你最近真的很不务正业。”

“是吗？”他扯了扯嘴角，俯首，靠向我的额头，与我四目相交，神色看上去格外认真，声音低低，问，“那么，是谁把我变成这样？”

他的脸一靠近，我就有些闪神，微怔地回视他。

慢慢地，心底像被某种逐渐膨胀的东西胀满，只稍一想，我就知道那叫虚荣。

没想到小女子区区不才，到头来居然是天赋异禀的情场高手，能让关少他为了我从此君王不早朝，此等神勇事迹如果在江湖上传开，准能让各路门派的未婚少女尖叫，让各座山头的已婚少妇昏厥，让她们咬牙切齿，捶胸顿足，艳羡我个百八十年。

真是想想就让人飘飘然。

我于是冲他甜滋滋地一笑，佯装不解：“莫非是哪位……美轮美奂、美不胜收、美艳不可方物、红颜祸水、秀色可餐的小妖精？”

他由衷佩服：“不错，夸自己也能用错这么多成语。”

“但是，你说对了一个。”他的脸越俯越近，近到我能清晰看见他眸中浓光，灼灼又迷离，“秀色，可餐。”

我的下唇被人叼进嘴里，轻轻一咬，不重的力道，却一样让我浑身又开始燥热起来。

再继续下去就真的不得了了！

我咽了咽唾沫，让自己别轻易被敌人的糖衣炮弹迷惑，转开脸，用双掌抵挡他，不屈不折地闪躲后退，可背后是坚硬的大理石流理台，仅仅退了半步就没有了退路。他见状轻笑一声，索性助我一臂之力，伸手把我抱起，让我坐上大理石台面。

我正要扭，他就转而正直地说：“安静让我抱一下，我就去书房开会。”

抱一下没问题，反正抱很多下都试过了，只不过……唔，这抱的姿势好像有些不对。

“喂……”

仿佛听不到我的抗议，他的手臂圈在我的腰际，甚至得寸进尺，额头垂下来靠住我的肩。他的发梢仍在湿答答地淌着水，不一会儿，我肩膀延至胸前的布料就被濡湿了一大片。

预感大事不妙，我拍拍他的肩膀，又喊了一声：“喂……”

他总该不会把我这声“喂”当成了催促。

不巧，我猜中了。

我低叹：“你还真是……一点就着……”

他抬起眼睫，眼瞳深深，觑着我笑。

“没办法，谁叫你是，野火。”

一天夜不归宿我还可以争取蒙混过关，两天夜不归宿，还痴心妄想能瞒骗过我老妈，不存在的。

从卡海罗回来隔了两夜，第三天早上关峄才把我送回家。

唯恐等在家里的是三司会审，刑讯逼供，我还特地央求他把车停好，送我入家门，想着有旁人在，老妈或许还会给我留几分薄面。但是，神奇了，等我惴惴不安地跨进家门，预想中的那根祖传粗壮藤条非但没落下，我还看见了一幅有说有笑、其乐融融的场面。

客厅里，茶几边上，以我家老妈和余羡君伯母为中心，周围的沙发或站或坐地围了一圈人，有男有女，形象各异，每个人都红光满面的，脸上洋溢着喜庆的笑容，气氛热闹，不知在讨论些啥。

一眼望过去，是让人心底发毛的诡异。

我看到一位素未谋面的，戴着老花镜的，长须白髯，颇有古装戏里仙翁风范的老爷爷，手里拿着一本貌似非常古旧的老书，正在迅速地翻。一会儿过后，他抬头推推眼镜，对老妈和余伯母说：“五月十六，八月二十二，十一月初五，这三个都是和他们两位八字相合的好日子，过了就要等明年了。”

关峄似乎一眼就瞧明白了眼下是个什么状况，薄唇勾出一丝笑，不语。

我咽了咽唾沫，弱弱地喊了一声：“余伯母，妈……”

老妈闻声转过头来，看见我和关峄站在门口，柳眉一挑，说：“回来得正好，先生刚盘出了几个日子，你过来，看看你中意哪个？”

我战战兢兢地：“啥……啥日子哦？”

她干脆不理我了，转回去和余伯母商量：“我觉得十一月份不错，不是很冷也不是很热，婚纱比较好挑，办室外婚礼的话也不会太晒，离现在也还有几个月，准备的时间比较充足……”

余伯母温婉地微笑：“听亲家的，的确也好，国外的亲戚朋友也可以提早计划回来。”

留下杵在玄关处一脸不知该作何种反应的我，关峄率先走过去坐下，先向我老妈问好，再淡淡地瞥向余伯母：“爸不过来？”

“当然要来。这么重要的事，怎么缺得了他这位家长？只是太多细节需要敲定，他们男人不懂这个，和你宋伯父早早就溜到书房下棋了。”余伯母说。

关峄点头：“商量到哪里了？我听听。”

余伯母从茶几台面拿起一沓资料，交给他：“婚礼现场的布置我们打算交给四月天筹划，这位是四月天的张总监。”

沙发边上一名长相斯文的女子向关峄递出名片，微笑颔首：“关总您好，我是张薇。”

“摄影部分我们请了梅洛特工作室，听宋宋妈妈说，宋宋很喜欢他们家的摄影风格……媒体暂定就不邀请了吧？你和宋宋都不是喜欢高调的人……这位是小孟，范远哲听说出国看秀了，还没回来，交代小孟先过来给我们看下今年的礼服样式。”余伯母的视线转到另一名男人身上，继续介绍，“喏，我们工程部的赵经理，你认识的，你爸说，如果日子定下来，就让海上明珠开业，刚好赶得及办你们的婚礼，可以吗？”

关峄漫不经心地翻动手上的册子，大致浏览了几页，随后合起，放回茶几。

“婚纱和珠宝我帮宋宋挑，其他事项你和林伯母决定就好。”他从沙发站起身，说，“我去书房观棋。”

果然是男人不擅长的领域，关峄也气定神闲地溜了。

望着他镇定离场的背影，我眼珠子一转，再望着重新投入火热讨论的那一圈人——画面如此融洽，气氛这般和美，呃，他们是不是忘记了什么？

如果我没理解错，眼前这个阵仗，似乎是在商量我和关峄的……婚礼？连关峄父母都亲自驾到了，这正式和庄重度，隐隐像是……提亲？

我再度咽了咽唾沫，再度弱弱地喊了一声：“妈……”

老妈正在记东西，听见我的呼唤，手里拿着一支笔挥了挥，随口应道：“嗯嗯。”

我音量不大：“我什么时候说我要嫁人了？好像没有吧……”

老妈的眼刀立刻就砍了过来：“你不想嫁？”

其他人诧异的目光立刻也跟着投了过来。

我支支吾吾：“也不是不想嫁……”

在老妈犀利的瞪视下，连把话说完整都很困难，我硬着头皮，小声嘀咕：“只是突然这么隆重，至少和我提前打声招呼，征求一下当事人的意见啊……”搞得好像我只是一件任人宰割的货品一样，买卖双方高高兴兴，谈拢价钱就可以把我卖了，“一回到家就看到这种刺激场面，我半点儿心理准备也没有……”

老妈眉尾扬高：“你说什么？”

“我说，我半点儿心理准备也没有……”

“什么？”

我深吸一口气，瞬间气急败坏：“我半点儿心理准备都没有！您能不能先征求一下我的意见？考虑一下我的感受？！”

余伯母投向我的眼神添了一丝惊讶，也许以为我只是小姑娘在闹别扭，急忙温婉地笑了笑，在老妈面前替我打圆场：“女孩子总是脸皮薄，我当年也这样……”

缓和的话被老妈一手拦断，老妈处变不惊，淡淡看着我，声音很轻：“那你说，你有什么意见？你有什么感受？”

终于有我说话的份了。

我很好说话的，我几乎是马上就泄了气。

“没……”心底的冲动在作妖，我只能尽量让自己的语气听起来不要太雀跃，要矜持，吞吞吐吐地说，“那啥，我只是觉得，八月份好像也挺好的……”

我被老妈毫不犹豫地轰回了房间。

趴在床上平复了一小会儿，我掏出手机给云叙环打电话。

云叙环那边的背景音十分嘈杂，听着像是漫展现场，接通后她说了句“等等”，估摸是在快速转移到安静的角落，过了一分多钟，电话那头才传来她贼兮兮的声音：“很威武嘛我的火妹，追男人追到国外去了！怎么样，卡海罗玩得爽不爽？惬不惬意？开不开心？”

“爽，惬意，开心。”我满足地吁叹，“每天都摸摸胸肌摸摸腹肌摸摸人鱼线什么的，日子简直不要太舒服。”

我的直白让她无话可说，无语了半天，才应道：“你妈妈今天一大早给我家里打电话，和我老妈唠嗑说她要嫁女儿了，把我老妈吓了一大跳，也成功让我老妈在放下电话后使出她练成多年的一指神功戳了我的脑瓜一顿，数落我不争气，没出息。”云叙环“哼”了声，“所以不争气、没出息的本人打算向你请教请教，你怎么那么棒棒，手脚怎么那么麻利，去了一趟卡海罗回来就说要嫁人……难不成，卡海罗发生了什么没羞没臊不得不说的故事？”

说到后面，云叙环的声音已经从抱怨变成了邪魅狂狷的“嘿嘿”坏笑。

我也邪笑：“摸完了，总要给个名分的嘛。”

“啧，你这玩弄人家良家妇男的语气听得我怪心慌的，你总该不会……对人家用强了吧？”云叙环口风暧昧，在那边脑洞大开地揣测，“毕竟，你们家关哥哥看起来就是那种不近女色的禁欲系。”

我“呵呵”两声，不否认也不承认，在云叙环看不到的这厢捶了捶酸软的腰。

见我不再透露，她顿了一下，感伤地开始叹气：“我什么时候才能过上像你这种没羞没臊的幸福日子啊……”

身为她的挚友，在这种她如此迷惘、彷徨的时刻，我就必须得给她提供解题思路了：“去找我石师兄呀。”

“唉，说起他……”她的叹气声顿时更哀婉了，“算了，见面再和你说吧，我最近都快被这些破事折腾死了。不管，这个周末你空出时间，陪我去泡温泉。”

“这种天气，泡温泉？”

“不行？”

“好吧。”

“好吧是什么敷衍的语气？听起来怎么这么不情不愿？你不能说好吧，你要说好的……”

“好的。”维持同一姿势，手肘支撑久了就有点累，我在床上翻滚一圈，坐起身来，余光一扫，不期然瞥见房门外站着一道挺拔身影，我怔了一下，急忙对电话那头说，“不和你扯了，周末再聊！”

“喂！等一下，我还没告诉你江……”

我嘟的一声按下挂断键。

姜？泡温泉？姜疗？

我的环妹最近越来越有养生意识了，真令人欣慰。

把手机丢远，我在床沿坐直，不明所以地与门外的关峄对上目光。他手里拎着一只紫砂茶壶，看上去刚好路过的样子，却在我房门口停下了，看情形像是在那儿站了有一阵子。

我和云叙环有着青梅竹马般的浓厚奸……不，交情，聊起天来总是口无遮拦，我连我自己刚才说过的话都还原不出来，只能确定，都是一些没营养的胡说八道，应该没多少听头，那么，他站在那里……做什么？

而且，他在笑。

虽然不是十分清晰的笑容，只是唇角微微勾起一个浅淡的弧度，眼中藏着闪烁的亮光，但已经足够让人发现他的愉悦心情。

我讷讷发问，打破沉默："你不是在书房观战？"

"出来加点水。"他摇了摇手中的茶壶。

"哦。"

我点头，看着他，他也看着我。

我按不住好奇，问："你笑什么？"

笑得那么美观，笑得那么俊逸，笑得……让我心里直发毛。

"没什么。"过了整整三秒他才回答，眼中笑意加深，"只是觉得，能让未来关太太满意我的身材，在下，荣幸至极。"

他拎着茶壶浅笑走开，丢下一句："随时，欢迎来摸。"

云叙环定好的温泉度假村位于郊外，离市中心六七十公里路程，我驾车，她坐副驾驶位。她明显有一肚子话想要告诉我，一路上却总一副欲言又止，不知从何说起的烦恼模样。我们抵达度假村，办好入住手续，舒舒服服地潜入温泉池，我总算明白了她在纠结什么。

有人感觉自己好像喜欢上了石钢，但是又觉得不应当。

"现在已经不流行糙汉了，现在流行惹人疼的年下小奶狗，或者那种撩撩贱贱的野男人，不然像你们家关总，外表高冷禁欲性冷淡，内里热情似火只燃烧你一人的也很不错，还有……”

“慢着。”我出声打断，瞟向她一眼，“恕我直言，你就知道关总内里热情似火了？”

云叙环背靠池石，整个人沉入蒸汽袅袅的热水里，只留一颗脑袋露出水面，一张略显稚气的小脸被水汽煨得粉嫩透红，但闻言向我瞟回来的眼风还是相当锐利，隐约藏有不齿。

“拜托了我的大姐，你真当我瞎，没看到你身上那些痕迹？”她伸出食指，戳了一记我的肩头，“这颗很新鲜啊，是昨晚的吧？不就是陪我出来玩几天，有没有这么不想放人啊？”

我往池水里更深地沉入几寸，学云叙环只把头颅留在外面：“你当我没问过，继续讲吧我的朋友。”

云叙环一言难尽地扫了我几眼，沉默半天，叹着气重新开口：“事实上，你不在国内的那段时间，我家老爸给我介绍了一位所谓的年轻企业家，对方对我的印象好像挺好的，这些天一直在约我，但是，小钢哥那边……”

我被云叙环这声软软甜甜的“小钢哥”惊得愣了一下，实在很难把我三师兄那头人形兵器和这种邻家男孩一样的称谓联系起来，好不容易压下吃惊，听到云叙环又在悲春伤秋地叹气。

“唉，父母总有父母的考虑，我妈就我这么一只宝贝女儿，她是不会答应让我嫁给一个保安的，她怕我吃苦。”云叙环说。

我怔住，奇怪地扭头看她：“保安？什么保安？”

“小钢哥啊，他不是保安？”云叙环的眼神比我更奇怪。

我说：“不是。”

“不是？”云叙环想了想，“那是什么？健身教练？”

石钢那副身材的确像是健身教练，然而——

我摇头否认：“不是。”

云叙环傻了：“哎？”

我穿过飘飘袅袅的水雾冷静地看着她，缓慢吐实：“如果他还没有被重金挖走，那么据我所知，他目前是某个自由搏击俱乐部的总教头。”

“什么教？”云叙环摸了摸耳朵，“没听过，邪教？”

同出一门，见三师兄被这样侮辱我就不乐意了，凑近去对着云叙环的耳朵放声吼：“邪你个小叮当教！自由搏击俱乐部啦！总教头！”毕竟是动动指头就能把我虐成渣渣的男人，三师兄唯有武力值能让我心悦诚服，“你喜欢泡温泉是吧，他家的金牌奖杯多到拿给你泡一池金光闪闪的温泉浴还有剩！我没记错的话，他目前的身价好像是……”

我凑在云叙环耳边说了一个数字。

云叙环的眼睛瞬间瞠大，猛地一拍水花：“现在打架都这么有钱了吗？！”

我被溅了满脸水珠，抬起手抹了抹脸，与这个陷入震惊久久不能自拔的女人拉开安全距离，舒服地背靠池畔的圆石，悠悠然告知：“不过石钢的家境本来就挺好的，父母都是大学教授，文化人，哥哥还是个挺出名的推理小说作家，所以我一度怀疑，石钢那家伙要不就是捡来的，要不就是基因突变了。听说他从小就表现出对武术的浓厚兴趣，一家人在吟诗作对的时候，他在‘哼哼哈嘿快使用双节棍’……”

事实证明，天赋之所以为天赋，都是天生的，石钢也的确是块习武的好料子，甚至有过之而无不及。

云叙环回神，急于掩饰脸上的不自在，假装无所谓地朝我看来一眼：“你以为我是贪钱的女人吗？我才没这么肤浅，我看中的是他对我的始终如一，他的坚毅、隐忍、耿直……”

我一拍脑门：“哎呀我还真记错了！前两月他打赢了一场比赛，身价提了个档次！”

我重新报了一个数额。

“耿、耿直……”云叙环的眼神控制不住开始梦幻，飘飘然，熏熏然，”火妹，我想明白了，我是真的爱他！”

云叙环掬起水洗了把脸，眼神晶亮，先前的郁闷一扫而空，连声音都明媚如初：“好了，我的烦恼解决完了，现在正式开启度假模式，我们来八卦——”

我对她友好微笑：“朋友，你刚才说的一切，对我而言就是最动听的八卦。”

她张牙舞爪地用手肘撞了我的手臂一记，挑眉看我：“现在这个八卦是日前整个商圈最劲爆的八卦，我猜除了我，也不会有谁告诉你，想不想听？”

我百无聊赖地“啊嗯”两声。

我的冷淡回应阻止不了云叙环切换成故事讲述人的热情，她张口就说：“江老爷子前不久在医院去世了。”

我的心脏咚地一跳，霍然扭头看她。

江老爷子，江振，江陵和江旗亭共同的父亲，也是掣肘江家两兄弟争夺家产的唯一关键，他的去世，代表江陵和江旗亭之间长期维持的平衡瞬间打破，为了父亲的遗产，江家两个儿子势必有一番龙争虎斗。

我单刀直入地问：“谁赢？”

无非是看江老爷子临终前在哪一份遗嘱上签名而已。

石钢的事情显然让云叙环兴奋过了头，以至于切入这个话题许久，她眼中的精光才逐渐退去，稍稍变得严肃，高深莫测地问我：“你不猜一猜？”

我想了想：“其实谁赢对我来说都没区别。”

只是这场戏看了这么多年，精不精彩另论，人总有好奇心，总想知道结局。

“你这样很没意思耶……”云叙环气恼地嚷嚷，连关子都卖不下去了，只好松口，“说赢的话，应该算是江旗亭赢了吧，江老爷子最后把财产继承权签给了他……江老爷子其实也是没有别的选择了，江陵那个猪对手，在最关键的时候居然被人爆出了亏空公款。”

云叙环皱起眉，看不出是鄙夷还是可惜：“私心来讲，我是希望江陵赢的，江旗亭那个小兔崽子以前那样对你……”那会儿她比我更生气，差点就去堵江旗亭暴打一顿了，“可惜江旗亭棋高一着。我也是听人传的，说江陵两年前以自己的名义成立了一家电子科技公司，起初运营还不错，后来由于开发能力不足，研发不出新产品支撑，渐渐就开始亏损，发展到后面只能从老爸公司拆东墙补西墙，貌似数额还挺大的……”

我问：“这些事江振不知情？”

“就是不知情才严重。”云叙环停了半秒，若有所思，“听说江老爷子得知江大少做了什么好事的时候，在医院气得直接昏了过去，没几天就传出了他病危的消息……”

“江旗亭算是捡了个现成吧。当然也有人说江陵那件事被捅到江老爷子面前，和他脱不了干系。另外，公司的事情江旗亭一向也有插手，江老爷子久病在床是不知道，但以江旗亭的精明，如果说他完全没发现账目不对劲，那也说不过去。所以大家合理猜测，江旗亭放任，甚至是引诱江陵从公司挪用钱款，任雪球越滚越大，最终把他亲爱的大哥压垮。”

云叙环打了个哆嗦：“真是想想就令人害怕。”

见我从头到尾都在安静地听，不作任何表态，她耸耸肩，继续往下说：“江老爷子也倒不是真的那么狠绝，虽说把继承权给了江旗亭，但毕竟江陵才是他从小养在身边的嫡长子，所以也把几家肥的子公司割出来给了江陵。因此也有人说，江旗亭得到的只是一个空壳，但是……如果后来的传言是真的，江旗亭这个角色也就未免太恐怖了！”

云叙环此时眼中流露出的是由衷的惊叹：“据说办完江振的葬礼没几天，江旗亭就展开了对子公司的收购，他不知精心经营多久了，高层全是他的人，江陵那边的财务本就有问题，资金链也被江旗亭斩断了，只能被逐个击破，短短几天，股价跌穿地底……媒体已经有好多天跟不到江陵的行踪了，听说他压力过大，健康出了问题，一直在家闭门休养。”

神思复杂地看了我一眼，云叙环有感而发：“江二少以前明明看起来就是一个混脂粉圈的纨绔公子哥，没想到手段这么毒辣……对了，说起脂粉圈，你还不知道他一脚把李筠骊踹了吧？”

云叙环大仇得报地看着我，嘴角衔着一朵解恨的笑花。

我怔了怔：“踹了？”

“是，踹了，果断、干脆、冷静、绝情地一脚踹了。”她笃定地说，泡得粉红的脸蛋写满喜闻乐见，“倒不是最近才踹的，李筠骊是李启道的干女儿这件事爆出来没多久，江旗亭就把她踹了。想想也是，江旗亭那种专挑高级货下嘴的浪子，怎么可能忍受得了李筠骊这个污点？”云叙环冷笑，“从这层来讲，江陵倒是容忍度高，听说李筠骊和江旗亭分手后，立即就回头去找江陵，你猜怎么着？江陵居然过往不究，欣然笑纳了。”

我家环妹就是文化水平高，过往不究，欣然笑纳，两个词让我一点儿也不难想象出江陵对李筠骊的包容，这种不畏谗言的包容，某种程度上已经超越了男人对自身尊严的在乎。

我说：“这一定是真爱了吧？”

云叙环嗤之以鼻：“也许吧。真不明白李筠骊到底有什么好，能把江家两兄弟前后迷得团团转，嘴巴毒，性格也不讨喜……”

如今那一撮人的故事对我来说就好比过眼云烟，还不及温泉池的蒸汽来得让我气血上涌。全身热乎乎的，再继续泡下去可能会头晕，我不假思索地拉着云叙环从池子里站起。

“走啦，上岸！做 spa！”

从温泉度假村回来，我陆陆续续又听到了几个江家宅斗的新版本，才醒悟过来原来云叙环和我说的版本，已经选择性地把我从故事中剔除掉了。豪门恩怨这种充满趣味性的新闻，总是值得人们在茶余饭后作为淡资来深挖的，挖着挖着，难免会牵扯到我当年和江旗亭的那一段往事。

在这个更广为流传，也更添油加醋的版本中，江旗亭不像云叙环说的那般意气风发，他完全被塑造成了一个充满悲剧色彩的人物——身为私生子，爹不疼，娘不爱，和大哥水火不容，好不容易遇到生命中的第一缕曙光，却因自家大哥设局，第三者的介入而黄掉了，哪怕最后他斗赢了长兄，坐拥江山，也是江山从此寂。

我向来佩服人民群众的好文采，以及好想象力。曙光？不敢当不敢当，江旗亭也确然没有把我当成什么劳什子的曙光过。无论是一时生理冲动还是暗通款曲已久，他和李筠骊滚到同一张床上去是不争的事实，总没有人拿着菜刀架在他脖子上逼他，所以又何必在舆论中把自己塑造成受害者？

是我不够本事，留不住他，仅此而已，人总要有自知之明。

虽说我现在反而还挺感激他的劈腿之恩。

在这些版本中，同时被渲染成悲剧人物的还有李筠骊。她完全沦落为江家两位少爷的玩物，像只皮球一样，被人想往哪踢就往哪踢。从江陵的未婚妻变成江旗亭的小女友，这一段本就已经够精彩纷呈，没想到江二少他占完人家便宜，居然还嫌人家不清白，把人家踹了。分就分罢，这姑娘居然还折回去重投江陵怀抱，再加上之前她是谁谁谁干女儿那一段……

她才不是没有故事的女同学，她的故事，处处桃色，时不时添一段香艳，最合三姑六婆们的口味。众人对失足少女的议论总是看戏多过惋惜。

失足少女，包括我。

在传言中，我也光荣地被并入了失足少女的行列。

我能荣登此宝座的缘由，是乡亲们认为，我被江旗亭狠狠抛弃，一腔真心尽错付，大受其伤，郁郁寡欢，神智错乱之际，竟胡乱找了一个丑男人代替他，妄想能从丑男人身上汲取到和他一样的温暖……

“丑男人”是谁，不言而喻。他们无缘得见神颜，我有一点点窃喜也有一点点遗憾，如守护宝藏的龙，好想炫耀，但又害怕别人会来抢走。

由他们说来，唯一的赢家似乎只有关峄。一个相亲四次都被女方拒绝的男人，一个讨不到老婆的男人，天可怜见，多亏得江二少抛弃了宋某某，被他捡了现成便宜，最近居然还听说准备结婚了。唉，造化弄人，可叹可恨，猪拱白菜，人生几何？

我辛辛苦苦把这些成语一字不差背下来，按原话，满脸耀武扬威地笑着转述给关某人听的时候，关某人也只是挑挑眉，轻声反问：“猪拱白菜？”

顿了顿，勾唇：“没关系，你答应给我拱就行了，十九，今晚要不要来我家？”

口号喊得响亮，诱饵撒得迷人，然而事实是，他最近忙得我连想要见他一面都很难见得着。

听说尹秘书前几天下班回家途中，被人开车尾随，报案之后，警方根据线索分析，初步推定与关峄之前的遇袭案有关。这件案子的内幕近日刚浮出水面，根据警方说法，经过一段时日的深挖追查，他们发现背后牵扯出来的事情比预想中要复杂许多，貌似还有国外不明势力掺入。

关峄一方面要配合警察办案，一方面要加强内部防卫。由情形推断，对方很有可能已经狗急跳墙，这次瞄准的是尹秘书，下次说不准会瞄准谁，整个君山高层有机会接触到核心机密的人，都有可能是他们下手的对象。

我不知道隐藏在暗处的是什么人，不知道这种情况对君山而言，算不算常态，毕竟那句话是怎么说的来着，身怀宝藏，总会遇见豺狼。关峄乃至君山背后的利益太大太广，每一项技术，每一样产品，最终都会转换为亮灿灿的金钱，总有牛鬼蛇神跃跃欲试，不惜冒险也想来抢得一杯羹。

我想，敌方最有可能是哪些人，关峄心中大概是清楚的，只是当我试图从他嘴里套问出更多的时候，他就会化身为一只紧闭的蚌壳，半个字儿也不肯再透露了。他四两拨千斤，语重心长地告诉我，我了解得越多，越容易给自己招来危险。

我有点郁闷，他未免对我的一双铁拳太没信心。

另一方面，为了多空出时间准备婚礼，有些工作他必须得提前消化掉，自然整个人都忙得不可开交，就连有几个中午我专程跑去找他一起吃饭，也只能就近在公司食堂简单解决。

不像他，我最近简直闲到长膘。

在老妈的明令禁止下，工作室我已经不接新项目了，全心全意为嫁人做准备，三天两头跑跑美容院，中间插入练练瑜伽，上上形体课什么的，偶尔还可以久违地静下心来好好描两幅画，小日子可以说是相当精致了。

头几日我还觉得挺舒服，可是这种退休老干部一样的生活持续两周后，渐渐就生出了闷。我是没办法静太久的性子，想去武馆找人打打架，松松筋骨，也被老妈一脸惊恐地拦下了，她怕我万一磕伤碰伤，到时试婚纱出不了效果。

没办法，我只能继续窝在家里长草。

又过了几天，在我百无聊赖地捏着自己的小肚子，然后惊奇地发现，我的腰好像真的胖了那么一小圈的时候，我收到了苏闰子发来的语音信息。

“宋宋！陈子桐学长的酒吧本周末开业，大伙儿约好了周六晚一起去给他热热场，你也陪我一起去吧，怎么样？”

这份邀约堪比雪中送炭。好，当然好，我再在家荒废下去，四肢都要退化了。

有酒喝的场合，我乐意之至。

只是没料到会在现场遇见李筠骊。

我闪了半天神，才记起陈子桐学长和她同一届，传闻还追求过她，无疾而终。自从琴洲假日那一出之后，仔细算算，我也有好长一段时间没见到她了，今日再遇，唔，她的光景看上去似乎……不太好。

我和苏闰子走进酒吧时，她的样子像是已经提前到了很久，坐在吧台前，高脚圆凳上挂着一双修长的美腿，她穿了一件包臀黑皮裙，腰背一头大波浪长发披散，面前一杯酒，手肘支着台面，手指间夹着一支香烟，面部笼罩在吧台的暗光里，只剩一抹红唇格外夺目。

我以往每次见她，她的穿衣风格都偏向名媛风，今晚这身打扮，倒像彻底摒弃了名媛路线，添了几分……任由堕落的风尘气，娇娇懒懒，媚骨天成，眼角眉梢都是风情，很好看，也很勾人。

美丽的女子无论何时都是引人注目的，我看见几个男人想方设法往她身边挤，看不出她是想拒绝还是不想拒绝，只在某些个男人靠得特别近，都快要亲到她脸蛋了的时候，她才慵懒笑着，小手软绵绵地往男人胸膛推去一记。不怕她拒绝，就怕她没反应，男人们顿时狼眼发光，前仆后继得更起劲了。

她这么突出，可想不会合群。来给陈子桐学长捧场的校友们陆陆续续来到，三四五六个人地各自凑成一小堆，她不与旁人打交道，那些小圈子自然也容不下她。人们聊着天，意味深长的目光不住往她身上瞟，话题一经聊开，风言风语渐渐就起来了。

“喂喂，我听说，她是来找子桐借钱的，从下午就坐在那儿了……”

“借钱？她不是挺有钱嘛，姓江的那两个富二代不是被她迷得团团转？”

“你的消息滞后了亲，我有个朋友在江陵的公司上班，前阵子听她说……”

某位自爆对内幕了如指掌的男同学不断摇头：“那什么江二少啊，不愧是一个彻头彻尾的渣男，一发现人家不是富家女，立刻就把人家甩了。他的良心就不会痛吗？毕竟也是我们美院数一数二的美女啊……”

“你别傻，数一的都被他甩过，数二的算什么。”

“没办法，以人家现在的身家，要多美的女人没有？”

“这么一说还是江家大儿子情深不渝。李筠骊一被江旗亭甩了，立刻就回到他身边，他还愿意接纳她，这等胸襟，有几个男人能做得到呀？”

“情深不渝有什么用？听说江陵的公司全都给搞垮了，欠了一屁股债，早就躲得不见人影了，现在银行和放高利贷的都在掘地三尺找他，李筠骊今晚居然还敢出现在这里，就不怕债主顺藤摸瓜……”

苏闰子一听见李筠骊是来找陈子桐借钱的，而陈子桐貌似也真的正在里面办公室给她四处打电话筹钱的时候，立刻就气炸了，用那种深恶痛绝的眼神狠狠瞪了李筠骊一眼，咬牙咒骂：“人家钓的是凯子，他是凯子吗！凑什么热闹啊！早和他说过几百万遍了，红颜祸水红颜祸水，这女人摆明是利用他对她余情未了！他偏不听，还帮她筹钱，一头扎进去，到时没钱还，人家追债追的是谁啊！气死我了！宋宋你在这儿待着，我进去一棒子敲醒他！”

我没听清，只看见苏闰子愤愤咬唇，小旋风似的朝吧台一侧那面写着“办公场所，非请勿进”的木门刮进去，直到最后我走了，她都没再出来。

我一人孤零零留下来，卡座里那些已然成型的小圈子我是不好意思再强行加进去了，半生不熟的交情，我过去也只会惹得双方都尴尬。没人陪不要紧，我出来也只是想喝点小酒，坐在哪喝都没差。

在吧台挑了一个远离李筠骊的角落位置坐下，我点了一杯玛格丽特，就着酒吧里抒情轻缓的音乐，同样也能喝得自得其乐。

如果李筠骊没有朝我走过来，我一定，可以乐得更久。

她端着酒杯，在我身旁的位子款款落座，见我的杯子空了，朝调酒师点头："给这位小姐来多一杯。"

酒很快调好推到我的面前，我眼皮抬也不抬，面无表情，原封不动地给她推回去："不好意思，我们的交情好像还远远没有好到可以一起喝酒的地步。"

小小酒钱我付得起，不劳她请客。

她耸了耸肩，脸上有无辜的淡笑："不是吧，学妹？我都落得如斯田地了，如果你还要继续和我斗下去，那未免太不大方。"

如斯田地，我不是很明白她所说的如斯田地指的是哪般田地。如果指的是她被江旗亭分手，重投江陵怀抱，人财两空的田地，那么我也只能说——关我屁事。至于"和我斗"这三个字就更没依据了，难道不是她一直单方面咬着我不放吗？何来我和她斗之说？

我回她以虚假的微笑："你犯不着来我这里示弱，一点儿也不像你，反正我也不会有钱借给你。"

她脸上的笑容一僵，半晌，轻哼："我还真的是不喜欢你。"

这不是明摆着的事嘛，就算当着我的面说出来，我也不会觉得被刺伤的啦谢谢。

我皮笑肉不笑："这大概是我和你唯一同感的事。"

我已经很不留情面，以我认知的她的傲气，我原本以为她会骄傲地转身离开，实在没必要继续待在这里自讨没趣。我和她相性不合，现在再来虚情假意地淡化以前结下的梁子，苍白无力且好笑。

我不知她怎么想的，我的意思她肯定听明白了，眼中闪过一抹暗恼，却按下了脾气，口吻恬恬淡淡，对我说："听说你要结婚了，恭喜。"

把那杯酒重新推回我面前，她才起身离开。

让人摸不清套路的女人。

刚才离她那么近，我才注意到她好像瘦了许多，手腕细细小小的，仿佛一捏就碎。如果她当真如传言所说，重新和江陵走到了一起的话，那么，江陵的债务她也很烦恼吧？所以浓艳脂粉覆盖下的面容才是掩不住的倦色与憔悴……

思绪飘远，我端起酒杯抿了一口。

唔，不喜欢的人送的酒，真不好喝。

不喜欢的人送的酒，喝了居然还会头晕。

苏闰子目测一时半刻不会出来，我只好麻烦调酒师小哥帮我给她捎个话，告诉她我自己先回去了，虽说是自家学长开的场子，危险不至于有，但我一个独身女子在酒吧里醉倒，传出去终归不太好听。

脑子还能运转，我从圆凳上下来，双脚接触地面的瞬间发现腿都软了。这酒不知道什么名堂，劲道真足。我给自己做的计划是走到酒吧门外，不那么嘈杂的地方，打电话让关峄来接我，然而，我头一次估算错了自己的酒力，才刚迈出酒吧大门就已经冷汗涔涔，胸口也像有重物压着，闷得喘不过气。

我弯下腰，双手撑住马路边的花圃试图缓一缓，却抵挡不住脑袋越来越沉，连视线都开始模糊起来。

我喝过无数次酒，从来没有哪一次，会醉成这样。

太难受了，别说掏出手机给关峄打电话，我连支撑起自己的重量，不让自己软倒都几乎耗尽了全身力气。我听见自己的呼吸越来越沉重，眼前的景物被割碎成无数白茫迷眩的影子。我知道身前身后有很多路人陆续经过，但是我喉咙里挤不出一丝声音，连简单的求援都无法做到，我这般情形落入路人眼里，大概也和酒吧内外喝得酩酊大醉的那些堕落女孩子没有区别。

我闭起眼，天地旋转得愈加猛烈，就在我以为自己会这样直接软倒在路边的时候，我的胳膊忽然被人猛地一把捞住。

“我来，只是想碰一碰运气，没想到真能遇见你。”

路灯暗淡，来人的脸藏在逆光里，我看不清扯住我的是谁，但其实不用看清，我也能知道——

微微上扬，淡淡冷笑的语调，与我不对头，每次见到我都会寻找机会冷嘲暗讽的语调。如即便此，今晚见到我却一反常态地放下高傲姿态的演戏语调，让我一时起了恻隐之心，同情起她来，也喝下了那杯酒。戏已演完，目的达成，终于可以撕下假面，无须再忍辱负重对我示好，也无须再隐藏对我的厌恶与憎恨的阴冷语调。

李、筠、骊！

晕过去之前，我脑里只有一个念头——

我就知道我没这么容易醉，祖传的好酒量，哪有这么容易醉？幸好幸好，不算砸了老祖宗的招牌，幸好幸好，下次见面不用被堂哥指着鼻子嘲笑……

是那杯酒，有问题！

第十三章

人生中的第三次，我被绑架了。

第一次被绑架，我才几个月大，无知也无觉，可以略过不提；第二次被绑架，我五岁，隐约能有一些些印象了，能记得滂沱大雨夜天边的闪电和雷声，戴着如同鬼魅面具的绑匪二人，心底至今仍深深刻着不可磨灭的对雷声的恐惧；第三次被绑架，是现今，是当下。

我心中的感想有一点复杂。

要说完全不害怕，倒不至于，要说害怕得像普通人遭遇绑架一样惊慌失措，那倒也没有。被绑架这码子事，我算是很有经验的人了，但今天却是头一回完完整整地体会遭人绑架的心路历程。

恐惧，有，不安，有，愤怒，有，疑惑，有，震惊，有，但都只是一点点，流于表面的情绪，并不浓烈，真正深入骨髓的感受，只有一个字，累，很累。

不知李筠骊给我下的是什么药，后遗症严重。我全身的力气都被抽干了，头昏脑涨，仿佛头顶上顶了一座五指山，压得我连眼皮子都抬不起来。长发汗湿了，黏着脸颊、脖颈，黏糊糊的，感觉十分不舒服，我想抬起手去拨开，却发现手臂虚软得连动用一根指头的力量都不剩。

我缓慢地调整着呼吸，用了极大的意志力才在几分钟后成功让双眼睁开，这副躯壳属于自己的实感逐渐回笼，我钩了钩指尖，才后知后觉地意识到，自己之所以抬不起手，原因还有另外一层，那就是我被人死死地捆住了。

抬起眼睫的第一眼，映入眼中的首先是一盏单头吊灯，北欧工业风格，似乎已经有些年头，外面的玻璃灯罩碎掉了，只剩一只老旧的钨丝灯泡在风中不住摇晃，散发出惨白暗淡的光。

我估算不出我昏过去的时间有多长，此时转醒，窗外的天色还是乌漆漆一片，估计是凌晨。借着并不明亮的灯光，我发现自己身处一个宽阔的空间里，屋子很破旧，墙纸都发黄翻起了卷儿，室内除了角落里的一架钢琴以及必要的桌椅外没有多余的杂物，钢琴被一张用来防尘的碎花布盖着，布料上面已经积了厚厚的一层灰，看不出原来的花色，让人不难猜出这里起初是一间琴房，而屋主人搬离了至少已有十年以上。

破落归破落，从屋子的设计及装潢的细致程度隐约能窥出屋主当年的富有。九十年代的欧式小洋楼。木制的窗框也烂了，木条栅格窗页要掉不掉的，卡着布满裂纹的玻璃，在夜风中有一下没一下翻书似的随风摆动，发出吱呀吱呀的脆弱声响。窗外远处树林影子高低起伏，近处不见灯火。唔，看来我是被绑到不知哪里的乡下来了。从高度判断，这里应该是二楼的某一间房。

窗户洞开，夜雾浓重，凉风灌入室内，也许是药物的关系，一向不怎么畏寒的我居然在这个夏夜里止不住地打起了冷战。矛盾的是，明明感到冷，汗却一直在涔涔地流，整个人被折腾成虚脱的状态。我甩了甩头，想甩去眩晕感，却在这时蓦然听见门外传来脚步声。

皮鞋叩在木地板上的声音在黑夜里分外鲜明，嗒、嗒……缓慢而从容，每一下仿佛都踩在了我的心跳上，事到如今，我才发现自己不是全然没有紧张。

漆层剥落的木门被人从外面推开。

有人进来了。

我起先并不能看清来人的脸，我与他之间隔着一只吊灯，灯泡被细细的电线吊着，在风中钟摆一般晃动，苍白的光晕让人目眩。

灯光先是描出一条高瘦的人影，宽肩，短发，不是李筠骊。

灯光然后照亮了一双擦得锃亮的黑色男款皮鞋，熨得笔挺的昂贵西装。当然不是李筠骊，是个品位还算不错的男人。我最先还在想，是不是李筠骊出于对我的极度仇恨，所以趁机把我绑起来，想揍我一顿出气，看来事情没这么简单。

灯光映照中，那男人在墙根边的一张皮质老虎椅上缓缓落座，坐舒服了，双手搭着两边扶手，背往后一靠，顺势还跷起了二郎腿。这副休闲倨傲又藐视一切的架势，更对比出了我现状的凄惨——坐在一张满是灰的破旧木椅上，双手被反绑在椅背上，双脚脚踝也被捆在了一起，连着一只椅腿，四肢无力，头发散乱，任人宰割。

“你醒了。”他说。

男人的面目在幽暗灯光中一寸一寸显现出来，我好像是第一次这么认真地观察他，一双狭长的眼，一条挺直的鼻梁，拼凑出一张虽谈不上让人眼前一亮，但也绝对够不着难看的脸。在很长的一段时间里，我甚至认为有着这种长相的男人是谦厚老实的，邻家大哥哥一般，温和可靠，让人如沐春风。

瞧，我错得多离谱。

我眼睛眯了眯。

“是你。”

“是我。”他说。

我很快就想通透了，狼狈为奸，蛇鼠一窝，这些成语老祖宗还真是没说错。背后真凶是他，我在短瞬的震惊过后，其实也没有觉得特别难以置信。这个结果，只能说是意料之外，却同时又在情理之中。

江家大少，江陵。

“你欠钱疯了，想绑架我，问我爸妈拿赎金还债？”

不枉是一条来钱最快的法子。

我爸妈只有我这么一个女儿，在绑匪眼中我到底有多值钱，我小小一只的时候就亲身验证过了，现在无须赘述。撇开我爸妈不谈，就只论我爷爷，要是得知我出事，估计恨不得养老金都贡献出来赎我。

再加上我最近还多了一层关家准儿媳的身份……

唉，大意了。我要是缺钱花，连我都想绑架自己。

我居然会蠢到喝下李筠骊递过来的酒，相信她是真心祝贺我。

我用一种相当五味杂陈的眼神盯着江陵，事已至此，我再恼恨也只有认了。

“要钱还不简单？你要多少，开个价，我们给你啦！你赶快替我松绑，找人送我回去，我夜不归宿，解释起来很麻烦的……”

向老爸老妈解释很麻烦，向关峄解释……啧，更麻烦。

我以为我的口吻潇洒且豁达，话说出口，我听到的却是一把气若游丝的女嗓，声音小小的，有气无力，微微带着喘，听上去十分疲惫，像随时都有可能昏睡过去。

听见我的提议，江陵只是嘲笑似的轻嗤了一声，他放慢语速，说：“问你爸妈拿钱，只能拿一次。”

阴沉的男性嗓音在空旷的空间回荡，我又冷又困，精神不济，真的很想就这样睡着，结果还是被他话里的信息给惊得一阵激灵。

“你还想把我绑起来慢慢问他们要多几次？这就很过分了大兄弟，你当我们家是提款机，要不要提钱提得这么得心应手？”

盗亦有道，这种卑鄙的做法传出去是会被同行鄙视的，没有一点点江湖道义可言。

他扬起嘴角，似乎觉得我很有趣，眼中却没有丝毫暖意：“你说的方法不错，但是我有一个更好的，你想不想听？”

“不想！”

一整晚，我最铿锵有力的当属此二字。

可惜却没被他听进耳里。他问我想不想听，看来只是问着玩的，要不就是，他大少爷的耳朵实际上是聋的。

他变换坐姿，撤了二郎腿，俯下身来与我遥遥平视，嘴角仍然勾着那抹皮笑肉不笑的笑容，三分神秘、七分卖弄地对我吐实：“只要拿到了关峄手上的东西，我还愁以后没有发财的机会？”

我猛地震了震。

其实硬撑到现在，我的头脑都还算不得很清醒，但是奇异的是，就在这一瞬，脑海中的记忆碎片却自动自发开始急速拼合。关峄在永安寺外的小巷被歹徒袭击，君山总部的几宗入室盗窃案，尹秘书被不明人士尾随……所有的线索在此时此刻尽数浮出水面，无一例外地全部指向同一个人——

我直勾勾地盯着江陵。

“是你。”

“对，是我。”

他展颜轻松一笑。

与几分钟前相差无几的对话，暗藏的含义却不知复杂了多少层。

一系列案件的幕后黑手。

不得不承认，他还真的是，深藏不露。

我匪夷所思的眼神或许让他增强了自满的快感，他回望着我，脸上的笑容甚至含了一丝扬扬得意，沉默半晌，问我：“你知不知道蜂鸟？”

我搞不清楚他葫芦里卖的什么药，眉心一皱，仍是回答他：“世界上最小的鸟？”

我应该没有答错，但是我的答案却让他在一瞬间露出了失望的表情。他对我很失望，这个认知让我莫名其妙。

他竟然还同情起我地叹起气来：“你不知道，看来关峄也并不像传言所说的那么喜欢你。”

这话我听入耳就不是一般地火大了，如果我不是被牢牢绑着，我一定冲上去一拳揍歪他的狗嘴！

“你大爷的有什么屁就快放！”

少在那里磨磨叽叽地用些不入流的心理战术，活像个扭扭捏捏的娘们似的——我还想吼这一句，只可惜吼完前面那句短的之后就耗尽了功力，只能上气不接下气地急促喘着，从汗黏黏的发丝间抬起头，从平生最凶恶的眼神把他往死里瞪。

很遗憾我的狼狈只衬托出了敌人的好整以暇，他兴致盎然地端详着我，笑了一下，说：“蜂鸟，可以杀人。”

蜂鸟，那种世界上体积最小的小鸟，杀人？

怎么杀？啄吗？

我一脸茫然，他目光淡淡地从我脸上扫过，又露出了那种失望溢于言表的神情。

“看来关峄是真的没告诉你。”

他眼神复杂地落在我的脸上，并不是很愿意和我讲话的样子，但最终还是一五一十地说了：“蜂鸟，关峄团队研发的一款微型无人飞行器，内部定名ZX系列，最新一代型号为ZX-0309，因为体积极小，所以通称蜂鸟。据称最初设计这款无人机的本意，是让它可以飞入裂谷缝隙、原始雨林、溶洞等人类无法到达的地方进行科学勘测。”

我点头：“很好啊，我爱的男人还真是伟大。”

和你们这些只会抢别人成果的蝇营狗苟之辈云泥之别。

我的腹诽他自然没听见。我不认为我这句话有什么好笑的，他讥诮地勾了勾嘴角，接了我的话茬继续往下说：“你爱的男人不仅伟大，他还是个天才科学家，蜂鸟一款小小的无人机，涵括了当今世界上许多最先进的黑科技，广角镜头，人像识别，战术传感，反鸟兽扑捉、反狙击的随机运动模式……只稍在内腔搭载几克炸药，它立即就可转化为最完美的杀人机器。”

一番话将我惊出了一身冷汗。饶是此时我的脑袋再混沌，我也能听明白，一款体积极小的无人飞行机器，具有面部识别功能，也就是说，它懂得认人，在此基础上搭载炸药，基本可以说是百发百中，指哪打哪。换言之，如果有谁看谁不顺眼，派出这么一只小蜂鸟，依靠人脸识别，它就可以精准地飞到目标周遭，引爆炸药，一击而中地让目标灰飞烟灭，最可怕的是，它还反捕捉。

夜风吹动吊灯，惹起了我满身寒意，江陵的面目隐藏在惨淡的灯光里，神情掩饰得极好，看似宠辱不惊，但那双狭长的眼眸终究泄露了几分压抑不住的迷乱与疯狂。

他的视线咬住我，轻声问：“你认为，这样一款完美无缺的杀人机器，世上会有多少人想要？”

我抿了抿唇，不吭声。

数不过来。

犯罪分子，黑帮，战乱频繁的国家，恐怖武装人员，想借此发一笔横财的地下交易黑市，以及，像江陵这种利欲熏心的投机商人……

真的，数不过来。

只要一想到关峄一直以来都处于何种巨大的危险之中，我的心脏就像被一双手攫紧，闷得喘不过气。

江陵目光阴凉地盯着我逐渐发白的脸，勾唇冷笑：“这么值钱的东西，关峄不公开，也不售卖，只一个人藏着掖着，放着钱不挣，你说他是不是蠢透了？”

我咬牙，齿间忍无可忍地迸出几个字：“你才蠢透了。”

或许蠢透了的人是我，手脚都被人捆大闸蟹一样绑了起来，人为刀俎我为鱼肉的境况，竟然还不怕死活地和他对呋，一点儿也来不及考虑是否会触怒他，是否会先给自己讨来一顿皮肉疼……可究竟要如何克制，才能做到来得及考虑?

我，从来，都听不得别人说他哪怕一点点不好。

果不其然，我还没开始反省自己的刚强不屈，江陵就已经气极反笑地朝我走了过来，一只手掌捏住我的下颌，逼迫我把脸蛋仰起。很好，这个姿势我在不少影视作品里看过，我真的不懂，为什么男人想彰显自己拥有绝对控制权的时候，都喜欢对女人用这个动作。他的手劲逼得我只能仰首直面他，也直面上方刺眼的灯光，我条件反射地半眯起眼睛。

他欺近我的脸，威胁冷哼：“惹怒一个掌握你生杀大权的男人，对你没有任何好处。”

闻言，我弯起唇角，想给他一记甜滋滋的耻笑，可惜下颌被捏在他手里，笑不成，只能半途作废，口齿不清地反击：“弄伤一个掌握你经济命脉的女人，对你也没有任何好处。如果你还想用我去我爸妈那里换钱，或者拿我去换关峄手上的东西，你最好对我客气点，我有什么磕伤损伤，你半毛钱也别想得到。现在，松开你的脏手，关峄不喜欢别的男人碰我！”

我铿锵有力，掷地有声，只是稍嫌发音含混了点，可能就是差了这么一点儿，让他仍旧捏住我的下颌没有松开。

听入我的告诫，他的眼里反倒添了一层浓浓的怀疑，我才恍然大悟，原来他心中至今仍是不确定的。

他半信半疑地打量着我的脸，低喃：“关峄……真舍得拿东西来换你？”

“这位兄台，有没有人和你说过，你真的很容易让人火大？”

我幽幽然回望他。

他置若罔闻地轻哼一声，终于放开了我，直身站起。

我猜兴许是即将做成一笔大生意，重新登顶人生巅峰的狂喜让他坐立难安，他不再回到他的位置坐下，而是走到窗前沉思，也不知是不是想得足够美了，半晌后回首看我，嘴角扬起的那抹笑容好不虚伪。

“我也不想对女人下手，但是好东西在关峄手上，我总要想想办法，造福人类，你说是不？”

我说不是。绑匪我不是没见过，但是这么不要脸的，还是第一回见。以前绑架我的那些人只想拿钱，也丝毫不美化自身对金钱的贪婪，但是眼前遇到的这一位，要钱且罢，还要好名声，典型的既要从事特殊行业又想立传统建筑。

我倦极地吐出一口气，刚才被他那么一捏一扯，我眼前的眩晕感顿时更厉害了，身体不仅仅感觉到冷，还夹了一股高热，冷与热如交替的潮水，不断向我席卷而来，仿佛要将我拉入黑暗深渊。我自顾不暇，懒得也没有心力去纠正他那一套以天下为己任的说辞。

我难受地闭起眼睛，听见他再度朝我走了回来，嘴里絮絮叨叨地说着：“实话告诉你，我雇人去抢过几次，都是一些刀口舔血的在逃案犯，但是你的男人运气不错，每次都被他逃掉了……你以为只有我想要？不，想要的人多了去了。你有没有想过，堂堂关家大少，长得人模人样的，却从来不敢在媒体前露脸是因为什么？”

他有意说给我听：“我还算是坏人中的好人，只想把‘蜂鸟’这一项技术拿到手，不贪心。关峄脑子里值钱的玩意儿可不止这一样，想得到他的人不计其数，有了他，还愁研发不出新东西？听说他曾经在阿富汗被当地武装分子劫持，最后也不知怎么逃出来了。对了，听说他还中过弹，没死成。”他踢了踢我的椅腿，“我怀疑是真是假，你在他身上有没有发现过像弹孔之类的玩意儿？”

有。

在他后背右肩下方的位置。那一晚，我在翻身趴到他背上的时候发现后，吓得不轻，问他是什么痕迹来的，他只说儿时贪玩爬树，被树枝戳伤，当我还想再问，他就用别的方法让我再也问不出话。隔日那个痕印四周便多出了几道新鲜透血的爪痕。

原来是枪伤。

想起盘踞在他皮肤上的那些长短不一的旧疤……我睁开眼睛，眼眶通红地瞪着江陵，此时难受得连胃都开始绞痛起来。

但狠话还是要撂的："真是不好意思了，你们得不到！他的人是我的，身躯是我的，头脑是我的，连头发丝儿都是我的，不好意思，恕不出让，大门在那边慢走不送谢谢。"

快滚吧，我现在只想好好闭眼睡一觉。

江陵扯了扯嘴角，狭长的眸子眯起，居高临下地俯视着我，脸上不剩半点笑意，像是十分不满我拂了他讲故事的兴致。

"你是个怪女人。"他眯起眼睛仔细研究了我半晌，忽然没来由地冒出这么一句，然后，摇了摇头，让人简直猜不透他是什么意思，淡淡置评，"只有脸蛋可爱的女人，还真是让人喜欢不起来。"

这，这挑肥拣瘦的语气……我顿时气得眼前一阵黢黑。

什么时候轮到您来评判我了？

吸气，呼气，让自己撑住先别气昏，我竟然还能对他露出一个微笑，我真有礼貌。

"我也不劳您喜欢，慢走不送谢谢。"

对我的逐客令无动于衷，他目光古怪地打量着我，双脚依然钉在原地。

他别扭的神情……

我维持友好微笑，苦中给自己找乐子："怎么还不走？你可千万不要说，你突然对我产生兴趣了。"这套路一万个要不得。

他眉间一皱，仿佛我说了多么令人不齿的事情，立即反驳道："我不会和江旗亭喜欢同样的东西。"

乱讲，你们明明就都很喜欢老爸的遗产。

此外打脸的实证还有："你们明明就都很喜欢李筠骊。"

"李筠骊？"

这会儿他眼角眉梢的讥笑倒是真真切切的不齿了："不，我才不会喜欢那种女人。一颗棋子而已，一颗很好用的棋子，我用她差一点就扳倒了江旗亭。她很聪明，对我忠心，包括这次对你下手，我也只用稍微暗示，她立刻就去把事情办妥了。"

所谓"办妥"，是指下药把我迷晕，五花大绑捉来这儿？

我不觉好笑："你究竟给了她什么好处……"

"谈好处多伤感情。"他对我笑了笑，我怎么看都觉得那笑容颇有几分小人得志的意思，"你们女人，不都是喜欢谈情谈爱？不都是喜欢为了爱情奋不顾身？李筠骊长得很漂亮，所以，偶尔陪她玩玩，本少爷也不吃亏。"

渣男。

利用李筠骊对他的感情，操纵李筠骊为他死心塌地办事的渣男。

看来外界流传的那些什么江大少情深不渝，什么李筠骊被江旗亭抛弃后重回他身边，他也过往不究，也全是假的了。

哪里来的过往不究？他的口吻泄露了他压根儿就没有真心喜欢过李筠骊。重新接纳她，为的也不过是榨取她最后一点剩余价值罢了——比如，教唆她绑架我。

自身难保的境地，我居然还有心思同情起李筠骊来。

"感情是一种最好用的筹码。"背光之中，他一双眼睛目露精光地注视着我，忽然阴晴不定地微微笑开，"你看啊，关峄喜欢你，我那傻弟弟也喜欢你，他们两个都迷你迷得要死，我不绑架你，我绑架谁？"

他伸出右手，捏住我的下颌，再度抬高了我的脸："消息差不多也都送到了，得知你出事，他们的反应应该都很精彩吧？真可惜我不能在现场观看。"他的笑容里添了几分淡淡的遗憾，紧接着又笑了，"你说，他们要花多长时间才能猜得出绑走你的人是我？你说，他们之中谁会更快找到这里？”

他这副操纵一切，貌似自己全世界第一棒棒的暗爽表情一下子就磨尽了我对他仅存不多的耐心，我抬目看向他的脸，咬牙低吼：“你究竟想干什么！”

他却好像没听到我的愤怒质问，自顾自地环视四周一圈，自言自语地说：“这栋房子，是老头子当年为奶奶建造的疗养院，风景和空气都是一流，就是地处偏僻，不太好找。”

“唔，关峄是不可能找得到的了，但是没关系。”低头对我一笑，他的食指指尖从我的脸颊边缘滑过，“我国外的一位军火商朋友，可是给‘蜂鸟’开出了相当有诚意的价钱，只要关峄把我要的东西给我，我安全到了国外，我就会让人放你走，公平吧？”

我还能说什么？

他连下家都找好，他连跑路路线都计划好了。

无视我的沉默，他的指腹停在我的嘴角，沉思道：“反倒是我那个杂种弟弟先找到这儿的可能性还更大一点，毕竟他小时候曾经来过，当然，前提是他有这个智商猜出你在我手上。”

“说实话，我就怕他猜不出。”他冷笑一声，眼底闪过狠绝，“他要是找来了，我就让他从那儿跳下去！”

他指了指那扇破窗，问我：“你说他会不会跳？”

我不清楚江陵是怎么想的，这个问题拿来问我简直就是废话。

我身心疲惫地吁出一口长气，强撑起精神回答他：“你当人大哥当得未免太失职，自家弟弟的感情生活，你一点儿都不了解。听着，我可以明确告诉你——江旗亭不仅不会跳，他连找来都不会，你放心歇去吧，他又不喜欢我。”

这点自知之明我还是有的谢谢。

“不喜欢你？”江陵的表情宛如听到了什么引人发笑的趣事，饶有兴味地看着我，“那我亲爱的弟弟可就冤枉了。你也听着，和他斗了这么多年，没有人比我更了解江旗亭。只要你在我手上，别说我让他跳二楼，我让他去跳迪拜塔他都会去跳，你信不信？”

他的拇指触碰着我的下唇，力道轻柔得仿佛是爱侣之间的调情，语气又像个和我相识多年的老友，在好心安慰我：“你是气他和李锈骊上床那件事，对吧？”

他僭越的触摸，他直白的措辞，无一不让我发自心底地生厌。我面无表情地瞟了他一眼。

“说起这件事，我这个当人大哥的还欠你们这对小鸳鸯一句道歉。”他捏住我的下巴，脸凑近来，偏着头，靠在我的耳畔，声音阴恻恻地吹过我的碎发，“他生日那晚，我找人给他下了药，一种会让男人……的药。”

中间几个字他有意放轻，但已经足够让我听出其间的粗鄙肮脏。

我浑身一震。

“李锈骊穿了一件和你一样的衣服，都是你平时最爱的打扮。”愉悦的笑声从他喉间低低滚出，做了这种下流事，他还真把它当作战绩在炫耀，“不过也许本来就不用耗费这么多工夫，他本来就爱抢我的东西，说不定，他本来就很渴望尝尝我女人的滋味……你没看见，李锈骊隔天回来的那身瘀痕，连我想用，都不忍心再下手……”

我别开脸，竭力压下从胃里涌起的酸意。

人心到底可以丑陋到什么地步？

他的每一句表述，都让我想作呕。

他依旧在笑：“当初看到你和他在一起，我是真的怕。他要是娶了宋复山的女儿，我还拿什么和他斗？不过幸好他蠢，我也没想到他会纯情到那种程度，竟然不去查清你的身份就和你谈恋爱，因此也不知道你是宋复山的独女，以为李锈骊的附加值更大……你说他是不是贱？什么都爱和我抢，但他凭什么和我抢？他甚至在我的设计下，连那种女人都上了……”

当几个小时过后，我看到江陵口中的那位“那种女人”出现在我面前，我心中的感受，排山倒海地难以言喻。

江陵还在念念叨叨的那会儿我就实在撑不住地睡了过去，当然，以我目前的境遇，要睡得十分踏实也不太可能，迷迷糊糊之际，能感觉到江陵自讨没趣地悻然离开。神志稍微转醒的片刻，隐约可以听见楼下有人走动和用打火机点烟的声响，偶尔夹杂了几句故意压低的交谈，其中有一句“关峄来信息了”我听了个开头，后面的内容就被突然警惕地压得更低声，我于是就再也听不清了。

我能听到的最后动静，是停在一楼的一辆汽车发动，在夜里逐渐驶远的清晰引擎声，极有可能是江陵出门去执行他的计划了。他说的，只要他拿到想要的东西，安全出国，我就可以走。如此一来事情反而变得简单，反正，关峄一定会答应给他。

至于给了他之后会造成什么后果，我暂时还没有心力去想。

黑夜重归寂静，我浑身不适，头晕目眩，再度慢慢失去了意识。

我是被一盆冷水兜头兜脸地泼醒的。

情况并没有朝有利于我的方向逆转，还是漆黑的夜，还是那盏灯光暗淡的灯，我还是被牢牢地和椅子绑在一起，经过长时间的禁锢，手脚酸麻的程度已经非能用言语形容，长发吸了水像披了满头海草般沉重。我吃力地微微仰起下巴，迎光半睁开眼，刚好看见李筠骊把手中的水盆哐啷一声扔到地上，拍了拍手。

我满脸水湿，她满面笑容，察觉到我投去的目光，她扬眸，朝我睨来一眼。

挑衅，得意，耀武扬威。

区区一盆冷水哪能浇得灭我的怒火，反倒让我在瞧清她嘴角的那朵笑花时，脑际轰然一响，怒焰冲天，烧得更旺。

她只是个傀儡，江陵才是背后操线人——道理我都懂，但我还是抑制不住逆行而上的满腔怒气。

就是这个女人，这个美丽，却全身都渗着毒的女人，自相识之日起，不，甚至在我尚未认识她之日起，她就处处针对我，那些诋毁，那些抹黑，以往桩桩件件，给我造不成多大实质伤害，我可以先不和她细算，但这回，她做了什么？

她给我下药，绑架我？

她还真有这个胆！

水跑进眼睛，带出一股涩意，我怒到一定程度，反而冷冷笑出了声，目不转睛地盯着她：“你还真敢惹我。”

“为什么不敢？就因为你是宋家的大小姐？”

她柔柔一笑，走出灯影，像只慵懒的猫儿闲庭信步一般朝我走了过来，边说话边绕着我的椅子转了一圈，存心好好欣赏我的狼狈。

“宋家大小姐不是向来都美艳高贵，怎么今天也会把自己弄成这副模样？”

她伸手执起我的一缕湿发，又惊异又无辜地眨着眼睛看我，眼眸深处净是喜不自禁的浅笑，多重表情在她的脸上扭曲成一副怪异的景象，让一张原本赏心悦目的脸蛋也变得狰狞起来。

是我不够聪明，栽在了她的手里。这个结果显然让她很开心，眉眼都飞出了窃喜。

她观赏我的同时，我也在安静地看着她，同样噙笑，如同看跳梁小丑。

我的眼神也许让她感到不悦，她轻哼一声，松开了我的头发，如同摸到了什么脏东西，反手在裙子上一连擦了好几下。做完以上动作，她目光幽深地凝了我一眼，接下来居然掏出手机，打开摄像头对准我，看情况像是还想拍照留念。

然而我很快就晓悟过来，她打算做的并不是拍照留念——就在她一手端着手机，空出另一只手来解我上衣纽扣的时候。我当然不会傻到认为她一个彻头彻尾的女人，又不是百合，会对我有什么不干不净的思想，但她的的确确又在脱我衣服。

“你怕我事后报警，想拍我裸照当保险啊？”我不慌不忙地问。

她弯唇对我笑笑。如果我没记错，这大概是有史以来她对我笑容最多也最甜的一日。

“你倒也不笨，没错，江陵没考虑到的事，我总要替他考虑到。”她手指灵活，没两下就把我的衣扣解了三分之二，“难保放你回去后你不会想报警，我得留些筹码在手上。只要你敢报警，我就把录像放上网，大不了鱼死网破。”

说完，她再度对我甜蜜一笑，认真考量道：“宋家千金的色情影片，应该会有很多人想看吧？”

“再加上美院校花的名头，点击率可能会更好。”我热心地对她微笑，给她提供最诚挚的建议，“只是你把我绑得像粽子一样，拍出来也不会有任何美感。大家都是学设计的，这么没有美感的作品可不能有。要不你替我松绑，我摆几个性感撩人的姿势给你拍，怎样？”

小睡一觉，我的体力也稍稍恢复了点，如果能解绑，手撕十个八个她应该不成问题。

仔细回想，我鲜少能和她对答得这么“愉快”，她脸上挂着浅浅的笑容，风情万种地睨了我一眼，轻声反问：“你以为我白痴？我调查过你，你是叶慎门下排行十九的徒弟，论身手，绝对能排得进前五。”

“你错了，宝贝儿。确切来说，是前三。你的调查不到位，只有石钢能百分百赢我，叶眉勉强能和我打个平手，但是她现在怀孕临产，掉出了高手榜，所以更确切地来说，我应该是排在第二。”

我依旧在笑，对她温柔地放轻了语调：“所以，你现在是不是很庆幸，你以前来招惹我的时候，我竟然能忍住，没出手把你打个稀巴烂？”

她说：“但是你现在没这个机会了。”

我懊恼地点头：“我还挺后悔的。”

她嫣然笑开：“那么，以后你可能会更后悔——”

话音落下，我上衫的扣子已经被全部解开，由于双手被连着椅背反绑着，衣服无法完全剥离，只能两襟分开，敞出了底下的黑色胸衣。没遮没掩的，灯光再暗，她也能瞧见我衣服底下胸衣兜不住的点点红痕，脸上虚情假意的笑容冷掉，浓浓的嘲讽从她眼底深处浮现。果然还是这号表情更适合她。

“我还以为宋大小姐真有多洁身自好呢，在人前装出一副玉洁冰清的样子，没想到私生活不也一样糜烂？”

她思考问题的切入点向来不同凡响，我早已领教过，可此时她对我的这句批判，恕我还是不能接受。我身上有吻痕我认，但是我和我家男人恩恩爱爱，怎么就变成不洁身自好，怎么就变成私生活糜烂了呢？

迎向她的满脸鄙夷，我竟不知要从哪句开始反驳才好。

她举起手机，对准我咔咔拍了几张。

我出声催促：“拍完了没？拍完了麻烦帮我把衣服拉好，我有点冷。”

本来就有些忽冷忽热，刚才被她一大盆水当头淋下，衣服湿了大半，头发也在小溪似的一缕一缕淌着水。夜风徐徐，气温正好处于夜里最冷的时刻，拉好衣襟兴许也不能保暖多少，但这样敞着，终究还是不太雅观。

她划动屏幕，查看自己一分钟前完成的摄影作品，神情让人拿捏不准是拍得满意，还是不满意，默了一阵，抬眸看向我。

“帮你拉衣服？你以为这就算完了？不，我刚才只是试试光线。这种照片，能对你造成什么影响？”

她把手机屏幕反向我，我微微眯起眼睛，看见照片中一名长发披散的女人，头发一缕一缕淌着水，衣领敞开着，光线的确欠缺，清晰度不太够，角度刚好也照不清脸，只能看到女人的下巴凝挂着一滴水珠，露在衣襟外的皮肤很白。

说实话，我觉得她拍得还不错。

但她明显不满意。

我甩了甩头，把湿漉漉粘着脸颊的发丝甩开，服务周到地询问:“那你到底还想怎么样？”

“我说了，宋大小姐的色情影片才有看头。”她唇畔浮上一抹诡异的笑。

“那你继续吧。”

李大小姐可能对色情影片有什么误解，如果她以为把我脱成这个样子，拍几张照片就是色情影片的话，她未免太看得起我。瞧她，女孩子家家终归还是脸皮薄，嘴上嚷着要拍我的小电影，但是结果连我的内衣都不好意思一并脱——

在心底嘀咕到一半，我的心音蓦然断掉。

我要把以上的话收回。

我简直想一巴掌扇死自己。

我，时至今日，为什么还会对李锈骊抱有幻想？

当我看见一个穿着黑色背心的陌生男人走进这间房的瞬间，我恍然明白，她不脱，是想等别人来脱，这样才会更具有视觉效果。

也才明白过来，她到底是有多恨我。

我让自己不去看杵在门口处，双手抱胸的陌生男人，也不去在意他借着灯光，上下打量我的淫邪审视，只死死盯着李锈骊。

“你做这种事，江陵知不知情？”

我赌江陵一定不知情。江陵只想要钱，没必要把关宋两家彻底得罪，更没必要把自己的活路全部封死。逃到国外，呵，国外又能有多安全？在我人身平安的前提下，一切都还有回旋的余地，而如果李锈骊当真下出这一步险棋，她凭什么还会天真认为，关宋两家能生生咽下这口恶气？

李筠骊把手机握紧，说：“他不用知情，他就这样走掉就好了。事情是我做的，我必须保护好他。”

说出这些话的时候，她脸上的神情义无反顾且坚定，充满了捍卫某种重要事物的坚毅光辉，令人心折，连我这个受害者差点都要被她感动了。

认真观察着她的面部表情，半晌，我扯唇淡淡一笑，摇头：“不，你别说得自己那么伟大，说得好像你是为了保护江陵，才特地安排了一个男人来欺负我一样。拍艳照当筹码什么的，为了制约我事后报警什么的，都只是借口吧？都只是你一心只想毁掉我的借口。承认吧，你就是见不得我比你好，你就是嫉妒，所以你一直都想毁掉我。你脑子里幻想了那么久，今晚就是最好的时机，不是吗？还能让你欺骗自己，说你是为了江陵。”

我只是没有料到，她恨我会恨成这样，恨得不惜搭上自己，也要把我推入深渊。

我的话大约还是起了一定效果的，吊灯在风中摇曳，她脸上的红润逐渐被苍白一点一滴取代。她忽地上前一步，弯腰靠近我，小声说：“对，我就讨厌你，非常讨厌。阿亭喜欢你，关峄喜欢你，就连江陵……那时候也差点就喜欢上了你……”

我打断她的话：“你别乱扣帽子，江陵见鬼了才有可能喜欢我。”

她凉飕飕地笑了一声：“是不喜欢，只是出门前都还特地命令我不能伤害你。你知道吗，要不是他这样，我或许还不会动这个念头——我那么爱他，我那么听他的话，为了他，我什么事情都愿意做。我甚至还把自己扮成最讨厌的你，躺上江旗亭的床。我什么事都为他做了，他怎么能这样？他怎么能够在临走前，关心的人不是我却是你？”

“因为我的平安与否，决定了他下半辈子要去牢里蹲几年。”我说。

然而她已经歇斯底里得听不进任何东西，声音里填满了对我恨意：

“我不断在想，他们喜欢你什么呢？喜欢你的脸，喜欢你的家世，喜欢你的故作清纯？我倒想看看，当你试过和我一样，被不同的男人捏来玩去，你是不是还能假装自己很干净，那些眼里心里都写着爱你的男人们，是不是还能痴心不改地爱你？”

她的话音在我耳边戛然而止，阴阴笑了一声，直起腰杆，拉开距离，嘲弄地看着我。

我深吸一口气，咬牙提醒：“这是犯罪。”

“我再告诉你一个秘密。”

她的嘴角微微弯着，探过来一只手，扯起我的头发，让我躲无可躲地只能仰望她。我想我此时的表情一定万分屈辱，所以才能在她脸上看到了极致的快意。

她另一只手慈爱地抚摸上自己的肚皮，笑容又轻又软，说：“我肚子里有他的宝宝了，只要请一位好的律师，我完全有办法免于法律责罚。”

“你怀孕了？”

我怔了怔：“江陵知道？”

她的甜笑顿时有些凝滞，手缩回去，松开我的头发，欲盖弥彰地轻哼：“不用他知道，他会分心。”

这些年来和她交手了这么多个回合，如果我还琢磨不出她此时脸上的别扭意味着什么，那我未免太眼拙。

我讥讽又轻快地笑出声：“分心？”我已经很懂得怎么去专门踩她的痛脚，“不见得吧？依我看，江陵也未必就会因为你的事情分心。想也知道，一个真正爱你的男人，怎么会舍得把你安排到别的男人身边，怎么可能舍得让你替他背这口大锅……我想想，江陵已经走了吧？上飞机了没？你怎么还在这儿？他留你下来，是很相信你的能力，认为你可以全身而退？”

简直越说越讽刺。

她也只不过是一个可怜的女人罢了。

不知我的恶意攻击有没有给她的心理造成影响，她听完，竟出人意料地平静，抬眸清清淡淡地向我扫来一眼。

“说完了？”她问，“讲这么多废话，你很害怕？”

害怕？我当然害怕。

我对她笑，能作出的最激烈的反抗，也仅止于言辞：“不像你，谁都可以，我是真的洁身自好。我这副身子，可是要为关峄守住贞节的。”

“那我倒很想看看，你要怎么做才能守住？”

她红唇勾出一抹狠绝，眼中带着轻嘲，若有所思地扫了我最后一眼，转身退开，朝男人使了个眼色，男人立刻就蠢蠢欲动地朝我走了过来。

夜雾深浓，黎明前最黑暗的时刻，小小一盏吊灯的亮度不够明亮，像微乎其微的烛火，在小洋楼的破落房间里把黑夜烫出了一个洞。借着微弱的光线，男人走得离我差不多只剩两米时，我才真正看清他的长相。

相由心生相由心生，男人长着一张鄙野的脸，文着大花臂，身上黑道气息很重，一双透着精光的眼睛看得人相当不舒服，尤其当那双眼睛心存歹念地在我身上来回扫视，让我纵使双手被死死反绑，也抑制不了想把它们挖出来的冲动。

男人站在我的面前，摸了摸下巴。

“真白真嫩，有钱人的闺女？”

李筠骊的回答十分冷淡：“感谢我吧，不是我，你这辈子连人家大小姐的脚趾头都摸不到。”她语气中有不加掩饰的轻视，显然看不起男人的阶层，也摆明了不想和对方产生金钱交易之外的纠葛。

男人对李筠骊的看轻倒没有显得很在意，反倒当他凑近我，发现烙在我胸部肌肤上的细碎吻痕时，似乎有些不满。

“二手货？”

“我哪知道是几手货？反正你不亏。”李筠骊摆弄着手机，口气稍显不耐烦。

“也行，太生的女人玩起来不带劲。”

“你问够了没？问够了就赶紧动手。”李筠骊抬头看了看头顶的吊灯，往旁边移动几步，避开逆光，选取好角度，举起手机打开录像，再次催促道，“快点，手机要没电了。”

“快点？这种事快了哪还有乐子！”男人抬起我的脸，冲我邪笑，“你说是吧，小美妞？”

我喉头紧缩，竭力控制不让自己的声音泄露胆怯：“她给了你多少钱？我给你双倍，不，三倍……十倍都行！”

“多少钱能睡到一个像你这么美的女人？”

男人反问，随即自问自答：“不，不是钱的问题。我只有小骊这么一个亲妹妹，难得她肯叫我一声哥，她有什么要求，我这个当哥哥的总要替她办到，对不？”

原来是她的哥哥。

既然是她的哥哥，那我就更不用客气了——

我的两只脚踝被绑在了一起，饶是李某人她哥哥再武艺高强，我双足并拢的情况下，有些事情终究无法开展。他放开我的脸，一边和我说话一边蹲下，从裤袋里掏出一柄蝴蝶刀，甩开，对着缚绑住我脚踝的几圈绳子唰唰唰就是几下，蝴蝶刀起，蝴蝶刀落，我没错看他，他当真武艺高强——如果可以无视掉我脚踝处刚被划出来的几道新鲜血痕，他帮我解绑的姿势可以说是出离帅气利落了。

伤口袭来刺痛，我疼得脸色发白，但还是应该感谢他，是他让我的双腿重获自由，也让我酝酿了一整晚的无敌金刚腿得以发挥。

我瞄准了空当，绳子一圈一圈掉落的瞬间，我迅猛发力，抬腿，对准他的脑门就是全力一踹——

按照我平日的水准，这一踹，不能让他狗头落地，也能让他在病房里缠着绷带至少昏迷个十天八天。

可我忘了，我今晚不是平日的水准。

也许因为长达数小时的捆绑让我双腿酸麻，也许因为脚踝新增的伤口让我出于疼痛而在下意识里减轻了力道，我气势是有了，杀伤力却稍嫌不足，一记踢踹发出收回，遗憾没能达到想象中的效果。

目标既没有被我踢得整只飞出去，更没有被我踹成深度昏迷，仅仅在那一刹那，被我踹出了一声凄厉刺耳的惨叫，吃痛地双手抱头，失去重心，摔倒在地，不断打滚。反观我自身，由于巨大的反作用力，整个人止不住地往后倾倒，后脑勺重重地磕上椅背，瞬间震得头昏眼花。

等眼前的眩晕感散去，我恰好看见男人摇摇晃晃地从地上爬起来，灰头土脸，面色铁青，单手捂住的鼻子血流如注。

李莳骊幸灾乐祸地嗤笑："叫你不要和她啰唆，你不听，自讨苦吃。"

"贱蹄子！"

伴随着男人怒极的吼叫，一记耳光狠狠地扇向了我的脸，我还没来得及爬起，就被扇得翻向一边，嘴角一下子就渗出了腥热的血。

疼痛是必然，不止疼痛，还有耳鸣，我被扇得片刻失聪，只感到天旋地转，天花板上的那盏吊灯也在不断旋转，光影被割裂成无数碎片。我喘息着睁开双眼，看见自己长长的头发在地板上蜿蜒，一动不动地任由灰尘爬满。

接着我就感觉到自己的身体正在被人翻动，比起疼痛，猛地，一股更尖锐更噬人的恐惧瞬间攫住了我，我开始用尽力气挣扎。刚才主动发起攻击的那一瞬我就已经知道，一旦失手，我就再也没有任何机会了！

"扭得这么骚，别急，老子现在就让你爽！"

男人又是邪笑又是骂骂咧咧，吐出嘴的没有一句不是难听的粗话。我该感谢自己今天穿了高腰裤，还系了皮带。男人一边烦躁地拉扯着，捏住我的下颌，粗暴地把我的脸按向一边。

人生二十余年，第一次人为刀俎，我为鱼肉。喉间顿时翻滚起一阵恶心，我死命咬紧下唇，不一会儿就尝到了鲜血的味道，分不清是刚才男人扇出来的，还是我自己咬出来的。

一时扯不下我的裤腰，男人粗声啐骂，索性动手扯我的胸衣。

这样一来体验糟糕了何止百倍，我愈加剧烈地扭动挣扎。

“放……放开我！”

话音刚出，我微弱的声音被李筠骊忽然拔高的惊叫声覆盖。

“哥！窗边——”

李筠骊叫得如同见了鬼。

空气陷入刹那的死寂。

我的脸庞被男人牢牢按着，视野非常有限，神思也一直浑浑噩噩，极短的时间里，只能感觉到抓扯我文胸的脏手明显一顿，男人似乎想要咒骂，却没能骂完，发声的一刹，凌厉的腿风已经迅疾扫来——

砰！

压在我身上的浓浊呼吸被一股强大的力量瞬间扯离！

有人替我完成了未竟的心愿。这一脚，攻势狠厉，不像我那时的拖泥带水，更不像我那时的虎头蛇尾，着力点是男人正在扯我胸衣的那只手，出脚利落、凶悍。咔！伴随着一声像是骨折的清脆音效，男人被一脚踢飞出去，跌势极重地砸向墙面。

男人被剥离，我的可视范围开阔了一些，依旧侧躺在地上，下一秒，一双男式皮鞋步入我的视野，一向整洁干净的西装裤脚沾了些灰，布料上面还有被木刺划过的痕迹，我猜他是从二楼那扇破窗翻进来的。

他来了，我很安心。

反正凭我自己的能力目前也站不起来，我索性就着眼下的姿势，躺在地上努力蠕动几下，把自己调到能看清战况的角度。

李筠骊已经跑得不见踪影，而她那位亲哥哥正背靠着墙，痛得左翻右扭的，额际青筋暴起，呻吟声一声粗过一声，右手，也即是刚才妄想撕我衣服的那只手，此时呈现出一种奇异的弯折，料想是断了。

这一幕，私以为，颇有些赏心悦目。

大概真的是长久混黑道的人，抗打击能力不错，明明看上去就一脸痛得几欲晕厥的表情，在看到来救我的人正缓步朝他走过去时，竟挣扎着站了起来，双眼血红，用那只还没废掉的手掏出蝴蝶刀。

所谓，不知死活。

我还想再细细欣赏，忽然一件西装外套迎面扑来，将我的一身狼藉盖住，与此同时也罩住我的脸，阻断了我渴望继续观战的视线。

“别看。”他说。

我愕然，一口怨气顿时郁结在胸口，只能嘶着气叫嚷：“不能！关峄你不能这样！我又不是小孩子，我要看——啊啊，我要看！我要看你揍他！”叫得太急，我呛咳了两声，听到不远的角落传来打斗声，拳脚击中血肉之躯发出的闷响听着有些恐怖，同时也让人热血沸腾，“对！揍他！狠狠揍，用力揍！要不你松开我，我来——那个死人渣，拿刀割我的脚，还扇我，姑奶奶这辈子就没被人扇过！”

黎明之前，万籁俱寂。

打斗的声音渐渐止歇，房间里只有我激动的喘息声在不甘心地回荡，有人走到我身边蹲下，反绑住我手腕的绳结被小心翼翼解开。相依相伴若干小时，我终于和这把破椅子彻底分手，取而代之，我被捞进了一个温暖安全的怀抱。

盖住我的西装外套由于这个动作滑了下来，我几分钟前的确很想把它拨开，然而这一刻，当我整张脸真的毫无遮挡，我反而立刻就把头转开了。

“我、我我现在不好看，你你你不要看我……”

嘴角渗血，下唇咬破，长发打结，满面脏污，还有，我想我的脸一定肿起来了。

“你的话真多。”

他有洁癖，我知道，但是他现在却紧紧把我抱着，脸埋进了我的肩窝，低沉的嗓音藏了一丝不易察觉的沙哑。

于是连带着我的声音也情不自禁地哑了。想必他也不在意我此时脏不脏，我抬起右手，摸了摸他的头，吸吸鼻子，说：“你来得好慢。”

话说出口，才惊觉语气比我以为的还要抱怨。

“这里都是山路，夜里不敢开灯，车不太好开。”

我轻声问：“你怎么找到这儿的？”

“我去调了酒吧附近的监控，看见你被李筠骗带走，破解了她的手机定位。”

其实我的手机原本就有开定位，只是……

我禁不住幽怨：“我的手机被他们半路丢掉了。”

他说：“我给你买新的。”

我心里还是不太舒坦，说：“你要是再来迟几分钟，我就要清白不保了。”

他的声音很沉：“就算你真的清白不保，我还是喜欢你。”

除开沉嗓里那一丝似有若无的暗哑，他的口吻听起来有点像在和我说笑，然而，当我轻拍他的头顶两下，示意他抬起头，却在他的脸上看到了前所未见的一片铁青。

这个男人，很担心我。

心底顿时软成了泥，我安抚地对他一笑：“那就好，没事了。”

我现在笑起来估计不太好看，所以才换来他一记并没有被安抚到的不悦瞪视。

“好吧……呃，你能不能别抱我这么紧？有点痛。”我对他又是一笑，笑容含了求饶。我好像听到了自己的骨骼正在咯咯作响。

回应我的却是更紧实的力度，他的双臂牢牢箍抱着我，仿佛要将我这具乱七八糟的身体揉进他的血肉里。他的双手在微微发着抖，像涟漪，细微地传递过来，传到我的四肢百骸，却令人无法不感到撼动。

这个男人，到底是有多担心我?

我苦恼地叹气："你别这样，你这样，会让我很想……"

吻你。

他的薄唇却抢先一步封了上来。

像羽毛轻刷过似的，念及我唇上的伤口，不敢躁进，只一遍又一遍地温柔抚弄，像春风，像细雨，像天街小雨润如酥，一酥就酥到了心尖儿上。我有些经受不住，当即双手缠上他的脖子……

"唔！"

接下来血淋淋的事实告诉我，一个嘴唇有伤的人，丝毫没有与人切磋十八般吻技的办法。我的唇瓣一撞上他的就疼得火烧似的，立刻缩了回来，抬手往我和他中间一挡。

"欠着！先欠着！"

他的情绪总算有所安抚，眸光复杂地深深凝了我一眼，再度把我卷进了怀里，好在这次减了三分力道，我不用再听到自己骨骼的清脆响声。

"你要吓死我了。"他吐出一口长气，声线依旧紧绷，"我一定要把你锁在家里，哪都不让你去。"

"好呀。"没问题，我很好商量的，手指纠缠着他的黑发，享受它们在我指间穿梭的柔顺触感，我笑笑，"只要你答应留在家里陪我。"

这种日子，真是想想都令人期待，只不过，在那之前——

"江陵那边怎么样了？"

我收回手指，扳正他的脸，着急问道。

他垂眸看我，眼神不悦，"你非得在这种时候提起另外一个男人？"

这话听起来……怎么有点怪?

我"呃"了一声："谁让这个男人决定了我们未来一段时日能不

能安心生活！都怪你，谁叫你这么厉害，净是研发一些引人来抢的东西……”说着，我猛然一阵激灵，瞪大眼睛瞅着他，“等等，你有没有把那个什么鸟给他？”

“给了。”他口吻平淡得仿佛给了江陵的仅是一块不起眼的狗皮膏，“你在他们手上，我不敢拿你犯险。不就一张图纸和几个数据，他要，我就给他。”

他打横抱起我，往门外走，我才看到那位据说是李筠骊亲哥的花臂男人，被揍成了一袋破烂沙包的模样，躺在墙角里不省人事。

他抱着我视若无睹地经过，薄唇蓦地勾出一抹冷笑。

“至于他有没本事带出国，那就是另外一回事了。”

他这副老谋深算的笑容让我看得有些呆住，过了好一会儿才记得问：“什么意思？”

“我和警方一向有着良好合作。”他说。

我听得还是不太明白，猜测地问：“江陵被抓了？”

“如果进展顺利的话。”他回答得轻描淡写，“警方在机场设伏了。”

我隐约有些懂了：“也就是说，这边你只要救出我，埋伏在机场的警察就立刻行动，把江陵逮捕归案？”

“可以这么说。”

不确认我的安全，警方也不敢贸然出动，怕打草惊蛇，毕竟有我这个人质在他们手上。

警方……警方……

我皱起眉头，总感觉自己好像漏掉了什么重要的环节，可是一时又想不起来。

他抱着我穿过古旧的长廊，就要走下楼梯。

我脑里忽然灵光一闪！

“对了！李筠骊！李筠骊逃掉了！”

他朝我扫来一眼，似乎有些好笑我现在才想起来的样子，说：“她逃不掉。你以为我一个人来？楼下有警察守住了所有出口。我先抱你下去，再让他们上来仔细搜查。”

我愣了愣：“不行！不能叫警察！”

我惊恐地连连摇头，立马从他怀中一个鲤鱼打挺跳下，手忙脚乱地用他的西装外套包好自己。一楼有警察把守，这里是二楼，刚才关峄抱着我从走廊经过，两边的房间我大致扫了一遍，藏不了人，那么，李筠骊只有可能藏在……

我抬眸看了一眼楼梯口，立刻就要往上冲。

关峄一把拉住我，皱眉：“你逞什么强？”

“我不是逞强。”我现在手脚活动自如，李筠骊那种单薄瘦弱的纸片人我还不放在眼里，我按住他的手，焦急地低低喊道，“她手机里有我的录像，她说过，只要我敢报警，她就让录像曝光……你别瞪我，我也不想啊！快放手……算了，你别跟来，我怕你看到会气疯……”

万幸，我找到李筠骊的时候，她看样子还没赶得及把录像放上网。

我这一刻无比感激深山老林的信号不好，李筠骊追逐信号，竟一路跑到了二层半的天台。

她背对着我，双肩轻微抖动，指尖狂躁地在手机屏幕上戳摁，边操作边歇斯底里地喃喃：“为什么……为什么发不了……”

老实说，听到她这句低喃，我瞬间松了一口气。

天蒙蒙亮，云层藏了曦光，天际透出一抹深海般静谧的墨蓝，顶楼没有灯，我留意着脚下，一步一步慢慢朝她靠近。这座小楼年事已高，铺盖楼面的隔热瓦早已破碎成一片一片不规则的形状，青苔和杂草从水泥的裂缝钻出，护栏也在风雨的侵蚀中成了断壁颓垣，俨然一座危楼。

破碎的隔热瓦横七竖八，怕被割伤，我移动起来十分困难。隔着不远不近一段距离，我向她喊话：“把手机给我！跟我下楼，我争取帮你减刑！”

我突然发出的声音明显把她吓了一跳，她双肩震了震，瑟缩着身子，如同惊弓之鸟一般转过身来，等认清了追兵是我，她单手攥紧手机，忽然绽出一个冰冰冷冷的笑。

“是你啊，我还以为是谁呢，是你啊，宋野火！你为什么总是阴魂不散？你为什么总要打乱我的人生？为什么我走到哪儿都摆脱不了你……”

天台风大，我听不太清她嘀嘀咕咕说了什么，只看到她脸上的笑容着了魔似的，笑得有点妖冶。

我顶着风又向她走了几步，再也控制不了怒气：“把手机给我！”

“不。”她摇头，咯咯笑了，“我就要让全世界看看你有多脏，我就要让你身败名裂！”

“给我！”

“不！”

我每回上前她就后退，她本来就站得离天台边缘近，门户大开的护栏也没有任何围护功能，她连退两三步，足跟踢动地面，几颗小石子立即带着沙尘扑簌簌往楼下滚落。

她的处境看得我心惊肉跳，心一下子就提到了嗓子眼。我是和她有仇没错，但我也没极端到想眼睁睁看她死。生怕她神志不清之际会不小心坠下楼，我急忙站定，不敢再刺激她，抬起双手投降，说：“好好好，不给就不给，你站稳，千万不要再退了……”

反正你也发送不出去，大不了我回家再让堂哥黑你手机，哼。

我都已经如此窝囊地认输了，然而不知道她是不是听错了还是怎么的，神情激动，音调拔高地又应了一句：“不！”

与此同时，她也照例往后一退！

沙石夹着草屑滚滚落下，她瞬间失去平衡，一脚踩空——

“啊！”

她发出尖叫。

我暗骂一声。

她摔了就让她摔了吧——那么令人咬牙切齿的人，对我做了那么多过分事情的人，我一点儿都不喜欢她，我为什么要冒险救她！她作恶那么多端，她和我结了那么多梁子，可是，我一定是被雷劈了脑袋，电光火石的一瞬间，我脑里浮现的，却只有她和我说“我肚子里有他的宝宝了”那一句时，嘴角浮现的那一朵真挚温柔的小小笑花。

我深吸一口气。

我就知道这女人从来不会让我安生的！我就知道！

在大脑还没决定好要不要救她之前，我的身体已经率先扑了过去，伸出手想拉住她！

但仅仅只扯破了她的衣领。

然后，我就和她一起坠了下去。

人声，脚步声，轮子在地面飞速跑动的摩擦声。

我浑浑噩噩地睁开眼，意识到自己此刻正躺在担架上被人推着快速移动，鼻子嗅到刺鼻的消毒水味，有点像医院的走廊，该是错不了，因为我还能听到医生在焦急地对着谁大声呼喝：“孩子保不住了……家属快签字！”

我浑浑噩噩地想，原来我没能救回李筠骊的宝宝……李筠骊那女人还真是造孽不浅啊，执迷不悟到最后，她得到了什么呢，还搭上了自己腹中的孩子……

我想要叹气，然而我实在太痛了，全身都痛，尤其是小腹，一阵一阵像被刀剜似的疼，我不知道我具体摔伤了哪里，不知道我流了多少血，也有可能是汗，只感觉到自己全身水湿，隐约还有一股温热液体从我双腿之间缓缓汩出……

我陷入黑暗前看见的最后一幕，是关峄脸色铁青地从医生手中接过签字笔。

第十四章

手背刺刺的。

我好像睡在了云层里，睡了很久，四周白茫茫一片，寂静无声，身体也轻轻飘飘的，风一吹就能飞起。唯一让人感到不舒服的地方，就只有手背传来的那股刺刺的感觉，仿佛有人拿着一把刷子正在不依不饶地刷着我的手背，力道不重，但是刺刺的，痒痒的，扰人清梦。

我晃了晃手，想把那股不舒服抖落，不曾想才微微一动，刹那之间就像从天堂跌落到了地狱，手背的不适感变得微不足道，感官瞬间回归躯壳。我发现了自己浑身都痛，疼痛如同巨大的冰块在身上快速化开，浸透到每一个毛孔里，让人说不清具体是哪里更痛一些，只觉得周身上下都闷闷地疼。

因此我想继续昏睡也变得不再可能，我低低呻吟着，睁开眼。

眼中景物由朦胧到清晰，映出一片缺乏活力的白。

天花板的夹层还很新，干净得我能在里头看见自己的倒影。空气中混杂了至少十几种药水味，淡淡地刺鼻，谈不上难闻，只是让人潜意识地想逃离这股味道。窗打开着，阳光照了进来，我一时适应不了大白昼的光线，半眯着眼，勉力观察自己所处的陌生环境，白床单，输液瓶，床头边各种叫不出名字的仪器……

下一刻，我坠进了一双黑亮深邃的眼睛里。

一个很好看的男人。

守在我的病床右侧，穿黑色衬衫，五官轮廓立体，俊致得有点过分，却够不着和颜悦色的长相，气质也偏向孤倨清冷，看起来，就该是十分爱好干净整洁的一个人，然而……我眼珠子滴溜溜地在他身上转了一圈，心中说不出的怪异。这个男人，此刻，呃，无比违和地，有点邋遢。

黑衬衫发皱，黑眸布满血丝，胡子也像很多天没刮了，冒出硬得刺人的短短胡茬……很好，找到刺我手背的元凶了，原来直到刚才我醒来之前，他一直把我的手牢牢握住，贴向他满是胡茬子的脸颊。

几乎在我发出第一声呻吟的同时，他就倏地直起了身，那只就像他人一样好看的手探向我的额头，替我把睡乱的发丝拨开，眉心拧起一道深刻褶痕。

“还很痛？”

担忧的神情柔化了他冷峻的棱角，深眸凝视我时，透露出货真价实的担心。

我想摇头，试了一下，发现脑袋又重又沉，摇头这个动作对于目前的我来说属于高难度级别，想想还是别挑战了，作罢。经过清醒之后的短暂适应，身体的痛感变得不再那么难以忍受，只是四肢和身躯都软绵绵的，使不上力气。

“我……”咳，我的嗓子怎么干疼成这样，用力咽了几口唾沫，再开口时，勉强能挤出几个嘶哑破碎的音节，“手背，痒……”

他的手虽然早已离开，但那股刺痒却似乎已在手背上扎了根，一直萦绕徘徊，搔得人心乱。我另一只手正在输液，也没多少余力，替自己挠不了，唯有麻烦他。

他执起我的手，沉默不语地替我将不适揉散，又倒来一杯温水，坐上床沿，扶起我，让我上半身得以舒适地枕靠在他的胸前，把水杯抵近我的唇，小心翼翼地喂我一口一口喝下。

“谢谢……”我说。

他仍是沉默。

我发现自己看不懂这个男人，他对待我的肢体动作明明就很珍惜，如同揽抱在怀里的是什么易碎的心肝宝贝，但是摆给我看的脸色又不太和善，除了我刚醒的那会儿问了我一句是不是还痛，他直到现在都没有和我再多说一句话，薄唇抿得死紧，形成一条不近人情的直线。

唔，真矛盾。

我抬眸静悄悄地瞅着近在咫尺的侧颜，吞吐了半天，认为就算可能失礼，自己还是有必要询问他一下。

我小声地，欲言又止地：“那个……请问你是谁？”

他的身躯僵了僵，长而浓密的眼睫微抬，一双深不见底的黑眸望穿我的满脸茫然，径直看入我的眼底。

“这招真烂，你以为装作不认识我，我就不会骂你胡来了？”

他有意放轻，却饱含危险意味的语气让我猛地一缩脖子。

我听见自己怯弱的声音：“我为什么要装作不认识你？我本来就不认识你啊……”

“很好玩？”

“啊？”

“宋野火！”

他愠怒地低狺出一个名字。

“你叫宋野火是吗？好的，我记一下。”

他眸光转冷：“我没心情和你开玩笑。”

“我没和你开玩笑啊，我很认真的，你刚说你叫什么来着？宋……宋什么？等等，你告诉我了吗？”脑海有什么一闪而过，我想抓住却没能抓住，正要细想，脑际猛地蹿上一阵钝痛，我背脊一抖，顿时疼得整个人都发起颤来，“叫……什么？你是谁啊……唔！我头好痛！好痛……”

低吟之间，眼前那张俊美无俦的脸，蓦地煞白。

“从脑CT的结果看，颅内无积血，也没有出现脑部结构性损伤，只不过从那么高的地方摔下来，脑震荡是难免的了，幸好还有一棵树缓冲一下。喏，这个部位，产生了肿块，压住了颞叶，颞叶海马回受破坏时有可能出现记忆障碍，功能性损伤的话，一般可以自行修复……”

“要多久？”

“当然根据火妹的情况，也不排除心因性的可能，这就狗血了，她有不想记起的事情……”

“那些人没得逞，她的心理素质也没这么差。”

“我不是指这个，我是说，她肚子里的……”

“不可能，她自己也不知道。”

“听林医生说，进手术室前她短暂醒了一次，我怕她察觉到了……”

隐隐约约的交谈声，一道温暖清亮，一道低哑深沉，在我幽幽转醒的前几秒，富有默契地同时陷入静默。

因此当我睁开眼，我很荣幸地看见，两名容貌出色的男人在耐心等着我醒来。

一黑一白两道身影，黑的坐，白的站，迥然不同的风格。穿黑衬衫的男人身材高大，风姿卓然，面容却有些憔悴，眼中一丝淡淡的疲惫。白大褂的男人……或者该称他为男生，胸前挂着听诊器，一身大夫装扮，外貌出奇年轻。

比起始终守在病床边，一言不发的黑衫男人，青年大夫的举止就让人如沐春风多了，就连他亲切地对我说“火妹，我是你续哥，你可能不认得，因为你摔坏了脑瓜”时，我都不觉冒犯，因为他双眼笑吟吟的，清澈明亮，像装满了天边璀璨星辰，又像一弯新月。

大夫自我介绍姓郑，全名郑续。真令人不敢相信，长相如此年轻，看上去就像是医院实习生的青年，居然是脑科领域的权威专家。

专家都是高深莫测的，所以，他说的话我连半个标点符号都听不懂，只知道他从床头柜摸起一张胶片，指着上头一坨黑黑的东西，说这就是我的大脑，而根据郑医生他行走江湖多年的专业分析，我失忆了。

我对“失忆”没丝毫概念，如果有，也仅是每当试图回想过往时，额际骤然钻入的那阵噬心的疼，但是，我从黑衫男人的表情隐隐能够猜出，我的失忆，绝对是一件非常可怕的事。

摔坏了脑子的人是我，他的反应却似乎比我更要不安百倍，深眸隐了一层挥之不去的阴霾，英俊的脸庞紧绷着，我和郑医生说话的时候，他就沉默地看着我搁在被单上的手，面色苍白而冷肃。

这个模样的他，让我不由自主拉了一下他的袖口，忍不住想问：“你是谁？”

他的手腕僵住，极其缓慢地抬头看向我，眼中似乎闪过某种浓烈而压抑的情绪。

“我是关峄。”

“关峄，关峄。”念起来很顺口，仿佛曾经在心里念过千千万万遍，我有些疑惑，问，“你是我什么人？”

他顿了足足三秒，才注视着我，回答：“我是你丈夫。”

哦，丈夫。

难怪……

我恍然大悟。

难怪他看起来比任何人都要担心。

我犹豫不决地看着他，吞吞吐吐了好一阵子，仍是按不住心中的好奇，有个问题，从我清醒过来的那一刻我就很想问了。

我舔了舔嘴唇，问：“那，我嘴巴上的伤口……是你咬的吗？”

郑医生闻言一愣，忽地“扑哧”一声喷笑，摇头道：“火妹啊火妹，你不愧是女中豪杰，就连失忆了也满脑子都是些什么……”

男人却似乎没被郑医生的好心情感染，我的问题或许让他想起了什么不好的回忆，眉心拧得更紧，生硬地回答：“不是。”

我确定我不喜欢他皱眉，虽然我不认识他。

直勾勾地盯着他瞧了一会儿，我说：“你长得好好看，你是谁？”

男人眸光幽暗地扫了我一眼，不说话了。

郑医生唇畔还有来不及收起的笑意，单手握拳抵在唇边，咳了两声，说：“不断重复问同一个问题，这就是典型症状，总之，我先给她输液看看吧……倒是你，几天没合眼了？也赶紧回去休息一下，人我会帮你看好的，算算时间，宋伯父宋伯母也快回来了。”

见男人一动未动，青年医生有些无奈，嘀咕道：“有我在呢，紧张什么……”男人还是没有搭理他的意思，青年医生只好转向我，揉了揉我的头发，笑眯眯地说，“有续哥在，不用怕，知道吗？”

我点头：“知道。”

可是……

我望着笑容满意扩大的青年。

“呃，你又是谁？”

接下来的几天，可谓是兵荒马乱。

第一天下午，一位气质相当干净斯文，不太看得出实际年龄的女人走进病房，目光一与病床上的我接触，眼圈立刻就红了，哽咽着说：“火妹，我是妈妈。”我一脸茫然对上她的两圈泪光，看见她难过，不知为何也会跟着心里泛酸。见我开始吸鼻子，她连忙拭干眼角，抓着我的小手翻来覆去地揉，苍白地对我挤出一个微笑，说，“没事没事，好孩子，怎么样都没关系，妈妈只要你平平安安的就好了……”

然而话没说到一半眼泪就先滑下，她抹了一次，抹不尽，再抹一次，结果只让手背越来越湿，只好抬起头，对我挤出一个有点尴尬亦有点难看的笑，嘴唇发颤地又喊了一声“火妹”，说：“妈妈真的……”话音哽在喉头，无法吐出，索性把我搂进怀里，任由泪水奔流。

最终是随她一块儿来的一名中年男士吁出低叹，把我们俩都圈进了臂弯之中，低声喃道：“两母女怎么都这么不让人省心呢……”

第二天早晨，我醒来的时候发现病房里多了一名陌生青年。他看上去像是来探病的样子，可是，他的眼珠子却自始至终都只盯着同在病房中的郑医生转，我人都清醒几分钟了，他大少爷瞟也不瞟来一眼。在他火热辣辣的盯视下，郑医生碰歪了花瓶，撞翻了水杯，踢疼了桌脚，红透了耳根。

他不由得觑着郑医生轻笑：“傻乎乎的，让我怎么放心把我的宝贝妹妹交给你？嗯，我以后还是常来看看好了。”

在郑医生倒吸冷气，猛然发出的“宋狩之你别借口来骚扰我上班！”的怒吼声中，男青年终于中场抽空，笑吟吟地把目光投向我，眼底顿时充满了一言难尽的恨铁不成钢。

“你也傻乎乎的，两个孕……咳，两个女人跳楼，跳楼的没事，还能帮警察指证江陵，反倒是救人的，把自己脑子磕坏了。我们都瞒着爷爷，不敢让消息传到他耳里，否则他老人家不得心脏病发……”

同一天，男青年后脚刚走没多久，一尊清秀乖巧的瓷娃娃就来了，说话语气轻轻柔柔的，看得出来教养极好。

“宋宋姐，我下周就出国继续念书了，很遗憾要在这种情况下和你道别……你好好照顾身体，早日康复。”

也许我的脑子真的磕坏了，我总隐隐觉得，女孩这番话，似乎在有意通过我，说给病床边的那一位沉默高冷美男子听。从踏进病房时起，她的眼睛总是似有若无地往男人看去，漂亮的眼眸中凝了一丝淡淡的愁绪，但更多是无能为力的……释然。

可沉默高冷美男子正在专心致志地给我削苹果，直到女孩离开，眼皮都不曾抬一下。

唔，有蹊跷。

我问关……关什么？

我问关某人："喂，你喜欢哪种类型的女孩子？"

听见我的询问，关某人墨睫微抬，眸光很是复杂地凝了我一眼，半响，低缓地说："人美，肤白，胸大，腰细，腿长。"

"呃。"

我震惊地瞪住他。

这么高贵冷艳的脸一点儿都不适合说出这么庸俗浪荡的话好不好！

不过，他回答得……还真仔细。

食色，性也。果然男人都不能例外。

他说的这些特征，刚才那名女孩儿差不多都能满足。

安静地注视着我，他追加补充："不用很聪明，有时候迷糊我也觉得她可爱。要懂得设计景观，要会画画。"

设计景观？画画？

刚才忘了问那名女孩儿准备出国深造哪个专业，但是景观设计和画画原本就不算特别冷门，看女孩儿娴静的气质，应该多少会有涉猎。

我不禁皱了皱眉。

也许是因为药物在体内起效的副作用，我忽然感到胸闷。

他研究着我的神色，相处数日，深眸第一次破天荒地添了一丝浅笑，居然还有继续往下说的趋势。啧，这男人要求真多！

"最重要的一点，是要会打架，很会打架，以一己之力面对十个大男人也不会退缩，勇气过人，心情一好还时不时劈个砖、破个板那种，我此生挚爱。"

啥……啥呀？！

我落向他的眼神，已经不能用惊恐二字形容。

这位兄台，您的品味也是出离别致了，晚辈佩服！

膜拜之情滔滔不绝，自心口喷涌而出。我看着他，哑口无言了半晌，蓦地感到一丝不对劲：“可是，刚刚那位女生，娇滴滴的，看起来不像拥有这些逆天技能的样子哎，你岂不是失望死了……”

忽然一块削好的苹果猛地塞进了我的嘴。

他的沉嗓听起来隐隐有些咬牙切齿：“宋野火，谁和你讲别人了？！”

“唔……”

嘴巴被堵住，我发不出声音，只有默默地嚼着苹果，眼珠子不明所以地和他对视。

他的眼眸中盛满清晰可见的浓重挫败，过了好一会儿，才捏了捏额角，放缓了语气问我：“你以为，我没日没夜地在这里陪你，是因为什么？”

他的嗓音天生偏低偏冷，就算语气缓和，也不会让人觉得热络多少，然而很奇怪的是，低冷的音色流进我的耳中，却好像温热的水浸润到了心底，烫醒了那只酣睡的小鹿，让它丢掉矜持，活蹦乱跳起来。

我困惑地看着他。

这副身体因他而产生的每一个反应，熟悉，深刻，却又陌生。

“如果你已经全都不记得，你是否好奇过，我这个陌生人会在这里陪着你的原因，嗯？”

我当然好奇过，而且我也曾在心里揣测出了答案。

我说：“我以为你是我的……”

“我是你的？”

“私人看护。”

一瞬间，俊脸以肉眼可见的速度，青了。

除了必要的回家换洗时间，他基本可以说是搬进我这间病房住下了，一身轻便，只从家里带来了一台笔记本电脑，平时我躺在床上玩手机或者看电视的时候，他就坐在一旁敲敲打打，专心处理各种事务。

他肩上担的责任大概很重，有好几回我不知不觉睡了过去，醒来看见他还是和睡前保持同一个姿势，只有桌面杯子里的咖啡减少，让我郑重怀疑他是个不需要休息的铁人。

仅有一回，我睡醒时，稀罕地撞见他趴在我的床沿边睡着了。熟睡中的男人敛收起清醒时的锐气，黑发微微散乱，眼睫又密又长，刮干净了胡茬子的脸比乍见时还要清俊几分，让人根本没办法将目光从他的身上移开。

我于是有点相信了他们说的，是我倒追的这个男人。

第三天，一群朝气蓬勃，活像男子天团的男生呼朋唤友地涌进了我的病房。详细数数，总共来了七位，年纪大体差不多，都二十余岁的壮丁模样，一人手里提着果篮，一人手里捧着布娃娃，一人手里端着一锅炖汤，还有一个人的手里活捉了一只机器人，说它啥都会，可以陪我解闷。人头涌动，熙熙攘攘，叫我“姐姐”“大姐头”“大佬的女人”“老板娘”什么的都有，在一名叫作“七月”还是“八月”的大男孩的带领下，活生生把病房变成了大排档。

吃完了自己带来的果篮，男子天团的诸位还把魔爪伸向了早两日别人带来的，足足啃了三大篮子，那位带头的“七月”才装腔作势地“嘤嘤”两声，一抹眼泪，瞬时切换成满面愁容：“姐姐，求求你快点好吧，老大已经旷工好多天了，失去他，我们感觉日子快支撑不下去了……”

“肝要爆掉了。”

“头发要掉光了。”

“脑细胞已经绝户了。”

“七月”一说完，顿时附和的哀号声四起，凄风苦雨，凄凄惨惨戚戚。吃饱了的年轻人就是中气十足，一个啼得比一个投入感情，月落乌啼的“啼”，两岸猿声啼不住的“啼”。

“要不我们试试，看有没有什么办法可以帮大姐头恢复记忆？”

“电击的方式或许可行……”

“要是能像科幻片那样，直接锯开头颅植入芯片就好了。”

“我看网文，头部遭受重击的人，往往再遭受一次重击就会恢复记忆了。”

“当着我的面讨论怎么欺负我老婆，你们是不是当我死了？”

一道冷峻的沉嗓蓦地插入。

众人不约而同地扭头看向声源。

那道挺拔的身影正背靠着窗台翻阅文件，除了男子天团进门时，他稍稍抬眸看了一眼，其余时间都在专注自己的事情，谁也没料到他会分心听男生们的胡侃，就连现在大伙儿齐齐转头看他，他也依旧连眼睫都抬也不抬，仿佛刚才那句冷哼并非出于他之口。

但，众人还是不约而同地蔫了。

“姐姐保重！姐姐再见！”

“老板娘记得喝汤！”

“祝大姐头早日康复！早生贵子！”

怎么来的就怎么走，眨眼间，台风过境，片甲不留。

形形色色的观众来来走走，雷打不动的，一位容貌甜美的女孩子每天都会跑来看我，有时会化着很浓的妆，穿着奇奇怪怪的服装来。

她就像个变脸比天气快的小孩子，心情时好时坏，情绪极其不稳定。第一天来看我的时候把自己娇小的身子塞进了我的怀里，哭得梨花带雨。第二天来看我就变得气鼓鼓的，像深宫怨妇一般瞪着我，骂：“连我都忘了，你这个负心汉！”第三天来了还是骂一样的话，只不过比前一天多了一句无比失落的“你连关峄都忘了，我又算什么呢……”。第四天也许因为下了一场雨，她情绪反复，又扑倒在我的肩头哭得梨花带雨的，眼泪一把一把地泼，好不可怜：“火妹，火把哥哥，我求求你快点记起我来啊，呜……”

简直惹人心软得不像话。

女孩子眼眶红红回家的第二天，天刚亮，一位虎背熊腰、满脸凶煞的壮汉一脚踹开了我病房的大门。我不认识他，但很奇怪，看到他，我的牙痒痒的，拳头也痒痒的。

壮汉的眼神看起来似乎有点怕我，连直接和我对视都不太有胆，在门框处忸怩了半天，最终仍是鼓起勇气朝我大声咆哮：“你这个死变性人！老子管你是不是失忆，你要再敢把小环弄哭，小心老子打断你的狗腿！”

振聋发聩的音量，吼得我丝毫不怀疑整间医院耳朵没聋的人都能听见，跟在壮汉身后晚一步来到的男人自然也能听见。回家梳洗过的容颜干净清爽，一件休闲白衬衫，斯文内敛，不及壮汉虎目圆瞪，煞气逼人，却在听到壮汉对我撂下的恐吓时，眸底掠过沉思，不说什么，只从后面拍了拍壮汉的肩膀。

“石钢，你跟我出来一下。”

半个小时后男人回来，形容不像刚才进门时那么整洁，指骨有些瘀青，白衬衫皱巴巴的，领口的两颗纽扣也被扯掉，若隐若现地露出一对锁骨。他好似没事发生过一样，坐下，慢条斯理地给我削苹果，面部表情并无显著变化，但我敏锐地察觉到，他的心情轻快了不少。

我往床沿挪了挪，按住他的手腕，摇头：“别削了，我不饿，先处理一下你的手。”

打架打到指节瘀青，看来战况不是普通激烈。

“不碍事，放两天就会消了。”

他不配合，我干脆自个儿抽掉他手里的苹果和水果刀。我是因为坠楼才躺到医院，身上不可避免地磕出了几块青青紫紫，床头柜面就摆有几瓶散血祛瘀的药油，连叫护士过来帮忙都不用，我倒出几滴，拿手心盛着，自食其力地往他瘀青的指节揉抹。

他倒也不拒绝，注视着我卖力的样子，问：“他没有吓着你吧？”

吓着不至于，我想了想，皱起脸，不满地咕哝：“他说我是变性人。”

“别听他瞎扯。”低沉的声音不假思索，“没人比我更清楚你是不是。”

记忆空白如我，一开始是真的听不懂他的意思，停下手中替他按摩的动作，微愣地抬起眼，只来得及在他眼底看到一片幽亮。

俊颜俯低，我的唇瓣被人吻住。

药油有股辛辣的味道，袅袅散在空气里，闻了会让人连耳根子都辣起来。

在我找到更多的熟悉感之前他就已经退离，额头抵住我的，浓重的呼吸吹拂着我的脸，沉嗓里藏了一丝克制：“这是我替你打败恶人该得到的奖赏。”

什么和什么……

我的思考能力全被搅成了烂泥，双手紧紧抓住他的手指，下意识舔了舔唇，尝到了他留下的滚烫温度，也尝到了不讨喜的粗糙触感，我下唇的伤口已经结痂，双唇一抿就能感到硬硬的。这几天其实我暗自揣度了很多遍，关于这个伤口的来源。

我喃喃问：“是你咬的吗？”

“不是。”听懂了我的疑惑，他停顿两秒，“还会痛？”

“没……”

只是如果不是，那事情就大条了。

挂了几天水，我的记忆不再像刚醒过来时那么混乱，近两三天发生的事能够记得住了，也能分得清先后时间逻辑。经过这些天和这副躯壳的友好相处，我大概能猜出这副身体的主人是一个非常怕痛的人，就连护士过来打针，也能钻到被子里被人扒拉半天也扒拉不出来。

根据上述已知了解，我自己对自己不可能下得了这个狠手，不，狠嘴。下唇的伤口最初可是见了血的，种种迹象表明，只有可能是别人下的口。那名长得很好看的男人说过，他是我的丈夫，如果这道伤口不是他的杰作……

越是深挖，真相就越令人心惊。难怪关某某每次目光一接触到我嘴巴的伤口，眼中总会浮现出一抹黯淡，显然这道伤口能触发他某些不愉快的回忆。我几经推敲，思来想去，到了住院第五天的夜晚，已经能有九成把握地确定一个事实——

我出轨了。

我一定是出轨了，因为没过两天，我就见着了我的出轨对象。

在床上躺尸了几天，我除了仍然记不起以前的事情外，身体已经没有大碍。郑医生不堪那位据说是我堂哥的男人每天都跑来医院骚扰，崩溃地嚷着这两天就要给我办出院，说我身体素质超级棒棒，出院后立马跑去非洲单挑狮子都没问题。

关某人闻言终于稍稍安下了心，早上伺候我把早餐吃完，终究还是顶不住笠山研究中心那班男子天团的连环夺命 call，说是实验室差点被他们炸掉了，他不得不抽出时间回去一趟。

上午八点过半，阳光很好，我一个人在病房里闲着无聊，获得护士长准允，走到住院大楼外的草坪晒太阳。

在草坪边缘找了一张长椅坐下，清风徐徐，绿意油油，拄着拐杖散步的老人，拉着气球开怀大笑奔跑着的小男孩，挺着一颗圆滚滚大肚子正在来回走动的孕妇，以及，站在一棵高大的凤凰木下，单手搂抱着一束桔梗花的年轻男人。

凤凰木正值花期，一朵一朵艳红的火焰绽满枝头，风一吹，树叶娑娑私语，摇曳起红绸翻飞的波浪。不知男人在那里站了多久，发现我正在定定地盯着他瞅，他才抬步从树影下走出，徐缓地朝我走了过来。

没料到他会朝我走来，我暗暗吃惊。

我确定我没见过他，至少在我清醒之后，没见过。长得比女人还要标致漂亮的男人，如果我见过，我一定会有印象，但他的神情又明明白白写着他认识我，一双勾人的眼睛会说话似的，泄露出几分希冀，几分忐忑，走到半路，蓦地脚步一停，忽然又有点像是嘲笑自己的痴心妄想，唇畔扯出一抹落寞的苦笑。

我知道他是谁了。

此般瞻前顾后，欲说还休，必是奸夫无疑。

不算长的一段路，他却走了好一阵子才抵达我面前，手中捧着的桔梗花娇艳欲滴，是很漂亮的淡紫色，清淡的花香遮盖不住他袖口之间飘出的淡淡香水味，隐约还有一缕烟草的味道。他的姿态，像专程来看我，又像只是碰巧有事来到医院，这仅仅是一场再平凡不过的偶遇。

把桔梗花搁进我的怀里，他在我身旁的空位坐下，良久没有说话。

朗朗乾坤，光天化日，奸夫来看我，我……有点紧张。

他垂着头，从口袋掏出烟盒和打火机，点烟的动作浑然天成，叼起一根香烟，嗒的一声，打火机的翻盖弹开，火苗就要亲吻烟丝的前一刻，他或许突然想起了身边还坐着我这么一位病患，点火的手势定住，随即，抽出嘴里的香烟，放入烟盒，重新塞回裤袋，只留打火机握在掌心，翻来覆去地把玩。

我说：“谢……谢谢。”

听见我的道谢，他的唇畔又浮现出那抹有点自嘲的苦笑，虚空地望着远处，说：“我是江旗亭，你的一位……朋友。”

朋友？果然奸夫淫妇都会给自己找一些好听名堂。

他若有所思：“我只是来看看你，待会儿就走，你不用紧张，也不用多想。”

我点点头：“哦。”

鉴于我和他之间极有可能存在某种不正当关系，我为难了几秒钟，结巴地提醒他："你以后还是别、别来看我了，被我先生看见，不……太好。"

"你记得我？"他的脸猛地转向我，眼睛灿亮。

"不记得。"

双眸的光芒瞬间熄灭。"我还以为……"他撑住额际，用力甩了甩头，哑然失笑，声音低得像自言自语，"也对，他们说你连他都不记得，又怎会记得我……"唇角染上嘲讽，"先生？呵，他倒会诓你。"

"你的身体怎么样？还会不会有哪里不舒服？"他问。

"不会。"

奸夫在明目张胆地关心我，这让我很惶恐。

回答完后双方都陷进了长长的沉默，我望着天，考虑了一会儿，觉得我和他的事情就这样发展下去也不是个办法，我不清楚这具身体的主人以前是怎么想的，但是以我现在拥有的良知，要我继续若无其事地红杏出墙，哪怕墙外的小白脸再花枝招展，我也做不到。

打定主意从此和奸夫画清界限，做个回归家庭的好女人，我逼自己开口："呃，江先生，我失去了记忆，以前的事情都不记得，也不记得你是谁。如果我们之间有什么过往，也一笔勾销，不作数了。你知道的，我是个有家室的人，咱做人不能脚踏两条船啊对不？我先生对我也很体贴……"

"一笔勾销，不作数了？"

他打断我的长篇大论，只在意其中的一小段。

这冷酷、无情、决绝的几个字，应该很伤他的心吧？

虽然对他始乱终弃，但我已经有了那么好的关先生，我不能再做一个水性杨花的女人！

我让自己硬下心肠，坚定点头："没错。"

"这就好，我还很怕你不肯原谅我。"

他居然还欣喜地笑了一下，笑容的含义我解读不太出来，有点像是如释重负，有点像是对未来充满信心。我呆愣地盯着他瞧，恍惚间意识到这副身体的主人可真是一个不得了的女人，身边的男人笑起来一个比一个迷死人不偿命。

同时也一个比一个对她死心塌地。

奸夫先生表现得愈是深情，我就愈是感到棘手，我叹口气，说：“你和我在一起，不就是为了钱？”话溜出唇瓣，典型的翻脸不认人的渣女口吻，我不由得默默唾弃自己，接着往下说，“我会给你一大笔钱当作安慰，我家里貌似还挺有钱的……”

他却似乎没被我伤害到，见招拆招，执意要和我纠缠不清：“我现在已无须在意你家里有没有钱。”

当真和我玩心啊少年？

我直言道：“我结婚了。”

他否认：“你没有。”

“原来我以前是这么骗你的吗？”

打着未婚的旗号去外面拈花惹草，害得人家大好青年连自己当了小三都不知，我为我曾经犯下的罪孽虔诚忏悔。

“你没有骗我，你只是忘了……我私心认为，你忘了也没什么不好。”他又对我笑了一下，他有一双多情的眼睛，流转生辉，天生骗女孩子的利器，“你可以重新认识我，我们相遇的时间，比那位自称是你先生的人更早，这一次，我会全心全意对你……”

“不可能更早。”我正色纠正，“在我还很小的时候我就喜欢他……”

我倏地住口，被自己说出来的话吓了一跳。我说了什么？

我为什么会知道我在很小的时候就喜欢他？

脑海有模糊的片段像泥鳅一溜而过，迅速得让人来不及捕捉就已渺无踪迹。

我偏着脑袋思索了好几分钟，仍是任何东西都想不起来，心口涌上一股怅然若失。注意到身旁的年轻男人笑容有些凝固，我默了默，让自己狠下心："这位江先生，你还是快点离开吧，我先生一般不会出去很久，他差不多要回来了……"

白天不能说人，晚上不能说鬼，我话音刚落，漫不经心地抬眼一瞟，倏地，看见了几米开外的我的正室。

正室手中拎着一只精致的糕点盒，我知道里面装着桂花糕，这是今早他出门的时候，我告诉他我想吃的玩意儿。他立在那儿，宛如一座石雕，俊脸并未泄露出太明显的喜怒，只是当他看见我身旁位置坐着的人时，他就停下脚步，不动了。

而在此时，奸夫的唇角竟然扬起一抹笑，不是挑衅，胜似挑衅，存心将问题复杂化，把我，也把他自己往鬼门关里推。

关峄……对，关峄，经过这些天的坚持治疗，我已经能够记得住他的名字。不久前才见识过关峄是怎么解决那位威胁要打断我狗腿的壮汉的，我不认为奸夫这副瘦削干瘪的小身板能顶得住关峄一记铁拳。和他一刀两断是一回事，能不能眼睁睁看着他被关峄打死又是另一回事，额际滑下一滴冷汗，我如坐针毡，猛地一下从长椅站起。

"老公，你听我解释……"

站起来后才惊觉自己手中还抱着奸夫送的桔梗花，我顿时有如被火烫着，急忙回身，将花束丢回奸夫怀里，奸夫一怔，此刻眼中流露出切切实实的受伤，但我已管不了那么多。

也许是我焦急的语气表明了自己悔改的诚意，关峄听见我的叫唤后，眉宇逐渐松开，黑眸沁出一丝笑："嗯？"

他愿意听我解释就好，我说："你别误会，我和他没什么的。"解释起来又禁不住心虚，我没有记忆，其实我也不是很能确定自己以前到底和他有啥没啥，"他说他只是来看看我，待会儿就走。"

"嗯。"他应道。

"野火……"

身后传来低低的轻唤，介于苦涩和锥心之间的语调，我不敢回头看他的表情，纵然是地下情夫，他也是有血有肉的人，我骗了他自己未婚在先，混账的是我。

正当我纠结要不要回头，回头是不是又给了他希望，不回头是不是又太过狠心时，关峄忽然也开口唤了我一声，不若奸夫的怅惘，他的嗓音轻柔且坚定："关太太？"

好厉害的男人，简洁三字，昭告主权，足以不留情地摧毁任何地下情人对我的不必要幻想。

他朝我伸出手："还不过来？"

身体比理智更快顺从他的指令，我立刻迈开步子。

背后传来哀求："别走。"

幸好只是哀求，而不是像昨天我在病房里看的一部林满素女士创作的偶像剧一样，男二直接从后方把女主扯进怀里疯狂强吻，说什么"我得不到你的心我也要得到你的人"。没有动手相对好办很多，哀求声低低地散在风里，最简单的办法就是我装作没听见。

我走上前，挽住关峄的胳膊。

耳边这才响起淡淡不满的数落："关太太，我有没有叮嘱过你，不要随便和外面来路不明的人讲话？"

"知道啦，我只是出来晒太阳。"

"别晒太久，否则又该晕了。"他说，"还有，你刚叫我什么？"

"老公。"

"唔。"

"有问题吗？我以前怎么叫你？"

"没问题，这样就很好，我很喜欢。"

"再叫一遍？"

我觉得事情逐渐变得有点不对劲。

关峄，那位自称是我的丈夫，在我住院期间寸步不离，把我照顾得无微不至的男人，在我出院之后却不见了人影，整个人宛如人间蒸发，消失得无影无踪，仿佛从来不曾存在过。

我被接回到和父母一起生活的家，当天晚饭时，才大惊失色地从父母口中得知，原来他不是我的丈夫，至少，目前还不是。得知了实情的我，唔，有点失望。亏我还被人拐得没羞没臊地喊了那么多声“老公”。

而那位我以为我已经和他恩断义绝，绝得干干净净了的情夫，却三头两日就往我工作室里钻。没错，工作室，我也是回家后才听说，原来我还开了一间景观设计工作室，是个武功与才华兼备的奇女子。鲜花也一束一束地往我工作室里送，想要借机扶正的意图十分明显。他显然是个在追女孩子方面很有经验的人，软磨硬泡，软硬兼施，再搭配那一张老天赏饭的漂亮脸蛋，我承认我功力没他深厚，节节败退，最终被他磨得答应了今晚陪他吃饭。

至于茶足饭饱的现在，我为什么会被他带进了酒店的高级贵宾房，我就记不太起来了。

事情……真的越来越不对劲。

是了，吃饭时他喝了一点红酒，的确只是一点，我没想到他会如此不胜酒力，喝下没两分钟就说头晕，霎时变身为任性的小少爷，嚷着要睡觉，刚好西餐厅的楼上就是酒店，活该我当小婢女，把他辛辛苦苦扶上来。

也活该我当人肉靠枕，被人巴在了墙根。

门一合起，我把灯按亮，他立即就站不稳似的朝我倒了过来，把我往墙面压去。他的身材看着高挑瘦削，毕竟是个成年男子，肌肉的重量还是有，我被他压得不能动弹，察觉到他的双手扶在我的腰际，看似在借力站着，不让自己软下，但同时也把我困在了逼仄的空间里无法移动。

我双掌贴在他的胸前，不是抚摸，是施加压力的推拒。这距离已经够近了，近得我能闻到他身上的清淡烟草味。

我抬眼，静观其变地瞅着他。

“野火……”

他低唤着，唤得慵懒且绵长，有些像是讨好，有些像是撒娇，他的确有当情夫的本钱，定力差点的女孩子要是被他这么情意绵绵地一唤，魂儿准要飞了……倒也不能说我定力好，只不过“野火”这个名字我最近刚刚耳熟，暂时产生不出太多的归属感，他唤“野火”，和在我面前唤“二狗”，在我听来都没区别。

我盯着他，诧异于自己无波无澜的冷静。

他呼出酒气，玄关柔和的壁灯在他眼底形成细碎光点，他像块成了精的牛皮糖，赖住我，半嗔半恼地埋怨：“你喝了更多，你怎么都不醉呢？”

“想把我灌醉？”果然，从他在西餐厅招服务生过来上酒时起，我就隐隐嗅到了阴谋的气息，我不慌不忙地问，“你想干什么？”

“我想……”

他眼眸晶亮地笑了，微偏着头，脸离我越来越近……

他的城府，昭然若揭。

恍恍惚惚的，这种时刻，我脑海中蓦然闯入的竟是另外一张轮廓模糊的脸，同样的情景似乎在以前某个时候也曾发生过，场景不是墙，而是某一处的窗台，窗外斜了几枝紫玉兰，男人把我抱坐上去，偏着头，薄唇连撩带拨地描绘着我的唇形，低哑地喊“十九……”

是……谁？

他是谁？

我恍然惊醒，脸颊往旁边一侧，挟带酒气而来的唇瓣顿时落空。

“不是你。”我说。

没头没尾的三个字，醉成醉鬼的人估计也没听懂，我叹一口气把脸转正，思索着要怎么和他说明才算委婉，视线上抬，却看见眼前的江旗亭已是满脸苦涩，酒味还没消散，但他眼底已不见半分醉酒的痕迹……很好，原来我的拒绝还具有醒酒功能。

他分明就没醉。

情夫，果真是情夫，真会搞情趣。

他垂下头，似乎笑了一声，呼吸吹拂着我的鬓发，本该很亲密，可现在只让人感到萧索。

“你看，即便你忘了他，你也不会爱上我。”

语毕他将我松开，这时看着又像醉了，脚步虚晃，神情落寞，不知是不是受的打击过大了，开始毫无条理地说一些我听不明白的话。

“野火，生日的那晚……我喝了很多酒，我以为是你……可又怎么会是你呢，你从来都不曾真心接纳过我，我们名义上在一起那么久了，你甚至连抱都不愿让我抱一下……”

听起来是年代久远的往事，我只能说：“抱歉。”

“从前如此，现在更是如此。”他自嘲地勾起嘴角，“我心底从来都明白，你要的人不是我。既然明白，为什么我还是……就非要得到你不可？”

我想说也许是因为人类的劣根性，越得不到的东西就越想得到，然而，当我安静地注视着他的神情，我却又觉得他已经知晓了答案，而他的答案，和我的截然不同。

他的答案，让他自己露出了嗤之以鼻的表情。

“我真小人，不惜用这种下三滥的方式也想得到你。”

我隐约能够感受到，他压抑的表象下，情绪正在往濒临坍塌的危险方向发展。

我悄悄吸口气，给自己下定决心，有些话，越拖越腐朽，越难以圆润地吐出口：“我请你吃饭，替你付房费，是为了答谢你今天在工作室帮我们搬盆栽，也是为了找机会和你说……你以后，还是别来找我了。我不清楚我以前是个什么样的人，可能吃着碗里的望着锅里的，才让你对我……但是我现在，觉得碗里的我就可以吃得很饱了，我……”

“我倒宁愿你有看过锅里的，哪怕一眼。”

他的双唇扬起一个无比讽刺的弧度，忽然伸手扯住了我的胳膊，这一回不像刚才那般花了点迂回拐骗的小心思，他如同陷入绝望，要抱着对方玉石俱焚的人，狠狠地把我扯进了他的怀里，我的额头撞到了他坚硬的胸骨，顿时七荤八素，回过神时，察觉到一双手按在我的腰后，意欲掀起我的衣角。

顷刻间完全出自本能反应，我不知哪里生出的力气，抓住他的手反向一扭。

他痛哼了一声。

我的力量比我以为的更要强悍，他眼里浮现出极度痛苦的神色。

我赶紧松手，退开，又说了一声：“抱歉。”

他没有回应。

时光在彼此的沉默中变得难熬，过了良久，久到我不得不反省起自己是不是用力过大，导致他迟迟不能缓过劲时，他石化的身躯忽然动了动，对我苍白一笑，从玄关柜拿起皮夹和车钥匙。

“走吧，我送你回家。”

“不用了，你喝了酒，我打车回去就好。”

又是一阵让人透不过气的沉默，他闭起眼，倦极的应答在房间内空荡荡地响起。

“好。”

我记起所有事情是在一个清晨，前一天夜里下了点小雨，滴答滴答的雨声敲击着阳台外的栏杆，我睡得不是很踏实，迷迷糊糊之际，记忆仿佛铁马冰河入梦来，摧枯拉朽，闯进脑海，以绝对压倒性的胜利驱走迷雾，重新填满空白。

我浑身触电似的一震，垂死病中惊坐起，跌跌撞撞地滚下床，胡乱抓了一件白 T 恤和牛仔裤就往身上套，洗漱，穿鞋，速度均达到了此生最高水平，头也不梳，直接抓起车钥匙，下楼冲进车库，上车，启动，踩油门，藤原拓海又算得了什么。

第一站，笠山。

他不在，戚樾前一晚在研究中心熬了个通宵，此时正在补救地敷美容面膜，看见我的到来，面膜纸下的眼睛含了两圈晶莹泪光，戚戚怨怨地告诉我说，老大已经从研究中心翘班很多天了，第一天，想他，第二天，想他想他，第三天，想他想他想他……哪怕他们一伙人把实验室炸了三遍，也换不来老大的一次回眸。

第二站，君山总部。

尹秘书对我还是没有什么好脸色，公事公办地说，总裁两周前开始休假，她也掌握不了他的去向。

第三站，松庭。

迎接我的只有满园寂静，与偶尔拂过竹叶的风声。

第四站，关峄父母家。

我总算问对了地方，余羡君伯母笑意盈盈地邀请我进门坐，我摇头说不用了，既然他也不在这儿。从余伯母口中问到地址，我转身就要继续奔袭，冷不丁一支拐杖从余伯母背后伸出来，虎虎生风地往我的大腿招呼，好在我的身手已恢复昔日敏捷，灵巧一跳，避过。

惊险地扭头回望，遇上关老太太怒火中烧的凤颜："听好了，你这野丫头要是再敢惹我宝贝孙子伤心，我就再给他找一堆标致小妞，酸死你，你听见没有！"

面色红润，嗓门洪亮，看来老太太最近身体不错。

涧园。

余伯母说，每当关峄专心想事情时，总会偏爱这里的安静。

跑错了几个地方，耽误了一个上午，等涧园紧闭的大门出现在我面前，已是下午两点四十三分。涧园的钥匙我有，只是今早出门太急，也不曾想过关峄会在这边，便没有带。

我抬头望向高处，绕着园子外围的白色高墙慢慢地走，寻找最佳攀爬地点，走到三分之二圈时，望见了几枝探出高墙的梅树枝干。

到了冬天，梅花盛放，这一角的景色不要太迷人。夏季当然也有不同风味的景致，只不过我现在没有闲情欣赏，这几根粗细有致的枝干，成了我绝佳的爬墙工具。

从里面挑了一根最顺眼的，我纵身一跃，跳起来双手握住树干，作引体向上，同时足尖往墙壁一蹬，借力使力，人就翻上了墙头。清风迎面吹来，我眯起眼睛，骑在墙头上用视线搜寻园内目之所及的每一个角落，庭院深深，不见一人，那么他就是在屋里了。我拍干净手，自墙头利落跳下。

穿堂过巷，转过回廊，满园子美好被我熟视无睹地抛在身后。过午的阳光有了角度，漏进花窗，在弯弯折折的长廊地板烙下一朵一朵金黄色花纹，空旷的寂静中，我听见自己的心跳声，一声急过一声，几乎要蹦出胸口。

我从正常步速，到小跑，最后变成飞奔。

我不知道自己原来这么想要见到他。

我从来没有这么想要见到他。

上气不接下气地跨进客厅，他不在。顺便到偏厅溜了一圈，他还是不在。我退出来，朝书房的方向奔去，门被我砰地用力推开，可结果还是和前面两次相同。我呼吸紊乱，草木的叶子在日光下熠熠闪光，照得人的眼睛莫名其妙开始发热，我忽然就像和什么较上了劲，再次开始奔跑，一鼓作气冲向寝室，很远就瞧见了紧紧闭合的门页，但窗户开着，窗前植了几株玉兰。

爬墙我连眼都不眨一下，爬窗对我而言更是一点挑战性都没有。

我三下五除二翻进去，身轻如燕，落地无声，古时若有采花贼，也该是和我一样的路数。可我终究在病床上躺了太多天，肢体的灵活度略略下降，跳下窗时动作稍嫌不够利索，被窗框钩掉了一只鞋子，偏偏又是掉在了屋外一侧，我懒得回头去捡，干脆连另外一只也一并脱掉，直接裸着双脚朝内室走去。

今天是个好天气，屋外阳光明媚，乍翻进屋里，我的眼睛一时适应不了陡然变暗的光线，如同在黑雾中摸索，蹑手蹑脚地前进了一小段距离，猛地意识到此刻的自己可能有点滑稽。这块地儿我又不是没来过，这块地儿的主人我又不是没见过，还很熟，我干吗偷偷摸摸，把气氛搞得活像做贼？

我不禁好笑，于是挺直腰板，昂首阔步，故意把脚步踩得很重地走。眼睛逐渐能够视物，室内摆设物品一件一件清晰起来，案上端坐的原石花器，绘着泼墨山水的屏风隔断，蓦地，当瞧见大床上那团隆起时，我双脚一顿，不自觉又悄悄然踮轻了。

找到他了。

上天对我真不公平，我找他找得心急火燎，饭都顾不得吃，他倒好，夏日炎炎正好眠，竟舒舒服服地窝在大床中央睡午觉。

地砖沁凉，如同一泓清水从我赤裸的足尖漫上，悄无声息地把人浸透，心中乍见他的微恼成不了火候，反被不堪一击地掐熄，胸口翻腾了半天时日的焦躁情绪，见着他之后，也仿佛燎原野火遇见春风化雨，被细细无声地润成了一地酥软。

只剩心跳依旧鼓噪，我屏住呼吸，小心翼翼地朝他靠近，目光贪婪地盯着熟睡中的他瞧。

我不是没见过他的睡颜，可眼下的距离，对一个一恢复记忆就想见到他，一个翻山越岭才见到他的女人来讲，还是太过遥远。我目不转睛地站在床边瞅了他好久一会儿，他睡得深沉，没有转醒的迹象，我站久了也有点累，索性轻手轻脚地爬上床，在他身旁蜷身侧卧，把他的睡脸更近地纳入我的眼底。

他仍是没醒，我离他如此近，才在他均匀平缓的呼吸间嗅到了一丝似有若无的酒气，解释了他比以往都睡得更深的原因。

他有一双好看的剑眉，像技艺绝伦的画师用毛笔沾了墨在他的眉骨上一扫而过，恰到好处的起与收，恰到好处的浓与淡，而此时这双好看的剑眉正微微拧起，眉心拢成一个小结，想必烦心事不少，在睡梦中也不得安心。

我不乐于看见，伸出一边手，用食指和中指在他眉宇中间轻轻推了两下，推不平褶皱，反倒让他长睫颤了颤，眉心皱得更深。

我无言地看着他……这样都还不醒？

倏地，蠢蠢欲动的念头说到就到，我翻过身，在他身旁躺平，难以抉择地望着天花板。

有这么一个理论：世界上很多犯罪，都发生于临时起意。

难以抉择只“难”了仅仅两秒半钟，我从来不是会和自己过不去的人，我翻回侧躺，心潮涌动地凝望着他的睡脸。他长得是真的俊，再过了一秒半钟之后，我连心中仅剩的那一咪咪知廉明耻都抛掉了，抛掉之后，人一轻松，我立即把满脑子恶念付诸行动——

我撑起上半身，右手撑着床板，左手把碍事的长发撩回耳朵后，俯身，屏息，采他的花。

眼见就能如愿吻上他的薄唇，不料关键时刻，随着我倾身的姿势，没撩妥当的发丝从肩侧滑落，我来不及抓住，发尾在半空荡出一道弯弧，扫向他的脸。

他双眼猛地睁开！

习武之人就是这点不好，每当察觉危险，身体永远比理智先作出反应。

他极有可能把我当成了什么来者不善的歹徒。我能想象得到，毕竟我曾在他身上看到过那些旧疤，也清楚他这些年过的是什么惊险日子，时不时一场街头追杀，时不时一场勒索绑架，早已磨炼出他过人的敏锐度，他没看清之下，把我当成了偷袭他的敌人——

不攻击我才奇了怪。

师妹我好歹也是风浪里闯过的，他出手极快，可我的反应也不算慢，迅速后仰退开，躲掉了从侧方劈下的手刀。但躲得过第一招躲不过第二招，我本就不可能真的和他动手，后仰退离的瞬间，空门大开，全身都是破绽，下一瞬，我的强手被人伺机抓握住。他力气极大，扭得我骨骼咔咔作响，我没办法，正要还手拆解，只可惜错过了最佳防御时机，转瞬之间，全身的平衡已经被破坏掉。

连喊冤都没机会，天地顷刻颠倒，我惊愕地倒吸一口冷气，发现自己被人以跪压之姿制在了身下，他的左手扣住我的手腕，将之反扭钉在枕畔，力道极重，我丝毫不怀疑只要我还敢反击，我的腕骨立刻就会被“咔”地拧断，分成两截，他的右手则迅速拎起了床头柜面的一盏台灯，万事万物，皆可为武器，坚硬的金属底座把我再次砸失忆绝对不成问题。

我抬起仍能活动的那只手横在额前，虚虚去挡，但也知道挡不住。

我脸色煞白地转过头，紧张地闭起眼睛。

万幸，真的是万幸，台灯砸下之前，他先看到了我的脸。

时间被按下暂停键，所有的攻防瞬间冻结，刚经历了一场激烈打斗的房间，转眼只剩我破碎的喘息在急剧起伏。

日光又西斜了几寸，我感到他动作的停滞，不太敢确定地睁开眼，映入眼帘的首先是墙壁上的窗，窗户开着，室内与室外，一侧阴暗一侧明亮，玉兰横斜的影子就像贴在窗户上的剪纸，隐隐淡淡地舒展着婀娜姿态。室内除了我的急喘，一片静寂，我目光拉回，由下往上，扫过指节分明的手，扫过手里举着的台灯，继续上移，在一张眉目如画的脸上，凝住。

眉目如画，如褪色的画。

这是什么道理？行凶的比受害的脸色还要苍白。

确定我的小命暂时不会丢了，我长长吐出一口气，平复好呼吸，用仍自由的手反向抹向额头，发现自己竟窝囊地被他吓出一身冷汗。

我眼珠子一转，从他毫无血色的脸，再度滴溜溜地瞥向他举在手里的凶器，半晌，清了清嗓子，相当不快地说：“这位师兄，我不认为你举着台灯要揍我的举动有助于我们迅速再续前缘。”

“你……”

黑眸微睁，难得一见的呆愣模样。

“我？”

他摇了摇头，眉心皱得比熟睡时更深，失神地低喃：“我还没睡醒？我还在做梦？”低低的嗓音，听起来很像自问自答，“我梦到很多次，你回来找我……”

“你为什么会在这里？”

真不敢相信，他居然也会问出这么傻气的话。

我不知是该继续板着脸好，还是由着自己笑出声好。板着脸嘛，我找到了他，这是一件可喜可贺的事情；笑出声嘛，我的手被他掐得很痛，笑也笑不真诚，而他此时的神情的确有那么几分怔忪，半点也没有平时的精明样，似乎真的搞不清楚我为什么会出现在这里。

既然他诚心实意地问，那我也诚心实意地回答他，说：“当然是因为我苦练了多年的轻功，才能遇墙爬墙，遇窗翻窗，凌波微步，踏雪无痕，一行白鹭上青天……”

我一连串的用词貌似让他更困惑。

“你来找我？”

“不然呢？”

“可你不是……”他面容淡淡凝肃，眉头皱着，沉默半晌，说，“抱歉，我睡前喝了酒，可能不太清醒。”

“可能”二字太没自信了，不是可能，是明摆着很不清醒。

认出我的同时他就潜意识放松了手劲，我不动声色地从他的箍制中抽回手，不出所料，手腕红了一圈。我随意揉了几下，顺便把他手里高高举着的危险玩意儿拿开，物归原处，放回柜面。如果我没记错，这盏台灯出生于民国，存世略略稀少，价格略略高昂，弄坏了就不好了。

我不慌不忙地做完这一切，他依旧回不了神，一瞬不瞬地盯着我被他掐红肿的手腕，不知是被我的出现惊着了，还是被自己的过度反应吓着了，悬宕在我的身体上方，一脸怔忪与不设防。

我抬起手，啪啪左右各拍他的脸颊两下，问：“清醒一点了吗？”

他身躯僵直，一动未动。

没清醒那就好办了，我坏坏一笑，笑成传说中的邪魅狷狂，采花贼有采花贼未完成的使命，我弓起上半身，捧住他的脸，小鸡啄米似的在他的唇瓣啄了一下，又问：“清醒一点了吗？”

他的回应只是极慢极慢地抿直了薄唇，仍旧回不了神的样子，看来他是酒精不耐受体。

我顿时找到了对付他的办法，瞧见他幽亮眼眸深处的自己，满脸贼笑。

我逮住机会，凑上去，啄了一下，又一下，啾。

“还没……清醒吗……”

唇瓣停留的时间，每一次都比上一次延得更长，不知何时，由单方面调戏的轻啄，逐渐过渡成不分彼此的追逐深尝。他喉间滚出一声情动的低喘，手掌蛮横地抄起我的腰，反被动为主动。发起攻势的我到后来反而无法分清，是我在兽性大发地采他的花，还是他在意乱情迷地占我便宜。

看来他是清醒了。

而我却觉得自己慢慢变得不太清醒，索需的缠吻，珍惜的抚触，全都交织成捕食人心智的蛛网，一根丝一根丝缠绕，收紧，于是撞进了他怀里的我被困住，无路可逃，越扭动推拒越被人用力抱紧，越想偏头呼吸越被人执意纠缠，我发出意义不明的细细呜咽，肺叶被他清冽的气息胀满，唇舌也被肆虐得又热又麻……

等他终于放开了我，我已经记不起来我攀在他宽肩上的双手，最初的起意是打算把他推开，还是打算把他拉得更近。思考能力搅成了棉絮，脑袋因缺氧而发晕，我只能攀附着他，大口大口地呼吸。

我不知道我什么时候还练成了吸阳补阴的绝世武功，他主攻我主受，分开的刹那，反而是他顷刻间有如大山倾倒，沉重阳刚的身躯朝我压了下来，把我压得深深陷进床垫里，他的脸顺势埋进我的肩窝，深吸口气，双臂牢牢圈紧我的腰。

“你真是……”

薄唇胡乱摩挲着我的鬓发，近在耳畔响起的吁叹火热沉哑。

“你简直要把我逼疯。”

无端飞来的指控，我头脑虽晕，也能听得清楚，却想不明白，他所谓逼疯，是指我刚才那顿乱七八糟的撩拨，还是指我失忆后的所作所为，抑或是两者都有，又或者还包含了其他什么更深的含义。我无法解析准确，只听出了他低嗓中浓烈而深沉的情绪，他抱我抱得这么紧，我的鼻腔忽然就有点儿酸。

我用食指缓慢缠绕着他黑亮的短发，闷闷地说：“是你逼疯我吧？关先生，你真的很喜欢不告而别。你为什么突然就跑得不见人影了呢？电话也不接，我都不知道你躲在这儿，我一直在找你……你为什么突然就不管我了呢……”

声声句句，全是这些天见不到他时，盘旋在心底的疑问。

“啊，你是不是那天看到了江旗亭来医院找我，误会了我和江旗亭？”

杰出的文豪林满素女士的剧本就是这么写的，男主误以为女主对前任余情未了，选择成全她的幸福，暗自神伤地退出，远走他乡。

我越琢磨越觉得像这么回事，所以他才抛下我，一个人跑来涧园，大白天的就饮酒疗伤，混沌度日。我被自己的脑洞吓得不轻，连忙挣扎着坐起，心急地对他解释："你别误会！我和江旗亭没什么的，你不能冤枉我，我早就和他断得干干净净了。和你在一起后我一次都没想过别人，不，就算没和你在一起时我也……"

他猛地抬起头，目光如炬。

"你记起来了？"

我不答是也不答否，手指紧张地揪住他的衣角，缓了口气，说："对不起，我不是故意要忘了你，不是故意要让你难受。我摔到头了，我知道你那几天很生气，但是我也没办法，我就是想不起来……"

我说得颠三倒四，越说越无地自容，一方面觉得对不住他，一方面又觉得对不住自己的一世英名。行走江湖十余载，不曾想一着不慎，败在了小小一座破烂的洋楼里，还狗血地磕坏脑子失忆了，这简直是人生的耻辱，是武林的笑料。

我喉头紧缩，听见自己丢人至极的哽咽。

"嘘。"

他俯近，额头抵住我的，仅仅一个单音节，竟也会有安抚人的魔力。

"你在想什么？我怎么可能会对你生气？"他开口，声音里似乎藏了一丝无奈轻叹，又似乎平静得不起任何波澜，"那几天，与其说我气你的胡来，倒不如说，我气自己。"

他的嗓音很沉，我抬起眼，看见了他的表情凝了一层淡淡的严肃。

"我气自己为什么没跟着你，气自己为什么来了，还会让你出事，气自己……给你带来危险。十九，你有没有想过，某种意义上，是我把你害成这样？"

我立刻反驳："乱讲，明明是我的古道热肠与我的一身正气把我害成这样，我没办法眼睁睁看着有人坠楼而不去救，哪怕她是我不喜欢的人。”

其实那天那个千钧一发的瞬间，我确实有把握能把李筠骊救上来，没料到的是，我严重低估了那栋破楼的残破程度，天台边缘松软的砖石根本支撑不住我猛扑过去的重量，我一压上去它就坍塌了，所以我的下场才如此悲壮。

“你被绑架去那里的原因，也是因为我，我身边不安全。”他唇角勾出一抹极淡的苦笑，“我本来不会怕，那天看到你躺在病房里，了无生气的模样，一点也不像你，十九，我才知道，原来我也会怕。我无法想象，如果没有那棵树，如果你摔得更重，如果你醒不来……”

他的口吻并不悲凄，只有认真的陈述，仅仅三言两语，却险些逼出我的眼泪。

我把脸埋进他的胸膛，将他抱紧。

“才不会，我的生命力很顽强，你别小看我。”

他不让我含混带过，捉住我的手臂把我从他的怀里拉出来，低眸，注视着我的脸，眼神执着，不允许我逃避，坚持要我把他的话听完。

“我从来不认为江旗亭能给我造成什么威胁。”

他目光坚执地开口：“只是如果你和我在一起，说不准以后还会遇到危险。我需要在不受干扰的环境里，好好想一想，你的失忆，你不记得我，是不是一次矫正的机会。”

“什么狗屁矫正！”

我和他之间，有哪一点需要矫？这么狼心狗肺的话，简直让人火冒三丈。我眼睛红中带杀，眼风化成九环金背大砍刀，刀刀砍向无情人。

“关峄你不要告诉我，你跑来这儿，天天吃饱了没事就是想着怎么和我画清界限！”

他要敢回答是，就别怪我的横扫千军无敌金刚腿不和他客气！

他凝视着我发红的眼，一默，答：“这的确是我故意不理你，来到涧园的初衷。”

偏偏天底下就是有这种不怕死的家伙，很好，我平躺在床上，屈起右腿，脚板贴上他结实的腰腹，只稍运气发力，一记利落猛踹，界限想要画多干净就有多干净。

他的手掌制止地覆住我的脚背，想必也是清楚我这招横扫千军无敌金刚腿的恐怖之处。

他不疾不徐地改口：“但是来到涧园后，我这些天，考虑的事情变成了另外一件。”前一刻才说着要和我画清界限的男人，这一刻投向我的眼神，竟浮上了清晰可见的怨怼，“你别以为我不知道，姓江的总是跑去给你献殷勤。”

“呃。”

我和江旗亭明明一清二白，经他这么酸不溜秋地一提，我居然小小一阵心虚，心一虚，抵在他腰腹前的脚板不知不觉就消了狠劲，被他握住脚踝，往两边分开，固定在他的腰侧。

遇上他满是浓浓指责意味的双眸，我愣了半天，不禁觉得奇了怪了：“关先生你这心态未免太恶霸哦，你还管人家姓江不姓江的给我献殷勤，你人呢，跑哪儿去了？你在涧园躲我躲这么欢，不就是想着怎么拍拍屁股抛弃我吗？”

真真是奇了怪了，心底虽然也清楚他基本没有如愿的可能，但亲口说出这句话，我的心尖还是禁不住一揪。

他高大的身躯挤进我的两腿之间，威胁地朝我俯近，黑眸微眯，满脸不悦。

“不，我改变主意了，我在想，如果你很久都不恢复记忆，我是要重新追求你，还是直接把你绑去和我登记。”

“什、什么呀？”

我的脑筋跟不上他思维转换的速度，目瞪口呆地看着他，傻了好一会儿，直到下唇传来被人用拇指揉弄的触感，我才恍然惊醒过来。

他趁我呆住，凑近吻了吻我的唇角，说：“我考虑过了，即便心里清楚也许会给你带来危险，我也不可能做到对你放手，还不如把你牢牢绑在我身边，我会竭尽所能保护你。”

“我有能力保护好自己，上次是意外……唔，你在做什么？”

他居高临下，目光深浓地觑了我一眼。

“你不知道？”

我当然知道，正是因为知道才疑惑。

我咽了咽唾沫，小声咕哝：“我以为，我们还有很多事要聊。”

“对，我们还有很多事要聊。”

“那你现在，脱我衣服是要干吗？”

“要聊的那些事，都先放到一旁。你都自己送上门来了，不妨先来满足一个担心了你很久、想念了你很久、气恼了你很久、也渴望了你很久的男人。”

最后那句才是重点，每一个短促的停顿，都伴随着更深入的攻占。原来我比自己以为的还更要容易被他带动，我感觉我不是野火，是离离原上草，他才是燎原的火，以一身高温，榨取我的水分，把我的躯干炙烤得弯曲起来，朝他靠近，双臂缠上他的颈项，不能自已。

“关峄……”

“你叫我什么？嗯？”他高挺的鼻梁蹭了蹭我的脸颊。

“关峄。”这次直接砍掉那些暧昧不清的软绵拉长。

他只是笑：“真令人伤心，一恢复记忆就翻脸不认人。”

低沉微哑的笑声灌进我的耳中，煨得我口干舌燥，我偏过脸，说：“你还好意思提，趁我不记得，骗我喊了你那么多声……你本来就还不是……”

“还不是？”他咬文嚼字。

“本来就不是，没名没分的，不能乱叫。”我竭力稳住气息，让自己别受体内汹涌而来的情潮影响。

他默了默，道：“好吧。”

好……什么好？

我早该猜到他不会这么简单放过我。他进攻的节奏放慢，从颈后拉下我交缠的双手，颇有几分既然我不肯遂他的意叫他，他也不要给我抱了的意思，然而，当他转眼一瞧见我右手腕的那圈显眼红痕，他的唇立刻疼惜地吻了上来，眼中浮现好深的愧疚。

“抱歉，我睡糊涂了……抱歉。”

我摇摇头，事到如今谁还会在乎这些小事。比起这个，更让人难受的是此刻的我如同柴火堆上沸腾开的水，全身都在热腾腾地蒸发。

我抽回手，十指穿进他的黑发里。

“够了……关峄，快点……”

听见我的催促，他长睫微抬，唇色赤艳，哑着嗓要求：“那你要叫我什么？”

他果然是故意的！

我难熬地垂下脑袋，挨向他的颈窝，咬唇更柔更娇地喊了一声：“关峄……”

我都已经到这种地步了，他仍是不满意，我就不信他真如表现出来的那般从容不迫，能和我一分一秒地慢慢熬。

他额际冒出忍耐的热汗，下颌绷紧，愈濒临失控边缘，意志力越发强得惊人，薄唇摩挲着我颊边的碎发，执迷不悟地继续诱哄：“嗯？你说什么？”

诡计多端的男人，为达目的不择手段的男人，他哪来的这么多恶劣招数！我被闹得尊严尽失，骨气全无，在他的步步紧逼之下一退再退，仰头喘息，双唇轻轻从他的喉结刷过，迷乱的哀求带了哭腔，软腻得不知是被何方妖孽附了身，绝不是我。

“关哥哥……”

他眸光转浓，更显得瞳仁幽亮，默了半秒，说：“唔，勉强还算可以接受。”

因欲望而沉哑的低嗓含了一丝笑意，他低头，吻我湿润的眼角。我昏昏沉沉地睁开眼，刀削斧劈般的下颌轮廓近在眼前，浅笑镶在唇畔，给他动情中的脸庞添了几分异样的妖美。我的思考能力早已零落成泥碾作了尘，瞧见他对我笑，莫名一阵心安，承蒙大佬不嫌弃，轻松三字就能换来这场持久索讨的终结，我几乎要如释重负地吁出一口长气。

只可惜，心安是现下处境最不需要存在的玩意儿，“重负”也依旧兴致勃发地压在我身上没有半点离开的意思，我口唇稍张，溜出来的也不是原以为的松一口气，而是一声被逼入另一个绝境的惊喘。

他低低笑着，靠到我耳边极其缓慢地说了一句话，我怔了好一会儿，意识到这是高人正在给我下战书，一惊，拒接的话还没来得及当场给他甩回去，他已拉开距离，将我更密地按向他。他仍在笑，黑眸因盎然兴致而灼亮得有如火烧，慵懒微扬的唇角，稀释不了布满俊脸的强取豪夺。

“这次，先饶了你。”

这次，先饶了我？

这次？哪次？这种惨无人道的逼人喊人游戏，他还打算玩下一次？

我注视着他的笑容，瑟瑟、瑟瑟地，打了一个寒战。

夕阳西下。

落日余晖从打开的窗棂斜斜洒进，在年岁已久的地板砖上框出一个几何图形，像造了一处小池塘的景，盛了满池的金光潋滟。傍晚的清风也吹了进来，善解人意地替我捎走体表的热气，我躺在床上半闭着眼睛，状睡非睡，窝在早已熟悉透底的怀抱里缓慢找回自己的呼吸节拍。

最后一次是我背对着他，结束之后他也不改变姿势，直接从背后将我捞进怀里，侧躺着。来涧园的路上，我想了一肚子话想要亲口和他说，关于道歉，关于解释，关于我的粗心所造成的我们的遗憾，然而当一切渐渐止歇后，我懒懒地偎在他的胸膛前，却发现自己全身力气都被榨干，骨头酸软无力，倦懒得连手指尖都不想动了。

他的气息平复得比我快，此时我还有些喘，他已像个没事人似的，身后胸腔里传出的心脏跳动声沉稳有力。他将下巴舒服地搁进我的肩窝里，懒洋洋地圈抱着我，双手交叠，覆在我的小腹前，也是一副欲睡未睡的闲散模样。

我的牛仔裤早就给人毫不留情地一脚踹到了床底下，白 T 恤倒是直到目前都还稳稳当当地穿着，只是当里头的内衣也被毫不留情地扯掉后，这层轻薄的棉质布料便也不剩多少实际功用。他掀起我的 T 恤下摆，双手潜进去直接与我的皮肤相贴，当我的呼吸也渐趋平缓，室内安静得只能听见窗外穿林打叶的风声。我背向他，时光在静谧中一分一秒流淌，我感觉到，他覆住我小腹的双掌，是不带任何情欲的温柔。

我不是无知，住院时身边的人对我的小心翼翼，生怕不注意把什么说漏嘴的异常反应，以及我偶尔小睡醒来，睡眼惺忪时撞见他手掌轻轻搁在我的肚皮上，那格外深沉幽远的目光，无一不在暗示我，我肚子里曾经孕有一个小小的生命，在我感知到它的存在之前，它就因为那场意外而流逝掉了。

但他闭口不提，应该是怕我伤心自责。可伤心自责的人，又怎么可能只有我一个？

如果这是他的体贴，我便也可以权当自己从来不曾知晓。我稍稍用力握紧了他交叠在我腹前的手，缩着身子，汲取温暖地往他怀里窝去。

他是何等敏锐的人，立刻就察觉到了我的不对劲，偏过脸，薄唇蹭了蹭我的耳郭，低沉的嗓音钻进我的耳里，低低地说：“十九，我爱你……我究竟是有多爱你？我只要有你就够了，别的都不重要……”

居心不良的情话，存心要让我忘掉所有事情，忘掉难过，忘掉遗憾，只记得身体又重新翻涌上来的热度，只记得……他。

完美的他，无所不能的他，我从小就放进心里的他，最好的他，阔别重逢的他，我一直喜欢的他，正在柔声低语地款款说爱我的他……

他是山脉，倾覆而来，成为了我的天和地。

那些还没说出口的话，也已变得无关紧要，他都明白，又何必再说。

与其浪费那个时间，还不如——

他握住我的双肩将我翻过来，伟岸阳刚的身躯随即翻覆到我的上方，火热的他，滚烫的他，悍然独断的他，俯下身，薄唇轻触我的锁骨，清冷孤倨的人此时竟像个虔诚的臣子，眸中专注灼烧的取悦与讨好，让人骨头发软，又让人身心发颤。

只不过他不是忠臣，是逆臣，以下犯上的手法相当熟练。他将我的手臂拉起来，让我配合地环住他的颈项，捏了捏我的腿侧，示意我别拖拖拉拉，赶紧自动自发将双腿分到他的腰际。他如今已经很擅长将我摆布成各种姿势，擅长到了热衷的地步。

指尖不经意触碰到他肩胛后的一块不平滑，我怔了怔。这道旧疤我不是第一次触摸，以前信了他说的是树枝戳伤，后来才得知原来是枪伤。

我双手定住他正埋首在我胸前的脑袋，待他抬起头看我，灼亮黑眸中掺满对我中断他开疆拓土的浓浓不满。我注视着他，轻声问："关先生，你到底还瞒了我多少事？"

黑眸中的不满消失，被一丝无奈取代。谈话归谈话，放火归放火，两不相干，他兴致高昂，不甘愿被打岔，捉住我制止他的双手，分扣在枕头两侧，俊脸重新俯低，薄唇真忙，要一边回答我，还要一边在我的颈子吮出他代表独占的印痕。

"怕和你说实话，你会被吓跑。"

"很危险？"我眉心蹙起，一半是因为他这回答实在让人放不下心，一半是因为颈侧被人密密吻着，酥麻热烫，有如蚂蚁在爬，抓挠得人连心都难耐起来。

“我能够应付。”

“算了。”以现下的情况，我暂时也无法从他嘴里套出更多详细信息，趁嘴巴还能自由说话，我赶紧抓紧时间表明决心，“危险也不怕，我会保护你。”

“你保护我？”

闻言，他从我的颈窝抬头，双眸灼热，火光不减，看着我，沉默一阵，眼底隐隐渗出几分忍俊不禁的笑意，映得他瞳仁灿亮，好不迷人。

可惜再迷人也不能浇灭我嗖地蹿起的恼羞：“关先生你这就像我在开玩笑一样的表情是什么意思？你笑，你再笑，你信不信我一记旋风飞踢把你踹下床？”

恐吓有效，他立刻敛起笑容。

“不好意思，我只接受贴身保护。”他一本正经地说。

贴……身……

恼羞持续不到一分钟，恼没了，羞更甚，我甩了甩头，小声嘀咕：“我真是被你带坏了，现在什么都能往奇怪的方向想歪。”

“是吗？”他凝视着我，十分宽慰的模样，“恭喜，你的阅读理解水平进步了。”

为了证明确实不是我自作多情地想歪，结实坚硬的男性身躯再度密密实实地把我笼罩，褪尽衣物的男人，也褪下了斯文的假象，他像蓄势待发的野兽，在发起猛烈进攻之前，会有一段克制而绷紧的盯视。

“你还有没有什么想问？”他说。

火苗闪烁的炽热目光，低缓忍耐的沙哑询问，我一点儿也不难读懂，如果我有疑问而现在不问，那么我将有很长的一段时间都不会再有机会问出口。

“有。”我仰头看他，将他的身影深深纳入我的眼底，“你想好了吗？是要重新追求我，还是直接把我绑去和你登记？”

“当然是绑你。”他回答得不假思索，勾起唇角，“不过，暂时不是绑去登记。”

“那？”

我挑挑眉，只见他笑得低沉且撩人。如果我还不明白他这笑容里的深意，那我未免太对不住他的用心教导。

他的脸朝我欺近，低嗓含笑，俯在我的耳边：“这次，我一定要让你心甘情愿地叫我……”未完的话，消失在轻衔我耳垂的低喃之间。

我禁不住激灵灵一阵哆嗦。

“你确定你真的要玩得这么大吗？”

“我确定，我真的要。”

“那……来吧。”

我舒展开身子，不可谓不期待地对他一笑。

还等什么？

接招！

（正文完）

番外一：所谓不告而别

午后一声雷鸣，梁淑贤被雷声惊醒，抬目看向窗外，已经开始下雨了。

她最近两三个月甚少回武馆来，这座叶氏武馆是丈夫叶慎的父辈所建，最初为了潜心修学，因此选址偏僻，位于郊外的山脚，环境清幽是清幽，这么多年，交通始终不够方便。自从丈夫不再教学后，两人搬到市区的房子住下，很久才会过来一趟。叶眉最近给他们生了个白白胖胖的宝贝孙子，她升格当了外婆，成天心头只惦记着一件事，就是逗弄金孙，因此回武馆的次数更加稀少。

此次回来，也只打算收拾一下叶眉小时候的玩具，那些小木剑、小木鸟，全是叶慎以前一刀一刀刻出来的，手工精细，她宝贝孙子一定爱玩。

小家伙昨天夜里有点发烧，折腾了整整一晚才睡，她为了取回玩具哄他，天刚亮就出了门。小家伙不舒服，大人们也一夜没合眼，她回到武馆，实在撑不住，趴在桌子上准备小憩几分钟，不知不觉睡深了过去，直到听雷而醒，外面的雨势已经纷纷扬扬。

雨下得又大又急，她只好晚点再走。

走出屋子，站到屋檐下，雨雾如丝，扑面而来，整座园子笼罩在一片朦朦胧胧的白雾之中，池塘，石桥，青松……谁说习武之人造的园子就一定乏味粗糙？她倒觉得，这座园子，无论雨时晴时雪时，都美得像一幅四时不同的画。

她入迷地看着雨景。

园子深处，有一座六角亭，被池水环绕，垂柳掩映。

困在这场瓢泼大雨里，她的思绪随风飘远，隐隐约约，记忆深处有一幅画面逐渐浮现。

那是一场比这场雨小一点的雨。

梅雨时节，淅淅沥沥。

当年也是一样的情景，她午睡之际，被窗外喧嚣的雨声惊醒，急急忙忙跑出走廊，收晾晒的衣物。这天是武馆暑假开班授业的第一天，她刚搞完大扫除，栏杆上晾了不少东西，被雨水淋湿就不好了。

手忙脚乱地把栏杆上晾晒的各种布料全部一股脑扫进怀里，她松口气，随手擦了两下额头的汗，正要转身回屋里，不经意间眺目一望，她望见了园子深处，六角亭子里正在睡觉的小女孩。

她记得，小女孩名叫野火，是她丈夫门下排行十九的徒弟，武馆内的人都喊她一声小十九。小十九十岁左右的年纪，长得唇红齿白，眉清目秀，活脱脱就是一个难得一见的美人胚子，不难想象等她再长开一些，那张脸蛋会给她招来多少前仆后继的追求者。

只能说年少的男孩子总是懵懂无知，否则她解释不了，馆内一天到晚和小十九厮混在一起的那些小子们，到底是得眼拙到何种程度，才能将这样一个漂亮小姑娘一直当作小师弟，还戏称她为娘娘腔，小白脸。

小十九对师兄们强加的称呼表现得倒也不是十分在意，年纪轻轻，心胸好像很豁达，说到底却是迷糊。她本身就没有半点身为女孩子的自觉，和师兄们一起，火里来火里去，横冲直撞，打起架来有声有势，比起师兄们也毫不含糊。

可是，这样一个一根筋的小姑娘，最近却似乎有点识得情愁滋味了，尤其在她留起长发，等同于向众人宣告她是女孩子之后。不知从什么时候开始，她变得好爱黏武馆里的一名少年，老是跟在人家身后小蜜蜂似的打转，一声声“四师兄”喊得比蜜糖还软还甜，就连被她丈夫鄙视地说她是“跟屁虫”，她也丝毫不觉得羞赧，照跟无误。

今天是武馆假后开班的第一天，小十九来得比谁都要早，大清早就拿着一根橡皮筋，扭扭捏捏地跑来央求她：“师娘，可不可以帮我绑头发？”小小年纪的女孩，开始在意自己的容貌，开始想要变得更美，为的是什么，不言而喻。

想到这里，她的心不禁涌起一阵怜惜，她想告诉小十九，不要来那么早，不要等，因为，她要等的那个人，不会再来。

那名风采卓然的少年，出身不一般，志向也不在此，早几天前他的家人已经打电话来和她的丈夫沟通过，称少年即将到国外念书，不确定还会不会回来。

而小十九，不知道这一切。

等了一上午，等不到要等的人，可想而知，她的丈夫也被小十九缠着问了一上午。饶是心如磐石的拳师，也扛不住小十九那可怜兮兮、水光迷离的哀求凝视。吃过午饭，眼见小十九又要跑过来磨他，她丈夫崩溃之下，随口扯出一个“你的拳脚退步了，是不是偷懒没练”的烂借口，扔给小十九一把扫帚，罚她去扫六角亭，眼不见为净。

所以她才会在此时，午后小雨中，看见一只蜷缩在六角亭里睡觉的小小身影。

一声轻叹从嘴角逸出。

她抱着衣物转身进屋，打算取一把伞，去将小十九叫醒。睡在那儿，会着凉的。

她拿了伞出来，抬目远望，小十九依旧没醒，纤小的身子缩在亭子的靠椅中，脑袋倚着亭柱，沉沉睡着，扫帚倒在了一旁。毕竟还只是个小姑娘，睡着了哪里还记得什么愁绪，窝在亭子一隅，恁自睡得又香又甜。

忽然一阵风吹来，扬起漫天雨雾，柳叶上的雨水坠入池塘，漾开一圈一圈细碎涟漪，睡懵了的人儿被料峭冷风吹醒，激灵灵打了个喷嚏，迷迷糊糊地揉眼，这才发现亭外下雨了。意识到自己被困在了雨里，一时半刻出不去，她挪了挪臀儿，朝里面靠了些，换到一片雨丝没那么容易飘到的地方，颈子一歪，继续梦周公。

有这么个徒儿，难怪丈夫没辙。她不由得好笑，撑开伞，走出屋檐，正欲走向小十九，忽然平地又起了一阵风，满园子树叶上的水珠被吹得纷洒飞坠，亭角下的雨珠滴滴答答如同断了线，她下意识闪躲，退回屋檐，扶好雨伞，准备重新出发，视线一抬，不曾料到在此刻，她会看见门外拾阶而上的一名少年。

少年执伞，缓缓走进园内如烟似雾的小雨中，风掀起他的伞沿，露出半边下颌和薄抿的唇角，是清俊到惊心的轮廓。

她有些疑惑地遥遥盯着少年，他的家人不是说他不会再来？

少年却没发现她这位屋檐下的师娘，从他的视线捕捉到六角亭中的那一只瘦小身影时起，他步伐前进的方向就只剩下一个。穿过青翠欲滴的草木庭院，行经石桥，拂开低垂的杨柳，他走进六角亭中。

脚步顿住，伞也没收起，少年长睫微敛，凝视着亭子里睡得东倒西歪的小姑娘，既不叫醒她，也不离开，就只是站着，看着她。亭外雨雾纷纷洒洒，亭内时光留驻，安静得仿佛营造了一个只属于他和她的世界。

她看得分明，这是一场无声的告别。

于是便不再过去打扰。少年的面貌生得极俊，她身为师娘当然知道，武馆内许多小女生都对他抱有朦胧的好感，其中就包括了自家那只不争气的女儿，但是今天看见这一幕，她也明白，除了小十九，别人再无可能。

雨淅淅沥沥地下。

少年不知沉默伫立了多久，仍然撑着伞，走到小姑娘身旁坐下。刚才为了躲避雨丝，小姑娘离开了支撑她的亭柱，此时一颗小脑瓜无依无靠，今早才帮她扎好的发丸子蓬蓬散散，随着她闭眼酣睡，脑瓜在空中一点一点的，看起来好不累人。少年在她身边坐下的同时，空出一只手扶住她，将她的脑袋按向他的肩，给她提供安稳依靠。

小姑娘顿时睡得更舒服，睡梦中，红唇滟滟地弯出一抹甜笑。

雨依旧淅淅沥沥地下。

少年偏过头，俯低脸，在小姑娘的软嫩唇瓣上，轻轻地，小心翼翼地，烙下一吻。

那一天的雨下了很久。

那一天，小姑娘在六角亭中做了一个好长的美梦。

那一天，少年转头看着亭子外不停不歇的小雨，表情一贯的清冷平静，只有耳根泄露心绪的潮红，久久不散。

少年直到走出六角亭，才发现了她这个在不远处旁观了全程的看客。

明明也才十几岁的年纪，做了坏事竟脸不红气不喘，远远看见她的瞬间，一默，抬起食指，按在自己唇间，做了个“嘘”的手势，摇摇头，示意她千万别告诉小十九。

他朝她走过来，教养极好，微微颔首，说：“师娘，再见。”

反倒是她这个长了他好多岁的师娘沉不住气，在他转身就要走掉之际，心急问：“为什么不叫醒她？”

少年闻言，回眸看来，只淡淡无奈地一笑。

“她会哭的。”

她会哭，她真的会哭，在她意识到自己被一二三五六七八九师兄师姐挨个打败，挨个虐了一遍，也不会再有人为她出头，也不会再有人指点她怎么还招的时候，她哭得小脸满是泪水，哭得口齿不清，连来找她这个师娘帮她擦药油，都还在一边大把大把地抹泪，一边呜呜咽咽地骂。

“呜……我最最最讨厌四师兄了，我最最……最讨厌没有担当的男人了，一声不吭就跑是什么意思！师父难道就没有教过他做人不能不告而别吗！呜呜……我讨厌死他了，我这辈子都不会再原谅他，呜，都怪他……”

讨厌……是吗？

不会再原谅……是吗？

思绪从遥远的记忆拉回现实，眼前还是一样的园子，还是一样的烟雨迷蒙，那段往事，已经过去好多年。

她想起了几天前送呈到家里的喜帖，不由得微微笑开。所谓讨厌与不原谅，全然朝相反的方向发展。

她还想起了那一年那一个雨天，她原本打算取了伞，去亭子里接了小十九后，顺便拍几张雨中的园子。她那段时间迷上了玩摄影，所以她进屋取伞时，把相机也带出来了。一个专业的摄影师，要懂得捕捉美好的画面，于是，当少年走进亭子，她默默遥望的过程中，某个瞬间，举起相机，对准六角亭按下了快门。

她在屋檐下伸了个懒腰，深呼吸一口湿润清新的空气。

好了，丈夫的弟子要结婚，她要送他们什么礼物才好？

那张照片，新娘肯定会喜欢，至于新郎看见了会是什么表情……

嘿，真令人期待。

番外二：重逢

十二月的一天，他加班处理完手头的事情，从总部出来，天已经开始下雪。

清寒的天气，小雪的夜晚，莫名就让他联想起了多年前某个小雪的清晨，记忆深处那个漂亮的小女孩。

这些年，他事务繁多，很少对某一个人印象这么深刻，但偏偏，他就是记得她，就像被人用一枚钢印把她的容颜深深摁进了他的脑海里，数数也有十余年，她的影子非但没有随着时间变淡，反而霸道地刻得越来越深。

他曾想过，是不是因为他在异国他乡的无数个夜里，将那部她参演的影片翻来覆去看了很多遍的关系。一场唐宫戏，一名锦衣玉食的小公主，一双黑白分明的灵活眼睛，他得知她原来不是小师弟的那日清晨，她便是这身打扮，眼中盈满忐忑，像只笨拙学飞的小鸟，从石桥上朝他跌跌撞撞地扑来。

得知她原来是个女孩儿，他心底居然有一丝高兴。

离开这么多年，以他对她的认知，她一定数不清在背地里暗暗骂了他多少遍……如果，她还记得他的话，她一定会气鼓鼓的，恼他没有当面和她好好道别，还极有可能会委屈掉泪。他没办法，当年他也不过是一名十几岁的小男生，处理不来这种状况，他没有信心能够做到在面对她的眼泪时，还能视若无睹地离开，他一点儿也不难想象，如果他和她说要走，她会怎么拉住他的衣袖，怎么可怜兮兮地央求他……

她黏他的程度，到了连他也割舍不下的地步。

午后小雨淅沥的那天，他回到武馆，原本只是打算远远见她一面，不承想会在角落的六角亭里遇见呼呼大睡的她。他原本并不打算……

他摇了摇头，苦笑，多少年了，想起那日双唇沾上的柔软，他的心仍是会躁动得像当年那个十几岁的小男生一样。

原来，他远比他以为的，更要思念她。

想起往事，雪下得这般刚刚好，他不着急回家，沿着街道漫无目的地走，难得放松。

随着他逐渐偏离总部，他发觉，身后有人正在跟踪他。

一人，两人，三人……还带了家伙，这次又是谁，这么看得起他？

他脑子里有值钱的东西，这种情况对他而言，只能算作家常便饭。步速不变，他往人多热闹的地方走去，脑中迅速还原出这一带的地图，他记得，附近有一片老城区，里面藏了一座寺庙，几条街巷之外，就是步行街。

步行街是个适合摆脱跟踪的地方，在心中敲定目的地，他拐过街角，不疾不徐往前，却在看见前方一幕时，蓦地，脚步一顿。

老城巷口，灯火阑珊。

前方的路边停了一辆轿车，一名女子站在驾驶座的车窗前，微微弯着腰，和车里头的人说话，乌黑的发丝墨一般柔柔垂下，掩住了半边小脸，她的语气听起来有些苦恼："没关系，你先找个地方停好车，爷爷没那么好劝的，估计我要花一点时间，等我成功搞定他了，你再过来永安寺帮我们提东西……"

她直起腰，侧首看了一眼路牌，街灯映照下，肤如凝脂，眸似清泉，是个嚣张地美丽着的女子，大红色的长款风衣外套让她整个人看上去如同一团熊熊燃烧的烈火，他甚至看到，街边好几个路过的男人忍不住将眼珠子频频往她身上投，她却浑然不觉，不知是没注意到，还是早已习惯那样的目光。

这张脸，和深深刻在脑海中的那张稚嫩小脸，至此完美重叠。

他当然知道她长大后会很美，却从来没想到，她会美得这般过火，世界上怎么有人可以长成那样，无可挑剔的脸蛋，介于女孩与女人之间，既无辜又冶艳，既青涩又妖娆。他的目光下移，扫过她玲珑有致的身段……唔，他还是觉得太过火。

他的小十九，长大了。

就像一朵小花蕾，他错过了她逐渐绽放的过程，乍一回首，她已是绝世独立的姿态。

惊艳过后，又倍感头疼。他不由得失笑，原来这么多年他依旧没长进，一见到她就躁动得像个毛头小子似的。他从来不知道，他的占有欲竟这么强，重逢不到一刻，就已然无法忍受其他男人投向她的窥视目光。

不曾察觉到几米开外的路灯阴影里，他心底的潮起潮落，她朝车内的司机挥了挥手，直起身，一头扎进古老的旧巷。

色令智昏，这四个字的含义他懂，却从没想过有朝一日，他也会成为色令智昏群体中一员。他一定是疯了，才会被她牵了魂，不由自主尾随她进了古巷。

不出所料，那些跟踪他的人立刻也跟着潜了进来。

迷宫一样的老城，围攻与杀剿的绝佳场所，只要将通向外面的出口守住，里面的人便如同被困住的兽。跟了一路的歹徒宛如终于逮到了机会的鬣狗，接二连三从巷口出现，兴奋地围向他。

无须赘言，打斗开始。

其实他可以解决得更漂亮的，只是在这期间她万一要离开，说不定会撞上守在巷口的歹徒。担心她会遇到危险，焦灼之下，只求速决，才会一时不留心，被对方划伤了手臂。

伤口既然有了，苦肉计或许可行，反正血也流了，不趁机拐她十斤八两同情也是白浪费——他是个商人，凡事追求利益最大化，在与歹徒混战的同时，脑里顺便抽空设计了几个与她重逢的方案。比如，他装成失血过多的人，躺在地上等她来救，但这样，她一定不会吃他的豆腐，他也一定不会有机会吃得到她的豆腐；再比如，他现在大喊救命，以她那副总是想找机会行侠仗义的热心肠，她听见了必定会来，然后他就可以假装害怕，躲进她怀里寻求庇护，但，这未免太损他的男子气概了，且时隔多年，他也不了解她如今的拳脚水平，万一连累她受伤……

罢了，还不如赶紧完事，赶去见她。

他听到她说，永安寺。

无欲无求的清境，冲淡不了深入骨血的渴求，渗血刺痛的伤口，也抵消不了即将见到她的喜悦。他感觉自己这一瞬反而更像身后有杀手在追，迫不及待地向有她的地方靠近。

小雪扑簌的夜晚，红的庙墙，白的梅花。

其实应该以更温柔的方式出现在她面前的，听着她脚步声由远及近，看着她就要从巷口通过，他却忽然莽撞起来，不经大脑思考，已然伸手抓住了她的胳膊。

她落入他的怀中。

柔软馨香的身子，契合填满他的怀抱。

不期然而至的反抗，身法招式带有他当年教导过的痕迹，她像只张牙舞爪的小野猫，把他反压在她软绵绵的身板下……她真的，好软。

他是这么地想念她。

而她，却似乎不记得他。

还絮絮叨叨地和他扯黑帮头目什么的，他要是黑帮头目，她以为他还有这等耐心好好听她废话？直接打晕扛走再说。

然而，低眸看见她为他包扎伤口，眼圈红红，小手颤颤的模样，再多的暗恼也都只能无奈浇熄。被她遗忘的苦涩，逐渐泛出了回甘。倒也无妨，当年他没有告诉她就离开，是他不对，她不记得也好。

来日方长，她和他可以重新慢慢认识。

这一次，他决不会再让她——

不会再让她什么？

让她难过？让她认为自己被抛下？

郑续的到来，提醒了他早已失去这个资格。

“我说火妹，你该不会真如外界传言的那样，要用出家来威胁江旗亭吧？你就爱他爱得那么深沉？”

江旗亭，并不陌生的名字，他曾在助手提交的她的个人资料上面看到过。是了，像她这样的女孩子，年轻，美好，性格讨喜……至少在他看来，很讨喜，她又怎么会缺乏追求者。

江振两个儿子的复杂关系，他略有耳闻，比起江旗亭，江陵他还更为了解一些。表面恭谦实际野心十足的男人，不止一次表现出对笠山研究中心的兴趣，送到他秘书室的合作企划案据说更是叠了厚厚一沓。

他从未真正考虑和江陵接触，那个男人给他的感觉并不单纯，就连今晚跟踪他的那班人，江陵也不能完全排除在幕后主使的嫌疑之列……但是，如果成就了江陵，也就意味着压制了江旗亭……

他猛然一怔。

他究竟在想什么？

太危险了，妒忌的情绪差点让他作出了错误的决策，他怎么会产生如此不理智的想法？就仅仅为了一个不及他胸口高的小女人？

红颜，祸水。

他心烦意乱，扫了某个罪魁祸首一眼，她正因为他突然的冷漠而显得有点局促不安。

他故意不理她，大步往前，故意把她远远抛在身后，任由保镖将她与他隔开。于他而言，她太危险，时间未能冲淡她对他的影响，她甚至比当年更能轻易左右他的思绪。他又何必如此？说到底，对过往念念不忘的人也只有他。瞧，她过得多轻松，轻轻松松就长得漂漂亮亮，轻轻松松就长得招蜂引蝶，大学也不好好念，学人家谈什么男朋友……

他绝不承认，自己此时的心态，江湖人称——

吃味。

他最好是还有那个心情和她吃饭、看电影。

忍住不去拨通她的电话不是一件易事，研究中心的男青年们见他每天都往实验室里钻，连带着他们的工作量急剧增加，纷纷抱头叫苦连天。男青年们的痛苦日子，结束于半个月后的一日清晨，他偶然在报纸上读到，江旗亭另结新欢的消息。

怒从心起。

她是有哪里不好，为什么得到了她，却不珍惜她？

他有生以来第一次因为一个陌生男人而感到愤怒，他想立刻就出手支持江陵，将那个胆敢害她受委屈的混账往死里整！

引以为豪的理性，原来不过尔尔。

忍住不去接近她的理由也随之溃散。他以为她过得很好，他以为她有了疼她爱她的男友，她既然将他忘了干净，他不该打扰她的生活……这些把他往回拉的顾虑，瞬间瓦解。

脑中那根名为克制的弦，应声而断。

他拿出手机，按下自从那晚她报给他听后，早已烂熟于心的号码。被人说乘虚而入也好，被人说是替代品也好，被那样对待，她一定很难过，一定会逞强地撑着傲气，都不要紧，他会好好陪着她，即便她对他毫无印象。约会是她提出的，她喜欢看电影，他就陪她去看，她喜欢吃什么，他都带她去吃。他没有和谁在一起过，不清楚怎么做才能讨女孩子欢心，但他一定，会好好陪着她。

从不知道一个大男人给一个小女生打电话还需要勇气这种玩意儿，他盯着屏幕上的数字，沉默良久，才喉咙发紧地按下拨通键。

她接到他的电话，会惊讶，还是会欢喜？

不能喊她十九，喊她宋宋，会不会太亲昵？还是宋小姐更合适一些？

听筒中女声传出的刹那，他心腔一震，方察觉自己竟严阵以待得像个未经世事的少年。

“宋……”

“对不起，您拨打的号码是空号，请核对后再拨。Sorry，the subscriber you dialed...”

这丫头！

番外三：第一招以后

婚后的一天晚上，野火和关峄窝在松庭的小影院里重温经典武侠片。

刀光剑影，快意恩仇，野火越看越入迷，越入迷越蠢蠢欲动，片子还没播完，她的手已经痒痒，心也痒痒，忍不住转头看向身旁的某位高人。

“说实话，我还挺想和你比画比画的，这几年我进步很大，你未必还能打得过我。”

高人的回答云淡风轻，很不当那么一回事：“试试？”

“来呀！”

等的就是你的应战！

垂眸凝望着妻子兴奋的脸庞，关峄微微一笑：“师妹技艺超群，赢了你我有什么奖赏？”

有人已经被血液里汹涌的好战因子给冲昏了头脑，丝毫不察丈夫温文笑容中深藏的算计，无所谓地挥了挥手，对自己的一身武艺很有信心。

“随便，你想要什么奖赏我都答应你。”

“好。”

这可是她说的，真叫人无法不期待。

兴致一来，索性影片也不看了，按了暂停，她站起来，将一头乌黑长发盘起，活动了两下关节，摩拳擦掌地问他：“需不需要换个场地？我是无所谓啦，怕你舒展不开。”

银幕和座椅之间空出了一块方地，铺着软实的地毯，就算不小心摔倒也不会磕伤，这个空间对她而言足够宽阔了，只担心他人高腿长，被限制了发挥。

他莞尔：“不用麻烦了，很快就可以分出胜负。”

五分钟后。

他折了折袖口，一派好整以暇：“说吧，是要我帮你脱？还是你自己脱？”

败下阵来的一肚子窝囊气还没顺好，听见他的话，她一口冷气瞬间又抽上喉头，哽得她捂住胸口，止不住呛咳。

“你……你现在怎么满脑子都是这种肮脏事啊！”

话没说完，两腮的潮红已急速蔓延。

她刚才还觉得奇怪，说他怎么突然间那么较真，嘴角勾着从容的笑，但出手时半点情面也不给，招招直攻她的破绽，两三下就把她撂倒……原来打的是这种下流主意！

“新婚燕尔，美人在怀。”他状似苦恼地轻叹，“我也没办法。”

“师妹，请务必愿赌服输。”

“我有说不服输了吗！”她眼睛里闪着两撮火苗，不知道是恼出来的，还是羞出来的，点缀着她明亮双眸，更显得瞳如剪水，目含秋波，看在他眼里非但没有一丝威胁性，反倒勾人得很。瞪了他好一会儿，认命的哀叹逸出红唇，她走过去关了电影，口气幽幽地对他说：“回房间去吧。”

“这里就很好。”

“这里？”

她顿时傻眼。

“我一直很想试试这边的沙发。”他的神情无比认真，就像正在和她共同探讨什么正经八百的学术命题，“定制的时候经理说了，这套沙发弹性很好，软硬适中，还有升降、摇晃、按摩等功能，建议我有空多点体验。”

“这也……太高难度了吧？”她瞪着眼前整齐排列的单人沙发座，转向他，眼神由惊恐转为求饶，“真的不考虑换个地儿？”

“我坚持。”他说，附赠她一抹迷死人的微笑，“十九，你什么时候变得这么胆小了？你刚才挑衅我时，胆子不是还很大？这几年的进步，都进步到哪里去了，嗯？”

“去、去你的！我会胆小？”她最禁不起激了，无视掉紧张的结巴，势必要给自己找回尽失的颜面，“老娘的胆子大得就像金钟罩！”

“是吗，不介意我瞧瞧？”

他瞧得还少吗！

明知是对方的激将法，狠话撂出去了退路也就没了，她懊恼地嘟哝几句，扯开盘发的发带，甩了甩头，乌亮如墨的长发水波一般漾开，倒映出他眸底骤然灼亮的火焰，她一边解着衣扣一边后退，退到其中一张沙发上乖乖仰靠好，敞露一大片白皙的领口肌肤。

胜者为王，败者为寇，他此时倒觉得输了的她更像个女王，精致小巧的下巴微微一抬，一副逼自己慷慨就义的壮烈模样，对他抿嘴，说：“速战速决！”

他不由得失笑：“速战速决？你确定你不是又在挑衅我？速战速决？”

他每重复一遍，她颊畔的嫣红就艳一分，他朝她靠近，每上前一步，她就往皮椅里缩进去一点。等他最终站到她面前，弯腰，双臂撑着沙发扶手，含笑俯视她，女王的气势立即就蔫了，蔫成了颤颤巍巍风中乱抖的小白花。

“我警告你你你你千万不要乱搞……”

乱搞？怎样才算乱搞？按下沙发“摇晃”的开关算不算？

“啊！”

她的惊叫被他鸷猛地吞进嘴里。

这套沙发是不是弹性良好，软硬适中，他目前暂且不知，但他还是觉得买对了，就冲它的配色，暗红的皮革衬出她的一身白腻，浓纤合度的身子如同一块上好的羊脂白玉塞了他满怀，被他于圆润的肩头吮咂出梅瓣似的淡红，诱哄她为他敞开自己。

“对……乖，宝贝……”

一肚子窝囊气！

第二天，不甘心就此败北的人越想越咬牙切齿。她就不信他真的没有弱点，昨天比的是拳法，她输了，但她剑法练得不错，因为剑法虽不实用，但她以前为了耍帅，可没少练它。如果比剑法，她的赢面应该会大，她想赢他，然后也让他好好尝尝一整晚被人摁在皮椅上颠来颠去的滋味！

等腰不那么酸了，她去老妈的剧组拖来两把道具剑，秦青铜剑的造型，雄浑古朴，一定能让她一雪前耻，重振“雌”风！

万事俱备，她再次向高人发起挑战。

高人先前一晚尝尽甜头，不介意再次当她陪练。当她在院子里把其中一柄剑掷向他的时候，他单手稳稳接住，流畅利落的动作看得她瞬间闪了神。他修长有力的手指执起剑来原来这么好看，那把破铜烂铁在他手中仿佛褪尽铅尘，熠熠生辉……慢着，她在陶醉个什么劲？怎么可以长他人志气灭自己威风？

看剑！

两剑相抵，“锵”的一声。

“赢了你的奖赏还是我定？”

“你赢了再说！”

五分钟后。

“告辞！”

还没逃出半步，后衣领已经被人轻轻巧巧提溜住。

他的吐息吹拂着她耳朵后的汗毛，沉嗓含笑：“关太太，撩完就跑，算什么好汉？”

她简直不敢回头看他，声音都在打战：“我都兵败如山倒了，实在没有脸面再留在这，求大侠放我一条生路……”

她最近被老太太盯着恶补文化知识，成语水平提高了不少。

他轻笑：“既然都兵败山倒了，不介意再丢盔弃甲一点？”

丢……盔……弃……甲……

比试的结果，是技不如人的人，被脱了盔，扒了甲，丢到蓄满热水的浴缸里。

等水面从剧烈晃荡逐渐恢复平静，他颊边布满晶莹水珠，分不清是蒸腾的水汽还是奋力冲刺过后的热汗，她昏昏糊糊，神智还没回笼，听见他满足的低喘火烫地吁在她的耳边：“明天……还要不要再来？”

再来！棍法！

第三天，她的战绩比前两回辉煌了一点点，在他手下支撑的时间从五分钟延长到了七分钟，可喜可贺，真是可喜可贺，为了奖励她这个小小的进步，他终于赏她可以回房间里去……

回房间里去……咳，也并不是一件轻松事。

非常时刻，她的脸蛋红红的，瞪他一眼，抱怨道：“当年还是你亲口和我说不喜欢和女孩子玩，说会很累。”

他伏在她的肩窝，低沉笑开。

“嗯，是挺累的。”

第四天，轻功——

轻功个大头菜，当她远远望见下班进屋的他，立刻转身就跑。开玩笑，她的两条小腿直到现在都还在不要命地哆嗦，窝囊又如何，她不管怎样都绝对不要和他再来一次两次三次四次五次……

然而还是不可逃脱地被人拉进了怀里。

她如同被猎人捕获的惊恐小兽，双手抵住他的胸膛，拼命摇头：“不打了不打了，你厉害，你无敌，你独步武林一统江湖，小女子甘拜下风五体投地……”她真的怕了他，一边求饶，还要一边挤出笑容讨好，“我好崇拜你，好仰慕你的，你那么棒棒，不如你行行好，收我当你的入室弟子吧？”

他注视着她雪白却谄媚的小脸，若有所思地勾唇一笑。

“我的入室弟子，不是那么好当的。”

“有什么要求，盟主您尽管提！洗衣做饭拖地斟茶我都愿意！”

“很好，明天你先上来我的办公室一趟。”

“关、关峄你想都不要想我会在办公室里和你做那种事……唔！”

番外四：郑续剧场

第一次遇见那名少年，是在一座很大的宅子里。

大宅子处处透着古怪。

里面住着个很漂亮的小女孩，明眸皓齿，粉雕玉琢的脸蛋，总是很容易就让他联想到古时候宫廷里备受宠爱的小公主。倒不是指她不平易近人，实际上，小女孩可以说是这座宅子里唯一会主动亲近他的人。算上保镖、保姆、护理师、营养师、来来去去的中医西医，每天出现在这座宅子里的人并不算少，但每个人都像纸板做的，不苟言笑的表情，给本就愁云惨雾的宅子又增添几分肃穆，只有小女孩会对他露出傻兮兮的笑容。

可小女孩的身体十分不好，不知道富贵人家的小孩子是不是都这么娇生惯养，反正他就从没见过哪户穷人家的小孩这么喜欢生病，就连听到天上一声雷都能把她给吓出一场病来。

然而小女孩还不是这屋子里最古怪的存在，最古怪的是这家的女主人，她几乎从不让小女孩离开她的视线。她的精神看起来明明就不是很好，整个人就像白纸裁出来的一样，面无血色，身躯单薄，但就是有那个能耐一天二十四小时盯着小女孩。连不过十二岁的他都能看得出，她的情绪高度紧张，所以才熬出了一身病。

这家人请外公上门，就是为了给这位阿姨调理身体。

外公是位老中医，在乡下开了一间小小的药庐，不知前世积了什么德，名气居然很响，但他外公性格乖僻，不是每一位来求医的人都受得了他的怪脾气，所以药庐的生意一直维持在不兴旺也不寡淡的水平，勉强能够糊口……糊他外公的口。

是的，外公赚的钱，就算再多也只够他自己拿去喝酒，还有赌博。他感觉自从父母出车祸去世，他被外公捡回养在身边以来，他就没吃过一顿饱饭。

第一次遇见那名少年，准确地说，是在一间很大的厨房里。

少年围着围裙，背对着他，正在专心致志地烹饪，平底锅里的牛排，发出好不美妙的滋滋声，仿佛正在告诉他“我很肥，我很补，我很有营养，来呀，来吃我呀”。

他满脑子只有平底锅里那块可爱迷人的小东西，用力咽下淌到嘴角的口水，他两眼直勾勾地盯着牛排，走过去，抬起一边手搭住少年的肩膀，另一手的食指指向锅里。

“兄弟，我要吃这个。”

先礼后兵，他一贯的伎俩。每次跟外公出诊，在外公给人诊断时，他总会偷偷溜进别人家的后厨。这些年，他造访过的厨房没有一百也有八十，遇到过大的小的，有人的没人的，有人的，他就直接开口要，要不来再动手抢，没人的，他就直接拿，或者谓之偷，吃进肚子里就算自己的。

他才不管别人会不会说他教养不好，会不会当他是小偷，他又不是没试过因此挨揍，但吃饱后挨的揍，总比胃里空空时来得满足。

他伸手搭上少年的肩头时，明显感觉到对方愣了一下——感到惊吓很正常，接下来就会疑惑，然后转头看见他的一身褴褛时，眼中就会浮现轻蔑，最终他就会迎来对方嫌恶至极的叱骂，或是尖叫，偶尔附赠迎面而来的锅铲："哪里来的小乞丐——走开——！"

这种事他遇得多了，流程早就熟透透。

但他这一次只听到了轻轻的笑声，处于男生的变声期，嗓音有些哑哑的，仍是好听，语气听上去似乎有点苦恼，认真地回答他："你很想吃？但我答应了火妹，只要她乖乖吃药，我就过来亲手煎牛排给她吃的哎。"

怪异，无比怪异的反应。

这一切太不对劲了，他不得不暂时将痴缠的视线先从牛排上移开，转向身旁说出怪话的少年。

他对上了一张笑脸。

他对上了一张好看、干净、清朗的笑脸。

他对上了一张胶原蛋白充足，饮食营养均衡，不愁吃，不愁喝，不愁钱的笑脸。

与他一个泥里，一个云端。

他一直都知道自己命苦，小小年纪没了爹娘，跟了酒鬼兼赌徒外公，饭吃不饱，衣穿不暖，还时不时被黑社会高利贷赌场打手什么的上门恐吓。但他也想过，生活不就是这样么，家家有本难念的经，每个人都有每个人的苦，比起那些真正断手断脚的小乞丐，他最起码身体健康、四肢健全，还有什么可抱怨的呢？

直到此刻见着了眼前的大男孩，他才知道，他可抱怨的事情多了去了。

人与人的差别怎么可以大成这样？

有些人，风采天成，如露芒的剑，如琢成的玉，只消站在你面前，你便会卑微起来。

他必须得依靠对锅里牛排的渴望，才能压下自己心底油然而生的难堪。

搁在少年肩膀上的手也默默收回来，他的手放在那里，总觉得……会弄脏了他。

“火妹？”

“宋野火，我的妹妹。”

他恍然大悟：“哦，你说那个不经事的小丫头啊，她不能吃牛排，牛肉性热，与她正在吃的药药性相冲，给她吃会害了她，还是给我吃比较好。”

少年眼中闪过思索：“你是程先生的学徒？”

营养充足的人头脑就是灵活，只凭他片言只语，立刻就能联想到他和外公的关系。

“不是学徒，顶多只能算是……童工，帮他拎拎东西以及跑腿。”他不太喜欢听到他是外公学徒的这种说法，虽然外界广泛这么认为，但他不乐意自己的人生就被如此轻率地决定，“我不会当他学徒的，我要学也是学西医。如果那天能及时进行手术，我爸妈也不会……”

他蓦地顿住，撇了撇嘴，意识到自己已向这名陌生少年透露了太多，忽然就有点恼怒。他眯起眼睛，摆出最不善的表情，虚张声势地对少年大吼：“啰里啰唆查问这么多干啥！我到底能不能吃你的牛排？男子汉大丈夫，一句话给个痛快！”

如果不给吃也请早点告诉他，他好计划怎么抢。

他像只张牙舞爪的小螃蟹，挥舞着凶恶，却轻而易举就被对方清风般徐来的微笑给掐熄了气焰。一个人的笑容，无非是嘴角微微扬起，眼底闪烁着晶亮，没想到也能拥有如此巨大的威力，把他全副武装的蟹壳瞬间软化。

“好，给你吃。”

他听见他笑吟吟的回答。

算你识相，他心中不屑地冷哼一声。可一个长年饥饿的人，肢体动作配合不了脸上的清高姿态。他眼冒金光，以迅雷不及掩耳之势伸出狼爪，抓向平底锅里的软嫩多汁小牛排。

啪！

爪子在半途被人猛地拍掉。

少年挑眉注视着他的馋鬼样，脸上闪过哭笑不得的表情："还说自己想当医生咧，这么不讲卫生。"推了推他的手臂，少年安排道，"我来装盘，你去洗手，有没有意见？"

"没！我没意见！"

他兴奋地扑向洗手池。

这好像是自从跟外公过日子后，他第一次吃到这么好吃的东西。

美妙的滋味在舌尖化开，久违的幸福感，让他鼻腔一辣，他一边大口地撕咬牛排，一边举起袖子擦拭眼角的热泪："呜……好好吃，真的好好吃……你人好好……"

少年不吃，就只坐在他的对面，单手支着下巴，面带微笑地凝视着他吃。听见他怆然涕下的赞美，少年笑了笑，就要起身。

"给你多煎一块？"

啊，世上怎会有如此善解人意之人，他一定是上到了天堂，才会看见了天使。

"呜呜呜我爱你……"他的腮帮子被食物填满，吐字不清，眼含热泪，但还是要告诉他。只有这三个字才能表达出他对他的崇高敬意。

少年一怔，随即摇头淡笑："虽然不是第一次被女孩子告白，但被一个脏兮兮，吃得满嘴油，还满脸鼻涕泡的女孩子告白，这还是第一次，我宋狩之的行情，也是有够五花八门的了。"

宋狩之？

读起来蛮好听的一个名字，不知道字是哪几个，授之？受之？应该是受之吧，宋受之，唔，有点逆来顺受、受气包的感觉，与他随和中又带了一点点傲的气质一点也不称。如果哪天两人的感情好到称兄道弟了，他应该可以喊他“小受”吧？同样，他也不介意他喊他“续哥”。

那时，续哥他无论如何也想不到，宋狩之的“狩”，是狩猎的“狩”，是霸气的“狩”，和他想象中的“小受”半点儿也不沾边，而在将来的某一天，他将会亲身体会，在他与他之间，到底是谁更适合这个称谓。

那时，他满脑子只有一个念头，那就是如果他要和宋狩之称兄道弟，他必须得，先纠正他以貌取人的错误观念。

他擦了擦嘴角，说：“我不是女孩子哦，我是男子汉哦，如假包换。”

“男子……汉？”

片刻的沉默，他对上宋狩之匪夷所思的眼神。

“是，男子汉，我叫郑续，继续的续，请多指教。”

“你不是女生？”

“不是，我有带把呢，虽然我营养不良，但你也不能把我有的东西说成没有啊小受受。”看在牛排的面子上，他可以原谅他一时眼拙。

宋狩之的表情还是十分难以置信：“男生的头发为什么留得这么长……”

“我只是没钱剪……”而已。

他和宋狩之逐渐发展出了一种微妙的关系，一种类似于……喂养与被喂养的关系。

宋狩之不是每天都会去那座大宅子，他也不是每天都会去，两人能碰巧在那里遇见，全靠缘分。然而缘分有时就是这么奇妙，在接下来的半年时间里，他几乎每次跟随外公登门给那家女主人看病，都会在那座宅子里遇见宋狩之。

而每次遇见，宋狩之都会笑容满面地把他往厨房里招呼，仿佛是哪家饭店门前招揽生意的大厨，把他拖进去一顿好喂。

有人似乎……很享受看他吃饭。

而被宋大厨这么劳心劳力地喂养着，他这半年来，居然也慢慢长出了些肉。他有时看到镜子里的自己，会感到不习惯，原本嶙峋的身板渐渐变得挺秀，面黄肌瘦的双颊也逐渐有了血色，他才发现自己长得原来一点都不难看。

他这张脸，唔，好像变得有点值钱了。

这不是一件好事。

尤其是他外公还在外面欠了一屁股赌债的时候。

他心中的不详预感很快成真。

数不清是第几回了，那一天，那班凶神恶煞的人又上门来讨债，他分辨不出他们是什么来路，反正来去不外乎那几种，他们是赌场的人还是高利贷的人，对他而言区别不大。外公照旧躺在架子床上醉生梦死，喝得不省人事，在睡梦中被讨债的人揪起来，摁到水缸里涮了好几轮才勉强清醒，但涮清醒了又有什么用呢？别说还那巨额赌债，他们要是能在这破药庐里翻出一张多过五毛钱的人民币，他郑续就跟他们姓。

一切都在按既定的流程走，追债的逼还钱，欠钱的说没有钱，然后，打砸开始。他郑续这种场面见多了，知道一般会闹上一两个小时，那班人泄完愤才会离开，所以他闹中取静，在角落里心无旁骛地看书，心远地自偏。

他不是很明白，为什么自己正看着书，会突然被人一把揪住头发扯出去，明明他们以前都不会把他这种小屁孩放在眼里。

他更是不明白，为什么把他揪出来的那个人，在打量起他的长相时，眼里会闪过惊艳和邪念。

“程老狗，没想到你还挺会养娃娃的嘛。你开了什么药给你孙子吃？居然把小排骨养成了小美人。啧啧，这脸蛋水灵得……该不会是变性的药吧？”

然后，哄堂大笑。

他最不明白的是，为什么本该平凡无奇的一天，他会被追债的人给捆上了车，那些人说，要卖了他，抵债。

他能被卖到哪里去？

十二岁的年纪，不上不下，卖给别人当养子，年龄嫌大了点，养不熟，卖到工厂当劳力，年龄又嫌小了点，干不了多少力气活。卖去非法组织做传销？他这种小鬼，能骗得了人才怪。打断手脚丢到路边乞讨？这太不划算，以乞讨的每天所得，他就算在路边跪十辈子也填不完他外公欠下的赌债。

他设想了很多可能性，但贫穷限制了他的想象力，他无论如何也想不到，他会被洗刷得干干净净，涂抹得香香喷喷，衣服剥个精光，只戴一双兔子耳朵，被铐到了一家高级会所的一张大床上。

房门一关，他被锁在了里面。

临走之前，把他绑来的那个男人笑容诡异地对他说："接下来，就看哪位爷出的价码高了……"

哪位爷出的价码高？价码高了，然后呢，买下他？买下他，之后呢？

把他剥得光溜溜的留在这，是为了等下方便买主检查货物？但他是个人呀，有必要这样检查？

他思来想去，不得其解。房间里有股怪味道，他闻了头有点晕，感觉好像发烧了一样，皮肤好烫，桃红色的灯光也照得他极度不舒服。四面八方都是镜子的装修，让人欣赏不来主人的品味。他没住过酒店，不清楚酒店的房间是不是都像这里这样，有各种各样奇怪的架子、椅子，还有秋千，甚至墙上还挂了皮鞭。

他好晕，身体越来越热，不知道过了多久，他听见门外隐隐传来嘈杂的人声。

"哎呀宋少，您还年轻，不适合来这种地方呀……"

“这种地方？什么地方？不就是一间会所，本市还有我不够资格进的会所？”

“我不是这个意思，只是……哎，宋少您是聪明人，您就别为难我了，您要真有那个意思，我马上就给您安排……您喜欢成熟点儿的还是清纯点儿的？”

“我喜欢……唔，这间房我看着就挺喜欢的，打开我看看。”

“宋少！”

“嗯哼？”

“您有所不知，这间房里面……”

“怕我玩不起？”

“您、您真会说笑，只是现在客人们都在竞价，您半途来到……”

“拿去，开门，别来吵我。”

浑浑噩噩的，他发觉有人正在摸他的脸，冰冰凉凉的指尖，从他的眉梢溜到嘴角，稍微替他舒缓了身体的高热，他听见了一道七分像笑，三分像恼的嗓音。

“你知不知道我为了救你，把自己搞得好像一个变态老色鬼……”

说出这句话的人，正在用手指戳他的脸颊。

“瘦瘦小小的身板，原来这么贵……唉，你真的好贵，差不多赶得上我一匹明月光的钱了呐……你要怎么报答我？”

戳脸颊的力度加重，他不得不从混沌的世界挣扎醒来，所在之处还是那间让人感到不适的房，但是窗户全打开了，通风透气，灯光也切换成了明亮的暖白色。

他动了动，发现铐住他的手铐也被解开了，一条薄被横过他的身躯，替他遮盖一身赤裸。

他呆呆看着眼前笑意盈盈的俊逸脸庞，脑筋一时不太拐得过来。

“你怎么会在这里？”

他冲他一笑:“程医生今天去了火妹家看诊,我没看见你,不放心。”

原来如此，他的外公的确就是这样的人，不缺钱到绝境，绝对不会去工作。

“那你怎么猜出我在这里？”

“只要我想知道,还没有我查不出来的东西。”他笑得有一点自满,伸手搀扶他的胳膊，“你还站得起来吗？穿好衣服，我们先离开这里再说，我不喜欢这儿的味道。”

“哦……”

他还是有点呆，听从他的指示，一个指令一个动作，接过他递来的衣服往身上套，穿到一半才察觉出不对劲。

“离开？”他很惊讶，“我可以离开？他们不是说要卖了我……”

他笑：“所以，我付过钱了。”

“啥？”

见他穿好裤子后就愣在那里不再有动作，他捡起上衣，帮他穿好，还很贴心地帮他把压在领口下的头发抽出来，以手梳直，最后，笑如春风地揉了揉他的脑袋。

“这算不算是，我变相买下你了呀？”

他好一会儿才明白过来，明白过来之后更加感到吃惊。别看宋狩之高了他足足三个头，论年龄，他也没大他多少岁，一个普普通通的少年，哪来这么多钱？他外公欠下的赌债，可不是一笔小数目！

他再一次见识到了有钱人和穷人的鸿沟，真不是一般大。

他抿了抿干涩的嘴唇：“谢谢你赶来救我，钱我会还给你，我也不确定要多久，但总有一天，我会存够了还你。”

“好。”他对他赞许地笑，“但是在你还清之前，你是我的……对不对？”

“对。”

他是他的这句话，听起来……还挺教人心安的。

他其实还挺……期待他对他做点什么的。

不知道是不是人穷久了，总会带了点奴性，他很希望宋狩之对他提要求，就算过分点也没关系，只要他提，他就会尽量去帮他做到，否则他不知该如何偿还他的恩情，这份恩情，压得人心里沉甸甸的，总是难以自制地想起他。

但大少爷毕竟是大少爷，衣食无缺，啥都不缺，唯一对他提的一次要求，是嗓音轻轻地和他说："挑个时间去把头发剪剪吧，别总把自己搞得像个小女孩，害我也怪不对劲的……"

好的少爷，小的遵命，小的立即去办。

只可惜大少爷的心情太反复无常，当他听从他的指示，把头发剪得清清爽爽之后，少爷却似乎看他更不顺眼，仿佛他身上有什么怪病会传染，有一段时间总在躲着他，躲着躲着，变成了自然。

两人就这样日益疏远了。

其实他和他的交集本就不合常规，宋狩之这种富家子弟，本就不该存在于他郑续的世界。

当野火被她爷爷忍无可忍地提溜去佛堂休养，继而开始习武，林阿姨的身体也逐渐好转以后，外公不再被宋家需要，他去宋家的机会，也是一年比一年减少。

经历过那件事，外公也许是对他心怀愧疚，以方便他上学为由，把他交给了家族里的其他亲戚抚养，他搬到了另一座城市生活。此后，念书，兼职，存钱还钱，上大学，都再也没见过宋狩之。

倒是野火慢慢和他混熟了，在她的假小子时期，每当她在外面耍横打架，磕伤擦伤，总会偷偷瞒着父母跑来找他处理，谁叫他念的医大刚好就在她的中学附近，活该他免费帮忙。

小妮子也不知道是假的迟钝还是真的理解能力不好，面对他旁敲侧击的有关宋狩之的话题，总表现得似懂非懂，只告诉他："堂哥好忙啊，又要忙课业又要忙事业，又要寻真爱又要混夜店，国内国外两头飞，开黑编程两不误……”

原来他这么忙，难怪，他一次也没有联系过他，一次也没有催过他还钱。

宋狩之压根就忘了他这号人物吧。

随着年龄增长，他渐渐明白了自己被绑到会所的那一夜，宋狩之拯救了的是他的什么。对那件事的最后印象，是那夜过后的某一天，一名神秘黑客给警方提供线索，本市几家涉黄场所被一举捣毁，而囚禁过他的那间名列其首。

他无暇揣测这名神秘黑客是谁，他急着赚钱，宋狩之帮他外公填的那笔赌债可不是小数目，他要赶紧把钱存够，说不定两人什么时候再遇了，他就可以把钱还他。

然后或许就可以看清，自己心里对他的惦念，是因为欠他的钱没还，还是因为……

他没想过，再遇的日子会来得如此让他措手不及。

相遇是在一家夜店，一家他利用课余时间兼职的夜店。他在这里当服务员，因为这行给他的工资是其他行业的好几倍。他给客人端去酒水，在卡座之间穿行，蓦然抬眼，被一道身影占据了视线。

宋……狩之。

他看上去过得很好，身边挤了一群男男女女，莺莺燕燕，全都以他为中心。他是人潮中最瞩目的存在，本就出挑的长相，好多年不见，如今更是夺目得仿佛整个人都在闪闪发光。

他端稳了酒，一步一步，向着他，缓慢地靠近。

他为什么要惊慌，他未必认得他……不，他甚至连看都不会看他一眼。瞧，他左手边的那个磨人小妖精黏他黏得多紧，弹跳欲出的胸部不要钱似的拼命往他手臂上贴，嘴唇更是不住往他的耳朵呵气。

他弯腰朝桌面放酒，听见小妖精嗲得让人起鸡皮疙瘩的撒娇。

“狩……今晚我去你那，好不好……”

被呵气的人稳如泰山，反倒是他这个端酒水的服务员听见，激灵灵一记哆嗦。

他听见比多年前更低沉的轻笑。

“不好。”

“狩……”

“我那里今晚有人了。”

“骗人，你……”

“是真的。”

愉悦而惊喜的笑声传来，他莫名一阵慌乱，匆忙搁下酒，拎着盘子就要退开，不料刚一转身，腰就被一条手臂牢牢钩住。他被带得后退，摔进了一个温暖的、宽阔的、肌肉结实的、发育良好的、比他厚实了不知多少倍的胸怀里。同是男人，真令人嫉妒。

他的头，甚至还撞开了小妖精的胸……但这不是重点。

重点是，宋狩之正在对他眉眼弯弯地笑。

“抓住了……我的。”

“真令人伤心，看见我了还假装没看见，我这些年放你太过自由了，是吧，郑续？”

宋狩之在和他说话，优美的唇瓣开开合合。

但他听不见。

耳朵有轰鸣声，更有某种信念轰然倒塌的声音。

他想，他一定要赶紧存钱，迅速把钱还他，然后，他或许就可以看清，自己心里对他的惦念，是因为欠他的钱没还，还是因为——

情难自禁。

番外五：婚后生活

真难得，他从笠山忙完回到家，居然看到自己一向不甚好学的妻子在看书。

她趴在床上，双手支颐，两条匀称纤细的小腿跷起，于半空中有一下没一下休闲地摇晃，枕头面摊开着一本带图绘的书册，他离得远，瞧不清是什么书，只见她看得很入迷的样子，连他回来了，她也头抬都不抬。

他新奇地挑挑眉，忍不住开口问她在看什么，问了两遍，她才敷衍地抬手挥了挥，发出意义不明的“嗯嗯”两个音节，随口应道：“杜拉拉什么倩女幽魂记。”

哦，原来是《杜丽娘慕色还魂记》，她在看明代话本，这更是出乎他的意料。

他略一思索：“奶奶布置的功课？”

老太太心里对这个孙媳妇虽然也是疼得紧，但每当要她陪她听戏，又总是会气恼她的不解风情。老太太一辈子富贵惯了，哪会委屈自己，于是，狠抓孙媳妇的文学知识就成了老人家近日的最大心头事，以及，最大娱乐消遣。

正在发愤图强的好学生看起来没有搭理他的意思，他微微一笑，也不打扰她，自己取了换洗衣物走进浴室。

近几天因为要改进一个机器部件，他每天都在实验室忙到深夜才回家，连外表都没有时间好好打理，胡茬全冒了出来。他一个大男人倒不是十分在意好看不好看，只是昨晚把某人搂在怀中的时候，他亲到哪里，某人就从哪里开始扭，蹙眉咕哝着躲避他……虽然她像只小虫子般扭来扭去，得到乐趣的人还是他，但激情过后，看见她白皙的肌肤被他粗硬的胡茬子给磨出了一片潮红，他还是舍不得了。

在浴室里花了点时间把胡茬刮干净，他洗完澡出来，没想到，不久前才在津津有味看书的某只家伙，此刻已然完全睡死过去。

看睡姿，一点也不难想象出她是怎么一边点着头打瞌睡，最终把头点到了书本上的。运动神经发达的人连在睡梦中都那么好动，根本不愿意老实躺着，脸蛋半埋在打开的书页里，长发披散，遮掩了半抹红唇，一个人霸道地侧趴在大床中线左侧，身板小小，腿却匪气十足地跨到了中线右侧，毫不客气地霸占了原属于他的半边床位。

随着她的动作，睡袍下摆卷起，大咧咧露出一大截白腻大腿。他的视线往上游移，不失所望，目光捕捉到一角和睡袍同色系的酒红蕾丝小裤，轻透的布料，诱人的色彩，她的肌肤是一大片亮眼到发光的白。

刹那间，燥热难忍。

他略带恼意地瞪她，而她一张睡脸天真无邪，径自睡得更深沉。

叫醒她？

还是让她睡？

在实验室里无所不知无所不晓的大脑，回到卧室，竟破天荒地被一个问题难住了。

结果还是只能无奈地低叹一声，算了，自己工作到夜深，让娇妻独自入睡，他能怪谁？

他还是再去冲多一遍冷水吧……

凭借极大的意志力把满脑子欲念冲掉，他出来时，她却已经醒了。

她呆呆坐在床上，双眼惺忪，似乎意识还没完整地从梦里挣脱出来，神情娇憨迷糊，看上去有点傻气，也……很可爱。睡袍不好好穿着，从左边肩膀滑下，露出一边肩头和纤细的锁骨，衣襟开缝里，隐约透出雪色深沟，是让人血脉偾张的曲线。

刚刚才好不容易灭掉的欲火，以令人措手不及的速度，死灰复燃，烧得更猛。

默然瞟她一眼，他用毛巾擦拭水湿的头发，朝她走过去。

他一在床沿坐下，她立刻就朝他贴了过来，貌似还是不太清醒的样子，依本能行动，软软地把头靠向他的背，软软地偎着他，一时间只让他感到香风扑鼻。

她闭着眼，呼吸平缓，挨着他又睡了一小会，才慢慢睁开眼睛，脸颊蹭了蹭他的后背，像只讨人怜的小动物，声音带着犯困的娇慵，懒懒地问："你忙完啦？"

又问："累不累？"

不等他回答，她打了个哈欠，眼睛都要重新闭上了，还要硬撑起来给他揉捏肩膀："我去……学的……"吐字含糊，仅能听出她好得意，有期待他夸奖的意思。

姿势有了，双手却因为渴睡而没剩多少力气，柔软指尖在他的肩膀左按按右捏捏，舒缓不了他绷硬的肌肉，反倒平添几分撩人。

无异于火上浇油。

他回身，猛地一下捉住她作乱的小手，眸色转深。

她好像还是没有完全醒来，又好像迟钝地怔了一下，傻呆呆地看着他，似乎有些疑惑，花了好一阵子，才在他的深幽凝视下缓慢地清醒了。蓦然间，她冲他如糖似蜜地甜甜一笑。

她挣脱他的箍制。

攫在掌心中的细腻触感滑走，他不悦地皱眉，下一刻，她却游蛇似的抬起两条藕臂，朝他的颈项柔弱无骨地缠了过来，把她的馨香满满当当塞进他的怀里，头垂在他胸前，发丝一荡一荡地搔着他的手腕，声调慵懒，藏了顽皮的调笑：“谁叫你忙到这么晚……”隐约还带了一丝哀怨。

血脉逆冲，控制也控制不住。

可又哪需控制，她是他的太太，是他明媒正娶的妻子，是他此生最爱的女人。

他伸手扣住她的下巴，有些鲁莽地吻了下去。

温、香、软、玉，每一个字仿佛都是为了身下的迷人女体量身打造，他的手掌滑入她的浴袍开襟，轻薄的真丝布料底下，是让他无法一手掌握的软腻饱满，他的掌心直接与她的皮肤接触，不遇任何阻隔的脂玉般的触感，让他不禁感到意外。

他伏在她颈边低低地笑：“你没穿内衣。”

她双颊晕红，喘着气，懊恼地回答他：“我原本都打算睡觉了啊。哪个好汉会穿着罩罩睡觉？难受死了。”

喉间滚出愉悦的沉笑，他“嗯”了一声，以表赞同，手继续往下游移，遇到浴袍腰带的阻碍，他也不去解，她的腰带绑得真令人赏心悦目，酒红色的蝴蝶结宛如礼物包装的缎带，包裹着最美好的惊喜，领口敞乱的妩媚风情，到了腰部这里，被腰带束缚地一收，杂糅出一种既放荡又矜持的美感，轻易摧毁男人引以为傲的自制力，他吻住她的颈部脉动，大掌急切地直接撩高她的睡袍下摆，触及蕾丝布料。

她气喘吁吁，察觉他的意图，急忙在紧急关头开口阻止他：“别……别撕！这件限量版的，我很喜欢……”

他说：“嗯，我也喜欢。”

话音一落，布料撕裂的清脆声随之响起。

她腮畔的嫣红霎时更深几分，唔，多半是气的。

报复似的，他怎么对待她的衣裳，她就怎么对待他的睡衣。她反守为攻，巧妙借力一个翻转，骑在他的腰腹上以牙还牙，利爪一挥，他的睡衣纽扣被她凶狠地扯落一地。

她眯眸轻哼一声，还是不太解恨。她取代他的衣物，把自己变为一匹细腻丝滑的绸缎，在他身上抖开，绵绵密密地覆上他的胸膛，红唇隐含惩罚的力道，一口咬向他的肩颈肌肉。

“宝贝……”

他声音沙哑，情动地唤她。

小嘴好忙，她没空应答。

他拉起她。

“好了。”

她真像蛊惑人心的妖女，俘获他，缚紧他。

薄唇带着喟叹，克制不住地吻上她红艳艳的嘴唇。

浮浮沉沉到了后半夜。

他把她捞进怀里，揉她的长发。

“都怪你，我的冷水澡白洗了。”

她趴在他的胸膛调整呼吸，眼睛微闭，听见他吃饱喝足之后掉转过来的低笑指控，对比自己的一身湿腻，气顿时不打一处来，使劲掐了掐他的臂膀。

“都怪你，我连澡都白洗了！”

他眉梢一扬：“那……鸳鸯浴？”

番外六：情窦初开

关辰今年八岁，他觉得自己好像有喜欢的人了。

让他一颗少男心活蹦乱跳的对象，是环姨家的心肝宝贝，小橘子。

小橘子本名石天恩，天恩，上天的恩赐，高调彰显出小橘子在他们家的宝贝程度。橘子妹妹今年芳龄四岁半，从环姨怀上她的那天起，他就总爱好奇地往环姨家跑，没事就趴在环姨肚皮上听胎动，顺路给环姨带好吃的，为妹妹的健康出世添砖添瓦。

等橘子妹妹呱呱落地，五官从皱巴巴的一团逐渐长开，隐约能看出小美人的影子之后，他心里才敢松一口气。幸好，橘妹的面貌一点儿也不像她爸爸，长得粉雕玉琢，软糯可爱，等学会了说话，一声声“辰哥哥”喊得他心花怒放。虽然从她老爸那里习得了满嘴粗言鄙语，冷不丁就会冒出一句“辰哥哥我想死你啦”，“辰哥哥我好喜欢你哦”，但一点儿也不会影响她在他心目中的可爱程度，真的。

他对橘子妹妹是真心的，往环姨家里钻的频率，比起环姨怀孕那会儿有过之而无不及，时不时抱抱橘子妹妹，亲亲橘子妹妹的粉嫩小脸蛋，惹橘子妹妹怕痒地呵呵直笑，洒出一串银铃般的笑声，他学过这个词，叫两小无猜。

可偏偏这么美好的情谊，也总是有大魔头不识时务地来破坏。

大魔头何许人也？他橘子妹妹的亲爹，他未来的岳父大人，那个比石头还臭还硬的壮硕汉子是也。

就在他还打算牵牵橘子妹妹的小手，问橘子妹妹答不答应嫁给他的时候，橘子爹风风火火杀到，熊掌一把揪住他的领子，二话不说，直接把他从院墙上方丢了出去——

好险好险，幸好他跟老妈学过一招半式，否则被那头野蛮熊这样凌空抛出来，不摔死也得摔残，万一更惨，摔花他那张俊俏小脸还得了？！

他点足落地，听见橘子爸隔着墙，在野兽似的发出怒吼："你小子以后少来占我女儿便宜！小心老子打断你的狗腿！"

橘爸很生猛，橘爸很威武，橘爸没人性，橘爸他冷酷，他无情，他是一堵无法突破的铜墙铁壁，隔绝了他与佳人的相会，他因此很惆怅，他是真的很喜欢很喜欢橘子妹妹呀。

那天他灰头土脸地回到家里，看到自家老爸正在书房与第四代机器人下棋，旁边煮了一壶茶，一派温文尔雅的模样，他顿时一阵火大。

都怪他自己没有一个虎背熊腰的老爸，没有人撑腰，所以他才会被橘子爸欺负。是，他承认，他老爸是长得帅，他老爸是头脑好，但长得帅和头脑好有什么用？顶多只能骗骗他老妈。这是一个弱肉强食的世界，没有绝对的武力，打不过橘子爸，橘妹家的大门他就进不了。

他的确是有一个还算矫健的老妈，但老妈柔弱纤细，肩不能挑手不能提。他还不知道他老妈的底细吗？他就没见过谁的妈妈这么胆小，连下场雨，打声雷，她都能吓得直往老爸怀里躲。让她找上门去和橘子爸决斗，估计都顶不住橘子爸一记虎瞪。

于是他忧愁了，于是他郁郁寡欢了，他很不开心，见不到橘妹，他觉得，自己害了无药可治的相思病。

他的低落被老妈发现，老妈一问，得知他是被橘子爸教训了，顿时气歪了鼻子嘴巴，美眸带火，一拍桌子：“欺人非常地甚！儿子，走，老娘带你上门复仇去！”

是欺人太甚，老妈的成语水平还不及他一半，但是他也不拆穿。瞧瞧他老妈多英武，把满头风中乱扬的长发一扎，美眸一眯，一边卷袖子一边杀向橘子家。老妈曾经告诉过他，说她早几年曾经一统江湖，他以前不信，但他现在信了。

老妈伟哉，老妈壮哉！

老妈长腿一伸，一脚踹开橘子家的大门——虽然那道门本来就只是虚掩着，但这一点也无损他老妈的彪悍。

然后橘子爸就一股火龙卷似的刮了出来。

“哪个不知死活的敢来老子这里找死！”

“哪个不让我儿子见儿媳妇我揍谁！”

两股火龙卷相撞，闲话免谈，直接开扁。

那日天边有着一轮十分火红的残阳，残阳如血，拖长了他扶着老妈一瘸一瘸回家的路。

老妈败了，败得悲壮。拳脚不长眼，纵使他也看得出来橘子爸留了力，老妈的小腿肚还是被踢青了一小块。

他其实不太想回家，他怕老爸看见了，怪他害老妈受伤，会剥了他的皮。

老妈也是一脸惴惴不安，提前和他串好口供：“儿子，咱们谁都不能把这件事告诉你爸爸，知道吗？一定不能告诉他……”说着说着自己也心里没底，哀叹，“唉，这怎么瞒得过去啊，衣服一脱……”他没仔细听老妈在小声嘟囔什么，只看到她忽然眼睛一亮，拊掌道，“对，你装病！我就说我要照顾你，这几天都去你房间陪你！”

拜托，他堂堂八岁威武好男儿，早就告别要亲娘照顾才能睡的年龄了好不好……

母后有命，只得照办。

当天晚上，夏天燠热的夜里，他老妈穿着长衫长裤睡衣，格外不合时节，趁他老爸还在书房处理事情的时候，抱着个枕头就往他房间里挤。

老妈满脸写着如临大敌的慌张，拍拍他的脑袋，催促："快睡！赶紧睡着！"

他老妈的心思还真是好猜，寄望于睡着了，就不用面对他老爸了。

老妈入睡很快，不一会儿就发出了均匀的呼吸声，但他老妈的睡姿真不是一般恶霸，睡着了东踢一脚西踹一脚，如此之大的床，他都缩到边角去了，也能被她轻松囊括入攻击范围，真想不通他老爸这么多年是怎么过来的。

他被老妈闹得睡不踏实，迷迷糊糊之际，感觉到好像有人进了他的房间，一阵窸窸窣窣，他听见声音，揉了揉眼，坐了起来，看见他老爸正举止轻柔地捉住老妈的一只皓腕，把长袖子往上捋开。左臂洁白无瑕，无事。用同样的手法检查完右臂，老爸替老妈将袖子拉好。然后就到了腿，照旧，将裤管小心翼翼地往上卷，当那块鸡蛋大的瘀青落入他的瞳心，他明显看到他老爸的黑眸危险地眯了一下。

他瞬间吓醒。完了，被老爸知道了。

明明双亲中，老妈才是嚣张跋扈的那一个，而老爸总是沉稳内敛，但他自己也讲不清为什么，他不怕老妈，但就是很怕老爸。

他像一只受惊的小鹿，睁大眼睛缩在床角，老爸的视线不温不火地扫了过来。

"你生病了？"口吻在这时还是很和蔼的。

对，虽然老爸总爱和他抢老妈，总爱和他争风吃醋，但老爸还是爱他的，关心他的。

他下意识摇了摇头，倏地想起他与老妈串好的口供，急忙又点了点头。

心中的小九九一下子就被老爸看穿，老爸淡淡地瞟了他一眼，弯腰，轻手轻脚地将老妈从床上打横抱起。

“没生病，就不要和我抢老婆。”

在睡梦中感觉到被搬动，老妈于此时迷迷蒙蒙地醒了过来，睡眼惺忪的样子很是可爱，看见抱起她的人是老爸，忽然就傻傻地绽出一朵笑花，双手自动自发环上老爸的颈项，脸颊蹭蹭他的肩窝，娇娇懒懒地喊了一声“老公……”，窝了个舒服的姿势，再度睡过去。

他清晰地看到，老爸眼中闪过一抹溺死人的温柔，嘴角扬起一个很享受的弧度，将老妈抱紧，侧首以薄唇印上她的额心。

他看得有些呆。自家爸妈长得不错，他是知道的。自从他能够记事时起，身边就不断地有怪叔叔怪阿姨向他打听他的爸妈，但他从小对着这两张脸长大，要说有什么特别的感受，好像也没有。只是这一刻，他单纯觉得眼前的画面很美好，老妈落入老爸的臂弯中，睡容娇美无辜得就像一个喝醉了酒从天降落，然后碰巧就让老爸给接住了的小仙子。

他是老爸和老妈亲生，他长得不错，他也是知道的。自从他能够记事时起，身边就不断地有小姐姐小妹妹蜜蜂采花似的跟在他身边打转。他的五官完全就是和老爸一个模子印出来的，除了轮廓还没长开，棱角不及他老爸深邃立体，他活脱脱就是老爸的缩小版，只有红艳艳的嘴巴，在扬起嘴角嘻嘻坏笑时和老妈有几分神似，那叫一个放荡不羁，邪魅狷狂。

只可惜，英俊貌美如他，也换不来亲爹的一点点温柔相待。

老妈睡熟以后，老爸的目光就向他扫了过来，嗓音还是不温不火，但就是让人莫名其妙地觉得很有胁迫力。

“今天和你妈妈去哪儿了？”

不怒而威的气势下，他芝麻大的胆量扛不住，只得一五一十吐实。

老爸的声线里添了一丝严厉：“怎么没保护好你妈妈？”

保护好他妈妈，谈何容易呀，橘子爸那砂锅大的拳头……在老爸苛责的眼神下，他差点没委屈得吐血。他也只是一只风中成长的小嫩草呀，个子是比同龄人高了那么一点，身手是比普通人灵活了那么一点点，但是要他从那满身肌肉的大石头手中保护好妈妈，他能怎么办？他也很绝望啊！他那时也冲了上去，他那时也挨了揍，他有喊疼了吗？没有！

忽然一股悲愤涌上心头，被橘子爸狂虐的憋屈，见不到橘妹的思念，老妈挨揍时无能为力的心疼，此时被老爸误解的不得申辩，全都一股脑随着悲愤涌了上来，这让他在面对自家老爸时，也多了一股怨气，越看他老爸的帅脸他就越气，于是，在再三思量之前，心里的话就按捺不住地全喷了出来。

“都是你的错！我和妈妈会这么惨都怪你！男人没本事，老婆孩子就会被人欺负！”

他含了两泡男儿泪，喷火龙似的朝他老爸咆哮。

老爸显然怔了一下，半晌，才轻声反问：“没本事？”

“对！”

他控制不了自己的声音！

“有本事的男人应该像橘子爸那样，铜皮铁骨，无坚不摧，谁来招惹他的心肝宝贝他就揍谁！”

老爸略加沉思：“你也被他揍了？”

何止是被他揍了，他还被他从院墙上丢了出去作抛物线运动，他说话了吗？没有！

见他抿唇不语，老爸一默，忽然冷哼：“老三现在还真长出息了。”

老三，老三是哪位呀？他听不懂啦！

老爸问他：“你真的很喜欢那小丫头？”

他耳根子一红，垂下脑袋不作答。

老爸悠然轻叹：“你也长大了。”

长大？长什么大？他才只是一个年方八岁的青春好儿郎好不好，离长大还有好长一段距离要走啦！

注意到他的满脸不自在，老爸腾出一只手揉了揉他的头发，头一回赏了他一个父爱如山般的微笑。

“好，爸爸帮你。”

“帮？”

“谁揍了咱们关家的人，咱们就揍回去。”

关家的人，包括他老妈，也包括他。

老爸留下这句无比帅气的话后就抱着他老妈转身走了，那一瞬间，他差点冲动地扑上去抱住他老爸的大腿，求求他不要冲动不要逞强不要为了一时面子而丢了小命……

他老爸 VS……橘子爸？

想到两人外表的差异，气质的差异……他猛地一阵哆嗦。

天、天啦他老爸要死了他老妈要当寡妇了然后他会有一个后爹后爹会侵夺他们关家的财产再接着他这个关家小少爷就会被赶去睡柴房虽然他们家没有柴房但这一点都不妨碍他很快就要过上被后爹打骂虐待的日子了啊啊啊啊！

惶惶不可终日。

生怕他老爸真的会做出什么不可挽回的傻事，他每天都过得提心吊胆。每当老爸从外面回到家门，老妈飞扑过去的同时，他也跟着狂奔过去。当然，老爸只会柔柔笑着把老妈揽进怀里，而他就没这种待遇，顶多只会被摸摸脑袋。但他一点都不会怪老爸的偏心，他只要看到他平安归家就足够了。天知道他有多害怕，害怕他老爸某一天被人抬回来，害怕医生和他们说“我已经尽力了”，害怕他老妈变成寡母，而他变成小白菜地里黄……

他胡思乱想了很多，然后终于到了那一天。老爸从外面回来，一向笔挺的衬衫西装，现在只剩下了衬衫，西装被他挽在手臂里，衬衫也不若平时整洁，领带松散，衣角微微发皱，但看得出来，他老爸的心情相当愉快。

老妈例行朝老爸飞奔途中，瞧清老爸这副模样，一愣，绽出一朵大大的笑花，加足马力，顿时更加激动地朝他老爸扑过去，跳起来四肢大张，缠抱住他老爸，也不顾他这个未成年的小幼苗在场，圈住老爸的脖子，红唇噘起，兽性大发，就是一顿猛啄。

“你赢了是不是我就知道你的英武一定不减当年啊啊老公我好崇拜你哦你是我的英雄！”

他老爸明摆着就被亲得龙心大悦，笑意袭上薄唇，托住老妈的小俏臀不让她摔下，目光转向他时，也许因为被老妈啄软了严峻的棱角，他这会儿，在老爸眼中看到了真真切切的慈爱。

“你以后想去找小橘子玩，就去找小橘子玩，不会再有人挡你，也不会再有人欺负你。”

真的吗？

假的吧？

过了几天，他终究还是耐不住相思之苦，抱着死就死吧的心态，再度跑去见橘妹。

他是偷偷摸摸翻墙进来的，经过老爸指点，他现在的身法比以往更敏捷，爬墙技术比以往更高超，只不过在登堂入室的时候，还是被橘子爸给撞了个正着。

橘子爸嘴角一抽，但没说什么。

橘妹看见了他，蹦蹦跳跳地跑出来冲进他怀里，橘子爸嘴角又是一抽，但还是没说什么。

他感到疑惑，当着橘子爸的面，在送死的边缘试探，小心翼翼地握住橘妹软嫩嫩的小手——哇塞，橘子爸何止嘴角抽搐，他额际青筋凸现，浑身肌肉绷起的轮廓像一座座小山，泄露出它们的主人此刻有多么愤怒，有多么想捏爆他的脑袋。

但他还是没说什么。

他终于确认了自己的安全，牵住橘妹的小手，很有礼貌地向橘子爸询问："石叔叔，我可以带妹妹出去玩吗？不会走很远，就在附近，我会照顾好她的，一个小时后就送她回来。"

"好呀好呀你们去玩吧，注意安全。"

伴随着一道甜嗓，环姨的身影出现在丈夫背后，微笑地朝他挥手。

环姨拍了橘子爸的背脊一下，橘子爸的脸色才稍微没那么臭，仍是很凶恶地瞪他，神情不自然地含糊嘀咕："搞什么东西！你们那一窝怎么都是这副德性，你老妈当年才暗恋老子，老子好不容易让她死心嫁人，你现在又来暗恋老子女儿……"

得到准允，他打算带橘妹去附近新开的一家甜品店吃她最爱的布丁。

一路上，小丫头的唇儿开开合合，说个没停："辰哥哥我和你说哦，你爸爸好帅哦，真的好帅哦，老子长这么大都还没见过谁能打败我家大钢兄，但是你爸爸真的超级厉害，他说别再为难我儿子否则别怪我砸你招牌……"

等等，怎么回事？

他老爸，打败了……橘子爸？

他老爸难道不就只是一个普通的集团负责人以及一个普通的技术宅吗？怎么好像突然有点颠覆……他皱眉苦思，橘妹的小嘴还在喋喋讲个不停，每一句都是满溢的崇拜，他忽地，意识到了危机。

转过头，瞅见橘妹眼中填满如梦似幻的晶闪小星星，他急忙把她的小脸扳向自己，凝视着她的一双水汪汪大眼，义正词严地，铿锵有力地，告诉她：

“我长大了，也会有那么帅！”

（完）